BASTEI
LÜBBE

Clark Howard

Was immer du von mir verlangst

Ins Deutsche übertragen
von Bernhard Willms

TRUE CRIME
Der wahre Kriminalfall

BASTEI LÜBBE

BASTEI-LÜBBE-TASCHENBUCH
Band 13 562

Erste Auflage:
Juli 1994

Deutsche Lizenzausgabe 1994
Bastei-Verlag Gustav H. Lübbe
GmbH & Co., Bergisch Gladbach
Originaltitel: Love's Blood
Lektorat: Uta Büermann/
Dr. Edgar Bracht
Fotos im Innenteil: © 1993 by
Chicago Tribune Company
Daily Herald photographs used
by permission of the Daily Herald,
Arlington Heights, IL.
Titelbild: Daily Herald
Unser Titelbild zeigt
Patricia Columbo
Umschlaggestaltung:
Quadro Grafik, Bensberg
Satz: KCS GmbH,
Buchholz/Hamburg
Druck und Verarbeitung:
Brodard & Taupin, La Flèche,
Frankreich
Printed in France

ISBN 3-404-13562-8

Der Preis dieses Bandes
versteht sich einschließlich der
gesetzlichen Mehrwertsteuer.

Gewidmet der Erinnerung an einen guten Freund und einer besonderen Dame

Eleanor Sullivan

Vorbemerkung des Autors

Die Ausläufer eines Mordes reichen weit genug, um viele Menschen zu beeinflussen, manche durch eine wahre Umklammerung, andere nur am Rande. Wie gering auch immer der Kontakt sein mag, vergessen wird ihn wohl niemand. Die Menschen, Ereignisse und Gespräche, die im Zusammenhang mit dem dreifachen Mord in diesem Buch dargestellt sind, wurden aus sorgsamen Recherchen rekonstruiert, die im Fortgang der Ereignisse dem Leser dieses Buches nahegebracht werden. Vieles, worauf Bezug genommen wird, stammte aus öffentlich zugänglichen Quellen und den Ermittlungsprotokollen der Polizeibeamten, die den Fall aufgeklärt haben, während andere Informationen aus den Erinnerungen von Menschen gewonnen wurden, die irgendwo im Bannkreis des tragischen Verbrechens, sei es direkt in seinem Zentrum oder an den Rändern, ihren Platz hatten. Einige Details wie etwa vertrauliche Sitzungen der Hauptangeklagten bei ihrer Therapeutin, stammen selbstverständlich ausschließlich von der Patientin selbst, obwohl manche dieser Informationen auch von Außenstehenden zu bekommen gewesen wären. Wie bei jedem nicht-fiktiven Werk gab es immer wieder Gelegenheiten, zu denen der Autor sich veranlaßt sah, die bekannten Fakten zu interpretieren und mitunter sogar Schlußfolgerungen daraus zu ziehen. Um außerdem die Privatsphäre sowie die Lebensumstände bestimmter Menschen zu schützen, hat der Autor deren Namen und andere Charakteristika geändert. Aber letztendlich ist die nachfolgende Geschichte, wie ich glaube, so wahr und so vollständig erzählt, wie sie nur erzählt werden kann.

Vorwort

In diesem Buch wird der Leser in die Details eines der sonderbarsten und sinnlosesten Mehrfachmorde eingeführt, die je begangen wurden. Es war ein Verbrechen, das seine Wurzeln in Liebe und Lust hatte, ein Verbrechen, das seine Energie aus Sex im weitesten Sinne bezog.

Da das Verbrechen annähernd zwanzig Jahre zurückliegt und die Hauptfigur zum erstenmal ihre Geschichte erzählt, war es erforderlich, die Geschichte im ersten Teil des Buches in einer Weise zu strukturieren, die den Leser immer wieder in der Zeit zurückführt und wieder in die Gegenwart ruft. Einige Details dieses Abschnitts kamen von der Hauptfigur selbst; andere wurden durch Recherchen untermauert, wiederum andere nicht. Eingefügt sind immer wieder Teilstücke, die mit den Initialen des Autors ›C. H.‹ gekennzeichnet sind. Hierbei handelt es sich sowohl um persönliche Erinnerungen als auch um eine Chronologie der umfangreichen Ermittlungen, die hier getätigt wurden. Am Ende fließt all das zusammen – die Geschichte der Hauptfigur, die bekannten Fakten, die Pervertiertheit der Personen, die die Morde begingen –, was erforderlich ist, das erste vollständige Bild eines *Verbrechens, das nicht hätte passieren dürfen,* vor dem Auge des Lesers entstehen zu lassen.

Sobald sich der Leser dem zweiten Teil des Buches nähert, das sich mit dem Gerichtsverfahren beschäftigt, wird er sich wohl schon eine Meinung über die Frau gemacht haben, deren Geschichte dieses Buch vornehmlich erzählt. Diese Meinung könnte sich nach dem Gerichtsverfahren und allem, was dann folgte, ändern oder auch nicht. Aber ob nun jemand seine Meinung ändert oder nicht, zumindest hat der Leser, der nun entscheiden muß, was er glauben soll – oder was nicht –, zum erstenmal den Vorzug, viele bisher unbekannt gebliebene Aspekte dieses Falles zu kennen, einschließlich einiger Tatsachen, die im Zuge des langen und recht eigenartigen Verfahrens nie öffentlich geworden waren.

Und genau das ist das vornehmste Anliegen dieses Buches.

TEIL EINS

DAS VERBRECHEN

C. H.

Mai 1976

Ich befand mich in Chicago, um einige abschließende Recherchen für ein Buch anzustellen, dem ich schließlich den Titel »Six Against the Rock« im Gefängnis *geben sollte und das den großen Ausbruchsversuch von Alcatraz im Jahre 1946 zum Inhalt hatte. Ich war quer durch das ganze Land gereist, um mit verurteilten Gangstern zu sprechen, die während der Belagerung auf der Insel inhaftiert gewesen waren.*

Es war eine lange, ermüdende Informationsreise gewesen, und ich fuhr weiter nach Chicago, um mich ein paar Tage auszuruhen und meine Aufzeichnungen zu ordnen. Jedenfalls redete ich mir das ein. Die Wahrheit aber war wohl eher, daß mich Chicago immer aufs neue in seinen Bann zieht. Ich hatte hier zwar seit zwanzig Jahren nicht mehr gewohnt, aber von Zeit zu Zeit mußte ich einfach einmal zurückkommen und ein wenig wie ein Friedhofsgespenst durch die Straßen der Lower West Side strolchen. Vielleicht deshalb, weil ich zwischen meinem achten und meinem vierzehnten Lebensjahr an die hundert Jahre auf diesen Straßen auf der Suche nach meinem Vater, einem Ex-Sträfling, verbracht hatte, der längst tot war; oder weil meine Mutter hier eine Überdosis Heroin genommen hatte; oder weil meine ersten wirklichen Freunde Straßenkinder wie ich gewesen und in den Sumpf aus Töten, Verbrechen, Gefängnis, Drogen und Alkohol gesogen worden waren – und ich nicht. Meine einzige ›wilde Zeit‹ hatte sich in einer Institution mit dem hochtrabenden Titel ›staatliche Lehranstalt für Knaben‹, sprich Erziehungsanstalt, *abgespielt, und meine einzigen Tötungen waren vom Marine Corps sanktioniert worden. Ich hatte mich schon lange vorher aus meinem eigenen Gefängnis* befreit und damit Erfolg gehabt. Die anderen Kinder waren nicht entkommen. Vielleicht war es das, was mich dann und wann zurückzog. Ich frage mich nur: warum gerade mich?

Ich hatte mich in einem kleinen Hotel auf der Rush Street eingemietet, gleich gegenüber dem Fluß, als ich zum erstenmal ein Bild von Patricia Columbo zu Gesicht bekam. Es war in der Tribune abgedruckt und zeigte ein hübsches, aber gehetzt wirkendes Mädchen von neunzehn Jahren mit einem wahren Dschungel blonder Haare mit dunklen Strähnen, das gerade ein Beerdigungsinstitut an der Seite eines gutaussehenden Mannes betrat, von dem es lediglich hieß, er sei ihr unbekannter Begleiter.

Die Story in der Tribune war von einem Reporter namens Mitchell Locin geschrieben worden. Es war ein guter Artikel, wie ich fand.

> Sie brachte die Stärke auf, vor den drei Särgen niederzuknien – ihrer gesamten Familie.
>
> Patricia Columbo war die einzige, die von der Familie Columbo aus Elk Grove Village noch übrig war, einer Familie, die als ›ideale Nachbarn‹ beschrieben wurde.
>
> Die Neunzehnjährige betrat das Beerdigungsinstitut Galewood, 1857 North Harlem Avenue und begrüßte Verwandte, Freunde und Bekannte mit einem zaghaften Lächeln. Gefragt, ob sie bereit sei, in die Kapelle zu gehen, erwiderte sie ruhig und gefaßt: »Ich möchte es nicht, aber ich muß es wohl.«
>
> Sie kniete an den schiefergrau ausgeschlagenen Särgen, die die sterblichen Überreste ihres Vaters Frank, dreiundvierzig Jahre alt, ihrer Mutter Mary, vierzig Jahre, und ihres Bruders Michael, dreizehn Jahre, enthielten.
>
> Die drei waren irgendwann letzten Dienstag in ihrem Haus, 55 East Brantwood, massakriert worden, aber ihre Leichen waren erst am Freitagnachmittag von der Polizei entdeckt worden. Die Behörden hatten gesagt, sie seien förmlich geschlachtet worden. Es wurden vierzig bis fünfzig Messerstiche gezählt. Außerdem waren sie in den Kopf geschossen und ihre Kehlen durchgeschnitten worden. Mrs. Columbo war vergewaltigt worden.

»Patty sieht aus wie Mike«, murmelte eine Verwandte, während die Prozession von Sarg zu Sarg schritt.

»Ich verstehe es nicht. Ich verstehe es nicht«, murmelten viele der Männer.

Der Reverend J. Ward Morrison, Pastor der katholischen Kirche von der Rosenkranzkönigin *in Elk Grove Village, sagte, er könne sich an keine traurigere Begebenheit erinnern. Die Columbos waren seit elf Jahren regelmäßige Besucher seiner Kirche gewesen.*

Zwischenzeitlich setzte die Polizei ihre Suche nach den Mördern fort. Ermittlungsbeamte aus Elk Grove Village waren in und vor der Kirche postiert und suchten zusammen mit Bekannten der Toten nach irgendwelchen Fremden, die vielleicht ebenfalls anwesend waren.

Die jüngste Theorie ist, daß Mitglieder einer Bande professioneller Einbrecher im Drogenrausch aus einem ›normalen‹ Einbruch eine Mordorgie gemacht haben.

Einbrecher? Wann hatte denn dieser Wahnsinn seinen Anfang genommen? Diebe, die ich kannte, drangen in fremde Häuser ein, um zu stehlen, nicht um zu schlachten. Und sie nahmen niemals Drogen während der Arbeit.

Später am Abend wurde die Sache dann auch wie folgt in den Fernsehnachrichten verbreitet:

... die Leichen wurden am späten Freitagnachmittag im Zuge eines Anrufs bei der Polizei wegen eines vermißten Autos entdeckt. Als Todesursache, die nicht sofort zu erkennen war, wurden inzwischen bei allen drei Opfern Schußwunden in den Köpfen festgestellt, obwohl allen dreien die Kehlen durchgeschnitten und ihre Körper schrecklich zugerichtet worden waren. Die ermittelnden Beamten berichteten wartenden Reportern, im Innern des Hauses habe es ausgesehen wie in einem der Chicagoer Schlachthäuser auf der South Side. In Kreisen der Ermittler ist die Ansicht verbreitet, die Morde seien das Resultat eines Einbruchs und eines nachfolgenden Verbrechens von der Art wie der kultische Mord der Manson-Bande 1969

oder der Morde an der Familie des Militärarztes der Green Berets, Jeffrey McDonald, ein Jahr später. Verbrechen dieser Art werden in Amerika immer weniger ungewöhnlich, sind doch ähnliche Fälle in den letzten Jahren auch aus Oklahoma, Kalifornien, Virginia und Texas berichtet worden . . .*

Ich schaute wieder das Bild in der Tribune *an, das hübsche junge Gesicht unter der Flut von Haaren, die großen, dunklen Augen, die erkennbar hohe, schlanke Gestalt . . .*

Neunzehn Jahre alt, dachte ich. Sei froh, daß du nicht dabeigewesen bist, Kind.

* Dieses Verbrechen ist Gegenstand des Buches ›Die Unschuld des Mörders‹ von Joe McGinniss, erschienen ebenfalls bei BASTEI-LÜBBE in der Reihe TRUE CRIME – DER WAHRE KRIMINALFALL.

Mai 1976

Der Name des kleinen Pudels lautete Gigi.

Er hatte sich an den Körper der toten Frau angeschmiegt. Von Zeit zu Zeit zitterte er unkontrolliert, obwohl die Temperatur im Innern des Hauses angenehme einundsiebzig Grad* betrug. Hin und wieder winselte der Pudel einige Minuten lang; mitunter wandte er auch den Kopf, um den reglosen Arm der Frau zu lecken. Über das Gesicht leckte er ihr nicht. Dort klebte zu viel Blut.

Der kleine Hund war vor Furcht wie gelähmt. Seit nahezu drei Tagen hatte er weder die Därme entleert noch uriniert. Das Fressen in seinem Napf war inzwischen hart geworden und verdorben.

Das Tageslicht kam, und dann wieder die Nacht, und dann wieder das Licht des Tages. Ab und zu ging der kleine Hund zu den Körpern der anderen Toten, blieb eine Weile vor ihnen stehen und winselte und bettelte. Oder er ging an die nicht ganz geschlossene Haustür und winselte durch die enge Öffnung zur Veranda. Aber er kehrte jedesmal zum Körper der toten Frau zurück und kuschelte sich an ihn.

Noch ein Abendrot und wieder ein Sonnenaufgang.

Der kleine Hund winselte weiter.

Am Nachmittag des 7. Mai 1976, einem Freitag, erreichte die Polizeibeamten Joe Giuliano und Eddie Kozlowski ein Anruf wegen eines verdächtigen Autos, das vor dem Haus 140 South Whipple in einem der westlichen Stadtbezirke abgestellt war. Sie parkten hinter einem braunen Thunderbird in der Parktasche, gaben ihren Standort durch und verließen den Wagen, um ihre Untersuchungen aufzunehmen. Giuliano sprach, während Kozlowski sich Notizen machte.

* Entspricht etwa zweiundzwanzig Grad Celsius

»Okay, es handelt sich um einen 1972er Thunderbird, braun, amtliches Kennzeichen EG 5322, Frontscheibe geborsten, Zündung herausgerissen«, sagte Giuliano und wies damit darauf hin, daß das ganze Zündsystem des Wagens entfernt worden war. Dies wurde vor allem bei Fahrzeugen der Marke Ford oft von Autodieben praktiziert, die dazu ein spezielles Werkzeug, genannt ›Schloßreißer‹ benutzten. Es wurde immer dann eingesetzt, wenn ein Auto schnell und ohne Zündschlüssel gestartet werden sollte. »Wageninneres von Glasscherben übersät«, fuhr Giuliano fort, während er um das Auto herumging. »Radkappen entfernt, Kofferraum abgeschlossen.« Er kehrte zur Wagenfront zurück. »An der Windschutzscheibe klebt eine Steuermarke aus Elk Grove Village.« Er wischte ein wenig Schmutz fort, um einen Blick auf die Fahrgestellnummer zu werfen. »Identifikationsnummer ist ZY 87 N 111090.«

Giuliano gab die Nummer an die EDV-Abteilung der Polizei weiter. Minuten später kam der negative Bescheid: Das Fahrzeug war nicht als gestohlen gemeldet worden. Aus dem Kennzeichen ergab sich, daß der Wagen einem Frank P. Columbo in 55, Brantwood, im westlichen Vorort Elk Grove Village gehörte.

An diesem Nachmittag versuchte Joe Giuliano mehrfach, Frank P. Columbo anzurufen, um ihm mitzuteilen, wo er seinen Wagen finden könne. Niemand nahm den Hörer ab. Schließlich gab Giuliano gegen Ende seiner Schicht seine Informationen an einen Beamten im Innendienst weiter und bat, die örtliche Polizei von Elk Grove Village zu informieren. Ein Beamter dort sollte persönlich zum Hause Columbo gehen und den Besitzer des Wagens bitten, sich mit dem elften Polizeirevier in der Innenstadt in Verbindung zu setzen.

Dann beendeten die beiden Polizeibeamten ihre Schicht.

An diesem Freitagnachmittag war Officer Kenneth Kvidera vom Elk Grove Village Police Department um 16 Uhr 45 auf Routinestreife entlang der Arlington Heights Road, als ihm über Funk die Bitte der Chicagoer Kollegen um Benachrichtigung Columbos, sich mit der Polizei der Stadt in Verbindung zu setzen, übermittelt wurde. Reine Routine. An diesem Tag berichtete man Kvidera nicht einmal, worum es bei dieser Benachrichtigung überhaupt ging; normalerweise war das auch gar nicht erforderlich, denn Elk Grove hatte selten irgendeine Bedeutung außer als Nachrichtenübermittler.

Der uniformierte Kvidera kritzelte Namen und Adresse 55 Brantwood von Frank P. Columbo in sein Notizbuch, während er in seinem schwarz-weißen Polizeiwagen darauf wartete, daß die Ampel am John-F.-Kennedy-Boulevard wieder auf Grün sprang. Dann fuhr er über den Boulevard und rechts ran, um den Stadtplan herauszusuchen. Elk Grove Village, ein Stadtteil mit etwa zwanzigtausend Einwohnern, grenzt direkt im Westen an Chicagos riesigen internationalen Flughafen O'Hare. Es bestand im wesentlichen aus einem verwirrenden Komplex ähnlich lautender Straßen, die in alle möglichen Richtungen verliefen. Brantwood beispielsweise konnte Brantwood Avenue heißen oder Brantwood Lane oder auch Brantwood Court.

Kvidera stellte schnell fest, daß er sich praktisch am westlichen Ende der Brantwood Avenue befand; es schien kaum drei Blocks weit entfernt zu sein. Er fädelte sich wieder in den Verkehr ein. Bei Lonsdale bog der Officer nach links ab, bei Lancaster nach rechts und dann nach links auf die Brantwood; und – Glück muß der Mensch haben – da war auch schon die Nummer 55, drittes Haus von der Ecke aus auf der rechten Seite. Obwohl die Einfahrt frei war, parkte Kvidera auf der Straße.

Das Haus war typisch für die obere Mittelklasse eines Vorortes. Zumeist in der Preisklasse um die fünfundsechzigtausend Dollar, waren einige der Häuser anderthalbgeschossig, einige zum Teil aus Ziegelsteinen errichtet, alle ausbaufähig und alle standen auf einem ein ganz klein wenig zu kleinen Grundstück; bewohnt wurden sie größtenteils von Ehepaaren mittleren Alters mit erwachsenen oder heranwachsenden Kindern. Die meisten der Hausbesitzer hatten lange und hart gearbeitet, um hierher ziehen und die Innenstadt hinter sich lassen zu können, die mehr und mehr verkam und alles andere als ideal für eine Familie war. Hier draußen in Elk Grove Village war das Leben ungleich sicherer.

Kvidera stieg aus dem Wagen und ging die etwa zwanzig Schritt lange Einfahrt empor bis zur Veranda. Als er sich der Eingangstür näherte, beschlich ihn auf einmal ein ungutes Gefühl, und er blieb zögernd stehen. Irgend etwas an diesem Ort stimmte nicht. Im Briefkasten steckte zu viel Post. Zu seinen Füßen auf dem Boden lagen drei Ausgaben des *Elk Grove Herald*. Hinter der Tür des Windfangs konnte er die Haustür einen Spaltbreit offenstehen sehen. Im Innern winselte geradezu mitleiderregend ein Hund. Ganz ruhig drehte Kvidera am Knauf der äußeren Glastür vor dem Windfang; sie war nicht verschlossen. Er klopfte und wartete. Keine Antwort.

Tritt ein Stück zurück, sagte ihm sein Instinkt. *Sieh dich erst ein wenig um.*

Kvidera ging langsam von der Veranda herunter, umrundete das Haus von außen und untersuchte sorgsam alle Türen und Fenster. Alles *schien* in bester Ordnung. Und doch . . .

Kvidera ging zu seinem Streifenwagen zurück und rief die Zentrale. »Erbitte Hilfe in 55 Brantwood.«

»Die Nachrichtenübermittlung?« klang es ungläubig zurück. »Soll das ein Scherz sein, Kvidera?«

»Keineswegs«, erwiderte Kvidera ruhig und hielt das Mikro ganz nahe an die Lippen. »Hier ist einiges sehr komisch. Es sieht merkwürdig aus, und mir ist auch ganz merkwürdig zumute. Erbitte Hilfe.«

»Zehn-vier«, seufzte der Mann am anderen Ende der Funkstrecke. Da war etwas in der Stimme von Officer Kvidera . . .

In seinem Streifenwagen wartete derweil der junge Officer, der jetzt in sein drittes Dienstjahr eingetreten war, mit wachsender Spannung auf Verstärkung.

In weniger als zwei Minuten fuhr ein zweiter Streifenwagen der Polizei von Elk Grove Village vor dem Haus 55 Brantwood vor, und ihm entstieg Officer Jerome Maculitis. Er war nur zwei Blocks entfernt auf Streife gewesen.

»Was geht denn hier vor?« fragte er, als er auf Kvidera zuging, der ebenfalls aus dem Wagen gestiegen war.

»Ich bin nicht ganz sicher. Die Eingangstür steht offen, drinnen winselt ein Hund, draußen liegen die Zeitungen der drei letzten Tage, und der Briefkasten quillt über. Das kommt mir alles ein bißchen komisch vor.«

»Werfen wir doch einfach mal einen Blick hinein«, sagte Maculitis.

Auf der Veranda angekommen, öffnete Kvidera schweigend die Tür des Windfangs und bedeutete Maculitis, er solle sie festhalten. Dann stieß er die innere Tür ein Stückchen weiter auf und warf einen Blick ins Innere des Hauses. Direkt hinter der Haustür lag ein kleines Foyer, von dem zwei Treppenfluchten abgingen, von denen die eine nach oben in das eigentliche Wohngeschoß führte, die andere hinunter auf die zweite Wohnebene. Am Fuß der Treppe, die hinunterführte, stand ein Pudel und bellte sie an. Kvidera schob sich, die Hand an der Dienstwaffe, in das Foyer und bedeutete Maculitis, ihm zu folgen. Maculitis ließ die Tür des Windfangs wieder los und kam näher. Beide Officers zogen jetzt ihre Waffen und machten sich daran, vorsichtig die Stufen emporzusteigen. Sie waren noch nicht zur Hälfte oben, als Maculitis Kvidera murmeln hörte: »Großer Gott . . .«

Maculitis blickte an Kvidera vorbei durch ein schmiedeeisernes Geländer in das Wohnzimmer und sah den Körper eines Mannes auf dem Rücken liegend, bekleidet mit Hose und Socken, Gesicht und Magengegend grotesk aufgequollen, Kopf und Brust mit eingetrocknetem Blut besudelt. Der Körper befand sich bereits in einem fortgeschrittenen Stadium der Verwesung. Auf den Tapeten waren große Blutflecken zu sehen. Ein blutgetränktes Kissen lag nahe der Leiche auf dem Boden. Während die Officers noch dort standen und starrten, drang ihnen zum erstenmal der faulige Geruch des Todes ins Bewußtsein, der über allem hing.

Maculitis stieg noch zwei Stufen weiter hinauf, um einen besseren Überblick zu bekommen. Als er sich umwandte, um wieder hinunterzugehen, gewahrte er einen zweiten Körper.

»Jesus, da ist ja noch jemand . . .«

Halb im Flur nach rechts lag, ebenfalls auf dem Rücken, der Körper einer Frau, das blonde Haar blutverschmiert, die Kleidung offen, ein Nachthemd um die Taille, die Strumpfhose bis auf die Knie heruntergezogen.

So schnell sie konnten, verließen die beiden Officers das Haus wieder. Da sein Auto am nächsten stand, rief Maculitis die Zentrale an. Er meldete einen offenbaren Doppelmord, vielleicht auch doppelten Selbstmord und bat um ein Ermittlungsteam und die Spurensicherung.

Dann hatte Kvidera also recht gehabt, dachte der Mann in der Zentrale am Funk, er *hatte* Hilfe nötig gehabt.

Kurz nach fünf Uhr nachmittags kehrte Raymond Rose, ein Veteran mit acht Dienstjahren beim Elk Grove Village Police Department, aus dem Büro des Staatsanwalts in Niles, einem anderen westlichen Vorort Chicagos, in sein Headquarter zurück. Die meisten Kapitalverbrechen in Elk Grove Village wurden von dieser Dienststelle verfolgt, wie auch Verfahren gegen die meisten Verdächtigen, gegen die formell Anklage erhoben wurde, vor einer Abteilung des Gerichts von Niles eröffnet wurden.

Rose hatte morgens einen jungen Dachs im Stab namens Gary Keeno hinüber nach Niles gebracht, um ihn dort vorzustellen und ihn in das Prozedere eines Fahndungsersuchens einzuführen. Für Rose war es der erste Tag zurück in seinem Routinejob nach einer fünfmonatigen Abordnung zu einer abteilungsübergreifenden Operation gegen den Drogenhandel. Er war ein stiller, gesetzter Mann mit schwarzen Haaren und einem Schnauzbart mit hängenden Enden. Er wurde oft für überheblich gehalten, während er in Wirklichkeit nur ruhig, kompetent und sorgfältig war. Selbst Sohn eines Polizeibeamten, hatte er sich bedingungslos dem Dienst am Gesetz verschrieben.

Als die beiden Polizeibeamten nach Elk Grove Village fuhren, kam über Funk eine Nachricht für Ray Rose. Es war Deputy Chief William Kohnke.

»Ray, fahren Sie hinüber nach 55 Brantwood – sofort.«

»Alles klar«, erwiderte Rose. »Was liegt an?«

»Fahren Sie einfach nur hin«, wiederholte Kohnke und brach den Funkkontakt wieder ab.

Rose brauchte sieben Minuten bis dorthin. Am Ort befanden sich bereits drei Polizeifahrzeuge. Zwei uniformierte Officers, Kvidera und Maculitis, standen zwischen ihren Einsatzwagen und der Einfahrt zum Grundstück. Deputy Chief Kohnke stand mit Lieutenant Fred Engelbrecht, dem wachhabenden Einsatzleiter, neben der Veranda zusammen mit einem anderen zivilen Ermittler namens John Landers. Gerade fuhr ein Reporter vom *Elk Grove Herald* vor, und die Nachbarn begannen bereits, sich zu beiden Seiten des Hauses Nummer 55 zu versammeln.

Als Rose näherkam, sagte Kohnke: »Da drinnen haben wir einen toten Mann und eine tote Frau. Mit der Aufklärung dieses Falles beauftrage ich Sie, Ray.«

Rose nickte und blickte Landers an, der mit dem Kinn auf Kvidera und Maculitis deutete. »Die beiden Uniformierten sagen, das sehe sehr nach brutaler Gewalt aus. Überall Blut. Es war auch ein kleiner Pudel drinnen, aber den haben wir schon rausgeholt.«

»Gut so. Können wir reingehen?« fragte Rose.

»Ja sicher.«

Die beiden Ermittler blickten Deputy Chief Kohnke und Lieutenant Engelbrecht an. Beide nickten ebenfalls. Gemeinsam betraten Rose und Landers das Haus 55 Brantwood.

Im Innern des Hauses fanden Ray Rose und John Landers die Szenerie eines Gemetzels vor, wie es noch keiner von ihnen je zu Gesicht bekommen hatte.

Im Wohnzimmer im oberen Geschoß des Hauses fanden sie die Leiche eines Mannes auf dem Rücken liegend vor. Den Mann würden sie später als Frank Columbo identifizieren. Die geschulten Augen der Beamten registrierten wie eine elektronische Videokamera in Sekundenbruchteilen wichtige Details. Die Leiche war bekleidet mit einer schwarzen Plaidhose, einem weißen T-Shirt und trug Strümpfe, keine Schuhe. Das T-Shirt war im oberen Teil und entlang der rechten Seite vollgesogen mit Blut, das bereits begonnen hatte, sich zu zersetzen. Auch das Gesicht war mit verwesendem Blut bedeckt. Bei den Wunden, die sofort ins Auge fielen, handelte es sich um zwei von der Verwesung fast schon schwarze Striemen entlang der Kehle und diverse tiefe, klar erkennbare viereckige Stichwunden, die zwei Zoll tief in den Schädel hineinreichten. Rund um die Leiche lagen Glassplitter verstreut. Einige davon waren grün, andere klar. Ganz in der Nähe lag ein zerfetzter, blutiger Lampenschirm. Beide Ermittlungsbeamte blickten sich gleichzeitig im Raum um, beide suchten dasselbe.

»Nicht hier«, sagte Rose ruhig.

Landers nickte schweigende Zustimmung. Es gab im ganzen Raum keine Lampe, zu der der Schirm gepaßt hätte. Aber während sie sich noch umsahen, fanden sie etwas anderes auf dem blutgetränkten Teppich: vier menschliche Zähne. Oben an der Decke fanden sich Blutspritzer an zwei klar begrenzten Stellen und deuteten auf zwei einzelne aufwärts gerichtete Schwünge des blutigen Instruments hin, das benutzt worden war, um Frank Columbo den Schädel einzuschlagen. An einem Teetischchen mit Glasplatte fanden sich an der Unterseite der Glasplatte weitere Blutflecken, die an der Stelle vom Boden hochgespritzt sein mußten, wo die Leiche lag, was darauf schließen ließ, daß Columbo mit einem Messer, einer Schußwaffe oder sonstwie verletzt worden war, als er schon hilflos auf dem Boden gelegen hatte.

Die Officers gingen in einen angrenzenden Flur und fanden dort die Leiche einer Frau, die als Mary Columbo identifiziert wurde, die Ehefrau des Ermordeten. Sie lag mit einer klaffenden Wunde von einem Zoll Tiefe quer über der Kehle vor einer geöffneten Badezimmertür. Ihr Gesicht war über und über mit eingetrocknetem Blut beschmiert. Inmitten der blutigen Maske fand sich ein sauberes, rundes Loch, wo ihr genau zwischen die Augen geschossen worden war. Ihr Schädel schien, genau wie der ihres Mannes, mit einem viereckigen stumpfen Gegenstand eingeschlagen worden zu sein. Ein weißes Nachthemd und ein roter Hausmantel waren ihr bis zur Taille hochgeschoben worden; eine weiße Strumpfhose war bis kurz unterhalb der Knie heruntergezogen.

Rose bemerkte an der linken Hand der Toten einen großen Diamantring. Kein Raubüberfall also, dachte er. Ohnehin kein besonders guter.

Das Badezimmer hatte eine zweite Tür, die zu einem Schlafzimmer führte, und dort drinnen fanden sie die Ursache eines leisen Summens: einen Radiowecker direkt neben dem Bett. Als Weckzeit war 9 Uhr eingestellt ohne einen Hinweis darauf, ob 9 Uhr morgens oder 9 Uhr abends gemeint war. Rose stellte ihn vorsichtig ab, wobei er nur einen Finger benutzte.

Als die beiden Officers das übrige Haus in Augenschein nahmen, fiel ihnen auf, daß über mehrere Wände und auf beide Seiten einer Tür Blut geschmiert worden war. Auf jenem Treppenstück, das in das untere Halbgeschoß führte, bemerkte Rose eine leere Hülle aus klarem Plastik mit einem Laschenverschluß, die offensichtlich als Scherenetui diente. An einer anderen Stelle lag eine weiße Ledertasche auf dem Fußboden; der Inhalt war überall auf dem Boden verstreut. In der Küche war das Telefon ausgehängt; das war seltsam, denn Officer Joe Giuliano hatte noch am Nachmittag dreimal versucht, diese Nummer anzurufen, um Frank Columbo zu informieren, daß sein Thunderbird gefunden worden sei. Jedesmal hatte Giuliano ein Freizeichen gehört, aber niemand hatte den Hörer abgenommen. Hätte der Hörer nicht auf der Gabel gelegen, hätte er ein Besetztzeichen hören müssen.

In der Nähe des Telefons lag ein aufgeschlagenes persönliches Telefonbüchlein. Auf dem Fußboden fand sich ein kleines Häufchen Abfälle. Im Wandschrank eines Zimmers in der unteren Halbetage entdeckten sie einen großen Wandsafe; er war sicher verschlossen und zeigte keinerlei Anzeichen, daß etwa versucht worden wäre, ihn gewaltsam zu öffnen. Auf derselben Ebene standen etliche Schubladen offen, deren Inhalt, zum Teil Nähutensilien, überall verstreut lag. Auf einem Regal mit drei Brettern, das überladen war mit Sporttrophäen, fand sich ein rechteckiger Fleck im Staub, als sei dort irgend etwas entfernt worden. Im Obergeschoß war über eine Kommode loser Schmuck verstreut. Stuhlkissen lagen auf dem Boden herum; an einem der Stühle war Blut. In einem Badezimmer lag eine Ausgabe des *Elk Grove Herald,* datiert vom 4. Mai, einem Dienstag, also drei Tage alt.

Schließlich kamen die beiden Polizeibeamten zum letzten Schlafzimmer des Hauses auf der obersten Ebene – und dort entdeckten sie die Leiche eines heranwachsenden Jungen, der später als der dreizehn Jahre alte Michael Columbo identifiziert wurde. Die Leiche war bekleidet mit einem weißen T-Shirt und blauer Turnhose, und sie war barfuß. Der Kopf war wie bei den beiden anderen Opfern auch mit eingetrocknetem Blut besudelt. Gleich neben der Leiche lag eine Bowling-Trophäe: eine silberne Gestalt auf einem Marmorfuß. Die Figur war verbogen, der Sockel blutbefleckt. Rose und Landers tauschten schweigend Blicke; der rechteckige stumpfe Gegenstand war gefunden. Die Leiche lag auf dem Rücken, aber aus entsprechenden Blutspuren etwa achtzehn Zoll vom Kopf entfernt war zu schließen, daß die Leiche zunächst mit dem Gesicht nach unten gelegen hatte und dann umgedreht worden war; an einem der Unterarme fand sich ein übel verschmierter blutiger Handabdruck, der offenkundig entstanden war, als die Leiche umgedreht wurde. Die Brust des toten Jungen war übersät mit zahlreichen kleinen Striemen, Schnitten und Stichwunden. Rose spitzte die Lippen zu einem lautlosen Pfiff. »Wie viele schätzt du?«

Landers schüttelte unsicher den Kopf. »Eine ganze Menge. Fünfundzwanzig, vielleicht dreißig.« Der Officer irrte sich um mehr als die Hälfte; sie hatten den Rücken des Jungen noch nicht gesehen.

Die Officers sahen sich weiter im Zimmer um. Nahe beim Kopf des Jungen befand sich ein Schlüsselkästchen mit zwei Schlüsseln darin. Auf der metallenen Tür eines Wandschrankes fand sich eine dünne Furche, die an die Schramme einer vorbeijagenden Kugel aus einer Schußwaffe erinnerte; wenn dem so war, steckte die Kugel womöglich irgendwo im tiefen Flor des Teppichs. Auf einem in der Nähe stehenden Schreibtisch lag eine goldfarbene Schere – mit Blutspuren.

Rose und Landers wechselten einen letzten Blick von der Art, wie sie wohl nur von Polizeioffizieren verstanden wird. Beide waren verdammt glücklich, daß dies der letzte Raum war, den sie im Haus Nummer 55 Brantwood zu durchsuchen hatten.

Zurück auf der Veranda, sagte Rose zu Deputy Chief Kohnke: »Wir haben drei Leichen gefunden, Bill. Mann, Frau und einen Jungen im Teenageralter.«

Obwohl Rose sehr leise gesprochen hatte, hörten ihn einige Nachbarn, die sich an der nebenliegenden Einfahrt versammelt hatten, doch. Wie ein Schock durchlief es die Ansammlung. Eine Frau biß sich auf die Lippen und sagte: »Mein Gott. Wer soll Patty das jetzt erzählen?«

Die angesprochene Frau schüttelte den Kopf. »Ihre ganze Familie . . .«

Auf der Veranda wandte Ray Rose sich um, um die beiden Männer kurz zu informieren, die als nächste das Mordhaus betreten würden: Christopher Markussen und Robert Salvatore. Beide waren sehr erfahrene Beamte der Spurensicherung im Elk Grove Village Police Department. Markussen hatte dreizehn Jahre Erfahrung im Erkennungsdienst, Salvatore neun Jahre.

»Achten Sie auf Blut auf dem Teppich«, riet Rose ihnen. »Es gibt Stellen, da ist es bis auf den Untergrund durchgezogen und wegen der Lichtverhältnisse nicht gleich zu sehen. Außerdem müssen Sie auf vier Zähne achten, zwei oben am Ende der Treppe und zwei andere näher an der Leiche des Mannes. Und achten Sie auf zerbrochenes Glas überall im Wohnzimmer und im Flur . . .«

Während er redete, wußte Ray Rose, daß es absolut nicht nötig war, diesen beiden Männern, die selbst Experten von besonderem Kaliber waren, gute Ratschläge zu geben. Aber an diesem Abend machten ihn zwei Dinge übervorsichtig.

Da war zunächst einmal die schlichte Feststellung von Deputy Chief Bill Kohnke, als Rose vorhin zum Haus 55 Brantwood gekommen war: »Mit der Aufklärung dieses Falles beauftrage ich Sie, Ray.«

Zum anderen war da die Tatsache, daß der hingeschlachtete Junge dort drinnen in dem Haus im selben Alter, im selben Entwicklungsstadium wie sein eigener Sohn war.

Ray Rose war an diesem Abend übervorsichtig, weil dies ein Fall war, den er unter allen Umständen lösen wollte.

Markussen und Salvatore betraten das Haus und begannen ihre Untersuchungen, die sich zu fünf langen, anstrengenden Stunden hinziehen sollten, in denen sie die Mordszenerie erkundeten.

Zuerst wurden die kritischen Beweisstücke gesichert. Markussen nahm die aus Metall und Marmor gefertigte Trophäe neben Michael Columbos Kopf an sich. Obwohl verbogen, war sie ganz geblieben, wenn man einmal davon absah, daß ein schmales Stückchen an einer Ecke der Grundplatte fehlte. An dieser Platte befand sich Blut und in geringerem Maße auch an der Bowlingfigur aus Metall.

»Jemand hat dieses Baby als Schlagwaffe benutzt«, bemerkte Markussen.

Salvatore, der sich ebenfalls im Zimmer des toten Jungen befand, nahm vorsichtig eine vergoldete Schere vom Schreibtisch. Sie war nicht nur mit Blut besudelt, sondern schien zudem auch noch entzwei zu sein. Die Spitzen der beiden Schneiden, die aufeinander hätten liegen sollen, überlappten einander; dadurch ergab sich keine gemeinsame Spitze, sondern zwei gut einen Viertelzoll voneinander entfernte Spitzen. Dadurch wiederum überschnitten sich die beiden Fingeröffnungen am Griffstück.

»Ich denke mir, sie wurde benutzt, um den Jungen zu erstechen«, sagte Salvatore. Markussen sah sich die Schere genauer an und nickte dann.

Den Spezialisten fiel weiter auf, daß Michael zwei deutliche Einschüsse im Kopf aufwies: einen gleich über dem linken Auge, einen anderen in der rechten Schläfe. Im Blut rund um die erstgenannte Wunde konnte man noch Pulverspuren erkennen. »Ich glaube, da ist noch irgendwo hier in der Nähe eine Kugel«, sagte Markussen. »Mir sieht das so aus, als sei die Kugel an der einen Stelle des Kopfes ein- und an der anderen wieder ausgetreten.«

Sie machten sich auf die Suche nach der Kugel. An der metallenen Schiebetür des Wandschrankes fanden sie dann dieselbe Schramme, die Rose und Landers einige Minuten zuvor bereits entdeckt hatten. »Aha«, sagte Salvatore, »der Junge hat also gestanden, als auf ihn geschossen wurde. Die Kugel trat an der rechten Seite aus seinem Kopf aus, schlug gegen die Tür und prallte als Querschläger ab.« Sie ließen sich auf Hände und Knie nieder und wühlten mit den Fingerspitzen im Flor des Teppichs. Ein paar Minuten später richtete Markussen sich auf. »Hab' sie.«

Die beiden Officers bewegten sich überaus vorsichtig auf dem Mordschauplatz, als sie anfingen, alle sichtbaren und unsichtbaren Fingerabdrücke zu sichern. Einen fanden sie auf dem Handlauf der Treppe; einen an einem Türrahmen; der unvollständige Abdruck einer Handfläche konnte im Arbeitsraum sichergestellt werden, ein anderer am Telefonhörer. Im Anschluß an die Suche nach Fingerabdrücken sammelten sie blutgetränkte Gegenstände: viele Stellen des Teppichs; ein Stück eines Sitzkissens; drei Stückchen Tapete; ein Quadrat von vierzehn Zoll Kantenlänge vom Linoleum des Küchenbodens; und überhaupt alles, woran sie Blutspuren finden konnten. Manche der Stücke, die sie sammelten, trugen keine Blutspuren, konnten aber in anderer Hinsicht für die Aufklärung des Verbrechens wichtig sein: große Mengen verschreibungspflichtiger Drogen aus dem Medizinschrank beispielsweise, darunter vier Tabletten *Maleen*, sechsundvierzig Tabletten *Permathen* und eine nicht näher genannte Menge *Valium*; ein Paar Handschuhe aus Leder und Wolle, die womöglich vom Killer zurückgelassen wurden; und noch ein schwarzes Schlüsseletui mit einem knappen Dutzend Schlüssel. Die beiden Beamten wunderten sich, warum das letztgenannte Beweisstück so nahe dem Kopf des Jungen gelegen hatte.

Markussen ging umher und sammelte geduldig eine Menge Glassplitter auf, die rings um die Leichen von Frank und Mary Columbo verstreut lagen, während Salvatore begann, die inzwischen an die hundert Beweisstücke noch einmal zu überprüfen und aufzulisten.

Gegen 10 Uhr abends waren die beiden Beamten schon fast fünf Stunden bei ihrer Arbeit. Sie fühlten sich, als seien sie bereits seit einer Woche in diesem Haus.

Draußen auf der Veranda hatte John Landers derweil Neuigkeiten für Ray Rose.

»Außer dem Thunderbird, den man unten in der City gefunden hat, wird noch ein weiteres Auto der Familie Columbo vermißt«, berichtete er, »und zwar ein 72er Oldsmobile 98 mit schwarzem Vinyldach auf grüner Karosserie, viertürig.«

»Schreiben Sie ihn zur Fahndung aus«, sagte Rose.

Chris Markussen und Bob Salvatore kamen aus dem Haus.

»Fertig?« fragte Rose.

»Fertig«, bestätigte Markussen.

»Das ist das Schlimmste, was ich je gesehen habe«, sagte Salvatore.

Auf dem Rasen nahe der vorderen Veranda wurde Deputy Chief Bill Kohnke von den Presseleuten interviewt. »Es handelt sich um einen sehr brutalen, aberwitzigen, unfaßbaren Mord«, wurde er später zitiert. »Er geschah ohne Sinn und Verstand.«

»Wissen Sie, um wie viele Täter es sich handelt?« fragte einer der Reporter.

»War es eine Bande oder etwas in der Art?« fragte ein anderer fast gleichzeitig.

»Es muß sich um mindestens zwei Eindringlinge gehandelt haben«, erwiderte Kohnke, an beide gerichtet. »Es hat erhebliche Gegenwehr gegeben; Hände und Arme weisen sehr viele Wunden auf, ein Hinweis darauf, daß die Opfer versucht haben, sich zu wehren.«

»Wurde die Frau vergewaltigt?«

»Es hat den Anschein, ja.«

Zwei Leichenwagen eines örtlichen Bestattungsunternehmens fuhren vor, und ein paar Leute mit Leichensäcken näherten sich dem Haus. Chris Markussen und Bob Salvatore blickten einander an. Einer von ihnen mußte ins Haus zurück, zurück in dieses Schlachthaus, um die Abholung der Leichen zu beaufsichtigen.

»Ich mach's«, sagte Salvatore schließlich.

Auf dem oberen Absatz lag einer der Säcke – mit Gummi ausgeschlagen, Reißverschluß über die ganze Länge, wasser- und geruchsdicht – bereits neben Michael Columbo. Als die Männer sich schon anschickten, nach dem Körper des toten

Jungen zu fassen, sagte Salvatore plötzlich: »Einen Augenblick noch . . .!«

Er kniete nieder und betrachtete den Jungen aufmerksam. Das geschulte Auge des Ermittlungsbeamten hatte jetzt, da der Leichnam auf dem Rücken lag, etwas erspäht, das vorher niemandem aufgefallen war. In einem der eingetrockneten Blutspritzer, die das Hemd etwa in der Körpermitte besudelt hatten, befand sich ein einzelnes Haar. Michaels eigenes Haar? Möglich. Aber genausogut möglich, daß es sich um ein Haar des Mörders handelte.

Sehr vorsichtig rollte Salvatore das T-Shirt bis zu den Achselhöhlen des toten Jungen auf und sicherte das Haar so in dem aufgerollten Teil.

Als der Sack mit dem Leichnam hinaus in den Leichenwagen getragen worden war, sagte Salvatore zu Ray Rose: »Ich muß mit dem Jungen fahren. An seinem Körper ist ein Haar, und ich möchte die Beweiskette nicht gern unterbrechen.«

Rose nickte zum Zeichen seines Einverständnisses. Salvatore dachte an die Einhaltung der gesetzlichen Form der Beweiskette, was wichtig werden könnte, wenn er je vor einem Gericht über die Umstände des Auffindens dieses Haares befragt werden sollte. Er mußte physisch in der Nähe des Haares bleiben, bis es vom Körper des toten Jungen entfernt und als Beweisstück markiert worden war. Wenn er diesen Leichensack auch nur einen Augenblick lang aus den Augen ließ, wäre die Beweiskette unterbrochen, und Robert Salvatore würde nicht mehr beschwören können, daß das hier und jetzt vorgelegte Haar dasselbe war, das er am T-Shirt der Leiche gefunden hatte. Die Regeln betreffend die Beweiskette waren sehr genau, und die Gerichte achteten streng auf ihre Einhaltung.

Während Salvatore bei Michaels Leiche blieb, beaufsichtigte Chris Markussen den Abtransport der Leichen von Frank und Mary Columbo. Mary wurde zusammen mit ihrem toten Sohn im selben Leichenwagen fortgefahren, Frank Columbos Leiche in dem anderen.

»Sie fahren mit der Leiche des Mannes«, sagte Ray Rose zu Landers. »Wir sehen uns dann im Hospital wieder.«

Die beiden Leichenwagen mit den drei ermordeten Mitgliedern der Familie Columbo fuhren kurz vor 11 Uhr abends vom Haus 55 Brantwood ab. Zehn Minuten später bogen sie in die Einfahrt zur Notaufnahme des *Alexian Brothers Medical Center* ein, einem fünfstöckigen roten Backsteingebäude, das der medizinischen Versorgung der westlichen Vororte Chicagos diente.

Einer nach dem anderen wurden die gummierten Leichensäcke vom diensttuenden Notarzt geöffnet, und nacheinander untersuchte er die drei Mordopfer zuerst auf auch nur das geringste Lebenszeichen. Währenddessen kam Father Ward Morgan, ein untersetzter, grauhaariger römisch-katholischer Geistlicher, auf Ray Rose zu.

»Guten Abend, Ray«, sagte er.

»Hallo, Father«, erwiderte Rose. »Gehörten die Columbos zu Ihrer Pfarrei von der Rosenkranzkönigin?«

»Ja«, sagte Father Morrison. Auf seinem Gesicht stand tiefe Trauer zu lesen. »Was geschieht jetzt mit ihnen, Ray?« fragte er.

»Sie müssen zur Autopsie ins County-Leichenschauhaus gebracht werden, Father«, sagte Rose fast entschuldigend.

»Verstehe.« Father Morrison sah zu den beiden Leichenwagen hinüber, deren Türen offenstanden. »Hätten Sie etwas dagegen, wenn ich ihnen gleich hier die Sterbesakramente erteile? Ich würde es zu gern tun, bevor ihre Leiber durch die Autopsie noch weiter entweiht sein werden.«

»Natürlich, Father«, sagte Rose. »Aber machen Sie schnell.«

Nachdem der Notarzt alle drei Opfer offiziell für tot erklärt hatte, trat der Priester hervor und erteilte ihnen die letzte Ölung; aus einer kleinen Flasche mit Weihwasser besprengte er alle drei Körper und sprach ein kurzes Gebet mit der Bitte um Errettung ihrer Seelen. Nachdem sowohl der Arzt als auch der Priester ihr Werk vollendet hatten und Frank, Mary und Michael Columbo offiziell tot und mit dem geistlichen Trost ihrer Kirche versehen worden waren, wurden die Türen der beiden Leichenwagen erneut geschlossen.

Nun begann für die beteiligten Officers ihre letzte Fahrt mit den Opfern. Sie fuhren in die City von Chicago, etwa vierzehn Meilen bis zum Fishbein Institut für forensische Medizin – besser bekannt als das Leichenschauhaus des Cook County.

Als die Leichenwagen eintrafen, war Frank Columbo etwa zwölf Häuserblocks von seinem braunen Thunderbird, Baujahr 1973, entfernt, der noch immer vor dem Block 100 in der South Whipple Street geparkt war. Da mittlerweile bekannt war, daß der Wagen einem Mordopfer gehört hatte, behielten ihn vier Polizeibeamte von verschiedenen Positionen aus genauestens im Auge für den Fall, daß jemand kam um nachzusehen, ob er schon gefunden worden war.

Ironischerweise wußte Frank Columbos Mörder nicht einmal, daß der Wagen überhaupt dort stand.

Mai 1976

In einem Vernehmungszimmer des Elk Grove Village Police Headquarters saß eine in Tränen aufgelöste, zitternde Patty Columbo, um den Ermittlungsbeamten mit so vielen Informationen, wie sie nur geben konnte, zu helfen.

»Wo arbeitete Ihr Vater, Miss Columbo?«

»Bei der – bei der *Western Autozubehör* unten in Chicago. Die Adresse der Firma ist 525, 47. Straße West.« Sie versuchte ein Lächeln. »Als ich noch ein kleines Mädchen war, nahm er mich manchmal mit zur Arbeit, und die Damen im Büro taten dann immer so, als dürfte ich ihnen helfen.«

Der Officer räusperte sich. »Hat Ihre Mutter ebenfalls gearbeitet?«

Patty schüttelte den Kopf. »Nein, sie hat nie gearbeitet. Vater wollte es nicht.«

»Wie alt war Michael?«

»Drei ... dreizehn. Er hatte – letzten Monat erst Geburtstag.«

»Können Sie mir etwas über irgendwelche Wertgegenstände erzählen, die vielleicht im Haus aufbewahrt wurden?«

Wieder schüttelte sie den Kopf. »Ich weiß nicht. Ich wohne schon seit über einem Jahr nicht mehr zu Hause. Ich weiß, daß meine Mutter ein paar Diamantringe und ein Paar Ohrringe mit Diamanten besessen hat. Für durchstochene Ohren. Und sie besaß eine Stola aus Silberfuchs.«

»Bewahrte Ihr Vater größere Summen Geldes im Haus auf?«

»Ich glaube nicht. Wenn doch, dann hat er jedenfalls nie darüber geredet. Geld hätte er in jedem Fall in seinem Safe aufbewahrt, denke ich mir. Er befindet sich in einem Wandschrank auf der unteren Wohnebene, gleich am Ende des Flurs.«

»Ja, den haben wir gesehen. Kennen Sie die Zahlenkombination?«

»Nein.«

»Dann werden wir ihn wohl gewaltsam öffnen müssen. Gab es irgendwelche Schußwaffen im Haus?«

Patty hob die Schultern. »Ich weiß nur von Michaels Luftgewehr.«

»Wann haben Sie zum letztenmal mit Ihren Eltern gesprochen?«

»Das war entweder am Montag- oder am Dienstagabend. Ich bin nicht ganz sicher. Dad rief mich an, um mit mir über meine Heiratspläne zu reden. Wir hatten eine Zeitlang nicht mehr miteinander geredet; er mochte meinen Freund nicht, weil er schon einmal verheiratet war. Mein Dad ist . . .« die Stimme versagte ihr, und die Worte kamen nur noch stoßweise aus ihrem Mund ». . . ich meine, mein Vater *war* sehr altmodisch, verstehen Sie, und ich bin seine einzige Tochter. Aber er hat sich schließlich doch damit abgefunden und meinen Freund akzeptiert, und nun rechneten er und meine Mom fest mit der Hochzeit.« Noch bevor der Ermittler eine weitere Frage formulieren konnte, fragte Patty: »Darf ich Ihnen von den wirren Telefonanrufen erzählen, die ich erhalten habe?«

»Was für wirre Anrufe?«

»Vor zwei oder drei Wochen hat es angefangen. Manchmal, wenn ich ans Telefon gehe, meldet sich ein Mann und sagt: ›Ist da Pat?‹ Dann fängt er an, ganz schwer zu atmen, fast wie ein Keuchen. Ich habe über diese Anrufe nie viel nachgedacht, aber jetzt, wo – wo das hier – passiert ist . . .«

»Sie könnten vielleicht etwas mit dem zu tun haben, was Ihrer Familie widerfahren ist, Miss Columbo, vielleicht aber auch nicht, aber wir können auf jeden Fall einmal mit Hilfe einer Fangschaltung herauszufinden versuchen, woher die Anrufe kommen.«

»Ja, tun Sie das doch bitte. Und können Sie mir vielleicht auch sagen, wann Sie den Safe meines Vaters öffnen werden?«

»Warum? Ist etwas darin, das für Sie von besonderem Interesse wäre, Miss Columbo?«

»Ich glaube, es liegt ein Brief darin, in dem steht, wie sie ihr Begräbnis ausgerichtet wünschen. Mein Onkel Mario, ein Bruder meines Vaters, wird versuchen, alles an sich zu ziehen, aber ich vermute, in dem Brief steht, ich solle dies übernehmen.«

Der Officer räusperte sich noch einmal. »Wenn wir einen derartigen Brief finden, Miss Columbo, werden wir dafür sorgen, daß Sie ihn unverzüglich erhalten.«

Nach der polizeilichen Vernehmung wurde Patty von Reportern der Chicagoer Presse und den Stadtteilzeitungen interviewt. Gefragt, ob sie irgendeinen Verdacht habe, wer als Mörder ihrer Familie in Betracht kommen könnte, schüttelte sie den Kopf. »Ich weiß es nicht. Alles, was mir dazu einfällt, ist, daß der, der das getan hat, unter starkem Drogeneinfluß gestanden haben muß. Andernfalls könnten es nur Verrückte gewesen sein.«

»Miss Columbo, die Polizei hat aus dem Haus Ihrer Familie ein persönliches Telefonbüchlein mitgenommen, in dem verschiedene Nummern stehen, die durchaus Mitgliedern des Chicagoer organisierten Verbrechens gehören könnten. Wissen Sie irgend etwas über Verbindungen Ihres Vaters zur Unterwelt von Chicago?«

»Nein, davon weiß ich nichts«, sagte Patty mit Bestimmtheit, »und das ist so ziemlich das Schrecklichste, was jemand über meinen toten Dad denken kann. Er war so anständig, daß er nicht einmal gelogen hätte.«

»Fürchten Sie um Ihr eigenes Leben, Miss Columbo?«

»Ja, ich habe Angst. Ich habe schon die Schlösser an meinen Türen ausgetauscht. Außerdem habe ich jetzt in meinem Apartment einen ausgewachsenen Deutschen Schäferhund.«

Es klang, als habe sie den Hund gerade erst erworben, in Wirklichkeit aber besaß sie ihn schon seit sechs Monaten.

Während sie die schlanke, hübsche Neunzehnjährige mit

ihrem kessen Baby-Gesichtchen, dem makellosen Teint und einer Haarmähne wie Farrah Fawcett interviewten, war selbst den Gerichtsreportern, abgebrüht wie sie waren, klar, daß dies eine glückliche junge Frau war. Eine der Schlagzeilen an diesem Morgen lautete:

MORDOPFER VON DEN KILLERN GEQUÄLT

Um wie vieles schrecklicher wäre diese Schlagzeile wohl ausgefallen, wenn diese schöne junge Frau ein viertes Opfer gewesen wäre.

Seit mehr als zwanzig Jahren im Besitz der Zulassung, als Arzt im Staate Illinois zu praktizieren, besaß Dr. Robert Stein beeindruckende Referenzen: Magister der Biologie, Staatsexamen in Pathologie, Doktor der Medizin. An diesem Tag war er zum Leiter der forensischen Pathologie vom Büro des Coroners im Cook County bestellt worden. Er schickte sich an, seine hundertste forensische Autopsie im Jahre 1976 vorzunehmen. Über die Jahre hinweg hatte er bereits an die tausend solcher postmortaler Operationen durchgeführt.

Am Leichenschauhaus in der Harrison Street parkte Dr. Stein seinen Wagen auf dem für ihn reservierten Platz und ging ohne auch nur in seinem Büro vorbeizuschauen eilig hinunter in den Raum mit den Schließfächern für die zu untersuchenden Leichen und legte seine Chirurgenkleidung an. Im Autopsieraum erwarteten seine Assistenten ihn bereits, und auch der Ermittlungsbeamte Robert Salvatore vom Elk Grove Village Police Department war als offizieller Beobachter der Polizei bereits anwesend. Es war Salvatores zweiter Besuch im Leichenschauhaus im Zusammenhang mit den Morden an den Columbos. Er hatte am frühen Samstagmorgen bereits den Leichnam von Michael Columbo hierher begleitet, und bevor die drei Opfer entkleidet worden waren, um fotografiert zu werden, hatte er eigenhändig das T-Shirt aufgerollt, um das einzelne Haar zu sichern, das er am Tatort gesehen hatte. Der aufgerollte Teil des T-Shirts war unversehrt gewesen, und so hatte Salvatore es in einer braunen Papiertüte, dem allgemein üblichen Asservaten-Behältnis, verschlossen und es markiert, um es später identifizieren zu können.

»Guten Morgen, Gentlemen«, sagte Dr. Stein beim Eintritt in den Sezierraum. Er wandte sich gleich an Salvatore. »Officer«, sagte er, »gibt es etwas, woran Sie besonders interessiert sind?«

»Ja, Sir. Mageninhalt, soweit möglich, Doktor«, erwiderte Salvatore. »Wir müssen wissen, woraus ihr letztes Mahl bestanden hat. Wir versuchen, daraus den genauen Zeitpunkt zu bestimmen, zu dem die Morde geschahen.«

»In Ordnung.« Dr. Stein wandte sich seinen Assistenten zu. »Fangen wir also an. Mikrofon auf, bitte.«

Stein trat an den nächstgelegenen Operationstisch, wo einer der Assistenten das Laken von einem männlichen Leichnam zog. Der Doktor blickte kurz auf das Kärtchen, das an einer der großen Zehen befestigt war.

»Dies ist der Fall mit der Nummer einhundert. Leiche wurde identifiziert als Frank Peter Columbo, Kaukasier, männlich, einundsiebzig Zoll groß, Gewicht einhundertzweiundachtzig Pfund. Haar dunkelbraun, leicht gelichtet; Augen ebenfalls braun. Anzeichen von Verwesung, frühes Stadium, Hautablösungen. Hinweise auf starke Gasentwicklung innerhalb des Körpers. Ausgeprägte Schwellung an Penis und Skrotum. Inaugenscheinnahme erweist weiter deutliche Spuren von Gewalteinwirkung wie Striemen, Schußverletzungen und eine Anzahl Schnittwunden.« Die Schnittwunden, berichtete der Arzt, fanden sich rund um den Bereich der Kehle. Die Striemen fanden sich vornehmlich auf dem Kopf, an dessen Seiten und auf der Stirn. Hervorgerufen worden waren sie durch Schläge mit einem stumpfen Gegenstand. Zusätzlich fand Dr. Stein an der linken Nackenseite eine Anzahl runder, braun verbrannter Stellen – wie sie durch eine brennende Zigarette hervorgerufen sein könnten.

Dr. Stein fuhr fort mit der Öffnung des Schädels. »Hier sind vier Einschußlöcher zu sehen, aber keine Austrittsöffnungen«, sagte er. »Kugel Nummer eins drang an der rechten Seite des Gesichtes ein und blieb im Keilbein* stecken. Kugel Nummer

* Keilbein = mittlerer Schädelknochen

zwei trat durch den Mund ein und blieb in der Stirnhöhle stecken. Im Ober- und Unterkiefer fehlen jeweils mehrere Zähne. Kugel Nummer drei trat an der linken Gesichtshälfte ein und blieb gleich hinter dem linken Beckenknochen stecken, der dadurch eine Fraktur erlitt. Diese Kugel weist Deformierungen auf. Kugel Nummer vier trat hinter dem linken Ohr ein und blieb im Schläfenbein stecken. Diese Kugel erreichte das Hirn nicht.« Eine Untersuchung des Gehirns ergab keinen Hinweis auf einen Tumor oder sonst einen Defekt mit Ausnahme der durch die Kugeln verursachten Verletzungen.

Nach Öffnung des Torsos untersuchte Dr. Stein zunächst Lungen und Herz, danach die abdominalen Organe: Leber, Gallenblase, Bauchspeicheldrüse, Magen.

Fleisch, Gemüse und Kartoffeln, das war Frank Columbos letzte Mahlzeit gewesen.

Perfekt, dachte Robert Salvatore angesichts dieser Funde. In den zweiunddreißig Stunden, seit die Leichen hier im Leichenschauhaus eingetroffen waren, hatten Ray Rose und sein Ermittlungsteam durch die Befragung eines dreizehnjährigen Freundes von Michael Columbo namens Glenn Miller, der unmittelbar neben den Columbos wohnte, erfahren, daß die Columbos am Dienstagabend, dem 4. Mai, im *Around the Clock*-Restaurant in Arlington Heights zu Abend gegessen hatten. Der junge Miller hatte gesehen, wie die Familie aus diesem Restaurant weggefahren war. Eine Kellnerin in diesem Restaurant, eine gewisse Judy DiMartino, hatte sich erinnert, daß sie ihnen Paprika zum Hamburger serviert hatte, während Frank und Michael zusätzlich noch gebackene Kartoffeln gegessen hatten. Wenn Mary und Michael einen ähnlichen Mageninhalt aufwiesen, dann mußte dieses Abendessen auch deren letztes Mahl gewesen sein.

Nunmehr beaufsichtigte Dr. Stein die Entnahme von Haar- und Blutproben sowie von Teilen der Fingernägel und oralen wie rektalen Abstrichen, genau wie es das Elk Grove Village Police Department erbeten hatte.

»Die Todesursache im Falle Frank Peter Columbo, Fall Nummer einhundert«, faßte Dr. Stein das Ergebnis der Autopsie schließlich zusammen, »waren ein oder mehrere Schüsse in den Kopf.«

Die Gemeinde Elk Grove Village und hier vor allem die unmittelbare Nachbarschaft zum Mordhaus 55 Brantwood befand sich in einer Art Alarmzustand, der in blankes Entsetzen auszuarten drohte. Die Gewalttätigkeit, deretwegen die ältere Generation in die Vororte geflohen war und die sie in der Innenstadt hatte zurücklassen wollen, war wie aus dem Nichts aufgetaucht und hatte sich wie der Hauch des Bösen selbst über ihr ruhiges, kleines Städtchen gelegt. Elk Grove Village wurde von einem heiteren, betriebsamen kleinen Dorf eine Zeitlang zu einem bedrückten und bedrückenden Ort. Wo einst das Leben pulsierte, entstand eine gehetzte Atmosphäre voller skeptischer Blicke. Man paßte sorgsamer auf die Kinder auf und man kontrollierte lieber einmal öfter, ob auch alle Türen abgeschlossen waren.

An der *Lively Junior High-School* wurden spezielle Vorkehrungen für die Klassenkameraden von Michael Columbo getroffen, der die siebte Klasse besucht hatte. Das psychiatrische Zentrum von Elk Grove stellte Therapeuten ab, die den jungen Leuten helfen sollten, mit dem Gefühl ohnmächtiger Trauer fertig zu werden, das durch die Morde ausgelöst worden war. Dazu grassierte ein starkes Gefühl unbestimmbarer Angst, dasselbe könne ihnen selbst oder ihrer Familie geschehen. Viele der Schüler hatten schlecht geschlafen, seit sie von dem entsetzlichen Verbrechen erfahren hatten.

Die Nachrichtenjäger überzogen den kleinen Vorort mit ihren Netzen. Keine Meinung, keine Theorie und kein Gerücht blieb unbeobachtet. Die Hypothese vom Einbruch aber, die vom Polizeichef von Elk Grove Village, William Kohnke, aufgestellt worden war, behauptete nach wie vor ihre Favoritenrolle. Danach waren drei oder vier Einbrecher ins Haus eingedrungen, indem sie entweder die rückwärtige Tür ausgehebelt oder aber das Schloß der Seitentür geknackt hatten. Kohnkes Mutmaßung lief darauf hinaus, daß Frank Columbo, der gerade zu Bett gehen wollte, verdächtige Geräusche vernommen hatte und nachsehen wollte, worum es sich handelte. Unten war er überwältigt worden, man hatte mit einem Dolch auf ihn eingestochen, ihm die Kehle durchgeschnitten und ihn zusätzlich auch noch erschossen. Anschließend war seine Frau vergewaltigt und dann gleichfalls umgebracht worden. Der halbwüchsige Junge war in seinem Zimmer ermordet worden, um keine Zeugen zurückzulassen.

Es kursierte auch eine Geschichte, wonach der Lincoln Continental der Familie der Polizei eine Fülle von Fingerabdrücken beschert hatte, von denen man annehmen konnte, sie stammten von den Killern. Eine andere schrieb die Entdeckung der Leichen Frank Columbos Kollegen zu, die angeblich die Polizei wegen seines unentschuldigten Fernbleibens von der Arbeit angerufen hatten. Deputy Chief Kohnke glaubte, das Verbrechen habe seinen Anfang als Raubüberfall genommen und sei dann zu einer wahren Folter- und Mord-Orgie eskaliert, als die Einbrecher durch Drogen high geworden waren.

Jede dieser Theorien sollte sich als falsch erweisen. Nicht einmal die Marke und das Modell des Wagens stimmten.

Während ganz Elk Grove die Version von dem Einbruch akzeptierte, ergab sich still und leise eine neue Möglichkeit. Vollstreckungsbeamte des County hatten bereits diverse Namen im privaten Telefonregister der Familie überprüft – wie etwa DeStefano, DeBartoli und andere, die in letzter Zeit mit dem organisierten Verbrechen in Chicago in Verbindung gebracht worden waren. Jetzt fingen sie an, Frank Columbos finanzielle Engagements als ›stiller Teilhaber‹ an zwei Chicagoer Firmen genauer unter die Lupe zu nehmen, die in erheblichem Umfang als Vertragspartner für Columbos Arbeitgeber, die *Western Auto*, tätig waren.

Als Columbos Beteiligung an den beiden Firmen, die nicht gleich identifiziert wurden, ans Licht kam, räumte Deputy Chief Kohnke ein, es sei »möglich, daß es einen Zusammenhang« zwischen diesen geschäftlichen Transaktionen und den Morden geben könnte. Die Polizei hatte Columbos Safe geöffnet und Aufzeichnungen darüber gefunden, daß hier zeitweilig bis zu siebzigtausend Dollar aufbewahrt worden waren. Kopien von Einkommensteuererklärungen zeigten darüber hinaus, daß Columbo das von den beiden Firmen erhaltene Geld nicht angegeben hatte. Kohnke weigerte sich in einer seltenen Anwandlung von Zurückhaltung, die Namen der beiden Firmen bekanntzugeben, sagte aber immerhin, das Büro des Staatsanwalts werde die Verantwortlichen vorladen und die Finanzen der Firmen überprüfen.

Die neue Theorie des Deputy Chiefs nach den letzten Informationen war, daß drei oder vier Einbrecher sich Zugang zum Haus verschafft hatten, indem sie das automatische Garagentor aktiviert und dann eine Verbindungstür von der Garage zur unteren Wohnebene aufgebrochen hatten. In den Mißhandlungen Frank Columbos wurde jetzt der Versuch gesehen, ihn zum Öffnen des Safes zu veranlassen.

Kohnke sagte, er habe jetzt eine Liste von Verdächtigen in diesem Fall erstellt. Auf dieser Liste standen neunzehn Namen. Nicht einer davon wurde publik gemacht.

Im Autopsieraum des Leichenschauhauses wandte Dr. Robert Stein sich dem zweiten Operationstisch zu.

»Fall Nummer einhundertundeins«, sagte er, »identifiziert als Mary Columbo, ist eine kaukasische Frau von sechsundsechzig Zoll Größe und einem Gewicht von hundertsiebenunddreißig Pfund. Das Haar des Leichnams ist blond gefärbt mit dunkelbraunen Wurzeln; die Augen sind grau.«

Wieder fügte er einige Worte über den Verwesungszustand der Leiche an.

»Die weitere äußere Untersuchung«, fuhr er fort, »erweist Male von Gewalteinwirkung wie Platzwunden am Kopf, die aussehen, als wären sie ihr mit einem stumpfen Gegenstand beigebracht worden, und eine Schußwunde an der Nasenwurzel zwischen den Augen. Weiter finden sich viele Schnittwunden am Nacken, die offensichtlich von einem scharfen Gegenstand verursacht wurden. Diese Schnittwunden sind nur oberflächlich und haben lediglich die Venen erreicht.« Bevor er den Schädel öffnete, um nach der Kugel zu suchen, schaute Dr. Stein mit Hilfe eines starken Opthalmoskops tief in beide Augen hinein. »Extrem starker Bluterguß sowohl im rechten wie im linken Auge«, berichtete er. Diese einzelne Kugel hatte genügend Blutgefäße in Mary Columbos Schädel zerstört, um ihre Augäpfel mit Blut zu füllen.

Und Mary Columbos Augen standen weit offen, die Pupillen waren stark erweitert. Mary Columbo hatte gewußt, was sie erwartete; sie hatte den Tod kommen sehen und ihm voller Entsetzen entgegengeblickt.

Als der Doktor sich mit ihrem Unterleib befaßte, untersuchte er sorgfältig die Dammregion und fand eine grau-weiße Flüssigkeit, die inzwischen eingetrocknet war. Ihm waren die Berichte, die Frau sei vergewaltigt worden, sehr wohl bekannt. Trotzdem gab er zu Protokoll: »Hierbei scheint es sich um ein natürliches Sekret zu handeln.« Damit ließ er zumindest die Möglichkeit offen, daß es sich dabei um normalen Ausfluß oder sonst einen regulären vaginalen Vorgang handeln könnte. Er fand keine direkt sichtbaren Anzeichen einer Vergewaltigung oder einer anderen Art von sexueller Gewalt. Abgesehen von dem Umstand, daß ihre Blase völlig leer war, ergab der Rest der Untersuchung nichts Besonderes.

In Mary Columbos Magen-Darm-Trakt wurden dieselben Fleisch- und Gemüsepartikel gefunden, die sich auch im Körper ihres Mannes befanden. Reste von Kartoffeln fanden sich nicht. Damit schien es jetzt sicher, daß Judy DiMartino der Familie in der Tat am Dienstagabend die letzte Mahlzeit serviert hatte.

Ein operativer Eingriff am Dickdarm, wie er bei Mary Columbo einmal vorgenommen worden war, wurde im Autopsiebericht nicht erwähnt. Ausgeheilte Krankheiten sind bei einem Mordopfer nicht relevant.

»Die Todesursache«, subsumierte Dr. Stein auch diesmal wieder, »war eine Verletzung durch eine einzelne Kugel im Kopf.«

Schließlich wurden noch Blut- und Haarproben, Partikel der Fingernägel sowie orale, rektale und vaginale Abstriche genommen, wie sie vom Elk Grove Village Police Department ausdrücklich angefordert worden waren.

Der Sonntagmorgen war fast vorüber. Zwei waren erledigt, eine blieb noch.

Die beiden mysteriösen Firmen, deren stiller Teilhaber Frank Columbo angeblich gewesen war, stellten sich als eine lokale Spedition heraus, die im Auftrag von Columbos Arbeitgeber, der *Western Auto*, für diese Transporte durchführte, und eine Arbeitsvermittlungsagentur für Tagelöhner, die Arbeitskräfte beschaffte, um eben jene Lastwagen zu be- und entladen. Als sich eine große Jury anschickte, Licht in Columbos Situation zu bringen, die von Interessenkollision gekennzeichnet war, setzte die Generaldirektion der *Western Auto* fünftausend Dollar für Hinweise aus, die zur Verhaftung und Aburteilung der Mörder der Familie führen würden.

Einen Tag nach Auffinden der Leichen rief Patty Columbo die Polizei von Elk Grove an. Sie sprach dort mit Sergeant Ron Iden. »Ich habe gerade mit meiner Tante gesprochen«, sagte Patty, »einer Schwester meiner Mutter. Sie hat mir etwas erzählt. Ich weiß jetzt allerdings nicht, ob es Sie interessiert oder nicht . . .«

»Worum handelt es sich denn, Miss Columbo?« fragte Iden.

»Nun, Sie wissen vielleicht, daß mein Vater und mein Bruder begeisterte CB-Funker waren. Überall im Haus hatten sie Empfänger stehen, die auf die in der Stadt gebräuchlichen Wellenlängen eingestellt waren, und außerdem gehörten sie einem CB-Club in Elk Grove an. Nun meinte meine Tante, es könnten ja vielleicht ein paar CB-Funker etwas mit dem zu tun haben, was passiert ist, denn Dad hatte erst kürzlich ein paar Probleme, ein Clubmitglied zur Ordnung zu rufen. Ich selber wußte davon gar nichts; meine Tante meinte, Sie sollten das wissen.«

»Das sollten wir unbedingt, Miss Columbo«, versicherte Iden ihr. »Wir wollen alles in dieser Richtung wissen, einfach alles. Manchmal werden Dinge, die zuerst ganz nebensächlich scheinen, später überaus wichtig.«

»Gut. Ich wußte nur nicht, ob ich Sie damit behelligen sollte.«

»Rufen Sie uns jederzeit an«, drängte Iden, »wenn Sie eine Information haben, die Sie für wichtig halten. Uns ist jede Hilfe willkommen.«

Es war eine interessante Möglichkeit. Ray Rose und sein Ermittlungsteam wußten inzwischen, daß ein teures CB-Gerät, das im Hause Columbo vermißt wurde, zwei Tage, nachdem die Leichen entdeckt worden waren, von einem Schwarzen auf dem Trödelmarkt in der Maxwell Street in Chicago verkauft worden war. Der Käufer hatte sich umgehend bei der Polizei gemeldet, als er auf dem metallenen Boden des Gerätes den Namen *Columbo* eingeritzt gesehen hatte.

Diese Entwicklung fügte dem Fall eine neue Dimension hinzu: schwarze Einbrecherbanden. Es gab zwei notorisch gesetzesbrecherisch agierende Horden junger Schwarzer, die zu dieser Zeit im Raum Chicago ihr Unwesen trieben: die Myrick-Williams-Bande und die Gilmore-Bande. Die erste wurde von John Myrick und Anthony Williams angeführt, die zu dieser Zeit beide wegen Mordes gesucht wurden. Die Vorgehensweise dieser Bande war bekannt: Sie erstachen ihre Opfer bevorzugt mit Scheren. Die andere Bande, die Gilmores, umfaßte fünf junge Männer, alle geboren zwischen 1949 und 1956, deren Spezialität Einbrüche in Häuser in den besseren weißen Wohnvierteln war. Weiter wurde noch eine weniger gewalttätige Bande verdächtigt: die Royals; in ihrem ›Bezirk‹ war Frank Columbos Thunderbird verlassen aufgefunden worden.

Einen Tag, nachdem Patty Columbo Sergeant Iden wegen des CB-Clubs angerufen hatte, rief sie wieder an. »Hallo. Ich habe gerade wieder mit meiner Tante gesprochen, und sie erzählte mir noch etwas, wovon ich meine, daß Sie es wissen sollten. Sie sagte mir, einer ihrer Cousins mit Namen Mickey Dunkle habe angerufen und gesagt, er habe mit meiner Mutter noch letzten Mittwochmorgen gesprochen.«

»Oh?« Iden wußte, daß als sicher angenommen wurde, die Familie sei Dienstagnacht ermordet worden. Die Zeitung vom Mittwochmorgen hatte noch auf der Veranda gelegen, die Post vom Mittwochnachmittag war noch im Briefkasten gewesen. »Ist er sich hinsichtlich des Tages absolut sicher?« fragte Iden.

»Das sagt er jedenfalls. Er verdient seinen Lebensunterhalt damit, daß er Schulbusse dorthin fährt, wo sie gebraucht werden. Am Mittwochmorgen war er auf der Greyhound-Station von Chicago, um irgendwo einen Bus abzuholen. Er hat meine Mom um sechs Uhr morgens von dort aus angerufen.«

Patty fuhr fort zu berichten, daß ihre Mutter laut Dunkle »normal und gelassen« geklungen habe. Dann erklärte sie Iden, ihre Tante sei wegen der Vergewaltigung und Ermordung ihrer

Schwester zutiefst erschüttert, und bat, die Polizei solle sie weder anrufen noch besuchen, wenn es nicht unbedingt erforderlich sei.

»Wenn Sie noch irgendwelche Fragen an sie haben«, bot Patty an, »können Sie es mir sagen, und ich frage sie dann für Sie.«

»Wir sind Ihnen sehr dankbar für Ihre Hilfe«, sagte Sergeant Iden.

Nach der Entdeckung der Leichen waren so viele falsche und irreführende Informationen an die Presse gegeben worden, daß der Polizeichef von Elk Grove, Harry Jenkins, schließlich jedem, einschließlich Deputy Chief Bill Kohnke, einen Maulkorb verpaßte. Von Kohnke, der praktisch zum Zeitpunkt der Morde in seine Position aufgestiegen war, hieß es, er sei verantwortlich für massive Fehlinformierung der Öffentlichkeit, und die Presse fühlte sich an der Nase herumgeführt. Chief Jenkins verhängte also eine strikte Nachrichtensperre über diesen Fall und veröffentlichte eine entschuldigende Erklärung, in der es hieß: »Es hat zu viele Informationen gegeben, die irreführend waren, reine Spekulation oder einfach nur nicht genügend nachgeprüft, und die trotzdem – gleichwohl in bester Absicht – an die Medien weitergegeben worden sind.« Es hieß weiter, wie das von Dr. Stein ja längst festgestellt worden war, daß die Leiche von Mary Columbo keinerlei äußere Anzeichen einer Vergewaltigung aufgewiesen habe.

Durch all diese Konfusion und Aufregung führte Ray Rose, seines Zeichens Polizeiagent, sein Team beharrlich und zäh vorwärts in einer Untersuchung, die die Vorstellung von drogensüchtigen Einbrechern, Schlägertypen eines Verbrecher-Syndikats oder Banden von jugendlichen Schwarzen längst hinter sich gelassen hatte und langsam den wirklichen Mördern der Familie Columbo näherkam. Seine Nachforschungen bewegten sich seit einer Weile weit abseits von jeder zuvor angebotenen Theorie, und sein Team von Officers, das bereits mehr als dreihundert Überstunden absolviert hatte, die meisten davon ohne Bezahlung, konzentrierte sich jetzt auf zwei Personen, die niemand – nicht einmal Deputy Chief Kohnke mit seiner grenzenlosen Phantasie – auch nur im entferntesten mit dem Verbrechen in Verbindung gebracht hätte.

Im Leichenschauhaus trat Dr. Stein an einen Operationstisch, auf dem der nackte Körper eines jungen Burschen lag.

»Dies ist Fall Nummer einhundertundzwei, identifiziert als Michael Columbo, heranwachsender Kaukasier männlichen Geschlechts, fünfundsechzig Zoll groß, Gewicht vierundneunzig Pfund. Das Haar ist schwarz, die Augen sind braun. Der Körper scheint in einem frühen Stadium der Verwesung zu sein mit deutlichen Hautablösungen und überall erkennbaren Anzeichen von Zersetzung. Die äußere Untersuchung ergibt vielfache Quetschungen und Schnittwunden der Kopfhaut und eine offenbare Einschuß- wie eine Ausschußöffnung, verursacht von einer einzelnen Kugel. Die Eintrittswunde befindet sich oberhalb des linken Auges, die Austrittsöffnung an der rechten Schläfe. Rund um die Einschußwunde ist eine deutliche Punktierung zu erkennen.« Dabei handelte es sich um nicht verbranntes Schießpulver, ein Hinweis darauf, daß die Schußwaffe in unmittelbarer Nähe von Michaels Kopf abgefeuert worden sein mußte, so um die drei bis zehn Zoll entfernt vielleicht.

Dr. Stein wandte sich dem Torso des Jungen zu. »Ich sehe viele Punktierungen. Auf der rechten Brustseite zähle ich« – er unterbrach sich und zählte leise für sich – »achtundvierzig Schnittwunden. Auf dem Rücken, am unteren Rippenbogen, finde ich weitere« – wieder zählte er leise für sich – »sechsunddreißig Wunden. Von den sechsunddreißig Wunden im Rücken sind acht sehr tief, während es sich bei den restlichen achtundzwanzig um oberflächliche Schnittwunden handelt.« Auf das Opfer war demnach achtmal eingestochen worden, während man ihm weitere achtundzwanzig Schnitt- oder Stichwunden beigebracht hatte. »Wunden, die auf eine Verteidigung hinweisen, wurden nicht gefunden«, fügte Dr. Stein hinzu. Wunden dieser Art wurden normalerweise an den Händen, den Handgelenken und Unterarmen eines Opfers gefunden und entstehen immer dann, wenn eine Person versucht, sich gegen einen körperlichen Angriff zur Wehr zu setzen. Der Tod kam für Mary und Michael so schnell, daß sie keine Gelegenheit mehr zur Gegenwehr bekamen; Frank Columbo hatte dagegen einen sehr grausamen Tod gefunden, aber mit zwei Kugeln im Kopf war seine Gegenwehr womöglich eher instinktiv als bewußt gewesen.

In Michaels Magen wurde eine große Anzahl feiner Fleischpartikel gefunden, vergleichbar jenen, die in den Mägen seiner Eltern waren. Das einzige Ungewöhnliche bei Michaels Autopsie, abgesehen von seinen Wunden, war das Gewicht seines Gehirns. Eine medizinische These geht davon aus, je größer das Gehirn einer Person sei, desto mehr Nerven müsse es enthalten und entsprechend größer sei die Kapazität für Intelligenz. Auch wenn hier nicht zwangsläufig ein Zusammenhang besteht, haben doch viele Menschen mit bemerkenswerten Fähigkeiten größere Gehirne gehabt als andere. Das Gehirn eines erwachsenen Menschen wiegt im Durchschnitt tausendvierhundertneun Gramm und erreicht sein höchstes Gewicht im Alter von zwanzig Jahren. Michaels Gehirn wog bereits vier Jahre, bevor es voll ausgereift war, tausendfünfhundertvierzig Gramm. Er könnte trotzdem nichts weiter als ein ganz durchschnittlicher Junge im Teenager-Alter gewesen sein. Aber die Welt wird es nie erfahren.

Die Ursache für Michaels Tod war wie bei seiner Mutter Mary und bei seinem Vater Frank eine Schußwunde am Kopf. Eine Blutprobe wurde entnommen, Spuren seiner Fingernägel gesichert und orale wie rektale Abstriche gemacht, genau wie es von der Polizei von Elk Grove erbeten worden war.

Eine Probe von Michaels Haar wurde nicht entnommen.

»Damit sind die Autopsien der Fälle einhundert, einhundertundeins und einhundertundzwei abgeschlossen«, sagte Dr. Stein. »Mikrofon schließen, bitte.«

. Nachdem Dr. Stein, seine Assistenten und Agent Robert Salvatore gegangen waren, kamen zwei Helfer herein, um die Leichen wieder in die Kühlung zu schieben. Einer der Helfer schüttelte den Kopf.

»Ich glaube nicht, daß man an denen noch wird arbeiten wollen«, sagte sein Partner. »Da ist vor kurzem aus einem Krematorium angerufen worden. Sie sollen eingeäschert werden.«

Der andere Helfer blickte auf das Kärtchen an Frank Columbos Zehe. »Aber der Kerl, der die Leichen identifiziert hat – Mario Columbo sei der Name gewesen, heißt es, angeblich ein

Bruder –, hat erklärt, sie seien Katholiken. Ich denke, Katholiken werden nicht verbrannt.«

Der andere hob die Schultern. »Das habe ich auch immer gedacht. Aber die hier werden eingeäschert.«

C. H.

August 1977

Im August 1977 war ich wieder zurück in Chicago auf der Suche nach Material für ein Buch über verschiedene Generationen von Gefängnisaufsehern. Ein Gefühl des Déjà-vu zog sich wie ein roter Faden durch meine Recherchen, weil ich mich als Kind oft just in dieser Bibliothek vor den Beamten versteckt hatte, die auf der Suche nach Schulschwänzern waren. Ich lernte schon früh, daß diese Beamten immer Billard-Kneipen, Kinos und andere Lieblingsaufenthalte von unbotmäßigen Pennälern überwachten, niemals aber die öffentliche Bibliothek. Kein Straßenjunge, der seine fünf Sinne noch beisammen hatte, wäre je auf den Gedanken verfallen, in einem Raum mit all diesen Büchern rumzuhängen. Ich aber hatte auch nie für mich in Anspruch genommen, alle Sinne beieinander zu haben. Aber dafür bin ich auch nie von einem dieser Pennäler-Jäger geschnappt worden.

Ich wohnte wieder in demselben kleinen Hotel in der Rush Street und hatte gerade das Tagesgericht für den Dienstagabend bestellt und meine Zeitung geöffnet, als ich einen bekannten Namen las: Patricia Columbo. Er stand unter dem Foto einer hübschen, dunkelhaarigen Frau mit einer exzellenten Figur in einem Hosenrock, wie sie einen Korridor entlangging, mit einer Handfessel an jemand anderen gekettet. Die Unterschrift lautete: »Eine mißmutige Patricia Columbo verläßt am Montag das Gerichtsgebäude des Cook County, nachdem ein Richter sie und ihren Drogisten-Liebhaber Frank DeLuca, neununddreißig, zu zweihundert bis dreihundert Jahren Gefängnis für die Morde vom 4. Mai 1976 an ihrer Familie in Elk Grove verurteilt hat.«

Voller Unglauben starrte ich die Frau auf dem Foto an. Verurteilt wegen dreifachen Mordes? Ein zwanzig Jahre älterer Liebhaber?

War das dieselbe Person, von der ich sechzehn Monate zuvor zum erstenmal gelesen hatte? War dies das von Trauer gezeichnete Kind, das sich hatte zwingen müssen, von Sarg zu Sarg zu schreiten, um Abschied von seiner Familie zu nehmen? Ich erinnerte mich wieder, wie ich damals gedacht hatte: Sei froh, daß du nicht dabei warst, Kind.

Jetzt, dachte ich ungläubig, sah es so aus, als sei sie eben nicht in dieser glücklichen Situation gewesen. Denn offenbar war sie sehr wohl dort gewesen.

Zwölf Juroren hatten es jedenfalls immerhin geglaubt.

Während des Dinners las ich den begleitenden Artikel.

Patricia Columbo und ihr Drogisten-Liebhaber, Frank DeLuca, waren jeweils zu zweihundert bis dreihundert Jahren Gefängnis für die Morde selbst verurteilt worden; Patricia hatte ergänzend zwanzig bis fünfzig Jahre wegen Verabredung zum Mord und DeLuca wegen des gleichen Verbrechens zehn bis fünfzig Jahre bekommen.

Bei der Urteilsverkündung hatte Patricia mit gesenkten Augen dagestanden. »Da gibt es eines«, sagte sie auf entsprechende Fragen, »was das Gericht mir nie wird nehmen können, und das ist, daß mein Vater und meine Mutter und mein kleiner Bruder wissen, daß nicht wir in dieser Nacht oder an jenem Morgen oder wann sonst auch immer im Haus waren, und das alleine zählt.«

DeLuca gab eine kürzere Stellungnahme ab. »Patrish und ich sind unschuldig. Ich bleibe bei meiner Zeugenaussage . . . denn sie entsprach der Wahrheit.«

Die Urteilsverkündung hatte in einer stickigen, düsteren Atmosphäre stattgefunden, weil am frühen Morgen ein Unwet-

ter einen Stromausfall im ganzen Gerichtsgebäude verursacht und alle Lichter und die Klimaanlage lahmgelegt hatte. Durch die einzige Fensterfront des Gebäudes drang diffuses Licht herein, allerdings nicht viel, denn die Fenster zeigten zu der wolkenverhangenen Westseite.

Patricias Anwalt erklärte, er habe einundsiebzig Verfahrensfehler gezählt, und DeLucas Anwalt sprach von achtundvierzig solcher Fehler, die sich zum Nachteil seines Klienten ausgewirkt hätten. Das Verfahren war gekennzeichnet gewesen von ausgedehnten sexuellen Anspielungen und Bemerkungen bis hin zur Vorlage eines Fotos durch einen Polizeibeamten, das die nackte Patricia mit ihrem Deutschen Schäferhund zeigte. Zeugenaussagen bestätigten zudem, daß das verurteilte Pärchen versucht hatte, andere ebenfalls zu diesen Morden zu überreden und daß Patricia sexuelle Akte mit Personen ausgeführt hatte, die sich als professionelle Mörder vorgestellt hatten.

Bevor ich an diesem Abend die Zeitung beiseite legte, um in den alten Straßen meinen abendlichen Verdauungsspaziergang zu machen, fiel mir in einer Rückschau auf das Verfahren noch auf, daß Frank DeLuca im Zuge der Darlegung seines Alibis ausgesagt hatte, er und Patricia hätten an dem fraglichen Abend eine Spritztour nach Chicago hinein unternommen, um die westlichen Bezirke rund um Damen *zu besuchen, wo Patricia geboren worden war. Er hatte weiter ausgesagt, daß er eine Zeitlang selbst auf der West Side im Haus Nummer 608 South Albany Avenue gewohnt hatte. Die Staatsanwaltschaft hatte ihm diese Aussage entlockt, um ihn mit einem der Wagen der ermordeten Familie in Verbindung zu bringen, dem Thunderbird, der verlassen vor dem Haus 140, Whipple Street, aufgefunden worden war.*

Die Adressen packten meine Erinnerungen wie mit Adlerklauen. Ich kannte diese Gegenden, wie ich jede einzelne Linie kannte, die sich in meinem Gesicht auszubilden begann. Zwischen dem Ort, wo Patricia Columbo geboren worden war, und dem, an dem Frank DeLuca als Junge gewohnt hatte, lagen dreizehn Blocks in Ost-West-Richtung und elf Blocks in Nord-Süd-Richtung. Als Heranwachsender habe ich in fünf verschiedenen Gebäuden dieser Elf-mal-dreizehn-Region gewohnt und be-

suchte zu verschiedenen Zeiten insgesamt fünf öffentliche Schulen, darunter auch die Brown Elementary, *sechs Blocks von dem Haus entfernt, in dem Patricia Columbo geboren wurde; eine andere von mir besuchte Schule war die* Calhoun Elementary, *sechs Blocks entfernt von dem Haus, in dem die DeLuca-Familie lebte, als Frank noch ein Junge gewesen war.*

Es hatte natürlich nie eine Chance für mich gegeben, Patricia kennenzulernen; zu der Zeit, als sie geboren wurde, war ich schon aus dem Koreakrieg zurück. Aber ihr Liebhaber und ich waren nur drei Jahre auseinander. Vielleicht hatten sich unsere Wege irgendwann einmal gekreuzt.

Diese Möglichkeit fing an, mir Kopfschmerzen zu bereiten.

Als ich in jener heißen Augustnacht meinen Spaziergang begann, startete ich auf der Westseite der Chicago Avenue. Sobald ich die Ashland Avenue erreicht hatte, wußte ich, daß ich es nicht mehr weit hatte. In der Zeitung hatte gestanden, Patricia Columbo sei 1803 West Ohio Street geboren worden. Vier Blocks weiter. Ich ging den halben Weg bis zur Wood Street, kaufte an einem Kiosk eine Zeitung und betrat eine typische Stadtteilkneipe. Ein Schild über der Tür lautete zwar NUR FÜR MITGLIEDER, *aber das störte mich nicht; ich war Weißer, und genau das bedeutete dieses Schild.*

Der Mann hinter der Bar sah aus wie Rocky Marciano, wiedergeboren nach dem Flugzeugabsturz, bei dem er acht Jahre zuvor ums Leben gekommen war. »Was woll'n Sie?«

»Pabst Blue Ribbon. Tap.« Ich legte einen Zwanziger auf die Bar.

Während ich mein Bier schlürfte, tat ich, als blätterte ich kurz die Zeitung durch, die, die ich bereits gelesen hatte. Außer mir waren noch acht andere Gäste in der Kneipe, alle an der Bar, drei von ihnen Frauen mit slawischem Äußeren, kein Make-up, Frauen von der Art, die genauso schwer heben konnten wie irgendein Mann hier drinnen. Einer der Männer hatte genau wie ich eine Zeitung vor sich auf der Bar und deutete gelegentlich mit dem Finger auf eine bestimmte Stelle, während er redete.

Ich leerte mein erstes Glas Bier und bestellte mir noch eines.

Während der Barkeeper es zapfte, entfaltete ich meine Zeitung und breitete sie so vor mir aus, daß das Foto von Patricia obenauf lag. Als der Barkeeper mir mein zweites Bier brachte, deutete ich auf das Foto.

»In der Zeitung steht, das Columbo-Mädchen stamme irgendwo hier aus der Gegend. Das habe ich ja gar nicht gewußt.«

Er nickte. »Stimmt. Die Familie hat mal 'n paar Blocks von hier gewohnt. Sind vor acht oder neun Jahren weggezogen. Ich kannte den Vater, der, den sie umgebracht hat.«

»Ohne Quatsch?« Ich tat beeindruckt.

»O ja. Kannte ihn, seinen Bruder Mario, die Jungs, mit denen sie rumgezogen sind, Phil Capone, Joe Battaglia, Gus Latini. Ja, die haben so an die zehn, zwölf Jahre in der Nachbarschaft gewohnt.«

»Haben Sie die auch gekannt?« Ich deutete auf das Bild von Patricia.

»Nö, nich' so richtig. Hab' sie nur hin und wieder mal gesehen. Niedliches kleines Mädchen, immer gleich angezogen: Bändchen, Schleifchen und so 'n Scheiß. Hab' sie von Zeit zu Zeit mit ihrem alten Herrn unten in Wrigley Field gesehen. Er war 'n echter Cubs-Fan, der Bursche; war manchmal ganz schön sauer auf die Schiedsrichter. Ich erinnere mich noch, wie er einmal . . .«

Der Barkeeper erzählte fast eine Stunde lang immer weiter von der Columbo-Familie und bediente zwischendurch die Gäste. Irgendwann schaltete sich auch eine der slawischen Frauen ein und kam mit ihrem Glas Bier in der Hand zu mir herüber.

»Zur Hölle, ich kann mich noch an Patty erinnern, als wenn es gestern gewesen wäre«, sagte sie. »Sie und meine kleine Schwester haben immer zusammen gespielt.« Sie lachte kehlig. »Sie mußten zusammen spielen, sie waren schließlich die beiden einzigen kleinen Mädchen im ganzen Block!«

Ich bestellte ihr noch ein Bier und einen Kurzen, und sie fuhr fort zu erzählen. Der Barkeeper kam mit was Neuem zurück, und eingeklemmt zwischen den beiden erhielt ich das Bild einer geachteten italo-amerikanischen Arbeiterfamilie mit einem baseballverrückten Vater, einer Mutter, die zu Hause blieb, um für die Kinder dazusein, und einer wahren Mustergemeinschaft von Kindern: ein Mädchen, ein Junge, sechs Jahre auseinander; eine Familie, die irgendwann dem alten Traum aller innerstädtischen Familien von einem eigenen Haus in einem Vorort folgte.

»Und dann das«, sagte die slawische Frau, die sich mit ›Vera‹ vorgestellt hatte, mit einem Blick auf das Zeitungsfoto von Patricia.

Und dann das.

Etwas später verließ ich die Kneipe wieder und ging die beiden letzten Blocks weiter, um einen Blick auf das Haus 1803 West Ohio Street zu werfen, wo Patricia Columbo geboren worden war. Es war ein für diese Gegend absolut durchschnittliches zweistöckiges Gebäude. Es stand an der Ecke, und auf der anderen Straßenseite lag am Ende des Blocks die Talcott Elementary School, *wo sie zur Schule gegangen war, und an der Ecke war ein Süßwarengeschäft, in dem sie womöglich die Quarterdollars gelassen hatte, die ihr ihr Vater hin und wieder als Belohnung gegeben hatte. Sie hatte vor diesem Block gespielt wie jedes andere Stadtkind, vielleicht dieselben Spiele, die ich auch einst hier gespielt hatte.*

Eine Weile stand ich nur da und starrte das zweistöckige Gebäude an, während mein Hirn Gedanken ausspie wie ein Maschinengewehr. Sie war empfangen worden in diesem Gebäude, als ihr Vater und ihre Mutter nackt in leidenschaftlicher Umarmung vereint gewesen waren. In diesem Gebäude war sie Säugling gewesen, Krabbelkind, Kind im Vorschul- und im Kindergartenalter, ein kleines Mädchen, ›immer gleich angezogen: Bändchen, Schleifchen . . .‹

Und dann das. *Vater, Mutter, Bruder – hingeschlachtet.*

War sie die sprichwörtliche Saat des Bösen? Oder war sie wie viele andere Mörder aus tiefster Verzweiflung zu ihrer Tat getrieben worden?

Vielleicht würde es nie jemand erfahren. Mord war nun einmal so.

Es war spät geworden. Ich ging zurück zur Chicago Avenue und setzte mich auf eine Eingangstreppe, um auf den Bus der Linie 66 zu warten, der mich zurück zur Rush Street bringen würde. Ich hätte über das Buch nachdenken sollen, an dem ich gerade schrieb, aber Patricia Columbo ging mir einfach nicht mehr aus dem Sinn.

Wie, so fragte ich mich, mußte dieses Mädchen mit seinen Bändchen und Schleifchen wohl aufgewachsen sein, daß sie es fertigbrachte, ihre Familie förmlich zu schlachten.

Und wie hatte man herausgefunden, daß sie es getan hatte?

Mai 1976

In den sieben Tagen, die unmittelbar auf das Auffinden der Leichen folgten, hatten *Chief Investigator** Ray Rose und die Männer, die ihm bei der Untersuchung des Verbrechens assistierten, nach Spuren und Beweisen in allen nur denkbaren Richtungen gesucht. Der zweite aus Columbos Besitz stammende Wagen, ein Oldsmobile, war in einer nahegelegenen Vorstadt aufgetaucht und wurde, wie auch der Thunderbird, der in der Innenstadt aufgefunden worden war, sorgfältig untersucht. Währenddessen arbeiteten Rose und sein Stab Tag und Nacht und folgten auch den geringsten Spuren, die sich dabei ergaben.

Rose selbst machte sich zusammen mit Investigator Edward Kuehnel daran, die letzten Tage im Leben von Frank Columbo zurückzuverfolgen. Bei der *Western Auto,* wo Columbo mit einer groß angelegten Zusammenlegung von Warenhäusern beschäftigt war, sprachen sie mit seinem Assistenten, Jack McCarthy, der ihnen erzählte, Columbo sei am Montag, dem 3. Mai, nicht zum Dienst erschienen, weil er seinen Sohn Michael zum Zahnarzt gefahren hatte. Am folgenden Tag kehrte er wieder an seinen Arbeitsplatz zurück. Er kam mit dem Thunderbird, wie gewöhnlich. McCarthy erinnerte sich

* Wörtlich: ›Chefermittler‹, also hier: Leiter der Sonderkommission

nur an zwei Gelegenheiten, zu denen Frank Columbo mit dem größeren Familienwagen, dem Oldsmobile, zur Arbeit gekommen war. An diesem Tag schien Columbo bester Laune zu sein.

»Am Dienstag habe ich ihn zum letztenmal gesehen«, erinnerte McCarthy sich. »Am Mittwoch, dem 5., und am Donnerstag, dem 6., kam er nicht. Aber das war nichts Außergewöhnliches, denn Frank war der Leiter der Arbeitsgruppe; wenn es ihm einfiel, nahm er einfach mal einen Tag frei. Als er schließlich auch am Freitag, dem 7., nicht kam, versuchte ich gegen halb drei Uhr nachmittags, ihn anzurufen. Ich hörte ein Besetztzeichen.«

Ein Besetztzeichen nachmittags um halb drei? Am selben Nachmittag, an dem Officer Joe Giuliano es dreimal versucht, aber keine Antwort bekommen hatte? Das Telefon der Columbos wurde zum Rätsel.

Jack McCarthys Auskünfte paßten nahtlos zu bereits erhobenen Fakten, die alle darauf hinwiesen, daß die Morde am späten Dienstagabend, dem 4. Mai, geschehen sein mußten.

Als Rose fragte, ob er irgend etwas über Probleme wisse, die Frank Columbo vielleicht gehabt haben könnte, erinnerte sich der Assistent des Ermordeten, daß Columbo in letzter Zeit wegen seiner Tochter Patricia ein wenig irritiert geschienen habe. »Vor ein paar Wochen erzählte er, sie habe ihm gesagt, daß sie schon bald heiraten wollte, und daß sie eine große Hochzeit haben wollte. Aber er hat gar nicht geglaubt, daß sie das ernst meinen könnte. Er sagte, er werde das erst glauben, wenn er es sehen könne.«

Investigator Russ Marinec erhielt inzwischen ebenfalls Informationen, wonach Patty in Kürze hatte heiraten wollen. Richard und Ann Nyquist, frühere Nachbarn der Columbos in Elk Grove Village, lebten jetzt in einem anderen nahegelegenen Vorort, in Itasca. Sie hatten Frank und Mary Columbo ganz zufällig am Sonntagmorgen, dem 2. Mai, in einem Restaurant getroffen, als sie zum Frühstück ausgegangen waren. Während ihrer Unterhaltung war erwähnt worden, daß Patty ›innerhalb der nächsten Monate‹ Frank DeLuca heiraten werde. Mary Columbo hatte bei dieser Gelegenheit erklärt, sie werde nicht zu dieser Trauung gehen. Nach Aussage der Nyquists hatte

Frank Columbo dazu gesagt: »O Mary, du bist im Moment ein bißchen aufgeregt. Wenn es soweit ist, wirst du schon hingehen.« Daraufhin hatte Mary mit Nachdruck darauf bestanden, sie werde *nicht* zu der Hochzeit gehen.

Investigator Gene Gargano, der vom Büro des Sheriffs im Cook County abgeordnet worden war, wurde beauftragt, Patty Columbo und Frank DeLuca getrennt voneinander zu befragen und von jedem der beiden eine detaillierte Schilderung des Ablaufs der Woche zu verlangen, in der die Morde passiert waren, beginnend mit Montag, dem 3. Mai, bis zum Freitag, dem 7. Mai. Die Aussagen der beiden waren nahezu identisch und enthielten nichts, was einen Verdacht auf das überlebende Mitglied der Familie Columbo oder auf deren Verlobten, mit dem sie bereits zusammen lebte, hätte werfen können.

In Pattys Version vom Ablauf dieser Woche gab diese an, sie sei am Dienstag, dem 4. Mai, um sechs Uhr morgens nach Hause gekommen, und da habe ihr Telefon geklingelt. Sie sagte, es sei ihr Vater gewesen, und behauptete weiter, sie habe dreißig Minuten lang mit ihm gesprochen. Frank DeLuca sagte aus, ihn habe am Vorabend, also am 3. Mai, gegen halb elf Uhr abends ebenfalls ein Telefonanruf von Frank Columbo erreicht und ein weiterer etwa zwanzig Minuten später gegen zehn vor elf. Dies seien die letzten Kontakte zu dem ermordeten Mann gewesen, behaupteten sie übereinstimmend.

Investigator Gargano befragte außerdem Gloria Rezzuto, Frank Columbos Schwester, eine weitere Einwohnerin von Elk Grove Village. Mrs. Rezzuto hatte zum letztenmal am Sonntag, dem 2. Mai, mit ihrem Bruder und dessen Frau telefoniert. Dabei hatte Mary Columbo gesagt, sie und Frank hätten Patty seit einem Monat nicht mehr gesehen. Sie erzählte Gloria, Patty sei ›haltlos‹, und wann immer sie mit ihrer Tochter spreche, rege sie sich ›jedesmal schrecklich auf‹. Gloria Rezzuto sagte, sie habe versucht, ihren Bruder zu überreden, mit Patty zu sprechen, um ›den Streit zu beenden‹, weil Mary nie den ersten Schritt getan hätte. Aber bis zu jenem Sonntag hatte sich die Familie noch nicht wieder geeinigt. Mrs. Rezzuto hatte das Gefühl gehabt, als wenn Frank sich nur dann mit seiner Tochter ausgesöhnt hätte, wenn Mary ihn darum gebeten hätte.

»Es gab nichts, was mein Bruder nicht für Mary getan hätte«, erzählte sie Gargano. »Er wollte immer nur Mary glücklich sehen.«

Zu Michael, sagte Mrs. Rezzuto, habe Patty ein ›sehr enges Verhältnis‹ gehabt.

Bei der Befragung von Gloria Rezzuto ergab sich ein neuer interessanter Gesichtspunkt. Ihr erwachsener Sohn Bobby hatte mit eigenen Augen gesehen, daß Frank Columbo in seinem Wagen im Handschuhfach einen Revolver hatte, und Frank hatte seinem Neffen erzählt, daß er auch noch eine zweite Waffe besaß, die er unter dem Bett aufbewahrte.

Als nächste befragte Gargano Carolyn Tygrett, eine Schwester von Mary Columbo, die in Cary, Illinois, etwa dreißig Meilen vor den Toren Chicagos, lebte. Mrs. Tygrett hatte Mary zum letztenmal am Samstag, dem 1. Mai, im Haus der Columbos gesehen. Es war gegen zwei Uhr nachmittags, und Mary war allein zu Hause gewesen. Nach Aussage der Schwester hatte Mary gesagt, sie stehe ›in Verbindung‹ mit Patty und daß ihre Tochter und Frank DeLuca planten, am 5. Juni, in genau fünf Wochen also, zu heiraten. Angeblich plante das Paar für den September eine Reise nach Italien und Griechenland. Mrs. Tygrett erwähnte noch, daß Mary Patty gegenüber sehr viel verbitterter gewesen sei als ihr Mann, daß ›sie sich aber schon wieder zu beruhigen‹ begonnen habe.

Bei dieser Befragung erhielt die Polizei außerdem den Hinweis, Frank Columbo habe sich mit dem Gedanken getragen, seinen festen Job bei der *Western Auto* aufzugeben und ein eigenes Transportunternehmen zu gründen.

Auch einige wenige Augenzeugenberichte tauchten auf. Anne Charleville, die in 70, Brantwood, wohnte, hatte beobachtet, daß am Dienstag, dem 4. Mai, ein Wagen rückwärts aus der Einfahrt zum Haus der Columbos hinausgefahren war, und zwar so schnell, daß er beinahe ein vorbeifahrendes Auto gerammt hätte. Sie war einverstanden, dem Zeichner des Sheriffs vom Cook County, Ronald Coakley, behilflich zu sein, nach ihrem Gedächtnis ein Phantombild des männlichen Fahrers zu erstellen.

Lynette Rowley, deren Eltern weiter unten im selben Block in

85, Brantwood, wohnten, hatte am selben Tag etwas früher, so gegen 16 Uhr 45 das Haus verlassen und dabei beobachtet, daß in der Einfahrt zum Haus der Columbos ein großer, dunkelblauer Wagen geparkt war. Der Wagen, so erinnerte sie sich, hatte kein Vinyldach gehabt wie das Oldsmobile der Columbos, und das fiel ihr auf, weil sie dieses Auto zum erstenmal bei den Columbos in der Einfahrt hatte stehen sehen.

Als Ray Rose erfuhr, daß Frank und Mary Columbo zwei Monate zuvor Urlaub in South Carolina gemacht hatten, um ein paar Mitglieder der Familie von Mary Columbo zu besuchen, ließ er seine Leute telefonisch Kontakt mit diesen Verwandten aufnehmen. Daraufhin kam etwas ans Tageslicht – interessant, wenn nicht sogar ausgesprochen hilfreich für die Ermittlungen. Phillip Niville, ein Neffe, erinnerte sich noch, daß Frank Columbo ihm erzählt hatte, er habe einen automatischen Revolver Kaliber .25 für Mary erworben und daß dieser zu ihrem Schutz im Handschuhfach des Familien-Thunderbird aufbewahrt werde. Das war merkwürdig, weil alle anderen Informationen darauf hindeuteten, daß Frank diesen Wagen fast immer selbst gefahren hatte. Michael, der die Reise auch mitgemacht hatte, erzählte Niville später, sein Vater besitze noch einen zweiten Revolver, einen vernickelten .32er. Marys Schwager Harry Cheeks beobachtete bei demselben Besuch, daß Mary Columbo einen .25er in ihrer Handtasche hatte. Bei der Polizei von Elk Grove war zwar bekannt, daß die Columbos mit einer Pistole vom Kaliber .32 ermordet worden waren, aber bisher war die Waffe noch nicht gefunden worden.

Zu diesem Zeitpunkt hatte Ray Rose bereits begonnen zu argwöhnen, Patty Columbo sei vielleicht persönlich in die Morde verstrickt. Patty hatte diesen langsam aufkommenden Verdacht noch am selben Tag, als die Leichen gefunden worden waren, selbst ausgelöst. Angeblich hatte Patty vom Tod ihrer Familie durch Frank DeLuca erfahren. Eine seiner Angestellten, Joanne Emmer, die ganz in der Nähe des Hauses der Columbos wohnte, hatte ihre Arbeitsstelle am Freitag, dem 7. Mai, gegen siebzehn Uhr verlassen, und auf ihrem Heimweg hatte sie die Aktivitäten der Polizei vor dem Haus 55 Brantwood beobachtet. Nachdem sie erfahren hatte, was vorgegangen war, rief sie

DeLuca an und informierte ihn über das Verbrechen. DeLuca ließ sich von einer anderen Angestellten, Barbara Cooper, nach Hause fahren. Als Patty wenig später in ihrem gemeinsamen Apartment ankam, übermittelte DeLuca ihr die schlimmen Nachrichten sofort. Statt nun hysterisch zu werden und zu ihrer Familie zu eilen, um sich zu überzeugen, was es mit diesen entsetzlichen Neuigkeiten wirklich auf sich hatte, blieb Patty mit DeLuca bis zum späten Abend in ihrem Apartment und ging dann mit ihm zum Elk Grove Village Police Department, wo sie anbot, bei den Ermittlungen in jeder ihr nur möglichen Weise zu ›helfen‹. Das war, so dachte Rose, kaum die Reaktion eines neunzehnjährigen Mädchens, das gerade erfahren hat, ihre gesamte Familie sei ermordet worden. Rose hatte tatsächlich Patty und ihren Liebhaber so früh im Verdacht, daß er Sergeant Ron Iden noch am selben Abend – angeblich zu Zwecken der Identifikation – Fotos von beiden machen ließ. Obwohl Patty keineswegs die Leidtragende spielte, zeigte das Foto doch, daß sie kurz vor dem Zusammenbruch stand.

DeLuca lächelte andererseits beinahe, als genieße er die Aufmerksamkeit, die ihm zuteil wurde.

Der erste größere Durchbruch in diesem Fall erfolgte in der Montagnacht, die auf die Entdeckung der Leichen folgte. Ray Rose und seine Männer hatten praktisch vier Tage lang rund um die Uhr gearbeitet, waren nur zum Duschen nach Hause gegangen oder um sich zu rasieren und die Wäsche zu wechseln und vielleicht zwei oder drei Stunden zu schlafen. Rose selbst *konnte* nicht schlafen. Wann immer er die Augen schloß, erstand vor ihm das Bild des verwüsteten jungen Körpers von Michael Columbo. Hätte er nicht bis obenhin voller Koffein gesteckt – wie übrigens die meisten seiner Leute auch –, er wäre längst zusammengebrochen.

Um zehn Uhr in jener Montagnacht starrte Ray Rose an seinem Schreibtisch auf das Telefon und *zwang* es regelrecht, endlich zu klingeln. Am frühen Abend hatte es bereits zwei anonyme Anrufe gegeben, beide von einem bemerkenswert nervösen jungen Mann, der behauptete, im Besitz bedeutsamer

Informationen zum Fall der Columbo-Morde zu sein, der aber nicht dabei gesehen werden wollte, wie er ins Police Headquarters ging. Es konnte sich auch um einen Spinner handeln, aber Rose hatte ein ganz anderes Gefühl; irgend etwas in der Stimme des jungen Mannes vermittelte dem Chief Investigator das Gefühl, daß es sich *diesmal* um einen konkreten Anruf handelte. So starrte er das Telefon an, als gebe er ihm mental den Befehl, endlich zu läuten.

Endlich tat es das auch. Es war 22 Uhr 50.

»Ich möchte Ihnen noch immer die Information geben«, sagte die ängstliche Stimme. »Können wir uns irgendwo treffen?«

»Wo immer Sie wollen«, erwiderte Rose gelassen.

»Sie kennen *Denny's Restaurant*?«

»Ja.«

»Schön, treffen wir uns also da um halb zwölf. Ich werde allein in einer Nische sitzen.«

»Fein«, sagte Rose und gab sich alle Mühe, seine Stimme weiter unbeteiligt klingen zu lassen. »Wir sehen uns dann.«

Sobald er eingehängt hatte, wandte Rose sich seinen Leuten zu und sagte: »Okay, ich möchte, daß *Denny's Restaurant* so schnell wie möglich umstellt wird. Jede Tür muß unter Beobachtung sein, jedes Fenster; haltet Wagen bereit, um die Parkplätze in der Nähe abzuriegeln; ich will, daß jeder sich absolut über folgendes im klaren ist: Der Anrufer könnte irgendein Spinner sein, er könnte ein unschuldiger Bürger sein, der wirklich eine Information hat, oder – er könnte selbst der Mörder Columbos sein. Vergessen wir nicht das Zweitwichtigste: Wir müssen den Burschen haben. Priorität aber hat der Schutz der Gäste.« Rose blickte auf seine Uhr. »Gehen wir.«

Jetzt kam der entscheidende Augenblick, dachte Ray Rose. Sein Instinkt als Polizeibeamter ließ es ihn einfach *spüren*.

Die Vorsichtsmaßnahmen erwiesen sich als unnötig.

Ray Rose setzte sich im Lokal in einer Nische einem jungen Mann von ungefähr zwanzig Jahren gegenüber, der sich in nichts von jedem anderen jungen Mann unterschied, den er auf den Straßen von Elk Grove Village hätte treffen können. Als der Adrenalin-Spiegel des Polizeibeamten sich wieder einigermaßen normalisiert hatte, strich er zwei der möglichen drei Kategorien, in die er den jungen Mann kurz vorher noch eingeordnet hatte, aus seinen Gedanken: Das hier war nicht der Mörder der Columbos, und ein Spinner war er ebenfalls nicht. Dieser Junge wußte etwas.

»Sie haben angerufen?« fragte Rose.

»J . . . ja.«

»Okay. Ich bin Investigator Ray Rose und mit der Aufklärung des Falles Columbo beauftragt. Wie ist Ihr Name?«

»Eh – Glenn. Norman Glenn.«

»Gut, Norman. Ich bedanke mich zunächst einmal, daß Sie sich gemeldet haben. Das war richtig so, und ich hoffe, Sie können uns helfen. Was wollten Sie uns also erzählen?«

»Meine – meine Schwester«, sagte Norman Glenn mit unsicherer Stimme. »Sie – sie kennt einen, den Patty Columbo anheuern wollte, um ihre Eltern umzubringen.«

»Wie heißt Ihre Schwester, Norman?«

»Nancy Glenn. Sie und P . . . Patty waren immer die besten Freundinnen. Sie sind – sind zusammen zur High-School gegangen.«

»Und wer ist der Bursche, den sie da kennt?«

»Sein Name ist Lanny oder so. Er ist Auto . . . Autoverkäufer. Nancy kennt seinen Familiennamen.«

»Gut. Wissen Sie sonst noch irgend etwas über ihn? Wo er seine Autos verkauft vielleicht?«

»Er hat bei der Pontiac-Vertretung Franklin-Weber drüben in Schaumburg gearbeitet. Nancy hat letztes Jahr bei ihm ein Auto gekauft. Sie hat ihn mit Patty bekannt gemacht. Dann hat er, glaube ich, geheiratet oder so was und Nancy und er haben aufgehört, sich zu treffen. Aber vor ein paar Monaten hat er sie wieder angerufen und sie zum Essen eingeladen. Bei der Gelegenheit hat er ihr erzählt, Patty hätte versucht, ihn und einen Freund von ihm zu überreden, ihre Eltern umzubringen.«

»Wo wohnt Ihre Schwester denn?« fragte Rose den jungen Mann.

»Bei meinen Eltern. Auf der Kendal Road, einen Block vom Haus der Columbos entfernt«, erwiderte Norman Glenn.

»Ist sie jetzt zu Hause?«

»Ja.«

»Okay, Norman, gehen wir doch einfach mal hin und reden mit ihr.«

Auf dem Weg zur Wohnung der Glenns mußte Ray Rose daran denken, wie gut es doch gewesen war, daß er in weiser Voraussicht seine Frau Joanne schon früher angerufen hatte, um ihr zu sagen, daß er vielleicht erst gegen Morgen heimkommen werde. Joanne war das genaue Gegenteil der Polizistenfrau, die so gern in Filmen und Romanen dargestellt wird: der Frau, die sich ständig über die unregelmäßigen Dienstzeiten ihres Mannes und seine bedingungslose Hingabe an seinen Beruf beschwert. Sie war Ray schon seit je eine große Stütze. »Die beste Frau, die sich ein Karrierepolizist nur wünschen kann«, pflegte Ray Rose zu sagen. Trotzdem machte sie sich natürlich Sorgen. Rose bemühte sich stets, ihre Angst zu mildern, indem er stets Kontakt mit ihr hielt, wenn er wieder einmal nicht zur gewohnten Zeit nach Hause kommen konnte. Joanne hatte bereits fünf harte Monate hinter sich: zuerst Rays Abordnung als verdeckter Ermittler in Sachen Rauschgift, und dann fiel ihm gleich an seinem ersten Tag in seinem Büro schon wieder ein größerer Mordfall praktisch in den Schoß.

Roses Gedanken gingen wieder zurück zu Patty Columbo. Trotz seines unterschwelligen Verdachts schien es ihm nahezu unglaublich, daß dieses nette Mädchen aus der Vorort-Mittelklasse wirklich jemanden anheuern wollte, um ihre Eltern zu ermorden. Und nicht nur sie, sondern auch noch ihren dreizehn Jahre alten Bruder. Einer der anderen Officers hatte einmal gesagt, Patty habe ›das Gesicht eines Engels‹. Das mochte stimmen, aber Rose war jetzt davon überzeugt, daß sie jedenfalls nicht das *Herz* eines Engels hatte.

Patty war in die Sache verstrickt, daran zweifelte er nicht mehr. Zu diesem Zeitpunkt interessierte ihn nur eines wirklich – herauszufinden, *wie tief* diese Verstrickung war. Vielleicht würde er dann in Erfahrung bringen, was sich hinter diesem ›Engelsgesicht‹ verbarg.

Juni 1956 bis Juni 1962

Patricia Ann Columbo erblickte am 21. Juni 1956, einem Donnerstag, dem ersten Sommertag des Jahres, im *Norwegian American Hospital*, 1044 North Francisco Avenue, durch Unterstützung von Dr. Vincent Coletti das Licht der Welt.

Frank und Mary Columbo dachten, dies müsse wohl das hübscheste Baby sein, das sie je gesehen hatten: Schon eine Menge lockiger Härchen, große, dunkle Augen, perfekte kleine Händchen und Füßchen – einfach alles vollkommen. Als er am nächsten Morgen zur Arbeit ging, erzählte Frank Columbo, der als Vorarbeiter am Verladekai der *Western Auto* arbeitete, jedem, der es hören wollte, wie süß sein kleines Mädchen Patricia Ann war. Das ging die ganze Woche lang so.

Frank und Mary lebten in einem gemieteten Apartment in der oberen Etage eines zweistöckigen Hauses in 1803 West Ohio Street an der unteren Westseite von Chicago. Einst obere Mittelklasse, war die Umgebung nach und nach zuerst zur normalen Mittelklasse und dann weiter zur unteren Mittelklasse abgesunken, dann zur Arbeiterklasse oder zu dem, was mehr und mehr Leute ein ›Blaumann-Viertel‹ nannten. Mitte 1956 war die Gegend noch ›rein weiß‹, einigermaßen sicher und so sauber, wie man es von einer Stadt erwarten kann. Frank und Mary sehnten sich, wie die meisten verheirateten Paare, nach einem eigenen Häuschen draußen in einem der westlichen Vororte, die rings um den im Jahr zuvor eröffneten internationalen Flughafen O'Hare aus dem Boden schossen. Für die Generation, zu der Frank und Mary gehörten, und für Leute wie Frank, die auf der West Side aufgewachsen waren und sich immer wieder ins Gedächtnis riefen, wie großartig es gewesen war, in den alten Vierteln Kind gewesen zu sein, war die City akzeptabel gewesen. Aber die Zeiten änderten sich schnell.

Früher einmal war alles klar gewesen, durchschaubar. Aber jetzt, seit dem Ende des Zweiten Weltkriegs, war alles in Bewegung gekommen, und seither war das Viertel nicht mehr unantastbar; es war ›gemischt‹ geworden.

Das zweistöckige Haus, in dem die Columbos wohnten, als die kleine Patricia Ann geboren wurde, gehörte zwei Schwestern, Janet und Marilyn Gower, die das Haus zu einer Zeit geerbt hatten, als das ganze Viertel noch überwiegend ukrainisch gewesen war, und es auch noch geblieben war, als die ersten Italiener kamen. Die unverheirateten Gower-Schwestern waren nur unwesentlich älter als die Columbos, und als sie erfuhren, daß Mary schwanger war, waren sie vor Begeisterung schier aus dem Häuschen. Monate bevor das Baby kam, wußten Janet und Marilyn, daß eine von ihnen bestimmt gefragt werden würde, ob sie nicht Patin des Kindes werden wolle; so eng war das Verhältnis der beiden Schwestern zu den Columbos geworden. Um später keine Diskussionen aufkommen zu lassen, wurde entschieden, daß Marilyn bei einem Jungen und Janet bei einem Mädchen Patin werden sollte. Als dann Patricia geboren wurde, war Janet so glücklich, als habe sie selbst das Kind zur Welt gebracht.

»Gestern abend habe ich meine kleine Patentochter gesehen«, erzählte sie den anderen Frauen in Illinois Bell, wo sie als Büroangestellte arbeitete. »Sie ist *hinreißend*! Ein richtiger Busch schwarzer Haare, kaum zu *glauben*! Und ihre Augen! Die wird eines Tages die Jungen mal zum Wahnsinn treiben.«

Als Patenonkel hatten die Columbos Franks guten Freund Phil Capone gewählt. Auch diese Wahl war das Ergebnis einer Vorabsprache; wenn das Baby der Columbus ein Junge gewesen wäre, wäre ein anderer guter Freund von Frank, Joe Battaglia, Patenonkel geworden. Ihm gehörte ein Gemüseladen auf der anderen Straßenseite. Ein weiterer enger Freund, Gus Latini, könnte ebenfalls im Rennen gewesen sein, aber er war so nonchalant und leichtsinnig, daß Frank und Mary irgendwie das Gefühl hatten, als werde er die übernommene Verantwortung nicht ernst genug nehmen.

Mary Columbo, die einst Krankenschwester hatte werden wollen, war von der Geburt ihres ersten Kindes an dazu bestimmt, den Rest ihres Lebens als Hausfrau zu verbringen. Es war die Zeit, als das Doppelverdienertum im Vormarsch war, als überall Kinderhorte eröffnet wurden, um die Mütter frei zu machen, sich um andere Dinge zu kümmern. Zwei Einkommen zu haben, galt bei den jungen Paaren als der Weisheit letzter Schluß, für die das neue Haus in den Vororten nicht einfach nur ein Wunsch, sondern ein dringendes Bedürfnis war, etwas, das sie *jetzt* haben mußten. Nicht so Frank Columbo.

»Du bleibst zu Hause, kochst und ziehst das Baby groß«, sagte er mit Nachdruck, als Mary vorsichtig das Thema ›arbeiten gehen‹ anschnitt. »Ich werde unseren Lebensunterhalt schon allein verdienen.«

»Ich dachte ja auch nur, daß wir unser eigenes Haus schneller hätten, wenn ich auch arbeiten ginge«, wandte sie ein.

»Wir kriegen unser eigenes Haus schon noch früh genug. Mach dir da mal keine Sorgen«, versicherte er ihr. »Ich bin der nächste, der zur Beförderung ansteht. Sobald ich Superintendent bin, bekomme ich eine ganz schöne Gehaltsaufbesserung. Wir werden das schon hinkriegen, mach dir keine Sorgen.«

So blieb Mary mit ihrer Tochter zu Hause. Ihre Tage waren ausgefüllt mit Einkaufen, Kochen, Putzen und der Sorge um das Baby – das bald als Patty Ann oder einfach nur Patty überall bekannt war –, eben einem Leben als Hausmütterchen, wie Frank sich eines gewünscht hatte. Nicht gerade ein aufregendes Leben, aber bestimmt auch kein schlechtes, und Mary Columbo nahm es auch ohne ersichtliche Probleme an. Sie war Frank eine treusorgende, liebende Frau und Patty eine treusorgende, liebende Mutter – in dieser Reihenfolge, *immer*.

Als die kleine Patricia vom Säugling zum Krabbelkind und dann zur Vorschülerin heranwuchs, lebte sie vornehmlich in einer Welt der Erwachsenen. Um sie herum waren ihre Mutter und ihr Vater, ihre Paten, die Freunde ihres Vaters, Gus und Joe, Tanten und Onkel von beiden Familien – und gelegentlich auch einmal eine Cousine oder ein Cousin, die aber allesamt bedeutend älter waren als sie selbst –, Leute, die zu Besuch kamen, um Karten zu spielen, Mitglieder der Bowling-Mannschaft, die Kollegen ihres Vaters. Das kleine Mädchen spielte viel allein, aber das schien weder sie noch ihre Mutter je zu stören. Gelegentlich zeigte sich ihr Vater ein wenig besorgt. Er wünschte sich, es gäbe mehr Kinder im Block. Aber in ein paar Jahren, das wußte er, würde sie in den Kindergarten kommen und genug Kinder kennenlernen, mit denen sie spielen konnte.

Ihrem Haus praktisch direkt gegenüber lag die öffentliche Distriktschule, die *Talcott Elementary*. Frank Columbo hatte sich von Anfang an entschieden, daß keines seiner Kinder je eine katholische Schule besuchen sollte. Er war selbst ein Produkt des parochialen* Schulsystems von Chicago und erinnerte sich oft an das, was er als harte und erniedrigende Behandlung durch die Nonnen empfunden hatte, die damals, bevor auch in den konfessionellen Schulen weltliche Lehrer zugelassen wurden, die exklusive Kontrolle über die Klassenzimmer hatten.

»Ich werde niemals, *niemals* eines meiner Kinder auf eine katholische Schule schicken«, schwor er.

Soweit es Mary Columbo betraf, war das ohne Bedeutung. Sie war keine Katholikin.

Als Patty alt genug war, um draußen vor dem Haus zu spielen, während Frank oder Mary oder Janet Gower auf den Stufen der Eingangstreppe saßen, um auf sie aufzupassen, fand sie endlich auch eine Spielgefährtin, als eine polnische Familie mit einem kleinen Mädchen in Pattys Alter in denselben Block einzog. Es war keine besondere Familie. Der Vater war, wie sehr schnell bekannt wurde, ein Arbeiter, der viel trank, die Mutter hatte erhebliches Übergewicht und sah nie wirklich sauber aus. Nicht gerade die Creme der Gesellschaft.

Patty war natürlich glücklich, endlich eine gleichaltrige Freundin gefunden zu haben. Der Name des Mädchens war Paula, und genau wie ihre Mutter sah sie nie sauber aus. Außer, daß ihre Kleidung schäbig und abgetragen war und die Sohlen an ihren Schuhen meist lose herunterhingen und die Absätze schief gelaufen waren, war ihr spülwasserblondes Haar zumeist strähnig und ungekämmt, das Gesicht selten einmal gewaschen und die Fingernägel ständig schmutzig. Spätestens als Patty zum erstenmal bei Paula zu Hause spielen durfte und den Zustand der Wohnung sah, wurde ihr Paulas erbärmlicher Zustand bewußt.

* Nach katholischen Pfarreien eingeteilt

Patty schnappte auch einzelne Brocken von Unterhaltungen ihrer Eltern oder zwischen ihrer Mutter und ihrer Patentante über Paula auf.

»Gott sei's geklagt«, sagte Mary Columbo, »wie lassen diese Leute nur das Kind herumlaufen! Ich könnte schwören, in ihren Ohren kann man Kartoffeln pflanzen, so dreckig sind sie.«

»Hast du keine Angst, Patty Ann könnte sich etwas von ihr holen?« fragte Janet Gower. »Ich meine – Läuse oder so was?«

Während ihre Mutter und ihre Patentante noch plapperten und tratschten und sich Sorgen machten, dachte Patty darüber nach, wie man ihrer Spielkameradin vielleicht helfen könnte. »Mom, wenn du mir die Fingernägel machst, kannst du dann nicht auch Paulas Nägel schneiden?« fragte sie. »Wir wollen nämlich spielen, wir gingen gemeinsam in eine Parfümerie.« Nach ausgiebigem Nägelschrubben mit Bürste und Seifenlauge ließ Mrs. Columbo sich schließlich erweichen. Die beiden kleinen Mädchen erhielten ihre Maniküre. Als Mary Columbo Paula dann nach Hause schickte, fürchtete sie schon, die Mutter des Kindes werde auftauchen und ihr die Hölle heiß machen, weil sie die Finger ihrer Tochter ruiniert habe. Aber nichts dergleichen geschah.

Wenn Paula zu Patty ins Haus kam, um mit ihr zu spielen, was viel öfter geschah, als daß Patty zu Paula spielen ging, wartete Patty stets ein paar Minuten und sagte dann: »Komm, laß uns ins Badezimmer gehen und uns die Hände und das Gesicht waschen, und dann frage ich meine Mom, ob wir ein paar Plätzchen haben können.« Während sie sich wuschen, half Patty Paula regelmäßig, so sauber wie nur möglich zu werden, ohne daß es allzusehr auffiel. Für ein Kind, das noch nicht einmal das Kindergartenalter erreicht hatte, zeigte Patty ein erstaunliches Verständnis für das Hygieneproblem, das ihre kleine Freundin hatte, und die Wege und Möglichkeiten, ihm beizukommen. Sie war kein frühreifes Kind; Pattys Benehmen entsprach im großen und ganzen durchaus ihrem Alter. Aber von Zeit zu Zeit, vielleicht, weil sie so viel mit Erwachsenen zusammen war, sagte oder tat sie auch schon einmal etwas, das ihrem Alter in keiner Weise angemessen schien. Mitunter fiel es den Erwachsenen auf, dann wieder nicht. Wenn sie es aber merkten, hieß es in der Regel: »Nun hör dir das an! Mein Gott, ist das Kind helle. Wir haben eine kleine Gelehrte hier bei uns.«

Patty Columbo entwickelte sich sehr schnell. Aber sie wurde nicht wirklich erwachsen. Jedenfalls nicht so, wie es hätte sein sollen.

Wenn Patty auch keine konfessionelle Schule besuchen sollte, wurde sie dennoch im römisch-katholischen Glauben erzogen. Frank ging selten in die Kirche, und Mary war, wenn überhaupt etwas, Baptistin. Aber die Patentante Janet Gower war ein frommes Mitglied der Pfarrei von Sankt Carmichael und betete ständig den Rosenkranz. Seit sie vier Jahre alt geworden war, kam jeden Sonntagmorgen um halb neun eine mit Bändern und Schleifen geschmückte Patty zu ihr herunter, ein Hütchen auf dem Kopf und ein Täschchen im Arm, und ging mit ihr die sechs Blocks bis zu der alten, grauen steinernen Kirche, wo sie sich immer so nahe wie nur möglich zum Altar setzten, um an der Neun-Uhr-Messe teilzunehmen. Viele der Nonnen, die an der Pfarrschule von Sankt Carmichael unterrichteten, besuchten ebenfalls diese Messe, und Patty beobachtete sie voller Scheu und Ehrfurcht, wie sie da in einer Reihe saßen, in ihren schwarzen Gewändern und den weißen Häubchen.

»Ich weiß, daß dein Vater dich nicht in eine katholische Schule schicken will«, sagte ihre Patentante, zu der sie Tantchen Janet sagte, »aber ich will wenigstens dafür sorgen, daß du zweimal die Woche Katechismus-Unterricht bekommst. Vielleicht könntest du ja nach Sankt Carmichael gehen, und ein paar von den Nonnen, die wir da in Massen sehen, könnten deine Lehrerinnen sein. Es wird dir viel Spaß machen, etwas über die Kirche zu lernen.«

Patty, die gesehen hatte, daß keine der Nonnen jemals auch nur zu lächeln schien, war da gar nicht so sicher.

Als schließlich die Zeit für Pattys Einschulung kam, mußte sie in den sauren Apfel beißen. Die Aussicht, sich einer Horde durcheinander wimmelnder Kinder anzuschließen, wie sie sie vom Wohnzimmerfenster aus fast ihr ganzes Leben hindurch hatte beobachten können, versetzte sie keineswegs in Begeisterung. Sie war ein pingeliges kleines Mädchen, ungewöhnlich besorgt um ihr Äußeres und stets in Sorge, sich nicht schmutzig zu machen – wenigstens nicht allzu schmutzig –, egal, was sie gerade spielte. Sie stellte sich vor, die meisten Kinder in diesem brodelnden, wimmelnden Haufen da draußen müßten wohl eher wie Paula sein.

Wenn Patty einen Weg gewußt hätte, ihre Einschulung zu vermeiden, sie wäre ihn gewiß gegangen. Aber sie sah keinen Ausweg. So trottete denn eines Tages die kleine Patty Columbo mit allen anderen Fünfjährigen des Distrikts zusammen in die Vorschule.

Patty mochte die Schule. Wegen ihres ungewöhnlich engen Kontakts mit so vielen Erwachsenen kannte sie das meiste schon, das dort gelehrt wurde – Zahlen, Buchstaben, Formen, Farben, wie man mit Schere, Malstift und Lineal umging –, aber es war interessant zu beobachten, wie all diese Dinge in der neuen Umgebung statt am Küchentisch gelehrt wurden. Und vor allem gefiel es ihr, anderen, langsameren Kindern zu helfen, die nicht in der Lage waren, all das viele Neue so leicht zu begreifen wie sie selbst. Wenn sie merkte, daß ein anderes Kind unaufmerksam oder nachlässig wurde, setzte sie sich einfach zu ihr oder zu ihm, um zu helfen. Manchmal beklagte sie sich dann des Abends sehr zum Vergnügen der Erwachsenen, indem sie etwa sagte: »Ich weiß nicht, was ich mit Freddie machen soll; manchmal hört er mir überhaupt nicht zu.«

Bevor sie die Vorschule noch halb durchlaufen hatte, hatte sich Klein Patty Columbo schon entschieden, daß sie Lehrerin werden wolle, wenn sie erst erwachsen sei.

Im ersten Schuljahr fing Patty dann an, genau wie Patentante Janet es angekündigt hatte, dienstags und donnerstags jeweils am Nachmittag zu Sankt Carmichael zu gehen, um dort Katechismus-Unterricht zu nehmen. Anfangs wehrte sie sich heftig dagegen und sagte zu ihren Eltern: »Ich will aber nicht zu den Schwestern gehen. Die sehe ich haufenweise jeden Sonntag, und nie lächeln sie.«

Bei ihrem Vater hatte ihr Trick beinahe Erfolg angesichts seiner lange zurückreichenden Erinnerungen. »Wenn sie nicht zum Katechismus-Unterricht will, warum sollte sie dann?«

Mary war es, wie meistens, egal, was passierte. Ihr war das eine so recht wie das andere. Es endete mit einem eins zu eins zwischen Frank und der Patentante Janet. Und wenn Frank eine Frau normalerweise einschüchtern konnte, ohne sich wirklich ins Zeug legen zu müssen, wenn es um Pattys Wohlergehen ging, da verstand Janet Gower keinen Spaß.

»Sieh mal, Frank, das Kind *muß* doch Katechismus-Unterricht bekommen«, insistierte sie hartnäckig. »Wenn du nicht vorhast, sie in die katholische Kirche hineinwachsen zu lassen, warum, zum Teufel, hast du sie dann taufen lassen? Warum hast du mich gebeten, ihre Patentante zu werden, wenn du am Ende so was vorhattest?«

Schließlich gab Frank nach, und unter Janets geduldigem Zureden war Patty schließlich wenigstens halbwegs bereit, ohne weiteres Murren bei den Schwestern zu lernen.

Von ihrer ersten Unterrichtsstunde bei den Nonnen an sah Patty, daß sie sich in ihrer ursprünglichen Vermutung geirrt hatte. Nicht nur lächelten sie – und das sehr oft –, nein, sie redeten darüber hinaus auch mit sanfter Stimme und bedachten einen auch mit freundlichen Worten, wo sie angebracht waren. Sie waren ganz und gar nicht die schrecklichen Hexen, als die ihr Vater sie immer beschrieben hatte. Wenn überhaupt etwas, dann fand sie sie ungleich netter als ihren Lehrer auf der *Talcott Elementary*, der gelegentlich, vor allem gegen Ende der Woche, die Geduld mit den Kindern verlor. Da die Nonnen immer zwischen Unterrichtsstunden und anderen Pflichten wechselten, schien die jeweils unterrichtende Schwester stets guter Dinge zu sein.

Irgendwann in ihrem ersten oder zweiten Jahr Katechismus-Unterricht änderte Patty dann ihre Absicht, Lehrerin zu werden, und beschloß, später einmal Nonne zu werden – aber Lehrschwester. Als sie diesen Wunsch ihrem Vater gegenüber erwähnte, schüttelte dieser den Kopf und sagte, sie sei noch zu klein, um sich ein Urteil über solche Sachen bilden zu können. Nur Tantchen Janet hörte ihr voller Interesse zu.

»Das ist ein wunderbarer Wunsch, Patty«, lobte sie. »Du

dienst nicht nur Gott und der Kirche, sondern du verhilfst auch noch all den Kindern, die du unterrichtest, zu einem guten Start ins Leben.« Sie umarmte ihr Patenkind liebevoll. »Wenn du das wirklich willst, dann wirst du es auch schaffen, darauf wette ich. Und ich werde sehr stolz auf dich sein!«

Jeder Mißbilligung ihres Vaters, jedem Desinteresse von seiten ihrer Mutter folgte die begeisterte Unterstützung durch die Patentante. Unmißverständlich und unabänderlich.

Und das sollte noch große Bedeutung für die kleine Patty Columbo bekommen, als ihre Eltern ankündigten, ein zweites Baby sei unterwegs.

April 1963

Patricia war es nie in den Sinn gekommen, daß sie eines Tages vielleicht einmal ihre Welt mit einem kleinen Bruder oder einer Schwester würde teilen müssen. Ihr ganzes Leben hindurch waren die Erwachsenen um sie herum ausschließlich für sie da: ihre Eltern, ihre Patentante, die Schwester ihrer Patentante, Marilyn, ihr Patenonkel Phil Capone, den sie ›Onkel Philly‹ nannte und die Freunde ihres Vaters, ›Onkel‹ Joe und ›Onkel‹ Gus. Wenn sie in der Nähe waren, einzeln oder in Gruppen, war Patricia in der Regel das einzige Kind; alle Aufmerksamkeit galt ihr, alle Süßigkeiten, alle Vierteldollars, alles Tätscheln und jedes Lob und was sonst so an anderen Annehmlichkeiten zu haben war. Und sie war immer die, die gebraucht wurde. Wenn Onkel Philly das Bier ausging, während im Fernsehen ein Spiel der Cubs lief, mußte sie neues holen gehen. Wenn Tantchen Janet neue Schuhe einkaufen ging, mußte sie mitgehen. Und nur selten kam sie mit leeren Händen zurück.

»Du verwöhnst mir das Kind noch vollkommen, Janet«, sagte Mary Columbo.

»Wen sollte ich wohl sonst verwöhnen?« erwiderte Janet in solchen Fällen.

Manchmal beklagte Mary sich bei Frank darüber. »Sie verwöhnen sie noch vollkommen, Frank. Sie alle: Janet, Phil, Gus, Jo. Sie behandeln sie wie eine kleine Prinzessin. Großer Gott, Gus hat ihr letzte Woche eine Timex-Uhr geschenkt. Sie ist womöglich das einzige Kind in der Klasse, das eine Uhr am Arm trägt.«

»Was ist schon dabei?« erwiderte Frank dann. »Sie lieben sie halt, und deshalb behandeln sie sie gut. Was soll ich deiner Meinung nach tun – ihnen sagen, sie sollen mein Kind nicht mehr liebhaben?«

Es gab ein wenig Gerede, ganz im geheimen unter Freunden, daß Mary vielleicht so ein ganz klein wenig eifersüchtig auf die verwöhnte kleine Prinzessin sein könnte. Ein Getuschele, das ihr die Entscheidung vielleicht sogar ein wenig leichter gemacht haben könnte, wieder schwanger zu werden, damit die kleine Patty ein wenig Konkurrenz bekam. Eine verunsicherte Mary Columbo könnte gehofft haben, mit einem neuen Baby in den Armen würde sie wieder Mittelpunkt sein, nicht nur im Leben ihres Mannes, sondern auch im Leben ihrer engsten Freunde.

Patricia war keine Belastung für Mary, während sie auf die Geburt ihres zweiten Kindes wartete. Sie war sehr selbständig, gewohnt, sich mit sich selbst zu beschäftigen und allein zu spielen. Sie hatte zudem ihre Lieblingsserien im Fernsehen: *My Friend Flicka, Rin Tin Tin, Sky King* und *Fury*. Und sie hatte ihren eigenen Hund Mike, um den sie sich kümmern und mit dem sie spazierengehen konnte. Als sie erstmals um einen Hund gebeten hatte, war Frank Columbo alles andere als geneigt gewesen, ihr einen zu kaufen.

»Hunde machen eine Menge Arbeit, mein Engel«, sagte er.

Irgendwann schenkte ihr dann aber Tantchen Janet doch einen Hund. Janet hatte einen Nachbarn ins Tierheim begleitet, um dort nach einem ausgesetzten Hund zu sehen, und dabei hatten sie in einem der Zwinger einen *Old English sheepdog* gesehen, der dort ganz allein an der rückwärtigen Tür lag.

»Warum ist denn dieser Hund ganz allein in diesem Zwinger?« fragte Janet den Wärter.

»Der wartet auf seinen Abtransport«, erwiderte dieser.

»Was meinen Sie damit?« fragte sie.

»Er wird weggebracht, um eingeschläfert zu werden. Wir

können die Tiere nur sieben Tage hierbehalten; wenn sich der Besitzer am achten Tag nicht gemeldet hat, wird immer so verfahren.«

Eine Stunde später hatte Patricia einen Schäferhund.

Alle Menschen in Patricias Umgebung fragten sie, ob sie lieber ein Brüderchen oder ein Schwesterchen hätte. Sie erwiderte jedesmal, sie hätte gern eine kleine Schwester. Sie glaubte nicht, daß sie an einem kleinen Bruder viel Freude haben würde; mit den Jungen an der Schule hatte sie bereits einschlägige Erfahrungen. Sie spielten lauter rauhe Spiele, machten viel Krach und waren immer schmutzig. Aber die Mädchen waren in der Regel sauberer und stiller als die meisten Jungen, und Patricia beschloß, wenn sie schon ihre Klein-Mädchen-Welt mit jemandem teilen müßte, dann noch am ehesten mit einem kleinen Mädchen.

»So, du willst also ein Schwesterchen?« sagte Onkel Gus eines Abends, hob sie auf den Schoß und wickelte ihr ein Bonbon aus. Onkel Gus belieferte für einen Großhandel verschiedene Geschäfte mit Süßwaren; er kam nie ohne eine Tasche voller Süßigkeiten. »Wie soll sie denn heißen, was meinst du?« fragte er.

Patricia wußte es nicht, und es war ihr auch egal. Der Name tat nichts zur Sache, Hauptsache, das Baby war ein Mädchen. Aber Onkel Gus hörte nicht auf, sie zu fragen, bis Patricia schließlich den ersten Namen nannte, der ihr in den Sinn kam.

»Ich glaube, sie sollte Susie heißen.«

Von diesem Moment an wurde Mary Columbos ungeborenes Kind von Patricia und Onkel Gus nur noch Susie genannt.

Im letzten Drittel der Schwangerschaft, als Mary deutlich zunahm und sich zunehmend unwohler fühlte, kam Gus Latini des öfteren am Nachmittag herüber, wenn Patricia aus der Schule kam, um sie Mary abzunehmen und sie auf seiner Route zu den Kunden mitzunehmen. Für ein kleines Mädchen war das ein großes Abenteuer. Der Geruch im Innern des Lieferwagens war betäubend süß, als sei eine Schokoladenbombe explodiert.

Der Lieferwagen hatte Einzelsitze mit einer Falttür hinter

ihnen, die das Führerhaus vom rückwärtigen Teil abtrennte. Wenn die Tür ganz geschlossen war, wurde die kleine Fahrerkabine zu einem warmen und kuscheligen Refugium, vor allem im Winter. Die Fußbodenheizung hielt die Kabine warm. Onkel Gus hatte einen Kassettenrecorder, und so konnten sie Musik hören, und immer wieder ließ dieser aufregende Duft nach all den Leckereien einem das Wasser im Munde zusammenlaufen. Wie Zigarettenrauch setzte er sich nach und nach sogar in den Kleidern fest; Gus Latini roch immer wie ein Stand mit Süßigkeiten im Kino.

Patricia ging gerne mit Onkel Gus auf seine Auslieferungsfahrten. Jeden Tag fuhren sie in einen anderen Teil der Stadt, und manchmal kamen sie so auch in die nördlichen Vororte. Patricia genoß vor allem diese Fahrten. Außerhalb der City wohnten die Leute in Einfamilienhäusern statt in Miethäusern und hatten Rasen vor der Tür statt Eingangsstufen. Das waren offene luftige Wohngegenden mit viel klarem Himmel und Bäumen und hellen Farben; ganz anders als die Ohio Street, über der üblicherweise der typische Industrie-Himmel – rauchig, rußig – hing und deren beherrschende Farbe ein trübes Grau war.

Vom Süßwarenladen über das Zigarrengeschäft zur Drogerie. Onkel Gus nahm Patricia jedesmal mit hinein und stellte sie den Kunden als seine ›Helferin‹ vor. Patricia beobachtete mit großem Interesse, wie Onkel Gus die Süßigkeiten des Ladens unter die Lupe nahm; dann begleitete sie ihn wieder hinaus zu dem Laster, wo er die hintere Doppeltür öffnete, hineinkletterte, Patricia hinter sich herzog und sie sein Klemmbrett halten ließ, auf dem er immer die Lieferscheine abheftete, während er einen großen Plastikbehälter mit zurückgegebenen Süßwaren füllte und ihn dann in den Wagen wuchtete.

Irgendwann am Nachmittag machten Onkel Gus und Patricia ihre ›Pause‹, üblicherweise in einem der Getränke-Shops, wo Gus seinen Kaffee trank und Patricia einen Saft oder was sie sonst haben wollte. Oft konnte sie auch Comics, Modeschmuck, Puzzles, Spiele oder andere nicht allzu teure Dinge, die die verschiedenen Läden nicht hatten verkaufen können, mitnehmen. Es gab Zeiten, da fühlte Patty sich wie das glücklichste Mädchen auf der ganzen Welt, weil sie Gus Latini zum ›Onkel‹ hatte. Nach ihren Eltern und Tantchen Janet war er ihr der liebste Mensch, und sie schenkte ihm ihre uneingeschränkte Zuneigung.

Neuerdings startete Onkel Gus jede Tour, die er mit Patricia zusammen unternahm, indem er sagte: »Nun, mein Schätzchen, es könnte gut sein, daß die kleine Susie vielleicht gerade heute geboren wird, während wir auf Tour sind.«

»Das hoffe ich«, erwiderte Patricia jedesmal. »Ich möchte endlich mit ihr spielen und ihr alles mögliche beibringen.«

Nun tat Onkel Gus immer häufiger, als sei er plötzlich besorgt. »Ich hoffe nur, du wirst deinen Onkel Gus auch dann noch liebhaben, wenn das kleine Schwesterchen da ist.«

»Onkel Gus, ich werde dich *immer* liebhaben«, erwiderte Patricia dann feierlich. Sie legte die Arme um Onkel Gus' Nacken und küßte seine Wange, die so rauh war wie Sandpapier, und die beiden setzten vergnügt ›ihre‹ Auslieferungstour fort.

Eines Morgens, als Patricia erwachte, stand statt ihrer Mutter Tantchen Janet an ihrem Bett. Das neue Baby war während der Nacht angekommen, am 10. April. Ein kleiner Bruder. Er war Michael genannt worden. Tantchen Janet nannte ihn bereits ›Klein-Mike‹.

Patricia konnte es nicht glauben. Monatelang hatte sie die Ankunft einer Schwester geplant. Und warum der Name Mike? Das war doch der Name ihres Hündchens!

Eine sehr niedergeschlagene Patricia begann sich zu fragen, ob das alles nicht vielleicht ein riesiges Mißverständnis war. Vielleicht hatten ihre Mom und Dad nur *gedacht*, daß es ein Junge sei; vielleicht konnte man das bei einem so kleinen Baby gar nicht so leicht feststellen. Oder vielleicht, spann sie den Faden weiter, vielleicht wollte ihr Vater sie und Onkel Gus auch nur aufziehen. Vielleicht *war* das kleine Baby ja auch eine kleine Schwester, und er ärgerte sie alle nur und machte ihnen Angst, es sei keine. Von Zeit zu Zeit spielte ihr Vater gerne seine Spielchen mit den Leuten.

Patricia ging nach Hause, wild entschlossen herauszufinden, ob dies ein Scherz war, ein Irrtum oder was sonst. Ihr Vater war schon zu Hause, aber er schlief; Tantchen Janet, die sich an diesem Tag freigenommen hatte, machte ihnen allen unten in ihrer Wohnung ein Mittagessen. Nachdem sie ihre Patentante während des Essens eingehend befragt hatte, war Patty dann doch irgendwie überzeugt, daß sie in der Tat ein kleines Brüderchen bekommen hatte.

Patricia kehrte zum Nachmittagsunterricht in die Schule zurück und war entschlossen, irgend etwas zu unternehmen, um das, was sie für in höchstem Maße unfair hielt, wieder zu korrigieren.

Als die Stunde gekommen war, wo jeder etwas erzählen oder fragen konnte, hob Patricia die Hand.

»Ja, Patty?« fragte ihr Lehrer.

»Ich habe etwas zu erzählen«, sagte Patricia.

»Schön, dann komm nach vorn. Alle mal herhören! Patty will uns etwas erzählen. Paßt also schön auf.«

Als sie vor der ganzen Klasse stand, sagte Patricia sehr entschlossen: »Ich habe letzte Nacht ein neues Schwesterchen bekommen. Es heiß Susie.«

Dann ging sie wieder an ihren Platz zurück und dachte: *So!*

Während der drei Tage, die Mary Columbo und das Baby in der Klinik blieben, gelang es Gus Latini als erstem, die Mauer aus Frustration niederzureißen, die Patricia um sich herum errichtet hatte.

»Weißt du was?« sagte er am ersten Abend, nachdem Michael geboren war. »Mir ist es eigentlich ganz recht, daß das Baby ein Junge ist.« Er setzte sich zu ihr auf den Fußboden, wo sie lustlos mit ihren Puppen spielte – nur Mädchenpuppen. »Um ganz ehrlich zu sein, ich bin fast schon froh, daß das neue Baby ein Junge ist«, fuhr Onkel Gus fort. »Und willst du auch wissen, warum?«

»Warum?« fragte Patricia brummig.

»Weil«, sagte Onkel Gus, »weil ich glücklich bin, daß du das einzige kleine Mädchen weit und breit sein wirst. Jetzt kann ich mich ganz allein dir widmen, verstehst du? Du wirst immer noch mein liebstes Mädchen sein, mein *einziges* Mädchen. Wir können immer noch gemeinsam auf unsere Tour gehen und alles andere. Wenn es da noch ein Mädchen gäbe, würde das vielleicht mit uns kommen wollen. Aber wenn dieses Brüderchen erst mal älter wird, wird es bestimmt ganz andere Sachen tun wollen wie Baseball spielen und Modellflugzeuge bauen oder Würmer ausgraben, um angeln zu gehen.«

»Iiihhh«, sagte Patricia und schüttelte sich.

»Der wird bestimmt nicht solche Sachen tun wollen, wie mit mir auf die Süßigkeiten-Tour gehen, weil ihm das gar nicht aufregend genug wäre. Dann bleiben also nur du und ich übrig, genau wie bisher. Deshalb denke ich, daß das für uns so am besten ist.«

Onkel Gus war in der Lage, Patricia wieder einigermaßen zu beruhigen und sie aus der Lethargie und ihrer Enttäuschung herauszuholen, indem er eine ganz neue Situation für sie schuf: Uns stört es nicht, daß das Baby ein Junge ist. Wir sind froh darüber. Wie es schon in einem alten Lied heißt: Wir haben ja uns.

Patty Ann und Onkel Gus – zwei gegen den Rest der Welt.

Aber wie nicht anders zu erwarten, erwies es sich, daß Michael von dem Augenblick an Pattys Baby war, als Mary Columbo mit ihm zur Tür hereinkam. Von ihrer Seite aus war es ›Liebe auf den ersten Blick‹; ihre Uns-interessiert-er-nicht-Allianz mit Onkel Gus verschwand. Und Mary Columbo, die in ihrer neuen Mutterschaft ganz milde gestimmt war, war so gerührt über Patricias Begeisterung – o Mom, er ist ja so niedlich! –, daß sie ihren Sohn voller Glück rückhaltlos mit ihrer Tochter teilte. Mary setzte Patricia auf die Couch und ließ sie sofort Michael halten. »He, was hat denn das zu bedeuten?« fragte Frank Columbo gespielt verdrießlich. »Ich habe das Kind ja noch nicht einmal selbst gehalten.«

»Du kommst auch noch dran; schließlich ist Patricia Ann doch seine große Schwester.«

»Verstehe«, sagte Frank, »und ich bin ja man bloß der Vater, wie? Na schön, ich glaube, ich kenne meinen Platz.«

Es war alles in bester Ordnung. Die Erwachsenen – Tantchen

Janet, Tantchen Marilyn, Onkel Gus, Onkel Joe Battaglia, ein paar Verwandte, ihre Eltern – strahlten gemeinsam vor Freude darüber, dieses kleine Wunder nach Hause gebracht zu haben, damit es ein Teil von ihnen werde. Patricia befand sich in Hochstimmung. Ihre Aufmerksamkeit war geteilt zwischen dem winzigen schlafenden Säugling in ihren Armen und den Gesprächsfetzen der Erwachsenen, die sie immer mal wieder auffing.

»... sieht haargenau aus wie Patty Ann, als sie geboren wurde...«

»... so eine große Hilfe für dich, Mary. Sieh nur, wie sie das Baby jetzt schon liebt...«

»... jedenfalls besser, zuerst eine Tochter zu bekommen und dann einen Sohn, Frank. Ich mein', sieh mal, wenn Mary in den nächsten Jahren etwas zustoßen sollte, was Gott verhüten möge, dann hättest du in Patty Ann eine große Hilfe, um Mike großzuziehen, nicht wahr? Sie könnte für Mary den Platz der Frau im Haus einnehmen...«

»... und wenn schon sonst nichts, hättest du auf jeden Fall in ein paar Jahren einen schon geübten Babysitter...«

Alles an dieser Unterhaltung der Erwachsenen, die zu belauschen Patricia schon seit langem gelernt hatte, trug dazu bei, sie das Gefühl überwinden zu lassen, sie sei betrogen worden. Ein Gefühl, das bei ihr zu Anfang sehr ausgeprägt gewesen war. Sie hatte ihre Position der verwöhnten kleinen Prinzessin zurückgewonnen, eine Position, die ihr jetzt allerdings nicht mehr allein zustand, seit der kleine Prinz geboren war. Aber, wie Onkel Gus es schon formuliert hatte und ihr immer noch einredete, sie war immer noch das einzige *Mädchen* – was schließlich auch ein ganz besonderer Status war. *Und* – sie war die Älteste, ein Umstand, dessen Bedeutung ihr bisher noch nie richtig in den Sinn gekommen war, auf den aber jeder, besonders Tantchen Janet, besonderen Wert zu legen schien.

»Sieh mal, du bist jetzt schon ein richtig großes Mädchen. Michael ist ein kleines Baby. Du mußt versuchen, deiner Mom zu helfen, wo es nur geht. Versprich mir das.«

Patricia beschloß, nach Möglichkeit alle zuriedenzustellen und zu versuchen, in jeder Hinsicht das perfekte kleine Mädchen zu sein. Aber jetzt, da sie so glücklich über ihr kleines

Brüderchen war, fühlte sie sich Onkel Gus gegenüber ein wenig schuldbewußt. Und er schien ihren Zwiespalt zu spüren.

»He« – er zog sie auf seinen Schoß, als sie allein in der Küche waren – »ich denke, wir beide hätten eine Vereinbarung bezüglich dieses Babys. Ich denke, wir wollten uns gar nicht daran stören, wir wollten ganz einfach nur alle anderen verrückt nach ihm sein lassen, während wir beide nur nach einander verrückt sind. Du läßt mich im Stich.«

»Oh, Onkel Gus, es tut mir so leid!« beteuerte Patricia. »Ich hätte ja auch nicht gedacht, daß er *so süß* sein würde! Trotzdem können wir uns doch weiter ganz toll liebhaben, oder etwa nicht?«

»Ich weiß nicht.« Onkel Gus hob die Schultern und blickte zur Seite, als sei er verletzt. »Ich glaube, wir können es versuchen, wenn du es noch immer willst.«

»Oh, das will ich! Wir können uns immer noch liebhaben!« rief Patricia.

Patricia umarmte Onkel Gus stürmisch und küßte ihn laut und vernehmlich auf die Lippen. In diesem Moment kam Tantchen Janet herein.

»Was macht ihr denn hier?« fragte sie.

»Wir haben eine kleine geschäftliche Besprechung, Patty und ich«, sagte Gus wichtigtuerisch. »Schließlich ist sie meine Partnerin auf meiner Süßigkeitentour, verstehst du.«

Patty lächelte erfreut. Onkel Gus ließ sie sich so gut fühlen.

C. H.

September 1981

1981 veröffentlichte Jay Robert Nash, den ich persönlich für den führenden Chronisten für Verbrechen und Verbrecher halte, ein Buch mit dem Titel Look for the Woman (achtet auf die

Frau), eine literarische Enzyklopädie über weibliche Verbrecher seit der Zeit Elizabeths bis heute. Während ich seine letzte Sammlung von Fakten über Verbrechen durchblätterte, fand ich auf Seite 91 ein ganzseitiges Foto einer bekannten Person: Patricia Columbo. Nash hatte ihr dreieinhalb Seiten Text unter der Überschrift ›Patricia Columbo – Mörderin‹ gewidmet. Sein Bericht ging über das hinaus, was in den Chicagoer Zeitungen über sie gestanden hatte, und bot über die einschlägigen Artikel hinaus ergänzende Details, die mir vorher gar nicht bekannt waren – Details, dachte ich, als ich weiterlas, die die Geschichte eher noch interessanter machten. Zwei Jahre nach Antritt ihrer Gefängnisstrafe war Patricia beispielsweise beschuldigt worden, Sexparties organisiert zu haben, für die sie zwei hochrangigen Gefängnisbeamten attraktive Insassinnen besorgt hatte. Die beiden Beamten waren umgehend suspendiert worden. Es fand sich allerdings kein Hinweis darauf, daß irgendwelche Anklagen gegen Patricia erhoben worden wären. Hatte sie etwas damit zu tun oder nicht? Der Artikel führte weiter aus, Patricia habe College-Kurse belegt, die von der Northern Illinois University angeboten worden seien und auch zu einem akademischen Diplom führen sollten.

Jetzt wurde ich richtig neugierig. Organisierte Patricia Columbo etwa Sexparties für Gefängnisbeamte, während sie gleichzeitig studierte, um einen akademischen Grad zu erwerben? Tüchtig, tüchtig. Und so aktiv. Oder – da sie ja nie offiziell angeklagt worden war – war die Sache mit der Sexparty erfunden? Patricia Columbo wäre nicht die erste prominente Gefängnisinsassin gewesen, die eine Menge Staub aufgewirbelt hätte, nur weil sie enger als üblich mit einem Aufseher verkehrt hätte.

Aber ein anderer, viel zwingenderer Gedanke ging mir ebenfalls durch den Kopf: Gab es vielleicht zwei Patricia Columbos – eine gespaltene Persönlichkeit?

Wieder einmal, wie schon zweimal in der Vergangenheit, fingen der Fall und die Frau an, mich zu interessieren. Mir war, als werde ich eines Tages irgendwie näher mit ihm befaßt sein.

Ob ich wollte oder nicht.

Mai 1976

Während Ray Rose sich spät in der Montagnacht nach dem Auffinden der Leichen mit Norman Glenn in *Denny's Restaurant* unterhielt, ging Normans Schwester Nancy unruhig in der Küche der Wohnung ihrer Eltern auf und ab. Erregt sagte sie zu ihrer Mutter: »Patty war dafür verantwortlich. Ich *weiß* es.«

Mrs. Glenn blieb gelassen. »Nein«, behauptete sie ruhig. »Du kannst so was vermuten, aber du weißt es nicht.«

»Mutter«, sagte Nancy fast flehentlich, »sie hat mir doch selbst einmal gesagt, sie suche jemanden, der ihre Eltern umbringt, damit sie Michaels Vormund werden und ihn großziehen könne. Sie hat sogar versucht, zwei Burschen, die ich kenne, dafür anzuheuern!«

»Was für zwei Burschen?« fragte Mrs. Glenn.

Nancy wand sich. »Zwei Burschen eben, Mutter. Du kennst sie nicht.« *Vorsicht, Nancy,* warnte sie sich selbst. Es gibt ein paar Dinge, die erzählt ein Mädchen nicht gern seiner Mutter.

Nancy Glenn war neunzehn Jahre alt, genauso alt wie Patty Columbo. Auf der High-School waren sie die besten Freundinnen gewesen, aber danach hatten sie sich nur noch hin und wieder gesehen. Nach dem Abitur hatte Nancy als Hilfsschwester nebenan im *Alexian Brothers Hospital* in Elk Grove Village gearbeitet, während Patty in dem großen Drugstore bei Walgrams ein paar Blocks weiter gearbeitet hatte. Ab und zu begegneten sie sich rein zufällig, aßen schon mal zusammen zu Mittag, und gelegentlich telefonierten sie auch mal miteinander. Sie betrachteten sich noch immer als Freundinnen, wenn auch vielleicht nicht als sehr enge. Bis vor etwa acht Monaten, oder, um genauer zu sein, als Nancy Patty anrief und sie fragte, ob sie Lust hätte, zu einem sogenannten *blind date* mitzukommen.

Das war der Zeitpunkt, zu dem, wie Nancy es heute sah, der verdammte Alptraum angefangen hatte – dieser Alptraum, der womöglich zu den Morden geführt hatte.

Mehr wollte Nancy ihrer Mutter einfach nicht erzählen. Und das war auch alles, was ihre Mutter darüber hören wollte, wie Nancy überzeugt war. Ihrer Mutter etwa über die Beziehung zu berichten, die sie und Patty mit den ›beiden Burschen‹ gehabt hatten, das wäre einfach undenkbar gewesen. Sie mußte ihrer Mutter begreiflich machen, daß das, was sie ihr über Patty erzählen wollte, alles andere als frivol war.

»Mutter, dieser eine Bursche – er heißt Lanny, ich habe meinen Camaro bei ihm gekauft – hat mir erzählt, Patty hätte monatelang versucht, ihn zu überreden, zusammen mit seinem Freund ihre Eltern umzubringen.«

»Das kann sie doch nicht ernst gemeint haben«, sagte Mrs. Glenn wegwerfend.

»Mutter, sie *hat* es ernst gemeint, da bin ich sicher!« beharrte Nancy. »Lanny sagt, sie habe Sex mit seinem Freund gemacht, nur weil sie versuchen wollte, ihn zu überreden, daß er das für sie macht.«

In diesem Augenblick hörten Nancy und ihre Mutter die Haustür auf- und wieder zugehen. Kurz darauf kam Norman Glenn in die Küche, gefolgt von einem Mann, den sie noch nie gesehen hatten.

»Nancy«, sagte ihr Bruder, »dies ist ein Polizeibeamter, der den Mord an den Columbos bearbeitet.«

»Ich bin Ray Rose, Miss Glenn«, stellte sich der Chief Investigator vor. »Ihr Bruder erzählte mir, Sie hätten einige Informationen dazu, die wir ebenfalls haben sollten.«

Nancy seufzte hörbar. Mit Mühe hielt sie die Tränen zurück, als sie erwiderte: »Ja, ich glaube auch.«

»Können wir darüber reden?«

»Ja sicher«, erwiderte Nancy. »Aber bitte nicht hier. Ich möchte meinen Vater nicht gern aufwecken. Bisher habe ich ihm von all dem noch nichts erzählt.«

»Verstehe«, sagte Rose. »Lassen Sie uns also zusammen irgendwohin gehen und einen Kaffee trinken. Sie brauchen jetzt noch keine offizielle Aussage zu machen oder so etwas. Wir wollen uns einfach nur mal unterhalten. In Ordnung?«

Nancy schluckte und holte tief Luft. »Okay.«

Rose führte Nancy in das *Frontier Restaurant*, das die ganze Nacht über geöffnet hatte. Dort setzten sie sich abseits vom allgemeinen Getriebe in eine Nische, und der Polizeioffizier hörte sich schweigend an, was sie zu sagen hatte.

»Er heißt Lanny Mitchell«, sagte sie. »Sein richtiger Name ist Lanyon, aber er will nur Lanny gerufen werden. Das erste, was mir an ihm auffiel, war, daß er ein wirklich sympathisches Lächeln hatte. Und ein ernstes Lächeln. Und er war irgendwie süß. Ein bißchen klein, ja, aber das bin ich schließlich auch. Und er konnte sich verdammt toll anziehen; immer trug er legere Anzüge und offene Hemdkragen. Und er hatte eine wirklich lustige Art, sich zu unterhalten und die Leute an der Nase rumzuführen . . .«

»So, dann ist das wohl Ihr erster Wagen, wie?« sagte Lanny Mitchell, als er die Papiere für die Zulassung fertig machte.

»Ja, das stimmt, Mr. Mitchell«, erwiderte Nancy höflich.

»Ach, wissen Sie was«, sagte er und schenkte ihr sein bezauberndstes Lächeln, »sparen wir uns doch die Förmlichkeiten. Sagen wir Du zueinander. Ich heiße Lanny.«

Sie befanden sich in einem kleinen Zimmer gleich neben der großen Ausstellungshalle der Pontiac-Vertretung Franklin-Weber, einer großen Werksvertretung in Schaumberg, dem Elk Grove Village am nächsten gelegenen Vorort im Westen. Nancy hatte im Hochgefühl finanzieller Unabhängigkeit durch ihren neuen Job als Krankenschwester mit festem Einkommen gerade einen niedlichen kleinen Camaro Baujahr '73 erstanden – auf Raten nach einem Sonderangebot für alleinstehende junge Leute. Nancy machte sich um die Raten keine Gedanken; sie hatte ein *Auto*, und das allein zählte – und dieser ach so süße Typ, den sie jetzt Lanny nannte, hatte ihr gesagt, das Auto sei ›echt geil‹. Nancy war rot geworden und hatte zu Boden gesehen, als er das sagte, und Lanny hatte sich auch gleich entschuldigt und gemeint, dieser Begriff sei ihm ganz unbewußt einfach nur so rausgerutscht, weil er nur selten die Gelegenheit bekomme, mit jemandem zu reden, der so nett sei wie sie.

»Das hier ist nicht mein regulärer Beruf«, vertraute er ihr an.

»Eigentlich bin ich Polizist, aber dann bin ich da in eine dumme Sache reingeraten und wurde vom Dienst suspendiert. Das hier mache ich so gewissermaßen nur als Übergang, verstehst du?«

»Das ist aber schade«, erwiderte Nancy bedauernd. »Deine Suspendierung, meine ich. Meinst du, sie nehmen dich noch mal wieder?«

»Schwer zu sagen«, erwiderte Lanny achselzuckend. »Ich wurde beschuldigt, einen bewaffneten Raubüberfall begangen zu haben.«

»Das klingt ernst«, sagte Nancy. Ihre Augen hatten sich in wachsendem Entsetzen geweitet. Entlassener Polizist, bewaffneter Raubüberfall – das war starker Tobak; es hätte direkt aus ›Police Woman‹, einer ihrer liebsten Fernsehserien, stammen können.

»Das ist wirklich schlimm«, gestand Lanny. Jetzt versuchte er es mit einem vertrauensvollen Blick. »Aber ich kann nichts dagegen tun. Ich habe ein paar Beziehungen, die mir da raushelfen werden. Besonders einer meiner Freunde ist eine ganz große Nummer in Chicago. Ich hab' ihm mal geholfen, und jetzt wird er sich um mich kümmern. Ich bin bei ihm und seinen Leuten so was wie auf Probe, weswegen ich mir ja auch meine Zeit mit so einem stumpfsinnigen Job wie dem hier vertreibe.«

»Ich habe mir schon gedacht, daß du nicht nur ein einfacher Autoverkäufer bist«, sagte Nancy. Lanny lächelte geschmeichelt.

»Wirklich? Und warum nicht?«

»Ich weiß auch nicht«, erwiderte Nancy verlegen und senkte ein wenig unsicher die Augen. »Du siehst irgendwie – netter aus.« Sie spürte, wie sie rot wurde. »Ich glaube, ich klinge reichlich kindisch, wie?«

»Aber nicht doch!« erwiderte Lanny, wobei er sich bemühte, ernsthaft zu klingen. »Du bist ausgesprochen süß. Es macht richtig Spaß, sich mit dir zu unterhalten nach all den Leuten, mit denen man es hier sonst so den ganzen Tag zu tun hat.« Er legte den Kopf zurück wie ein neugieriger kleiner Junge. »Ich schätze mal, ein Mädchen wie du hat doch bestimmt einen festen Freund, oder?«

»Ah – nein«, erwiderte Nancy.

»Nicht?« Lanny tat überrascht. »Dann hör mal zu. Hättest du nicht Lust, mal auszugehen? Wir könnten tanzen gehen, ein paar Drinks zusammen nehmen und uns ein bißchen näher kennenlernen . . .«

»Ja, warum eigentlich nicht?«

»Na großartig!« Jetzt betrachtete er sie mit seinem Lanny-de-Luxe-Lächeln erster Klasse, einem unvergleichlichen Funkeln, das er – sie sollte es später noch erfahren – nur denen schenkte, die ihn nahmen, wie er war, ohne Fragen zu stellen, und die ihn ohne Vorbehalt bewunderten.

Schon am nächsten Abend ging Nancy mit Lanny aus, und innerhalb einer Woche war sie mit ihm intim. Sie trafen sich mehrmals pro Woche, und es wurde zur Routine, daß sie den Abend zusammen in Lannys Apartment und in seinem Bett beendeten. Nancy war ein gescheites Mädchen; sie genoß den Sex und wußte sich zu schützen. Lanny war der erste ›richtige Mann‹, mit dem sie sich eingelassen hatte; ihre bisherigen Partner waren heranwachsende Jünglinge ohne Pep und Stil gewesen. Lanny hatte beides. Und er wußte, wie man ein Mädchen im Bett zufriedenstellt.

Ihre Beziehung lief schon etwa sechs Wochen, als Lanny seinen Freund ein zweites Mal erwähnte. »Erinnerst du dich noch an den Burschen, von dem ich dir erzählt habe? Der, der die wichtigen Leute in Chicago kennt und der mir aus meinen Schwierigkeiten helfen will? Könntest du nicht vielleicht ein Mädchen für ihn finden, so daß wir mal alle zusammen ausgehen könnten?«

»Ich weiß nicht«, erwiderte Nancy. »Was ist das denn für einer?«

»Ein großartiger Typ«, sagte Lanny großspurig. »Ein bißchen älter als ich, so um die Dreißig. Sieht gut aus, zieht sich scharf an, und dem kommt es auch nicht drauf an, 'n paar Mäuse springen zu lassen. Hast du also 'ne Freundin, die auf so einen Typ steht?«

»Mal sehen«, überlegte Nancy, um Zeit zu gewinnen. Sie war unsicher. Natürlich wußte sie genau, was Lanny suchte: ein Mädchen, das mit seinem Freund ohne große Umstände zu machen ins Bett ging, eine, mit der er ›eine Nummer schieben‹ konnte. Sie wollte sich weiter mit Lanny treffen – er war ja so süß –, aber eine Partnerin für diesen anderen Kerl zu finden, diesen – nun ja, Ganoven, denn das war er ja wohl –, das war eine ganz andere Sache. Das konnte heikel werden. Sie wollte keiner ihrer Freundinnen aus dem Hospital vorschlagen, sich mit ihm einzulassen, jedenfalls so lange nicht, wie sie nicht wußte, was sie von ihm zu halten hatte.

Dann fiel ihr ihre alte Freundin Patty Columbo ein. Vor noch gar nicht so langer Zeit hatte sie mit ihr zu Abend gegessen, und Patty hatte ihr alles über die Probleme erzählt, die sie durch eine Beziehung mit einem älteren Mann hatte. Vielleicht, dachte Nancy sich, vielleicht konnte Patty einmal einen Abend für sich brauchen und ein bißchen Spaß, ohne damit gleich eine Bindung einzugehen. Und eines war sicher: Patty verstand sich darauf, einem Burschen ein paar schöne Stunden zu bereiten.

»Ich habe da eine Freundin«, sagte sie zu Lanny. »Ich weiß nicht, ob ich dir schon von ihr erzählt habe. Sie ist groß und sehr hübsch mit 'ner tollen Figur. Die Sache ist bloß die, sie lebt mit ihrem Typ zusammen, und ihr Vater macht ihr ganz schön die Hölle heiß, denn er ist älter als sie und verheiratet ist er außerdem noch. Das sind Italiener, weißt du; sie glaubt sogar, ihr Vater hat ein Kopfgeld auf ihren Freund ausgesetzt. Stark, was?«

Lanny stürzte sich auf diese Information wie ein Piranha. »Du, mein Freund dürfte genau der Richtige für sie sein. Wie ich dir ja schon gesagt habe, der Mann ist echt wichtig; wenn deine Freundin ein bißchen nett zu ihm ist, dann könnte er ihr bestimmt mal den einen oder anderen Gefallen tun.«

Lanny gab ihr einen schnellen Kuß und reichte ihr das Telefon.

»Hier, da kannst du deine Freundin gleich mal anrufen . . .«

In der Nische im *Frontier Restaurant* ließ Nancy Glenn den Kopf hängen, nachdem sie Ray Rose den Rest der Geschichte erzählt hatte.

»So kam Patty mit Lanny und seinem Freund in Kontakt«,

sagte sie und hatte Mühe zu sprechen. »Durch mich. Aber ich schwöre bei Gott, ich hatte nicht die mindeste Ahnung, daß das zu . . . zu so was . . . führen würde.«

»Im Moment wissen wir überhaupt nicht, ob das zu irgendwas geführt hat«, betonte Ray Rose. »Wie hieß Lannys Freund denn?«

»Roman – eh, Dingsbums«, erwiderte Nancy. »Ich habe ihn nur ein- oder zweimal gesehen, und dabei hat er nie seinen Familiennamen erwähnt. Aber ich glaube, er war ein Cop.«

Rose spürte, wie sich ihm der Magen umdrehen wollte. »Hat er gesagt, er wäre ein Cop?« fragte er so unbeteiligt wie nur möglich.

»Nicht direkt«, mußte Nancy zugeben. »Und Lanny hatte mir erzählt, er sei ein Ganove. Aber er trug eine Waffe, genau wie Lanny, und die beiden haben über das Büro des Sheriffs gesprochen. Ich hatte nur so ein Gefühl, als wäre er ein Cop, so wie Lanny das von sich behauptet hatte.« Sie hob die Schultern. »Aber vielleicht habe ich mich geirrt.«

Ray Rose hoffte es. Das Zweitschlimmste, das er sich in diesem Fall vorstellen konnte, wären ein paar Cops, die zu professionellen Killern geworden wären.

Das einzige, das noch schlimmer gewesen wäre, wäre, wenn Patty Columbo es gar selbst getan hätte.

»Wo können wir diesen Lanny finden?« fragte er Nancy.

»Er ist inzwischen verheiratet und lebt draußen in *Lake Villa*«, sagte sie und kramte in ihrer Handtasche. »Irgendwo hier muß ich noch seine Telefonnummer haben . . .«

Ray Rose trommelte leise mit den Fingern auf der Tischplatte. Sein Gesichtsausdruck war so ernst, wie er seit dem Auffinden der Leichen nicht mehr gewesen war.

Bitte, lieber Gott, betete er leise für sich, laß diese Kerle keine Polizisten sein.

Februar 1989

Am späten Nachmittag eines kalten, aber schneefreien Tages im Februar 1989 fuhr ein älterer, tadellos gepflegter Chevrolet auf den Besucher-Parkplatz des *Dwight Correctional Center* in der Tiefebene von Illinois, fünfundsiebzig Meilen südlich von Chicago. Eine fast zierlich zu nennende ältere Frau entstieg dem Wagen und stellte sich dem eisigen Wind entgegen, als sie auf das Besucherbüro zu marschierte – denn anders konnte man es kaum nennen: sie *marschierte* darauf zu. In der Hand trug sie einen altmodischen Aktenkoffer, einen von denen, die noch zwei Tragegriffe hatten und der viel zu schwer für sie aussah. Hocherhobenen Kopfes kämpfte sie gegen den Wind an, und wer sie so sehen konnte, dem war sofort klar, daß sie weder an das Gewicht ihres Aktenkoffers noch an die Unbilden des Wetters auch nur einen Gedanken verschwendete.

Am Schalter des Besucherbüros angekommen, sagte die Frau: »Ich möchte bitte zu Patricia Ann Columbo.«

»Haben Sie sie schon einmal besucht?« fragte der Beamte.

»Nein.«

Der Beamte sah zu einer Uhr an der Wand empor. »Die Besuchszeit ist in einer halben Stunde vorbei.«

»Ich habe eine Besuchserlaubnis auch außerhalb der normalen Besuchszeiten«, erwiderte sie. »Sie können das gern bei Ihren Vorgesetzten erfragen. Mein Name ist Schwester Margaret Burke.«

Der Beamte reichte ihr ein Formular. »Dann füllen Sie das hier bitte aus, Schwester.« Während sie sich an einen Tisch setzte, um das Formular auszufüllen, griff der Beamte zum Telefon.

Eine übergewichtige dunkelhäutige Insassin putzte gerade den Boden des Besucherbüros. Ganz unauffällig näherte sie sich dabei dem Tisch. »He, Schwester Burke«, sagte sie leise.

»Oh, hallo, Nettie«, erwiderte Schwester Burke und lächelte ein wenig. Man hatte den Eindruck, als lächle sie nicht oft. »Wie lange bist du jetzt schon hier?«

»Ungefähr ein Jahr, gehöre jetzt zum Reinigungsdienst.«

»Ja, ich sehe es.« Wiedereingliederungstraining für das Berufsleben nennen die das hier, dachte sie sich. »Was machen die Kinder, Nettie?«

»Denen geht's gut, Schwester Burke, wirklich gut. Ich hatte ja noch nie Gelegenheit, Ihnen zu danken, daß Sie nach ihnen gesehen haben, als ich im County-Gefängnis war. Das hat uns sehr geholfen, ihnen und mir, daß Sie mit ihnen geredet haben.«

»Das freut mich, Nettie. Jetzt kannst du für dich selbst sorgen, Gott sei Dank.«

Als Schwester Burke das Formular ausgefüllt hatte, reichte sie es dem Beamten am Schalter. Jetzt war noch ein zweiter anwesend, eine junge Frau. »Wenn Sie bitte mit mir kommen wollen«, Schwester«, sagte sie. »Entschuldigen Sie, daß Sie warten mußten.«

»Nicht so schlimm«, sagte Schwester Burke ruhig. »Ich bin schon früher in Gefängnissen tätig gewesen. Ich kenne die einschlägigen Gepflogenheiten.«

In einem kleinen Inspektionsraum legte Schwester Burke ihren schweren Mantel ab, die Schuhe und den Gürtel. Sie trug nicht das traditionelle Gewand der Nonnen, sondern war statt dessen in einen blauen Rock aus Wolle, eine einfache weiße Bluse und einen dunkelblauen Sweater gekleidet. Das Haar trug sie halblang, aus der Stirn gekämmt; es war noch immer dunkelbraun, doch schon schimmerten erste graue Strähnen durch. Sie sah aus wie eine etwas kleinere, hübschere Ausgabe von Maureen Stapleton.

Als die Durchsuchungsroutine einschließlich einer Inspektion ihrer Brieftasche abgeschlossen war, wurde Schwester Burkes rechter Handrücken mit einer Markierung aus ultravioletter Tinte versehen, und sie passierte den Metalldetektor auf dem Weg zu einer großen Tür aus Metall und Glas. Es gab ein lautes Summen, als das Schloß elektronisch entriegelt wurde. Schwester Burke stieß es auf und betrat einen großen Raum, vollgestellt mit Tischen und Stühlen. Es waren nur noch wenige Besucher da; das Tageslicht schwand früh im Winter, und die meisten Menschen wollten die Landstraße vor Einbruch der

Dunkelheit hinter sich bringen. Insassen und Besucher konnten Kaffee, Softdrinks, kleine Häppchen und Pizza an einem langen Tresen an der Wand bekommen. In einer Ecke war eine Polaroid-Kamera vor einer Bank mit einem gemalten Hintergrund aufgestellt, wo man sich für einen Dollar ablichten lassen konnte. An der anderen Wand befanden sich einige gläserne Kabinen für Anwälte und andere private Besuche. Im Moment waren sie alle frei.

Eine andere Beamtin trat von einem Tisch, von dem aus man den ganzen Raum überblicken konnte, auf Schwester Burke zu. »Sie können jede gewünschte Kabine nehmen, Schwester«, sagte sie. »Die Columbo ist schon auf dem Weg hierher.«

»Vielen Dank.«

Schwester Burke wählte die Kabine, die am weitesten vom Platz der Aufseherin entfernt lag. Wie sie schon zuvor angedeutet hatte, sie kannte Gefängnisse und die dortigen Gebräuche.

Margaret Burke war seit vierzig Jahren Nonne im Orden vom Heiligen Herzen. Bauerntochter aus Morris, Minnesota, hatte sie den Magister der Erziehungswissenschaften am *Duchesne College* des Ordens in Omaha erworben, bevor sie den Schleier genommen hatte, und hatte danach ihre Laufbahn als Dozentin an einer katholischen Akademie in Lake Forest, Illinois, begonnen, einem aufstrebenden Vorort Chicagos. Gleichzeitig studierte sie weiter an der *Loyola University*. Dort bestand sie zunächst das Staatsexamen und erwarb dann auch noch einen Doktor-Grad in Psychologie. In der Folgezeit stieg sie zur Vorsitzenden der Abteilung Psychologie am *Barat College* vom Heiligen Herzen in Lake Forest auf. Als überzeugte Befürworterin einer möglichst weitgehenden Bildung für Frauen, stieg sie schließlich auch noch zur Präsidentin des Colleges auf.

Gleichzeitig kämpfte Schwester Burke auch noch auf anderen Ebenen für die Rechte der Frauen, wie etwa in der Amerikanischen Bischofskonferenz für die Ökumene und dem Komitee für Menschenrechte beim Erzbistum Chicago. Aber Schwester Burke fühlte sich herausgefordert, noch mehr zu tun, vor allem in Gegenden, die nicht so privilegiert waren wie etwa der Campus des *Lake Forest College*. Schon bald gehörte sie dem Beirat der *Liga Hilfe für inhaftierte Mütter* in Chicago an. Von diesem Augenblick an war ihr Lebenswerk unauflöslich mit Straf- und Haftanstalten verknüpft.

Im Mai 1976 zog sich Schwester Burke von ihrem Amt als Präsidentin des *Barat College* zurück, nachdem sie es zweiundzwanzig Jahre ausgeübt hatte. Sie war erst Anfang Sechzig, und nun hatte sie die Zeit, sich dem ihr am meisten am Herzen liegenden Anliegen zu widmen – der Arbeit mit gestrauchelten Frauen; den heimatlosen, den geschlagenen, den inhaftierten. Sie wurde Chefpsychologin und Vorsteherin des Obdachlosenasyls für Frauen von Sankt Marien in Chicagos West Side. Nach einem Leben in dem gepflegten Vorort Lake Forest wechselte Schwester Burke gewissermaßen in ein völlig anderes Leben: in ein Ghetto.

Nachdem sie sich in dem Asyl einigermaßen eingerichtet hatte, fing die unermüdliche Nonne an, sich um die Frauen im Cook County Jail zu kümmern. In genau diesem Monat war ein neunzehnjähriges Mädchen namens Patricia Columbo in das Gefängnis eingeliefert worden, um hier ihrem Verfahren wegen Mordes an ihrem Vater, ihrer Mutter und ihrem Bruder entgegenzusehen.

Die Frauenabteilung des Cook County Jail war ein Sumpf aus Hoffnungslosigkeit, Verzweiflung und Gefahr. Sechs Stockwerke zumeist brauner oder schwarzer Gesichter, deren Eigner die ganze Skala vom Junkie mit losem Mundwerk bis hin zur einherstolzierenden Lesbe abdeckten, die immer ein Stück Seife in einer Socke mit sich trugen, um damit anderen ins Gesicht zu schlagen, wenn ihnen danach war. Dazwischen gab es Ladendiebinnen, Nutten, Kinderschänderinnen; verzweifelte Frauen, die ihre Ehemänner, Liebhaber oder Zuhälter niedergestochen oder erschossen hatten, oder dasselbe mit ›der anderen‹ Frau gemacht hatten, die versucht hatte, ihnen ihre Ehemänner, Liebhaber oder Zuhälter zu *stehlen*. Es gab Hehlerinnen, Dealerinnen, Komplizinnen von Männern, die drüben im Männertrakt auf ihr Verfahren wegen Raubes, Autodiebstahls oder Urkundenfälschung warteten. Es gab keinen Gesetzesverstoß, der hier nicht anzutreffen gewesen wäre.

Einige der Frauen waren bereits verurteilt und saßen ihre Strafe hier im Gefängnis des County ab; die meisten anderen wußten, daß sie verurteilt werden würden und entweder hier bleiben oder in eines der Frauengefängnisse verbracht werden würden oder gar nach Dwight, das Hochsicherheitsgefängnis. Dieses Wissen strapazierte die Nerven erheblich. Das Gefängnis war wie ein Vipernnest; das kleinste Rascheln konnte zu einem ernsthaften Zischen werden.

Patricia Columbo nach Erhebung der Anklage wegen dreifachen Mordes ins Gefängnis zu stecken, das war etwa so, als wenn man eine verwöhnte, über alle Maßen behütete Hauskatze im Dschungel aussetzen würde, wo sie auf *echte* Katzen traf. Das Gefängnis des Cook County war so ziemlich der letzte Ort, an den ein weißes Vorstadt-Mädchen gehört hätte. Patricia wurde auf der Stelle krank – körperlich krank; was sie auch aß – und zumeist gab es kalte Küche –, sie gab es umgehend wieder von sich. Zwischen den einzelnen Anfällen von Übelkeit hockte sie auf ihrer Matratze wie ein gefangenes Tier. Wann immer sie aufblickte, war in der Regel ein braunes oder schwarzes Gesicht da, das neugierig zu ihr hereinschaute, unfähig, dem Drang zu widerstehen, sich einmal anzuschauen, was das für ein Mensch war, der angeklagt war, Vater, Mutter und jüngeren Bruder geschlachtet zu haben. Es war jenes letzte Glied in der Verbrechenskette, das die meisten Nerven kitzelte: »Dreizehn? Der Junge war erst dreizehn? Allmächtiger! Das ist stark, Baby.«

Als Patricia genug an Gewicht verloren hatte, um selbst die Aufseherinnen besorgt werden zu lassen, und nach einem psychiatrischen Gutachten, in dem sie als selbstmordgefährdet bezeichnet worden war – und natürlich auch deshalb, weil sie als hochkarätige Gefangene eingestuft wurde –, holte man sie vom Zellentrakt weg und steckte sie ins Gefängnishospital. Ihr Zustand war teilweise auf den abrupten Entzug von Valium zurückzuführen; als dieser Tranquilizer plötzlich abgesetzt wurde, rebellierte ihr Körper gegen alles. Sie bekam Ausschlag, Durchfall, Herzrhythmusstörungen. Im Hospital bemühte man sich, ihren Zustand so weit wieder zu stabilisieren, daß sie in den Zellentrakt zurück konnte.

»Dahin gehe ich nie wieder zurück«, schwor Patricia. »Eher bringe ich mich um.«

Vom Nachbarbett aus fragte eine schwarze Frau mit Namen Darcy trocken: »Ach ja? Und wie willst du das anstellen, Mädchen?«

»Ich werde einen Weg finden«, erklärte Patricia. »Ich werde irgendwas machen. Ich habe sowieso nichts mehr, wofür ich leben möchte.«

»Jeder hat *etwas*, wofür er lebt, Liebchen«, sagte die schwarze Frau.

Einige Tage später sagte Darcy: »Du bist doch diese Patty Columbo, stimmt's?«

»Ja.«

Darcy kicherte. »Ich wette, die Weiber oben auf dem Zellengang haben dir genug Platz zum Gehen gelassen.«

»Was meinst du?«

»Ich mein', ich könnte wetten, die gehen dir alle aus dem Weg, wollen nichts mit dir zu tun haben.«

»Sie kamen alle an meine Zelle und guckten mich an, als wäre ich irgendein Monstrum«, erwiderte Patricia.

Darcy war überrascht. »Wirklich? Na schön, und was hast *du* dann getan, Schätzchen?«

Patricia hob die Schultern. »Ich habe einfach versucht, sie zu ignorieren.«

»Falsch«, sagte Darcy energisch und schüttelte den Kopf. »Du hättest ihnen direkt ins Auge sehen müssen, Schätzchen. Sieh mal« – sie setzte sich im Bett auf – »du wirst hier ganz schön lange bleiben, Patty; zur Hölle, bis zu deiner Verhandlung kann es gut und gern noch sechs Monate dauern. Du kannst nicht ruhig mit ansehen, wie die Schnepfen auf deinem Zellengang dich unterbuttern; wenn du das zuläßt, dann schleckst du denen schon bald die Pussy aus, bloß um am Leben zu bleiben. Sieh mal, so ziemlich alle anderen Weiber sind davon überzeugt, daß du eine dreifache Mörderin bist. Es ist scheißegal, ob du wirklich *schuldig* bist oder nicht; solange sie dich nicht laufenlassen, bist du für die eine dreifache Mörderin. Also mußt du dich auch wie eine aufführen. Kommt eine von den Nutten an und starrt dir in die Pupille, dann starr zurück. Und dann mußt du auch 'n bißchen die Wilde mimen, verstehste? Du mußt mit dir selbst reden, bißchen auf und ab rennen oder im Kreis rum, als würdest du jeden Augenblick in die Luft gehen. Kannst auch mal richtig schwer atmen, als wenn du gleich zuschlagen würdest. Du wirst merken, daß das Leben für dich hier drinnen dann um einiges angenehmer wird.«

Darcy hatte recht.

Patricia war erst minutenlang vom Hospital im Zellentrakt zurück, als eine kleine kesse Puertorikanerin sagte: »He, seht mal, wer wieder da ist – unsere kleine Tunichtgut aus dem vornehmen Viertel.«

Auf dem Gang vor den Zellen lungerte ein halbes Dutzend Frauen herum, alle mit demselben verschwörerisch-süffisanten Ausdruck im Gesicht.

Patricia, die gerade ihre Habseligkeiten auf ihrem Bett ausgebreitet hatte, erhob sich und trat an die Zellentür, die nicht abgeschlossen war. Sie starrte die Puertorikanerin an und sagte völlig ruhig: »Was hast du gesagt?«

»Ich sagte, unsere vornehme Tunichtgut ist wieder zurück«, erwiderte das Mädchen und lächelte ihren Freundinnen zu.

Patricia heftete ihre großen braunen Augen auf das Mädchen, ohne auch nur mit der Wimper zu zucken, und trat einen Schritt aus der Zelle heraus. »Was hast du gesagt?« fragte sie noch einmal, diesmal vielleicht noch ruhiger als beim erstenmal.

»Ich sagte . . .« das puertorikanische Mädchen fing an zu stottern, als sie sah, wie zwei der Frauen ganz plötzlich weggingen. »He, wo wollt ihr hin?« fragte sie.

»Sag mir noch mal, was du da eben gesagt hast«, wiederholte Patricia. Sie preßte die Lippen zusammen und ließ die Nasenflügel vibrieren. Zwei weitere Frauen verdrückten sich still und leise. »Sag mir noch mal, was du da eben gesagt hast.« Sie war wie eine Schallplatte, die einen Sprung hat. Ihre Augen waren weit geöffnet und blickten ausgesprochen wild drein.

Die kleine Puertorikanerin biß sich kurz auf die Unterlippe und schüttelte den Kopf. »Nichts. Ich hab' nichts gesagt.« Sie ging ebenfalls davon.

Die letzte Frau, ebenfalls eine Puertorikanerin namens Leta, sah Patricia lange forschend an, dann langte sie in die Tasche ihres Kleides und förderte eine Zuckerstange zutage. »Willst du die Hälfte abhaben?« fragte sie.

»Scheiße, ja!« sagte Patricia. »Ich weiß gar nicht mehr, wann ich zum letztenmal was Süßes zwischen die Zähne gekriegt habe. Komm, gib her.«

Leta trat zu Patricia in die Zelle und brach die Zuckerstange in zwei gleich große Hälften.

Darcy hatte die Zeit sehr unterschätzt, die Patricia im Gefängnis des Cook County, Abteilung 3, dem Frauentrakt, verbringen würde. Sie sollte nicht vor Ablauf von einem Jahr und drei Tagen nach ihrer Inhaftierung wegen Mordes an ihrer ganzen Familie vor Gericht stehen. Es sollte ein langes, langes Jahr werden.

Patricias nähere Verwandte – Tanten, Onkel, Cousins – hatten sich ohne Ausnahme von ihr abgewandt, als sie der Morde beschuldigt worden war. Vermutlich hielten sie sie alle für schuldig. Laut Zeitungsberichten bemühten sie sich sehr um eine beglaubigte Testamentsabschrift der Familie, während sie gleichzeitig über eine Verleumdungsklage berieten, die sich auf die Andeutungen der Behörden stützte, Frank Columbo habe mit dem organisierten Verbrechen von Chicago in Kontakt gestanden.

Die einzige, die Patricia nicht im Stich ließ, war ihre Patentante, Tantchen Janet, die inzwischen geheiratet hatte und jetzt Janet Morgan hieß, und ihr Pfarrer, Father Ward Morrison, Pastor der Kirche Von der Rosenkranzkönigin in Elk Grove Village. Tantchen Janet achtete darauf, daß Patricia immer fünfzehn oder zwanzig Dollar auf ihrem Insassenkonto im Gefängnis hatte, und Father Morrison unternahm die weite Fahrt in die Stadt, um sie wenigstens einmal pro Woche zu besuchen.

Es waren zwei Offizialverteidiger bestellt worden, die Patricia im bevorstehenden Mordprozeß verteidigen sollten, und es gab unzählige Besprechungen und sonstige juristische Manöver, die ihre Anwesenheit erforderten. Aber diese Aktivitäten füllten nur einen Teil ihrer Zeit aus, und den Rest der Zeit sah sich Patricia mit den weniger angenehmen Aspekten einer Inhaftierung konfrontiert: Monotonie, Langeweile, Stumpfsinn, was sie immer verzweifelter werden ließ. Um nicht den Verstand zu verlieren, suchte Patricia verzweifelt nach Möglichkeiten, sich geistig zu beschäftigen.

»Was hat es eigentlich mit diesem Institut *Frauen heute* auf sich?« fragte sie Leta eines Morgens. »Machen die nicht so eine Art Unterricht hier im Knast?«

»Ja, das machen ein paar Nonnen«, sagte Leta. »Ich glaube, da kann man lesen und schreiben lernen.«

Patricia beschloß, sich zu informieren. Als der nächste Kurs begann, erschien sie dort ebenfalls und stellte sich im Hintergrund des Mehrzweckraums auf, den das Gefängnis nur für Aktivitäten dieser Art zur Verfügung stellte. Als sie so unschlüssig dort stand, kam eine Frau mittleren Alters in einem Blazer zu ihr.

»Hi, Kleine«, sagte die Frau.

»Hi.« Patricia betrachtete die Frau eingehend. »Sind Sie eine Nonne?«

»Ja schon, aber machen Sie mir daraus mal keinen Vorwurf.« Die Frau streckte ihr die Hand entgegen. »Ich bin Schwester Margaret Traxler. Sie interessieren sich für unseren Kurs?«

Patricia schlug in die dargebotene Hand ein und hob die Schultern. »Vielleicht. Worum geht's denn dabei überhaupt?«

»Der Kurs befaßt sich mit dem Führen eines Tagebuchs«, erläuterte Schwester Traxler. »Wir versuchen, den teilnehmenden Frauen zu zeigen, wie sie mit ihren Ängsten und sonstigen Gefühlen fertig werden können, indem sie darüber in einem persönlichen Tagebuch schreiben und dann das Geschriebene analysieren. Sie können sich entweder mit anderen Teilnehmerinnen austauschen oder es für sich behalten – das bleibt jedem selbst überlassen. Wichtig ist nur, es aus dem Kopf heraus und zu Papier zu bringen. Wenn Sie sich Ihre Probleme auf einem Stück Papier niedergeschrieben ansehen können, dann sind sie nicht mehr so übermächtig.« Schwester Traxler neigte den Kopf ein klein wenig. »Glauben Sie, daß Sie es einmal versuchen möchten?«

»Und man braucht niemandem zu zeigen, was man geschrieben hat?«

»Keiner Menschenseele. Sie können es niederschreiben und dann verbrennen, wenn Sie wollen.« Die Nonne zwinkerte ihr zu. »Ich besorg' Ihnen sogar die Streichhölzer.«

Patricia schrieb sich für den Kurs ein.

Nachdem sie einige Wochen lang an dem Kurs für die Erstellung eines Tagebuches teilgenommen hatte, sagte Patricia zu einer der Hilfskräfte im Gefängnis: »Die Traxler ist wie keine andere Nonne, die ich bisher kennengelernt habe.«

»Sie ist wirklich nicht das, was man sich normalerweise unter einer Schwester vorstellt«, mußte die andere zugeben. »Sie gehört zu den *Schulschwestern von Notre Dame,* seit sie siebzehn Jahre alt ist – also schon mehr als dreißig Jahre lang. Ihr ganzes Leben hat sie im Dienst an anderen verbracht. In den Sechzigern hat sie an den Freiheitsmärschen in Selma, Alabama, teilgenommen. Sie hat Kurse über die Beziehung der Rassen im Rahmen der *Nationalen katholischen Konferenz über zwischen-rassische Justiz* abgehalten. Sie hat gegen den Vietnam-Krieg protestiert. Und erst im letzten Jahr hat ihr Golda Meïr die israelische Verdienstmedaille für jahrelange Arbeit im Dienst einer christlich-jüdischen Verständigung verliehen. Sie hat das Institut *Frauen heute* gegründet, das nicht nur aus dem hier besteht«, – womit sie den Tagebuch-Kurs meinte – »sondern es veranstaltet auch Kurse über Frauenrecht. Das Institut hat auch Klassen über Berufsausbildung. Schwester Traxler betreibt alle möglichen Projekte.« Die Helferin lächelte. »Es gibt ein geflügeltes Wort über sie. Schwester Traxler, so heißt es, ist wie Rost. Immer in Aktion.«

Als Schwester Margaret Burke, die Psychologin, anfing, Frauen im County-Gefängnis zu beraten, verglichen sie und Schwester

Traxler gelegentlich ihre Aufzeichnungen sowohl über ihre Tätigkeit als auch über einzelne Insassinnen des Gefängnisses miteinander. Dabei war Patricia Columbo natürlich jedesmal ein Gesprächsthema für sie.

»Als ich zum erstenmal etwas über sie gelesen habe«, gestand Schwester Traxler, »da war ich entsetzt. Was man ihr vorgeworfen hat, das war einfach jenseits aller Vorstellung, aller Vernunft.«

»Ja«, stimmte Schwester Burke zu. »Es ist schwer, die Brutalität dieses Verbrechens zu begreifen.«

»Ganz im Ernst, ich habe geglaubt, ich könne einem solchen Menschen niemals vergeben, wenn sich das bewahrheiten sollte«, bekräftigte Schwester Traxler. »Wenn es meinen Lieben passiert wäre, ich weiß nicht, ob ich damit fertig werden könnte. Hat Patty irgendwelche Beratung erbeten?«

»Nein«, sagte Schwester Burke. »Ich wollte, sie hätte es getan; ich möchte so gern versuchen, ihr zu helfen. Wenn sie schuldig ist, dann muß sie gerade jetzt eine schier erdrückende Last zu tragen haben.«

»Möchten Sie, daß ich ihr vorschlage, sich beraten zu lassen?« erbot sich Schwester Traxler. »Ich habe kein besonders enges Verhältnis zu ihr, aber sie ist in meiner Arbeitsgruppe Tagebuch. Manchmal wechseln wir schon ein paar Worte.«

Schwester Burke lehnte ab. »Es wäre mir lieber, Sie täten es nicht. Ich glaube nicht, daß es in ihrem Fall klug wäre, ihr zu sagen, sie benötige Hilfe; womöglich würde sie zurückschrecken. Das ist etwas, das sie von sich aus wollen muß. Zuerst muß sie zugeben, daß sie Hilfe *braucht*; dann muß sie selbst darum bitten.«

»Glauben Sie, daß sie das tut?« fragte Schwester Traxler.

»Ich glaube schon«, erwiderte Schwester Burke nach kurzem Nachdenken. »Aber das wird noch ein wenig dauern.«

Es dauerte dreizehn Jahre.

Als Schwester Burke Patricia Columbo 1989 quer durch den Besucherraum des *Dwight Correctional Center* gehen sah, erkannte sie sie nicht. Erst als Patricia die Tür zu dem kleinen verglasten Raum öffnete, wußte Schwester Burke, daß sie es war. Das Mädchen damals im County-Gefängnis war ein Kind mit einem Baby-Gesichtchen gewesen; dies war eine Frau in den Dreißigern mit den Augen einer Zuchthäuslerin: glanzlos, hart. Als sie eintrat, lächelte Schwester Burke ihr zu und reichte ihr die Hand.

»Nun, Patty, da treffen wir uns ja endlich doch. Wie geht es Ihnen?«

»Danke, es geht mir gut, Schwester. Aber wollen Sie mich bitte nicht ›Patty‹ nennen? Ich ziehe ›Trish‹ vor.«

»Selbstverständlich. Wann haben Sie denn aufgehört, sich Patty nennen zu lassen?« Die vorsichtige Anamnese hatte begonnen.

»Vor ein paar Jahren.«

»Gefällt Ihnen denn der Name Patty nicht mehr?«

»Nein, ich kann ihn nicht mehr hören. Ich lasse mich von niemandem mehr Patty nennen, wenn ich es verhindern kann.«

»Verstehe.« War dies, weil Patty gemordet hatte und Trish dafür nicht die Verantwortung übernehmen wollte? Der Richter, der Patricia verurteilt hatte, hatte sie einen weiblichen ›Dr. Jekyll und Mr. Hyde‹ genannt. Vielleicht war sein Vergleich richtig. Die Zeit würde es erweisen. »Nun ja« – Schwester Burke wechselte das Thema – »ich habe über die Jahre hinweg viel Gutes von Ihnen gehört, Trish.«

Patricias Brauen gingen in die Höhe. »Oh? Von wem denn?«

»Das übliche Gefängnisgeraune«, erwiderte die Nonne und zwinkerte ihr zu. »Ich bin ja nicht gerade eine Eingeborene, aber die Trommeln höre ich trotzdem.«

»Und was sagen die über mich?« fragte Patricia.

»Nur, wie gut Sie sich führen, wie Sie sich angepaßt haben und wie Sie sich weiterbilden – und vor allem, wie Sie sich um verschiedene jüngere Insassinnen hier bemühen, besonders solche, die nicht lesen und schreiben können. Das ist sehr lobenswert.«

»Das tue ich nicht, um dafür belobigt zu werden«, sagte Patricia reserviert.

Eine leichte Spannung baute sich auf; daher hörte Schwester Burke mit dem unverbindlichen Geplänkel auf und kam zum eigentlichen Anliegen ihres Hierseins.

»Mir wurde gesagt, Sie seien daran interessiert, Ihre Kindheit und Jugend aufzuarbeiten«, sagte sie, »weil Sie herausfinden möchten, warum Sie zu dem Menschen wurden, der Sie 1976 waren.«

»Das stimmt. Ich habe versucht, es allein zu schaffen, aber es scheint, als könnte ich den Einstieg nicht finden. Da entschloß ich mich, professionelle Hilfe zu erbitten.«

»Verstehe. Haben Sie die Sache schon einmal mit dem Gefängnispsychologen durchgesprochen?«

»Ich kann mich bremsen!«

»Darf ich fragen, warum?«

»Also, zuerst mal ist ein Gefängnisbulle alles andere als vertrauenswürdig. Was man da auch sagt, es erscheint in den Haftunterlagen, kann von jedem gelesen werden, Wärtern, Insassinnen, die im Büro Aushilfe machen – überhaupt von jedem. Zweitens ist die ganze Struktur des Gefängnisses von Männern beherrscht. Und *eines* brauche ich ganz bestimmt nicht, nämlich einen anderen Mann, der mir hilft, meine Probleme zu lösen.«

»Dann kann ich also davon ausgehen, daß Sie sich keinerlei psychologischer oder psychiatrischer Behandlung unterzogen haben, seit Sie hier sind?« fragte Schwester Burke.

»Nur die Aufnahmebefragung in der ersten Woche. Das hat gerade mal fünf Minuten gedauert.«

»Kennen Sie das Resultat?«

»Sicher. Es wurde festgestellt, ich sei eine gesellschaftsunfähige Persönlichkeit und es gäbe keinerlei Möglichkeit für sie, mich zu heilen.«

»Was haben Sie dabei empfunden, als Sie das gelesen haben?«

Patricia hob die Schultern. »Sie hatten ja recht hinsichtlich meiner Heilungsaussichten; *die hier* hätten das auch in einer Million Jahren nicht geschafft. Ich habe mich selbst geheilt.«

»Und wofür brauchen Sie mich dann noch?« fragte Schwester Burke ruhig und ohne jeden Anflug von Aggressivität.

»Um herauszufinden, wie ich in eine Situation oder Verfassung oder wie auch immer geraten konnte, in der ich überhaupt Heilung nötig hatte. Ich möchte wissen, was mit mir als Kind passiert ist, warum es passiert ist und was es für mich bedeutet hat.«

»Gibt es da etwas ganz Bestimmtes in Ihrer Kindheit, worauf Sie sich beziehen?«

»Ja, das gibt es. Ich wurde als Kind sexuell mißbraucht. Ich... ich habe gerade angefangen, mich daran zu erinnern...«

»Verstehe«, sagte Schwester Burke und nickte. »Von wem, Trish?«

»Von meinem – meinem Vater.«

In dem Bruchteil eines Augenblicks, als Patricias Worte nicht mehr so klar kamen, in diesem unendlich kurzen Zeitraum entdeckte Schwester Burke in Patricias Stimme einen winzigen Hinweis auf Unsicherheit.

Unsicherheit in welcher Hinsicht? Schwester Burke wußte es nicht. Sie war nicht einmal sicher, ob Patricia es wußte.

»Möchten Sie mir davon erzählen?«

»Ich will – es versuchen – Schwester...«

Juni 1970

Als Patricia vierzehn Jahre alt war, ging es im Haus der Columbos im großen und ganzen friedfertig und gelassen zu. Frank Columbo besaß ein berüchtigtes Temperament, das sich gelegentlich auch zu Hause offenbarte, aber niemals richtete es sich gegen seine Frau, seine Tochter oder seinen Sohn. Seiner Familie gegenüber war er der Inbegriff von Geduld und Nachsicht. Für ihn zerfiel die Welt in drei Teile: sein Haus, dessen nähere Umgebung und das Stadion am Wrigley Field. Drinnen im Haus war er meistens mit seinem Leben zufrieden – außer, wenn im Fernsehen ein Spiel der *Cubs* übertragen wurde, was ihn in der Regel schrecklich aufregte, oder wenn ein Nachbar etwas getan hatte, das ihm gegen den Strich ging. Im allgemeinen aber war Frank Columbo zu Hause sanft und umgänglich.

In der Familie herrschte eine Atmosphäre, die absolut frei

von Hemmungen war. Frank und Michael trugen nur Unterwäsche: Frank Boxershorts, Michael einen Slip. Patricia lungerte stets im Nachtgewand herum, auch als sie schon weibliche Formen zu entwickeln begann. Mary Columbo war noch die konservativste von allen; wenn sie einmal im Nachthemd herumlief, trug sie darunter immer Unterwäsche oder einen Morgenmantel darüber. Niemand im Haus interessierte sich sonderlich dafür, was der andere am Leib trug. Es waren Leute von außerhalb des Hauses, die sich gelegentlich über diese Zwanglosigkeit mokierten.

»Mary«, sagte schon einmal ein Freund oder Verwandter, »meinst du nicht auch, daß Patty jetzt ein bißchen zu alt ist, um sich so freizügig zu präsentieren?«

Mary hob in solchen Fällen die Schultern. »Es ist doch drinnen im Haus.« Manchmal erwähnte sie so etwas auch Frank gegenüber. »Der Sowieso sagt, Patty sei eigentlich schon zu alt, um im Nachthemd durchs Haus zu laufen.«

»Zu alt?« erwiderte Frank dann gereizt. »Sie ist doch noch ein Kind, um Gottes willen. Außerdem läuft sie ja auch nur im Haus so herum. Was geht das die Leute an? Suchen die etwa nach Problemen?«

Mitunter gab es auch Kommentare über Frank statt über Patricia. »Mary, warum kaufst du ihm nicht mal einen Pyjama? Da könnte er wenigstens den Schlitz vorn zuknöpfen. Boxershorts sind doch keine Freizeitkleidung.«

»Frank zieht keine Pyjamas an«, erwiderte Mary dann.

»Na schön. Aber *irgendwas* sollte er schon anziehen, Mary. Das schickt sich doch nicht.«

Auch dann fiel Mary weiter nichts ein, als die Schultern zu zucken. »So läuft er doch nur im Haus herum.« Nach fünfzehn Jahren Ehe mit Frank Columbo hatte sie etliche der Prinzipien ihres Ehemannes und vieles von seiner Philosophie für sich selbst übernommen. Was im Haus vor sich ging, fand Frank, das war grundsätzlich in Ordnung.

Ihren ersten Alptraum hatte Patricia, als sie vierzehn war.

Das Haus der Columbos mit seinen Halbetagen verfügte über

vier Schlafzimmer, zwei oben und zwei unten. Frank und Mary hatten ihr Schlafzimmer in dem oberen Teil. Michael schlief auf derselben Wohnebene; als sie in dieses Haus gezogen waren, war er seinen Eltern noch zu klein gewesen, um ihn auf einer anderen Etage schlafen zu lassen. Patricias Schlafzimmer war eines der beiden auf der unteren Etage; ihre Mutter nutzte das andere als eine Art Kleiderkammer und gelegentlich auch als Gästezimmer.

Es hatte Patricia nie gestört, allein auf der unteren Halbetage zu schlafen. Dadurch hatte sie schließlich weit mehr Privatsphäre, als die anderen Mitglieder des Haushaltes. Nachdem sie zu Bett gegangen war, geschah es nur selten, daß noch jemand von der Familie dort unten auftauchte. Und sie hatte auch sonst keine Angst allein im Haus; sie hatte sich nie zuvor irgendwo sicherer gefühlt als in dem Haus 55, Brantwood.

Soweit Patricia sich zurückerinnern konnte, hatte sie auch noch nie einen Alptraum gehabt – noch nicht einmal die Träume von Gespenstern und Monstern, die kleine Kinder gelegentlich haben; ihr Schlaf war nie durch schlechte Träume gestört worden. Daher war sie in keiner Weise auf diese erschreckende Erfahrung vorbereitet.

Was sie ängstigte, das war die Klarheit und Intensität dieses Traumes. Es war, als sehe man sich ein Stück im Fernsehen an, oder einen Film . . .

Der Mann stand unmittelbar vor ihrem Bett und schaute auf sie hinunter. Die Hose war geöffnet, er spielte mit seinem schlaffen Penis und rief ganz sanft ihren Namen. »Patty, Liebchen, Patty, wach auf . . .«

In ihrem Traum öffnete Patricia die Augen und sah voller Abscheu zu ihm auf. Sie sagte nichts, aber ihre Gedanken in ihrem Traum waren so klar wie die Worte des Mannes: *Das kann er doch nicht in meinem Schlafzimmer machen . . .*

»Patty, Liebchen, ich bin's. Ich liebe dich, Patty. Liebst du mich, Schätzchen?«

Noch immer sagte sie kein Wort. Mit einem Gefühl äußersten Widerwillens beobachtete sie, wie sein schlaffes Glied zu schwellen und zu wachsen begann, während der Mann mit einer Hand die Spitze manipulierte.

»Möchtest du das mal bei mir machen, Liebchen?« fragte er.

Sie weigerte sich, ihm zu antworten, und hielt in ihrem Traum die Lippen fest geschlossen. Ihre Augen gingen zu seinem Gesicht hinauf und starrten ihn trotzig an; dann gingen sie wieder zurück zu seinem Penis, der jetzt voll erigiert war, dessen Venen deutlich hervortraten und dessen Spitze zu pochen begonnen hatte.

»Ich möchte alles mit dir machen, Patty«, sagte der Mann mit einschmeichelnder, drängender Stimme. »Komm jetzt, Liebchen, sei ein gutes Mädchen . . .«

Patricia kroch an die andere Seite des Bettes, drückte sich an die Wand, und drehte ihm den Rücken zu. Sie fing an zu schreien.

»Nein! Nein! Ich will nicht! Neeiiinnnn!«

Dann spürte sie seine Hand auf der Schulter . . .

»Patty! Was ist los? Patty, wach auf!«

Als sie die Augen öffnete, starrte Patricia an die Wand und war noch immer nicht sicher, ob sie wachte oder schlief. Die Hand auf ihrer Schulter schien sehr real. Sie erhob sich auf einen Ellenbogen und blickte über die Schulter zurück. Da war ihr Vater, und er lag halb über ihr auf dem Bett; es war seine Hand an ihrer Schulter. Sie wandte sich ihm halb zu. Ihr Nachthemd war weit hochgerutscht, und die langen Beine waren leicht angewinkelt. Der Schlitz an der Vorderseite der Boxershorts ihres Vaters stand weit offen, und sein Penis, schlaff wie der des Mannes zu Beginn in ihrem Traum, berührte ihre bloßen Schenkel.

»Patty, Liebchen, was ist denn los?« fragte ihr Vater. »Bist du in Ordnung?«

Patricia drehte sich abrupt von ihm weg, weg von diesem schrecklichen – entsetzlichen – *Ding*. Sie setzte sich auf und rief: »Geh weg!«

»Patty, es ist doch alles in Ordnung«, sagte ihr Vater beruhigend. »Du mußt schlecht geträumt haben . . .«

»Laß mich in Ruhe!« Sie stand auf, um ihr Nachthemd herunterzustreifen und sich wieder zu bedecken. Wie ein verschrecktes Tier zog sie sich zur Tür zurück. Plötzlich waren auf der Treppe nach oben Schritte zu hören. Als Patricia im Flur anlangte, eilte ihre Mutter in Nachthemd und Morgenmantel auf sie zu.

»Was ist denn los?« fragte Mary Columbo besorgt. »Was geht denn hier unten vor?«

»Sorg dafür, daß er mich in Ruhe läßt!« schrie Patricia.

Frank kam in Boxershorts und Unterhemd aus Patricias Schlafzimmer. »Sie muß einen Alptraum oder so was gehabt haben. Ich habe sie schreien gehört und kam runter, weil ich sehen wollte, was los ist . . .«

Patricia wandte sich von beiden ab und rannte die Treppe hinauf. Frank und Mary folgten ihr. Auf der mittleren Wohnebene suchten sie nach ihr – im Wohnzimmer, in der Küche, im Bad. Schließlich fanden sie sie bei Michael im Bett, an ihn gekuschelt, als wäre er der ältere sie die jüngere von zwei Geschwistern. Michael merkte von alldem gar nichts, er schlief, wie wohl nur unschuldige kleine Jungen schlafen können.

Frank Columbo blickte traurig auf seine Tochter hinunter, seufzte und schüttelte den Kopf.

Mary Columbo winkte ihn zu sich heran und sagte: »Nun laß sie doch.«

Die Eltern kehrten in ihr eigenes Schlafzimmer zurück.

Am nächsten Morgen, als Frank zur Arbeit gegangen und Michael im Hinterhof war, kam Patricia in die Küche und goß sich ein Glas Orangensaft ein. Ihre Mutter saß mit einer Tasse Kaffee und der Morgenzeitung am Tisch.

»Was war denn da letzte Nacht eigentlich los?« fragte Mary Columbo.

»Nichts«, murmelte Patricia.

»Hattest du einen Alptraum?«

»Weiß nicht.« Sie war nicht sehr mitteilsam. Sie *glaubte*, es sei ein Alptraum gewesen, aber nachdem sie aufgewacht war und ihren Vater gesehen hatte – mit seinem – seinem –

»Also – entweder du hattest einen oder du hattest keinen«, sagte Mary ungeduldig. »Erinnerst du dich an Einzelheiten?«

»Nein.« Sie brachte es nicht über sich, ihrer Mutter von dem Mann in ihrem Traum zu erzählen, denn sie wußte, daß ihre Mutter sofort fragen würde, wer dieser Mann denn gewesen sei. Patricia wollte sich sein Gesicht nicht wieder ins Gedächtnis rufen.

»Dein Vater sagte, du habest geschrien ›nein, nein‹. Erinnerst du dich denn daran noch?«

»Ich glaube schon.«

»Ja und? Was hatte das zu bedeuten?«

»Ich weiß nicht.«

Mary schüttelte den Kopf. »Für jemanden, der das ganze Haus aufgeweckt hat, erinnerst du dich an verdammt wenig.«

»Ich habe nicht das ganze Haus aufgeweckt«, erwiderte Patty heftig. »Michael habe ich nicht aufgeweckt.«

»Den würde ja nicht einmal ein Erdbeben aufwecken.«

Patricia trank ihren Orangensaft aus und schob zwei gefrorene Waffeln in den Toaster. Während sie darauf wartete, daß sie braun wurden, sagte sie: »Ich möchte von jetzt an bei Michael im Zimmer schlafen.«

»Mach keine Witze, Patty Ann.«

»Ich mache keine Witze. Ich habe Angst da unten so ganz allein. Michael hat ein Doppelbett. Ich will bei ihm im Zimmer schlafen.«

Als wisse er, daß über ihn gesprochen wurde, betrat in diesem Augenblick Michael die Küche und zog die Tür hinter sich zu. Ohne Gruß ging er zum Kühlschrank, machte ihn auf und studierte kritisch den Inhalt.

»Michael«, sagte seine Mutter, »deine Schwester will von jetzt an bei dir im Zimmer schlafen. Sie sagt, sie hätte Angst da unten.«

»Okay«, sagte Michael. Er holte sich eine Tüte Saft und schlug die Tür des Kühlschranks wieder zu.

»Das macht dir nichts aus, wenn deine Schwester bei dir im Zimmer schläft?« fragte Mary überrascht.

»Nee«, sagte Michael und hob die Schultern. Als er die Küche wieder verließ, faßte Patricia nach ihm und umarmte und küßte ihn stürmisch auf die Wange. Michael entwand sich ihr. »Nun hör schon auf, Patty!« schrie er und wischte sich die Wange ab, als hätte sie ihm Lauge ins Gesicht geschüttet. Aber so war Michael: Ihm machte es nichts aus, daß seine Schwester bei ihm im Zimmer schlief, wenn sie Angst hatte, unten zu schlafen, aber unter keinen Umständen wollte er von ihr *geküßt* werden.

Patricia tat alles Erdenkliche, sich selbst davon zu überzeugen, daß es ein Alptraum gewesen war, was sie da erlebt hatte, daß es wirklich der Mann im Traum gewesen war, dessen erigierten Penis sie gesehen hatte, und daß ihr Vater nur zu dem Zweck zu ihr ins Bett gekommen war, um ihr zu helfen, weil er sie hatte ›nein, nein!‹ schreien hören. Und in der Tat erinnerte sie sich auch, geschrien zu haben, aber ob nun in ihrem Traum oder in Wirklichkeit – das wußte sie nicht mehr so ganz genau. Was sie aber unglücklicherweise genau wußte, das war, daß es der Penis ihres Vaters gewesen war, den sie an ihrem nackten Schenkel gespürt hatte – das jedenfalls war *real* gewesen.

Wie vieles aber, so fragte sie sich, wie vieles von dem, was Traum zu sein schien, war ebenfalls Realität gewesen? Wieviel von dem Mann in ihrem Traum war ihr Vater gewesen, und wieviel von ihrem Vater war in dem Mann in ihrem Traum gewesen?

Der Vorfall quälte sie. Aufmerksam beobachtete sie ihren Vater und suchte nach irgendwelchen Anzeichen, einem Hinweis auf irgendwelche unanständigen Absichten. Frank aber war genauso wie vor diesem Alptraum; er war derselbe Vater, den sie immer gekannt hatte.

Aber noch immer weigerte sie sich, auf die untere Halbetage und in ihr eigenes Zimmer zurückzukehren.

Anfangs hatte Patricia gedacht, ihr Vater würde dagegen sein, daß sie bei Michael im Zimmer schlief. Mary Columbo hatte natürlich ein sofortiges energisches Veto ihres Ehemannes zu diesem Plan erwartet. Mary hatte ihre Tochter gewarnt, sich lieber nicht auf das Einverständnis ihres Vaters zu verlassen.

Doch Frank Columbo überraschte sie beide.

»Was sagt denn Michael dazu?« fragte er am Abend.

»Ihm scheint es egal zu sein, Frank, aber das ist nicht der Punkt«, sagte Mary. »Der Punkt ist, Patty hat ihr eigenes Zimmer, und da sollte sie auch schlafen.«

»Ja schon, aber wenn's Michael nicht stört, warum dann ein großes Trara drum machen?« Frank zuckte mit den Schultern. »Das ist ja vielleicht nur für ein paar Nächte, bis sie über diesen Alptraum weg ist. Ich seh' da nichts Schlimmes drin, Mary.«

Nachdem Frank einmal seine Meinung dazu geäußert hatte, erhob Mary keine weiteren Einwände mehr. Mary Columbo hatte jetzt viele lange Jahre Erfahrung in ihrer Rolle – und sie beherrschte sie. Wenn Frank der Meinung war, es sei in Ordnung, wenn Patty Ann in Michaels Zimmer schlief, statt in ihrem eigenen, dann widersprach sie besser nicht.

Von da an schlief Patty im Zimmer ihres Bruders.

Februar 1989 und Oktober 1973

Schwester Burke schürzte die Lippen und dachte einen Augenblick lang nach, als Patricia ihre Geschichte zu Ende erzählt hatte. Dann sagte sie: »Sie hatten da während Ihres Traums einen Gedanken, den wir, wie ich meine, näher untersuchen sollten. Sie sagten über den Mann in diesem Traum: Das kann er nicht in meinem Schlafzimmer machen. *In meinem Schlafzimmer.* Hatten Sie dabei das Gefühl, es sei durchaus in Ordnung, wenn er das irgendwo sonst tun würde?«

»Nein, ich erinnere mich nicht, ein solches Gefühl gehabt zu haben«, erwiderte Patricia.

»Haben Sie denn das Empfinden, als sei der Mann aus dem Traum schon früher einmal mit Ihnen intim gewesen?«

»Ja, sogar sehr stark.«

»War das, bevor er sagte ›ich will alles mit dir machen, Patty‹? Oder kam dieses Gefühl erst auf, nachdem er es schon gesagt hatte?«

»Ich – ich weiß nicht. Tut mir leid.«

»Das braucht Ihnen nicht leid zu tun«, tröstete Schwester Burke sie. »Es ist nie unsere Schuld, wenn wir uns an etwas nicht erinnern können – niemals.« Sie tippte vorsichtig mit dem Zeigefinger auf die Tischplatte. »Nun denn, Sie hatten also den Eindruck, daß der Mann in Ihrem Traum schon früher mit Ihnen intim gewesen ist. Öfter?«

»Ich ... ich denke, ja. Früher ... als ich noch ein kleines Kind war.«

»Jünger als vierzehn?«

»Ja.«

»Wie jung?«

Patricia hob die Schultern. »Zwölf.« Sie dachte einen Moment lang nach. »Zehn. Acht.« Wieder hob sie die Schultern. »Eher noch jünger.«

»Trish, war der Mann in dem Traum Ihr Vater?«

»Ich ... ich weiß nicht. Ich bin nicht sicher ...«

»Können Sie sich denn an einen anderen konkreten Zeitpunkt erinnern, zu dem Ihr Vater Sie körperlich berührt hat, wie er Sie in Ihrem Traum berührt hat?«

»Ich erinnere mich, daß er mich einmal geküßt hat«, sagte Patricia.

»Väter küssen immer ihre Töchter«, erinnerte Schwester Burke sie.

»Das war aber kein Vater-Tochter-Kuß«, beharrte Patricia. »Keineswegs.«

»Erzählen Sie mir davon«, sagte Schwester Burke.

Eines Nachts, als sie siebzehn war, drei Jahre nach dem Alptraum, kam Patricia später als üblich von ihrem Teilzeitjob bei Walgreen's nach Hause und fand ihren Vater im Wohnzimmer in einem Sessel liegend vor. In der Hand hielt er eine bereits geöffnete Dose Bier, und auf seinem Gesicht lag ein Ausdruck, der nichts Gutes verhieß.

»Wo, zum Teufel, kommst du jetzt her, Patty Ann?« fragte er. Seine Stimme zitterte vor Wut.

»Ich habe Überstunden gemacht und bin dann noch mit ein

paar anderen Mädchen was essen gegangen«, sagte sie. »Tut mir leid, ich hätte anrufen und Bescheid sagen sollen.«

Sie wollte weitergehen und hoffte, die Sache sei damit erledigt, aber dann wußte sie ganz plötzlich, daß das nicht so war. Laß mich nur einfach in mein Zimmer gehen, flehte sie innerlich.

»Deine Mutter ist im Hospital«, sagte Frank Columbo, bevor Patricia noch an ihm vorbei war.

Sie blieb stehen und sah ihn ungläubig an. Einen Moment lang war sie sprachlos.

»Die Ärzte halten es für möglich, daß sie Krebs hat. Darmkrebs. Das haben sie ihr allerdings noch nicht erzählt, aber mir haben sie es gesagt. Morgen wollen sie ein paar Tests mit ihr durchführen, um sich Gewißheit zu verschaffen.«

Patricia war wie vor den Kopf geschlagen. »Aber, wie – ich meine – wann . . .«

»Sie hatte schon seit gut einer Woche schlimme Bauchschmerzen – regelrechte Krämpfe. Dazu schwarzen Durchfall. Und sie hat Gewicht verloren – jeden Tag ein Pfund seit letzten Freitag. Zuerst hat sie gedacht, es sei eine Lebensmittelvergiftung oder so was. Da gibt's doch einen Namen – wie heißt das doch noch . . .«

»Eine Salmonellenvergiftung?«

»Genau. Zuerst hat sie also gedacht, das sei es. Aber die Magenkrämpfe wurden schlimmer und immer schlimmer. Deswegen habe ich sie heute abend hinüber ins *Alexian Brothers* in die Ambulanz gebracht. Da haben sie sie untersucht und dann gesagt, sie müsse dableiben. Ich habe bei ihr gesessen, bis sie eingeschlafen war; dann bin ich nach Hause gegangen.«

»Ich habe ja nicht einmal gewußt, daß sie krankt ist«, sagte Patricia mehr zu sich selbst als zu ihrem Vater.

»Woher, zum Teufel, hättest du das auch wissen sollen?« fragte ihr Vater anklagend. »Du bist ja nie zu Hause, immer treibst du dich irgendwo rum.« Er nahm noch einen Schluck Bier und starrte sie aus trüben Augen an. »Nur zu deiner Information, ich habe vom Hospital aus bei *Walgreen's* angerufen. Da haben sie mir gesagt, du wärest nicht auf der Arbeit.«

»Nun, ich . . . ich habe hinten im Lager zu tun gehabt. Vielleicht hat der, den du am Telefon gehabt hast, das nicht gewußt.«

»Vielleicht. Ich hatte nach dem Leiter des Magazins gefragt... wie war doch noch mal der Name?«

»Ah... Mr. DeLuca. Frank DeLuca.«

»Genau, DeLuca. Ich wollte mit ihm sprechen, aber er war auch nicht da.«

Patricia wußte nicht, ob seine Bemerkung als Andeutung gemeint war oder nicht.

Vielleicht nicht, dachte sie. Jedenfalls hoffte sie es. Ihr Vater war offenbar sehr aufgeregt und sehr besorgt; es war nur allzu verständlich, daß man nicht alles auf die Goldwaage legen durfte, was er jetzt sagte. Er brauchte Trost, Mitgefühl. Patricia nahm seine Hand.

»Komm in die Küche, Dad. Ich mach' dir was zu essen.«

»Ich bin nicht hungrig.«

»Dann vielleicht eine Tasse Kaffee?«

Er schüttelte den Kopf. »Nein.«

»Wann mußt du wieder ins Hospital zurück?« fragte sie.

»Sie wollten morgen ganz früh ein paar Tests auf nüchternen Magen mit ihr machen. So gegen zehn Uhr ungefähr werden sie wissen, was mit ihr nicht stimmt.«

»Ich bleibe morgen zu Hause, und dann gehen wir beide zusammen hin«, sagte Patricia. »Weiß Michael es schon?«

Frank Columbo schüttelte den Kopf. »Er weiß nur, daß sie im Krankenhaus ist, aber nicht, wie ernst es ist.«

»Gut, dann sagen wir's ihm auch noch nicht«, entschied Patricia. »Wir werden ihm sagen, es handele sich wahrscheinlich um eine Blinddarmentzündung. Der Mutter seines Freundes hat man auch den Blinddarm herausgenommen, und nach ein paar Tagen war sie wieder zu Hause. Dann macht er sich keine so großen Sorgen, wenn sie nicht gleich wieder nach Hause kommt.«

»Okay«, sagte ihr Vater. »Wie du meinst. Vielleicht ist es so am besten.« Sie hielt noch immer seine Hand gefaßt und streichelte sie liebevoll. »Na komm, leg dich schlafen. Ein paar Stunden Schlaf sind jetzt das beste für dich. Morgen früh mache ich uns allen Frühstück und sorge dafür, daß Michael rechtzeitig zur Schule kommt. Und danach gehen wir beide ins Hospital. Na, wie klingt das?«

»Gut. Das klingt gut, Patty.« Er ließ sich von ihr zu dem Schlafzimmer bringen, das er mit Mary teilte. An der Tür angekommen, tätschelte er ihr den Arm.

»Danke, Liebchen. Wir sehen uns dann morgen früh.«

Am nächsten Tag erfuhren Patricia und ihr Vater dann im *Alexian Brothers Hospital*, daß Mary Columbo schon am frühen Morgen einer eingehenden Untersuchung unterzogen worden war und daß dabei definitiv Krebs am Darmausgang diagnostiziert worden war. Aber der Arzt war der Ansicht, es sei noch früh genug erkannt worden, und jetzt sei ein operativer Eingriff geboten, der erfolgen sollte, sobald noch einige ergänzende Untersuchungen vorgenommen worden seien.

Nach dem Gespräch mit dem Arzt versank Frank Columbo in Trübsinn. »Der belügt uns doch«, sagte er zu Patricia, als sie am späten Nachmittag das Hospital verließen.

»Dad, das ist Unsinn«, sagte Patricia. »Warum sollte er lügen?«

»Diese ganzen zusätzlichen Untersuchungen!« rief er. »Die rechnen doch garantiert damit, woanders noch ein Krebsgeschwür zu finden. Und wenn das wahr ist, dann übersteht sie das niemals!« Er holte tief Luft. »Wir werden sie verlieren, Patty . . .«

»Nein, das werden wir nicht!« Patricia fing an zu weinen. »Sag so was nicht. Das darfst du nicht einmal denken, Daddy! Mom wird das schon überstehen! Wir alle werden das durchstehen.«

Als sie zu Hause ankamen, holten sie Michael bei den Nachbarn ab, und Patricia machte ihnen Spaghetti zum Abendessen.

Michael ahnte, daß mit seiner Mutter etwas anderes nicht stimmte als nur der Blinddarm, und während des Abendessens hatten sie Mühe, ihn hinsichtlich des Zustandes seiner Mutter zu beruhigen und ihm zu versichern, daß sie schon bald wieder zurück und bei bester Gesundheit sein werde. Michael bildete sich wie üblich seine eigene Meinung und gab vor zu glauben, was ihm Vater und Schwester erzählten, aber sie wußten beide nur zu gut, daß er schon bald verlangen würde, die ganze Wahrheit zu erfahren.

Spät in der Nacht nach Mary Columbos Operation erwachte Patricia, die längst wieder in ihrem eigenen Zimmer schlief, von einem Geräusch, das sie nicht einzuordnen wußte. Sie stand auf um nachzusehen, woher es kam. Sie hatte schon früher bemerkt, daß Michael sich unruhig in seinem Bett hin und her warf, und war zu ihm gegangen, hatte sich zu ihm ans Bett gesetzt und ihm leicht den Rücken gestreichelt, bis er wieder zur Ruhe gekommen war. Sie wußte, daß es die Unsicherheit wegen der unmittelbar bevorstehenden Operation seiner Mutter war. Andernfalls hätte er wie üblich wie eine Mumie geschlafen.

Als sie dann später das merkwürdige Geräusch vernahm, galt Patricias erster Gedanke Michael, aber als sie dann einen Blick in sein Zimmer warf, sah sie, daß er völlig ruhig in seinem Bett lag. Dann dachte sie, es könne ihr Vater sein, der vielleicht in die Küche gegangen war. Es war zwar Frank Columbo, aber er saß nicht in der Küche, sondern in seinem Sessel im Wohnzimmer und starrte unverwandt den anderen Sessel an, in dem für gewöhnlich Mary saß. In dem trüben Licht, das durch die Fenster hereindrang, sah Patricia erstaunt, daß ihr Vater völlig angezogen war, obwohl er doch erst zwei Stunden zuvor hatte ins Bett gehen wollen.

»Daddy, was tust du denn hier?« fragte sie und trat näher. »Warum bist du nicht ins Bett gegangen?«

»Wozu ins Bett gehen?« fragte er. »Ich kann ja doch nicht schlafen.«

»Aber zumindest könntest du dich hinlegen«, sagte Patricia und kniete sich vor ihn hin. Sie legte ihm die Hände auf die Knie. »Lies ein bißchen; das macht müde. Irgendwann duselst du dann ein. Zumindest ruhst du. Du kannst doch nicht die ganze Nacht lang hier im Dunkeln sitzen.«

Ihr Vater erhob sich abrupt und hätte sie dabei fast umgestoßen. Sie erhob sich wieder, um ihm ins Gesicht sehen zu können.

»Ich habe Angst, Patty . . .«

Sie hatte seine Stimme noch nie zuvor zittern gehört, und das überraschte und rührte sie gleichzeitig seltsam an. Sie legte die Arme um ihn. »O Daddy ...«

Plötzlich umfaßte er sie fester, wie verzweifelt, seine starken Arme schlossen sich um sie und preßten ihren Körper in steigerndem Verlangen an seinen. Er beugte sich vor und vergrub sein Gesicht an ihrem Nacken.

»Ich habe solche Angst, Patty ...«

Sie spürte Franks Hand unter ihrem Kinn, wie sie ihr Gesicht emporhob, und dann spürte sie die Lippen ihres Vaters auf den eigenen, wie er sie feurig küßte, leidenschaftlich, überhaupt nicht wie ein Vater, eher wie ...

Patricias Gedanken gingen mehr als zehn Jahre zurück zu dem Apartment in der Ohio Street und dem Tag, als ihre Mutter Michael vom Hospital nach Haus zurückgebracht hatte, als die ganze Wohnung voller Freunde und Bekannte gewesen war und die kleine Patty ihr neues Brüderchen auf dem Schoß gehalten hatte, während sie einzelne Fetzen der Unterhaltung der Erwachsenen rings um sie aufgeschnappt hatte. Irgend jemand hatte gesagt: » ... *nur gut, daß Patty die ältere ist, denn wenn Mary in den nächsten Jahren etwas zustoßen sollte, was Gott verhüten möge, dann hättest du in Patty Ann eine große Hilfe, um Mike großzuziehen, nicht wahr? Sie könnte für Mary den Platz der Frau im Haus einnehmen* ...«

Die Lippen ihres Vaters waren immer noch auf ihren, und Frank Columbo küßte sie, wie ein Liebhaber sie küssen würde – und schon erinnerte sie sich wieder an den Alptraum, und sie erinnerte sich an den Penis ihres Vaters an ihrer Hüfte –

Nein! schrie sie lautlos. *Nein! Nein!*

Sie wollte das Wort mit ihrer Stimme formen, nicht nur in Gedanken, aber ihre Lippen, ihr Mund war durch den plötzlichen Ausbruch ihres Vaters geschlossen, sie war gefangen in seinen kraftvollen Armen.

Patricia begann, sich heftig zu wehren, und so plötzlich wie er sie gefaßt hatte, nahm ihr Vater seine Lippen wieder von den ihren und ließ die Arme sinken. Jetzt endlich hätte sie schreien können, aber sie tat es nicht. Statt dessen ging sie rückwärts, Schritt für Schritt, und sagte genau wie in der Nacht des Alptraums: »Nein, nein, nein ...«

Ihr Vater schüttelte vor Verzweiflung und Verwirrung den Kopf. »Patty Ann, ich ... ich ...«

Aber sie wollte ihm einfach nicht mehr zuhören. Sie konnte nur noch einen weiteren Schritt zurücktreten und stammelte »nein« und noch einen Schritt zurücktreten und wieder »nein« sagen und damit fortfahren, bis sie draußen im Flur war, wo er sie nicht mehr sehen konnte. Dann rannte sie in ihr Zimmer und schloß die Tür hinter sich ab.

Und sie dachte: *Ich habe die ganze Zeit recht gehabt seinetwegen.*

Mai 1976

Genau eine Woche nach der Entdeckung der Leichen stellten Ray Rose und ein paar seiner Leute die Wohnung von Lanyon Richard Mitchell unter Beobachtung, die in 837 Hilda Lane, Lake Villa, einer kleinen Vorstadt etwa fünfundzwanzig Meilen nördlich von Elk Grove Village und nur fünf Meilen südlich der Staatsgrenze zu Wisconsin lag. Rose war froh, daß der vierundzwanzigjährige Verdächtige nicht weiter weg wohnte; hätte er jenseits der Staatsgrenze gelebt, wo Rose keinerlei Befugnisse hatte, hätten die Ermittlungen sich womöglich noch im Gestrüpp zwischenstaatlichen Papierkrams verfangen. Das gab gewissen Leuten leider allzu oft noch die Zeit, sich Alibis zurechtzuzimmern.

Die Beamten hatten ein paar Stunden gewartet, als ein Chevrolet Vega, Baujahr 1974, in die Einfahrt fuhr. Am Steuer saß ein Mann, auf dem Beifahrersitz eine junge Frau. »Kennzeichen notieren«, sagte Rose zu einem seiner Männer. »RDM 74, Illinois.«

Ray Rose stieg aus seinem Dienstwagen, ein Signal für die anderen Beamten, dasselbe zu tun. Alle knöpften ihre Jacken auf, um die Dienstwaffen sofort ziehen zu können; niemand wußte schließlich, ob der Mann ein bezahlter Killer oder eine taube Nuß war.

»Lanyon Mitchell?« fragte Rose und trat vorsichtig an den Vega heran.

»Eh ... ja«, sagte der Mann, der jetzt auf der Fahrerseite ausstieg, gedehnt. Plötzlich merkte er, daß noch mehr Männer um ihn herum waren.

»Investigator Raymond Rose vom Elk Grove Village Police Department«, stellte Rose sich vor. »Kennen Sie eine Frau namens Patty Columbo?« fragte er.

Lanny Mitchells Gesicht wurde weiß wie Schnee. Eine taube Nuß, sagte Ray Rosees Instinkt sofort. Dieser Bursche könnte vielleicht einen Revolver *tragen*, aber er hätte niemals die Nerven, ihn auch zu benutzen.

»Wir untersuchen die Columbo-Morde, Mr. Mitchell, und haben Grund zu der Vermutung, daß Sie in dieses Verbrechen verwickelt sind«, eröffnete Rose ihm unverblümt.

Lanny Mitchell wäre fast in Ohnmacht gefallen.

Lanyon Mitchell war nicht, wie Ray Rose schon befürchtet hatte, einst bei der Polizei gewesen. Eine kurze Zeitlang war er im Rahmen eines Arbeitsbeschaffungsprogramms der Bundesregierung (in Washington) ziviler Angestellter im Büro des Sheriffs des Cook County gewesen. Er *wollte* Polizist werden oder wenigstens *irgend jemand* mit einem gewissen Status, aber er endete dann doch als Gebrauchtwagenverkäufer in den Vororten.

Vierundzwanzig Stunden, nachdem Ray Rose ihn ausfindig gemacht hatte, hatte Lanny Mitchell wie folgt ausgesagt:

- Er hatte Patty Columbo Ende 1975 kennengelernt;
- Patty Columbo hatte ihn gefragt, ob er ihr einen ›nicht markierten‹ Revolver beschaffen könne;
- Patty Columbo hatte ihn gebeten, ihre Eltern und ihren Bruder umzubringen;
- Patty Columbo hatte zugesagt, für jedes einzelne Mitglied der Familie, die alle ermordet werden sollten, zehntausend Dollar zu zahlen;
- Die Zahlung sollte erfolgen, sobald die Lebensversicherungen ausgezahlt waren;

- Patty Columbo hatte gewollt, daß der Zeitpunkt für die Morde möglichst nahe an einem Feiertag lag, um ihrer Familie diese Morde zum Geschenk machen zu können;
- Patty Columbo wollte bei den Morden anwesend sein;
- Patty Columbo und ihr Freund Frank wollten, daß die Morde so bald wie möglich passierten;
- Patty Columbo hatte Lanny erzählt, die Tür von der Garage ins Haus stehe immer offen;
- Patty Columbo hatte ihm gesagt, unter den Wertgegenständen, die aus dem Haus mitgenommen werden könnten, befänden sich Pelze und ein CB-Funkgerät mit dreizehn Kanälen, daß aber Schmuck nicht mitgenommen werden dürfte, da sie diesen erben wolle;
- abschließend hatte Patty angeregt, eines der Familienautos mitzunehmen, um in den folgenden Tagen den Eindruck zu erwecken, es sei niemand zu Hause, wodurch sich die Entdeckung der Leichen verzögern werde.

Mitchell gestand weiter, er habe sich aktiv an der Planung der Morde beteiligt, und er habe ihr gesagt, er sei durchaus in der Lage, in das Haus der Columbos einzudringen, indem er das elektronisch gesicherte Garagenschloß aufbrechen werde. Einmal drinnen, könnte er sich verstecken, die Familie bei ihrer Rückkehr ermorden und verschiedene Wertgegenstände an sich nehmen, um alles wie einen Raubüberfall aussehen zu lassen.

Weiter gab er zu, Patty Columbo zum Haus begleitet zu haben, um es auszukundschaften; er habe sich dann aber geweigert, in das Haus hineinzugehen, weil Mary Columbo wider Erwarten zu Hause gewesen sei.

Und dann übergab er der Polizei auch noch Fotos und handgeschriebene Dossiers eines jeden Opfers, Zeichnungen des Hauses der Columbos und andere Informationen über die Gewohnheiten der Familie. Patty Columbo, so behauptete er, habe ihm das alles gegeben, um ihm bei der Ermordung ihrer Familie nach Kräften zu helfen.

Aber Lanny Mitchell gab mit Nachdruck zu Protokoll, daß er *wirklich und wahrhaftig die Columbo-Morde weder selbst begangen noch sich an ihnen beteiligt habe.*

Mitchell war bereit, sich freiwillig einem Lügendetektor-Test zu unterziehen. Im Elk Grove Village Police Department wurde dieser Test um ein Uhr morgens am Samstag, dem 15. Mai, von Steve Theodore vorgenommen.

Vordringliches Anliegen der Untersuchung war zu entscheiden, ob Lanny Mitchell die Wahrheit sagte, wenn er behauptete, von Patty Columbo gebeten worden zu sein, Frank Columbo zu ermorden, daß er aber bei den Morden nicht mitgewirkt habe. Dieses Thema wurde von vier Fragen und den entsprechenden Antworten abgedeckt.

- Frage: Haben Sie Frank Columbo erschossen? Antwort: Nein.
- Frage: Sind Sie je im Hause Columbo gewesen? Antwort: Nein.
- Frage: Wurden Sie von Patty je gebeten, Frank Columbo zu erschießen? Antwort: Ja.
- Frage: Wissen Sie, wer Frank Columbo wirklich erschossen hat? Antwort: Nein.

Es wurden fünf Tests angesetzt. Theodore fand keine eindeutigen Gemütsregungen, die auf innere Unsicherheit hätten schließen lassen, und seiner Meinung nach hatte Lanny Mitchell die vier entscheidenden Fragen wahrheitsgemäß beantwortet.

Ray Rose hatte sich wieder einmal nicht geirrt. Lanny Mitchell war kein Killer.

Versehen mit den Informationen, die Lanyon Mitchell ihm gegeben hatte, war Ray Rose jetzt bereit, gegen Patricia Columbo vorzugehen. Er diktierte einen sieben Seiten langen Antrag auf Erlaß eines Durchsuchungsbefehls, der sich auf zwei Tatsachen stützte, die für den Fall von Wichtigkeit sein könnten: Erstens, eine Aussage von Nancy Glenn, sie habe ›Unterhaltungen‹ mit Patricia Columbo geführt, in deren Verlauf diese ihr ›wiederholt‹ gesagt habe, sie wolle ihre Eltern ermordet sehen; und zweitens, die Einlassungen und die Übergabe von Material durch Lanny Mitchell. Beantragt wurde die gerichtliche Genehmigung, das Apartment 911 auf der neunten Etage des Hauses 2015 South Finley Road in der Kleinstadt Lombard, Illinois, durchsuchen zu dürfen, die Wohnung von Patty Columbo und Frank DeLuca.

In dem Antrag auf Erlaß eines Durchsuchungsbefehls erbat Rose gleichzeitig die Genehmigung zur Beschlagnahmung folgender Gegenstände:

- ein Funkgerät Marke Citizen, Seriennummer 04 109 709;
- ein Funkgerät Marke Johnson, Seriennummer 023 F 045 - 46737;
- eine gläserne Lampe mit Glasfuß, in den farbige Ringe aus Glas eingearbeitet waren;
- eine Männerbrieftasche, enthaltend Ausweise auf den Namen Frank P. Columbo;
- Ausweispapiere lautend auf Mary F. Columbo;
- ein hellbraunes Nerzcape;
- zwei Schlüsselbunde, enthaltend Autoschlüssel und Hausschlüssel zum Anwesen 55 Brantwood;
- ein Opal-Halsband mit dazu passenden Ohrringen;
- alle Kleidungsstücke mit erkennbaren Blutspuren daran;
- einen Öffner für funkgesteuerte Garagentore, eingestellt auf die Frequenz 305.20;
- jegliche Feuerwaffen und Munition;
- ein blaues T-Shirt mit einem Surf-Motiv; und
- alles weibliche und männliche Schuhwerk.

Dies waren, mit Ausnahme des Schuhwerks, die Gegenstände, von denen das Ermittlungsteam inzwischen festgestellt hatte, daß sie aus dem Haus der Columbos verschwunden waren. Das Schuhwerk sollte sichergestellt werden, da in der Küche zwei blutige Fußspuren entdeckt worden waren.

Rose reichte das Gesuch auf Erlaß eines Durchsuchungsbefehls bei Gino L. DiVito ein, einem Stellvertretenden Staatsanwalt, der es zur Entscheidung Richter Marion J. Peterson vorlegte.

Lanny Mitchells Freund Roman war jetzt ebenfalls identifiziert – und er *war*, sehr zum Verdruß von Ray Rose, wirklich einmal Polizist gewesen.

Vor elf Jahren hatte Roman Ignatius Sobczynski, dreiunddreißig Jahre alt, vierzehn Monate Dienst als Deputy-Sheriff im Cook County geleistet. Sein Stern hatte die Nummer 776 getragen. Er hatte diesen Job aufgegeben und war in seine jetzige Position als Werber für zivile Hilfsdienste des Cook County gewechselt.

Eine Personenüberprüfung ergab darüber hinaus, daß Sobczynski ein kleiner Dieb war. Er war als Ladendieb aufgefallen, sowohl vor wie nach seiner Ernennung zum Deputy Sheriff, und hatte eine kleinere Vorstrafenliste in diversen Bezirken Chicagos, die bis 1960 zurückreichte. Rose war erstaunt. Wie man Sobczynski jemals einen Schlagstock und einen Revolver hatte geben können, war ihm absolut unerklärlich. Aber Rose war erleichtert, daß Sobczynski wenigstens seit mehr als zehn Jahren nicht mehr der Abteilung angehörte.

Ray Rose hatte vor, Roman Sobczynski zu benutzen, um Lanny Mitchells Geschichte zu untermauern, aber im Moment ließ der Chief Investigator den Ex-Cop erst einmal links liegen. Rose mußte sich einem dringenderen Problem widmen: Der angeforderte Durchsuchungsbefehl war mittlerweile von einem Richter unterzeichnet worden.

Ray Rose war bereit, Patty Columbo entgegenzutreten.

Februar 1989 und Mai 1963

Als Schwester Burke in der folgenden Woche ins *Dwight Correctional Center* zu ihrer zweiten Sitzung mit Patricia Columbo zurückkehrte, wollte diese sich noch einmal hinsichtlich der Vertraulichkeit ihrer Beziehung vergewissern. In dem privaten Besprechungszimmer fragte sie Schwester Burke: »Alles, was wir hier besprechen, bleibt doch strikt unter uns, richtig? Ich meine, Sie geben doch keine Informationen an das Dwight-Besserungs-Zentrum oder sonst jemanden weiter?«

»Unter gar keinen Umständen.« Die Nonne lächelte leicht. »Ich arbeite nicht für die Besserungs-Abteilung. Ich habe einen völlig anderen Arbeitgeber.«

Patricia konnte ein Lächeln nicht unterdrücken. *Nicht schlecht, Schwester,* dachte sie.

»Würde es Ihnen etwas ausmachen, heute vielleicht ein wenig über Ihre Frau Mutter zu reden?« fragte Schwester Burke.

»Meine Mutter?« Was, zum Teufel, sollte denn das? Es war ihr gottverdammter Vater gewesen, der diese schmutzigen Sachen mit ihr gemacht hatte. »Und was ist mit meinem Vater?« wollte Patricia wissen. Ihre Stimme klang herausfordernd, fast anklagend.

»Wir werden bestimmt auf ihn zurückkommen«, versicherte Schwester Burke ihr. »Aber wenn Sie wissen wollen, welche Einflüsse auf Sie als Kind dazu beigetragen haben, aus Ihnen die Persönlichkeit werden zu lassen, die Sie dann wurden, dann dürfen wir uns nicht nur auf Ihren Vater beschränken. Gab es denn in Ihrem Leben keine anderen Menschen?«

»Natürlich gab es eine Menge anderer Menschen in meinem Leben, aber die haben mich nicht alle sexuell mißbraucht.«

»Davon bin ich überzeugt«, pflichtete Schwester Burke ihr bei. In diesem Augenblick argwöhnte sie offensichtlich, daß auch Patricias Vater sie nicht mißbraucht hatte – aber sie mußte herausfinden, warum Patricia das *glaubte.* Schwester Burke hatte Fälle erlebt, in denen die Mutter aus ganz eigensüchtigen Motiven die Tochter davon überzeugt hatte, ihr Vater habe sie belästigt. Sie mußte es jedenfalls probieren. Aber da Patricia Widerstand leistete, änderte Schwester Burke ihre Vorgehensweise.

»Wenn Sie nicht über Ihre Mutter reden wollen – wir müssen nicht.«

»Es macht mir nichts aus, über sie zu reden«, versicherte Patricia rasch. »Was also wollen Sie wissen?«

»Was immer Sie mir erzählen wollen. Kamen Sie beide gut miteinander aus, als Sie noch ein Kind waren?«

»Ja, ich denke doch.« Patricia hob die Schultern. »Mit meiner

Patentante Janet verstand ich mich allerdings besser, aber ich glaube nicht, daß meine Mutter und ich echte Probleme miteinander hatten. Manchmal war sie ja wirklich unnötig streng mit mir – wie damals, als ich in der Schule die Lüge erzählt habe, ich hätte eine Schwester.«

Mary Columbo war schrecklich wütend gewesen, als sie hörte, die Lehrer an der *Talcott Elementary School* glaubten, sie hätte ein weiteres Mädchen geboren und das Mädchen heiße Susie. Es war ein nicht zu erklärendes Gefühl; nicht wirkliche Wut, eher Ärger. Vielleicht hervorgerufen durch eine Mischung aus Stolz, ihrem Mann den Sohn geschenkt zu haben, den er sich ersehnt hatte, und der normalen depressiven Stimmung nach einer Geburt, die nicht selten von Aggression gegen andere Familienmitglieder begleitet wird.

Was auch immer der Grund gewesen sein mag, Mary nannte Patricia eine kleine Lügnerin und betonte, sie habe etwas ganz Schreckliches getan. Ihre Tochter war angesichts der Schelte ihrer Mutter bestürzt; sie hatte die Geschichte, die sie nur erfunden hatte, um sich ein bißchen wichtig zu machen, fast schon wieder vergessen.

Janet Gower versuchte, Mary wieder friedlich zu stimmen, als Patricia weinend zu ihr kam und ihr von dem Vorfall berichtete, aber die junge Mutter war außer sich. Sie wollte nicht nur Patricias Vater von der Täuschung erzählen, sondern Patricia sollte auch noch vor ihren Klassenkameradinnen zugeben, daß sie sie bewußt belogen hatte. Diese letzte Demütigung war, wie Mary Columbo später versicherte, nicht ihre Idee gewesen, sondern die ihres Klassenlehrers.

Weil Patricia laut weinte und Tantchen Janet inständig flehte, ließ Mary Columbo sich schließlich überreden, Frank Columbo nichts davon zu erzählen – aber in der Sache mit der Schule konnte sie gar nichts machen; das war Sache ihres Lehrers. Patricia mußte es tun.

Als am nächsten Tag in der Schule die Stunde für das Erzählen eigener Erlebnisse gekommen war, erhob Patricia sich gesenkten Blickes und ging nach vorne. Als sie sich umwandte, schaute sie in die neugierigen Gesichter ihrer Klassenkameraden.

»Ich habe gelogen, als ich sagte, meine Mutter habe ein kleines Mädchen mit Namen Susie bekommen«, sagte sie klar und deutlich wie auswendig gelernt. »In Wirklichkeit hat meine Mutter einen kleinen Jungen bekommen. Er heißt Michael.« Sie sah den Lehrer an und blickte dann wieder zu ihren Klassenkameraden hinüber. »Ich bin eine Lügnerin«, sagte sie ohne sichtbare Bewegung. Dann setzte sie, an ihren Lehrer gewandt, hinzu: »Ist das genug?«

»Schämst du dich nicht, daß du gelogen hast?« fragte der Lehrer.

»Ich schäme mich, daß ich gelogen habe«, sagte Patricia. Sie blieb stehen und wartete auf weitere Anweisungen.

»In Ordnung, Patty, du kannst wieder an deinen Platz gehen.«

Den Kopf hoch erhoben, die Augen nicht länger niedergeschlagen, ging Patricia auf ihren Platz zurück.

Nachdem sie diese Lüge zugegeben und begriffen hatte, daß die Anwesenheit eines kleinen Brüderchens nicht nur akzeptabel, sondern sogar ausgesprochen erfreulich sein konnte, machte Klein-Patty Columbo sich daran, sich in eine Routine hineinzufinden, in der sie, wie Tantchen Janet immer wieder betonte, ein ›großes Mädchen‹ sein mußte, das seiner Mutter mit dem Baby half, wo immer sie konnte.

Patricia liebte Klein-Michael so sehr, daß sie es gar nicht abwarten konnte, bis es drei Uhr geworden war und die Schule beendet war. Sie rannte zur Straßenkreuzung und wartete geduldig bis der Polizist den Verkehr anhielt, damit sie die Straße überqueren und nach Hause laufen konnte, um ihren täglichen Pflichten nachzukommen.

Zu Patricias Aufgaben gehörte es, daß die gewaschenen Windeln, die zweimal wöchentlich vom Windelservice angeliefert wurden, sauber gefaltet auf dem Regal über der Wickelkommode lagen, daß Michael immer mit seiner blauen Decke zugedeckt war, wenn er in seinem Körbchen schlief, und daß immer ein sauberes Babyhandtuch und ein Waschlappen über der kleinen Wanne hingen, wenn Mary den Kleinen badete.

Für das kleine Mädchen war das alles sehr, sehr aufregend. Jedesmal, wenn Frank Columbo von der Arbeit nach Hause kam, fragte er: »Nun, hast du Mama heute auch fein bei der Arbeit mit Michael geholfen?«

Jedesmal lächelte Patricia dann, sagte ja und kletterte zu ihrem Dad auf den Schoß, um ihm in allen Einzelheiten zu berichten, was sie alles getan hatte. In ihrer Rolle als ältere Schwester fühlte sie sich sehr stolz und strahlte jedesmal vor Freude, wenn ihre Mutter rief: »Patty Ann ist so eine große Hilfe. Ich wüßte ja gar nicht, was ich ohne sie anfangen sollte.«

War sie tagsüber Mutters ›Hilfe‹, so wurde sie des Abends zu Papas ›Schülerin‹. Frank Columbo war schrecklich stolz, wie intelligent seine Tochter doch zu sein schien. Ständig brachte er abends Leselernkarten mit nach Hause, prüfte Patricia und unterrichtete sie. An kalten Winterabenden saßen sie oft beieinander, bis es Zeit für sie wurde, ins Bett zu gehen. Dann hockten sie neben der Heizung und gingen die einzelnen Karten durch: rechnen, buchstabieren, Hauptstädte, US-Präsidenten – Frank kaufte einfach alle Karten, die er bekommen konnte. Und genau wie Mary prahlte er ständig und überall mit seiner Tochter. Im Gemüseladen brüstete er sich Michaels Patenonkel, Joe Battaglia, gegenüber: »Letzte Nacht haben wir wieder einen Satz Lernkarten durchgenommen, die eigentlich für Zwölfjährige gedacht sind, und sie hat nur vier davon nicht lösen können. Ich hoffe, dein Patenkind Michael ist genauso klug.«

Patricia genoß die Lobhudeleien beider Elternteile. Es gefiel ihr, als das perfekte kleine Mädchen zu gelten.

Als Patricia eines Nachmittags von der Schule nach Hause kam, sah sie den vertrauten roten Süßigkeiten-Laster auf dem Parkplatz stehen und fand Onkel Gus auf der Eingangstreppe sitzen, wo er schon auf sie wartete.

»Patty Ann, Liebchen«, sagte er, »deine Mom ist mit Michael zum Doktor gegangen; nichts Ernstes, hat sie gesagt, aber sie meinte, sie würde wohl noch nicht zurück sein, wenn du aus der Schule kommst, und in diesem Fall solltest du mit mir auf Tour fahren.«

Patricia kletterte auf den Beifahrersitz, den sie noch so gut in Erinnerung hatte, und legte ihre Schulbücher auf den Boden. »Wo müssen wir denn heute arbeiten?« fragte sie fast schon routinemäßig.

»Logan Square«, erwiderte Onkel Gus.

Das war nicht gerade Patricias Lieblingsroute, aber soweit ganz in Ordnung; viele Süßwarengeschäfte in kleineren Wohnsiedlungen, größere Drogerien und ein paar Zigarrenläden. Bei manchen Stops konnte Onkel Gus gleich mehrere Kunden vom selben Parkplatz mitten in den Blocks aus bedienen.

»Ich warte im Wagen und lerne«, sagte Patricia. Sie war schon unendlich viele Male in jedem dieser Läden gewesen; da gab es für sie nichts Neues mehr zu entdecken. Außerdem mußte sie sich mit der Schreibweise bestimmter Wörter vertraut machen.

Wann immer sie irgendwo parkten und Patricia ein Schulbuch auf ihrem Schoß öffnete um zu lernen, verschloß Onkel Gus sorgsam die Türen zum Führerhaus des Lasters und erinnerte sie: »Denk daran, daß du niemanden in den Wagen läßt, wenn ich nicht da bin.«

»Ich denke dran«, versprach sie.

Patricia befaßte sich an die zwei Stunden mit ihren Buchstabieraufgaben, während Onkel Gus seine Kunden im Logan-Bezirk mit frischer Ware belieferte. Patricia kannte die Route auswendig, und als er daher aus dem letzten Geschäft kam und nicht gleich in die andere Richtung weiterfuhr, wurde sie neugierig.

»Ich denke mir, heute machen wir mal was ganz anderes«, sagte er zu ihr.

Es war schon später Nachmittag, die Verkehrsflaute kurz bevor der Berufsverkehr voll einsetzte. Onkel Gus fuhr zum Bahnhof von Logan und bog dann in eine Einbahnstraße ein, die parallel zu den Schienen verlief. Auf der einen Seite sah man eine Reihe von Bürogebäuden und auf der anderen Seite einen ungepflegten, schmutzigen Platz, der sich einen ganzen Block lang ausdehnte und wo die Pendler ihre Autos abstellten, um den Rest des Weges mit der Bahn in die Stadt zu fahren. Onkel Gus lenkte den Wagen über den ganzen Platz hinüber und parkte ihn am anderen Ende in den länger werdenden Schatten des Bahnhofsgebäudes.

Gus schloß die Fahrer- und die Beifahrertür ab und öffnete die Falttür zum Laderaum. Dann ging er zwischen den beiden Einzelsitzen nach hinten.

»Komm mit, Liebchen«, sagte er, »ich will dir etwas zeigen.«

Patricia ging in den rückwärtigen Teil des Lasters, und Onkel Gus schloß die Falttür zur Fahrerkabine wieder und schaltete die Deckenbeleuchtung ein. Ihr Schein warf einen merkwürdig gelben Schimmer über alles. Onkel Gus vergewisserte sich sorgfältig, ob die Falttür auch richtig geschlossen war, dann öffnete er einen Kasten unter den Drahtkörben für die Süßigkeiten und holte ein zusammengerolltes Laken und eine Army-Decke hervor.

»Na, wie gefällt dir das für ein gemütliches kleines Schlummerstündchen?« fragte er Patricia, als er die Decke entfaltete und auf dem Boden zwischen den Drahtkörben ausbreitete. Das Laken breitete er darüber. »Wenn ich mal müde werde, kann ich irgendwo ranfahren und ein bißchen schlafen.« Er setzte sein schönstes Onkel-Gus-Lächeln auf. »Ich denke, ich werde jetzt auch ein Nickerchen machen. Willst du nicht ein bißchen mit mir schlummern?«

Patricia hob die Schultern. »Okay.« Irgendwie fand sie es schon ein bißchen komisch, aber das war wohl alles so in Ordnung. Er war schließlich Onkel Gus.

Sie legten sich Seite an Seite auf die Decke, und Gus zog das Laken ein Stück über sie beide.

»Wir müssen doch nicht richtig schlafen, oder?« fragte Patricia.

»Nein.«

»Gut, ich bin nämlich überhaupt nicht müde.«

Patricia merkte, daß sich Onkel Gus' Hände unter dem Laken bewegten, als sei er dabei, sich irgendwo zu kratzen. Plötzlich langte er herüber und nahm ihre Hand.

»Ich möchte, daß du mal etwas fühlst«, sagte er. Unter der Decke legte er ihre Hand um etwas Hartes, Warmes. »Du kennst doch das kleine Ding, das Michael da zwischen den Beinen hat«, erläuterte er dazu. »Nun, ich habe auch so eines, nur daß meines viel größer ist. Hast du auch eines von diesen Dingern?«

»Onkel Gus! Du weißt doch, daß ich so was nicht habe!« Patricia erinnerte sich vage an verschiedene Gelegenheiten, zu denen Onkel Gus in der Badezimmertür gelehnt hatte, wenn ihre Mutter sie gebadet hatte. »Nur Jungen haben so was«, sagte sie.

»Manchmal wächst auch Mädchen so etwas«, behauptete Onkel Gus. »Bist du ganz sicher, daß du keines hast?«

»Onkel Gus, *ich habe keines!*«

»Nun, das würde ich gern mal überprüfen«, sagte er. »Halt mal still . . .«

Patricia fühlte seine Hand auf ihrem Bauch, seine Finger wühlten sich unter dem Bund ihres Röckchens hindurch, überwanden den Gummizug des Schlüpfers und kitzelten sie dann leicht. Es war kein unbekanntes Gefühl, von Onkel Gus berührt und sogar angezogen zu werden; er hatte sie oft auf den Schoß gehoben, sie in die Arme genommen, ihr das Köpfchen gestreichelt, ihr die Bluse zugeknöpft und die Schnürsenkel gebunden; sie war an ihn *gewöhnt*. Als er seine Hand dorthin schob und sie liegenließ, war sie nicht erschrocken.

Onkel Gus' Hand drängte ihre Schenkel ein wenig auseinander, und seine Fingerkuppen fingen an, die sanften, weichen Häutchen ihrer Vulva zu streicheln. Die Berührung war nicht fest oder drängend; sie war leicht, liebevoll, genauso, wie sie selbst Michael auch streichelte; daran war nichts Beunruhigendes. Es war beinahe – angenehm.

Während Onkel Gus mit der einen Hand prüfte, ob ihr auch so ein ›Ding‹ wachse, konnte Patricia aus den Bewegungen des Lakens über seiner anderen Hand unschwer schließen, daß er sich noch immer mit der anderen Hand kratzte, jetzt sogar sehr schnell – und sein Atem ging auch immer schneller –, und dann tat er das Allerkomischste: Er holte die Hand aus ihrem Schlüpfer, hielt sich die Finger kurz an die Nase, steckte sie sich dann in den Mund und lutschte an ihnen wie an einer Zuckerstange.

Plötzlich gingen Onkel Gus' Knie in die Höhe und zogen das Laken vollkommen von Patricia herunter, und die noch immer verborgene Hand kratzte weiter wie wild, während Onkel Gus mit geschlossenen Augen an den Fingern saugte und saugte, die erst Sekunden vorher ihre Kleinmädchen-Weiblichkeit erkundet hatten. Patricia starrte ihn aus weit aufgerissenen Augen neugierig an. Einen Moment später verzerrte sich sein Gesichtsausdruck, die Augen öffneten sich, rollten ein wenig hin und her, und Onkel Gus nahm die Finger aus dem Mund, schob die Hand unter das Laken und schien mit irgendwas in seiner Gesäßtasche zu kämpfen. Dann preßte er die Knie zusammen, klemmte das Laken zum Teil zwischen ihnen ein, stöhnte leise und wurde ganz plötzlich schlaff.

Eine Weile lag Onkel Gus still da bis auf seinen schwer gehenden Atem, und als auch der sich beruhigt hatte, rollte er sich herum, stützte sich auf den Ellenbogen und lächelte Patricia zu. »Ich bin ja so froh, daß dir keines von diesen Dingern gewachsen ist«, sagte er und zwinkerte ihr zu. Als er das Laken zur Seite schob, sah sie, daß er ein zusammengeknülltes Taschentuch in der Hand hielt. Der Reißverschluß an seiner Hose stand offen, aber ›das Ding‹, um das er ihre Hand gelegt hatte, war nicht zu sehen. »Ja, das war ein hübsches Nickerchen«, sagte er, erhob sich auf die Knie und faltete das Laken wieder zusammen. Dann ließ er Patricia ein wenig zur Seite rücken, während er Laken und Decke wieder wegräumte.

Onkel Gus öffnete die Falttür zur Fahrerkabine einen Spaltbreit und spähte hinaus. Nachdem er sich davon überzeugt hatte, daß niemand in der Nähe war, öffnete er sie ganz, und sie kehrten auf ihre Sitze zurück.

Auf dem Weg nach Hause sagte Onkel Gus: »Ich möchte, daß du weder deiner Mom noch deinem Dad oder Tantchen Janet oder irgend jemanden sonst etwas von unserem kleinen Nickerchen erzählst, hörst du.«

»Und warum nicht?« fragte Patricia.

»Sie könnten mit uns schimpfen. Jeder weiß doch, daß du mein liebstes kleines Mädchen bist und daß ich dein liebster Onkel bin. Sie könnten böse auf uns werden, weil wir uns so lieb haben. Die Erwachsenen nennen das, auf jemanden eifersüchtig sein. Hast du schon mal das Wort eifersüchtig gehört?«

»Nein«, erwiderte Patricia und hob die Schultern.

»Aber so nennt man das: eifersüchtig werden. Wenn du ihnen das hier erzählst, werden sie bestimmt eifersüchtig – falls sie dir überhaupt glauben würden. Aber sie würden dir bestimmt nicht einmal glauben.«

»Und warum nicht?« fragte Patricia verwundert. Das war alles so neu und verwirrend.

»Sie könnten glauben, du lügst«, sagte Onkel Gus leichthin, »so wie du in der Schule gelogen hast, als du gesagt hast, du hättest ein Schwesterchen bekommen.«

Patricia wurde rot und blickte aus dem Fenster. *Wieso wußte er davon?* Ihre Mutter sollte doch nichts erzählen.

»Natürlich hat mir deine Mom davon erzählt«, sagte Onkel Gus, als könne er ihre Gedanken lesen. »Deinem Vater hat sie es auch erzählt; er hat nur versprochen, nichts zu dir zu sagen.« Onkel Gus langte herüber und drückte ihr das Knie. »Ich bin der einzige, dem du zutrauen kannst, ein Versprechen einzulösen, Liebchen. Und ich werde dir immer glauben, egal, was es sei. Aber laß uns ihnen nichts sagen. Was wir in dem Süßigkeitenlaster tun, soll für immer unser Geheimnis bleiben, okay?«

Patricia antwortete nicht sofort. Sie war noch immer verwirrt und starrte aus dem Fenster. Draußen flogen die beleuchteten Schaufenster auf der Milwaukee Avenue vorüber, jedes einzelne wie ein Blitzlichtbirnchen, das in der dunklen Leere ihres mehr und mehr verunsicherten jungen Geistes aufleuchtete. Irgendwo in dem Wust ihrer Gedanken und Gefühle tauchte eine sich ständig wiederholende Frage auf: *Stecke ich in Schwierigkeiten?*

Sie war nicht in der Lage, sich selbst die Antwort zu geben.

»Okay?« drängte Onkel Gus.

»Okay«, sagte sie.

Patricia würde nichts erzählen.

Jahrelang nicht, bis ihr Leben zu einem tragischen Desaster geworden war.

In dem kleinen Besuchszimmer hörte Patricia auf zu reden, als ihr klar wurde, was sie da sagte, und voller Schrecken blickte sie Schwester Burke an.

Sie hatte die Sitzung damit begonnen, daß sie der Nonne von dem Vorfall in ihrer Klasse erzählt hatte – und bevor sie es auch nur gemerkt hatte, war etwas über Gus Latini in ihr Gedächtnis zurückgekehrt, das dort jahrelang verborgen gewesen war.

»Es... es war nicht mein Vater«, murmelte sie. »Es war Onkel Gus. Er war der Mann in dem Alptraum. Ich – ich verstehe das nicht...«

»Wenn sich der Geist nicht mit etwas beschäftigen will«, erklärte Schwester Burke, »dann begräbt er es oft ganz tief im Unterbewußtsein. Später im Leben können bestimmte Ereignisse wieder aufrühren, was begraben schien, und es wieder an die Oberfläche des Bewußtseins tragen. Wenn das passiert, vermischen sich oft die beiden Ebenen, die beiden Zeiträume. Als sich die kleineren Vorfälle mit Ihrem Vater ereigneten – und mir scheint, Trish, mehr war es nicht als ein paar unbedeutende Vorfälle –, brachten sie alle Erinnerungen im Zusammenhang mit diesem Onkel Gus wieder an die Oberfläche. Und weil Ihr Vater da war, dieser Onkel Gus aber nicht, ersetzte Ihr Geist den einen durch den anderen.«

»Mein Gott«, sagte Patricia und schüttelte langsam den Kopf. »All die Jahre...«

»Die Zeit bedeutet dem Geist nicht viel«, sagte Schwester Burke. »Es ist bei Kindern ganz normal, daß sie ihre schlechten Erinnerungen oft zwanzig Jahre lang oder sogar noch länger vergraben. Im Falle eines sexuellen Mißbrauchs an Mädchen erinnern diese sich in der Regel erst dann wieder an Details, wenn sie reife Frauen in den Dreißigern geworden sind. Wie alt sind Sie denn jetzt genau?«

»In ein paar Monaten werde ich dreiunddreißig.«

Schwester Burke nickte. Fast lehrbuchgetreu.

Patricia starrte ins Leere. »Kein Wunder, daß ich sie gehaßt habe...«

»Wen gehaßt?«

»Meine Mutter – meinen Vater...«

»Warum, glauben Sie, haben Sie sie gehaßt?«

»Wegen dem, was Onkel Gus mit mir gemacht hat. Sie hätten es merken müssen. Sie hätten dem einen Riegel vorschieben müssen!« Sie wandte sich um und sah Schwester Burke mit einem Ausdruck tiefster Bitterkeit an. »Es ist *jahrelang* so weitergegangen!«

Mai 1964 bis Juni 1966

Lange Zeit tat Onkel Gus nicht mehr mit Patricia, als was er schon beim erstenmal getan hatte, außer, daß er sich nicht mehr so peinlich genau bedeckte. Einmal rutschte das Laken von den angezogenen Knien herunter, und als sie geradezu hypnotisiert zusah, was er machte, beobachtete Gus sie seinerseits aufmerksam und schien daraus noch eine Steigerung seiner Lust zu gewinnen. Das kleine Mädchen schaute bis zum Ende zu, bis der ›Saft‹ – so nannte Onkel Gus das – aus der großen pink- und purpurfarbenen Spitze drang. Dafür, das fand sie nun heraus, diente das Taschentuch.

Nach diesem Tag machte Gus sich nie mehr die Mühe mit dem Laken, jedenfalls nicht mehr, um sich damit zu bedecken. Er breitete es nur noch auf dem Teppichboden aus, um sich mit ihr darauf zu legen. Von nun an streckte er sich nur noch neben ihr aus, zog sich den Reißverschluß herunter und begann zu masturbieren.

Patricia war schon acht Jahre und ging auf den neunten Geburtstag zu, als Gus der Routine überdrüssig wurde. Eines Tages im Frühling, ein paar Monate vor ihrem neunten Geburtstag, als es schon warm wurde, zog Gus Hose und Unterhose aus, und Patricia wurde zum erstenmal mit dem Anblick eines voll ausgereiften männlichen Penis konfrontiert.

Zuerst erschreckte sie der Anblick – der riesige haarige Beutel und all das andere schwarze Haar rund um seine Schenkel und den ganzen Bauch hinauf: Er sah aus wie ein Affe. Und er war da – über ihr – und vermittelte ihr das erschreckende

Gefühl, daß das alles sich auf ihr Gesicht heruntersenken und sie ersticken werde. Sie begann zu wimmern.

»He, was ist denn los, Liebchen?« fragte Onkel Gus, und seine Stimme klang ehrlich erschreckt.

»Du – du machst – mir – mir angst«, schluchzte Patricia.

»O Liebchen, das tut mir leid, das wollte ich nicht.« Er ließ sich auf die Knie herunter und nahm das kleine Mädchen in die Arme, um es zu beruhigen. Seine Erektion befand sich direkt zwischen ihnen. »Ich habe dir doch noch nie angst machen wollen, Patty Ann. Onkel Gus liebt dich, das weißt du doch.« Er küßte sie auf beide Wangen und hielt sie dann auf Armeslänge von sich weg. »Du weißt, daß Onkel Gus' Ding dir nicht weh tun würde, nicht wahr?« fragte er mit einem Lächeln. »Es hat dir doch noch nie weh getan – na?«

»N-n-nein . . .«

»Siehst du. Ich habe mir die Hose ja auch nur ausgezogen, weil es heute so warm ist. Wenn du willst, kannst du ja dasselbe tun.«

»Ich – möchte aber – nicht«, sagte Patricia.

»Dann brauchst du das auch nicht, Liebchen«, schmeichelte er. »He, ich hab' eine Idee! Statt mich selbst darum zu kümmern, daß mein Saft herauskommt, könntest du das doch tun?«

»Ich?« fragte Patricia stirnrunzelnd. »Wie denn?«

Gus führte ihre beiden kleinen Händchen hinunter und zeigte ihr, wie sie ihn masturbieren sollte.

Falls sich bei Patricia irgendeine Veränderung im Gefolge dessen, was Gus mit ihr trieb, zeigte, so schien es jedenfalls niemandem aufzufallen. Wenn Gus zu Besuch kam, verhielt er sich wie immer, und Frank und Mary behandelten ihn mit derselben Herzlichkeit. Wenn Tantchen Janet dann anwesend war oder Onkel Phil oder sonst jemand, der regelmäßig im Haus der Columbos verkehrte, schienen sie Gus ebenfalls wie immer zu behandeln und von ihm behandelt zu werden. Nichts hatte sich verändert, dachte Patricia, außer sie selbst. Irgendwie schien ihr das nicht in Ordnung zu sein, wenn sie auch nicht wußte, warum.

In der Schule hatte auch niemand eine Veränderung an ihr bemerkt. Sie hatte eine Lehrerin, eine Miss Robin, die sie mehr als alle anderen Lehrer mochte, weltliche wie kirchliche. Miss Robin schien um einiges jünger zu sein als die meisten anderen Lehrkräfte an der *Talcott Elementary*. Sie war hübsch, hatte kurze, dunkle Haare und eine herzliche Art im Umgang mit den Kindern in ihrer Klasse. Patricia dachte mehr als einmal daran, mit Miss Robin über Onkel Gus zu sprechen, sie dachte daran, sie zu fragen, ob es richtig sei, zu tun, was er von ihr wollte, wenn er doch ein enger Freund von Mom und Dad war und immer wieder sagte, daß er sie liebe. Patricia stellte sich sogar vor, daß Miss Robin vielleicht lächeln und zu ihr sagen würde: »Natürlich ist das in Ordnung, Patty, meine Liebe. Zerbrich dir dein kleines Köpfchen darüber auch nicht eine Minute länger.« Wie schön müßte das sein, es *irgend jemandem* zu sagen, irgend jemanden zu haben, einen Erwachsenen, der einem sagte, was sie tue, sei in Ordnung.

Aber nie fand sie den Mut, Miss Robin etwas zu sagen. Immer erinnerte sie sich daran, daß Onkel Gus gesagt hatte, sie dürfe mit *niemandem* darüber reden.

Als die Jahre in der Ohio Street vergingen, kämpfte Frank Columbo, wie er es versprochen hatte, darum, vorwärtszukommen, um den Bedürfnissen seiner Familie gerecht zu werden. Noch immer träumten sie den Traum von einem eigenen Haus in einem der Vororte, und als die West Side immer mehr herunterkam, wurde es für Frank nur um so dringlicher, mit seiner Familie von hier fortzuziehen.

Bei der großen Western-Autohandelsgesellschaft war Frank beständig die Karriereleiter emporgestiegen. Gut gelitten bei Vorgesetzten wie Untergebenen und mit fünfzehn Jahren Berufserfahrung auf dem Buckel und dem Ruf, verläßliche Arbeit zu leisten, war er von der Geschäftsleitung dazu ausersehen, eines Tages die Verwaltung aller Vorräte zu übernehmen. Das Be- und Entladen beaufsichtigte er bereits allein und in eigener Verantwortung, und er hatte sich schon eine kleine Truppe loyaler Mitarbeiter geschaffen, einschließlich der Sekretärin Geraldine Strainis, die ihm eine unverzichtbare Hilfe geworden war.

Frank Columbo wußte, wenn er hart für Western Auto arbeitete, würde die Gesellschaft ihn auch nicht im Stich lassen. Er wußte aber auch, daß er von der Gesellschaft nur zurückbekommen würde, was die Gesellschaft für ausreichend hielt, und nicht, was er für angemessen hielt. Frank Columbo hatte nicht vor, seine Familie nur von dem leben zu lassen, was andere für ausreichend hielten – jedenfalls nicht, wenn es noch andere Möglichkeiten gab, Geld zu machen.

Kurz nachdem Frank die Verladestation übernommen hatte, besuchte er Tom und Ed Machek, zwei Brüder, denen die *Mulvihill Cartage Company* gehörte, die Speditionsfirma, die vertragsgemäß für die Western Auto die lokale Belieferung durchführte.

»Ich habe da eine Idee für ein neues Geschäft«, sagte er zu den beiden Brüdern.

Seine Idee bestand darin, eine kleinere Gesellschaft zu gründen, die Verladearbeiter für die Western Auto vermittelte. Die Männer, die die großen Überland-Trucks entluden und die kleineren Lastwagen für den Regionalverkehr beluden, wurden immer nur als Tagelöhner angeheuert. Die Firma, die Frank Columbo vorschwebte, könnte sie für eine Woche oder länger anheuern und sie einteilen, um sie nach einem regulären Schichtplan auf den Docks der Western Auto einzusetzen.

»Damit würden zwei Dinge gleichzeitig erreicht«, sagte Frank den Macheks. »Erstens hätte ich bessere Hilfskräfte an meinen Verladestationen, weil ich immer dieselben Arbeiter hätte und diese bald gut eingearbeitet wären. Und zweitens« – er lehnte sich genüßlich zurück und lächelte – »würden wir noch ein schönes Stück Geld damit machen.«

Den Macheks gefiel die Idee. Also wurde unter dem Namen *Dock Help Inc.* eine neue Firma gegründet. Edward Machek wurde der Präsident, Thomas Machek Geschäftsführer und Frank Columbo und zwei weitere Investoren Abteilungsleiter. Frank Columbo fing umgehend damit an, Arbeiter der neuen Firma unter Vertrag zu nehmen.

Einer von Franks guten Freunden riet ihm, vorsichtig mit diesem neuen Arrangement umzugehen, weil er hier sehr schnell in einen Interessenkonflikt geraten könne. Aber Frank schüttelte den Kopf. »Da kann gar nichts passieren«, stellte er voller Optimismus fest. »Western Auto bekommt bessere Tagelöhner, und es kostet die Firma keinen Cent mehr. Und ich mache ein bißchen Geld nebenbei für mich und meine Familie. Wir gewinnen beide dabei. Das ist kein Interessenkonflikt, das ist freie Marktwirtschaft.«

Frank erhielt wöchentlich fünfhundertzwanzig Dollar von der *Dock Help.* Er und Mary fingen an, an den Wochenenden herumzufahren und sich nach Häusern in den Vororten umzusehen.

Es gab drei Arten von Einflüssen durch Erwachsene, denen Patricia beständig ausgesetzt war, als sie neun und zehn Jahre alt war. Da war einmal der familiäre Einfluß, der vornehmlich von ihrer engeren Familie ausging: Vater, Mutter, kleiner Bruder Michael, dazu die Patentante, Tantchen Janet. Die zweite Sphäre bestand aus dem formalen, strukturbedingten Einfluß durch die Lehrer an der *Talcott Elementary* und durch die Katechismus-Nonnen von Sankt Carmichael. Drittens war da der heimliche Einfluß, den Onkel Gus und der Süßwarenlaster ausübten. Und es sollte dieser Einfluß sein, der sich am schwersten auf ihr kindliches Gemüt legte, denn das war eine Bürde ihres Lebens, die sie allein zu tragen hatte.

Die Routine mit Gus Latini war weit über das ursprüngliche widerliche Maß reinen Fummelns hinaus gediehen. Es gab kein einleitendes Gerede mehr davon, eine ›Ruhepause‹ einzulegen, Gus' Penis hieß nicht mehr ›das Ding‹, und der Mann brauchte ihre widerstrebende Hand nicht mehr an seine begierige Erektion zu führen. Patricia kannte ihre Rolle, sie wußte, was von ihr erwartet wurde, genau wie sie wußte, daß sie ihr Bestes mit ihres Vaters Lernkarten zu geben hatte. So machte sie sich jedesmal umgehend ans Werk. Immerhin – je eher sie es ihm machte, desto eher brachte er sie wieder nach Hause, wo sie mit Michael spielen konnte.

Üblicherweise brauchte Patricia kaum eine Minute, um bei

Onkel Gus eine Ejakulation zu bewirken. Da sie es routinemäßig tat, ohne jeden Anflug von Leidenschaft oder Vorspiel, wartete Gus nur, bis er das, was er als einleitendes Vergnügen brauchte, genossen hatte, wohl wissend, daß es fast schon im selben Augenblick vorüber war, wo ihn die Hand des kleinen Mädchens berührte. Beide, der Erwachsene und das Kind, beherrschten das Ritual vollkommen.

Aus Gus Latinis Sicht *gehörte* Patricia ihm. Er hielt es nicht einmal mehr für nötig, ihr aufzutragen, ihr ›Geheimnis‹ für sich zu behalten; wenn sie es in all der Zeit noch keinem erzählt hatte, dann, da war er sicher, würde sie es niemals tun. Und wer würde ihr wohl auch glauben, wenn sie es täte?

Kurz nach Patricias zehntem Geburtstag fanden Frank und Mary Columbo das Haus, das sie gesucht hatten. Es stand in einem neueren Bezirk von Elk Grove Village, einem nordwestlichen Vorort gleich jenseits des Flughafens. Ein hübsches Häuschen mit versetzten Halbetagen in der Brantwood Nummer 55 – mit zwei Schlafzimmern oben und zwei anderen unten, einer angebauten Doppelgarage und einem Hinterhof mit Terrasse, lag es nur einen Block vom Norton Park entfernt, in dem es einen Sportplatz gab. Nur etwa drei Blocks von der *Salt Creek Elementary School* und ein paar Blocks vom neuen Einkaufszentrum entfernt, wo es die Annehmlichkeiten eines Supermarkts, einer Reinigung, etlicher kleinerer Geschäfte und einer großen Filiale der Drogeriekette Walgreen's gab.

Es war eine in sich geschlossene kleine Gemeinde: Feuerwehr und Polizei lagen ganz in der Nähe. Ein mittelgroßes Krankenhaus, das *Alexian Brothers,* war nur wenige Blocks die Straße hinunter gelegen. In der Nähe lagen eine Bücherei, ein Bürgersaal und noch etliche Parks – der Lions Park, Jaycee Park, Burbank Park, Appleseed Park, Audubon Park und andere – nahezu alle ausgestattet mit Sportplätzen; dies war ein ausgesprochener Ort für Familien mit Kindern.

Das Städtchen wurde von einem Waldstreifen und vom westlichen Zaun des O'Hare-Airport begrenzt, und so waren an die fünfzig Prozent des Areals gegen Störungen jeglicher Art von außen gesichert. Die andere Hälfte wurde von zwei Vororten im Süden abgeschirmt: Wooddale und Itasca, beides ruhige Gemeinden mit Mittelklasse-Bevölkerung; und dem *Salt Creek Country Club*, gelegen auf einer Sandbank des Salt Creek, einem gewundenen Flußlauf, der sich durch fünf von Elk Grove Villages öffentlichen Parks schlängelte. Das war die Vorortlandschaft der sechziger Jahre, der Wirklichkeit gewordene amerikanische Traum, das Beste aus zwei Welten: Arbeit im rauhen, brausenden Chicago und Familienleben draußen auf dem Lande, die Beinahe-Rückkehr zum Kleinstadtleben, wo die Straßen noch sicher waren und die Schulen gesittet und wo die Leute noch samstags den Rasen vor ihren Häusern mähten.

Als die Eltern Columbo Patricia und Michael mit hinausnahmen, damit sie sich das Haus zum erstenmal ansehen konnten, da wäre es schwer gewesen zu entscheiden, welches der beiden Kinder begeisterter war. Michael war natürlich schier überwältigt angesichts solcher Erwartungen wie der eines eigenen Schlafzimmers und eines Sportplatzes mit richtigem Gras ganz in der Nähe, kein grobkörniger Sand als Belag wie in der City. Noch nicht ganz vier Jahre alt, ging er keinem Schulwechsel entgegen oder sonst einem Ereignis, das sich auf seine seelische Entwicklung nachteilig würde auswirken können.

Patricia empfand eine ganz andere Form von Begeisterung. Wie auch Michael, war sie begeistert von der Aussicht, ein eigenes Zimmer zu bekommen, eingerichtet nach ihrem eigenen Geschmack und nicht ständig von ihrem kleineren Bruder, mit dem sie jetzt ein Zimmer teilte, in ein unentwirrbares Durcheinander verwandelt. Der Gedanke, die Schule wechseln zu müssen, belastete sie in keiner Weise; sie fühlte sich mit niemandem aus ihrer jetzigen Schule auf der Ohio Street enger verbunden, und während der ganzen fünf Jahre dort hatte sie eigentlich nur Miss Robin gemocht. Aber die hauptsächliche Freude für Patricia, das absolut Größte für sie war, daß sie von Onkel Gus wegkam und dem inzwischen bedrohlich gewordenen roten Süßigkeitenlaster.

Abgesehen davon, daß sie nicht mehr in seiner Gesellschaft

sein mochte und schon längst trotz seiner gegenteiligen Behauptungen spürte, daß nicht recht war, was sie miteinander taten, war da noch die ungeheure Bürde, das alles ganz allein für sich behalten zu müssen. Es war ein solch *geheimes* Geheimnis: Sie konnte es nie irgend jemandem gegenüber erwähnen. Im Alter von zehn Jahren versuchte Patricia Columbo, mit einem sexuellen Problem fertig zu werden, einer sexuellen Quälerei, die manchen reifen Menschen in den Wahnsinn getrieben hätte.

Der brutalen Unterdrückung durch Gus Latini in ein so unerwartetes Refugium zu entkommen, das kam ihr wie ein Wunder vor. Sie fühlte sich auf der Stelle gefordert, neue Dankesworte in ihre Gebete anläßlich der samstäglichen Katechismusstunden einzubringen, obwohl sie – und das fiel ihr jetzt erst auf – in den vergangenen drei Jahren sexueller Quälerei nie um Hilfe gebetet hatte. Vielleicht, dachte sie jetzt, als das Ende in Sicht war, hatte sie es sich deshalb so lange versagt, mit dem lieben Gott darüber zu reden, weil das alles so *schmutzig* war. Und auch das war ein neues Zugeständnis, das sie sich machte, ein einfaches, simples Wort: *schmutzig*. Früher hatte sie sich selbst nie gestattet, über das, was sie da tat, in Begriffen wie diesem nachzudenken; Onkel Gus sagte doch immer, es sei durchaus in Ordnung, alle diese Dinge zu tun, die sie da miteinander trieben, weil sie einander doch so sehr liebten. Nur wenn es zwischen zwei Menschen keine Liebe gebe, so hatte er ihr einst gesagt, sei das alles ›häßlich‹ und ›schlecht‹.

Patricia hatte sich oft gefragt, ob ihr Vater und ihre Mutter ihr wohl helfen würden, wenn sie ihnen erzählte, was da vorging. Zuerst fragte sie sich, ob sie ihr überhaupt *glauben* würden; falls ja, wie würden sie ihr denn dann helfen? Jetzt *hatten* sie ihr geholfen, ohne es überhaupt zu wissen: Sie waren dabei, unwissentlich ein großes Problem für sie zu lösen, einfach dadurch, daß sie das Haus gekauft hatten und aus der Stadt wegziehen würden. Letztendlich, dachte sie unendlich erleichtert, würde sie doch noch von Onkel Gus freikommen, und sie würde niemals, nie und nimmer, wieder irgend jemandem erlauben, solch unkeusche Dinge mit ihr zu tun, wie sie sie in dem Süßwarenlaster getan hatte.

Das war für die zehnjährige Patricia das Schönste von allem.

Jahre später, im Besucherraum des Gefängnisses, als sie Schwester Burke gegenüber saß, sollte die Nonne zu ihr sagen: »So haben Ihre Eltern Ihnen ganz plötzlich geholfen, das Problem mit Namen Onkel Gus für Sie zu lösen, auch wenn sie es gar nicht wußten. Als Sie sagten, Sie hätten sie gehaßt, weil sie Ihnen *nicht* geholfen hätten, meinten Sie da, daß sie Ihnen nicht willentlich geholfen hatten oder schneller oder was?«

»Ich meine«, erwiderte Patricia gelassen, »sie hätten mir genug Aufmerksamkeit widmen müssen, um zu spüren, daß mit mir etwas nicht stimmte. Ich war ihre *Tochter*, Schwester Burke. Wie konnte eine solche Situation drei Jahre lang bestehen, ohne daß einer von ihnen auch nur etwas *geargwöhnt* hat?«

Schwester Burke nickte. »Ich verstehe Ihren Standpunkt, Trish. Aber ich glaube nicht, daß es richtig ist, einfach zu sagen, sie hätten Ihr Problem nicht erkannt, nur weil sie Ihnen nicht genug Aufmerksamkeit geschenkt hätten. Nach allem, was Sie mir erzählt haben, scheint es mir eher, daß Ihnen sogar ein Übermaß an Aufmerksamkeit zuteil geworden ist. Sogar als Michael schon geboren war, waren Sie doch ganz offensichtlich noch immer Papas Liebling. Und was Ihre Mutter angeht, so hat sie Ihnen vielleicht nicht dasselbe Maß an Aufmerksamkeit gewidmet wie Ihr Vater, aber sie hat Sie deshalb doch nicht ignoriert.«

»Warum haben sie dann nicht gesehen, war los war?« fragte Patricia gepreßt.

Schwester Burke seufzte leise. »Ich wollte, ich wüßte die Antwort auf diese Frage, Trish. Ich wünschte mir, ich hätte eine einfache Erklärung, die Sie zufriedenstellen und Ihre feindseligen Gefühle besänftigen könnte – aber ich habe keine. Sie haben es ihnen gegenüber nie erwähnt . . .«

»Ich konnte es nicht. Ich wußte doch nicht, wie.«

»Das verstehe ich. Das ist in solchen Fällen völlig normal. Und ganz augenscheinlich besaßen Sie bereits in diesem Alter genug Haltung, sich so zu geben, als ginge nichts Ungewöhnliches vor. Außerdem spielte Ihr Onkel Gus seine Rolle offensichtlich gut genug, um keinerlei Verdacht aufkommen zu lassen. Und wie so viele Kinderschänder aus dem engsten Kreis der Familie war er vorsichtig genug, nicht weiter bei Ihnen zu gehen, so daß es nie einen physischen Hinweis gab.« Schwester Burke schüttelte den Kopf. »Um ehrlich zu sein, Trish, es gab für Ihre Eltern überhaupt keinen Grund, irgendeinen Verdacht zu schöpfen.«

»Vielleicht gab es in der ersten Phase des Mißbrauchs wirklich keinen«, gestand Patricia zu. »Aber es gab reichlich Gründe zum Mißtrauen, als es wieder anfing.«

Die Psychologin starrte Patricia an und gab sich alle Mühe, ihre Überraschung nicht allzu deutlich werden zu lassen. »Wollen Sie sagen, der Mißbrauch setzte sich fort?« fragte sie in demselben ruhigen Tonfall, den sie in langen Jahren bis zur Perfektion kultiviert hatte. »Nach dem Umzug in den Vorort?«

»Ja, es begann alles aufs neue – und diesmal habe ich meinen Eltern, vor allem meiner Mutter, reichlich Grund zum Mißtrauen gegeben.«

»Nun gut. Wir werden das noch vertiefen. Aber ich möchte Sie bitten, mir zuvor doch noch zu erzählen, worin die Belästigungen diesmal bestanden. War es genau wie vorher?«

»Es war schlimmer«, erwiderte Patricia, »viel schlimmer.«

September 1966

Die erste bedeutsame Tatsache, die Patricia an ihrem neuen Heim auffiel, war der Umstand, daß es im ganzen Block keine Mädchen ihres Alters gab. Es gab eine Menge Jungen; und es gab sehr viele Jungen und Mädchen in Michaels Alter. Aber was Spielkameradinnen ihrer eigenen Altersklasse anging, hätte sie genausogut in der Ohio Street wohnen bleiben können. Dort hatte sie wenigstens Paula als Freundin gehabt. Wenn sie mit Mädchen spielen wollte, mußte sie sich mit wesentlich jüngeren abgeben.

Eine Zeitlang versuchte sie das auch, und das meistens eher zufällig als aus eigenem Antrieb, denn für die kleinen Mädchen hier im Block schien sie natürlich schon viel zu vernünftig; und deren Mütter, beeindruckt von Patricias Äußerem, ihrer Höflichkeit und ihrem ganzen Auftreten – das dem eines sehr viel reiferen, verantwortungsbewußten jüngeren Menschen entsprach – überließen ihre kleinen Töchter nur zu gern ihrer Obhut.

»Es ist einfach nicht zu fassen, wie *erwachsen* Patty ist«, war eine häufig gehörte Bemerkung auf der Brantwood Avenue. »Sie ist schon eine richtige kleine Dame. Ich hoffe, meine Cindy«, – oder Nancy oder Heather oder Tina – »wird einmal genauso.«

Mit den kleineren Mädchen zu spielen, war für Patty eine Möglichkeit, die Zeit totzuschlagen, aber ein Vergnügen war es wohl kaum. An so vielem, was diese gerade erst zu entdecken begannen, hatte sie bereits das Interesse verloren. Da war es nur konsequent, daß Patricia weniger mit ihnen spielte, als daß sie sie vielmehr bemutterte. Mit unendlicher Geduld brachte sie ihnen bei, wie man die Schuhe schnürte, wie man bestimmte Wörter aussprach, die ihnen Schwierigkeiten machten, oder wie man Kinderlieder sang. Mitunter muß es Mary Columbo bei einem Blick aus dem rückwärtigen Fenster auf ihre Terrasse vorgekommen sein, als betreibe Patricia ihre eigene Vorschule. Und manchmal sagte Patricia dann auch beim Mittagessen, wie sie es schon drüben in der Ohio Street gemacht hatte: »Ich weiß langsam nicht mehr, was ich noch mit Cheryl anfangen soll. Sie vergißt das ABC von einem Tag auf den anderen.«

Michael hatte sich inzwischen in die Horde der Vorschüler von der Brantwood Avenue eingereiht, eine ausgelassene, ständig in Bewegung befindliche Schar kleiner Jungen, die nach dem Motto lebte, ruhig oder still zu sein bedeute, tot zu sein. Wenn Patricia ihre kleinen Freundinnen auf der Terrasse versammelt hatte und die Jungen mit ihren wilden Spielen das Anwesen der Columbos überfielen und Flugzeug, Bagger und Lastwagen im Hof spielten, sagte Patricia den Mädchen, sie sollten sie einfach ignorieren, und fuhr fort mit dem, was sie in diesem Moment gerade mit ihnen tat. Wenn die Jungen allzu wild wurden oder sonstwie Patricias ›Klasse‹ durcheinanderwirbelten, wies sie sie ganz schnell in die Schranken. »*Wagt* es nur nicht, alles kaputtzumachen, was wir hier spielen! Verschwindet vom Hof oder ich gehe ins Haus und rufe eure Mütter an!«

Sie brauchte nur selten zweimal zu drohen.

Während dieser Zeit bekräftigte Patricia abermals ihre seit frühester Jugend verfolgten beruflichen Pläne. Eines Abends bei Tisch eröffnete sie ihren Eltern in ausgesprochen feierlichem Ton, der sie um vieles älter erscheinen ließ: »Ich glaube, ich bin zur Lehrerin geboren worden.«

Daran glaubte sie wirklich.

In diesem ersten Sommer im neuen Haus half Patricia ihrer Mutter viel, oder sie spielte mit Michael, wenn dieser lieber drinnen blieb, oder aber sie fand irgend etwas, um sich selbst zu beschäftigen. Da sie in der Ohio Street schon so viele Jahre in einer Welt der Erwachsenen gelebt hatte, konnte sie sich leicht selbst unterhalten. Patricia war stets so still, wurde nie zum Problem, daß es Zeiten gab, zu denen Mary Columbo ihren Namen rufen mußte, nur um sich zu überzeugen, daß sie noch im Haus war.

In Elk Grove Village entdeckte Patricia eine neue Leidenschaft: die öffentliche Bibliothek. In der Stadt hatte es die *Damen Avenue Branch Library* gegeben, an die zwölf Blocks entfernt von dem Haus, in dem sie wohnte, und damit viel zu weit weg, um allein dorthin zu gehen. Und keiner der Erwachsenen in ihrem Umfeld war je auf die Idee gekommen, sie einmal dorthin mitzunehmen. Allerdings hatte sie auch nie darum gebeten. Nur einmal hatte sie das Innere gesehen, und zwar anläßlich eines Schulausflugs ihrer Klasse in der *Talcott Elementary*. Sie war beeindruckt gewesen von dem muffigen Geruch, den vollgepfropften Bücherregalen und der schier endlos scheinenden Liste von Vorschriften, die ihnen der diensthabende Bibliothekar erläuterte. Das alles machte ihr nur um so mehr Lust, jetzt die Bücherei von Elk Grove Village zu erkunden.

Die Bibliothek lag an der Kreuzung Brantwood und JFK Boulevard. Sie unterschied sich von der Zweigstelle in der Stadt total. Sie war in einem eigenen einstöckigen Gebäude untergebracht, das direkt an einen parkähnlichen Garten mit vielen Bäumen angrenzte. Es gab große Fenster, die viel Tageslicht hereinließen, großräumige und gut belüftete Regale, farbige Tische und Stühle aus Plastik und einen einladenden Ausgabeschalter, an dem eher freundlich als ernst dreinblickende Bibliothekare Dienst taten.

Bei ihrem ersten Besuch in der Bibliothek verbrachte sie dort soviel Zeit, daß ihre Mutter sie, als sie endlich heimkam, aufgebracht fragte: »Wo, in Gottes Namen, bist du so lange gewesen, Patty Ann? Ich war schon nahe daran, die Polizei anzurufen!«

»Tut mir leid. Ich war in der Bibliothek; sie liegt gleich um die Ecke am Ende des Parks. – Du solltest sie dir unbedingt mal ansehen. Ich habe ein Anmeldeformular für eine Besucherkarte mitgebracht . . .«

In der Folgezeit wurde die Bibliothek zur bedeutsamsten Einrichtung in Patricias Leben. Sie verbrachte viele Stunden dort, stöberte in den Büchern, las viel, und mitunter räumte sie auch einmal ein ganzes Bücherbord wieder auf, wenn sie es in Unordnung gebracht vorfand. Manchmal wartete sie schon, bis die Bibliothek endlich aufmachte, und verbrachte dann den ganzen Morgen dort, ging zum Mittagessen nach Hause und kehrte zurück, um auch den größten Teil des Nachmittags dort zu verbringen. Wenn es dann Zeit wurde, wieder zu gehen, wählte sie oft noch ein Buch aus, das sie sich für den Abend mit nach Hause nahm. Mehr als einmal handelte es sich dabei dann um ein Buch, das sie Michael beim Zubettgehen vorlesen konnte. Michael fand es wunderbar, eine Schwester zu haben, die nicht nur Zugang zu all diesen Büchern hatte, sondern die auch noch bereit war, ihm daraus vorzulesen, bis er eingeschlafen war. Bald schon äußerte er auch seine eigenen Wünsche, wenn sie wieder einmal zur Bibliothek gehen wollte.

»Bring mir doch ein Buch über Boote mit, Patty«, sagte er dann schon einmal, oder: »Bitte, schau doch mal, ob sie auch was über Cowboys haben.«

Irgendwie begann es Mary Columbo zu stören, daß Patricia soviel Zeit in der Bibliothek verbrachte. Sie wußte, daß ihre

Tochter wirklich dort war, denn sie ging mehrmals dort vorbei, um nach ihr zu sehen und sich zu vergewissern, daß Patricia die Bibliothek nicht etwa als Vorwand benutzte, um sich vielleicht mit einem der Jungen aus der Nachbarschaft im Park zu treffen. Obwohl sie noch nicht einmal ganz elf Jahre alt war, war Patricia doch schon recht groß und zeigte bereits erste Anzeichen sich entwickelnder Weiblichkeit: Sie hatte schon wohlgeformte, lange Beine und einen niedlichen kleinen Busen. Wenn Patricia in ein paar Jahren echte weibliche Formen entwickelt haben würde, das war für Mary unschwer vorauszusehen, konnte es einige Probleme mit Jungen geben; und das war etwas, woran Mary angesichts des Temperamentes ihres Mannes gar nicht denken mochte.

Aber alles Mißtrauen, das sie gegen Patricia vielleicht gehabt haben mochte, erwies sich als grundlos; dreimal fuhr Mary zur Bibliothek hinüber, angeblich, um ihre Tochter zu fragen, ob sie irgendwo mit hinfahren wolle, und jedesmal fand sie sie da, wo sie zu sein hatte, allein und in absoluter Unschuld.

Mary Columbo hätte also allen Grund gehabt, beruhigt zu sein, aber das war sie nicht. Es wollte ihr nicht in den Sinn, daß Patricia damit zufrieden sein sollte, ihre Tage in solch freiwilliger Abgeschiedenheit zu verbringen. Sie war der Ansicht, Patricia müsse irgend etwas *unternehmen*; etwas, das mehr Aktivität erforderte, Anstrengung, Einsatz.

»Ich schwöre dir, sie wird noch einmal selbst zu einem Buch werden«, sagte sie mehr als einmal zu ihrem Mann.

Zu Patricia sagte sie immer wieder: »Wird dir das auf die Dauer nicht langweilig, immer nur in die Bibliothek zu gehen?«

Dann erwiderte Patricia in aller Regel völlig arglos: »Ich mag die Bibliothek.« Sie konnte nichts Falsches darin sehen, was sie tat. Ein paar der älteren Jungen im Viertel fingen schon an, sie Bücherwurm zu nennen, aber sie schob dem schnell einen Riegel vor, indem sie sie ihrerseits ›Arschlöcher‹ nannte, ein Wort, das sie von ihrem Vater und auf dem Schulhof der *Talcott Elementary* aufgeschnappt hatte.

Mary Columbo war nicht von ihren nagenden Zweifeln abzubringen, und sie ging ihrem Mann mehr und mehr damit auf die Nerven. Um seine Frau zu beruhigen, nahm Frank Patricia fortan mehrmals pro Woche mit zur Arbeit. Dort übergab er sie dann der Obhut von Miss Geraldine Strainis, und für diesen Tag war Patricia dann ihre ›Helferin‹. Frank hatte Patricia auch früher schon mit zur Arbeit genommen, noch bevor Michael geboren worden war. Jetzt allerdings ergab sich ein neues Problem: Michael spielte jedesmal den Beleidigten, weil er nicht auch mitgehen durfte.

»Mein Gott, Patty Ann kann einem manchmal aber auch Probleme machen«, stöhnte Mary Columbo. Eine Bemerkung, die sie reichlich oft vor den Ohren ihrer Tochter machte. Frank Columbo machte seinerseits seine Frau offenbar aber nie darauf aufmerksam, daß es im Grunde sie selbst war, die die Probleme mit der Tochter heraufbeschwor.

Frank nahm seine Tochter gelegentlich auch – Michael war dafür noch zu klein – mit zu einem Baseball-Spiel auf die Anlage im Wrigley-Park. Das war in dem Jahr, als Frank Columbo das Ende des Baseball beklagte, wie er es kannte; das letzte Jahr, bevor die alte *National and American Leagues* in eine Ost- und eine Westdivision aufgeteilt und von acht auf zwölf Mannschaften in jeder Liga aufgestockt wurde, wodurch ganz neue Clubs wie die von Atlanta, Houston, San Diego und Montreal in der höchsten Spielklasse auftauchten.

»Montreal, um Gottes willen!« lamentierte Frank. »Das liegt ja noch nicht einmal in Amerika! Als nächstes spielen noch Mannschaften aus Mexiko oder sonstwo mit!«

Trotzdem blieb er ein treuer Fan und fand auch noch für solche Spieler ein freundliches Wort, die einmal nicht in Hochform waren, aber nie und nimmer war er bereit einzugestehen, daß dem Teammanagement auch halbwegs intelligente Leute angehören könnten.

Patricia genoß diese Ausflüge zu den Spielen im Wrigley-Park. Mary interessierte sich nicht für Baseball, und obwohl gelegentlich auch Kollegen ihres Vaters sie zu den Spielen begleiteten, blieb es doch weitgehend eine Sache zwischen Vater und Tochter. Sie hatten Tribünenplätze, aßen Hot dogs und tranken Cola, und Patricia hörte aufmerksam zu, wenn Frank ihr seine Analyse eines jeden Spielers gab, der das Spielfeld betrat. Patricia war bewußt, daß die Begeisterung ihres Vaters für das einheimische Team echt war; und sie wußte auch, daß er nie unberechenbarer war, als wenn es um Baseball ging. Einen Eindruck von dieser Übererregbarkeit konnte man durch die bloße Erwähnung von Leo Durocher, dem umstrittenen Manager der *Brooklyn Dodgers* und später der *New York Giants* bekommen. Frank Columbo haßte Leo Durocher aus tiefster Seele; Patricia hatte sogar einmal mitbekommen, wie er mit der bloßen Faust ein Loch in eine Wand aus Gipskarton-Platten geschlagen hatte, nur weil er über irgend etwas in Rage geraten war, das Leo Durocher getan hatte. Wenn sich seine Wutausbrüche auch schon einmal gegen den einen oder anderen Nachbarn, einen Automechaniker, einen Politiker oder sonst jemanden außerhalb seiner Familie richteten, konnte man für gewöhnlich immer noch einigermaßen vernünftig mit ihm reden, die drei Mitglieder seiner Familie aber hüteten sich sehr, ihm bei Themen zu widersprechen, zu denen er sich bereits seine nicht mehr zu ändernde Meinung gebildet hatte, wie beispielsweise, daß Leo Durocher nicht der menschlichen Rasse zuzurechnen sei.

Doch Patricia verbrachte auch weiter nach Mary Columbos Meinung viel zuviel Zeit in der ›verdammten Bibliothek‹. Es schien fast, als habe die Mutter über die Bibliothek dieselbe Meinung wie der Vater über Leo Durocher. Ihrer beider Argumentationsweise grenzte mitunter geradezu ans Absurde.

Als Patricia Jahre später vor dem Hintergrund der inzwischen eingetretenen Tragödie über die Einstellung ihrer Mutter nachdachte, konnte sie sie immer noch nicht ganz verstehen. War es vielleicht einfach nur der Wunsch der Mutter, sie stets und überall unter Kontrolle zu haben, sich um dieses andere weibliche Mitglied des Haushaltes zu kümmern, das unaufhaltsam durch die einzelnen Stationen schritt, die zur Weiblichkeit führten – und zur Ebenbürtigkeit mit Mary? War es etwa eine Statusfrage, fühlte sich Mary bereits mit dem einzigen anderen geliebten weiblichen Wesen in Franks Leben im Wettstreit? Oder war die Situation etwa die – und das kommt viel öfter vor, als gemeinhin zugegeben wird –, daß ein Elternteil einfach die ›Persönlichkeit‹ nicht mag, zu der sich sein Kind entwickelt, und daß es dadurch überkritisch ihm gegenüber wird?

Als Mary ihre Bemühungen, ihre Tochter unter Kontrolle zu behalten – was immer auch die Motive hierfür gewesen sein mochten –, verstärkte und die Gründe für ihre Ablehnung der Bibliothek immer mehr an den Haaren herbeizog – Patty bekomme nicht genug frische Luft, Patty verderbe sich durch das viele Sitzen die Figur –, verfiel sie schließlich und endlich auf eine letzte verzweifelte und dazu grausam ironische Abhilfe. Mary Columbo behauptete allen Ernstes, die Bibliothek sei ein Ort, an dem perverse Sexualstrolche kleinen Kindern auflauerten, um sie wegzulocken. Sie beschloß daher, ihr einiges von ihrer Zeit dort zu nehmen und sie hin und wieder in die Stadt zu schicken, damit sie die Wochenenden bei Tantchen Janet verbrachte.

»Gus hat gesagt, er könnte sie freitags nachmittags abholen«, erzählte sie Frank. Es schien, als habe er eine neue Route, näher an den Vororten. »Er sagte, es würde ihm keine Umstände machen, hier vorbeizukommen und Patty abzuholen.«

Als Patricia die Neuigkeiten vernahm, hatte sie Mühe, nicht laut loszuschreien.

»Haben Sie Ihrer Mutter denn nicht gesagt, Sie wollten nicht wieder damit anfangen, regelmäßig zu Onkel Gus in seinen Lieferwagen zu steigen?« fragte Schwester Burke, als Patricia ihre Geschichte zu Ende erzählt hatte.

»Nicht so direkt«, erwiderte Patricia. »Aber ich habe ihr jedenfalls klargemacht, daß ich keine Lust hatte, einmal monatlich Tantchen Janet zu besuchen.«

»Das ist nicht dasselbe«, konterte Schwester Burke. »Haben Sie Ihrer Mutter keinen Hinweis darauf gegeben, daß Sie einen Grund, einen *guten Grund* hatten, nicht in diesem Lieferwagen zu fahren?«

»Ich – nein, ich glaube nicht.« Patricia starrte ins Leere und biß sich auf die Unterlippe.

»Und was war mit Ihrem Vater?« fragte die Nonne. »Haben Sie sich bei ihm beklagt?«

»Ein bißchen. Nicht so sehr. Gus war einer von Dads besten Freunden; ich hätte doch nie und nimmer den Mut gefunden, ihm zu erzählen, was Gus mit mir machte.«

»Warum nicht – was meinen Sie? Meinen Sie nicht, er hätte Ihnen geglaubt?«

»Doch, schon. Ich glaube, er hätte mir geglaubt. Es war nur so, daß ich mich einfach zu sehr geschämt habe, um es ihm zu erzählen.«

»Warum aber schämten Sie sich denn? Was da vorging, war doch nicht Ihre Schuld.«

»Ich – ich hatte Angst, jemand – meine Mutter – könnte denken, daß es meine Schuld war.« Ihre Stimme begann ganz leicht zu zittern. »Und, so dumm es ja auch klingen mag, aber ich konnte mich einfach nicht über das Versprechen hinwegsetzen, das ich Gus gegeben hatte. Was wir trieben, war *unser* Geheimnis; ich durfte es *niemandem* erzählen. Das hatte ich sehr ernst genommen.«

»Das war nur natürlich«, versicherte Schwester Burke ihr. »Trotz allem, was dieser Mann Ihnen angetan hat, war er doch immer auch eine Gestalt, die Wohlwollen und Autorität für Sie versinnbildlichte. Und Sie vertrauten ihm, setze ich mal voraus.«

»O ja.« Patricia nickte. »Ich weiß, es klingt seltsam, aber es gab Zeiten, da war er der einzig verfügbare Mensch in meinem Leben.«

»Und doch waren Sie erleichtert, ihn loszusein, als Sie aus der Stadt wegzogen«, erinnerte Schwester Burke sie.

»Ja. Weil ich nicht mochte, was er in seinem Kleinlaster immer mit mir machte.«

»Und deswegen haben Sie sich dagegen gesperrt, die Beziehung wieder aufzunehmen, richtig?«

»Ja. Ich wollte nicht, daß das alles wieder von vorn begann.«

»Aber Ihre diesbezüglichen Anstrengungen hatten keinen Erfolg?«

»Ja.«

»Als die Beziehung aufs neue begann, haben Sie sich da gegen Gus direkt gewehrt?«

»Ich – ich glaube, ja. Ich hab' es wenigstens versucht.« Patricia wiegte unsicher den Kopf.

»Erzählen Sie mir«, forderte Schwester Burke sie freundlich auf, »von den Umständen, unter denen diese Beziehung erneut begann.«

»Ich bin nicht sicher, ob ich das kann«, sagte Patricia. Sie wand sich in ihrem Stuhl hin und her und stieß mehrmals mit der Stirn gegen die Wand.

»Vielleicht werden Sie einmal das Verlangen verspüren, alles zu erzählen.«

Eine lange, lastende Minute lang war es im Zimmer absolut still. Dann begann Patricia, zuerst stockend, dann immer flüssiger, ihrer Besucherin zu erzählen, was diese wissen wollte.

»Ich war ... sehr angespannt ... an dem Tag, als es wieder anfing ...«

September 1966 bis Mai 1968

Patricia saß stocksteif auf dem Beifahrersitz des Süßwarenlasters und starrte unverwandt geradeaus durch die Windschutzscheibe.

»Wie ist es dir denn zwischenzeitlich ergangen, Liebchen?« fragte Onkel Gus.

»Gut«, murmelte Patricia fast unhörbar.

»Hast du die Fahrten mit deinem Onkel Gus vermißt?« Er blickte zu ihr hinüber und lächelte sie an.

Patricia hob kaum merklich die Schultern.

»Ich habe dich sehr vermißt«, sagte Onkel Gus nach einer kurzen Pause. »Es ist ziemlich einsam, wenn man die Tour immer allein fährt.«

Patricia saß unbeweglich da, fest entschlossen, nicht zu antworten. Sie wußte, was er mit ihr vorhatte, und sie sann verzweifelt über einen Weg nach, es zu verhindern.

»Viele Leute auf der Tour haben dich ebenfalls vermißt, weißt du das?« sagte er. Seine Stimme klang schmeichelnd, fast kriecherisch. »Andauernd fragen sie mich: ›He, Gus, wo ist denn deine hübsche kleine Helferin? Wie schaffst du denn überhaupt die Tour ohne sie?«

Patricia sagte gar nichts.

Als sie nun über eine Straße fuhren, die hinter dem Waldstück entlangführte, sagte Onkel Gus: »Junge, hier ist es aber wirklich schön, Patty. Ja, das ist natürlich etwas anderes als ein Leben in der Stadt mit ihren Geräuschen und all dem Schmutz. Sieh dir nur die Wälder an, all die vielen Bäume. Gehst du schon mal in den Wald zum Spielen?«

Es war eine direkte Frage, und so hatte sie keine andere Wahl, als ihm zu antworten. »Nein.«

»Weißt du, was ich schön fände?« sagte Onkel Gus fröhlich. »Laß uns ein Stück durch den Wald fahren. Wir haben reichlich Zeit; deine Tante Janet kommt ja erst in ein paar Stunden von der Arbeit nach Hause . . .«

Patricia preßte die Zähne zusammen und hielt mühsam die Tränen zurück. Sie wußte genau, was jetzt kommen würde.

Im hinteren Teil des Lieferwagens zog Gus Hose und Unterhose aus.

»Erinnerst du dich noch an den?« fragte er und spielte an sich herum, wobei er seinen Penis wie ein Stück Schlauch immer auf und nieder schüttelte.

Patricia blickte zur Seite und sagte nichts. Onkel Gus setzte sich auf das Laken und faßte nach ihrer Hand.

»He, komm schon! Was ist denn? Ich bin's, dein Onkel Gus. Liebst du mich denn nicht mehr?«

Sie erwiderte nichts.

»Ich habe dich gefragt, liebst du mich nicht mehr?« wiederholte er. In seiner Stimme klang ein ganz klein wenig Schärfe mit.

»Ja, ich liebe dich noch«, sagte Patricia stockend und scheu.

»Ja, das ist mein Mädchen!« sagte Onkel Gus glücklich. Er zog sie neben sich in eine sitzende Position. Wie zufällig legte er ihr die Hand auf das Bein gleich oberhalb des Knies, wo ihr Rock endete. »Siehst du, Patty Ann, ich wußte doch, daß ich auf dich zählen kann. Und warum auch nicht nach allem, was wir miteinander erlebt haben, nicht wahr? Erinnere dich, wir beide haben immer zusammengehalten, wenn irgendwo was schiefging, sei es zu Hause oder in der Schule. Ich war immer für dich da, jedesmal, wenn du mich brauchtest.«

Während Gus redete, bewegte er seine eine Hand auf ihrem Bein immer auf und nieder und die andere an seinem jetzt voll erigierten Glied.

»Du willst Onkel Gus doch sicher helfen, daß er sich wohl fühlt? Und mir zeigen, daß du mich liebst.«

»Ich glaube schon«, gab Patricia zu.

»Dann komm und gib mir einen ganz dicken Kuß.« Er lehnte sich zu ihr hinüber, wobei er die Hand spielerisch über ihr Knie in die Höhe schob und ihren Schenkel leicht drückte, und dann küßte er sie auf die Lippen. »Darf ich dich jetzt auch mal auf diese andere Stelle küssen – du weißt schon ...«

»Ich möchte heute nicht«, sagte Patricia und gab sich alle Mühe, so zu klingen wie ihre Lehrer und wie sie selbst auch immer klang, wenn sie ihre private kleine Schulklasse mit den kleineren Kindern in der Brantwood Avenue vor sich hatte. »Vielleicht lasse ich mich das nächste Mal wieder von dir da unten küssen.«

»Aber Liebchen«, sagte Gus und machte ein langes Gesicht. »Darauf habe ich mich schon die ganze Woche lang gefreut. Ich habe an nichts anderes denken können, als daran, wieder einmal mit meinem kleinen Schätzchen zusammen zu sein, das ich doch so sehr liebe, und es auf unsere geheime Weise zu küssen. Und jetzt läßt du mich einfach zappeln!« Er wartete einen kleinen Augenblick, um die Wirkung seiner Worte abzuschätzen, und setzte dann hinzu: »Ich glaube, du liebst mich gar nicht richtig.«

»Das tue ich wohl, Onkel Gus«, erklärte das Mädchen. »Das weißt du doch.«

»Nun, dann laß mich dich da küssen«, schnaufte er. Seine Hand schob ihr sanft den Rock in die Höhe, bis seine Finger den Stoff ihres Höschens erreicht hatten und es hinunterzogen. Dann barg er den Kopf in ihrem Schoß.

»Oh, ist das gut, Patty«, sagte er zwischen den Bewegungen seiner Lippen und seiner Zunge, »das ist so süß – es schmeckt so gut, Patty – o Liebste, sag Onkel Gus, daß du ihn liebst.«

»Ich liebe dich, Onkel Gus«, erwiderte sie pflichtgemäß.

Als sie es sagte, preßte Gus sie fest gegen sein Gesicht und stöhnte in ihr Fleisch hinein. Er versteifte sich, zitterte und kam endlich zur Ruhe.

Patricia wußte, daß es endlich vorbei war.

Patricia wurde in die *Salt Creek Elementary School* eingeschult, etwa drei Blocks von ihrem neuen Heim entfernt. Sie war neuer, moderner und attraktiver als das Beton- und Backsteingebäude der *Talcott Elementary*, das soviel Ähnlichkeit mit einem Fabrikgebäude hatte; die ganze Architektur war freundlicher, die Klassenräume variabel gestaltet und ließen sich durch Stellwände bei Bedarf vergrößern oder verkleinern; die Fenster ließen viel Licht herein; die Gänge und Flure waren großzügig und nicht so eng und bedrückend.

Patricia mochte die Schule auf Anhieb. Das viele Lesen den ganzen Sommer hindurch hatte sie einen großen Vorsprung vor ihren Klassenkameraden gewinnen lassen, und es wurde schnell offenbar, daß sie die intelligenteste Schülerin der Klasse war. Kurz nach Beginn des neuen Semesters fragte ihre Lehrerin sie: »Patricia, warst du in deiner alten Schule in Chicago etwa schon eine Klasse weiter?«

Das war nicht der Fall gewesen, und Patricia hatte auch keine Sonderstunden genommen, wie die Lehrerin als nächstes wissen wollte. Aber sie hatte mit Einverständnis ihrer damaligen Lehrerin anderen Schülerinnen, die langsamer begriffen als sie, geholfen, sobald sie ihre eigenen Aufgaben erledigt hatte. Ihre neue Lehrerin fand das sehr interessant. Ein paar Tage später erhielt Patricia das Angebot, einige Stunden pro Tag als Hilfe für die Lehrerin in einer Vorschulklasse tätig zu werden, vorausgesetzt, sie hatte die eigenen Schularbeiten bis dahin jeweils erledigt. Patricia akzeptierte geradezu enthusiastisch.

Ihre neue Tätigkeit begann mit sofortiger Wirkung. Jetzt brauchte sie nicht mehr gelangweilt im Klassenzimmer herumzusitzen, bis auch die anderen fertig waren; sie gab ihre Aufgabe ab, sobald sie sie erledigt hatte, und bekam umgehend die nächste; auf diese Weise erarbeitete sie sich sowohl am Morgen wie am Nachmittag jeweils eine freie Stunde, in der sie den Kindergärtnerinnen helfen durfte. So großartig ihr diese Idee auch am Anfang vorgekommen war, in Wirklichkeit war auch das nur wieder eine weitere Stunde, in der sie der Gesellschaft Gleichaltriger entzogen und in eine völlig andere Umgebung versetzt, auf eine andere Ebene gehoben wurde, wo sie fast wie eine Erwachsene funktionieren mußte, denn in den Augen der Kinder im Kindergarten war sie genau das – eine Erwachsene.

Weder Patricia noch ihre Lehrerinnen sahen eine Fehlentwicklung in dieser Routine; Patricia schaffte die Arbeit mühelos. Mit elf Jahren war sie die perfekte Glucke, die ihren Küken Zahlen, Buchstaben, Farben und Formen näherbrachte; sie tätschelte kleine Köpfchen, stopfte kleine Hemdchen in kleine Röckchen und band kleine Schuhbändchen zu.

Derweil reifte Patricia weiter heran – aber sie wuchs keineswegs auf, wie ein junges Mädchen eigentlich aufwachsen sollte.

Während des ersten Jahres in der Schule in Elk Grove Village bestand Mary Columbo weiterhin darauf, daß Patricia einmal im Monat ein Wochenende in der Stadt bei Tantchen Janet verbrachte.

»Das ist gut für Patty«, sagte Mary zu ihrem Mann. »Das verschafft ihr ein wenig Abwechslung.«

Was wußte Mary schon! Der Besuch bedeutete immer auch, eine Fahrt mit Onkel Gus in seinem Lieferwagen zu machen; und dieser kam pünktlich am vereinbarten Freitag zur vereinbarten Zeit. Und jedesmal hielt er irgendwo an. Nach einer gewissen Zeit kam es Patricia vor, als sei dies der Preis, den sie zu entrichten habe, und als sei dies etwas, das zu ändern sie nicht die Macht hatte.

Patricia merkte, daß sie dabei war, sich körperlich zu verändern. Wo einst ihre Brust so flach gewesen war wie die Michaels, begannen jetzt zwei Knospen zu schwellen und nach außen zu drängen; wenn sie sich daheim im Badezimmer vor dem Spiegel betrachtete, wußte sie, daß sie bald zwei ›Möpse‹

haben würde wie verschiedene andere Mädchen aus den höheren Klassen.

Und natürlich entgingen sie auch Onkel Gus' Aufmerksamkeit nicht.

»Du wirst mal großartige Titten kriegen, Liebchen«, sagte er einmal zu ihr. »Sie werden hübsch und groß und rund sein und genau die Nippel haben, die so besonders hart werden können und dann ganz süß vorstehen. Erzähl aber niemandem, daß ich dir das gesagt habe, hörst du; das ist Teil unseres Geheimnisses. Aber irgendwann, Liebchen, wirst du einen herrlichen Busen haben.«

Onkel Gus fing nun an, mit ihr mehr wie mit einer Erwachsenen zu reden. Er stellte ihr viele Fragen; die meisten davon drehten sich um das Verhältnis zwischen Jungen und Mädchen, und diese Fragen waren oft genug in höchstem Maße verwirrend für Patricia.

Einmal fragte Onkel Gus: »Weißt du eigentlich, was das heißt, wenn ein Junge und ein Mädchen auch ›das Letzte‹ miteinander machen?«

»Ich bin nicht sicher«, erwiderte Patricia ruhig. Sie *dachte*, sie wüßte es, aber ihr gefiel die Vorstellung nicht, diese Frage ausgerechnet mit Onkel Gus zu besprechen. Warum mußte er überhaupt mit ihr über so was *reden*?

»Wenn du noch ein bißchen älter bist, werden wir beide anfangen, auch ›das Letzte‹ zu tun«, erzählte er ihr, als gebe er ihr ein Versprechen auf ein großes Geschenk. »Das wird dir dann sehr gefallen.«

Patricia saß auf dem Beifahrersitz und starrte geradeaus durch die Windschutzscheibe. Sie fühlte sich innerlich kalt, erschreckt und voller Angst. Und ihr war übel.

Plötzlich regte sich in Patricia ein Fünkchen Widerstand. Ein Geistesblitz, so wie sich eine Pupille ganz plötzlich auf einen geringeren Lichteinfall einstellt, um die Dunkelheit ringsum zu kompensieren. Einen Augenblick lang war es weiter nichts als ein Nadelstich in ihrem Bewußtsein, etwas, das sie von Zeit zu Zeit plagte; und dann wurde es übergangslos größer und immer größer und weitete sich mehr und mehr aus – und wurde zu einem Problem, von dem ihr Geist sich nicht mehr selbst zu befreien wußte.

Warum ließen sie alle das an ihr geschehen?

Ihre Mutter.

Ihr Vater.

Tantchen Janet.

Ihr Patenonkel, Onkel Phil.

Warum hatte noch niemand gemerkt, was vorging, und etwas dagegen unternommen?

Jedesmal, wenn es von nun an passierte, nach jedem monatlich wiederkehrenden Vorfall, dachte Patricia jetzt darüber nach, wie sie es *irgend jemandem irgendwie* sagen konnte.

Naturgemäß war ihre Mutter die erste, an die sie dabei dachte. Von Mädchen erwartete man einfach, daß sie alles mit ihren Müttern besprachen; in der Schule, in den Hygiene-Kursen für junge Mädchen, überall wurde es gepredigt: »Vertrau deine Probleme deiner Mutter an, hol dir Rat bei deiner Mutter, denk immer daran, daß deine Mutter deine beste Freundin sein kann – und daß sie bereits all das hinter sich gebracht hat, womit du dich jetzt in deinem Alter auseinandersetzen mußt.«

Mary Columbo wurde so schnell wieder von der Liste gestrichen, wie sie darauf erschienen war. Zunächst einmal war Patricia sicher, daß ihre Mutter *keineswegs* hinter sich gebracht hatte, was sie selbst durchmachte. Zum anderen aber wußte sie instinktiv, daß ihre Mutter ihr doch nicht glauben würde.

»Ich kenne dich, mein kleines Fräulein«, konnte sie sie förmlich sagen hören. »Du suchst doch bloß nach einem Vorwand, nicht mehr zu Tantchen Janet fahren zu müssen. Schäm dich, so etwas Gemeines über deinen Onkel Gus zu sagen!«

Als nächster käme ihr Vater in Frage. Patricia kannte das jähzornige Temperament ihres Vaters, seine Neigung zur Gewalttätigkeit. Wenn er ihr glaubte, und sie ging schon davon aus, daß er ihr glauben werde, dann würde er aller Wahrscheinlichkeit nach schnurstracks zu Onkel Gus gehen und ihn umbringen, mit den bloßen Fäusten würde er ihn erschlagen, wie er das schon so viele Male Leo Durocher in Aussicht gestellt hatte, wenn er ihn nur in die Finger bekäme. Nein, mit ihrem Vater zu reden kam überhaupt nicht in Frage; das würde mehr Probleme heraufbeschwören, als es lösen konnte.

Ihr Patenonkel Phil Capone? Patricia sah ihn nicht eigentlich in der Rolle eines Verteidigers oder Beschützers. Er war weiter nichts als ein großer, starker, liebenswerter Italiener, in der Restaurantausstattungs-Branche tätig, der recht oft zu Besuch kam. Auf jeden Fall kein Ritter in schimmernder Rüstung.

Tantchen Janet stand Patricia noch am nächsten von denen, die sonst noch als Vertraute hätten in Frage kommen können. Was sie aber davon abhielt, ihrer Patentante von der Situation in bezug auf Onkel Gus zu erzählen, war die Sorge, Tantchen Janet könne es bereits *wissen*, es zumindest aber ahnen. Patricia sah nicht recht ein, wieso Tantchen Janet es nicht wissen sollte. Janet war stets die erste, die sie sah, nachdem es wieder einmal passiert war. Bestimmt konnte sie in Patricias Gesicht lesen, aus dem, was an der Oberfläche sichtbar war, auf das schließen, was Patricia tief da drinnen fühlte. Es mochte vielleicht verständlich sein, wenn ihre Eltern die Zeichen nicht zu deuten wußten, denn die sahen sie ja immer erst, wenn Tantchen Janet sie am Sonntagabend wieder nach Hause brachte, oder wenn Onkel Phil nichts auffiel, der ja nur gelegentlich zu Besuch kam. Aber warum bemerkte Tantchen Janet nichts?

Ihr verwirrter, aber sich rasch entwickelnder Verstand taumelte von einer Schlußfolgerung zur anderen. Janet *wußte* es – und tat nichts dagegen. Janet *wußte nichts* – aber sie müßte es wissen. Manchmal dachte sie, sie müsse über diesen bohrenden Gedanken verrückt werden.

Monate gingen ins Land.

Das Schuljahr endete. Ein weiterer Sommer kam und ging. Ein neues Schuljahr begann.

Patricia entwickelte sich körperlich weiter: Brüste, Gesäß, Schenkel, Hüften. Dunkles Schamhaar zeigte sich. Seltsame Dinge geschahen ihr, ganz neue Gefühle erwachten in ihr. Sie war zwölf geworden, fast schon ein Teenager. Eine lustige, aufregende Zeit des Lernens und Lehrens tat sich in der Junior High-School vor ihr auf. Doch sie selbst sah ihre Zukunftsaussichten alles andere als positiv und freudvoll, sie waren im Gegenteil voller Ängste und Beklommenheit.

Mit jedem Tag, der vorüberging, wußte Patricia, daß die Zeit näher und immer näher rückte, wo Onkel Gus ›auch das Letzte‹ mit ihr machen würde.

»Damals dachte ich zum erstenmal an Selbstmord«, erinnerte sich Patricia zwei Jahrzehnte später im Gefängnis. »Ich dachte mir, wenn dieser Mann sein Ding in mich hineinstoßen würde, würde ich nie wieder einem anderen menschlichen Wesen in die Augen sehen können. Irgendwie schwirrte immer der Gedanke durch meinen Kopf, die Leute müßten es mir ansehen können. Ich weiß nicht mehr, ob ich dachte, daß sich die Farbe meiner Augen verändern oder daß ich einen Ausschlag bekommen würde oder was sonst. Ich wußte nur, daß ich es nicht würde ertragen können und daß ich mich lieber vorher umbringen würde.«

»Selbst angesichts dieser sich ständig steigernden Furcht«, wollte Schwester Burke wissen, »brachten Sie es noch immer nicht über sich, mit irgend jemandem über diesen Gus zu reden?«

»Nein, ich konnte es einfach nicht. Ich versuchte, nicht einmal daran zu denken. Ich mußte mich damals nur einmal im Monat damit abfinden, und so akzeptierte ich es einfach. Wenn dieses eine bestimmte Wochenende pro Monat vorüber war und ich nach Hause konnte, vergrub ich mich in dem Wissen, jetzt einen ganzen Monat lang Ruhe zu haben, einfach in die Schule und andere Sachen. Ich glaube, ich hätte so noch ewig weitermachen können, hätte Gus nicht angefangen, mit mir über direkten Geschlechtsverkehr zu reden. Auch ›das Letzte‹ tun. Das versetzte mich in Angst und Schrecken und ließ mich mehr und mehr an Selbstmord denken.«

»Wie weit ging dieser gedankliche Prozeß denn bei Ihnen?« fragte Schwester Burke. »Haben Sie je darüber nachgedacht, *wie* Sie sich selbst töten wollten?«

»Ich dachte daran, mir in einer Badewanne voll Wasser mit einer Rasierklinge die Pulsadern aufzuschneiden. Das war die einzige Möglichkeit, die ich kannte; ich hatte darüber in einem Buch gelesen. Ich wollte es an einem der Wochenenden tun, die ich bei Tantchen Janet verbrachte. Ich hatte Angst davor, es zu Hause zu tun. Michael hätte mich tot sehen können. Ich wußte, das hätte ihn tief verletzt.«

»Sie waren damals zwölf Jahre alt«, sagte Schwester Burke. »Hatten Sie denn vor, eine Nachricht zu hinterlassen, warum Sie sich umgebracht hatten?«

Patricia hob die Schultern. »Ich glaube nicht. Falls doch, dann erinnere ich mich jedenfalls nicht mehr daran.«

»Wenn Sie sich jetzt zurückerinnern und Sie stellen sich vor, Sie *hätten* eine Nachricht hinterlassen wollen, an wen, meinen Sie, hätten Sie diese wohl gerichtet?«

»An Tantchen Janet«, erwiderte Patricia ohne nachzudenken. »Ich glaube, sie wäre die einzige gewesen, die – abgesehen von Michael – wirklich traurig gewesen wäre und die nicht auf mich böse gewesen wäre, daß ich das getan hatte.«

Großer Gott, kommentierte Schwester Burke später einer Kollegin gegenüber diesen ihren Besuch, zu welchen Schlußfolgerungen wir mitunter unsere Kinder veranlassen! Monströs!

»Wann hörten Sie denn auf, über Selbstmord nachzudenken?« fragte Schwester Burke später.

»Als ich das zweite Mal von Onkel Gus freikam«, erwiderte Patricia. »Tantchen Janet rettete mich – ohne es auch nur zu ahnen . . .«

Mai 1976

Am Samstag, dem 15. Mai, fuhren um 7 Uhr morgens vier Polizeifahrzeuge bei kühlem Nieselregen zu dem hoch aufragenden Apartmenthaus 2015 South Finley Road in Lombard. Es war jetzt elf Tage her, daß die Familie Columbo ermordet worden war.

Ray Rose war, da er mit der Aufklärung der Verbrechen beauftragt war, nominell Leiter der Gruppe, obwohl ihr auch

Leute angehörten wie beispielsweise sein Deputy Chief, William Kohnke, Lieutenant Frank Braun vom Büro des Sheriffs im Cook County oder auch die Stellvertretenden Staatsanwälte Colin Simpson und Terry Sullivan. Weitere Mitglieder seines Teams waren die Deputy Sheriffs Gene Gargano, Roy Fiske und Glenn Gable, die Investigators Michael Severens und John Landers sowie die technischen Beamten Chris Markussen und Robert Salvatore – alle vom Elk Grove Village Police Department. Auch die Polizei von Lombard hatte einige Leute abgeordnet.

Einer der Staatsanwälte, Simpson, blieb an der Eingangstür des Gebäudes zurück; Gene Gargano und John Landers blieben gleichfalls unten. Rose und die übrigen Männer fuhren in die neunte Etage hinauf.

»Ich wollte, sie lebte in einem anderen Apartment«, scherzte einer von ihnen sarkastisch. Die Nummer von Patty Columbos Apartment lautete 911, die Nummer, die zu jener Zeit gerade überall in den Staaten als einheitliche Polizei-Notrufnummer eingeführt wurde.

Auf der neunten Etage angekommen, gingen die Beamten direkt zum Apartment Nummer 911.

Lieutenant Braun klopfte. Er mußte mehrmals klopfen, bevor drinnen eine männliche Stimme antwortete: »Ja doch . . . wer ist denn da?«

»Polizei«, erwiderte Braun. »Wir haben einen Durchsuchungsbeschluß. Bitte öffnen Sie die Tür.«

Von drinnen erfolgte zunächst keine Antwort. Braun klopfte noch einmal.

»Bitte öffnen Sie die Tür, wir haben einen Durchsuchungsbeschluß.«

»Einen Augenblick noch«, erklang wieder die männliche Stimme von drinnen. »Bevor ich die Tür öffne, möchte ich erst noch einen Anruf tätigen.«

»Wir sind von der Polizei«, sagte Braun. »Ich halte jetzt meinen Dienstausweis an den Türspion, damit Sie sich überzeugen können. Wir haben einen Durchsuchungsbeschluß, und Sie müssen die Tür unverzüglich öffnen.«

Jetzt hörten die Beamten drinnen eine weibliche Stimme

schreien: »Ihr verdammten Mutterficker werdet hier nicht reinkommen!«

»Wenn Sie die Tür nicht freiwillig öffnen, muß ich sie eintreten«, erklärte Braun.

»Ihr seid alle dreckige Schweine!« schrie die Frau von drinnen.

Ray Rose wandte sich an zwei seiner Leute, Mike Severens und Bob Salvatore. »Türe eintreten«, befahl er.

Die anderen Beamten traten zur Seite, und Severens und Salvatore begannen, gegen die Tür des Apartments zu treten. Fünf Minuten lang wechselten sie sich dabei ab. Die Tür gab nicht nach.

»Sehen Sie im Flur und im Treppenhaus nach«, sagte Rose zu seinen Leuten. »Vielleicht finden Sie eine Feueraxt. Wir schlagen sie damit ein.«

Die Männer sahen sich um, fanden aber keine Äxte, nur Feuerhaken. Schließlich wandte Rose sich an die Beamten aus Lombard. »Können Sie ein paar Feuerwehrleute mit Feueräxten aus Lombard hierher holen?«

»Natürlich.« Einer von ihnen hatte ein Funkgerät bei sich. Er erbat Hilfe durch die Feuerwehr. Inzwischen fuhren Severens und Salvatore fort, gegen die Tür zu treten. Schließlich meldete sich wieder die männliche Stimme aus dem Apartment.

»Okay, okay, wartet mal eine Scheißminute! Ich mach' die Tür auf.«

Die Tür öffnete sich, und Frank DeLuca erschien barfuß, mit nackter Brust und weiter nichts am Leib als einer Hose. Hinter ihm hielt Patty Columbo, ebenfalls barfüßig und gekleidet in einen schwarzen Jogging-Anzug, einen großen, aufgeregten schwarzen Deutschen Schäferhund am Halsband fest.

Ray Rose trat in das Apartment und reichte DeLuca ein zusammengefaltetes Blatt Papier. »Hier ist eine Kopie der richterlichen Durchsuchungsanordnung«, sagte er dazu.

Deputy-Sheriff Roy Fiske trat an Rose vorbei auf Patty zu. »Sie sollten den Hund besser irgendwo einschließen, bevor ihm noch etwas passiert«, sagte Fiske.

Patty zerrte den Hund in Richtung des Schlafzimmers. »Komm schon, Duke, komm«, sagte sie.

»Nicht dort hinein«, verlangte Fiske. »Das Schlafzimmer wird ebenfalls durchsucht werden. Bringen Sie ihn auf den Balkon hinaus.«

Rose trat weiter in das Apartment hinein. Auf dem Tisch sah er ein aufgeschlagenes Notizbuch. Das Papier sah genauso aus wie die Blätter, die er von Lanny Mitchell bekommen hatte und auf denen die tägliche Routine von Frank, Mary und Michael Columbo vermerkt und der Grundriß des Hauses 55, Brantwood, skizziert gewesen war. Rose trug einem der Leute von der Spurensicherung auf, das Notizbuch an sich zu nehmen.

Inzwischen war Lieutenant Braun hereingekommen und inspizierte das kleine Wohnzimmer. Auf einem Tischchen sah er einen Aschenbecher mit etlichen Stummeln darin, die er sofort wiedererkannte. Dieselben dunkelbraunen Kippen hatten sich auch in Mary Columbos verlassen aufgefundenem Oldsmobile befunden. Der Wagen war inzwischen entdeckt und von einem von Brauns Männern, Gene Gargano, untersucht worden. Braun ließ einen seiner Leute den Inhalt des Aschenbechers in ein Tütchen füllen und dieses als Beweisstück markieren.

Auf einer Anrichte in der Küche entdeckte Braun einen Stapel Fotografien. Die oberste zeigte Patty Columbo, wie sie nackt Fellatio an einem Mann praktizierte, dessen Kopf auf dem Foto nicht mehr zu sehen war. Braun sammelte die Fotos ebenfalls ein.

Angesichts des ganzen Sachverhalts entschlossen sich die Beamten nunmehr, Patty Columbo zum Zweck eines eingehenden Verhörs festzunehmen. Glenn Gable und Roy Fiske wurden mit der Festnahme beauftragt. Gable ging zu ihr hinüber.

»Wir nehmen Sie vorläufig fest, Miss Columbo«, sagte er. »Wenn Sie also bitte Mantel und Schuhe anziehen wollen?«

Gable begleitete sie ins Schlafzimmer, wo sie ein Paar schwarze Riemchenschuhe und einen roséfarbenen Trenchcoat holte. Dann fesselte Gable ihr die Hände mit Handschellen auf dem Rücken, und er und Fiske brachten sie im Aufzug nach unten.

Draußen nieselte es noch immer. Patty hatte sich die Schuhe nicht angezogen, sondern sie nur an sich genommen, und trug sie jetzt hinter sich auf dem Rücken; den Mantel hatte sie nur lose über eine Schulter geworfen. Gable las ihr ihre Rechte vor und schob sie dann auf den Rücksitz eines der Polizeifahrzeuge. Dann setzte er sich neben sie und überließ es Fiske, sich ans Steuer zu setzen.

Als Patty das letzte Mal in einem Polizeiwagen gesessen hatte, war sie noch Jugendliche gewesen. Sie war verhaftet worden, weil sie eine Kreditkarte benutzt hatte, die ihr nicht gehörte. Damals war sie in Tränen ausgebrochen und hatte gefleht, ihren Daddy anrufen zu dürfen.

Diesmal hatte sie keinen Daddy mehr, den sie hätte anrufen können.

Mai 1968 bis Mai 1971

Janet Gower, die Frau, von der Patricia gehofft hatte, sie werde sie von Gus Latini befreien, tat dies schließlich auch – auf eine Weise allerdings, die Patricia so niemals vorhergesehen hätte.

Janet Gower heiratete.

Ihr Bräutigam, Bill Morgan, war wie Janet langjähriger Angestellter der Bell-Telefongesellschaft von Illinois. Für Patricia kam diese Heirat völlig überraschend; sie hatte Mr. Morgan nicht einmal gekannt – und urplötzlich war er ›Onkel Bill‹. Eigentlich hätte der Ehrentitel ›Onkel‹ auf sie überaus abschreckend wirken und ihr Bill Morgan von vornherein verhaßt machen müssen. Doch das war nicht der Fall. Wenn überhaupt etwas, dann war Tantchens neuer Ehemann für Patricia allenfalls ein strahlender Held, einfach nur dadurch, daß er Janet von der Ohio Street in sein eigenes Heim entführte. Die beiden zogen weit weg auf die West Side und wohnten jetzt wesentlich näher an Elk Grove Village als zuvor. Patricia dachte damals, sie werde wohl nie mehr die lapidare Feststellung ihrer Mutter vergessen, die seinerzeit meinte: »Na, jetzt kannst du Tantchen Janet ja viel öfter besuchen gehen als bisher. Und Onkel Gus braucht nicht mehr solche Umwege zu fahren, um dich zu ihr zu bringen.«

Es war vorbei.

Genau das, ohne Fanfaren, ohne Feierlichkeiten. Patricia wußte, daß ihr langes intimes Verhältnis mit Gus Latini zu Ende war. Sie brauchte nie wieder, unter keinen denkbaren Umständen mehr, in diesen schrecklichen Zuckerwaren-Lieferwagen zurückzukehren.

Es war vorbei. Vergangenheit.

Und Gus Latini hatte nie ›das Letzte‹ mit ihr gemacht. Pech gehabt, *Onkel* Gus.

Patricia wußte sich vor Freude kaum zu fassen. In jener Nacht ballte sie die Fäuste zwischen ihren Beinen und weinte Freudentränen.

Nichts konnte Patricia Columbos jetzt noch ihre Jugend vergällen. Als sie auf die Grove Junior High-School wechselte, fühlte sie sich zum erstenmal rundum wohl, fast so, als habe sie eine ekelhafte Krankheit überwunden. Sie war jetzt wie alle anderen auch; es gab kein verborgenes Leiden mehr, kein schmutziges kleines Geheimnis, das sie bewahren mußte. Sie brauchte nicht mehr länger zu Boden zu blicken, wenn sie mit jemandem sprach.

In der Schule blühte sie förmlich auf. Es gab ja so vieles zu tun! Neben den Unterrichtsstunden pulsierte das gesellschaftliche Leben der Schule: Studiengruppen, Clubs, Sportteams, Cliquen, Zirkel – jedwede Form des Zusammentreffens hatte ihren ganz speziellen Namen. Es gab lose, aber streng reglementierte Ausschüsse und Gremien vor Schulbeginn, während der Mittagszeit, nach Schulschluß – einfach immer; Botschaften gingen hin und her, Gespräche zwischen den einzelnen Unterrichtsstunden; immer wurde irgendwas geplant, besonders von den Mädchen: Die Schule war wie ein Korb voller Bienenköniginnen. Und die meisten ihrer Zusammenkünfte fanden – wenn man es genauer untersuchte – nur statt, um neue zu verabreden. Aber es machte ja soviel Spaß.

Und dann waren da die Jungen.

Sie schossen in die Länge, auf ihren Gesichtern zeigte sich erster zarter Flaum, die halbe Zeit liefen sie mit hochroten Gesichtern herum, sie waren zu laut, zu rücksichtslos, sie entwickelten ein beachtliches Maß an Grobheit, fixierten ihre Blicke ständig auf neuerdings sich wölbende Busen – nein, in den Augen der Mädchen waren die Jungen in ihrer Mehrheit alles andere als ›cool‹. Es gab aber gelegentlich auch mal Ausnahmen: der Mannschaftsführer eines Football-Teams etwa oder der Center einer Basketball-Mannschaft, ein Klassensprecher, jemand, der ein Motorrad sein eigen nannte, jemand, der bei einer kurzen ›Affäre‹ mit einer ›älteren Frau‹ erwischt worden war – worunter dann ein Mädchen aus einer höheren Klasse zu verstehen war; doch diese Jungen waren die Ausnahme, die, die verstohlen beobachtet, studiert wurden, über die man tuschelte und die man analysierte. Alle anderen Jungen waren ›dooof‹ – mit mindestens dreimal ›o‹.

Patricia machte sich nicht viel aus Jungen, aber das hätte man Mary Columbo nie und nimmer glauben machen können.

»Patty, warum kommst du nicht umgehend von der Schule nach Hause, so wie Michael?« fragte sie immer wieder voller Mißtrauen.

Patricia zuckte dann stets vage mit den Schultern. »Ich hatte noch was zu erledigen.«

»Was denn?«

»Ich weiß nicht mehr. Irgendwas.«

»Triffst du dich nach der Schule mit Jungen?«

»Nein«, pflegte Patricia dann in aller Regel gereizt zu erwidern. »Ich treffe mich nicht mit Jungen.«

Auch mit einigen von Patricias Kleidern war ihre Mutter alles andere als einverstanden.

»Mein Gott, Kind, wenn dieses Röckchen auch nur noch ein bißchen kürzer wäre, würde man dich wegen Erregung öffentlichen Ärgernisses einsperren! Wo, um alles in der Welt, hast du das nur her?!«

Patricia geduldig: »Aus dem Yorktown-Kaufhaus, Mutter. Du warst selbst dabei, als ich es gekauft habe.«

»Ich habe nicht gemerkt, daß es *so* kurz ist. Du solltest dir wirklich längere kaufen.«

Patricia rollte ihre großen braunen Augen. »Es gibt aber keine längeren, Mutter. Das ist jetzt Mode.«

»Schöne Mode! Hoffentlich sieht dich dein Vater nicht damit.«

Patricia hatte das Gefühl, als wolle ihre Mutter sie ›nicht verstehen‹, und mit diesem Gefühl stand sie nicht allein da. Die meisten Mädchen in der Schule dachten genauso.

»Mütter«, dozierte einmal eine wie auswendig gelernt, »mögen es nun mal nicht, wenn wir langsam erwachsen werden. Sie haben uns immer nur als Kinder erlebt; jetzt müssen sie uns wie junge Frauen behandeln. Damit werden die meisten nicht fertig.«

Auf Patricia übte diese Behauptung eine tiefe Wirkung aus. Sie dachte viel darüber nach und kam zu dem Schluß, ihre Freundin müsse wohl doch recht haben.

Jahre später erinnerte sich Patricia im Gespräch mit Schwester Burke wieder an diese Zeit. »Ich glaube, die Beziehung zu meiner Mutter war damals ziemlich normal. Zumindest *schien* sie normal zu sein, wenn man als Maßstab nehmen will, was andere Mädchen über ihren Umgang mit ihren Müttern so erzählten. Ich meine, alle unsere Mütter waren einander ziemlich gleich. Wenn eine von uns etwas über ihre Mutter erzählte, hat mindestens die Hälfte von denen, die zugehört haben, zustimmend genickt um zu dokumentieren, daß sie alle zu Hause dasselbe ›durchmachen‹ mußte, Sie verstehen?«

»Dann wurde also Ihr Leben zu dieser Zeit so normal wie das aller anderen Mädchen Ihres Alters auch, oder?« vergewisserte sich Schwester Burke.

»Genau. Sobald ich sicher war – ich meine, *absolut* sicher –, daß die Sache mit Gus aus und vorbei war, und zwar für immer, beschloß ich, das alles total zu vergessen. Wenn ich heute so zurückblicke, dann glaube ich, daß ich mich selbst darauf regelrecht programmiert habe; wann immer eine Erinnerung, ein Gedanke an das alles, was er mit mir gemacht hat, in mir hochkommen wollte, hatte ich einen Trick, mit solchen Anwandlungen fertig zu werden. Damals war ein Song sehr populär, den Sie bestimmt auch kennen: *Raindrops Keep Falling on My Head.* B. J. Thomas hatte ihn auf einer Platte aufgenommen. Jedesmal also, wenn mir Gus und alles, was mit ihm im Zusammenhang stand, in den Sinn kam, befreite ich mich davon, indem ich diesen Song vor mich hin trällerte. Wo es ging, sang ich laut – Michael wurde beinahe rasend darüber; war ich in der Klasse oder sonst irgendwo, wo ich nicht laut singen konnte, konzentrierte ich mich einfach ganz stark auf das Lied und sang es im Geist vor mich hin. Auf diese Weise wurde ich Gus Latini nach und nach wirklich los.«

»Auf diese Weise haben Sie ihn in Ihr Unterbewußtsein abgedrängt, wollen Sie wohl sagen«, verbesserte Schwester Burke sie. »Unglücklicherweise reinigen wir unseren Geist nie ganz von unerwünschten Gedanken; könnten wir das, brauchten wir keine Leute wie mich.« Die kleine Kloster-Psychologin ließ eines ihrer kurzen Lächeln sehen. »Ich könnte mir vorstellen, daß Sie jetzt denken, das wäre wohl ein wahrer Segen.«

Patricia lächelte zurück. »Endlich irren auch Sie sich einmal, Schwester. So anstrengend und schwierig diese Sitzungen mit Ihnen auch immer gewesen sind, ich bin ausgesprochen glücklich, Sie gefunden zu haben.« Das Lächeln schwand, und sie blickte verlegen zur Seite. »Sie sind der erste Mensch aus der freien Welt, der mir seit langer, langer Zeit überhaupt wieder etwas bedeutet.« Sie schluckte mühsam. »Ich – ich bin nicht sicher, ob ich mich selbst jemals verstehen werde –, aber was immer ich von mir begreife, das begreife ich nur dank Ihrer Hilfe.«

»Das stimmt nur zum Teil, Trish«, sagte die Nonne. »Wir stecken jetzt beide da drin. Aber ich könnte Ihnen auch nicht ein winziges bißchen helfen, wenn Sie nicht wollen, daß ich Ihnen helfe. Sich selbst erkennen, sich selbst akzeptieren mit allen Stärken und allen Schwächen, sich dem eigenen Ich unmittelbar stellen – das ist die wahre, die eigentliche Heilung.« Wieder lächelte sie kurz – zum zweitenmal innerhalb einer Sitzung, das war ein neuer Rekord. »Nun denn, das soll als gegenseitiges Lob für heute einmal genug sein; gehen wir lieber wieder an die Arbeit. Sie sagten doch eben . . .«

Schwester Burke lenkte die Gespräche während der Therapiesitzungen langsam zu der Frage, warum das Leben, das Patricia selbst nach Beendigung ihrer Beziehung zu Gus Latini als ›normal‹ bezeichnet hatte, wieder völlig aus der Bahn geriet. Die Psychologin vermutete, der Grund könne in Patricias Alptraum liegen, der, wie sie nun beide wußten, seinen Ursprung in Onkel Gus hatte, von dem aber Patricia bisher geglaubt hatte, er sei durch ihren Vater ausgelöst worden.

»Ihr ›Raindrop-Song‹ hat Ihnen ja wohl sehr geholfen«, resümierte Schwester Burke etwa fünf oder sechs Monate nach Beginn der Therapie. Inzwischen war es Sommer geworden, und sie hatten die Erlaubnis erhalten, draußen spazierenzugehen statt immer nur drinnen in dem engen Besuchszimmer sitzen zu müssen. »Der Trick mit dem Song funktionierte so gut, daß Sie, als Sie träumten, in Ihrem eigenen Schlafzimmer mißbraucht zu werden, nicht sicher waren, wer der Mann war, der Sie bedrängte. Was Gus Ihnen angetan hatte, war damals schon so tief in Ihr Unterbewußtsein abgesunken, daß der Belästiger in Ihrem Traum nicht mehr identifiziert werden konnte. Sie ordneten ihm kein Gesicht zu, bis Sie erwachten und das Gesicht Ihres Vaters über sich sahen. Es war ein geradezu unglaublich unglücklicher Zufall, daß Sie den Penis Ihres Vaters sahen und dieser Sie, zu allem Unglück, auch noch berührte. Das alles zusammen überzeugte Sie davon, der Mann in Ihrem Traum müsse Ihr Vater gewesen sein. Und da dieser Mann aus dem Traum Bestandteil der Bedrängnis war, die Sie gerade in Ihrem Traum durchlitten hatten, lasteten Sie Ihrem Vater auch den ganzen Rest an. Und genau das habe ich schon vor Monaten vermutet.«

»Wieso haben Sie das schon so früh geahnt?« fragte Patricia.

»Zuerst war es nur Ihre Stimme«, erwiderte Schwester Burke. »Sie wurden auf einmal unsicher; Sie waren sich Ihrer Sache selbst nicht ganz sicher, obwohl Sie glaubten, es zu sein. Aber wirklich gewußt habe ich es, als ich an diesem Abend nach Chicago zurückgefahren bin und mir auf dem Weg dorthin auf einmal etwas dämmerte. Etwas, das uns beiden hätte auffallen müssen.«

»Was denn?«

»Als Sie aufwachten und Ihren Vater neben sich liegend fanden, hatte er keine Erektion. Er war da, um Sie zu trösten. Als Vater.«

Sie kamen auf die Zeit nach dem durch den Traum ausgelösten Trauma zu sprechen.

»Reden wir doch einmal davon, wie es bei Ihnen zu Hause nach dem Alptraum zuging«, sagte Schwester Burke. »Ihre Mutter hatte also etwas dagegen, daß Sie sich in Michaels Schlafzimmer einquartiert hatten, aber Ihr Vater konnte daran nichts Schlimmes finden?«

»Ja. Ich habe später erfahren, daß mein Vater mich nur deshalb gewähren ließ, weil er dachte, es werde nicht für lange sein; er dachte, ich würde dieses Arrangements überdrüssig werden und wieder in mein eigenes Zimmer nach unten gehen. Er hatte keine Ahnung, wieviel Angst ich damals vor ihm hatte und wie sehr ich seinen Motiven mißtraut habe. Ich habe ihn wie ein Habicht beobachtet wann immer er in meiner Nähe auftauchte und irgendeinen noch so kleinen Hinweis gesucht, ob er etwas Unanständiges mit mir tun wollte.«

»Erinnern Sie sich, ob es Spannungen im Haus gegeben hat?«

Patricia schüttelte den Kopf. »Allenfalls ein wenig zwischen mir und Mutter, mit Dad – nein, eigentlich nicht; mit Michael nie.«

»Michael hat sich nicht dagegen gewehrt, daß Sie so in seine Privatsphäre eingedrungen sind?«

»Nein.« Patricia lächelte ein wenig. »Von Zeit zu Zeit hat er es wohl *versucht*, aber wirklich energisch wurde er nie.« Sie lächelte nicht mehr. Ihre Augen füllten sich langsam mit Tränen. »Michael hat mich mehr geliebt als irgendein anderer Mensch auf der Welt . . .«

Schwester Burke blieb ruhig sitzen, um Patricia Gelegenheit zu geben, sich wieder zu sammeln. Es geschah zum erstenmal, daß Patricia direkt auf ihr Verhältnis zu Michael zu sprechen kam. Bis zu diesem Tag hatte sie noch nie über seinen Tod oder über ihre Gefühle für ihn gesprochen.

»In diesem Jahr«, erzählte sie Schwester Burke, nachdem sie

sich wieder ein wenig beruhigt hatte, »als ich fünfzehn war und Michael acht, erfuhren wir beide, was es heißt, Bruder und Schwester zu sein. Obwohl er mein kleiner Bruder und sieben Jahre jünger war als ich, half er mir über eine wirklich schlimme Zeit hinweg.«

»Möchten Sie mir davon erzählen?« fragte Schwester Burke. »Sind Sie jetzt bereit, über Michael zu reden?«

Auf Patricias Gesicht stand Wehmut zu lesen. Ihre Stimme klang belegt, als sie sagte: »So bereit, wie ich es überhaupt je sein könnte, glaube ich . . .«

Sommer 1970

Entgegen Frank Columbos Vorhersage endete Patricias Wunsch, bei Michael im Zimmer zu schlafen, nicht ›ein paar Nächte später‹, wie er sich ausgedrückt hatte. Eine Woche verging, noch eine – und noch viele weitere. Patricia zeigte keinerlei Neigung, in ihr eigenes Zimmer auf der unteren Etage zurückzukehren. Ihr Vater fing an, ungeduldig zu werden.

»Ich hatte nicht gedacht, daß es so lange dauern würde«, gestand er seiner Frau, als sie ihn darauf ansprach.

Frank dachte über das Dilemma nach, in das er sich da selbst gebracht hatte. Er erwog, Michael nach unten auszuquartieren, dachte dann jedoch, das sei wohl nicht fair seinem Sohn gegenüber. Michael liebte sein Zimmer und hatte es sich genau nach seinen Wünschen eingerichtet. Das Problem war eher, Patty da herauszubekommen; auf die Dauer war dies wohl kaum ein akzeptables Arrangement.

Schließlich hatte er eine Lösung gefunden: Er und Mary würden nach unten ziehen und Patty das Schlafzimmer oben überlassen. Mary war mit diesem Vorschlag sofort einverstanden. Sie war erst Ende Dreißig, sehr attraktiv und genoß das Zusammensein mit ihrem recht aktiven Mann. In der unteren Wohnebene würden sie nachts bestimmt ungestört sein.

Der Tausch der Schlafzimmer geschah noch am selben Tag.

»Und jetzt«, erklärte Frank seiner Tochter, »brauchst du keine Angst mehr zu haben, allein dort unten zu schlafen. Du hast ja Michael hier oben ganz in deiner Nähe.«

Einerseits gefiel Patricia diese Vorstellung; Michael in der Nähe zu wissen, gab ihr ein gewisses Gefühl von Sicherheit, auch wenn er jünger und kleiner war als sie selbst. Andererseits aber weckte der Umzugsplan auch wieder ihr Mißtrauen, vor allem, als sie zufällig erfuhr, daß die Idee von ihrem Vater stammte. Warum wollte er sie in diesem Teil des Hauses unterbringen? Je mehr sie darüber nachdachte, desto mehr fürchtete sie, dabei *könnte* es sich ja auch um einen ganz gemeinen Trick handeln. Dann hätte er nämlich ihre Mutter aus dem Weg, die ja unten schlief. Und wenn er früher, als sie, Patricia, noch unten schlief, einen Vorwand erfinden mußte, um nach unten zu gehen, hätte er jetzt alle möglichen Gründe, nach *oben* zu gehen. Dort war die Küche, das Telefon stand dort, die Vorder- und die Hintertür befanden sich auf dieser Wohnebene; wenn er behaupten würde, ein Geräusch gehört zu haben, und nach oben kam, um sich zu vergewissern, wer wollte ihm daraus wohl einen Vorwurf machen? Er könnte jederzeit in ihr Zimmer kommen. Und daß Michael im Zimmer nebenan schlief, wäre keinerlei Hindernis; jeder wußte, daß er wie ein Murmeltier schlief.

Patricia kam nicht dagegen an: Sie hatte noch immer Angst. Jede Nacht verließ sie leise ihr eigenes Zimmer, sobald ihre Eltern unten in ihr Zimmer gegangen waren, um bei Michael zu schlafen.

In dem Sommer, als sie vierzehn war, war das städtische Schwimmbad die Attraktion schlechthin. Es war *der* Ort – um sich zu treffen, um gesehen zu werden oder andere zu beobachten, in der Sonne zu liegen und sogar gelegentlich ins Wasser zu gehen und ein bißchen zu schwimmen.

Wenn Patricia um das Becken herum zu den Verkaufsautomaten stolzierte, folgten ihr die Blicke vieler Jungen. Sie war größer geworden, eher noch schlanker als vorher und weiter entwickelt als alle anderen Mädchen von der Junior High-

School hier. In einem jedenfalls hatte Gus Latini recht gehabt: Ihre Brüste versprachen, dereinst perfekt zu werden, und Hüften wie Gesäß waren im Verhältnis zu ihren langen, schlanken Beinen und ihrer schmalen Taille bereits sehr gut proportioniert. Nahm man dazu ihr schulterlanges, dunkles Haar und die großen, dunklen Augen, ergab sich das Bild eines wirklich hübschen jungen Mädchens. Ihr zweiteiliger, gemusterter Badeanzug war kein Bikini – aber den hatte sie auch nicht nötig.

In diesem Sommer erfuhr Patricia zu Hause von ihrer Mutter dieselben Sticheleien gegen das Schwimmbad wie früher schon gegen die Bibliothek.

»Was reizt dich eigentlich an diesem Schwimmbad so sehr?« wollte Mary wissen. »Du bist ja jeden Tag da.«

»Jeder geht da hin«, erwiderte Patricia. »Es macht einfach Spaß.«

Einmal hatte Mary die Frechheit zu sagen: »Statt immer in dieses Schwimmbad zu gehen, könntest du ja auch mal wieder in die Bibliothek gehen.«

Patricia konnte ihre Mutter nur noch ungläubig anstarren.

Patricia lernte Jack Formanski zufällig kennen, wie sich Teenager eben so kennenlernen. Sie hatte ihn immer mal wieder getroffen und wußte, daß er ganz in der Nähe wohnte. Jack war ein Jahr Jack älter als sie; das wußte sie, weil er in der Schule eine Klasse höher war als sie selbst. Außerdem spielte er in einem Football-Team mit. Sie fand ihn ›niedlich‹. Und Sie spürte, daß er sie ebenfalls gern sah, denn er grüßte sie jedesmal mit einem lauten ›Hallo!‹, wenn sie sich am Beckenrand begegneten. Und sie ertappte ihn dabei, wie er ihr nachstieg und immer mit ein paar älteren Jungen aus der Nachbarschaft bei ihr im Block herumlungerte.

Es dauerte nicht lange, und sie fingen an, sich über dies und das zu unterhalten: gemeinsame Bekannte, die Junior High-School, die sie beide gegen Ende des Jahres besuchen würden, den Sänger John Denver, die Fernsehserie ›Hawaii fünf-null‹, ›Die Peanuts‹. Irgendwann sonderten sie sich dann von den anderen ab, einfach nur, um allein miteinander zu reden und allein zu sein.

Schließlich fragte Jack sie rundheraus: »Hättest du nicht Lust, mal mit mir ein bißchen spazierenzufahren? Ich habe meinen Führerschein gemacht, und mein Dad gibt mir schon mal abends seinen Wagen. Ich könnte bei dir vorbeikommen und dich abholen.«

»Ich glaube, meine Eltern würden mich nicht gehen lassen«, sagte Patricia. »Aber ich könnte ja einfach sagen, ich ginge ins Kino. Im *Cinema Two* läuft gerade ›Airport‹. Ich könnte ja sagen, ich wollte den Film mal sehen. Dann könntest du mich vor dem Kino abholen.«

So trafen sie ihre erste Verabredung.

Als Jack Patricia an diesem Abend die Beifahrertür öffnete, sagte er: »Wo möchtest du denn gern hin?«

»Das ist mir eigentlich egal«, erwiderte Patricia, korrigierte sich aber sofort. »Ach, laß uns doch zur Pizza Hut fahren; wir brauchen ja keine ganze Pizza zu bestellen. Und mach dir keine Gedanken: Ich hab' Geld bei mir.«

»Ich mach' mir keine Gedanken wegen dem Geld«, erwiderte Jack leicht gereizt. »Du brauchst deine Pizza auch nicht zu bezahlen.«

Also fuhren sie zur Pizza Hut. In einer kleinen Nische aßen sie jeder ein Stück Pizza Pepperoni und tranken geeiste Cola. In ihrer Nische stand auch eine Musikbox, und Patricia spielte ›Bridge Over Troubled Water‹.

»Ich mag diesen Song«, sagte sie, warf Münzen ein und ließ dieselbe Nummer dreimal hintereinander laufen.

Als sie aufgegessen hatten, war es schon fast acht Uhr. »Willst du immer noch spazierenfahren?« fragte Jack.

»Natürlich.«

Jack fuhr die Arlington Heights Road entlang in Richtung Higgins Road. Patricia brauchte nicht zu fragen, wohin sie fuhren; in der Junior High-School wußte jeder, wohin die Jungen, die über Autos verfügten, mit ihren Mädchen fuhren.

Von der Higgins Road bog er in die Busse Woods ab, einen

Teil der Waldregion. Die Straße führte durch eine Reihe hoch aufragender Pinien, die den tiefen Wald zu beiden Seiten begrenzten. Patricia hatte schon viel über die Busse Woods gehört. Im neunten Schuljahr hatte ein Mädchen ganz plötzlich die Schule verlassen. Wenig später wurde bekannt, daß sie schwanger war, und das sollte ihr bei einem Picknick in diesem Waldstück passiert sein. Einige Jungen, hatte sie gehört, hätten Decken in ihren Autos für den Fall, daß ›sie mal Glück hätten‹.

Sie kamen an verschiedenen Stellen vorbei, wo sie durchaus von der Fahrbahn hätten abbiegen und parken können, doch Jack schien zu wissen, wohin er wollte, und deshalb sagte Patricia nichts. Schließlich bog er in einen schmalen Seitenweg ab, der zu einem kleinen Parkplatz führte, auf dem bereits ein anderes Auto stand. Jack parkte in einiger Entfernung von diesem Wagen und vergewisserte sich, daß die Türen abgeschlossen waren.

»Hier draußen muß man ein bißchen vorsichtig sein«, sagte er. Und das in mehr als einer Hinsicht, setzte Patricia in Gedanken hinzu.

Sie wandten sich einander zu, und Jack legte den Arm um sie. Obwohl es Patricias erste normale Petting-Erfahrung als Teenager war, scheute sie sich nicht, ihm in die Arme zu sinken, und sie fingen an, sich zu küssen. Jack war linkisch und ungeschickt. Er war unerfahren und ungeduldig und fummelte nervös herum. Patricia mußte sich die Bluse selbst aufknöpfen, damit er endlich eine ihrer Brüste in ihrem baumwollenen Büstenhalter spüren konnte. Als er zu fest zudrückte, flüsterte sie leise: »Nicht so fest . . .«

Sie trug einen Rock in Midi-Länge mit Haken auf einer Seite, wodurch man den Rock bis zum Schenkel öffnen konnte. Dadurch hatte er es nicht sonderlich schwer, seine Hand bis über ihr Höschen zu schieben und die Hitze ihrer Haut zu spüren. Er rieb und knetete nicht, sondern legte nur seine Hand dorthin und ließ sie eine Weile liegen.

Plötzlich fand Jacks Hand dann wieder zu ihren Brüsten zurück, wo seine Finger hungrig umhertasteten. »Mach den Büstenhalter auf«, flüsterte er.

»Nein«, sagte Patricia. »Diesmal noch nicht.«

»O mein Gott, Patty«, stöhnte er.

Er wurde fordernder, als sein Verlangen wuchs, und sie küßten sich immer wilder. Seine Finger wanderten wieder an ihrem nackten Bein entlang, und sie konnte spüren, wie er versuchte, mit den Fingern unter den stramm sitzenden Saum ihres Höschens zu gelangen. Sie wollte nicht wieder nein sagen, aber sie wollte auch nicht, daß er weitermachte.

Patricia wußte genau, was er sich von ihr wünschte – ob nun aus den unbewußten Erinnerungen an den Süßwarenlieferwagen oder einfach nur, weil sie davon gehört hatte. Und irgendwie schien sie auch zu wissen, wie sie seine sich ständig steigernde Leidenschaft stoppen konnte. Sie legte ihre Hand auf Jacks wachsende Erektion und begann zu reiben.

Kurz darauf ejakulierte er in seine Hose hinein.

September 1970 bis September 1971

Patricia ging ein ganzes Jahr lang fest mit Jack Formanski, ohne ihren Eltern auch nur ein Wort zu sagen. Sie wußte, daß sie bei beiden auf Widerstand stoßen würde, und um sich damit nicht herumschlagen zu müssen, behielt sie das Verhältnis lieber für sich. Vielleicht war sie es inzwischen gewohnt, ein Geheimnis zu wahren. Jedenfalls wurden Patricias Eltern nicht mißtrauisch, weil sie klug genug war, nie später nach Hause zu kommen, als ihre Eltern es ihr erlaubten.

Michael allerdings fand es natürlich heraus; Michael schien durch seine unendlich vielen kleinen Freunde einfach alles herauszufinden, denn die hatten natürlich genau wie er ein Auge auf ihre älteren Brüder und Schwestern. Er verriet Patricia allerdings nicht, sondern ließ sich sein Schweigen lieber durch kleine Geschenke wie Jojos oder Eintrittskarten zu irgendwelchen Baseball-Spielen versüßen.

Um das Haus verlassen und sich mit Jack treffen zu können, erfand Patricia die unterschiedlichsten Ausreden, wie zum Beispiel, daß sie zu einer Freundin gehen und mit ihr lernen oder daß sie ein Basketballspiel in der Schule sehen wolle. An den Wochenenden sagte sie, sie wolle mit ihren Freundinnen zum Eislaufen in die Eissporthalle gehen oder sie wolle mit anderen zusammen einen Einkaufsbummel machen oder ins Kino gehen. Einmal draußen, holte Jack sie ein paar Blocks weiter am *Grove Shopping Center* ab, und dann fuhren sie bei warmem Wetter zusammen in einen der Parks oder die *Busse Woods,* bei weniger angenehmen Temperaturen in einen der vielen Supermärkte ringsum oder in einen anderen Vorort. Oft trafen sie dabei auf andere Pärchen, die sie kannten, und gingen gemeinsam irgendwohin, um Cola zu trinken und Pommes frites zu essen oder einfach nur irgendwo rumzusitzen und zu klönen.

Das war eine schöne Zeit, eine unschuldige Zeit, eine Zeit, die die Erwachsenen so oft nicht zu verstehen scheinen.

Eine Zeit, die Patricia verschweigen mußte.

Busse Woods mit seiner stillen lauschigen Intimität war ihre bevorzugte Zufluchtsstätte, wenn sie ganz allein miteinander sein wollten. In dem dunklen Wald konnten sie sich völlig unbeobachtet in den Arm nehmen und sich streicheln und küssen, ohne ständig auf der Hut vor Lauschern und einer Entdeckung durch die Erwachsenen und deren Folgen sein zu müssen.

Hier konnten sie sich so geben, wie sie sich fühlten: albern, frivol, ungeniert, schamlos und leidenschaftlich. Es bestand keine Gefahr, rot zu werden oder Angst zu haben oder das steife, zurückhaltende Benehmen an den Tag legen zu müssen, das die Eltern von ihnen zu erwarten schienen.

Patricia und Jack paßten sich einander immer mehr an und fanden einen Kompromiß für das rein Physische, mit dem sie beide leben konnten. Jack, der natürlich nicht wissen konnte, daß er mit seinen Wünschen längst verschüttete Erinnerungen aufzurühren drohte, wollte ›auch das Letzte‹ machte, aber *das* wollte Patricia nicht. Andererseits versagte sie ihm aber auch nicht seine Ejakulation, nur war sie unter keinen Umständen bereit, seinen Samen irgendwie oder irgendwo in sich aufzunehmen. So stapelten sich in ihrer Handtasche stets die Papiertaschentücher.

Ansonsten aber genoß Jack alle Freiheiten. Sie erlaubte seinen lüsternen Fingern jede Berührung, – zwischen ihren Beinen, in ihrem Schlüpfer, überall konnte er reiben, zwicken, anfassen, kitzeln, und solange er nicht versuchte, in sie einzudringen, durfte er auch mit dem Finger zwischen ihre Schamlippen vordringen. Jack versuchte auch in der Regel nicht, mehr von ihr zu bekommen, als sie ihm freiwillig zugestand, denn außer in ganz bestimmten Augenblicken war er mit ihrer Behandlung absolut zufrieden; kaum zog er sich den Reißverschluß herunter und holte ihn heraus, besorgte sie es ihm jedesmal unverzüglich mit der Hand.

Was Patricias Befriedigung anging, so hatte sie damals nie einen Höhepunkt und wußte daher auch nicht, was ihr entging. Ihr Vergnügen lag darin, einen festen Freund zu haben und andere – nicht ihre Eltern – das auch wissen zu lassen.

Nachdem sich Patricia nahezu ein ganzes Jahr lang heimlich mit Jack getroffen hatte, beschloß sie, ihn nun endlich ihren Eltern vorzustellen. Sie fand es kindisch, weiterhin zum *Grove Shopping Center* zu laufen, damit Jack sie dort abholen konnte. Zum Ende dieses Schuljahres im Frühjahr 1971 hatte er ein eigenes Auto bekommen, einen niedlichen kleinen Camaro, und Patricia sah keinen Grund mehr, warum Jack sie nicht zu Hause abholen sollte. Im folgenden Semester würden sie nicht mehr dieselbe Schule besuchen; Jack würde auf die Elk-Grove-High-School wechseln, und Patricia mußte noch ein Jahr lang auf die kürzlich eröffnete *Lively-Junior-High-School* wechseln, weil der Block, in dem das Haus ihrer Eltern lag, in deren Einzugsgebiet gehörte. Das führte dazu, daß sich ihre Zeit mit Jack strikt auf die Abendstunden und die Wochenenden beschränkte; es würde keine gemeinsamen Mittagessen mehr geben, keine schnellen Küßchen und verstohlenen Zärtlichkeiten, wenn man sich auf dem Schulhof traf, kein Händchenhalten nach den nachmittäglichen Football-Spielen der unteren Jahrgänge, bei denen Jack, der ständig muskulöser und drahtiger wurde, immer so sexy in seinem Trikot mit der großen Nummer auf dem Rücken aussah.

Alles deutete auf einen Sommer voller Spaß hin: zusammen zum städtischen Schwimmbad gehen, wo es inzwischen auch schon neben den Umkleidekabinen für Jungen und denen für Mädchen welche für Pärchen gab, Verabredungen zum gemeinsamen Kinobesuch oder zu Baseball-Spielen; Straßenfeste, Sonntage an einem der Strände am Lake Michigan – einfach ein Sommer voller Spaß und Abwechslung. Und Patricia sah nicht ein, warum sie ihn sich mit der ewigen Geheimnistuerei vergällen sollte. Außerdem war sie es leid, Michael ständig bestechen zu müssen; der kleine geschäftstüchtige Gauner hatte es doch tatsächlich geschafft, sich einen prozentualen Anteil an ihrem Taschengeld zu sichern. Patricia konnte nicht gut abwarten, bis er eine Freundin hatte; außerdem wollte sie sich auch nicht an ihm revanchieren – zumal sie ja wußte, wie verlegen Jungen werden konnten, wenn sie anfingen, sich zum anderen Geschlecht hingezogen zu fühlen.

Nachdem sie sich einmal entschieden hatte, ihren Eltern von Jack zu erzählen, machte sich Patricia daran, diesen Schritt genau zu planen. Sie brauchte eine Geschichte, die vernünftig klang und die weder ihr Vater noch ihre Mutter anzweifeln konnten, und so fiel ihr schließlich folgendes ein:

Seit ewigen Zeiten hatten ihr ihre Eltern schon in den Ohren gelegen, sich nur mit wirklich ›netten‹ jungen Leuten abzugeben. Also beschloß sie, ihnen zu erzählen, sie habe seit einiger Zeit schon unter ein paar weniger ›netten‹ Jungen in der Schule sehr zu leiden. Es sei nichts Ernstes, nichts wirklich Greifbares und *schon gar nichts*, weswegen ihr Vater etwa mit dem Klassenlehrer reden müßte; einfach nur so jugendlicher Übermut – hänseln, knuffen und so weiter; das müßten eine Menge Mädchen in der Schule über sich ergehen lassen. Aber für sie sei das alles jetzt vorbei; da habe sie jetzt einen Jungen kennengelernt, der wirklich ›nett‹ zu ihr sei und sie immer auf dem Schulhof begleitete, so daß die anderen ›bösen Buben‹ sie endlich in Ruhe ließen.

Dieser Junge – sein Name sei Jack – sei Mitglied der Football-Mannschaft, sehe wirklich *nett* und adrett aus und gelte überall als sehr *nett*; überhaupt alles an ihm sei *nett, nett, nett*.

Na ja, jedenfalls habe er ein eigenes Auto, einen Camaro, und er habe sie gefragt, ob sie mal mit ihm ins Kino gehen wolle, und sie habe gesagt, da müsse sie erst mal ihre Eltern fragen, und dann würde sie es ihn wissen lassen. Er würde dann vorbeikommen und sie mit seinem Camaro abholen. Dabei konnten sie ihn dann ja auch kennenlernen und sich überzeugen, wie nett, nett, nett er doch sei.

Das klang gut, fand sie.

Patricia übte den Vortrag ihrer Geschichte vor dem Spiegel. Die richtige Präsentation, das hatte sie in der Schule gelernt, war wichtig. Sie drillte sich regelrecht selbst, wobei sie besonderen Wert auf Überzeugungskraft ohne Hektik legte, Glaubwürdigkeit, ohne sich verdächtig zu machen.

Als Patricia dann das Gefühl hatte, jetzt sei der richtige Zeitpunkt gekommen, und sie sich vergewissert hatte, daß ihr vorlauter Bruder nicht zu Hause war, trug sie ihren Eltern ihre Geschichte vor. Diese hörten ihr auch aufmerksam zu. Als sie fertig war, war sie gleichermaßen überrascht und erfreut, auf keinen ernsthaften Widerspruch zu stoßen. Ihr Vater legte den Sportteil der Zeitung beiseite, um ihr der Form halber noch ein paar Fragen zu stellen.

»Wie heißt er denn mit Nachnamen?«

»Ah – Formanski.«

»Pole, wie?«

»Kann sein.« Sie hob die Schultern.

»Was macht denn sein Vater?«

»Keine Ahnung. Irgendwas mit Hausbau.«

»Diese Pollacken sind im allgemeinen ja ganz geschickte Handwerker«, gestand Frank Columbo großzügig zu. Er sah seine Frau an. »Was meinst du, Schatz?«

Mary hob die Schultern. Was Vater meinte – wie immer.

»Okay«, stimmte ihr Vater zu, »dann soll er mal vorbeikommen. Aber daß mir nichts Ernsthaftes daraus wird, verstanden!« Er drohte ihr mit dem Finger.

»Nichts Ernsthaftes.« Patricia tat unschuldig. Sie ging in ihr Schlafzimmer und nahm das erstbeste Buch in die Hand. »Ich muß nur noch mal schnell in die Bibliothek«, sagte sie im Vorbeigehen zu ihren Eltern.

Draußen parkte Jack und wartete ungeduldig darauf zu erfahren, wie die Sache ausgegangen war.

»Wir haben Ihre Eltern denn dann auf Jack reagiert, als Sie ihn vorgestellt haben?« fragte Schwester Burke bei der nächsten Sitzung.

»Dad mochte ihn auf Anhieb«, erwiderte Patricia. »Jack war ein Junge, wie sich die meisten Väter ihre heranwachsenden Söhne wünschen: Er war gut gebaut, athletisch, sah gut aus, war gepflegt und höflich; wenn er Italiener statt Pole gewesen wäre, ich glaube, Dad hätte ihn ernsthaft als potentiellen Schwiegersohn in Betracht gezogen.«

»Und was war mit Ihrer Mutter?«

»Dasselbe.« Patricia seufzte leicht. »Mutter dachte *immer* dasselbe wie Dad.«

»Und Michael?«

Jetzt stöhnte Patricia laut. »Jack und Michael waren geradezu verrückt nacheinander. Jack hatte keine jüngeren Brüder, und er hat Michael irgendwie adoptiert. Bei der Hälfte unserer Verabredungen war Michael dabei; wir haben ihn mit ins Kino genommen, zu Sportveranstaltungen und zum Strand. Dad hat Michael immer unseren Anstandswauwau genannt.« Patricia ließ einen melancholischen Seufzer hören. »In diesem Sommer haben wir einen großartigen Sommer erlebt, ja, der Sommer 1971 war phantastisch. Es war der letzte gute Sommer meines Lebens – und das ist jetzt achtzehn Jahre her.«

»Das«, erinnerte Schwester Burke, »war das Jahr, das unmittelbar auf den Alptraum folgte. Was haben Sie denn damals für Ihren Vater empfunden?«

»Nichts Ungewöhnliches, denke ich mal. Ich glaube, ich hatte auch keine Angst mehr davor, er könne mich wieder einmal belästigen; diese Angst war nach und nach verschwunden – und der Vorfall, als Dad mich so leidenschaftlich geküßt hatte, war damals noch nicht passiert. Ich hatte noch immer das Schlafzimmer oben, aber ich war schon lange nicht mehr zu Michael gegangen, um bei ihm zu schlafen.«

Schwester Burke blätterte in ihren Notizen. »Inzwischen

waren seit dem Ende des sexuellen Mißbrauchs durch Gus Latini drei Jahre vergangen. Erinnern Sie sich noch, wie damals Ihre Gefühle für ihn waren?«

Patricia runzelte die Stirn. »Ich glaube, an den habe ich gar nicht mehr gedacht. Für mich war er jedenfalls kein Teil meines Lebens mehr.«

»War er noch immer ein Freund der Familie, der regelmäßig zu Besuch kam?«

»Selten. Von Zeit zu Zeit erwähnten meine Eltern mal, daß er sehr beschäftigt sei und deshalb seltener komme. Wenn er dann mal vorbeischaute und ich vorher wußte, daß er kommen würde, sorgte ich dafür, daß ich dann nicht zu Hause war. Einmal hat es auch eine Auseinandersetzung mit meiner Mutter deswegen gegeben. Sie sagte, ich verletzte seine Gefühle, wenn ich ihm immer die kalte Schulter zeige.«

»Haben Sie je über all das nachgedacht, was er mit Ihnen gemacht hat, als Sie noch jünger gewesen waren?«

»Niemals«, erwiderte Patricia mit Nachdruck. »Mein einziges Gefühl diesem Mann gegenüber war der Wunsch, ihm möglichst aus dem Weg zu gehen. Ich wußte, daß ich ihn nicht mochte, aber ich habe es mir selbst nie gestattet, darüber nachzudenken, warum das so war. Ich verlebte gerade einen wunderschönen Sommer und versuchte, alles auszuschalten, was da störend wirken könnte.«

»Ist das dieselbe Periode«, fragte Schwester Burke, »von der Sie sagten, Michael habe Ihnen über eine sehr schwere Zeit hinweggeholfen?«

»Das war gleich danach. Die Sommerferien waren vorbei und die Schule hatte wieder angefangen . . .« Patricias Worte verloren sich irgendwie, und sie starrte auf die Tischplatte hinunter.

»Wollen Sie mir vielleicht erzählen, worin die schwere Zeit bestand, was sie auslöste?« fragte Schwester Burke, die es für nicht ausgeschlossen hielt, daß dies irgend etwas mit Gus Latini zu tun haben könnte. Aber das war nicht der Fall.

»Es hing mit Jack zusammen«, sagte Patricia. »Jack war der Auslöser . . .«

Oktober 1971

An einem Samstagmorgen etwa einen Monat nach Beginn des neuen Schuljahres ging Patricia mit ihrer Mutter einkaufen. Jack hatte eine Verabredung zum Rollschuhlaufen für den Nachmittag abgesagt, weil ihn sein Vater, wie er sagte, gebeten hatte, zu Hause zu bleiben, um ihm bei der Gartenarbeit zu helfen, die Jack wie die Pest haßte.

»Ich habe ihm gesagt, daß wir zum Rollschuhlaufen verabredet waren, aber das hat ihn überhaupt nicht gestört«, sagte Jack aufgebracht.

»Ach, ist nicht so schlimm«, versicherte Patricia ihm. »Streite dich nicht mit ihm und mach es. Wir gehen dann eben nächstes Wochenende zum Rollschulaufen. Bleibt es denn dabei, daß wir uns heute abend *The French Connection* ansehen?«

»Natürlich. Ich hol' dich um sieben ab – das heißt, falls es meinem Dad nicht etwa noch einfallen sollte, das Haus zu streichen oder so was.«

Später am Nachmittag fragte Mary Columbo Patricia dann, ob sie nicht Lust hätte, mit ihr einkaufen zu fahren. »Ich muß für Michael neue Jeans kaufen, und die haben da heute irgendwelche Sonderangebote.«

Im Auto sagte Patricia später, als sie an einem Hospital vorbeikamen: »Ich habe daran gedacht, Hilfsschwester zu werden. Mein Klassenlehrer hat gestern Informationszettel darüber verteilt. Die suchen Schülerinnen, die den Schwestern im Hospital beim Putzen und auch sonst helfen.«

»Wirklich?« fragte Mary Columbo und lächelte ihre Tochter an. »Habe ich dir eigentlich schon einmal erzählt, daß ich mal Krankenschwester hatte werden wollen?«

»Nein!« erwiderte Patricia überrascht. Sie hätte nie geglaubt, ihre Mutter könne schon einmal ein anderes Ziel gehabt haben, als eine perfekte Hausfrau zu werden.

»Aber ja«, bekräftigte ihre Mutter. »Als kleines Kind habe ich nie was anderes gespielt als Krankenschwester, und meine Puppen waren dann immer die Patienten.«

»Kein Scherz?« Patricia war erstaunt. Sie hatte sich ihre Mutter auch nie als Kind vorstellen können, das einmal mit Puppen gespielt hatte.

Dies war eine der wenigen Gelegenheiten, zu denen Mutter und Tochter Gemeinsamkeiten entdeckten. Sie hatten sich nie sehr nahe gestanden. Jahrelang war es ihnen so vorgekommen, als sei es schon eine Leistung, daß sie gemeinsam unter einem Dach lebten, ohne ernsthaft aneinanderzugeraten. Ihre gelegentlichen kleineren Meinungsverschiedenheiten, da waren sie sich einig, waren eher belanglos und immer schnell ausgeräumt und nach einer kurzfristigen Verstimmung schnell wieder vergessen. Mary wußte natürlich nichts von Patricias tief sitzendem Gefühl, sie, ihre Mutter, hätte wissen oder ahnen müssen, was ihr durch Gus Latini angetan worden war, und etwas dagegen tun müssen. Aber davon abgesehen, war es an diesem Tag für beide eine freudige Überraschung, als sie sich über das Thema Krankenpflege doch ein ganzes Stück näherkamen.

Sie hatten sich so enthusiastisch unterhalten, daß Patricia gar nicht darauf achtete, wohin sie fuhren, und deshalb erstaunt war, als sie feststellte, daß sie gerade Elk Grove Village verließen.

»Wo fahren wir denn hin?« fragte sie.

»Nach Arlington Heights«, sagte ihre Mutter.

»Und warum so weit weg?« wollte Patricia wissen. Arlington war einer der Vororte im Norden von Elk Grove Village.

»Weil es da die Sonderangebote gibt«, erwiderte Mary Columbo. »So schnell, wie dein Bruder seine Jeans verschleißt, muß ich sie einfach so billig wie nur irgend möglich kaufen.«

Im Einkaufszentrum erledigten sie zuerst die nötigen Einkäufe, bevor sie anfingen, einfach nur herumzustöbern. Als sie so von einem Laden zum anderen schlenderten, blieb Patricia plötzlich stehen und starrte ungläubig auf einen Tisch direkt neben einer der vielen Snackbars. Jack Formanski saß dort zusammen mit einem hübschen blonden Mädchen. Vor ihnen standen Hamburger und Getränkebecher. Auf einem Stuhl daneben lagen der Mantel des Mädchens und ein Paar Rollerskates mit weißen Lederriemen. Das Mädchen trug einen rot-weißen Rollkragenpullover, der hervorragend zu ihren rosigen Wangen und dem flachsblonden Haar paßte.

»Ach du großer Gott«, murmelte Mary Columbo leise vor sich hin, als sie sah, wohin Patricia starrte. Sie nahm ihre Tochter am Arm. »Mach bitte keine Szene, Patty Ann.«

»Nicht mal im Traum«, erwiderte Patricia beherrscht, obwohl sie innerlich kochte. Sie befreite sich aus dem Griff ihrer Mutter und ging zu dem Geländer, das die Tische der Snackbar zum Bürgersteig hin begrenzte. »Hi, Jack«, sagte sie betont sanft. »Schon fertig mit der schweren Arbeit?«

»Oh, hi Patty.« Er stand auf und wurde puterrot im Gesicht. »Ja, bin ich. Ah, ich habe versucht, dich zu Hause anzurufen, aber du warst nicht da. Ach, Patty, das ist Lorene Roberts – Lorene, das ist Patty Columbo.«

»Hi, Patty.« Lorene lächelte wie Debbie Reynolds.

»Hi, Lorene«, sagte Patricia. »Wart ihr Rollschuhlaufen?«

»J-ja.« Lorene lächelte unbeirrt weiter. »War sehr schön.«

Jack blickte an Patty vorbei und winkte Mary Columbo zu; die noch immer dort stand, wo Patricia sie hatte stehen lassen. »Einkaufsbummel mit deiner Mom, wie?« fragte er. Patricia hatte ihn noch nie so rot werden sehen.

»In der Tat«, sagte sie und bemühte sich, ihre Stimme so freundlich wie nur möglich klingen zu lassen. »Anregungen für Weihnachtsgeschenke für meinen Dad und meinen Freund suchen und so. Wir hatten nicht gedacht, so weit draußen jemanden zu treffen, den wir kennen.« Den Bruchteil einer Sekunde starrte sie ihm in die Augen. »Aber du wohl auch nicht, da könnte ich wetten.« Patricia blickte ihre Mutter an. »Aber ich muß weiter. Meine Mutter wartet. Nett, dich kennengelernt zu haben, Lorene. Tschüs, *Jack*.«

Im Auto versuchte Mary Columbo, bevor sie den Motor anließ, auf ihre Weise, den Schmerz und die Wut ein wenig zu lindern, die ihrer Tochter jetzt zu schaffen machten, wie sie sehr wohl spürte. »Hör mal zu, Patty«, sagte sie, »du darfst dir so was nicht zu sehr zu Herzen nehmen. Das ist er doch gar nicht wert.«

Patricia, die unverwandt geradeaus durch die Windschutzscheibe starrte, war alles andere als getröstet. »Laß mich in Ruhe, Mutter, bitte«, sagte sie steif, »bitte laß mich in Ruhe.«

Und Mary Columbo ließ sie in Ruhe.

Patricia und Jack sahen sich an diesem Abend *The French Connection* nicht mehr gemeinsam an. Er schellte wie vereinbart um sieben bei ihr, und sie fuhr auch mit ihm bis zu dem Kino, wo der neue Film, der jetzt in aller Munde war, lief; die Fahrt verlief in eisigem Schweigen; Patricia saß stocksteif auf dem Beifahrersitz, wie sie es schon im Wagen ihrer Mutter auf dem Weg zurück von dem Einkaufszentrum getan hatte. Jack parkte auf dem Parkplatz und schaltete die Scheinwerfer aus, aber keiner von ihnen traf Anstalten auszusteigen.

»Okay«, sagte Jack schließlich, »ich schätze mal, du bist sauer auf mich, stimmt's?«

»Von mir aus, ja, ich schätze, ich bin sauer«, erwiderte sie. »Wärst du das andersherum etwa nicht?«

Er erwiderte nichts.

»Na, was ist?« drängte Patricia.

»Klar – ich glaub' schon«, sagte er brummig.

»Ich glaub' schon – verdammt!« schnappte Patricia. »Du weißt verdammt gut, daß du sauer wärst! Du bist ja damals sogar schon ausgeflippt, als ich bei dem Football-Spiel nur eine Handvoll Popcorn aus der Tüte von einem anderen gegessen habe! Und ich erwische dich mit einem anderen Mädchen beim Rollschuhlaufen. Du hast dich doch mit ihr verabredet, oder etwa nicht?«

»Nicht direkt. Ich habe sie dort nur getroffen.«

»Wußtest du, daß sie da sein würde?«

Er hob vage die Schultern. »Ja, in gewisser Weise schon. Sie hat mir mal gesagt, sie wäre jeden Samstag hier.«

»Und du brauchtest deinem Vater in Wirklichkeit gar nicht zu helfen, stimmt's? Dieser ganze Scheiß von wegen daß du sauer auf ihn bist und so, das war doch alles gelogen, oder?«

»Sieh mal, Patty«, sagte er sanft, »ich habe versucht, einen Weg zu finden, um es dir irgendwie beizubringen, aber ich wußte einfach nicht, wie. Ich meine, wir sollten auch mal mit anderen ausgehen. Wir beide. Das mit uns beiden wurde langsam zu ernst und zu fest . . .«

»*Wir*? Du bist derjenige, der das alles zu ernst genommen hat! Du versuchst seit einem Jahr, mich zu vögeln, Jack! Wenn ich dich hätte gewähren lassen, dann hätte ich jetzt womöglich schon ein Kind von dir!«

»Na gut, meinetwegen bin ich schuld«, gestand er. »Aber wessen Fehler es auch immer war, wir sind einfach zu fest zusammen, und ich meine eben, wir sollten uns auch mal mit anderen verabreden.«

»Willst du mir damit sagen, daß wir Schluß machen sollen?« fragte Patricia flach.

»Nicht so direkt.« Wieder hob er in einer hilflosen Geste die Schultern. »Weißt du, ich glaube einfach nur, daß es besser für uns beide ist, wenn wir uns mal eine Zeitlang nicht sehen.«

»Verstehe«, sagte Patricia. »Und mit dieser Lorene, die ich heute nachmittag kennengelernt habe, mit der willst du dich aber regelmäßig treffen?«

»Na ja, wir haben dasselbe Umfeld, und . . .«

»Was, zum Teufel, hat das damit zu tun?« wollte Patricia wütend wissen. »Willst du etwa mit jedem Mädchen in deinem verdammten Umfeld anbändeln?«

»Wenn mir danach ist – warum nicht!« konterte Jack, der plötzlich genauso wütend wurde wie sie. »Du hast keine Besitzansprüche an mich, Patty!«

»Richtig! Du bist nicht mein Eigentum!« Patricia verschränkte die Arme und starrte wieder geradeaus ins Leere. »Bring mich bitte nach Hause.«

»Sieh mal«, sagte er und legte ihr den Arm um die Schultern, »wir brauchen uns doch nicht den ganzen Abend zu verderben. Wir können uns doch immer noch zusammen den Film angucken . . .«

»Natürlich!« explodierte sie. »Und dann können wir irgendwo im Wald parken und ich kann dir einen runterholen, richtig? Leck mich am Arsch, Jack! Hol dir heute nacht doch selbst einen runter, *Jack*! Und jetzt – *bring* – *mich* – *nach* – *Hause*!«

Mit hochrotem Gesicht ließ Jack den Motor an und fuhr mit kreischenden Reifen vom Parkplatz.

Patricia konnte einfach nicht glauben, daß die Beziehung zu Ende sein sollte. Nach all dem Spaß, den sie zusammen gehabt hatten! Es hatte so viele schöne Augenblicke gegeben: Siegesfeiern nach Football-Matches, das Schwimmbad, Schulfeten, der Strand, Ausflüge, Rollschuhlaufen. Gar nicht zu reden von den intimen Stunden, die sie auf Parkplätzen im Wald miteinander erlebt hatten – eine Intimität, die nicht nur rein körperlicher Natur gewesen war, nicht nur reiner Sex, sondern die auch, wie Patricia felsenfest überzeugt gewesen war, auf tiefer Zuneigung beruht hatte, die einer für den anderen empfand, auf gegenseitiger Hingabe im besten Sinne. Sie und Jack hatten sich doch *geliebt*.

Und es war *echte* Liebe gewesen, wie sie überzeugt war; sie hatte Jack aufrichtig geliebt. Gewiß, sie hatte ihren Eltern erzählt – ihrem Vater praktisch versprochen –, daß ihre Beziehung zu Jack nicht ernsthafter Natur werden würde; aber das waren belanglose Phrasen gewesen – etwa so, als würde man seiner Mutter versprechen, sich von einem Jungen nicht an bestimmten Stellen anfassen zu lassen. Es war ein erzwungenes Versprechen gewesen, gegeben aus purem Gehorsam; keiner konnte erwarten, daß man es auch einlösen werde. Patricia *hatte* sich ernstlich in Jack Formanski verliebt, und in ihrem Herzen spürte sie, daß er genauso fühlte wie sie.

Also war es nicht vorbei; es konnte nicht vorbei sein.

Als Jack sie nach ihrer Auseinandersetzung auf dem Parkplatz des Kinos nach Hause gebracht hatte, war Patricia ohne ein Wort an ihre Familie in ihr Zimmer gegangen und hatte die Tür hinter sich zugeworfen.

Den Rest des Wochenendes brütete Patricia vor sich hin, und auch die ganze nächste Woche in der Schule noch. Jeden Tag kam sie sofort nach Schulschluß nach Hause und verließ es nicht mehr für den Fall, daß Jack vielleicht noch anrief und sich entschuldigte. Jedesmal, wenn das Telefon klingelte, sprang sie fast aus den Kleidern – aber nie nahm sie den Hörer ab und beschwor ihre Mutter oder ihren Bruder, falls der Anruf für sie sei, zu sagen: »Moment mal, ich muß mal sehen, ob sie zu Hause ist«, und ihr dann schnell zuflüstern, wer dran sei.

Aber Jacks Anruf kam nie.

Als ein Tag nach dem anderen verging, ohne daß der erhoffte Anruf kam, wurde Patty immer niedergeschlagener. Sie fing an zu bedauern, was sie in der Wut gesagt hatte, und machte sich Vorwürfe, daß sie so bissig gewesen war. Schließlich, niemand ist vollkommen, sagte sie sich – und alles, was sie tun mußte, um sich vom Wahrheitsgehalt dieses Satzes zu überzeugen, war, in den Spiegel zu schauen. Wenn Jack sie wirklich liebte, dann war er ob ihrer bösen Worte womöglich so sehr am Boden zerstört, daß er vielleicht gar nicht wußte, *wie* er sich entschuldigen könnte oder sollte; ja, wer weiß, ob er nicht sogar Angst hatte, in ihre Nähe zu kommen. Armer Bursche, redete sie sich schließlich ein, ich war wirklich zu hart mit dir.

Am Wochenende war Patricia entschlossen, sich ihrerseits bei *ihm* zu entschuldigen. Sie würde ihm einfach sagen, es täte ihr leid, all diese bösen Worte gesagt zu haben, falls er bereit war zuzugeben, daß es seine eigene Schuld gewesen war, daß sie diese Worte überhaupt in den Mund genommen hatte. Dann würde er nicht umhin können zuzugeben, daß er diesen Ausbruch provoziert hatte. Und, was viel wichtiger war, er würde sich doch dafür entschuldigen müssen, sie belogen zu haben.

Diese letzte Feststellung war Patricia sehr wichtig. Selbst eine große Lügnerin, war es ihr wichtig, daß Jack sich der Schwere seiner Tat bewußt war, weil *sie ihn niemals belogen hatte*. Dafür lobte sie sich selbst in den höchsten Tönen. Er war der einzige Mensch, von dem sie behaupten konnte, ihn nie belogen zu haben. Das war auch der Grund gewesen, warum es so sehr geschmerzt hatte, ihn dort in dem Einkaufszentrum zu sehen. Es war nicht so sehr die Tatsache, daß er dort mit einem anderen Mädchen war, sondern daß er sie vorher belogen hatte.

Aber sie war bereit, ihm auf halbem Wege entgegenzukommen, nur um zu beenden, was sie für ihr beider Elend hielt. Sie wollte jetzt noch den ganzen Samstag abwarten, eine ganze

Woche seit ihrem Streit; wenn Jack bis fünf Uhr nicht angerufen hätte, würde sie die Initiative ergreifen und ihn anrufen.

Aber keiner sollte je wieder den anderen anrufen.

Gegen zwei Uhr am Samstagnachmittag steckte Michael den Kopf durch Patricias Zimmertür und sagte: »Jack fährt die ganze Zeit um den Block herum. Er hat ein Mädchen bei sich im Auto.«

Patricia war gerade dabei, ihr Zimmer aufzuräumen. Sie erstarrte mitten in der Bewegung und blickte ihren Bruder mißtrauisch an. »Michael, machst du dich lustig über mich?« fragte sie ernst. »Wenn ja, dann finde ich das überhaupt nicht spaßig.«

»Ich mach' keine Witze!« erklärte Michael beleidigt. »Wenn du mir nicht glaubst, kannst du dich ja selbst überzeugen!« Er stapfte durch den Flur zurück und murmelte empört vor sich hin: »Nie glaubt mir einer, wenn ich mal was sage! Ich werde einfach niemandem mehr was erzählen, so!«

Patricia ging ins Wohnzimmer und schaute durch das Fenster auf die Straße. Einige Minuten lang stand sie so da, ohne daß Jack vorbeigefahren wäre. In ihrem Kopf formten sich bereits Gedanken wie ›Michael, du kleiner Teufel du, warte, bis ich dich in die Finger kriege . . .‹

Aber dann erschien der Camaro an der nächsten Ecke und fuhr ganz langsam auf ihrer Straßenseite vorbei.

Es war wirklich Jack.

Und er hatte ein Mädchen bei sich im Wagen: Lorene, die Blonde, mit der er schon in der Snackbar im Einkaufszentrum gewesen war.

»Na siehste, hab' ich dir's nicht gesagt«, sagte Michael und trat neben sie.

»Tut mir leid, daß ich dir nicht gleich geglaubt habe, Michael«, sagte Patricia und mußte schlucken, um ihre Stimme unter Kontrolle zu halten. »Ich hoffe, du nimmst meine Entschuldigung an.«

»Na klar«, sagte Michael, hob die Schultern und ging wieder weg.

In den nächsten Minuten, als Patricia dort stand, fuhr Jack noch dreimal vorbei; einmal in derselben Richtung und zweimal in entgegengesetzter Richtung, so daß die Fahrerseite dem Haus am nächsten war. Beide Male verlangsamte er die Fahrt und studierte aufmerksam das Haus. Patricia wußte, daß er sie hier drinnen nicht sehen konnte, solange sie nicht die Gardinen beiseite schob – und es war zu sehen, daß er genau das erwartete. Er wollte sicher sein, daß sie ihn mit dem Mädchen an seiner Seite sah. Das war seine Art ihr zu sagen, daß es aus war zwischen ihnen.

Patricia preßte die Lippen zusammen und dachte: *Nun gut, dann ist es eben vorbei, aus und vorbei. Laß uns Schluß machen. Ich werde dir geben, was du haben willst.*

Als er zum vierten Mal vorbei fuhr, ging Patricia hinaus und stellte sich mitten in die Einfahrt, stemmte die Hände in die Hüften und wartete. Michael, der bereits nach draußen gegangen war, schoß einem seiner Freunde einen Fußball zu und kam zu ihr herüber.

»Was hast du vor?« fragte er.

»Was meinst du denn, was ich vorhaben könnte? Ich stehe einfach nur hier.«

»Das sehe ich, aber warum stellst du dich so hierhin?«

»Wie stehe ich denn hier, Michael?« fragte sie ungeduldig.

»Als wenn du furchtbar sauer auf jemanden wärst.«

»Weil ich es bin. Und jetzt laß mich in Ruhe!«

Ihr Bruder hob in seiner unnachahmlichen Art die Schultern und wandte sich ab.

Patricia tat es sofort leid, ihn so angeschnauzt zu haben.

»Tut mir leid, Michael«, sagte sie und langte hinüber, um kurz seinen Arm zu berühren. »Eines Tages, wenn du größer bist, wirst du das begreifen.«

Einige Augenblicke später fuhr der Camaro wieder vorbei. Patricia fixierte das Auto mit ihren Blicken und folgte ihm den ganzen Weg bis zu ihr hin, an ihr vorbei und wieder von ihr weg. Als es direkt vor ihr vorbeifuhr, blickte sie Jack, ohne mit der Wimper zu zucken, an, und er erwiderte ihren Blick. Auf seinem Gesicht lag ein leichtes Grinsen, aber es fand keinen Widerhall, der sein Wohlbehagen hätte erhöhen können; Patricias Gesichtsausdruck war so wenig zu deuten wie eine Totenmaske. Ihr Kopf bewegte sich langsam mit dem Wagen, und ihre Augen verließen sein Gesicht nicht einen Augenblick lang, aber sie hätte genausogut direkt durch ihn hindurch sehen können.

Bist du jetzt zufrieden? fragte sie ihn ohne Worte, als er an ihr vorbeifuhr.

Patricia ließ ihn den ganzen Weg um die Kurve und aus ihrem Gesichtskreis fahren, bevor sie sich umwandte und ins Haus zurück ging. Dann ging sie noch aufrecht bis in ihr Zimmer, bevor sie zu schluchzen begann.

Als Frank Columbo vom Golfspielen mit einem Mitglied seines Bowling-Teams nach Hause kam, war Patricia nahe dran, hysterisch zu werden. Ihre Schluchzer waren zum Heulen geworden; sie lief in ihrem Zimmer auf und ab, die Tür hatte sie abgeschlossen, und die Tränen liefen ihr über die Wangen, während sie unentwegt beklagte, daß dies das Ende ihres Lebens bedeutete.

In der Küche ging Mary Columbo ruhelos auf und ab und wartete auf die Heimkehr ihres Ehemannes. Michael hatte ihr berichtet, was geschehen war; sie war unverzüglich zum Zimmer ihrer Tochter gegangen und hatte versucht, sie zu trösten, aber Patricia hatte sie nicht hineingelassen.

»Geh weg und laß mich in Ruhe!« hatte sie geschrien und gebrüllt. »Ich will sterben! Ich will nur noch sterben!«

Zurück in der Küche rang Mary verzweifelt die Hände und wünschte sich sehnlichst, ihr Ehemann möge endlich nach Hause kommen und die Sache in die Hand nehmen, und gleichzeitig hatte sie genau davor Angst.

»Dein Vater wird sich das nicht gefallen lassen«, sagte sie zu Michael. »Komm, hilf mir schnell, alle Fenster zuzumachen, damit die Nachbarn deine Schwester nicht hören können.«

»Ein paar von ihnen haben sie schon gehört«, sagte Michael ungerührt.

»Und was haben sie gesagt?«

»Nichts. Ich habe ihnen gesagt, sie spinnt.«

»Michael – um Gottes willen!«

Als Frank Columbo zur Tür hereinkam und das schreckliche Geschrei tiefster Not und Verzweiflung vernahm, wich alle Farbe aus seinem Gesicht. »Um Gottes willen, was ist denn passiert?« fragte er drängend.

»Patty hat durchgedreht, Dad«, sagte Michael, bevor seine Mutter noch etwas sagen konnte.

»Michael, geh in dein Zimmer!« befahl seine Mutter. »Sofort!«

Als Michael sich aus der Küche trollte, hörte er noch, wie sein Vater sagte: »Was meint er denn damit?«

»Frankie, setz dich erst mal«, drängte seine Frau. »Ich werd' dir dann die ganze Geschichte erklären.«

Ein paar Minuten später ging Frank Columbo den Flur entlang zum Zimmer seiner Tochter. Mary folgte ihm. Michael lauschte hinter seiner Tür. Frank klopfte fest genug an Patricias Tür, um von ihr auch durch ihr Weinen und Kreischen hindurch gehört zu werden. »Patty, mein Schatz, ich bin's, Daddy«, rief er laut. »Mach die Tür auf, Liebchen. Ich möchte mit dir reden.«

Von drinnen kam keine Antwort.

»Nun komm schon, Liebchen«, versuchte Frank zu schmeicheln, »mach die Tür auf und laß Daddy mit seinem kleinen Mädchen reden. Daddy will seiner Patty doch nur helfen.«

»Laß mich in Ruhe!« schrie Patricia auf der anderen Seite der Tür.

»Wenn du versuchst, nett mit ihr zu reden, wirst du gar nichts erreichen«, sagte seine Frau.

»Patty« – Frank Columbo legte jetzt etwas väterliche Autorität in seine Stimme – »ich mache keine Witze. Mach die Tür auf.«

Wieder kam keine Antwort. Frank schlug mit der Faust gegen die Tür.

»Patty Ann! Mach sofort diese verdammte Tür auf! Auf der Stelle! Wenn nicht, trete ich sie ein, das schwöre ich dir.«

Sekunden voller Spannung verstrichen. Patricia öffnete die Tür nicht.

»Ich warne dich!« drohte ihr Vater. »Wenn ich diese Tür wirklich eintreten muß, werde ich keine neue einbauen lassen! Dann hast du keine Tür mehr zu deinem Zimmer, Patty!«

Die Angst davor war sogar stärker als ihr Schmerz, und bevor Frank Columbo seine Drohung wahrmachen konnte, gab es ein scharfes Klicken, als Patricia die Tür öffnete. Mary und Michael rannten sofort beide auf ihn los, aber Frank hob die Hand.

»Haltet euch da raus«, sagte er. »Ich regele das.«

Drinnen fand Frank eine völlig am Boden zerstörte Patricia. Die Augen waren rot und geschwollen, die Nase lief, die Wangen waren tränenüberströmt und fingen schon an aufzuspringen vom vielen Schlagen mit der eigenen Hand. Ihr Haar war aufgelöst und hing ihr wirr um den Kopf herum. Sie sah zum Erbarmen aus.

»Patty, Liebchen«, sagte Frank mit deutlich sanfterer Stimme und ging zur ihr, »jetzt komm schon. So schlimm kann doch nichts auf dieser Welt sein. Dieser Bursche ist das doch gar nicht wert . . .«

»Ist er wohl!« explodierte Patricia. »Er ist der einzige Mensch, der mich jemals wirklich geliebt hat.«

»Liebchen, das stimmt doch gar nicht, und das weißt du auch.« Frank blickte zu der offenstehenden Tür hinüber; Mary und Michael kamen langsam näher, um einen Blick ins Zimmer zu werfen. »Deine Mutter und ich und Michael lieben dich. Eine Menge anderer Leute liebt dich ebenfalls: deine Tante Janet, Onkel Phil, Onkel Joe . . .«

Patricia spürte, wie sie sich gegen irgend etwas wappnete.

». . . dein Onkel Gus liebt dich . . .«

»Hör auf!« fauchte sie ihren Vater an. »Du weißt ja nicht, wovon du redest, und du weißt auch nicht, wovon ich rede!« Sie wandte sich von ihm ab, setzte sich auf die Bettkante und betete: Bitte, bitte – setz dich nicht neben mich!

Er tat es nicht. Statt dessen stellte sich ihr Vater vor sie hin und versuchte, vernünftig auf sie einzureden. »Patty, tu dir das doch nicht selbst an. Du bist doch viel zu gut für diesen Pollacken. Der verdient doch ein Mädchen wie dich gar nicht. Sieh doch nur, wie er dich hintergangen hat. Er ist ein Miststück.

Das beste für dich wäre, ihn zu vergessen, einen anderen Freund zu finden, vielleicht diesmal einen netten italienischen Jungen ...«

»Ich will keinen anderen Freund«, schluchzte Patricia. »Wenn ich ihn nicht haben kann, will ich sterben!«

»Patty, mein Liebling, sag doch nicht etwas so Schreckliches«, sagte ihr Vater.

»Ich – will – sterben!« schrie sie ihren Vater an.

Frank Columbo schlug ihr mit aller Kraft mitten ins Gesicht, so daß sie seitwärts auf die Bettkante fiel und von dort auf den Boden. Sie krümmte sich zusammen, richtete sich aber gleich wieder auf, und sah ihren Vater mit flammenden Wangen an. Hinter ihrem Vater konnte sie ihre Mutter erkennen, die ins Zimmer gerannt kam, und sie konnte Michaels fassungsloses Gesicht im Türrahmen sehen; dann fiel ihr Blick wieder auf ihren Vater, der auf seine eigene Hand hinunterblickte, als könne er nicht glauben, was er mit ihr getan hatte.

Frank Columbo schaute auf seine Tochter hinunter, die Augen voller Schuldgefühle.

Patricia sah trotzig zu ihrem Vater hoch, ihr Gesicht wirkte starr. Sie wollte noch immer sterben.

Mai 1976

Laura Marie Komar erhielt kurz nach halb acht einen Anruf ihres Arbeitgebers, daß das Columbo-DeLuca-Apartment durchsucht worden und Patty Columbo in Gewahrsam genommen worden war.

»Laura, können Sie nicht herkommen?« fragte der Polizeieinsatzleiter. »Ich weiß, Sie haben heute Ihren freien Tag, aber wir haben hier einen unvorhergesehenen Fall und brauchen Sie wirklich.«

»Ja, das glaube ich auch«, sagte Laura. »Bin in ein paar Minuten da.«

Als Laura im Elk Grove Village Police Headquarters eintraf,

sah sie Patty Columbo im Vernehmungszimmer sitzen. Das rechte Handgelenk war mit einer Handschelle an den Stuhl gefesselt.

»Wir brauchen Sie, um die Festgenommene zu durchsuchen und bei ihr zu bleiben, vielleicht sogar den ganzen Tag«, sagte der wachhabende Beamte zu ihr. »Sie wird möglicherweise wegen der Morde an ihrer Familie angeklagt.«

Mein Gott! dachte Laura Komar. Sie mußte tief Luft holen, um die Neuigkeit zu verdauen.

Dann ging sie zu der Gefangenen. »Hi, Patty.«

»Oh, hi, Laura«, sagte Patty aufblickend. »Was machst du denn hier?«

»Ich arbeite hier im Dezernat für Öffentlichkeitsarbeit. Patty, ich muß dich leider durchsuchen.«

»Okay«, erwiderte Patty und hob die Schultern.

Glenn Gable kam, um ihr die Handfessel abzunehmen und Laura faßte freundschaftlich nach Pattys Arm. »Ich werde eine der Haftzellen für Jugendliche nehmen«, sagte sie zu dem Wachmann. »Dort sind wir ungestört.«

»Du mußt alle deine Kleider ablegen, Patty«, sagte Laura zu ihr. »Ich muß eine vollständige Leibesvisitation vornehmen und deinen ganzen Körper nach Schrammen oder sonstigen Hinweisen auf eine Mißhandlung untersuchen.«

Als Patty sich auszog, sagte sie: »Ich glaube, wir haben uns nicht mehr gesehen, seit ich die High-School verlassen habe, nicht wahr?«

»Ich meine doch«, erwiderte Laura. »Wir haben zwar nicht mehr miteinander geredet, aber ich habe dich ein paarmal bei *Walgreen's* gesehen, nur warst du so beschäftigt, daß ich dich nicht angesprochen habe.«

Laura untersuchte Patty Columbo sorgfältig, ob sie auch nichts verborgen hatte, an oder *in* ihrem Körper, und dann durchsuchte sie jedes einzelne Kleidungsstück, bevor sie es ihr zurückgab und ihr gestattete, sich wieder anzuziehen.

»Ich weiß nicht, wie lange wir jetzt hier drin sein werden«, sagte Laura dann. »Willst du einen Kaffee?«

»O ja! Und eine Zigarette.« Als Laura schon gehen wollte,

rief Patty ihr noch nach: »Laura, willst du mir einen Gefallen tun?«

»Wenn ich kann, gern. Worum geht es denn?«

»Ich mache mir Sorgen um Duke, meinen Schäferhund. Ich habe ihn auf den Balkon meines Apartments hinausbringen müssen. Jetzt fürchte ich, daß der Hund dort vergessen wird, wenn sie meinen Freund etwa auch hierher bringen.«

»Ich will mal sehen, was ich in Erfahrung bringen kann«, versprach Laura. Sie schloß die Zelle wieder ab und ging weg.

Einige Minuten später kehrte Laura mit Kaffee und Zigaretten zurück und sagte: »Deinem Hund geht es gut. Man hat ihn in ein Tierheim gebracht.«

»Oh, gut.« Patty klang ausgesprochen erleichtert. »Vielen Dank, Laura. Ich hatte richtig Angst, daß er da auf dem Balkon verhungert.«

Patty setzte sich auf die einzige Pritsche in der Zelle, und Laura öffnete die Tür und setzte sich direkt in den Durchgang auf einen Stuhl. Sie unterhielten sich über dies und das und vor allem über die gemeinsame Zeit in der High-School, die noch gar nicht so lange zurück lag. Patty erwähnte die Morde nicht, und Laura fragte sie auch nicht danach. Eine Verhaftung und die Zeit unmittelbar danach macht einen Menschen sehr verletzlich und Laura wollte nichts erzwingen, solange es nicht unbedingt erforderlich war.

Mehr als zwei Stunden lang unterhielten sie sich über Gott und die Welt, nur nicht darüber, weshalb sie hier waren.

Kurz nach 10 Uhr 30 kehrte Deputy Chief Kohnke mit zwei uniformierten Beamtinnen, die Laura allerdings nicht kannte, zu der Arrestzelle zurück.

»Sie sind zunächst einmal entlassen, Laura«, sagte Kohnke zu ihr. »Aber bleiben Sie in der Nähe. Wir rufen Sie, wenn wir hier fertig sind.«

Kohnke und die beiden Beamtinnen blieben nahezu eine Stunde mit Patty allein. Laura beobachtete, daß sie in der Zeit mehrmals aus der Zelle in einen in der Nähe befindlichen Waschraum geführt wurde. Gegen Mittag rief Kohnke Laura zurück und verließ die beiden zusammen mit den Beamtinnen. Laura fragte Patty, ob sie etwas essen wolle, aber die lehnte ab. Sie bat nur um eine Coke, die Laura ihr dann auch brachte.

Etwas später kam Gene Gargano vom Büro des Sheriffs an der offenstehenden Zellentür vorbei. Neben ihm ging John Landers, der Ermittlungsbeamte vom Elk Grove Village Police Department, der Ray Rose an dem Tag, als die Leichen entdeckt worden waren, bei der Tatortbesichtigung assistiert hatte. Zufällig war Landers auch zusammen mit einem Kollegen bei einem Vorfall zugegen gewesen, der sich zehn Monate zuvor ereignet hatte. Pattys Vater, Frank Columbo, hatte damals auf dem Parkplatz von *Walgreen's* Pattys Liebhaber, Frank DeLuca, tätlich angegriffen und ihn mit einem Gewehrkolben ins Gesicht geschlagen, um ihn davor zu warnen, weiterhin seiner Tochter nachzustellen. Patty hatte Gargano flüchtig kennengelernt, seit er an diesem Mordfall arbeitete.

»Ich kenne die beiden Kerle«, sagte Patty zu Laura Komar, als sich die Beamten näherten.

»Willst du mit ihnen reden?« fragte Laura.

»Großer Gott, nein!« erwiderte Patty und wandte sich ab. »Ich schäme mich viel zu sehr, um ihnen ins Gesicht zu sehen.«

Aber wenig später, nachdem sie sich die Sache offenbar noch einmal überlegt hatte, sagte Patty zu Laura: »Sieh mal, ob Gargano und Landers noch in der Nähe sind. Sag ihnen, ich würde gern mit ihnen reden.«

Gargano war inzwischen schon wieder gegangen, aber Landers kam zusammen mit Gable zu der Arrestzelle zurück.

»Hi, Jungs«, sagte Patty, als die beiden Beamten eintraten. »Was liegt an?«

»Pat«, sagte Landers, »es sieht so aus, als bekämen Sie ernste Probleme. Aber bevor wir weiter miteinander reden, muß ich Sie auf Ihre verfassungsmäßigen Rechte hinweisen.«

»Die sind mir schon zweimal vorgelesen worden«, erwiderte Patty.

»Dann tun wir's eben noch einmal«, sagte Landers und zitierte die Rechte, die sie hatte und die lauteten, daß sie das Recht habe zu schweigen und das Recht, während der Befragung einen Anwalt hinzuzuziehen.

Dann sagte Patty: »John, Sie wissen ja selbst, welche Probleme ich mit Dad hatte. Die meisten davon rührten aus meinem Verhältnis zu meiner Mutter. Meine Mutter hatte einen sehr starken Einfluß auf meinen Vater.«

»Pat, möchten Sie vielleicht telefonieren, bevor Sie jetzt fortfahren?« fragte Landers.

»Sie meinen, um einen Anwalt anzurufen?« fragte sie.

»Ja.«

Patty schüttelte den Kopf. »Nein, ich brauche keinen Scheiß-Anwalt.«

Landers sprach noch eine Weile mit ihr und führte sie dann aus der Haftzelle und brachte sie in Begleitung von Laura Komar in ein Vernehmungszimmer.

»Sie können mit Laura hierbleiben«, sagte der Beamte zu ihr, »während ich mich darum kümmere, einen Stenografen zu finden, der Ihre Aussagen aufschreibt. Wenn Sie vorher noch telefonieren wollen, dann tun Sie es bitte jetzt gleich.«

Patty setzte sich an den Schreibtisch und langte nach dem Telefon. Sie schaffte es nicht, Ordnung in ihre Gedanken zu bringen. So mußte sie die Auskunft anrufen, um dort die Nummer ihrer Patentante, Janet Morgan, in Chicago zu erfragen. Sie war nicht ins Telefonregister eingetragen. Patty versuchte es wieder und fragte diesmal nach der Nummer von Bill Morgan, die man ihr auch nannte. Dann hörte Laura Komar sie sagen: »Hi, Tantchen Janet . . .«

In diesem Augenblick kehrte Landers ins Büro zurück. Laura und Landers hörten Patty sagen: »Sie haben mich wegen der Morde an Mom und Dad und Michael hierher gebracht.« Nach einer Pause fuhr sie fort: »Nein, ich brauche keinen Scheiß-Anwalt; die reden doch sowieso alle nur Mist. Ich werde ihnen schon eine Erklärung geben. Sie haben Frank hergebracht, und die einzige Möglichkeit, ihn wieder freizubekommen, ist, daß ich eine Erklärung unterschreibe. Ich weiß schon, was ich tue.«

Man muß sich an dieser Stelle fragen, woher Patty zu diesem Zeitpunkt wußte, daß DeLuca entlassen werden würde, wenn sie eine formelle Erklärung unterzeichnete. Die einzige Erklärung wäre, daß Landers sich ihr gegenüber in diesem Sinne geäußert hätte; er war der letzte, der unbeobachtet mit ihr gesprochen hatte, bevor sie zugestimmt hatte, eine Erklärung zu unterzeichnen, und er war gleichzeitig der Ermittlungsbeamte, den sie am besten kannte und in dessen Gegenwart sie sich noch am wohlsten fühlte. Neunzehn Jahre alt, ganz offenkundig nicht im Vollbesitz ihrer seelischen Kräfte, war Patricia zu diesem Zeitpunkt schon seit neun oder zehn Stunden ohne einen Anwalt in Gewahrsam. Falls Landers sich diese Umstände zunutze gemacht hätte, um Patricia zu dieser Erklärung zu überreden, dann wäre das zumindest eine sehr unschöne Art und Weise gewesen.

Als Patty ihr Gespräch mit Janet Morgan beendet hatte, kam Deputy Chief William Kohnke in den Raum und trug Laura auf, Patricia wieder in die Haftzelle zu bringen. Dort ließ er die beiden zunächst allein und kehrte kurz danach mit einem Zivilisten zurück, den Laura nicht kannte – den aber Patty dafür um so besser kannte: Lanny Mitchell.

»Erkennen Sie die Person dort drinnen?« fragte Kohnke Lanny.

»Ja.«

»Um wen handelt es sich also?«

»Patty Columbo«, erwiderte Lanny Mitchell. Dann schaute Lanny zu Patricia hinein und machte mit dem Zeigefinger eine Geste des Halsabschneidens. Es hätte seine Art sein können, ihr zu bedeuten, daß ihr Mörderspiel, das sie gemeinsam gespielt hatten, vorbei war.

Vielleicht ließ Lanny sie aber auch auf seine unnachahmliche Weise wissen, daß er sich jetzt anschickte, *ihr* den Hals durchzuschneiden.

Während Patty in der Jugend-Haftzelle saß, wurde Frank DeLuca, der gesondert ins Elk Grove Village Police Department gebracht worden war, in Raum 1 von Ray Rose und Frank Braun vernommen.

Nachdem ihm seine verfassungsmäßigen Rechte vorgelesen worden waren, wurde DeLuca gefragt, ob er irgend etwas über die Columbo-Morde wisse. Er erwiderte, er wisse nicht, ›wer die Mörder‹ seien – ›die‹ Mörder, Mehrzahl!

DeLuca fuhr fort zu erklären, er glaube nicht, daß Patricia Columbo die Morde begangen habe, denn er und Patty seien in der Nacht des Verbrechens bis gegen neun Uhr zusammen in einem Einkaufszentrum gewesen und hätten danach die ganze Nacht in ihrem gemeinsamen Apartment verbracht. (Hier ist anzumerken, daß DeLuca nicht mit allem Nachdruck darauf bestand, er *wisse*, daß Patty die Morde nicht begangen habe, sondern lediglich erklärte, er *glaube nicht*, daß sie sie begangen habe.)

Sein und Pattys letzter Kontakt mit Frank Columbo, sagte DeLuca aus, seien Telefonanrufe gewesen, die er am Montagabend, dem 3. Mai, und am Dienstag, dem 4. Mai, entgegengenommen habe.

Er lebe, sagte DeLuca weiter aus, in Scheidung von seiner Ehefrau, der Mutter seiner fünf Kinder, so daß er und Patty im Juni würden heiraten können. Während der Befragung ließ DeLuca keine Gelegenheit aus, von Mary und Frank Columbo als von ›Mom und Dad‹ zu sprechen. Er sagte unter anderem aus, ›Mom‹ und ›Dad‹ hätten ihn endlich ›akzeptiert‹ und daß sich ein gutes Verhältnis zwischen ›Mom‹ und ›Dad‹ einerseits und ihm und Patty andererseits zu entwickeln begonnen habe.

Befragt zu den Fotos, die in seinem Apartment gefunden worden waren, sagte er, ›die meisten‹ dieser Schnappschüsse habe er gemacht und daß er und Patty verschiedene Bilder an einschlägige Magazine verschickt hätten, um andere Pärchen für gemeinsame Sexspiele zu finden.

Wie Patty schien auch DeLuca seltsam unberührt von der kürzlich erst stattgefundenen Katastrophe, die die Familie Columbo heimgesucht hatte. Seine Trauerbekundungen waren reine Lippenbekenntnisse und klangen, als rede er vom Wetter.

Gegen 21 Uhr 30 nachdem Patty Columbo vierzehn Stunden in Polizeigewahrsam gewesen war, war Ray Rose soweit, sie in das Frauengefängnis von Chicago einzuliefern und sie formell des Mordes sowie Anstiftung zum Mord zu beschuldigen. Deputy Chief Kohnke entschloß sich, sie zu begleiten, und eine inzwischen rechtschaffen müde Laura Komar mußte gleichfalls mitkommen – die letzte Amtshandlung an diesem ihrem ›freien‹ Tag.

Bevor sie das Polizeigefängnis verließen, fragte Patty, ob es nicht möglich sei, daß sie noch einmal mit Frank DeLuca sprechen könne, bevor sie ins Gefängnis eingeliefert wurde. Irgend jemand erklärte sein Einverständnis, und Frank DeLuca wurde in die Arrestzelle für Jugendliche geführt. Man gab ihm und Patty Zigaretten und ließ die beiden fünfzehn Minuten allein.

Laura Lomar sah und hörte Patty während dieses kurzen Besuches schluchzen.

Niemand vom Elk Grove Village Police Department wußte später, was zwischen den beiden Liebenden in der Intimität der Zelle vorging, und Patricia Columbo sollte fünfzehn Jahre lang darüber schweigen. Aber das war der Punkt, an dem Frank DeLuca wieder die alleinige Führung in ihrer Partnerschaft übernahm.

Am Anfang dieser Beziehung, als Patty fünfzehn gewesen war und Frank vierunddreißig, war sie sein Schützling gewesen; er war ihr Lehrer, Ausbilder, Mentor und Meister. Doch nach und nach, als ihr Verhältnis sich zum Schlechteren wandte, als ihre sexuellen Praktiken immer bizarrer wurden, als ihre ungleiche Partnerschaft beider Familienleben zu beeinträchtigen begann, als Streß, Ängste, Gewalttätigkeit und Furcht anfingen übermächtig zu werden, und als ihr Alkohol- und Drogenkonsum immer mehr stiegen, wurde Patricia mehr und mehr der starke Teil des Paares und DeLuca der schwache.

In den Wochen, die den Morden unmittelbar vorangingen, zog sich DeLuca immer öfter in ihr kleines Apartment mit der Stahltür zurück, wo er sich in Whisky, Pillen und zunehmend grotesker werdende sexuelle Phantasien flüchten konnte. Es blieb Patty, gerade erst neunzehn geworden und doch scheinbar reifer als er, überlassen, sich um die Bedürfnisse des täglichen Lebens zu kümmern und beider Probleme zu lösen. Während Frank Tag für Tag wie ein lebender Leichnam zur Arbeit schlich und Nacht für Nacht wie ein gehetztes Wild nach Hause zurückkam, hielt sich Patty mit Adrenalin und der eigenen absurden Vorstellung aufrecht, alles werde herrlich für sie und ›den einzigen Menschen, der mir geblieben ist‹ werden. Daß ihr ganzes Leben zu einem Gespinst aus lauter Lügen verkommen war, kam ihr auch nicht ein einziges Mal in den Sinn. Sie war genauso unfähig zum normalen Umgang mit anderen geworden wie der Mensch, der sie das alles gelehrt hatte.

Hier im Polizeigewahrsam erkannte sie seine Schwäche, und er wurde wieder zur starken Figur.

»Du mußt mich da raushalten, Patrish«, beschwor DeLuca seine hoffnungslos überforderte junge Geliebte. »Solange ich außen vor bleibe, können sie dir gar nichts anhaben. Ich bin dein Alibi – alles klar? Du warst die ganze Nacht bei mir, okay? Was sie dir auch immer vorhalten mögen, ich werde immer bezeugen, daß du es gar nicht gewesen sein kannst. Du hältst mich da raus, und wir beide sind bald wieder als freie Bürger in unserem Apartment vereint, Patrish. Es wird nur noch dich und mich geben. Wir werden uns ein Segelboot kaufen, davonsegeln und nie mehr zurückkommen . . .«

Patty weinte und hörte ihm zu und weinte noch mehr. Es war so einfach, sich wieder in eine Zeit zurückzuversetzen, wo alles, was Frank sagte, ein Evangelium, was immer Frank tat, fehlerlos, was immer Frank wollte, richtig war. Patty wußte, daß sie in wenigen Stunden angeklagt werden würde, ihren Vater, ihre Mutter und ihren kleinen Bruder ermordet zu haben, und daß man sie ins Gefängnis stecken würde. Sie rechnete damit, nie wieder freizukommen – und in diesem Augenblick wollte sie das noch nicht einmal.

Warum also dafür kämpfen?

»In Ordnung, Frank«, sagte sie unter Tränen zu ihm. »Wenn du es sagst.«

Es war ja alles so einfach.

Oktober 1971 und April 1989

Als Folge der Ohrfeige ihres Vaters nach Jack Formanskis Betrug verfiel Patricia in eine Lethargie, die sie unaufhörlich weiter hinunter zog. Sie wurde teilnahmslos und uninteressiert und war die meiste Zeit auch körperlich erschöpft; sie hatte kaum noch Appetit und so gut wie keine Energie mehr; zudem scheute sie jegliche Aktivität außer der unumgänglich nötigen wie etwa die Schule. – Und auch da saß sie nur wie benommen in der Klasse, ohne etwas anderes zu tun als darauf zu warten, daß die Zeit verging und sie wieder in die Intimität und Einsamkeit ihres Zimmers, die sie immer angenehmer empfand, zurückkehren konnte. Je träger sie wurde, desto weniger fühlte sie sich bedrängt – von allem. Es war fast, als lebe sie in einem Kokon.

Niemand außer Michael akzeptierte ihren Zustand. Er war der erste gewesen, der sie getröstet hatte, nachdem sie geschlagen worden war. Ihre Mutter war instinktiv zu ihr gelaufen, um ihr aufzuhelfen, aber Patricia hatte sich losgemacht und gefleht: »Laß mich allein, laß mich bitte, bitte in Ruhe . . .«

Ihr Vater hatte den Raum schon wieder verlassen, und als ihre Mutter ihm folgte, schickte sie Michael in sein eigenes Zimmer zurück. Patricias Tür stand weiter offen, und es war noch kaum eine Minute verstrichen, als er wieder erschien, die Tür hinter sich zuzog und sich neben seine Schwester auf das Bett setzte.

»Er hätte dich nicht schlagen dürfen«, sagte der Junge feierlich.

»Es ist schon in Ordnung, Michael«, schniefte Patricia.

»Auf deinem Gesicht kann man noch den Abdruck seiner Finger sehen«, sagte er, nachdem er sie genauer betrachtet hatte. Patricia sah, wie ihm die Tränen in die Augen stiegen.

»Das wird wieder weggehen, Michael.« Sie legte den Arm um ihn und zog ihn näher zu sich heran. »Es tut auch gar nicht weh«, log sie.

»Ich wette, es tut wohl weh!« widersprach er und begann jetzt selbst zu schluchzen. »Das sagst du ja bloß, daß es nicht weh tut.« Michael ballte die kleine Hand zur Faust. »Ich hätte Lust, *ihn* zu schlagen. Mal sehen, wie *ihm* das gefallen würde.«

»Sag so was nicht«, tadelte Patricia.

So saßen sie mehrere Minuten zusammen, bis Patricia ihm schließlich den Kopf tätschelte und sagte: »Du solltest jetzt besser wieder in dein Zimmer gehen.«

Der Junge erhob sich und schlich bedrückt zur Tür. Bevor er

das Zimmer verließ, drehte er sich noch einmal um und sagte: »Ich werde es nie wieder ausnutzen, wenn du ein Geheimnis für dich bewahren willst. Von jetzt an werde ich jedes Geheimnis freiwillig und umsonst bewahren.«

Für Michael war dies der Ausdruck seiner allerhöchsten Zuneigung.

Patricia hätte sicher gelächelt, wenn ihr Gesicht nicht so geschmerzt hätte.

Frank Columbo unternahm einen verzweifelten Versuch, sich zu entschuldigen – aber er machte es so, wie Patricia bei der Planung ihrer Entschuldigung an Jack. Patricia bedauerte, all diese bösen Dinge gesagt zu haben – aber es war *Jacks* Schuld gewesen, daß sie sie gesagt hatte.

Und genauso dachte jetzt Frank Columbo.

»Sieh mal, Patty Ann«, sagte er am nächsten Tag. »Ich weiß, ich hätte dich nicht so schlagen dürfen, aber du mußt zugeben, daß du mich förmlich dazu getrieben hast, verstehst du? Ich meine, ich habe die ganze Zeit gesagt, du sollst mit dem Unsinn aufhören, daß du sterben wolltest und was du da sonst noch alles gesagt hast. Du hast deine Mutter und deinen Bruder ganz schön aufgeregt. Und mich auch. Und du wolltest mir nicht einmal zuhören, weißt du noch? Erinnerst du dich?«

»Ja, ich weiß es noch«, erwiderte Patricia ruhig.

»Wenn du mir wenigstens zugehört und getan hättest, was ich dir gesagt habe, hätte ich dich nicht geschlagen. Du verstehst, was ich damit sagen will?«

»Ja, ich verstehe«, sagte sie tonlos.

Während er redete, sah sie ihn direkt an, aber ihr Vater erwiderte ihren Blick nicht; er schaute sie nur hin und wieder flüchtig an; ansonsten irrte sein Blick mal hierhin, mal dorthin – überall hin, nur nicht zu der blutunterlaufenen Schwellung, die die Haut gleich über ihrem Wangenknochen häßlich purpurfarben verunstaltete.

»Und du mußt zugeben«, fuhr ihr Vater in seinem Plädoyer in eigener Sache fort, »es passierte zum erstenmal, richtig? Ich meine, bleib bei der Wahrheit, ich habe dich doch noch nie geschlagen, oder? Ich meine, jetzt mal abgesehen von einem gelegentlichen Klaps auf den Po, als du noch ein kleines Kind warst, stimmt's?«

»Das stimmt«, gestand sie zu, aber ihr Tonfall war absolut unpersönlich, ohne allerdings respektlos zu sein.

»Okay, gut«, sagte ihr Vater, »laß uns also die ganze Sache vergessen, und es wird nie wieder passieren. Glaub mir, du wirst sehr schnell einen neuen Freund finden und dich nicht einmal mehr daran erinnern, daß es diesen Pollacken überhaupt je gegeben hat. Einverstanden?«

»Einverstanden.«

Er tätschelte ihren Arm und verließ das Zimmer. Patricia konnte noch hören, wie er draußen im Flur zu ihrer Mutter sagte: »Halt sie noch im Haus, bis die Schwellung abgeklungen ist. Ich will nicht, daß sie in die Schule geht, solange man diese Beule noch sehen kann. Sonst haben wir im Handumdrehen einen Beauftragten vom Kinderschutzbund an der Tür, der dumme Fragen stellt.«

Patricia blieb der Schule eine ganze Woche fern mit der Entschuldigung, sie habe eine Grippe.

Ganz offensichtlich beschäftigte das Problem Patricia Frank und Mary Columbo Tag und Nacht.

»Sie führt sich auf wie ein lebender Leichnam, ein echter Zombie«, jammerte Mary bei ihren Bekannten.

Frank versuchte mehr als einmal, mit ihr zu reden. Sie hörte ihm betont höflich zu und antwortete ebenso, um dann aber wieder in ihre Teilnahmslosigkeit zu verfallen, als habe sie nicht ein einziges Wort von dem verstanden, was er ihr gesagt hatte.

In Frank wuchs die Überzeugung, seine Tochter hasse ihn, weil er sie geschlagen hatte.

Mary glaubte das nicht. Es war das erste Mal überhaupt gewesen, daß Frank sie geschlagen hatte – und so schuldig, wie er sich deswegen fühlte, war sie sicher, es werde auch das letzte Mal sein. Außerdem hatte Mary einen ganz anderen Verdacht: Patricia haßte *sie*!

»Ich habe nie mit ihr reden können«, klagte sie bei Freunden.

Schließlich nahmen beide Elternteile Zuflucht zu der uralten Erklärung, die sie vollkommen von jeder Verantwortlichkeit und jeglicher Verpflichtung zu handeln entband: Sie kamen zu dem Schluß, Patricia durchlaufe eine *Phase*. Zu gegebener Zeit, da waren sie sicher, würde sich das schon auswachsen. Alles, was sie tun mußten, war, ihre Depressionen zu ignorieren und abzuwarten.

Es sollte sich erweisen, daß dies die schlechteste Entscheidung war, die sie überhaupt hatten treffen können.

»Also«, faßte Schwester Burke den ganzen Vorfall zusammen, »Sie verloren Jack, kamen gleichzeitig Michael näher und – was fühlten Sie danach für Ihren Vater?«

»Ich habe ihn nicht gehaßt, falls Sie das meinen«, sagte Patricia. »Ich war nicht einmal wütend auf ihn. Michael war wegen der Ohrfeige böser auf ihn als ich.« Sie schüttelte den Kopf. »Um bei der Wahrheit zu bleiben, ich kann mich nicht erinnern, überhaupt irgend etwas für irgend jemand empfunden zu haben. Alles, woran ich mich noch erinnere, ist, daß mein Leben plötzlich wie in Zeitlupe zu verlaufen schien. Ich hatte den ursächlichen Schmerz überwunden, und ich hatte keinerlei Selbstmordgedanken mehr; die Verzweiflung war verschwunden. Aber es hätte mich nicht im mindesten gestört, wenn ich gewußt hätte, daß ich am nächsten Morgen die Augen nicht mehr aufmachen würde, wenn ich mich abends ins Bett legte. Es war mir schlicht *egal*.« Sie seufzte leise. »Fünfzehn Jahre war ich damals alt und hatte schon das Gefühl, mein Leben sei vorüber.«

»Das«, bemerkte Schwester Burke an, »ist gar nicht so ungewöhnlich, wie Sie vielleicht glauben. Diese Jahre sind im Leben eines jeden Menschen eine schwere Zeit.« Einen kurzen Augenblick lang trommelte die Nonne lautlos mit den Fingerspitzen auf die Tischplatte. »Trish, wir sind fast an dem Punkt angelangt, glaube ich, wo Ihr Mitangeklagter, Frank DeLuca, in Ihr Leben trat. Waren Sie nicht sechzehn, als Sie ihn kennenlernten?«

»Nicht ganz«, erwiderte Patricia. Sie legte den Kopf zurück

und blickte zur Decke empor. »Wir lernten uns am 26. Mai 1972 kennen. Menschen, die sich ernstlich verlieben, merken sich solche Daten. Es war weniger als einen Monat vor meinem sechzehnten Geburtstag und etwas mehr als einen Monat vor Franks vierunddreißigstem.« Sie blickte zurück zu Schwester Burke und lächelte mutlos. »Natürlich dachte er, ich sei schon älter, und ich hielt ihn meinerseits für jünger. Das war später vielleicht eine Überraschung, kann ich Ihnen sagen.«

»Das kann ich mir denken. Worauf ich aber hinaus will, das hat nichts mit dem Alter zu tun. In den dreizehn oder mehr Jahren, die Sie jetzt im Gefängnis verbracht haben, haben Sie jeden direkten Kommentar zu Ihrer Schuld oder Unschuld abgelehnt – obwohl Sie durch Ihren Anwalt die Verantwortung für den Tod Ihrer Familie übernommen *haben*. DeLuca hat andererseits stets mit Nachdruck geleugnet, überhaupt irgendwie in das Verbrechen verwickelt zu sein. Ich muß wissen, ob Sie diese fortgesetzte Unschuldsbeteuerung beeinflussen kann, sich mir bezüglich dieses kritischen Teils Ihres Lebens zu öffnen. Was meinen Sie?«

»Ich – weiß nicht«, erwiderte Patricia zögernd. »Ich bin nicht ganz sicher, ob ich Ihre Frage richtig verstanden habe.«

»Mich interessiert die Frage, ob Sie sich irgendwie verpflichtet fühlen, DeLucas Position zu stützen, ihn in irgendeiner Weise zu unterstützen.«

»Ich fühle im Zusammenhang mit Frank überhaupt nichts«, sagte Patricia, »und das schon seit langer Zeit nicht.« Sie senkte ein ganz klein wenig den Kopf. »Sie und ich, wir reden jetzt seit anderthalb Jahren miteinander, Schwester Burke, und Sie haben noch nie meine Schuld oder Unschuld erwähnt. Warum nicht?«

»Das war nicht nötig. Erinnern Sie sich noch, was Sie bei meinem allerersten Besuch hier bei Ihnen gesagt haben? Sie sagten damals sinngemäß, Sie wollten herausfinden, wie Sie in eine Situation oder Verfassung oder wie auch immer geraten konnten, in der Sie überhaupt Hilfe nötig hatten. Sie wollten wissen, was mit Ihnen als Kind passiert ist, warum es passiert ist und was es für Sie bedeutet hat. Sie wollten also herausfinden, wieso Sie Hilfe *brauchten.* Sie haben bewußt und mit Vorsatz einen Prozeß der Selbsterforschung begonnen, weil Sie selbst einfach wissen wollten, welche Fehler und Schwächen bei Ihnen Sie hierher ins Gefängnis geführt haben. Daraus kann ich nur einen Schluß ziehen. Falls ich mich irre, sagen Sie es mir doch bitte.«

Patricia sagte es ihr nie.

Schwester Burke erläuterte Patricia, was es bedeuten würde, wenn sie anfingen, über DeLuca und die Morde zu reden.

»Das erfordert eine sehr sorgfältige Analyse«, warnte sie. »Seit Jahren schon schätze ich eine bestimmte Vorgehensweise, die ich gern mit dem Schälen einer Grapefruit vergleiche. Wir müssen zunächst ganz vorsichtig die äußeren Schichten der Schale abtragen und immer nur einen Streifen dieser Schale ablösen. Wenn wir die Frucht unter einem solchen ganz schmalen Streifen dieser Schale untersucht haben, müssen wir diesen Streifen wieder an seinen Platz zurückbringen, bevor wir einen neuen abziehen. Die ganze Grapefruit auf einmal zu schälen, würde die volle Frucht vor uns entblößen und uns jede Möglichkeit nehmen, die schützenden Häute wieder darüberzudecken. Das aber würde die Grapefruit zerstören. Die Grapefruit nun ist Ihr Bewußtsein und Ihr Unterbewußtsein in einem, Trish; wir müssen vorsichtig sein, beides nicht zu beschädigen, während wir es examinieren.« Schwester Burke unterbrach sich einen winzigen Augenblick, dann betonte sie noch einmal: »Wenn Sie daher irgendeinen Widerstand, und sei er noch so gering, bei sich fühlen, über DeLuca zu sprechen, dann wäre es am besten, es erst gar nicht zu versuchen.«

»Ich fühle keinerlei Abwehr, die mir bewußt wäre, Schwester«, versicherte Patricia ihr.

Die mir bewußt wäre. War dies etwa ein unbewußter Verteidigungsmechanismus, der wie von selbst in Tätigkeit trat? Vielleicht. Vielleicht aber auch nicht. Schwester Burke hätte es in diesem Stadium selbst nicht zu sagen gewußt. Der einzige Weg, das herauszufinden, war, mit dem Schälen fortzufahren und abzuwarten, was sich ergab. Riskant – aber in diesem Fall nötig, muß sie sich gedacht haben.

»Nun denn, Sie näherten sich also Ihrem sechzehnten Geburtstag, als Sie Frank DeLuca kennenlernten . . .«

November 1971 bis April 1972

An einem Samstag, etliche Monate, nachdem Patricia und Jack Schluß gemacht hatten, ging Frank Columbo allein einkaufen. Als er nach Hause zurückkehrte, hatte er einen großen Karton auf dem Rücksitz seines Wagens. Darin befand sich, wie er lauthals verkündete, das neue Familien-Hobby.

Die Überraschung erwies sich als eines der neuen Kurzstrecken-Funkgeräte, an denen neuerdings so viele Leute, vor allem in den Vororten, so großes Interesse hatten. Frank Columbo hatte viel darüber nachgedacht, was man vielleicht mit der ganzen Familie gemeinsam betreiben könnte. Und in Elk Grove Village gab es einen CB-Club, in den sie alle eintreten konnten. Er nannte sich der ›Club der Sieben‹, weil alle seine Mitglieder Kanal sieben benutzten.

Ganz offenbar hatte Frank Columbo gehofft, die Begeisterung für das neue Hobby werde seine Tochter aus ihrer Lethargie reißen und wieder ein wenig Ruhe in das Familienleben bringen können. Doch als er dann seine kleine Familie um sich versammelte, um allen Mitgliedern das neue Hobby vorzustellen, zeigte Patricia nicht das geringste Interesse daran. Sie stellte klar, daß sie sich daran nur beteiligen werde, wenn dies ausdrücklich von ihr verlangt würde. Ihr Vater aber wollte nicht auf seine Autorität pochen; er wollte, daß sie sich beteiligte, weil sie es selbst so wollte, aus reinem Spaß an der Sache; er hatte nicht vor, sie zum Mitmachen zu *zwingen*.

Michael war natürlich hellauf begeistert, und Mary hatte ihre eigenen speziellen Gründe, mitzumachen – vielleicht, weil Patricia nicht mitmachte, oder vielleicht deshalb, weil sie wußte, wieviel es Frank bedeutete und wie sehr er sich um eine

Gemeinsamkeit bemühte. Frank und Michael wurden überaus aktive Mitglieder im CB-Club, Mary dagegen weniger. Als Codename, unter dem er funkte, wählte Frank ›Crazy Dago‹*.

»So werde ich auch sonst oft genug genannt«, brüstete er sich gern.

Michael wählte ›Blue Mule‹** als sein Kennwort; typisch, daß er niemandem sagte, warum. Mary, die in der Hauptsache zuhörte und nur selten selbst sendete, wählte ›Moon Beam‹*** – nach einem alten Kinderlied, das sie, wie sie sagte, sehr geliebt hatte.

Patricia wählte für sich selbst nie einen Codenamen, weil sie sich nie in das Netz einschaltete.

Je mehr sich Eltern und Bruder in ihre CB-Aktivitäten vertieften, desto stärker fühlte Patricia sich ihnen entfremdet. Sie versuchte nie, dafür jemand anderen verantwortlich zu machen. Je mehr sie sich in ihrer Melancholie alles durch den Kopf gehen ließ, um so mehr wurde ihr klar, daß sie auf den Bruch mit Jack Formanski doch erheblich überreagiert hatte, was sie hysterisch und unlogisch hatte werden lassen; und daß das wiederum ihren Vater dazu verleitet hatte, sie zum allerersten Mal ins Gesicht zu schlagen; und daß das dann wiederum dazu geführt hatte, daß sie auf Distanz zu ihm gegangen war und damit konsequenterweise auch zu ihrer Mutter. Michael war zu Beginn nicht in diese Abneigung einbezogen gewesen, da er sich schon in dem Augenblick, als sie geschlagen worden war, mit ihr solidarisiert hatte. Aber als er auf seinen neunten Geburtstag zuging, schwand Michaels Verständnis für diese Art von Familienzwist immer mehr. Wenn sich eine körperliche Mißhandlung seiner Schwester wiederholt hätte, hätte er bestimmt wieder Partei für sie ergriffen. Aber da das nicht geschah, verblaßte die Gewalttätigkeit in seiner Erinnerung immer mehr.

* Wörtlich: verrückterer Italiener
** Blaues Muli
*** Mondschein

Als Michael sich dann nach und nach von Patricia zurückzog, wie diese sich von ihren Eltern zurückgezogen hatte, wurde sie im eigenen Zuhause völlig isoliert. Da beschloß sie, sich ihre eigene Welt aufzubauen.

In der Schule wurden kaufmännische Sonderkurse angeboten, zu deren Programm es auch gehörte, den Schülern und Schülerinnen zu helfen, neben der Schulausbildung noch eine Teilzeitbeschäftigung zu finden. Inzwischen hatte Patricia sich auch vollständig von ihrer alten Clique abgesondert. Die Mädchen hatten alle einen festen Freund, nur sie nicht. Da sie es außerdem leid war, täglich nach der Schule zu Hause das gespannte Verhältnis zu ihrer Mutter erleben zu müssen, nahm sie die Möglichkeit, vielleicht einen Nebenjob zu finden, sofort wahr.

Der Leiter des Sonderkurses war glücklich, jemanden wie Patricia zu haben. Hübsch, ruhig, gut beleumundet, adrett gekleidet, mit besten Schulnoten, müßte sie eigentlich in einen gut bezahlten Bürojob zu vermitteln sein. Aber es war jetzt mitten im Semester, und die Traumjobs waren alle schon vergeben.

»Das einzige, was ich jetzt noch hätte«, sagte ihr der Lehrer, »wäre ein Job in der Ausgabe eines kleineren Sandwich-Shops.«

»Und wo wäre das?« fragte Patricia.

»Der Shop heißt *Corki's*. Er liegt direkt im Einkaufszentrum.«

»Weiß schon – gleich neben *Walgreen's*«, erwiderte Patricia. »Ich bin da schon mal drin gewesen.«

»Für jemand wie dich nicht gerade der richtige Job«, fand der Lehrer. »Immer nur Sandwiches machen und Gäste bedienen . . .«

»Ich möchte es aber ganz gern mal probieren«, sagte Patricia.

»Na schön, aber ich werde versuchen, für das nächste Semester etwas Passenderes für dich zu finden. Okay?«

»Sicher«, sagte Patricia.

Das nächste Semester schien noch ein Menschenleben weit entfernt zu sein.

Das *Grove Shopping Center* war eines jener Vorort-Einkaufszentren mit vielen verschiedenen kleineren Läden neben einem großen Parkplatz. Der Supermarkt *Walgreen's* war das Zentrum des *Elk Grove Shopping Center* und hatte daher auch den besten Platz direkt am Rande des Parkplatzes.

Corki's war eine Imbiß-Stube direkt neben *Walgreen's* und von diesem durch eine große Schiebetür getrennt, die während der Geschäftsstunden durchgehend geöffnet war. So konnten die Kunden hin und her gehen, ohne erst nach draußen zu müssen. Es war kein großes Lokal, nur eine lange Reihe von Tischen an der einen Wand und ein paar kleinere Nischen. Eingerichtet war es wie die meisten anderen Läden dieser Art auch mit einem Grill, einem Mikrowellenherd und einem Mixer für Milchshakes. Auf der Speisekarte stand nichts Außergewöhnliches: Thunfischsalat, Schinkenbrötchen, Roastbeef, Fruchtsäfte, geeister Tee, Kaffee. Einfach und schnell zuzubereiten – für Ladenangestellte mit fünfzehnminütiger Kaffee- und halbstündiger Mittagspause und begrenztem Budget.

Patricia gefiel es – das Lokal, die Arbeit, das wechselnde Publikum. Sie trug eine rote Schürze über einer gestärkten weißen Uniform, die ihre dunklen Augen und Haare sehr vorteilhaft zur Geltung brachte. Es gab absolut nichts zu lernen – wer, zum Teufel, hätte wohl nicht einen fertigen Hamburger aus dem automatischen Grill nehmen und auf ein Tablett stellen können? Für den Thunfischsalat wurde dieselbe Schale genommen, in der auch Eiscreme serviert wurde, vom Brot mußte die Kruste abgeschnitten werden, zu jeder Bestellung gab es Kartoffelchips, und für die Apfelpasteten gab es eine Schneidemaschine, mit der man absolut gleich große Stücke mit immer gleich sauberen Kanten abschneiden konnte. Ein durchschnittlicher Achtjähriger, dachte sie, dürfte damit keinerlei Schwierigkeiten bekommen.

Patricias Chefin war Eunice, eine kräftig gebaute, lässige und ausgesprochen lustige Frau von vierzig Jahren mit blond gefärbten Haaren und einem Mann, der einen Bierwagen fuhr. Sie hatten keine Kinder. »Hab' nie welche haben wollen«, erklärte sie, als Patricia sie einmal nach ihrer Familie fragte. »Ich bin nicht der Typ zum Windelwechseln. Wir haben einen

Campingwagen, und mit dem fahren wir an den Wochenenden gern nach Wisconsin hinaus und genießen ein bißchen die Natur. Wir kochen sogar draußen. Für einen Mann, der die ganze Woche mit einem Bierwagen herumfährt, ist Ed erstaunlich naturverbunden; er braucht einen Baum nur mal kurz zu sehen, und schon kann er dir sagen, was das für einer ist. Irgendwann kaufen wir uns bestimmt mal ein Wohnmobil und leben auf dem Land.«

Patricia mochte Eunice. Sie war so natürlich wie Quellwasser und kein bißchen eingebildet. Und sie ließ Patricia gleich wissen, daß mit diesem Job einige Vergünstigungen verbunden waren. »Wenn du einen Freund hast, der mal auf ein Sandwich vorbeikommen will, prima; dem brauchst du erst gar keine Rechnung zu schreiben. Dasselbe gilt auch für deinen kleinen Bruder oder deine Eltern. Aber übertreibe es nicht.«

»Ich habe keinen Freund«, sagte Patricia, »und ich bezweifle, daß meine Eltern je hier hereinkommen werden. Vielleicht mein kleiner Bruder. Das ist der geborene Schnorrer.«

Eunice war erstaunt zu hören, daß Patricia keinen Freund haben sollte. »So 'ne dufte Biene wie du – ich kann es gar nicht glauben.«

»Na ja, ich habe gerade mit einem Jungen Schluß gemacht«, erläuterte Patricia.

»Ah, dann lebst du gerade sozusagen *zwischen* zwei Freunden. Das ist natürlich was anderes. Das dauert bestimmt keine Woche, und du hast einen neuen. Hier kommen haufenweise gutaussehende junge Burschen rein.«

Falls ich überhaupt eine Woche lang hier bleibe, dachte Patricia. Bisher hatte sie ihrem Vater noch nichts von dem Job erzählt.

Frank Columbo legte die Gabel auf den Teller zurück und sah seine Tochter skeptisch an.

»Ein Job? Was soll das heißen, du hast einen Job angenommen? Was für einen Job?«

Patricia erklärte es ihm. Ihr Vater schüttelte den Kopf. »Nein, nein, nein. Sag in der Schule Bescheid, daß du es nicht nötig hast zu arbeiten. Du kommst mir schön von der Schule nach Hause. Was ist das überhaupt für eine Art? Ich schicke dich in die Schule, damit du was lernst, aber nicht, damit man dich da arbeiten schickt. Das verstehe ich nicht.«

Das sei ein Fortbildungsprogramm und heiße ›Entkrampfung durch Arbeit‹, erläuterte Patricia geduldig, und die Absicht dahinter sei, junge Menschen früh daran zu gewöhnen, Verantwortung zu übernehmen und sich mit der Berufswelt auseinanderzusetzen. Viele Mädchen, bekräftigte Patricia, stünden schon mit achtzehn auf eigenen Füßen, und davon sei sie ja auch nur noch knapp drei Jahre entfernt.

»Drei Jahre sind eine lange Zeit«, dozierte Frank Columbo. »Jedenfalls will ich nicht, daß du arbeiten gehst.« Er widmete sich wieder seinem Essen.

Patricia hatte ihre Mutter flehentlich angesehen, aber Mary hatte nur die Lippen geschürzt, um ihr zu bedeuten, sie solle aufhören zu argumentieren und im Moment lieber schweigen. Einige Minuten später, als Frank und Michael über Baseball redeten, brachte sie das Gespräch vorsichtig wieder auf dieses Thema.

»*Corki's,* das ist doch dieses reizende kleine blitzsaubere Restaurant direkt neben *Walgreen's,* nicht wahr?« sagte sie.

»Ja, direkt daneben«, bestätigte Patricia.

Man wollte sie ja nur für drei Stunden täglich an den Wochentagen und acht Stunden an Samstagen haben. Und ihr würde das in doppelter Hinsicht Vorteile in der Schule bringen, beteuerte sie, einmal, weil sie damit bewies, daß sie fleißig war, und zum anderen konnte sie so den begleitenden Unterricht zweimal wöchentlich besuchen. Und das machten viele andere auch. Zwei Jungen aus ihrer Klasse arbeiteten im Juweliermarkt, ein Mädchen arbeitete in einer Drogerie, und ein anderes Mädchen habe sogar eine Aushilfsstelle im Stadthaus an der Rezeption.

Schließlich sagte Mary Columbo: »Frank, laß uns den Kaffee draußen auf der Terrasse trinken. Ich möchte mit dir darüber reden. Patty, du räumst heute abend mal ab und spülst das Geschirr. Michael, du hilfst ihr.«

Die Eltern zogen sich auf die Terrasse zurück.

Zwanzig Minuten später kam Mary in die Küche, wo Patricia gerade mit der Arbeit fertig war. »Dein Vater ist vorerst mal einverstanden, daß du deinen Job antrittst«, sagte sie. »Aber du mußt deinen Notendurchschnitt in der Schule halten – *und*«, sagte Mary mit drohend erhobenem Zeigefinger, »du mußt dein Verhalten hier im Haus von Grund auf ändern. Wir sind es alle leid, wie du hier ständig herumschleichst. Ich möchte sehen, daß du das änderst, hörst du?«

»Ich verstehe«, erklärte sich Patricia auf der Stelle einverstanden. »Ich will mich bessern. Ich verspreche es.«

»Halte dich daran.« Mary wandte sich ab, um die Küche wieder zu verlassen.

»Danke, Mom«, sagte Patricia.

Mary ging weiter ohne zu antworten. Patricia erfuhr nie, ob sie sie noch gehört hatte oder nicht.

C. H.

September 1979 bis Oktober 1990

Die Jahre vergingen, und ich hielt mich mit Hilfe eines Zeitungs-Ausschnittdienstes über den Fall Patricia Columbo auf dem laufenden. Ich weiß nicht, ob es nicht vielleicht nur das generelle berufliche Interesse war, das ich an Verbrechen und Verbrechern habe, oder ob ich nicht irgendwo tief in mir das Gefühl hatte, daß ich eines Tages darüber schreiben würde. Ich weiß, daß das Bild eines hübschen Mädchens, bekleidet mit Schleifchen und Bändern – ein Bild, das ein Barkeeper in Chicago, der aussah wie Rocky Marciano, vor mein geistiges Auge projiziert hatte –, mir immer wieder in den Sinn kam, wenn ich irgendeinen neuen Zeitungsausschnitt, der sich mit ihr beschäftigte, in der Hand hielt.

Die Geschichte, wonach Patricia schon ein Jahr, nachdem sie ihre ›zweihundert bis dreihundert Jahre‹ währende Haftstrafe angetreten hatte, in einen ›Sexskandal verwickelt‹ war, wurde sonderbarerweise nie ganz aufgeklärt. Die Story erschien zum erstenmal am 10. September 1979 mit einer riesigen Schlagzeile als Aufmacher in der in Chicago erscheinenden Sun Times. *Die Schlagzeile lautete:*

COLUMBO IN SEXSKANDAL IM GEFÄNGNIS VERWICKELT

Die Story besagte, daß die beiden ranghöchsten Wärter im Dwight-Frauengefängnis beschuldigt worden waren, Insassinnen durch Einschüchterung zu abartigen sexuellen Handlungen in Gruppen gezwungen zu haben. Laut nicht näher genannten Informanten waren die Frauen von der wegen Mordes verurteilten Patricia Columbo für die Gefängnisbeamten ausgesucht worden. Mindestens sechs Insassinnen hatten sich beschwert, sie seien von zwei Gefängnisbeamten gezwungen worden, sexuelle Akte zu vollziehen. Von zweien der Frauen hieß es, sie hätten einem Test am Lügendetektor zugestimmt und diesen auch bestanden. Major Denver Weakley, damals der ranghöchste Aufseher in diesem Gefängnis, war vom Dienst suspendiert worden, weil er sich seinerseits geweigert hatte, sich einem entsprechenden Test zu unterziehen, und Dennis Klosteroff, der Leiter des internen Sicherheitsdienstes des Gefängnisses, war ebenfalls aufgefordert worden, sich diesem Test zu unterziehen, und so lange vom Dienst suspendiert worden, bis er diesem Verlangen nachkam.

Im folgenden wurde in der Presse nicht weiter ›nachgehakt‹. Über den ›Skandal‹ erschien zwei Wochen lang keine Zeile mehr. Dann erschien am 25. September 1979 in der Sun Times *ein kurzer Artikel unter der Überschrift:*

PATRICIA COLUMBO IN EINZELHAFT

Die wegen Mordes verurteilte Patricia Columbo, hieß es in dem Artikel, sei während der Dauer des gegen sie schwebenden Verfahrens wegen angeblicher Rekrutierung weiblicher Gefäng-

nisinsassen für Sexpartys mit Gefängnisaufsehern in Einzelhaft genommen worden. Im Frauengefängnis sei eine Untersuchung eingeleitet worden, nachdem mehrere Insassinnen Anzeige erstattet hätten, sie seien für Sexpartys mit den männlichen Aufsehern rekrutiert worden. Das FBI hatte daraufhin eigene Ermittlungen angestellt wegen des Verdachts eines Verstoßes gegen die Menschenrechte zum Nachteil der Insassinnen.

Die Columbo war dreißig Tage lang während der Untersuchungen in Einzelhaft genommen worden. Sie war die Sekretärin von Dennis Klosteroff, 49 Jahre alt, seines Zeichens Leiter des inneren Sicherheitsdienstes des Gefängnisses. In seiner früheren Eigenschaft als Beauftragter für Beschwerden hatte er sie als Hilfskraft angefordert. Inzwischen hatten sich, so der Zeitungsartikel, schon vier der Frauen einem Lügendetektor-Test bezüglich der Sexpartys unterzogen.

Trotz der reißerischen Titelzeile sagte der Artikel absolut gar nichts, außer, daß Patricia Columbo für die Zeit der Ermittlungen gegen sie wegen irgendwelcher ›Beschuldigungen‹ in Einzelhaft genommen worden war. Leser, die vielleicht an weiteren Einzelheiten dieses ›Sexskandals‹ interessiert gewesen sein mögen, wurden bitter enttäuscht. In der Folgezeit wurde in Chicagoer Zeitungen nicht einmal berichtet, wann oder ob überhaupt Patricia Columbo wieder aus der Einzelhaft entlassen worden war, und erst recht nicht, was es mit den ›Beschuldigungen‹ gegen sie auf sich hatte. Die ganze Story wurde schlicht fallengelassen.

Nun ja, die entscheidende Nachricht war sicher gewesen, daß sie in Einzelhaft genommen worden war. Und das bedeutete schließlich mit einiger Wahrscheinlichkeit, daß sie etwas getan hatte, was nicht in Ordnung war.

Oder etwa nicht?

Die nächste Gelegenheit, zu der die Chicagoer Zeitungen sich mit Patricia Columbo befaßten, ergab sich neun Monate später. Die Sun Times *titelte am 11. Juli:*

GEFÄNGNISINSASSIN KLAGT AN:
ICH WURDE ZUM SEX GEZWUNGEN

Die Story berichtete von einer Insassin im Dwight-Gefängnis namens Debra Huddleston, vierundzwanzig Jahre alt, verurteilt zu zehn Jahren wegen eines besonders schweren Falles von Kidnapping, sie habe beim US-Distrikt-Gericht eine Schmerzensgeldklage über fünfzigtausend Dollar gegen Dennis Klosteroff, neunundvierzig Jahre alt, angestrengt mit der Begründung, dieser habe sie zu widernatürlichen sexuellen Handlungen mit anderen weiblichen Insassen sowie an seiner Person gezwungen. Denver Weakley, siebenundfünfzig Jahre, war wegen des gleichen Vergehens verklagt worden. Die Klage erstreckte sich weiter auf den Anstaltsleiter Gayle Franzen, die vormalige Aufseherin Charlotte Sutliff-Nesbitt, die kurz nach Veröffentlichung der ersten Story in dieser Sache den Dienst quittiert hatte, und Mike Lane, einen später dort beschäftigten Wärter, der sie abgelöst hatte.

Die Story wiederholte, Patricia Columbo sei neun Monate zuvor von mehreren Mithäftlingen ›beschuldigt‹ worden, sie für ›Sexpartys‹ ausgesucht zu haben.

Wenn der Zeitungsbericht korrekt war, hatte diese Debra Huddleston Patricia überhaupt nichts vorgeworfen, sondern nur dem Gefängnisbeamten, für den Patricia zufällig arbeitete, und noch weiteren Beamten. Hinsichtlich der Anschuldigungen von vor neun Monaten gegen Patricia gab es keinerlei Anschlußinformationen. Die jetzt vorliegende Story besagte lediglich, daß der Wärter den Dienst quittiert hatte und daß einer der früheren Berichte, der Suspendierung, Zwangsbeurlaubung und Tests mit Lügendetektoren gemeldet hatte, beinahe das Leben der beiden angeklagten Spitzenbeamten zerstörte. Aber wieder gab es weiter nichts als versteckte Andeutungen und ganz offenkundig unsubstantierte Anschuldigungen gegen Patricia Columbo. Bis auf den heutigen Tag ergibt sich nichts anderes, als daß Patricia Columbo wohl im Umfeld des Skandals zu finden war, aber stets jegliche Verwicklung darin geleugnet hat.

1984 wurde routinemäßig zum erstenmal über eine etwaige Begnadigung Patricia Columbos beraten, diese aber ebenso routinemäßig abgelehnt.

Im März 1987 stand die Begnadigung wiederum zur Entscheidung an, und diesmal wurde zu den Akten gegeben, sie habe ›verschiedene Kurse‹ während ihrer sieben Jahre im Dwight-Gefängnis absolviert und ›ein Computerprogramm entwickelt, um Analphabeten (im Gefängnis) zu helfen, lesen und schreiben zu lernen‹.

Nic Howell, Sprecher der Gefängnisverwaltung von Illinois, veröffentlichte eine Stellungnahme, Patricia Columbo betrage sich im Gefängnisalltag einwandfrei und schreibe für die anstaltseigene Zeitung.

Bei keiner dieser Anhörungen wurde je der ›Sexskandal‹ erwähnt.

Etwas später, aber noch im selben Monat, wurde der Antrag auf vorzeitige Haftentlassung abschlägig beschieden. Der Bewährungsausschuß veröffentlichte durch seinen Vorsitzenden, Paul Klincar, eine Erklärung, daß über eine vorzeitige Haftentlassung für Patricia Columbo erst wieder im März 1990 beraten werden könne.

Als die Presse die Zurückweisung auch dieses zweiten Antrags meldete, erinnerte sie die Öffentlichkeit auch wieder an den ›Sexskandal‹, indem sie darauf verwies, daß Patricia Columbo im Jahre 1979 im Zentrum einer Kontroverse gestanden habe, die zum Rücktritt des Gefängniswärters geführt hatte. Andere weibliche Insassen hätten zur selben Zeit die Columbo beschuldigt, Sexpartys mit den Gefängnisbeamten organisiert zu haben.

Das war, vorsichtig ausgedrückt, extrem nachlässige Nachrichtengebung. Jetzt stand Patricia plötzlich ›im Zentrum‹ des Sexskandals und hatte die Sexpartys ›organisiert‹. Dies alles hatte sich, wie erinnerlich, vor acht Jahren ereignet. Und noch immer keine Folgeinformationen, nicht einmal der allerkleinste Hinweis auf die Aufarbeitung der ›Anschuldigungen‹, keinerlei Hinweis darauf, wie das ›Zentrum‹ des Skandals, die ›Organisatorin‹, bestraft worden war. Vermutlich hatte diese Insassin im schlimmsten Fall ein schweres Verbrechen begangen oder günstigstenfalls sehr schwer gegen die Gefängnisdisziplin verstoßen. Das eine wie das andere aber hätte disziplinarische Maßnahmen nach sich ziehen müs-

sen – und eine entsprechende Unterrichtung der Öffentlichkeit.

Aber die Zeit hatte die Zeitungsschlagzeile nicht bestätigt. Die Leser erhielten keinerlei wie auch immer geartete zusätzliche Information. Sie erfuhren noch nicht einmal, wie Debra Huddlestons Schmerzensgeldklage ausgegangen war.

Basierend auf den Zeitungsberichten und aus meiner Kenntnis der Interna unserer Gefängnisse heraus bin ich schließlich zu meinem eigenen vorläufigen und unverbindlichen Rückschluß gelangt. Patricia war eine hochkarätige Gefangene; sie war einfach ›wer‹, ein Garant für Schlagzeilen. Und sie arbeitete für einen der beschuldigten Beamten. Man stelle sich nur vor, um wie vieles dürftiger die Geschichte gewesen wäre, hätte die Schlagzeile gelautet: HUDDLESTON IN GEFÄNGNISSKANDAL VERWICKELT. *Niemand wußte, wer Debra Huddleston war; aber der Name Patricia Columbo war jedem geläufig. Jetzt mische man noch das Wort ›Sex‹ hinein, und schon hat man einen echten Blickfang auf der ersten Seite.*

Es fing an, mehr und mehr so auszusehen, als sei Patricia Columbo diesmal wirklich nur zur falschen Zeit am falschen Ort gewesen.

Aufgrund einiger Konfusion um die gesetzlichen Bestimmungen des Staates Illinois brauchte Patricia Columbo keine drei Jahre bis zu ihrer nächsten Anhörung wegen eines Gesuches auf Begnadigung und vorzeitige Haftentlassung zu warten; sie wurde vielmehr neun Monate später für den Dezember 1987 anberaumt. Allerdings intervenierte Mutter Natur in Form eines gigantischen Schneechaos', der das Dwight Correctional Center, *wo die Anhörung stattfinden sollte, praktisch von der Außenwelt isolierte. Es wurde ein neuer Termin bestimmt auf den 19. Januar 1988.*

Kurz vor dieser dritten Anhörung wurde ein neues überraschendes Element in den Fall eingeführt. Durch eine Anwältin aus Chicago, Margaret Byrne, die inzwischen kostenlos ihre Interessen vertrat, ließ Patricia Columbo jetzt ›öffentlich erklären‹, daß sie ›die Verantwortung‹ für die Morde übernahm. So stand es wörtlich in einer Erklärung, die die Anwältin Byrne anläßlich des nächsten Hearings zu den Akten gab. Die Presse aber legte diese Erklärung um einiges weiter aus mit folgender Schlagzeile:

COLUMBO GESTEHT, IHRE FAMILIE
ERMORDET ZU HABEN

Aber das stand so nicht in der bei Gericht hinterlegten Erklärung.

Der Artikel selbst zitierte die Erklärung dann allerdings korrekt. Sie lautete: ›Grundsätzlich übernimmt sie die Verantwortung für den Tod ihrer Familienangehörigen, und sie gibt keinerlei Erklärung oder Rechtfertigung dafür an.‹

Die Presse griff wieder auf das zurück, was inzwischen offenbar zur grundlegenden Information für jede Story über Patricia Columbo geworden war: Die Columbo war im Jahre 1979 das Zentrum eines Sexskandals im Dwightgefängnis, der zum Rauswurf eines Gefängnisbeamten geführt hatte. Andere weibliche Sträflinge hatten damals die Columbo beschuldigt, sie habe Sexpartys mit männlichen Aufsehern im Gefängnis organisiert.

Unglücklicherweise wirkte die neun Jahre alte Geschichte vom ›Sexskandal‹ noch immer.

Das vielleicht interessanteste Element dieser jüngsten Story über Patricia Columbo war wohl eine Bemerkung, die die Anwältin Margaret Byrne der Presse gegenüber machte und wonach sich Patricia jetzt, im Alter von einunddreißig Jahren, wieder daran erinnerte, als Dreizehnjährige von ihrem Vater sexuell mißbraucht worden zu sein. Die Byrne erklärte weiter: »Sie hat damit begonnen, die relevanten Fakten wie auch ihre gesamte Kindheit und Jugend aufzuarbeiten, (um zu sehen), wie sie zu der Person werden konnte, die sie damals war.«

Diese Erklärung war es wohl, die mein Interesse so schlagartig und nachhaltig weckte; es war dieselbe Frage, die ich mir schon vor mehr als zehn Jahren selbst gestellt hatte.

Wie kam ein niedliches kleines Mädchen mit Bändchen und

Schleifchen dazu, als junges Mädchen ihre ganze Familie abzuschlachten?

Patricias Anhörung im Januar 1988 führte einen Monat später zur Zurückweisung auch ihres dritten Gnadengesuches.

Es gab dann noch eine vierte Anhörung, anläßlich derer darauf verwiesen wurde, daß sie mittlerweile zur Herausgeberin der Gefängniszeitung geworden war und sich auf die Erlangung eines akademischen Grades vorbereitete. Aber Richard M. Daley, damals Generalstaatsanwalt des Staates Illinois und Kandidat für den Posten des Bürgermeisters von Chicago, sagte dem Bewährungsausschuß, es werde ›niemals genügend Gründe geben, diese kaltblütige Mörderin aus dem Gefängnis zu entlassen‹. Der Bewährungsausschuß stimmte einmütig zu, und das Gnadengesuch wurde zum vierten Mal abgelehnt.

In den Berichten über diese jüngste Zurückweisung kam die Presse diesmal nicht auf den ›Sexskandal‹ zurück. Mehrere Jahre später sollte ich dann herausfinden, daß Patricia selbst etwas mit einem hochrangigen Gefängnisbeamten gehabt hatte, der seinerseits Teil dieses Sexringes gewesen war – aber sie hatte nie dabei mitgewirkt, andere gefügig zu machen.

Der Bewährungsausschuß, so erfuhr ich später, fällt seine Entscheidungen hinsichtlich einer Begnadigung nach Abklären dreier Felder – Vergangenheit, Gegenwart, Zukunft: das Leben des Inhaftierten vor und zur Zeit der Begehung der Tat; das Leben des Inhaftierten im Gefängnis nach seiner Verurteilung; die Zukunftserwartung für den Fall der Gewährung einer Begnadigung. Der Ausschuß ist natürlich im Besitz der Berichte der Gefängnisverwaltung über den Inhaftierten und weiß somit genauestens über das Leben Bescheid, das der Verurteilte seit seiner Einlieferung in das Gefängnis geführt hat. Der Inhaftierte wird zu jeder Verletzung der Gefängnisordnung befragt, die ihm dort vielleicht zur Last gelegt wird, zu jeder Auseinandersetzung, die er vielleicht mit dem Wachpersonal oder anderen Inhaftierten gehabt hat, zu jeder anderen denkbaren Art von internen Problemen. Anläßlich einer Anhörung Frank DeLucas im Zuge eines Antrags auf vorzeitige Begnadigung etwa, die im

Stateville Correctional Center *am 8. September 1984 stattfand, wurde DeLuca wegen verschiedener Vorkommnisse im Pontiacgefängnis befragt, wo er zuerst seine Strafe angetreten hatte, und die zu seiner Verlegung nach Stateville geführt hatten. Unter Eid – alle Strafgefangenen, die vor dem Ausschuß erscheinen, werden vereidigt – wurde DeLuca damals zu dem Vorwurf gehört, er sei in eine Messerstecherei verwickelt gewesen, bei der drei Männer verletzt worden waren. Und dabei handelte es sich hier um einen Vorfall, in den DeLuca tatsächlich verwickelt gewesen und der Inhalt seiner Führungsakte gewesen war, die dem Ausschuß immerhin vorlag, und doch befragte dieser ihn danach.*

Bei keiner von Patricia Columbos vier Anhörungen aber wurde sie wegen eines angeblichen ›Sexskandals‹ befragt. Von offizieller Seite wurde sie nie in diesem Sinne beschuldigt.

Und dieser ›Sexskandal‹ tauchte neun Jahre lang in allen Zeitungsberichten über sie auf – während über DeLucas Messerstecherei und seine anschließende Verlegung in ein strengeres Gefängnis nie irgendwo berichtet wurde.

Es schien kein Zweifel möglich, daß es Patricia Columbo war, mit deren Namen sich die Zeitungen verkauften.

Kurz nachdem zum vierten Mal ihr Antrag auf Begnadigung abgelehnt worden war, trat eine alte Freundin von ihr wieder in ihr Leben: Schwester Margaret Ellen Traxler, die Nonne, die genau wie der Rost niemals ruhte. Es war jetzt zwölf Jahre her, seit Schwester Traxler die Verdienstmedaille des Staates Israel aus den Händen von Golda Meir empfangen hatte, und in der Zwischenzeit war sie um ein Haar aus dem Orden verstoßen worden. 1984 hatte sie zusammen mit anderen eine größere Anzeige in der New York Times *unterschrieben, die die offizielle Haltung der katholischen Kirche zur Frage der Abtreibung kritisierte. Die Kirche schlug zurück mit der Drohung, sie aus ihrem Orden, den Schulschwestern von Notre Dame, zu verbannen, dem sie damals schon seit mehr als vierzig Jahren angehörte.*

Letztendlich unternahm die Kirche dann aber doch nichts Ernsthaftes, wahrscheinlich mit Rücksicht auf ihre Tätigkeit in dem zehn Jahre alten, von Schwester Traxler gegründeten Institute of Woman Today. *Die letzte erfolgreiche Gründung des Instituts war* Sisterhood, *ein Heim für frisch begnadigte Frauen auf Chicagos West Side. Jetzt, vier Jahre später, arbeitete Schwester Traxler daran, ein neues Heim für die immer zahlreicher werdenden obdachlosen und/oder seelisch kranken ›Stadtstreicherdamen‹ zu schaffen, die sie überall auf den Straßen Chicagos sah.*

Im Zusammenhang mit diesem ihrem neuesten Projekt dachte Schwester Traxler auch an Patricia Columbo. Sie hatte Patricia über die Jahre hinweg immer mal im Vorbeigehen gesehen, wenn sie wegen anderer Angelegenheiten im Dwight Correctional Center *zu tun gehabt hatte, und ihr war der erzieherische Fortschritt sowie der Fortschritt in Patricias Resozialisierung im Gefängnis nicht entgangen. Außerdem wußte sie, daß Patricia bei Schwester Burke in Therapie war und im Zuge dieser Behandlung auch an sich selbst erfahren würde, welche Verknüpfung von Ereignissen sie schließlich ins Gefängnis gebracht hatte.*

Schwester Traxler begann wieder, Dwight *speziell wegen Patricia aufzusuchen, um mit ihr zu reden, sie zu beobachten und zu analysieren. Was sie sah, wirkte auf die stets auf dem Kreuzzug befindliche Nonne ermutigend. So tat sie etwas Außergewöhnliches – sie ging zum Bewährungsausschuß und bat, Patricia in ihre Obhut zu entlassen, um mit ihr und den anderen Nonnen in dem neuen Heim für obdachlose Frauen zu arbeiten. Vor dem Ausschuß erwähnte Schwester Traxler ausdrücklich Patricias Erfolge im Gefängnis als Studentin, Lehrerin, Herausgeberin der Gefängniszeitung und als eine Insassin, die sich durch ihr vorbildliches Verhalten einige Privilegien verdient hatte. Und sie machte geltend, was ihrer Meinung nach der Grund dafür gewesen war, daß sie diese grauenvolle Morde verübt hatte: den Umstand, daß sie als Kind sexuell mißbraucht worden war.*

»Ein jedes junges Mädchen, das einmal sexuell mißbraucht worden ist, erleidet in seiner Persönlichkeitsentwicklung schwere Schäden«, trug Schwester Traxler dem Ausschuß in bewegenden Worten vor. »Zwanzig Prozent der Frauen in un-

seren Gefängnissen sind als Kinder sexuell mißbraucht worden. Die meisten von ihnen vergraben diesen Mißbrauch ganz tief in ihrem Unterbewußtsein, wie unsere Patty dies auch getan hat, und verlieren über Jahre jede konkrete Erinnerung daran. Aber wenn die Erinnerung irgendwann doch zurückkehrt, was dann? Wollen sie dann vielleicht in Anwesenheit Fremder darüber reden? Natürlich nicht. Sie würden es selbst dann nicht tun, wenn es ihnen helfen könnte, eine Entlassung aus der Haft zu erreichen.« Viele Frauen, führte sie aus, behielten das schreckliche Erlebnis auch dann noch für sich, wenn sie sich wieder in allen Einzelheiten daran erinnerten.

»Übergeben Sie Patty uns«, flehte Schwester Traxler. »Wir werden über sie wachen, ihr helfen und, mehr noch, sie lieben.«

Schwester Traxlers ungewöhnliche, überraschende Bitte – es geschah zum erstenmal in ihrer langen und bemerkenswerten Karriere, daß sie jemandem Zuflucht bot, der so weit entfernt war – machte natürlich die Runde durch die Zeitungen. Die Story war der Beginn einer verbalen Schlacht zwischen Schwester Traxler und einem beachtlichen Widersacher – Richter R. Eugene Pincham vom Appellationsgericht des Staates Illinois.

Als Richter am Gericht des Cook County hatte Pincham 1977 den Vorsitz in dem Verfahren gegen Patricia Columbo und Frank DeLuca geführt. Dieser Fall, so erinnerte er die Presse jetzt, habe das kaltblütigste Verbrechen zum Gegenstand gehabt, das je in seinem Gerichtssaal verhandelt worden war. Es war Richter Pincham gewesen, der Patricia und DeLuca zu je zweihundert bis dreihundert Jahren Gefängnis verurteilt hatte.

»Ich hätte sie zum Tode auf dem elektrischen Stuhl verurteilt, wenn ich die Möglichkeit dazu gehabt hätte«, sagte er in einem Interview und meinte dabei nur Patricia. Zur Zeit des Verfahrens war die Todesstrafe in Illinois als nicht verfassungskonform verboten; nach Abschluß des Verfahrens wurde sie dann aber wieder eingeführt, aber das galt selbstverständlich nicht rückwirkend.

Zu Patricia meinte Richter Pincham, ein distinguierter, intel-

lektueller Gentleman, der ein wenig an einen schwarzen George C. Scott erinnerte: »Sie war eine gewalttätige, durchtriebene, kokette, boshafte, zerstörerische Person, die eine etwas exaltierte Meinung von sich selbst, ihren sexuellen Fähigkeiten und ihrem Charme hatte. Sehen Sie, vielen Menschen ist gar nicht bewußt, welche Vorzüge ein Richter genießt. Vom Richtertisch aus übersieht man den ganzen Gerichtssaal, man sieht Gesten, nimmt Attitüden wahr, Mienenspiele. Hier ist eine Frau, die arglistig Mordpläne schmiedete und entwickelte und dann den Mord am eigenen Vater, der Mutter und dem Bruder in deren eigenem Heim, das jedem von uns heilig ist, selbst verübt. Meine Intention (als ich sie verurteilte) war, daß sie nie wieder in Freiheit kommen möge.«

Schwester Traxler konterte so freundlich, wie ihr das nur möglich war: »Dieser Richter Pincham, ich fürchte, ich verstehe ihn nicht ganz. Er ist ein sehr engstirniger Mensch. Patricia ist heute eine andere Persönlichkeit. Menschen können sich sehr wohl ändern. Gott ändert uns alle zu gegebener Zeit.«

Pincham gab sich spröde. »Sie sollte niemals aus dem Gefängnis entlassen werden, selbst dann nicht, wenn sie wirklich gelernt hätte, ihre Taten zu bereuen und ihr Leben umzustellen. Ich könnte nie sagen, die Gesellschaft hätte ihr dieses Verbrechen verziehen. Ich glaube auch nicht, daß es von Bedeutung ist, ob sie sich geändert hat. Die Schwere (des Verbrechens) würde den Wert von Vaterschaft und Mutterschaft und des Lebens schlechthin zu weit herabwürdigen, wollte man jetzt sagen, sie könne wieder in Freiheit leben.«

Worauf Schwester Traxler mit sehr viel weniger Zurückhaltung im Ton erwiderte: »Männer wie Richter Pincham rümpfen gern die Nase über die ›boshaften Frauen‹, sind aber selbst nicht besser. In Wirklichkeit sind es doch die Männer, die sie dazu machen.«

Dieses Duell mit Worten war ausgesprochen unterhaltsam, auf jeden Fall für die Reporter, aber letztendlich änderte sich nichts. Der Bewährungsausschuß lehnte die Bitte von Schwester Traxler ab.

Für mich war die Zeit gekommen.

Ich hatte meine Rolle als stiller Beobachter lange genug gespielt und mich mit anderen Dingen beschäftigt, obwohl dieser Fall mehr und mehr zu meinem eigentlichen Hauptinteresse wurde. Schließlich kam ich zu der Überzeugung, dieser Fall werde mich wohl so lange nicht mehr loslassen, bis ich nicht einige dieser einfach nicht passen wollenden Einzelteile des Puzzles an die richtige Stelle gebracht und nachgeschaut hatte, welches Bild sich dann, und sei es noch so verschroben, ergab.

Um etwas über einen Kriminalfall zu erfahren, gibt es drei Stellen, an denen man mit der Suche beginnen kann: ein Buch darüber, falls schon eines geschrieben wurde; die Protokolle über die Gerichtsverhandlung, falls eine solche stattgefunden hat; und, am leichtesten zugänglich, Zeitungsberichte.

Zunächst das Buch. Ich halte mich hinsichtlich Neuerscheinungen, die wahre Kriminalfälle zum Gegenstand haben, in der Regel gut auf dem laufenden, und ich konnte mich nicht erinnern, eines gesehen zu haben, das sich mit Patricia Columbo beschäftigt hätte. Aber nur um ganz sicher zu sein, rief ich vorsichtshalber noch Patterson Smith an, einen Antiquar in Montclair, New Jersey, der ausschließlich mit alten Büchern über wahre Kriminalfälle handelt. Pat versicherte mir, er könne sich nicht erinnern, daß je ein Buch über diesen Fall erschienen sei. Trotzdem wollte er sich noch einmal vergewissern, ob ihm da nicht vielleicht etwas entgangen war.

Als nächstes die Protokolle. Ich nahm Kontakt zur Geschäftsstelle des für den Cook County zuständigen Gerichts auf und erfuhr, Abschriften der Gerichtsprotokolle seien für einen Dollar fünfundzwanzig pro Seite zu bekommen. Der Mann am Telefon konnte mir nicht exakt sagen, wie viele Seiten der Fall Staat von Illinois gegen Columbo/DeLuca *genau umfaßte, aber eines wußte er genau: Es war das zweitlängste Verfahren in der Geschichte des Staates (das längste war das Verfahren gegen John Wayne Gacy, den Homosexuellen, der kleine Jungen ermordet und dann unter seinem Haus vergraben hatte – übrigens in einem anderen Vorort von Chicago, gar nicht weit entfernt von dem Ort, an dem die Columbo-Morde geschahen).*

Nach einigen weiteren Recherchen nahm ich dann Kontakt zu Mrs. Margie Fuller auf, die die Akten des County-Gerichts betreute. Margie allerdings wußte, wie viele Blätter die Abschriften insgesamt umfaßten: zwölftausendundachtzig Seiten. Diese Zahl multipliziert mit ein Dollar fünfundzwanzig ergab eine Summe von fünfzehntausendeinhundert Dollar für die komplette Niederschrift. Für die Hälfte dieser Summe konnte ich fünf oder sechs Wochen in Chicago verbringen, tagsüber die Protokolle nachlesen und des Abends in der öffentlichen Bibliothek Kopien der auf Mikrofilm archivierten Zeitungsartikel über den Prozeß machen. Ich diskutierte ein wenig mit Margie Fuller, und sie willigte schließlich ein, mir insoweit zu helfen, als sie sämtliche Akten über den Fall – fünf Regale voller Ordner – aus dem Archiv holen und in ihr Büro bringen lassen wollte, wo sie mir ein Plätzchen einrichten wollte, an dem ich die Akten studieren konnte, solange ich es wünschte. Das ist genau die Hilfe, von der ein Autor, der wahre Kriminalfälle in Buchform aufarbeiten will, nur träumen kann, die ihm aber nur selten zuteil wird.

Und wieder einmal kehrte ich wie schon so oft in der Vergangenheit nach Chicago zurück.

Das Wetter war typisch für Chicago im Oktober: herrlich der eine Tag, grauenvoll der nächste. Ich mietete mir ein kleines ›Wohnklo mit Kochnische‹ im Lenox-Haus auf der Rush Street. Es handelte sich um nur einen Raum mit einer Mini-Küche in der einen Ecke, einem schmalen Bett, das sich an die Wand hochklappen ließ, einem Fernseher auf Rollen, der sich überallhin schieben ließ, wo ich ihn haben wollte, und einem Tisch, der groß genug war, um die Papierstöße aufzunehmen, die sich, wie ich genau wußte, beizeiten auftürmen würden und der trotzdem noch ein klein wenig Platz ließ, um daran zu essen. In einem Supermarkt ein paar Blocks weiter erstand ich stapelweise: Gin, Oliven, Berliner, tiefgefrorene Fertiggerichte, Pulverkaffee. Als nächstes suchte ich mir ein paar Lokale, um auswärts zu essen. Schließlich fand ich auch noch einen selbständigen Taxifahrer, der bereit war, mich zu einem Festpreis allmorgendlich um acht Uhr abzuholen, mich ins Gerichtsgebäude zu fahren und mich um halb fünf wieder abzuholen.

Am Montagmorgen um 9 Uhr 30 lernte ich dann Margie Fuller persönlich in ihrem Büro kennen und konnte einen ersten Blick auf die Gerichtsakten werfen – achtzehn gut gefüllte Aktenordner.

»Ich hoffe nur, Sie werden nicht blind«, sagte Margie Fuller.

Sie gab mir den ersten Ordner, an die sechshundert Seiten stark, und deutete auf vier quadratische Tische, die an der einen Wand aufgestellt worden waren. Ich hängte Regenmantel, Hut und Handtasche auf – es war mal wieder einer der fürchterlichen Tage – und holte ein gelbes Notizbuch heraus (das erste von insgesamt vier Stück, die ich noch füllen sollte) und machte mich an die Arbeit.

Ich hatte jetzt ernsthafte Recherchen begonnen mit dem Ziel herauszufinden, was bei dem niedlichen kleinen Mädchen in Bändchen und Schleifchen im Leben falsch gelaufen war.

Als mein erster Tag endete und George, mein Taxifahrer, mich wieder in die Unterstadt gefahren hatte, wärmte ich mir ein Fertiggericht aus meinem Bestand auf und ging dann zu Fuß zehn Blocks weiter zur öffentlichen Bibliothek. Dort fand ich im dritten Stock ein freies Lesegerät für Mikrofilme, mit dem man auch einzelne Seiten kopieren konnte – für absolut vertretbare zehn Cents pro Kopie – und begann meine abendliche Arbeit, die darin bestand, die Chicagoer Presse nach Artikeln über den Fall Columbo durchzusehen, angefangen mit dem Auffinden der Leichen.

Ich nahm mir immer eine bestimmte Zeitung vor und verfolgte ihre Berichterstattung von der ersten Meldung bis zur allerletzten, ganz gleich, was sie beinhaltete oder kommentierte. Dann wechselte ich zu einer anderen Zeitung und verfuhr genauso. Das war nicht nur einfacher, als zu versuchen, die Berichterstattung jeder einzelnen Zeitung zu jedem einzelnen Vorgang zu studieren, was ein ständiges Auswechseln der Mikrofilme bedeutet hätte, sondern es gab mir auch ein Gefühl dafür, wie die generelle Einstellung einer jeden Zeitung war. Sie alle haben ihre ganz persönlichen Vorurteile, egal, wie lautstark sie auch ihre Unvoreingenommenheit propagieren. Die Chicagoer Zeitungen waren, vor allem im Fall Columbo, verblüffend ungenau, wie ich bereits von früher her wußte, gar nicht zu reden von den vielen Unterstellungen und Vermutungen, die in die bloße Berichterstattung eingeflossen waren und die den Leser nur verwirrten.

Nichtsdestoweniger ist die Durchforstung von Zeitungen immer hilfreich. Die Chronologie eines Falles ergibt sich aus den Zeitungen in aller Regel korrekt, so auch hier, und hier hatten verschiedene Reporter eigene Gedanken in ihre Berichterstattung einfließen lassen, indem sie etwa betroffene Personen näher schilderten, die Kleider, die sie trugen (DeLuca zum Beispiel trug während des sechswöchigen Prozesses stets denselben grauen Anzug, während Patricia sich überall im Gefängnis Frauenkleider auslieh, um nie zweimal hintereinander gleich gekleidet im Gerichtssaal erscheinen zu müssen), oder andere Dinge, die den Berichten eine persönliche Note verliehen.

Während ich in jenem Oktober in Chicago so viele Zeitungsseiten las und kopierte, hätte ich beinahe einen Nachruf in einer der Zeitungen übersehen, der mir damals nicht viel gesagt hätte, der aber noch das Leben der Person ganz nachhaltig beeinflussen sollte, die ich erforschen wollte: Patricia Columbo. Es war ein Nachruf auf Schwester Margaret Burke, siebenundsiebzig Jahre alt, die in der Universitätsklinik von Chicago gestorben war.

Mai 1976

Zehn Tage, nachdem die Leichen der Columbos entdeckt worden waren, wurde die einzige Überlebende der Familie Frank Columbos, die Tochter Patricia, ins Gefängnis des Cook County eingeliefert und offiziell des Mordes und der Anstiftung zum Mord angeklagt. Aber die Arbeit von Chief Investigator Ray Rose an diesem Fall war damit noch lange nicht erledigt; ganz im Gegenteil, sie hatte noch kaum richtig begonnen.

Für Rose gab es nicht den geringsten Zweifel, daß Patricia anwesend gewesen war, als ihre Eltern und ihr Bruder ermordet worden waren. In dieser Überzeugung wurde er noch bestärkt durch einen seltsamen Besuch, der später viel diskutiert wurde und dessen Beurteilung der Jury überlassen wurde, ein Besuch, den zwei Polizeibeamte, Gene Gargano und John Landers, Patricia in der Frauenabteilung des Gefängnisses abstatteten. Gargano und Landers erklärten in einem offiziellen Bericht, den sie auch beide abzeichneten und später in der Verhandlung bestätigten, Patricia habe nach ihnen geschickt, weil sie ihnen noch etwas habe sagen wollen. Nach Aussage der beiden Beamten fand das Gespräch am späten Nachmittag in einem Büro des Gefängnisses statt. Die beiden Beamten wiesen sie bei dieser Gelegenheit abermals auf ihr verfassungsmäßiges Recht hin, einen Anwalt hinzuzuziehen. Sie sagten aus, Patricia habe geantwortet, sie kenne ihre Rechte, scheiße auf die Anwälte und werde reden, wenn und wann es ihr passe.

Patricia Columbo erzählte den Beamten dann, so wurde ihr später vorgehalten, von einer ›Vision‹, die sie gehabt habe. Sie habe ihren Vater im Wohnzimmer seines Hauses liegen gesehen. Er trug eine dunkle Hose und lag auf dem Rücken. Sie habe ebenfalls ihre Mutter im Nachthemd auf dem Boden im Flur liegen gesehen. Und sie habe ihren Bruder auf dem Fußboden in seinem Zimmer liegen gesehen. Sie erinnerte sich noch, daß im Flur das Licht gebrannt und daß sie eine blutverschmierte Schere gesehen habe.

Auf die Frage, ob sie sich selbst ebenfalls im Innern des Hauses bei den Leichen gesehen habe, antwortete sie mit ja. Gefragt, ob sie sich selbst in die Morde an ihrer Mutter, ihrem Vater und ihrem Bruder verwickelt gesehen habe, reagierte sie verwirrt und sagte: »Das ist möglich, aber ich bin mir nicht sicher; ich bin mir über gar nichts sicher.«

Gargano fragte sie dann, ob es aus ihrer Sicht noch mehr über diese Vision zu erzählen gebe, und sie begann, sich zu winden und folgende Aussagen zu machen, die die Polizeibeamten, wie sie behaupteten, sofort Wort für Wort schriftlich wie folgt festhielten:

Sie sah ihren Vater »welcher sagte, Jesus mag ihr vergeben . . .«

Und: »Ich fürchte, ich bin dagewesen. Ich sehe mich selbst dort. Ich sehe sie alle zusammen vor meinem geistigen Auge.«

Hinsichtlich eines Motivs: »(Ich) fühlte Furcht und Haß – Furcht, Frank (DeLuca) und ich könnten zu Schaden kommen – Haß gegen meine Eltern.«

Hinsichtlich der Szenerie des Verbrechens mochte sie sich nicht festlegen: »Ich habe das Gefühl, als sei ich allein dort gewesen . . . oder aber als sei noch jemand dagewesen, der es getan hat.«

Hinsichtlich der Mordnacht: »Ich sehe Michael, wie er mir die Tür aufmacht. Ich glaube, er trug keinen Pyjama, aber ich erinnere mich nicht mehr. Ich höre noch, wie mein Vater zu ihm sagte, er solle nach oben gehen.«

Später: »Ich sehe meine Mutter auf dem Bauch liegen. Ich sehe meine Mutter in einem Kleid.«

Und offenbar sehr viel später in dieser Nacht: »Ich erinnere mich, daß Frank (DeLuca) aufwachte, als ich ins Bett ging. Ich habe ihn erschreckt, und er wachte auf. Ich war nackt. Ich erinnere mich nicht, ob ich ausgegangen war oder nicht. Die Tür (des Apartments) war abgeschlossen.«

Und: »Meine Mutter habe ich am meisten gehaßt.«

Über das Gefängnis des Cook County: »Ich ertrage es nicht, weiter hierzubleiben – ich schaffe es einfach nicht. Ich könnte glatt versuchen, mich umzubringen.«

Und eine letzte ›Vision‹ der Szene: »Ich sehe, daß noch jemand bei mir war. Wenn Frank bei mir war, würden Sie ihm dann Straffreiheit gewähren?«

Kurz vor dem Besuch bei Gargano und Landers hatte sich, was diese beiden nicht wußten, Dr. Paul Cherian, der Anstaltspsychologe, ungefähr vierzig Minuten lang mit Patricia unterhalten. Er fand sie verwirrt vor, in depressiver Verfassung und eindeutig selbstmordgefährdet.

»Sie hatte Gefühle von Minderwertigkeit, Hilflosigkeit, generelle Schuldgefühle, psychomotorische Störungen (und litt an einem) Schlafdefizit sowie an Appetitlosigkeit«, berichtete er.

Es gab, so Cherian, eindeutige Symptome einer psychischen Erkrankung.

In dieser Verfassung nun berichtete Patricia Gargano und Landers von ihrer ›Vision‹.

Im Anschluß an den Besuch von Landers und Gargano wurde Patricia aus dem Polizeigewahrsam in das Gefängnishospital verlegt.

Ein anderes Mitglied aus dem Team von Ray Rose, Investigator Russ Marinec, hatte eine interessante Information zu Patricia Columbos Angst vor ihrem Vater eruiert. Ein Junge mit Namen Jeff Jorgenson, dreizehn Jahre alt, der im Apartment Nummer neunhundertneun Tür an Tür mit dem gemeinsamen Apartment von Patricia und DeLuca lebte, hatte sich ein wenig mit Patricia angefreundet und sie des öfteren besucht, wenn sie allein zu Hause gewesen war; gelegentlich ging er sogar mit ihr einkaufen, und einmal war er auch mit ihr ins Haus der Columbos gekommen und hatte dort Michael kennengelernt.

Kurz vor Weihnachten, vier Monate vor den Morden, war Jeff im Apartment gewesen, als Patricia einen Telefonanruf entgegennahm. Jeff erinnerte sich, daß Patricia den Anrufer ›Dad‹ genannt hatte. Während des Gesprächs hatte Patricia Jeff bedeutet, er solle nahe genug an den Hörer herankommen, um deutlicher hören zu können, wie der Anrufer sagte: »Ich schnappe mir diesen Frank schon noch.«

Es wurde spekuliert, daß Patricia einen Zeugen dafür haben wollte, daß ihr Vater DeLuca auch nach dem tätlichen Angriff auf dem Parkplatz noch weiterhin bedroht habe.

Über diese Information gibt es eine Niederschrift, abgezeichnet von Investigator Marinec. Weder diese Niederschrift noch die Information selbst fand aber Eingang in das spätere Verfahren.

Aufgrund einer Information von Lanny Mitchell, wonach Roman Sobczynski telefonisch mit Frank DeLuca über Pläne zur Ermordung von Frank und Mary Columbo gesprochen und DeLuca den Eindruck gehabt habe, Roman sei Patricias ›Patenonkel‹, wurde Patricias wirklicher Patenonkel Phil Capone, der bereits erwähnte ›Onkel Philly‹ aus längst vergangenen Tagen, von den Ermittlungsbeamten aufgesucht und über das Verbrechen befragt. Capone verneinte jegliche Kenntnis von dem Verbrechen über das hinaus, was die Zeitungen bereits berichtet hatten, und sagte weiter aus, er habe Patricia Columbo seit mehr als zwei Jahren weder gesehen noch mit ihr gesprochen. Er war damit einverstanden, sich einem Lügendetektor-Test zu unterziehen.

Phil Capones Untersuchung am Polygraphen wurde von John Lenihan, einem Mitarbeiter des Sheriffs von Maywood, in der dortigen Polizeistation durchgeführt. Capone wurden eine Reihe Fragen speziell dazu gestellt, ob und welche Kenntnis er von den Morden an den Mitgliedern der Familie Columbo hatte und ob er (und wenn ja, wann) Patricia Columbo eine ›Waffe‹ ausgehändigt habe.

Capone beantwortete alle ihm gestellten Fragen offen und ehrlich. Nach Ende der Befragung äußerte Lenihan die Überzeugung, Capone habe die Wahrheit gesagt.

Nach Abschluß des Tests unterhielt Capone sich mit Sergeant Ron Iden vom Elk Grove Village Police Department, der während der ganzen Befragung anwesend gewesen war. Capone ließ Iden wissen, er habe gleich nach Bekanntwerden der Morde schon vermutet, Patricia könne irgendwie darin verwickelt sein. Der Grund für seinen Argwohn sei, sagte er, daß er ein tiefes Zerwürfnis zwischen Patricia und ihrer Familie bemerkt habe.

Iden fügte diese Aussagen seinem Bericht über den Test mit dem Lügendetektor hinzu und unterzeichnete ihn dann.

Elf Tage, nachdem die Leichen entdeckt worden waren, meldete sich ein Mann namens Edward Burnett bei Ray Rose, ein Lastwagenfahrer aus dem nahegelegenen Vorort Addison. Burnett war im Besitz eines CB-Funkgerätes mit dreiundzwanzig Kanälen, das er eine Woche zuvor auf der Maxwell Street bei einem Flohmarkt erstanden hatte. Nach dem Kauf hatte Burnett bemerkt, daß etwas auf dem Boden des Gerätes eingeritzt war, das ihm wie der Name Columbo und eine Seriennummer vorkam. Rose bat Burnett, ihm das Gerät zu bringen.

Als Ray Rose das CB-Gerät in Händen hielt, spürte er, wie sein Adrenalinspiegel stieg. Die auf dem Boden eingeritzte Nummer war 350-26-6560 – die Nummer von Frank Columbos Sozialversicherungsausweis.

Rose befragte Burnett eingehend nach dem Kauf des Gerätes, aber alles, was Burnett ihm erzählen konnte, war, daß ihm ein dunkelhäutiger Mann dieses Gerät für fünfzig Dollar verkauft hatte. Die Beschreibung des Mannes ergab nichts Verdächtiges. Das Funkgerät wurde als Beweisstück einbehalten.

Jetzt hatte Rose ein weiteres loses Ende in der Hand, das irgendwo angebunden werden mußte.

Aber nicht nur dieses lose Ende seines Flechtwerks machte ihm Sorgen. Trotz des unaufhaltsamen Stroms von potentiellen Beweisstücken der verschiedensten Art in diesem Fall konzentrierte Rose sich nunmehr auf die zweite Person, die, wie er glaubte, in die Columbo-Morde verwickelt war – auf Pattys Liebhaber, Frank DeLuca.

Rose hatte keinen wirklich überzeugenden Beweis gegen den achtunddreißigjährigen Drogisten in der Hand. Das konkreteste Beweisstück gegen ihn war noch ein verwischter Fingerabdruck, den man in Frank Columbos verlassen aufgefundenem Thunderbird entdeckt hatte und der womöglich – *womöglich* – von DeLuca stammen *könnte*. Aber das allein war noch kein Grund, ihn in Haft zu nehmen.

Rose suchte weiter.

Die Familienautos der Columbos wären sicher kein Problem gewesen, wenn irgendeine ›Bande‹ oder so etwas – Einbrecher, Angehörige des organisierten Verbrechens – der Morde verdächtig gewesen wären. So aber erwiesen sie sich als ein kaum lösbares Problem.

Frank Columbos Thunderbird war, aufgebrochen und völlig demoliert, verlassen in einem Chicagoer Elendsviertel aufgefunden worden. Und Marys Oldsmobile hatte man zwei Tage später auf dem Parkplatz eines Apartmenthauses in einem nahegelegenen Vorort entdeckt. Die Polizei glaubte, die Fahrzeuge wären offenkundig von den Mördern vom Haus entfernt worden in der Absicht, die Entdeckung der Leichen hinauszuzögern, weil die Nachbarn so vielleicht glauben würden, die Familie sei verreist. Wären die Morde das Werk einer ›Bande‹ gewesen, wäre es einfach gewesen, sich vorzustellen, wie die Autos bewegt worden waren; aber bei nur einer Beschuldigten – Patricia – war es unerklärlich, außer sie hätte Hilfe gehabt.

Frank DeLuca war dafür natürlicherweise der erste in Frage kommende Kandidat – aber Ray Rose konnte ihn ja nicht gut, mangels anderer Beweise, auf dem Umweg über das Fahren eines Autos mit den Morden in Verbindung bringen. Und das war noch nicht alles, was Rose Sorgen machte. Es erforderte gut fünfundvierzig bis sechzig Minuten, um die beiden Wagen dorthin zu fahren, wo sie dann gefunden wurden. Rose fiel es schwer zu glauben, daß, wer immer die Familie ermordet hatte, anschließend noch so lange mit einem Auto durch die Stadt gefahren sein sollte, ohne jemandem aufzufallen – wo er doch über und über mit Blut besudelt sein mußte.

Sechs Kugeln auf drei Leute abzufeuern, deren Schädel einzuschlagen, ihnen die Kehlen durchzuschneiden, dem Körper des jungen Michael so viele Schnitt- und Stichwunden beizubringen, den Teppich mit Blut zu durchtränken, Wände und Becken damit zu beschmieren – die Killer mußten triefend naß gewesen sein. Es war einfach nicht vorstellbar, daß niemand sie gesehen haben sollte.

Dies war ein Problem, das nie zu irgend jemandes Zufriedenheit geklärt werden konnte; darüber wurden sogar noch fünfzehn Jahre nach dem Prozeß zahllose Theorien verbreitet.

Selbst als Patricia Columbo aus eigenem Antrieb schließlich eingestand, an welche Einzelheiten dieser entsetzlichen Nacht sie sich noch erinnerte, war damit auch nur die Bewegung *eines* Autos erklärt.

Oktober 1990

Patricia war wie versteinert.

Sie saß auf einer Stuhlkante im Verwaltungsbüro und konnte es einfach nicht glauben.

Schwester Burke war tot.

Sie war am Tag zuvor nicht zu ihrer üblichen Donnerstagnachmittagvisite erschienen, aber Patricia hatte nicht gewußt, warum. Sie war in die Universitätsklinik von Chicago gebracht worden, und an dem Tag, an dem sie eigentlich in Dwight hätte sein sollen, um mit Patricia zu sprechen, war sie gestorben.

»Haben – haben sie gesagt, woran sie gestorben ist?« fragte Patricia die Sekretärin, die ihr die Botschaft überbracht hatte. Doch diese schüttelte den Kopf.

»Sie haben nur gesagt, es hänge mit ihrem Alter zusammen. Sie war siebenundsiebzig.«

Zum zweitenmal überrascht schüttelte jetzt Patricia den Kopf. »Ich hatte ja keine Ahnung, daß sie schon so alt war. Sie war so – so voller Leben, voller Energie...«

»Tut mir leid, Trish«, sagte die Sekretärin.

Patricia verließ das Verwaltungsgebäude wie in Trance. Die Luft des frühen Oktober war kalt, als sie über den Gefängnishof zurück zu ihrem Block ging; unwillkürlich zog sie die Kapuze ihres Sweatshirts über den Kopf. Überall auf dem Gelände färbte sich das Gras schon braun, gelb gewordene Blätter fielen von den Bäumen, die letzten Blüten welkten dahin. Alles starb angesichts des nahenden Winters. Tränen traten Patricia in die Augen; sie hielt den Kopf gesenkt, damit niemand sie sehen konnte, der vielleicht zufällig ihren Weg kreuzte.

In nahezu vierzehn Jahren im Dwight-Gefängnis hatte sie nie jemand weinen sehen – und es sollte sie auch in Zukunft niemand weinen sehen.

Kurze Zeit später kam Patricias Freundin und Anwältin Margaret Byrne, um sie zu besuchen. Margaret, die von fast allen hier Peggy gerufen wurde, vertrat Patricia schon seit etlichen Jahren. Sie hatte sie durch eine andere Insassin kennengelernt, als sie diese besuchte. Selbst ein Kind irischer Einwanderer aus Chicago, hatte Peggy die Juristenschule besucht und war dann zurückgekehrt, um eine Praxis in derselben Gegend im Nordwesten zu eröffnen, in der sie aufgewachsen war. Sie machte nicht das große Geld, denn sie vertrat Klienten, die, wie Patricia Columbo, kein Geld hatten. Sie hatte sich ganz den Frauenrechten verschrieben.

Bei ihrem Besuch heute war Peggy Byrne sehr besorgt darüber, wie die Nachricht von Schwester Burkes Tod auf Patricia wirken würde.

»Wie geht's denn, Trish?« fragte sie voll echter Anteilnahme.

»Ich werde es schon durchstehen«, versicherte Patricia ihr. Sie schüttelte den Kopf. »Ich komme einfach nicht darüber hinweg, wie alt sie schon war. Sie sah weder aus wie siebenundsiebzig, noch hat sie sich je so verhalten. Hätte ich gewußt, daß sie schon so alt war, wäre ich sicher weniger geschockt von ihrem Tod gewesen . . .«

»Ich weiß.« Peggy nickte. »Schwester Burke gehörte zu den Menschen, von denen man sich gar nicht vorstellen kann, daß sie einmal nicht mehr dasein werden.« Sie unterbrach sich einen Moment, um dann fortzufahren: »Das mag jetzt ein schlecht gewählter Zeitpunkt sein, Sie zu fragen, aber haben Sie schon einmal daran gedacht, sich eine neue Therapeutin zu suchen? Ich meine, es ging doch alles so gut für Sie in den letzten anderthalb Jahren, und da wäre es doch eine Schande, das alles wieder aufzugeben.«

»Ich weiß nicht«, sagte Patricia und starrte ins Nichts, wie sie das so oft bei Schwester Burke getan hatte. Die Nonne, eine Psychologin, hatte Patricia alle Zeit des Schweigens gelassen, die sie brauchte, um sich zu sammeln und ihre Gedanken zu ordnen. Aber Peggy Byrne war Rechtsanwältin und daran gewöhnt, den Fluß eines Gespräches nicht abreißen zu lassen.

»Glauben Sie denn, daß Sie mit einer anderen Psychologin

weitermachen könnten?« fragte die Anwältin. »Oder müßten Sie noch einmal ganz von vorn beginnen?«

»Ich weiß es nicht«, erwiderte Patricia abermals, und in ihrer Stimme klang deutlich Unsicherheit mit. »Schwester Burke hatte eine Art, bestimmte Dinge anzupacken, die mir nicht einmal bewußt gewesen sind, bis sie darauf hingewiesen hatte. Wie etwa, daß sie das Gefühl hatte, ich sei eigentlich recht zufrieden im Gefängnis. Weil ich ihr nämlich mal gesagt hatte, ich gehöre hierher und sollte eigentlich nie mehr herauskommen. Institutionalisiert – ja, so hat sie mich genannt. Sie hörte nie auf, mich zu ermahnen, mir meine Selbstachtung zu bewahren, die es praktisch überhaupt nicht gab, als wir anfingen. Sie war böse auf mich, weil ich zu meiner letzten Anhörung wegen einer etwaigen Begnadigung gar nicht hingegangen war. Ich habe ihr gesagt, warum ich es abgelehnt hatte, mich zu einem Teil dieses Zirkus zu machen; Sie haben mich ja vertreten, Peggy, Sie erinnern sich bestimmt noch, wie das war: Reporter, Fernsehkameras, Ray Rose und die ganzen anderen Polizisten aus Elk Grove Village, die Staatsanwälte, meine Onkel und Tanten – und alle sagen sie dem Ausschuß, ich müßte hinter Schloß und Riegel bleiben. Ich habe Schwester Burke gesagt, auf diesen ganzen Scheiß könnte ich gut verzichten. Ich gehörte sowieso genau dahin, wo ich mich jetzt befände. Ich meine, was hätte denn schon werden sollen, wenn man mich hätte laufenlassen? Schwester Burke und ich haben ständig darüber diskutiert, ob ich überhaupt ein *moralisches* Recht hätte zu versuchen, aus dem Gefängnis zu kommen, das formale Recht jetzt mal nicht berücksichtigt. Ich habe immer gesagt, ich glaubte nicht, das ich es hätte, aber damit war sie nicht einverstanden. Darüber haben wir dann oft genug hin und her diskutiert.« Patricia lächelte beinahe in der Erinnerung an diese Gespräche. »Irgendwie war es spaßig: Da versuchte ich, sie zu überzeugen, daß ich es nicht verdiente, in Freiheit gesetzt zu werden, und sie versuchte, mich davon zu überzeugen, daß ich das sehr wohl verdient hätte.« Patricia seufzte schwer. »Ich weiß nicht, Peggy. Ich weiß schlicht nicht, ob ich das alles noch einmal mit jemand anderem von vorn beginnen könnte.«

Wo sie langsam, aber kontinuierlich begonnen hatte, sich

selbst während der Monate ihrer Therapie besser kennenzulernen, wurde sie jetzt wieder einmal in Verwirrung über ihre abstoßende Vergangenheit und ihre wenig aussichtsreiche Zukunft gestürzt.

So plötzlich von einem der drei wichtigsten Elemente ihres Lebens abgeschnitten, stürzte Patricia sich kopfüber in die beiden ihr verbliebenen: anderen Gefängnisinsassinnen etwas beizubringen und sich selbst weiterzubilden.

Ein Jahr vor ihrer Inhaftierung hatte Patricia die High-School verlassen, um ganztags bei *Walgreen's* für Frank DeLuca zu arbeiten. Während der Jahre im Gefängnis hatte sie die fehlenden Studien nachgeholt, um die Hochschulreife zu erlangen.

Schon vor Patricia hatten diverse Frauen im Gefängnis durch entsprechende Kurse einen Schulabschluß auf mehr oder weniger hohem Niveau nachgeholt, aber in der Geschichte des Staates Illinois hatte noch keine weibliche Strafgefangene während ihrer Haftzeit ein vollgültiges Abitur erreicht. Patricia sollte die erste sein. Als Schwester Burke starb, stand Patricia gerade in ihrem letzten Semester des College-Programms der *Illinois State University*, das früher einmal eigens für Inhaftierte eingerichtet worden war. Sie stand sieben Monate vor den Abschlußprüfungen.

Du *mußt* dich auf das Abitur konzentrieren, sagte sich Patricia von nun an ständig selbst. Du *mußt* dich vor dir selbst beweisen. Du darfst nicht zulassen, daß Schwester Burkes Tod dich am Ende auffrißt.

Aber genau das passierte.

In den ersten Wochen schien es oft, als habe sich Patricia den Donnerstag ausersehen, um an diesem Tag zum Zombie zu werden. Es forderte ihr schon ein Höchstmaß an Selbstdisziplin ab, morgens überhaupt das Bett zu verlassen. Sie mußte sich zum Frühstücken zwingen und sich förmlich selbst Gewalt antun, um ihrer Arbeit nachzugehen. Als Hilfslehrerin in der gefängniseigenen Schule tat sie Dienst als Betreuerin einer Gruppe jüngerer Insassinnen. Im ganzen Gefängnis war diese Institution als ›Columbos Ganovenclub‹ bekannt. Ihre Teilnehmer waren zumeist renitente Straßenkinder, in der Regel zum erstenmal im Gefängnis, die es für ihre Pflicht hielten, aufmüpfig gegen jede Autorität zu sein und sich prinzipiell unkooperativ zu zeigen. Hauptsächlich handelte es sich um junge Frauen, die zum Gefängnispersonal keinen Kontakt aufbauen konnten oder wollten; sie fanden es erträglicher, von einer wegen dreifachen Mordes verurteilten Mitgefangenen unterrichtet zu werden.

Patricia ordnete jeden Neueingang in mindestens eine der folgenden Kategorien ein: schwierig, ungehorsam, bockig. Patricias Aufgabe war es nun, Zugang zu der entsprechenden Person zu finden, sie zu überzeugen, auch sie *könne* lernen. Kernstück ihrer Arbeit war es, ihnen zu helfen, den Einstieg in eine Weiterbildung zu schaffen und denselben Weg zu beschreiten, den sie selbst gegangen war.

Patricia empfand, daß sie über eine Hilfe für diese Frauen die einzige Möglichkeit hatte, je wieder wenigstens einen kleinen Teil von ihr in die freie Welt hinauszuführen. Ihr war, als diskutiere sie mit Schwester Burke, daß sie es nicht verdiene, das Gefängnis je wieder zu verlassen, aber wenigstens könne so rein geistig noch etwas von ihr in der Außenwelt etwas bewirken, wenn nämlich eine aus ihrem ›Ganovenclub‹ draußen Erfolg habe.

»Ein Teil von mir geht zusammen mit dir hinaus«, sagte sie stets bei der Verabschiedung einer von ihnen. Über die Jahre hinweg waren Briefe, die von Schule, Jobs, Familie und Kindern berichteten, für sie ermutigender als alles andere in ihrem Leben. Und als sie jetzt auf Mitte Dreißig zuging, wurde ihr noch etwas anderes bewußt: Die Arbeit mit den Kindern, wie sie sie bei sich nannte, schmeichelte zweien ihrer grundlegenden Instinkte: einmal einem rein mütterlichen, zum anderen einem schlicht weiblichen. Gezwungen, stets als eine Art Muttterersatz für ihre Zöglinge handeln zu müssen, fiel es Patricia leichter, mit den quälenden Erinnerungen an Michael zu leben. Und die gelegentliche Umarmung, ein fröhliches Lächeln oder die unerwartete Berührung durch eine fremde Hand stillten ihr Verlangen nach menschlicher Wärme.

Seit sie ins Gefängnis gekommen war, hatte Patricia drei

intime Verhältnisse gehabt, eines mit einem männlichen Angestellten und zwei mit anderen Inhaftierten. Diese Verhältnisse war sie nicht nur aus Gründen sexuellen Lustgewinns eingegangen. Mit dem Mann, einem hochrangigen Beamten, hatte sie sich eingelassen, um nicht in die Küche zum Arbeiten geschickt zu werden, wo nicht nur harte Arbeit auf sie gewartet hätte, sondern die Küche hatte zu der Zeit eine rein schwarze Mannschaft, und sie hatte Angst, ihr als einzige Weiße zugeteilt zu werden. Auf ihr erstes lesbisches Verhältnis hatte sie sich wegen der damit verbundenen Protektion und verschiedener Privilegien eingelassen; auf ihr zweites ausschließlich, um Schutz vor dem ersten zu finden – vor ihrer ersten weiblichen Liebhaberin, die nach Dwight zurückgekehrt war und mit der Patricia die alte Beziehung nicht wieder aufleben lassen wollte. All diese Affären waren kurzlebig gewesen, und während der letzten acht ihrer insgesamt fünfzehn Jahre hinter Gittern hatte sie zölibatär gelebt. Patricia, die Sex in jeder Form genossen hatte, auch und gerade schon vor ihrer Inhaftierung, hatte nicht das Gefühl, als vermisse sie viel.

Aber nicht einmal der anhaltende Erfolg bei ihren ›Ganoven‹ oder die eigenen Fortschritte bei der Weiterbildung konnten den Schmerz über die Abwesenheit von Schwester Burke mildern.

Sie hatte eine besondere Art von Freundschaft für sie empfunden, fast wie auf einer geistig höheren Ebene, die sich aus dem Austausch von Worten Woche für Woche, Monat für Monat, aufgebaut hatte, einer geistigen Ebene, die nichts mit Religion zu tun hatte. Sie hatte zu tun mit Vertrauen. Und Wahrheit.

Tief in ihr drin war noch so vieles, an das sie und Schwester Burke noch gar nicht gerührt hatten. Ihre Therapie mit der Nonne hatte gerade erst angefangen, die Patricia wieder erstehen zu lassen, die sie mit fünfzehn Jahren gewesen war, als sie Frank DeLuca begegnet war und damit den ersten Schritt auf ihrem Weg zur Mörderin getan hatte.

Ohne Schwester Burke waren die letzten achtzehn Jahre drauf und dran, in ihr eingeschlossen zu werden – genauso, wie sie selbst im Gefängnis eingeschlossen war?

In dem Block, in dem Patricia lebte, galt Hafterleichterung. Auf dem Flur stand eine Telefonzelle, von wo aus die Insassinnen dieses Blocks auch Ferngespräche beispielsweise mit ihren Familienangehörigen und Freunden führen konnten. Patricia rief Peggy Byrne mehrmals im Monat an, nur um ein wenig mit ihr zu plaudern. Der Tod von Schwester Burke lag noch kaum einen Monat zurück, da rief sie Peggy eines Abends an und hörte: »Gestern war ein Schriftsteller bei mir im Büro. Er will ein Buch über Sie schreiben und würde sich gern einmal mit Ihnen treffen.«

»Kein Interesse«, beschied Patricia sie. »Ich werde jedes Jahr ein paarmal von irgendwelchen Schriftstellern angesprochen, die mich interviewen wollen, oder sie wollen meine Hilfe oder irgendeine Erlaubnis oder was auch immer – meistens für irgendwelche Magazine. Sie bekommen alle dieselbe Antwort von mir: nein danke, kein Bedarf.«

»Dieser ist anders«, sagte Peggy. »Er hat um keine Genehmigung nachgesucht, sondern uns nur davon unterrichtet, daß er ein Buch schreiben wird. Und er hat schon neunzehn veröffentlicht. Die Sache ist also seriös. Sie sollten es sich wirklich überlegen, ob Sie nicht vielleicht doch mal mit ihm reden wollen. Er schreibt in der Hauptsache über Gefängnisse und die Menschen darin. Außerdem hat er mich auf einen nachdenkenswerten Punkt hingewiesen. Falls er das Buch schreiben würde, ohne daß Sie auf den Inhalt Einfluß nehmen konnten, werden Sie am Ende genauso aussehen, wie Sie am Tag Ihrer Verurteilung ausgesehen haben. Aber mit Hinweisen von Ihnen angereichert, wird das Buch dem Leser einen Blick auf die erlauben, die Sie heute sind. Und ich glaube, das ist wichtig, Trish.«

»Ich weiß nicht recht«, erwiderte Patricia skeptisch.

»Da muß aber noch etwas bedacht werden«, fuhr Peggy fort. »Dieser Mann ist ein Ex-Straßenjunge aus derselben Kante wie Sie. Sein Vater war eine Zeitlang im Gefängnis, und seine Mutter war heroinsüchtig. In der kurzen Zeit, die ich mit ihm verbracht habe, habe ich aber doch den Eindruck gewonnen, als wisse er sehr gut, wie einem das Leben aus dem Ruder laufen kann. Außerdem scheint er ohnehin schon eine ganze Menge zu wissen. Er hat gerade fünf Wochen damit zugebracht, alle verfügbaren Unterlagen über Ihren Prozeß durchzulesen, einschließlich sämtlicher Gerichtsprotokolle.«

»*Alle* Protokolle?« fragte Patricia ungläubig.

»Sämtliche Akten«, bekräftigte Peggy. »Dieser Mann ist seriös, das sage ich Ihnen.«

»Mein Gott, das muß er wohl sein. Ich habe ja selbst noch nicht einmal alle Akten gelesen; ich kann mir gar nicht vorstellen, daß das überhaupt irgend jemand getan haben sollte.«

»Außerdem hat er sich in der Ohio Street und der ganzen Umgebung umgesehen, und in Elk Grove Village war er auch. Er sagt, er habe sich das Haus angesehen, in dem das Verbrechen stattgefunden hat, und überhaupt alle Örtlichkeiten, die in den Zeugenaussagen eine Rolle gespielt haben: Die *Wo-Sonst*-Bar, das *Ala-Moana*-Restaurant, *Walgreen's*, die Motels . . .«

»Großer Gott!« sagte Patricia. Es war weder Fluch noch Gebet. Mehr ein Ausdruck des Erstaunens. »Warum jetzt?« fragte sie mehr sich selbst als Peggy. »Nach beinahe fünfzehn Jahren . . .«

»Vielleicht sollten Sie ihn das selbst fragen.«

»Ich brauch' diesen ganzen Scheiß nicht«, murmelte Patricia. »Mir schwirrt schon genug Mist im Kopf rum.«

»Ich weiß«, versicherte Peggy ihr voller Sympathie. »Aber wenn doch da in jedem Fall ein Buch geschrieben wird, meinen Sie nicht, daß es dann irgendwo sogar Ihre Pflicht wäre, den Leuten zu zeigen, daß Sie heute nicht mehr dieselbe sind, die Sie vor fünfzehn Jahren waren?«

Peggy hörte, wie ihre Freundin und Klientin am anderen Ende der Leitung leise seufzte. Diesmal ließ ihr die Anwältin, wie es Schwester Burke auch getan hätte, einen Augenblick Zeit, um ihre Gedanken zu sammeln. Das war richtig so, denn das überließ Patricia die Initiative.

»Okay«, sagte Patricia schließlich. »Ich rede mit ihm. Mir gefällt diese Idee überhaupt nicht, aber ich werde es tun, nur um zu sehen, was das für ein Heini ist. Aber ich möchte, daß Sie dabei sind. Und ich will bis nach dem 1. Januar warten. Ich möchte *Thanksgiving* und Weihnachten ohne größeres Trauma hinter mich bringen.«

Innerlich begann Patricia zu kochen. Nach *fünfzehn* verfluchten Jahren! dachte sie wütend.

Gottverdammter Hurensohn!

C. H.

Januar 1991

Mitte Januar kann einem die flache Landschaft von Illinois südlich Chicagos manchmal wie die vereiste Hölle erscheinen. Der hart gefrorene, knackende Untergrund ist stellenweise von tückischem Eis überzogen; dünne, eisige Luft scheint sich förmlich in die Haut zu fressen; und über einem droht ein grauer, eintöniger Himmel ständig noch weit schlimmere Strafen an. Diese Gegend ist wie geschaffen für ein Gefängnis.

Ich parkte meinen Mietwagen auf einem schmutzigen Besucherparkplatz in Dwight und eilte die fünfzig Yards über den vereisten Kies hinüber zum Besucherbüro. Am Schalter sagte ich zu dem diensthabenden Vollzugsbeamten: »Mein Name ist Clark Howard. Ich bin hier, um mich mit Miss Columbos Anwältin zu treffen, Margaret Byrne, und dann mit ihr gemeinsam ihre Klientin zu besuchen.«

Der Beamte überflog kurz verschiedene Notizzettel an einer Pinwand, dann reichte er mir ein Formular. »Füllen Sie das bitte aus.«

»Ja, gerne. Ist Miss Byrne schon hier?«

»Noch nicht«, erwiderte er.

Um einen einzelnen Tisch herum standen ein halbes Dutzend Stühle herum. Ich setzte mich, um das Formular auszufüllen, nachdem ich Mantel, Hut und Handschuhe auf einem Stuhl direkt neben mir deponiert hatte. Das Formular war das übliche für Besucher eines Gefängnisses mit Fragen wie: Sind Sie je wegen eines Kapitalverbrechens bestraft worden? Haben Sie zur Zeit Bewährung? Benutzen Sie auch andere Namen? Ich mußte Dutzende Fragen dieser Art beantworten.

Als ich fertig war und das Formular zum Schalter zurückbrachte, war der Sergeant gerade am Telefon, und so nahm eine weibliche Beamtin das Papier an sich und fragte mich nach einem Ausweis. Ich gab ihr meinen in Kalifornien ausgestellten Führerschein und meine Mitgliedskarte der American Correctional Association, der nationalen Organisation der Gefangenenwärter, Vollzugsbeamten und anderer mit dem Umgang mit Häftlingen betrauten Personen. Die Beamtin trug ein Button an der Uniform, auf der der Name ESHELMAN stand.

»Sind Sie vielleicht verwandt mit Byron Eshelman?« fragte ich sie.

»Nicht daß ich wüßte«, erwiderte sie. »Wer ist das?«

»Er war eine Zeitlang protestantischer Gefängniskaplan auf Alcatraz und später auch in St. Quentin«, erläuterte ich.

»Das ist mein angeheirateter Name«, sagte sie, »aber ich glaube, mein Mann ist auch nicht mit ihm verwandt. Ich habe jedenfalls nie gehört, daß er ihn erwähnt hätte.«

Der Sergeant hatte sein Telefonat inzwischen beendet und uns interessiert zugehört. Jetzt führte er mich in einen der Untersuchungsräume.

»Ihren Mantel können Sie dort aufhängen«, sagte er und deutete auf einen Haken an der Wand. »Leeren Sie dann bitte Ihre Taschen vollständig, legen Sie den Gürtel ab und ziehen Sie die Schuhe aus.« Während ich tat, was er verlangte, fuhr er fort: »Sind Sie Geistlicher?«

Ich trug zwar einen dunklen Anzug und eine Krawatte, aber trotzdem amüsierte mich die Frage. »Nein, ich bin kein Geistlicher«, erwiderte ich. Ich bin auch noch nie fälschlicherweise für einen solchen gehalten worden.

Nach einer eingehenden Untersuchung wurde ich zu einer Wand geführt, in die eine Reihe metallener Schließfächer eingelassen war, und aufgefordert, alle meine persönlichen Dinge bis auf zwanzig Dollar, die ich, wenn ich wollte, mit hineinnehmen *durfte, dort zu deponieren; ausgegeben werden konnten sie nur in der Kantine des Besuchsraumes.*

Letzter Schritt meiner ›Säuberung‹ war, daß meine Hand mit ultravioletter Tinte markiert und ich durch einen Metalldetektor von der Größe allenfalls einer Telefonzelle geführt wurde. Auf der anderen Seite des Detektors setzte ich mich auf eine Bank und wartete auf die Erlaubnis, den großen Besuchsraum betreten zu dürfen, der jenseits einer großen, elektronisch betätigten Glastür lag.

Der Sergeant kehrte an seinen Schalter zurück, nahm das Telefon zur Hand und fragte: »Ist Pat Columbo dort hinten?« Er wartete einen Moment und sagte dann: »Okay.« Er hängte den Hörer wieder ein, sah zu mir herüber und sagte: »Sie ist im Besuchsraum, aber sie will Sie nicht sehen, bevor ihre Anwältin nicht ebenfalls anwesend ist.«

»Kein Problem, Sergeant«, sagte ich.

Ich hatte lange auf diesen Augenblick gewartet. Noch ein klein wenig länger zu warten, machte mir nichts aus.

Peggy Byrne kam wenige Minuten später, in der Hand einen schweren Aktenkoffer, und beschwerte sich lautstark über die vereisten Straßen. Sie trug sich für einen Besuch bei Patricia und einer weiteren Insassin ein, mit der sie für heute verabredet war, dann absolvierte sie dieselbe Prozedur mit der Beamtin Eshelman. Als sie durch den Metalldetektor kam, sagte ich: »Ich sehe, auch Anwälte werden durchsucht.«

»Die vor allem«, schnaubte Peggy. Der Sergeant und Mrs. Eshelman grinsten. Peggy Byrne war eine kleine, attraktive Frau, die blond genug war, um eher als Norwegerin oder Schwedin denn als Irin angesehen zu werden. Sie hatte eine zupackende Art in ihrer ganzen Sprechweise, die zu diesem äußeren Bild paßte. Als wir uns zum erstenmal sahen, gewann ich den Eindruck einer Göre, wild und ungestüm wie jede andere Range im ganzen Block. Sie war von undefinierbarem Alter, möglicherweise irgendwo zwischen Dreißig und Vierzig.

Nachdem wir durch die elektronische Tür gegangen waren, führte Peggy mich zu einer kleinen verglasten Kabine, wo, wie ich später erfuhr, Schwester Burke ihre therapeutischen Sitzungen mit Patricia abgehalten hatte. Wir setzten uns an einen Tisch und warteten. Es dauerte auch nicht lange, bis sich die Tür wieder öffnete und Patricia hereinkam. Ich erhob mich, und Peggy stellte uns einander vor. Über den Tisch hinweg schüttelten wir uns die Hand.

»Patricia«, sagte ich.

»Hallo.«

Einen Augenblick lang studierten wir einander. »Sie sind größer, als ich gedacht hatte«, sagte ich.

»Ich kann in die Hocke gehen«, erwiderte sie.

Ich hätte gern gelächelt, versagte es mir aber lieber. »Schon gut«, sagte ich, »ich werde mich schon daran gewöhnen.«

Wir setzten uns, beide unsicher geworden, aber Patricia, da bin ich sicher, stärker als ich.

Ein niedliches kleines Mädchen mit Bändchen und Schleifchen –

»Clark, erzählen Sie doch Trish, was Sie mir in meinem Büro über das Konzept Ihres Buches erzählt haben«, schlug Peggy vor. »Ich habe das natürlich schon mit ihr besprochen, aber ich denke, sie sollte es auch noch einmal direkt aus Ihrem Mund erfahren.«

»Gern.« Ich lehnte mich einen Moment in meinem Stuhl zurück und überlegte, wo ich anfangen sollte. Ein Treffen wie dieses läßt sich nicht im voraus planen, alles muß sich spontan ergeben. Und es muß absolut offen und ehrlich sein, ohne Ausflüchte. Wenn man es mit jemandem zu tun hat, der sein halbes Leben hinter Schloß und Riegel verbracht hat, hat man es auf jeden Fall immer mit der Mentalität eines Verurteilten zu tun – ob man es wahrhaben will oder nicht. Die Jahre des Eingesperrtseins bewirken subtile, aber nach und nach sehr substantielle Veränderungen des Bewußtseins des Verurteilten. Besonders in die Augen fallend ist dabei der Grad des Mißtrauens anderen gegenüber. Auf einer Skala von eins bis zehn hätte der Grad des Mißtrauens bei einem in Freiheit lebenden Menschen vielleicht einen Wert zwischen zwei und drei, während er bei einem Verurteilten, der schon lange einsitzt, etwa bei acht liegen dürfte. Und dieses Mißtrauen, bewußtes wie unbewußtes,

begleitet den Verurteilten jede wache Stunde und bildet ein immer präsentes Hindernis für eine ergiebige. Unterhaltung. Wenn dann auch noch die entsprechende Person überdurchschnittlich intelligent ist, wie es Patricia nach Peggy Byrnes Erzählungen ohne Zweifel war, kann der Versuch einer Kommunikation sehr schnell von einem normalen Gespräch zu einem mit aller Härte geführten psychischen Duell werden.

Als Peggy mich an jenem Tag bat, Patricia mein Konzept in ihrem Fall zu erläutern, da wußte die Anwältin noch nicht, wie sehr sich dieses Konzept in den zwei Monaten seit meinem Besuch in ihrem Büro ausgeweitet hatte. Während dieser Zeit nämlich hatte ich eine gewaltige Flut von Informationen gesammelt und in mich aufgenommen, die bis zum Namen des Arztes reichten, der der kleinen Patty Ann Columbo auf diese Welt geholfen hatte. Es waren fast alles bisher nicht genutzte Informationen: Fakten über Patricia Columbo, die noch nie jemand für bedeutend genug gehalten hatte, um ihnen nachzugehen. Durch meinen Krimi-Experten Patterson Smith aus New Jersey hatte ich zudem erfahren, daß auch noch nie ein Buch über sie geschrieben wurde.

Was mir jetzt im Zusammenhang mit Patricia Columbo vorschwebte, war ein Buch nicht nur über die Morde, sondern ein Buch über den Menschen Patricia Columbo, das niedliche kleine Mädchen, gekleidet mit Bändchen und Schleifchen, das jetzt abgewetzte Jeans und ein Sweatshirt trug und hinter Gittern lebte. Und ich wollte wissen warum.

»Okay«, sagte ich zu Patricia und Peggy. »Hier ist mein Konzept, wie es im Moment steht. Ich sehe ein Dreieck mit Ihnen, Patricia, in der Mitte. An der Spitze des Dreiecks steht Ihr Vater, Frank Columbo. Es wurde berichtet, Sie erinnerten sich daran, von ihm in Ihrer Kindheit sexuell belästigt worden zu sein.« Patricia und Peggy wechselten einen schnellen Blick, der sich meinem Gehirn sofort einprägte; natürlich wußten sie bereits, wie ich noch erfahren sollte, daß es nicht ihr Vater gewesen war. »Wenn diese Geschichte über den sexuellen Mißbrauch wahr ist«, sagte ich, »werde ich Ihren Vater in diesem Buch kreuzigen. Wenn sie aber nicht stimmt, werde ich das der Welt mitteilen.

Der zweite Punkt dieses Dreiecks ist Frank DeLuca. Doppelt so alt wie Sie, als Sie ihn im späten Frühjahr des Jahres 1972 kennenlernten – ein Mann ein wenig wie Ihr Vater: fast genauso alt, italienischer Abstammung, sogar derselbe Vorname. Wenn Sie Ausschau gehalten hätten nach einem Ersatzvater, einem, mit dem man nicht verbotenen Sex machen konnte, dann war dieser Bursche perfekt. Als er das erstemal als neuer Manager von Walgreen's *durch die Tür kam, hätte er genausogut auf einem weißen Pferd reiten können. Sie flogen auf ihn wie eine Heranwachsende auf einen Rockstar.*

Von nun an waren Sie zwischen zwei Autoritäten gefangen, zwischen den beiden Franks: Ihrem Vater, der von Ihrem Verhältnis mit DeLuca erfuhr und sich mit Vehemenz dagegen stemmte, und Ihrem Liebhaber, der ein sexueller Psychopath war, wie wir alle später noch erfahren werden, und der Sie in der Folge alles lehren wird, was ein Mädchen im Teenager-Alter über Sex wissen sollte – und eine Menge, das es absolut nicht zu wissen braucht.

Schließlich läßt sich Frank Nummer eins, Ihr Vater, von seinem italienischen Temperament hinreißen: Er schlägt Frank Nummer zwei, Ihren Liebhaber, eines Abends auf dem Parkplatz von Walgreen's *mit dem Gewehrkolben ins Gesicht. Sie haben Ihren Vater ins Gefängnis gebracht; er schwört, er werde Sie beide umbringen, Sie und Ihren Liebhaber. Sie glauben womöglich nicht, daß er* Ihnen *auch nur weh tun könnte – Ihnen, seiner einzigen Tochter, die Sie Ihr ganzes Leben lang seine kleine Prinzessin waren; möglicherweise sind Sie sogar noch mehr für ihn gewesen. Also sind Sie offenbar nicht um sich selbst besorgt, aber Sie haben aufrichtig daran geglaubt, daß Ihr Vater seine Drohung gegen Ihren Liebhaber ernst gemeint hatte. Und Sie glauben weiter, Ihr Vater verfüge über Beziehungen, einen bezahlten Mörder anzuheuern, damit dieser Ihren Liebhaber umbringt. Er arbeitet mit den Gewerkschaften, mit Dockarbeitern, und er ist in einige Geschäfte verwickelt, die ihm bares Geld bringen, das er sicher in seinem Safe zu Hause verwahrt. Also kann er sich einen Killer leisten, wenn er wirklich einen braucht.*

Der dritte Punkt des Dreiecks. Führen wir zwei Gauner ein

mit Namen Lanny Mitchell und Roman Sobczynski. Wieder zwei ältere Männer. Sie reden wie harte Männer, sie tragen Revolver. Lanny ist Autoverkäufer und ein Lügner von Weltklasseformat; Roman ist früher mal Deputy Sheriff gewesen, ein verheirateter Mann mit Familie, der auf Teenager steht.

Lanny erbietet sich, Ihre Eltern umzubringen, so daß Sie Michaels Vormund werden und die Kontrolle über das Vermögen Ihres Vaters bekommen können, obwohl Sie inzwischen enterbt sind. Für diese Art Hilfe ist ein Preis zu entrichten, und da Sie noch kein Geld haben, akzeptieren die beiden einen Ersatz: Ihren reizvollen Teenager-Körper. Also fangen Sie an, ihnen als Vorauszahlung zu Willen zu sein, um die Bezahlung selbst auf den Tag hinauszögern zu können, an dem das ganze ›Geschäft‹ unter Dach und Fach ist. Davon erzählen Sie aber DeLuca nichts, weil Sie nicht wollen, daß er etwas davon erfährt, daß Sie es mit diesen beiden treiben; er glaubt, Sie arrangierten etwas mit Hilfe Ihres Patenonkels, um das böse Blut zwischen Ihnen und Ihrem Vater zu beseitigen.

Als nun die Zeit verstreicht, halten Lanny und Roman Sie mit einer Ausrede nach der anderen hin: Angeblich brauchten sie einen Grundriß des Hauses, Fotos von seinen Bewohnern, eine Beschreibung ihrer Gewohnheiten, später dann auch noch eine Vorauszahlung, weil sie glauben, DeLuca könne Rezepte für Drogen fälschen. Schließlich erzählen sie Ihnen noch, was vor allem die Durchführung ihrer Pläne behindere, das sei die Existenz Ihres Bruders; es ist angeblich zu schwierig, Ihre Eltern umzubringen, ohne auch Ihren Bruder zu ermorden. So sind Sie weiter gefügig, weil Sie hoffen, Ihren Bruder später einmal irgendwie vorher in Sicherheit bringen zu können.

Inzwischen ist DeLuca zu einem nervlichen Wrack geworden. Er ist so sehr davon überzeugt, daß Ihr Vater ihn in Kürze erwischen wird, daß er jeden Tag eine andere Route für seinen Weg zur Arbeit wählt, in dem Haus, in dem Sie wohnen, den Aufzug jedesmal auf einer anderen Etage verläßt und zu seinem Schutz sogar ständig einen geladenen Derringer bei sich führt. Er ist derart fertig, daß Sie schließlich Roman, den er für Ihren Patenonkel hält, überreden, zweimal mit ihm an Telefon zu reden, um ihn wieder zu beruhigen. In einer dieser Unterhaltungen fordert

DeLuca Roman nunmehr auf, auch Ihren kleinen Bruder Michael umzubringen – Ihnen aber nicht zu sagen, was sie wirklich vorhätten. Michael kam nach Aussage Ihres Liebhabers zu Walgreen's *und starrte ihn an, und er war überzeugt davon, das Kind sei am Rachefeldzug seines Vaters gegen Sie beteiligt.*

Dieses ganze Verwirrspiel ging so lange weiter, bis es selbst Ihrem jugendlichen Hirn dämmerte, daß diese beiden Möchtegern-Gangster, Roman und Lanny, weiter nichts vorhatten, als Sie zu melken, solange es nur irgend ging. Das war der Augenblick, wo Sie und Ihr Liebhaber Frank DeLuca nach der Theorie der Anklagebehörde übereinkamen, die Morde selbst zu verüben.«

Ich setzte mich in meinem Stuhl in dem winzigen Besuchszimmer zurück. Patricia Columbos Augen waren unverwandt auf mich gerichtet, genau wie die von Peggy Byrne. Dies war natürlich nur meine erste, sehr frühe Beurteilung dessen, was sich zugetragen hatte. Es gab noch viel, viel mehr, worauf ich erst später stoßen sollte, und was einige Stücke dieser komplexen Geschichte besser zueinander passen lassen sollte. Unglücklicherweise aber sollte ich auch feststellen, daß einige Stücke niemals ins Bild paßten.

»Sie und Frank wurden schließlich verhaftet«, faßte ich zusammen, »zuerst Sie und sechs Wochen später er ebenfalls, und Sie wurden gemeinsam des Mordes angeklagt. Roman und Lanny haben gegen Sie ausgesagt und als Gegenleistung Straffreiheit zugesichert bekommen. Sie haben in eigener Sache nicht ausgesagt, aber DeLuca ist in den Zeugenstand gegangen und hat alle Welt mit Ausnahme Gottes der Lüge geziehen – selbst dann noch, als ein Zeuge auftrat, der aussagte, DeLuca habe versucht, noch von der Zelle aus zwei Männer ermorden zu lassen, damit sie nicht gegen ihn aussagen konnten. Unnötig zu erwähnen, daß es ihm nicht gelang, die Geschworenen um den Finger zu wickeln; sie brauchten nur zwei Stunden, um Sie beide für schuldig zu befinden.

Jetzt«, sagte ich gelassen zu Patricia, »schreiben wir das Jahr 1991, und Sie sind inzwischen fünfzehn Jahre im Gefängnis. Sie haben bei Ihrem Verfahren nicht ausgesagt, Sie lehnen es ab, mit der Presse zu sprechen, Sie weisen Schriftsteller zurück, die Ihre Geschichte niederschreiben möchten, Sie gehen nicht einmal zu Ihrer Begnadigungsverhandlung. Manche Leute nennen das Arroganz; andere sagen, Sie seien schlicht dumm und sich selbst der größte Feind. Aber was auch immer der Grund sein mag, wenn Sie so weitermachen, werden Sie hier bleiben, bis Sie alt und grau geworden sind.«

»Ist Ihnen nie der Gedanke gekommen«, fragte Patricia mich genauso gelassen, wie ich gesprochen hatte, »daß ich vielleicht hier drinnen sein muß. Ist Ihnen nie der Gedanke gekommen, daß ich genau da bin, wo ich hingehöre?«

»Das«, sagte ich, »obliegt nicht Ihrer Entscheidung, jetzt nicht und in der Zukunft nicht.«

Einen Augenblick lang hob sie die Augen und gestattete sich ein leises Seufzen. »Sehen Sie«, sagte sie mit leiser Stimme, einer Stimme, in der ein ganz leichtes Zittern mitschwang, »ich habe hier drinnen doch ein angenehmes Leben. Und ich bewirke etwas. Ich denke an diesen Ort noch nicht einmal als an ein Gefängnis, wirklich nicht; für mich ist es mehr eine Rettungsinsel. Es hat mich aus einer Situation gerettet, die völlig außer Kontrolle geraten war; ich hatte keine Kontrolle mehr über sie und sonst auch niemand. Ich wäre wahrscheinlich schon längst tot, und Sie können sich gar nicht vorstellen, wie oft ich mir das schon gewünscht habe. Aber dieser Ort hier hat mich gerettet und mir gezeigt, wie ich noch ein kleines Etwas aus meinem Leben machen kann, indem ich helfe, halbe Kinder zu retten, die hier zum erstenmal hereinkommen. Hier drinnen tue ich etwas, was ich draußen niemals hätte tun können. Und ich bin hier drinnen in Sicherheit; ich bin sicher vor den Frank DeLucas dieser Welt, den Lanny Mitchells, den Roman Sobczynskis. Ich möchte nie wieder verwundbar durch Männer wie sie werden.«

»Sie sind keine fünfzehn, sechzehn oder siebzehn Jahre mehr«, erinnerte ich sie. »Nach allem, was ich von Peggy gehört habe, täte mir jeder Mann leid, der versuchen wollte, Ihnen irgendwie zu schaden.«

»Ich sorge hier drinnen schon ganz gut für mich selbst, hier, wo alles seine Ordnung hat«, bekräftigte Patricia. »Ich bin nicht

sicher, ob ich das draußen in der freien Welt genauso gut könnte.«

Ein einzelnes Wort ging mir durch den Kopf: institutionalisiert. Sie war schon so lange in dieses strukturierte und im höchsten Grad formalisierte System eingebunden, daß es zu einem Teil ihres innersten Wesens geworden war. Es war das einzige Heim, das sie hatte, das einzige Leben, das sie kannte; wie ein Eingeborener in einem von der Zivilisation unberührten Land hatte sie Angst vor der Welt rings um sie herum.

»Clark, worauf wird sich denn nun Ihr Buch genau konzentrieren?« fragte Peggy.

»Auf Patricia Ann Columbo«, sagte ich, »vom Tag ihrer Geburt an bis auf den heutigen.«

»Sie haben demnach vor, über ihre Ausbildung hier im Gefängnis zu berichten, über ihre Arbeit mit den Mädchen, die sie betreut, ihren Status als Gefangene mit Sonderprivilegien – all das?«

»Unbedingt. Ich werde in das Buch alles hineinstecken, was ich über sie herausfinden kann – Gutes wie Schlechtes.«

»Glauben Sie, das Buch wird sie in einem günstigen Licht erscheinen lassen?«

Ich hob vage die Schultern. »Nur insoweit natürlich, wie die Fakten positiv über sie sprechen. Ich glaube nicht, daß das Buch dazu beitragen wird, daß irgend jemand sie mag; aber es könnte dazu führen, daß etliche Leute sie verstehen.« Ich sah Patricia an. »Vielleicht kann es sogar helfen, daß Sie selbst sich ein wenig besser verstehen. Das war schon früher bei Büchern so, die über Menschen im Gefängnis geschrieben wurden, selbst Menschen in der Todeszelle.«

Schweigen breitete sich in dem kleinen Zimmerchen aus. Ich hatte das Gefühl, als sei es jetzt angebracht, Patricia und Peggy ein wenig mit ihren Gedanken alleinzulassen. »Soll ich uns vielleicht eine Tasse Kaffee besorgen?« erbot ich mich.

»Gute Idee«, fand Peggy.

Ich verließ das Zimmer und stellte mich in eine kurze Schlange vor der Ausgabe des Casinos, von wo aus ich den ganzen Besuchersaal überblicken konnte. Hier in Dwight schienen Frauen aller Schichten zu sein im Alter zwischen Teenager und Mittfünfzigerin; einige der Frauen hatten sogar Besuch von ihren Enkelkindern. Jede Farbe schien vertreten zu sein: schwarz, braun, rot, gelb, weiß. Die meisten Frauen konnten sich frei bewegen und mit ihren Kindern spielen; es gab aber auch welche, die trugen Handschellen, mit denen sie an ihren Stuhl gefesselt waren.

Während ich geduldig in der Schlange wartete, erhob sich ein außergewöhnlich hübsches kleines Latino-Mädchen von bestimmt noch nicht einmal zwanzig Jahren, das mit einem jungen Mann an einem Tisch saß, und kam zu mir herüber. »Entschuldigen Sie«, sagte sie mit strahlendem Lächeln, »aber gehören Sie zum Begnadigungsausschuß?«

»Nein, leider nicht«, erwiderte ich. »Ich bin nur ein Besucher.«

»O schade«, sagte sie und ging zu ihrem Jüngling zurück.

Ich fragte mich, wohin uns diese Unterredung wohl geführt haben mochte, wenn ich wirklich Mitglied im Begnadigungsausschuß gewesen wäre. Aber – weder Geistlicher noch Mitglied im Bewährungsausschuß – weiter nichts als ein Besucher in Anzug und Krawatte? Ich bekam meinen Kaffee und kehrte in das kleine Zimmer zurück.

»Was möchten Sie denn, daß ich Ihnen erzähle, falls ich mich entschließen sollte, Ihnen bei Ihrem Buch zu helfen?« fragte Patricia mich, kaum daß ich mich wieder gesetzt hatte.

»Alles, was Sie mir erzählen möchten«, sagte ich.

»Und was ich Ihnen auch erzähle, es findet Eingang in Ihr Buch?«

»Ja.«

»Und wenn Sie nicht glauben, was ich Ihnen erzähle?«

»Ich würde es trotzdem bringen«, sagte ich. »Die Tatsache, daß ich persönlich irgend etwas nicht glauben könnte, müßte ja nicht gleich heißen, daß es nicht stimmt. Ich verwerte alles, jedes Detail, das ich in Erfahrung bringen kann; dann überlasse ich es jedem einzelnen Leser, was er davon glauben will und was nicht.«

»Werden Sie auch mit Frank DeLuca reden?« fragte Peggy, vielleicht auch nur, um Patricia mit einer solchen Frage zuvorzukommen.

»Ich werde versuchen, *mit jedem zu sprechen, der mir etwas über Patricia Columbo sagen kann«, erwiderte ich.*

»Und was jeder dieser Leute sagt, es findet sich in Ihrem Buch wieder?«

»Ja. Es gibt keine andere Möglichkeit, außer, ich wollte eine Seite gegen eine andere ausspielen. Und das wäre keine objektive Schriftstellerei.«

»Das meiste von dem, was Sie hören werden, wird nicht sehr schön sein«, warnte Patricia.

»Deshalb ist es ja so notwendig, daß Sie jetzt endlich einmal Ihre Sicht der Dinge erzählen«, drängte ich. »Das haben Sie nämlich bisher immer versäumt.«

»Es ist etwas, das ich nie öffentlich getan habe«, korrigierte sie mich. »Ich hatte meine Sicht bereits einer Freundin erzählt, einer Nonne. Aber sie ist kürzlich verstorben.«

»Das tut mir leid. Es ist immer ein harter Schlag, wenn man einen Freund verliert.«

»Besonders hart dann, wenn man alles, was einem gehört, bequem in einem Kleiderschrank unterbringen kann. Freunde in der freien Welt bedeuten ...« Sie erhob sich abrupt. »Ich muß hier mal raus, um eine Zigarette zu rauchen. Ich nehme an, ich habe ein wenig Zeit, mir das genau zu überlegen?«

»Selbstverständlich. Peggy hat meine Telefonnummer; Sie können mich jederzeit anrufen. In einem Monat oder so werde ich wieder wegen anderer Recherchen in Chicago sein, um Leute zu befragen, die ich ausfindig gemacht habe. Ich nehme an, daß ich an Ihrem Buch sowieso noch ein Jahr oder länger arbeiten werde.«

»So lange?« Sie schien überrascht.

»Es ist ja nicht so, als seien Sie ein einfaches Thema«, sagte ich.

Sie bedachte mich mit einem Hauch von Lächeln.

Als ich an jenem kalten Januartag das Gefängnis von Dwight verließ, hatte ich keinerlei Ahnung, ob ich je wieder von Patricia Columbo hören würde. Ich wußte, ich konnte das Buch auch ohne sie schreiben, aber ich fürchtete, dann würden meine

Leser nur erfahren, was Patricia getan hatte, *Patricia* selbst *würden sie dann immer noch nicht kennen.*

Und sie hatte recht mit ihrer Vermutung, daß das meiste, was ich über sie hören würde, negativ war; das hatte ich bereits in mehreren Gesprächen erfahren, die ich mit Anwälten und anderen Gerichtspersonen geführt hatte, während ich die Protokolle gelesen hatte. Patricia Columbo war wirklich nicht Chicagos Lieblingstochter. Ohne Einzelheiten von ihr direkt, ohne zu wissen, was sie an ganz bestimmten Punkten ihres Lebens gefühlt und wie sie reagiert hatte, würde das Buch ganz gewiß nicht dazu beitragen können, sie zu verstehen.

Ich hoffte um ihret- wie um meinetwillen, daß sie sich melden werde.

Drei Wochen später klingelte an einem Samstag um zehn Uhr vormittags mein Privattelefon, und eine unpersönliche Stimme sagte: »Ich habe hier ein R-Gespräch aus einer Haftanstalt. Nehmen Sie es entgegen?«

Es war Patricia.

Wir redeten fünf Stunden lang miteinander.

Juni bis Oktober 1972

Während des Sommers arbeitete Patricia ganztags bei *Corky's*, doch als die Schulferien vorbei waren und sie in die High-School kam, mußte sie sich auf die Nachmittagsstunden und die Samstage beschränken. Inzwischen hatte Frank Columbo sich mehr oder weniger damit abgefunden. Seine Freunde vermuteten, daß er nichts dagegen unternahm, weil es Mary ganz lieb war, daß Patricia seltener zu Hause war, und daß sich das Benehmen seiner Tochter deutlich zum Besseren gewandelt hatte, seit sie arbeiten ging. Michael fand es natürlich ›super‹, daß seine Schwester bei *Corky's* arbeitete. Er hatte ständig Hunger wie ein junger Wolf und ging in dem Snack-Laden ein und aus und fragte nach Pommes frites und Chips, die Patricia ihm, wie Eunice es ihr erlaubt hatte, auch immer kostenlos gab. Eunice übrigens auch, wenn Patricia einmal nicht da war.

»Dieser Michael!« pflegte Eunice zu sagen. »Also, wenn ich einen Jungen hätte, dann wünschte ich mir, er wäre genau wie Michael. Ich könnte schwören, ich habe in meinem ganzen Leben noch nie einen sympathischeren Jungen als ihn gesehen. Und was der verdrücken kann!«

Wenn zufällig einmal der Geschäftsführer anwesend war wenn Michael hereinschneite, fütterte Patricia ihn trotzdem ab und bezahlte die Rechnung dann stillschweigend selbst. Ihr Vater gab ihr weiterhin ein wöchentliches Taschengeld, und seit sie zu arbeiten begonnen hatte, verfügte sie über mehr Geld, als sie ausgeben konnte. Sehr oft gab sie Michael Geld, auch ohne daß er danach gefragt hätte.

»Hier hast du Geld fürs Kino«, sagte sie dann und gab ihm ein paar Dollars, oder sie sagte: »Hier ist Geld für die Karten fürs Baseball-Spiel, das du dir ansehen wolltest.« Das bedeutete, daß Michael erheblich mehr Geld in die Finger bekam, als seine Eltern für einen Jungen seines Alters für angemessen hielten, aber keiner von beiden kritisierte die Tochter oder bat sie, damit aufzuhören. Früher war Patricia verwöhnt und verzogen worden, jetzt war es Michael – und zwar mit Patricias tatkräftiger Unterstützung.

In der Schule bot der Leiter des Berufsvorbereitungskurses Patricia wie versprochen an, sich um einen anderen Job für sie zu bemühen, einen im kaufmännischen Bereich, aber Patricia lehnte das Angebot ab.

»Mir gefällt es bei *Corky's* sehr gut«, sagte sie dem Lehrer. »Ich mag die Frau, mit der ich zusammen arbeite, und außerdem habe ich schon zweimal eine Lohnerhöhung bekommen. Es macht richtig Spaß, all die Leute zu bedienen, die in so ein Schnellrestaurant kommen. Ich glaube, an irgendeiner Rezeption oder bei Büroarbeiten würde ich mich zu Tode langweilen.«

Patricia machte gerade Thunfischsalat fertig, als der auffallend gutaussehende Mann mit den ordentlich frisierten dichten schwarzen Haaren ins Restaurant kam. Er hatte dunkle, lebhafte Augen, eine gerade, perfekt geformte Nase und leicht geöffnete, fein gezeichnete Lippen. Eunice bediente ihn an einem Tisch ganz in der Nähe der Durchgangstür zu *Walgreen's*. Er bestellte lediglich eine Tasse Kaffee.

»Wer ist denn das?« fragte Patricia Eunice, sobald sich die Gelegenheit dazu ergab.

»Das ist der neue Geschäftsführer bei *Walgreen's*«, sagte Eunice. »Er kommt aus dem Management-Nachwuchs und leitet jetzt da drüben die Filiale, hat mir eine der Angestellten erzählt.«

»Mein Gott, sieht der gut aus«, sagte Patricia zu ihr.

»Ja – nicht schlecht«, fand auch Eunice, »wenn man auf gutaussehende Männer steht. Aber für mich muß ein Mann schon ein bißchen kerniger aussehen, eher der Typ Naturbursche. Nimm nur mal meinen Mann Ed, also der . . .«

Es sah so aus, als ob Patricia Eunice noch zuhörte, aber in Wirklichkeit war sie vom Anblick des neuen Managers von nebenan völlig gefangen. Er war ohne Frage der attraktivste Mann, den sie je gesehen hatte. Von dem Augenblick, als sie ihn sah, fühlte sie ein Kribbeln in den Adern, und sie spürte, wie sich ihre Brustwarzen aufrichteten. Der Mann blickte zu ihr hinüber, ohne eine Miene zu verziehen. Sie wußte, daß sie über und über rot geworden sein mußte, denn auf einmal lächelte er, nur ganz leicht, als sei er amüsiert. Vom Nebentisch holte er sich eine liegengelassene Zeitung und fing an, darin zu lesen, ohne sie weiter zu beachten. Aber Patricia war hingerissen.

Als später am Nachmittag eine Angestellte von *Walgreen's* hereinkam, fragte Patricia sie nach dem neuen Manager. »O ja, Mr. DeLuca«, sagte das Mädchen. »Er war gerade hier. Süß, nicht wahr?«

»Süß ist nicht das richtige Wort für ihn«, erwiderte Patricia freimütig. »Der Mann sieht einfach edel aus. Ist er verheiratet – weißt du das?«

»Ich glaube nicht. Er trägt jedenfalls keinen Ring. Aber das hat ja eigentlich nichts zu sagen. Ich hab' da 'ne Freundin, die . . .«

Patricia interessierte sich nicht sonderlich für das Liebesleben des unbekannten Mädchens. Sie registrierte nur, daß der Mann nach Ansicht dieses Mädchens nicht verheiratet war. Patricia spürte eine seltsame Befriedigung bei dem Gedanken, daß er angesichts seines Namens DeLuca offensichtlich genau wie sie italienischer Herkunft war. Oder vielleicht sogar noch mehr als sie, da sie selbst ja nur zur Hälfte Italienerin war. Diese Vorstellung erfüllte sie, aus welchem Grund auch immer, mit Freude, und ihr wurde wieder ganz warm.

Am nächsten Tag kam DeLuca zur Kaffeepause mit einem seiner Abteilungsleiter, und Patricia bediente ihn. DeLuca lächelte sie freundlich an, als sie die Bestellungen entgegennahm, und Patricia lächelte betont selbstbewußt zurück. Ihre Augen begegneten sich, nur flüchtig zwar, aber sie glaubte in den seinen dieselbe kleine Spur von Amüsement wie am Morgen zu erkennen. Sie ging schnell davon, um den bestellten Kaffee zu holen.

Als Patricia an den Tisch zurückkehrte, unterhielt sich DeLuca angeregt mit dem anderen Mann über Football und Baseball.

»Mein Gott«, sagte Patricia zu Eunice. »Ich komme einfach nicht darüber hinweg, wie gut dieser Mann aussieht.«

»Ja, aber er ist zu alt für dich, Schätzchen«, sagte Eunice.

»Was meinst du denn, wie alt er ist?« fragte Patricia.

Eunice warf einen kurzen, prüfenden Blick auf DeLuca. »Zweiunddreißig oder so. Der ist bald doppelt so alt wie du, Kindchen.«

»Hör mal«, sagte Patricia voller Ernst, »erzähl bloß nicht überall rum, daß ich erst fünfzehn bin, okay? Ich bin sechzehn – falls mal einer fragt.«

»Der da zum Beispiel – den meinst du doch, oder?« fragte Eunice und zwinkerte wissend.

»Ja. Behaupte einfach, ich sei achtzehn. Aber ich bin ja auch schon fast sechzehn.«

Die ältere Frau schüttelte den Kopf. »O nein, nicht mit mir, Kindchen. Mit so was will ich nichts zu tun haben, du bist schließlich noch minderjährig.«

»Dann sag wenigstens, du wüßtest es nicht«, flehte Patricia. »Nun komm schon, Eunice, bitte!«

»Na gut, ich sage, ich wüßte es nicht, aber mehr auch nicht«, sagte Eunice. »Aber nicht, daß ich nachher deine Eltern am Halse habe, wenn du was mit dem anfängst.«

»Ach, ich will doch nichts mit ihm anfangen«, erklärte Patricia. »Ich will bloß nicht, daß er denkt, ich wäre irgendso ein vorlauter kleiner Teenager, das ist alles.«

»Na, meinetwegen, aber du solltest ein bißchen auf dich achtgeben, kleine Lady«, ermahnte Eunice sie. Für Patricia klang das geradezu unglaublich nach Mary Columbo.

An den nächsten Tagen paßte Patricia genau auf, wenn die Zeit heranrückte, zu der DeLuca zu seiner Nachmittags-Kaffeepause ins Restaurant kam. Dabei achtete sie besonders darauf, daß der Tisch, der der Verbindungstür zu *Walgreen's* am nächsten stand und den er zu bevorzugen schien, stets sauber und aufgeräumt war. Ein paarmal schickte sie sogar andere Gäste, die dort Platz nehmen wollten, wieder weg.

»Verzeihen Sie bitte, aber dieser Tisch ist reserviert«, sagte sie dann. »Hier sitzt der Manager des Drugstores von nebenan. Er ist nur mal zum Telefon gegangen.« Damit setzte sie dann Tasse und Untertasse auf den Tisch und brachte DeLuca seinen Kaffee, sobald er das Lokal betrat.

»Oh, was ist das? Sonderbehandlung?« fragte er, als sie das zum erstenmal gemacht hatte.

»Vielleicht«, erwiderte Patricia kokett. Sie wunderte sich über sich selbst, daß sie nicht puterrot wurde.

Einmal kam er an einem Freitagnachmittag nicht zu seiner üblichen Tasse Kaffee herein, und sie machte sich auf die Suche nach ihm. »Ich bin gleich wieder da, Eunice. Muß nur noch schnell eine Geburtstagskarte kaufen, bevor ich es vergesse.«

In dem großen Drugstore eilte sie sofort zum Stand mit den Glückwunschkarten, nahm sich wahllos eine Karte heraus und schlenderte dann zur Drogerieabteilung hinüber. DeLuca machte gerade ein Arzneimittel fertig.

»Heute keine Kaffeepause?« fragte sie betont spröde.

»O hallo!« sagte er. »Nein, heute nicht, zu viel zu tun.«

»Und ich hatte schon Angst, Sie hätten genug von meinem Kaffee.«

»Ihr Kaffee ist in Ordnung«, versicherte er ihr. Er sah auf und lächelte. »Ich mach's wieder gut, indem ich morgen schon zum Lunch komme«, versprach er. Damals wußte er schon, daß Patricia samstags immer den ganzen Tag arbeitete.

Schon am frühen Mittag des nächsten Tages war Patricia ein nervliches Wrack. Alle zwei Minuten starrte sie auf die Uhr und von da zur Tür und zu ›seinem‹ Tisch. Sie hatte sich kurz vor Mittag noch schnell die Haare frisch zurechtgemacht und ihr Make-up erneuert, aber als eine Stunde später die Mittagszeit vorüber war, kam sie sich schon wieder verschwitzt und zerzaust vor. Sie ging in den Waschraum für die Angestellten und richtete sich wieder her. Als sie zum Ausgabeschalter zurückkam, kam DeLuca gerade zur Tür herein.

Patricia machte ihm ein Sandwich und trödelte die ganze Zeit um seinen Tisch herum, während er aß. »Würden Sie mir eine Frage beantworten?« fragte sie irgendwann.

»Welche?« wollte er sofort wissen.

»Wie alt sind Sie eigentlich?«

»Warum wollen Sie das wissen?«

»Ich möchte einen Streit unter ein paar Mädchen aus Ihrem Laden schlichten«, log sie.

»Unter welchen?« wollte er wissen.

»Na, na«, sagte sie ausweichend. »Ich will sie nicht in Verlegenheit bringen. Sie wissen ja noch nicht einmal, daß ich Sie frage.«

»Nun, ich bin achtundzwanzig«, sagte er.

Eunice hatte sich also um vier Jahre geirrt, dachte sie.

»Und wie alt sind Sie?« fragte er. Es war eine unerwartete Frage, aber nicht so unerwartet, daß ihr die Wahrheit herausgeschlüpft wäre.

»Achtzehn«, log sie.

»Aber Sie besuchen noch die High-School.« Es war eher eine Feststellung als eine Frage.

»Ja, ich komme jetzt ins letzte Schuljahr. Ich bin ein Jahr zu spät in die Schule gekommen.« Woher, fragte sie sich, wußte er eigentlich, daß sie noch in die High-School ging? Hatte er sich etwa genauso nach ihr erkundigt, wie sie sich nach ihm? Sie spürte, wie ihr innerlich warm wurde.

Als Patricia ihm an nächsten Morgen seinen Kaffee brachte, sagte er zu ihr: »Nachdem wir nun einer vom anderen das Alter kennen, meinen Sie nicht, daß wir dann auch gegenseitig unsere Namen kennen und uns duzen sollten?«

Patricia hob die Schultern. »Ich heiße Patricia.« Sie mochte nicht sagen, daß man sie allgemein nur ›Patty‹ nannte. Es klang ihr so – kindlich.

»Ich heiße Frank«, erwiderte DeLuca.

»Ohne Scherz?« fragte sie überrascht. »So heißt mein Dad auch. Also Frank DuLuca, italienischer Abstammung demnach?«

»Richtig.«

»Ich auch.« Sie deutete kurz auf ihre Brust, als verstünde er andernfalls vielleicht nicht, daß sie sich selbst meinte. »Columbo. Ich bin auch italienischer Abstammung. Jedenfalls von einem Elternteil her.«

Da sie stets nur DeLucas Gesicht gesehen hatte, seine Augen und sein dunkles Haar, war ihr bisher nicht aufgefallen, daß ihm an der linken Hand der Zeigefinger fehlte. Er hatte die Hand stets in der Tasche gehabt oder unter dem Tisch. Als es ihr auffiel, war sie doch einigermaßen überrascht, aber sie war geistesgegenwärtig genug, ihre Zunge im Zaum zu halten. Trotzdem – DuLuca entging ihr Blick nicht.

»Den habe ich bei einem Fallschirmspringer-Unfall verloren«, erläuterte er. »Dabei hat sich einmal mein Fallschirm nicht geöffnet. Als ich die Reißleine zog, um den Reservefallschirm von Hand zu öffnen, wickelte sich eine der Leinen um meinen Zeigefinger und hat ihn glatt abgequetscht.«

»Mein Gott, wie furchtbar«, sagte Patricia voller Mitgefühl. DeLuca lächelte sie an.

»Es hätte ja auch schlimmer kommen können«, sagte er. »Lieber einen Finger verlieren als gleich das Leben.«

Von da an, seit er ihr von seinem Unfall erzählt hatte, war ihr, als kennten sie sich schon seit Jahren. Sie nannte ihn du und Frank, während alle Welt ihn respektvoll mit Mr. DeLuca ansprach. Er fing bald an, sie sehr zu ihrer Freude ›Patrish‹ zu rufen. Und er behandelte sie nicht nur wie eine Gleichgestellte, sondern so, als seien sie eng befreundet. Er war, davon war sie unerschütterlich überzeugt, ein bemerkenswerter, ja einmaliger Mann.

Die Sache mit dem Altersunterschied machte Patricia zu schaffen. Nicht wegen der Anzahl der Jahre, die sie von DeLucas Alter trennten, sondern aus Angst, er könne herausbekommen, daß sie noch nicht einmal sechzehn war. Sie fürchtete, dieser gutaussehende, gebildete und erfolgreiche Mann, der so freundlich zu ihr war, könnte in ihr weiter nichts sehen als einen von diesen Teenagern, die ständig schlampig gekleidet zu *Corky's* kamen, Cola tranken, Fritten aßen und immer ein fürchterliches Chaos zurückließen. Patricia hätte es nicht ertragen, wenn Frank sie in dieselbe Kategorie eingereiht hätte.

Sie war verliebt, das wußte Patricia. Es mußte Liebe sein, zum erstenmal wirkliche Liebe, denn nie zuvor war sie körperlich wie seelisch so stark von etwas beherrscht worden. Frank DuLuca war praktisch alles, woran sie überhaupt noch denken konnte. Wenn sie am Morgen aufwachte, galt ihr erster Gedanke ihm, er ging ihr den ganzen Tag nicht mehr aus dem Sinn, und sie dachte an ihn, wenn sie abends zu Bett ging. Es war Faszination, Begeisterung und eine enorme physische Anziehung, alles miteinander vereint zu einem magnetischen Feld, in dessen Mitte sie sich befand.

Sie begann, des Nachts ihr Schlafzimmer abzuschließen, und die alte Angst, ihr Vater könnte hereinkommen, schwand mehr und mehr. Wenn sie in ihrem Bett lag, ließ sie ihren pupertären Träumen freien Lauf und gab sich ihnen voll und ganz hin. In ihrer Vorstellungswelt gehörte Frank DuLuca ihr; sie sah sich selbst mit ihm in Dutzenden von Situationen: zusammen in einem Auto, den Kopf an seine Schulter gelehnt, sein Arm um ihre Taille; in einem Restaurant bei einem festlichen Abendessen, so wie sie es unendlich viele Male auf dem Bildschirm und im Kino gesehen hatte; sie sah sich, wie sie ihn mit nach Hause nahm, ihn ihren lächelnden Eltern vorstellte, wie sie mit ihm auf dem Sofa im Wohnzimmer saß, Händchen mit ihm hielt und alle Pläne für die bevorstehende Hochzeit schmiedeten; wie sie beide Michael zu einem Spiel mitnahmen. Ihre Phantasie kannte keine Grenzen.

Manchmal aber auch nahmen ihre Träumereien einen ausgesprochen erotischen Charakter an. Dann sah sie Frank in männlicher Schönheit, ohne Hemd und mit dunklem, lockigen Haar auf der Brust. Frank in der Dusche – mit ihr zusammen. Frank im Bett – mit ihr zusammen ... sein nackter Körper, perfekt modelliert, dieser Körper, der Football gespielt hatte und mit dem Fallschirm abgesprungen war; seine Hände liebend und vertrauenerweckend, nicht so unbeholfen wie die von Jack. Alles, was Frank dann tat, war einfach perfekt. So perfekt wie die eigene Hand, wenn sie den Weg unter ihr Nachthemd fand, wenn ihre Finger in die eigenen intimsten Zonen, feucht von den Gedanken an ihn, eintauchten und diesen wundersamen, verborgenen Brennpunkt ihrer Weiblichkeit fanden, wo schon die leiseste Berührung die aufkommende Ekstase steigerte. Allein der Gedanke daran in Verbindung mit Frank war schier unerträglich.

Sie war hoffnungslos verliebt.

Voll jugendlichen Eifers entwickelte Patricia eine ganz eigene, besitzergreifende Art im Umgang mit Frank DeLuca. Sie tat nichts, um dem entgegenzuwirken; von Zeit zu Zeit fand sie sogar Gefallen daran. Frank gab ihr das Gefühl, in seinem Leben eine ganz besondere Rolle zu spielen – allein die Art, wie er das Wort ›Patrish‹ aussprach, war Beweis genug dafür.

Sie fühlte sich geradezu verpflichtet, ihn gleichfalls wissen zu lassen, daß er ebenfalls etwas ganz Besonderes für sie war. Sein Tisch war stets für ihn reserviert, Tasse und Teller standen schon bereit, wenn er sich setzte. Er brauchte nur das Lokal zu betreten, und sofort unterbrach sie, womit sie in diesem Augenblick auch immer beschäftigt sein mochte, um sich sofort um ihn zu kümmern, *nichts* anderes interessierte sie dann mehr – nur er.

Es gab überhaupt keine Frage, wer DeLuca bediente, wenn er *Corky's* besuchte. Eunice sah, was da vorging, und hielt sich wohlweislich zurück. Ein paarmal wiederholte sie wohl ihren gutgemeinten Rat ›paß auf, was du tust, Kleines‹. Aber Patricia lächelte nur dazu, zuckte mit den Achseln und spielte ihr Spiel unbeirrt weiter. Nur daß es eben für sie nicht einfach nur Zerstreuung oder bloßes Vergnügen war; es war eine Notwendigkeit, wie die Luft zum Atmen.

Patricia war zwar physisch reifer als andere Sechzehnjährige, doch psychisch war sie weit davon entfernt. Die verwirrenden Beziehungen Erwachsener untereinander hatte sie erst als zwei extreme Beispiele erlebt: die Fürsorglichkeit der Menschen in ihrer Familie und die längst verdrängte Erinnerung an die Ladefläche eines Lieferwagens. Das riesige Feld dazwischen war für sie ein völlig unbekanntes Land. Aber sie lief voller Vertrauen mitten hinein in die Löwengrube.

Patricia versuchte, Frank DeLuca den ganzen Tag lang zu sehen. Wenn sie einmal zur Arbeit kam und er schon im Drugstore war, ging sie kurz hinüber, damit er wußte, daß sie eingetroffen war. Kam er einmal später, wartete sie auf ihn und winkte ihm zu, sobald er die Verbindungstür durchquerte. In seinen Pausen servierte sie ihm den Kaffee, während ihrer eigenen ging sie hinüber und suchte so lange nach ihm, bis sie ihn irgendwo entdeckte – bei der Ausgabe von Medikamenten, wie er Auslagen neu gestaltete oder Bestellisten kontrollierte; er hatte so ziemlich überall in den weitläufigen Geschäftsräumen zu tun, aber Patricia entdeckte ihn doch jedesmal. Sie schien förmlich zu wittern, wo sie ihn finden konnte, und jedesmal verwickelte sie ihn in ein kurzes Gespräch, einfach nur, um in seiner Nähe sein und seine Stimme hören zu können. Der schönste Klang, den sie je vernommen hatte; gab es denn überhaupt etwas an diesem Mann, so fragte sie sich immer wieder, das nicht wundervoll gewesen wäre?

Es verging kaum ein Tag, an dem ›Patrish‹ sich nicht sechs-, achtmal oder noch öfter mit ›ihrem‹ Frank traf. Und wenn sie ihn nicht finden konnte, weil er irgendwo im Lager zu tun hatte oder sonstwie beschäftigt war, dann durchstreifte sie das gesamte Verkaufsareal auf der Suche nach ihm. Sah sie ihn einmal mit einer Frau, erwachte auf der Stelle die Eifersucht in ihr. Unterhielt er sich einmal länger als gewöhnlich mit einer Kundin, fragte sie ihn hinterher fast immer: »Wer war eigentlich diese Blondine, mit der du dich heute morgen so eingehend unterhalten hast?«

DeLuca verlor nie die Fassung. »Welche Blondine?«

»Du weißt genau, wen ich meine«, zischte sie dann für gewöhnlich. »Ich spreche von der Blondine, mit der du dich heute morgen so angeregt in der Spirituosen-Abteilung unterhalten hast. Die mit der tollen Figur.«

»Ich kann mich nicht erinnern.« Mit einem Achselzucken wandte er sich dann ab. »Irgendeine Kundin, nehme ich an.«

»Oh, bestimmt.« Sie bedachte ihn mit einem wissenden Blick, um ihn dann im schroffsten Ton, den sie im Umgang mit ihm zuwege brachte, anzuklagen: »Ich glaube, du flirtest gern, Frank.«

»Du aber auch, Patrish.«

»Nur mit dir«, behauptete sie dann mit Nachdruck. »Ich flirte mit niemandem sonst.« Und das war die Wahrheit. Wenn Paul Newman bei *Corky's* aufgekreuzt wäre, sie hätte ihn kaum angesehen. Frank DeLuca war zu jener Zeit der einzige Mann auf der Welt.

Einmal sah sie, wie er sich lange mit einer dunkelhaarigen, attraktiven Frau unterhielt und sie anschließend bis an den Ausgang begleitete, wo er sie auf beide Wangen küßte, bevor sie den Laden verließ. Patricia kochte innerlich, bis sie ihn am Nachmittag bei seiner Kaffeepause zur Rede stellte. »Ich nehme mal an«, sagte sie kalt, »daß die Frau, die du zum Abschied an der Tür geküßt hast, auch weiter nichts als eine ganz normale Kundin gewesen ist, oder?«

»Nein, das war eine ganz besondere Kundin«, sagte er und schien es zu genießen, sie damit reizen zu können. Ihre Eifersucht war so deutlich zu sehen wie ihre Wut.

»Hast du viele solche ›besonderen‹ Kundinnen?« fragte sie.

»Nein, nur die eine.«

»Und was ist so besonders an ihr?« Patricia war kurz davor zu explodieren.

»Das Besondere an ihr ist, daß sie meine kleine Schwester ist«, sagte er in absolut emotionslosem Ton.

»Oh.« Patricia wäre am liebsten im Erdboden versunken.

Noch nie war sie sich derart dämlich vorgekommen. Es wäre ihr auch nicht im Traum eingefallen, das kurze Intermezzo zwischen Frank und dieser Frau könnte völlig harmlos gewesen sein. Das hätte sie sich einfach nicht vorstellen können. Sie hatte den ersten Schritt auf der Straße des Erwachsenwerdens getan.

DeLuca lächelte. »Darf ich sie also wieder küssen?« fragte er.

»Na ja«, gestand Patricia widerwillig zu. Sie lächelte sehr selbstbewußt zurück und berührte kurz seinen Arm. »Tut mir leid, Frank.«

DeLuca zwinkerte ihr zu, und dieses Zwinkern sprach Bände: Er verstand sie, er machte sich Gedanken, er vergab ihr.

Gott, wie wundervoll er doch war!

Etwa einen Monat, nachdem die Schule wieder begonnen hatte und sie wieder zu ihrer Teilzeitarbeit zurückgekehrt war, sagte DeLuca eines Nachmittags bei seiner Kaffeepause zu ihr: »Arbeitest du eigentlich gern hier, Patrish?«

»Natürlich«, erwiderte sie.

»Angenommen, ich könnte dir einen Job anbieten, würdest du dann ablehnen?«

»Du weißt genau, daß ich das nicht tun würde«, sagte sie ernst. Sie war an einem Punkt angelangt, wo sie ihm überhaupt nichts mehr würde abschlagen können. »Willst du dich über mich lustig machen oder was?« fragte sie.

»Nein. Ich hab' darüber nachgedacht, ob ich dich nicht bitten sollte, hinüber in den Drugstore zu wechseln. Du bist schon achtzehn und in deinem letzten Jahr auf der High-School. Wenn du jetzt schon halbtags für *Walgreen's* arbeiten würdest, könntest du mit Erreichen des High-School-Abschlusses sofort einen Fulltime-Job haben, ohne dich erst groß überall bewerben zu müssen. Was denkst du?«

Alles, was sie denken konnte, war, daß sie eben noch nicht achtzehn war und nicht die mindeste Ahnung hatte, wie lange sie das Versteckspielen noch würde durchhalten können. Aber in diesem Moment zählte das nicht. Frank wollte, daß sie für ihn arbeitete! »Das ist eine fabelhafte Idee, denke ich«, sagte sie hocherfreut. Sie überlegte schon, ob sie jetzt eine der Lagerarbeiterinnen werden und einen von diesen schmuddeligen grauen Kitteln tragen würde.

»Ich würde dich gern in die Kosmetik-Abteilung stecken«, sagte DeLuca, »hinter den Ladentisch, wo du hübsche Kleider tragen und dich ein bißchen zurechtmachen könntest. Der Job hier bei *Corky's* ist doch Kinderkram. Und du bist kein Kind mehr, sondern eine junge Frau.«

Patricia starrte ihn fassungslos an. *Kosmetik-Abteilung!* Großer Gott! Das war doch die absolut beste Abteilung im ganzen Drugstore. Sie mochte beinahe ihren Ohren nicht trauen.

»Du könntest als Auszubildende mit Halbtagsvertrag anfangen«, sagte DeLuca. »In der Abteilung arbeiten ein paar sehr tüchtige Damen in Wechselschicht, die dich wunderbar einarbeiten können. Und wenn du dann nächstes Jahr deinen Abschluß machst, bist du automatisch für eine Ganztags-Beschäftigung qualifiziert. Der nächste Schritt wäre dann die Abteilungsleiterin.«

»Meinst du das im Ernst?« fragte sie. Es schien ihr zu schön, um wahr sein zu können.

»Natürlich meine ich das im Ernst.«

»Ja – und du glaubst, man würde mich bei *Walgreen's* auch einstellen?«

»Patrish«, erinnerte er sie, »ich bin der Boß. Neueinstellungen sind meine Sache.« Er zwinkerte ihr verschwörerisch zu. »Ich glaube nicht, daß du mit deiner Bewerbung auf die geringsten Schwierigkeiten stoßen wirst.«

Später kam sie noch einmal in den Drugstore zurück, und DeLuca gab ihr die Bewerbungsunterlagen. Abends füllte sie sie dann in ihrem Zimmer sorgfältig aus und vergaß auch nicht, ihr Geburtsdatum von Juni 1956 auf Juni 1954 zu ändern. Ihr war nicht ganz wohl dabei, denn in den bei *Corky's* eingereichten Unterlagen war ihr Geburtsdatum korrekt angegeben. Wenn Frank diese beiden Papiere aus irgendeinem Grund miteinander vergleichen sollte, würde er sie bestimmt wegen ihres Alters zur Rede stellen – und dann wäre ihr Leben ruiniert, für immer!

Am nächsten Tag gab sie DeLuca die Bewerbung und wartete

den ganzen Vormittag darauf, daß jetzt etwas ganz Entsetzliches passieren werde. Als er zum Kaffee hereinkam, versuchte sie, in seinem Gesicht zu lesen. Frank, so fürchtete sie, war eine so geradlinige Persönlichkeit, daß sie seine Hochachtung auf immer verlieren würde, wenn er sie dabei erwischte, wie sie ihn belog, und dann auch noch *schriftlich!* Was machte es schließlich schon aus, wie alt sie wirklich war, zum Donnerwetter noch mal. Sie haßte, ja sie *verabscheute* die Tatsache, daß sie erst sechzehn war!

Doch am Ende dieses Tages strahlte sie wieder, als DeLuca hereinkam, ein paar Worte mit Eunice wechselte und dann zu ihr sagt: »Alles klar, Patrish. Ich habe Eunice gerade gesagt, sie müsse sich jetzt nach einem Ersatz für dich umsehen. Sobald sie jemanden gefunden hat, kannst du dann hinüber in den Drugstore wechseln.«

»Großer Gott, ich *glaube* es einfach nicht!« rief Patricia. Ihr Gesicht glühte vor Freude. »Ich bin ja so glücklich!« Sie hätte ihm am liebsten die Arme um den Hals gelegt und ihn geküßt. Aber das konnte sie dann doch nicht, nicht vor all den Gästen hier bei *Corky's* und nicht so richtig vor Eunice ... So rang sie nur voller Glück die Hände. DeLuca lächelte angesichts ihrer Freude nur breit, was für sie diesen Augenblick zum größten werden ließ. Patricia wandte sich an Eunice, um ihr Glück mit der älteren Kollegin zu teilen, aber Eunice sah Patricia gar nicht an; sie hielt die Augen unverwandt und mit einen kalten Glanz darin auf DeLuca gerichtet, was Patricia den Bruchteil eines Augenblicks lang die Brauen zusammenziehen ließ. In jedem Fall aber hatte sie nicht vor, sich von Eunices Mißfallen die eigene Begeisterung trüben zu lassen; Eunice hatte einen Bierkutscher zum Mann, und das Positivste, was sie je über ihn zu sagen gewußt hatte, war, daß er Bäume beim Namen kannte, und ihrer beider Lebensziel war es, zusammen in einem Wohnwagen zu leben. Wie hätte wohl Eunice den Traum verstehen können, den Patricia hatte: eine Ehe mit einem kultivierten, gebildeten, beruflich erfolgreichen Mann, ein Haus in einem der Vororte – in Patricias Vorstellung war es sogar hübscher als das der Columbos, noch weiter draußen, mit einem größeren Grundstück und einem weiß gestrichenen Zaun drumherum;

eine Familie, zwei Kinder; ein kleiner Junge für Frank, den sie dann Frank DeLuca Jr. nennen würden, und ein kleines Mädchen für sie, das sie vielleicht nach ihrer Mutter Mary taufen würden.

Genauso, wie Patricia schon auf Eunices Warnung reagiert hatte, nahm sie jetzt auch den strafenden Blick der älteren Kollegin hin: Sie zuckte nur die Achseln darüber. Patricia wandte die Augen wieder ihrem ritterlichen Helden zu, ihrem Halbgott aus dem Drugstore, ihrem Erretter aus der Mittelmäßigkeit, der sie zu den wundersamen Höhen des Erwachsenwerdens und der nie endenden Glückseligkeit führen würde.

»Frank, das kann ich nie wiedergutmachen«, erklärte sie ihm wie im Rausch.

»Dich so glücklich zu sehen, ist mir Lohn genug, Patrish«, erwiderte er.

Sie hatte nicht die leiseste Ahnung, daß das Bezahlen noch nicht einmal begonnen hatte.

DeLuca hatte abends eine Stunde früher Schluß als Patricia. Einmal aber wartete er auf sie. Er wußte, daß sie immer nach Dienstschluß auf die andere Seite des riesigen Parkplatzes zur Arlington Heights Road ging, die Straße überquerte, sobald der Verkehr es zuließ, und dann im angrenzenden Viertel verschwand, wo sie wohnte. DeLuca saß bei heruntergekurbelten Fenstern in seinem Wagen ganz in der Nähe und rauchte gerade eine Zigarette, als Patricia auftauchte.

»Hi«, sagte er.

»Hi.« Sie war nicht übermäßig überrascht, denn sie hatte gehofft, daß er auf sie zukommen würde, seit er ihr zum erstenmal einen Wechsel in den Drugstore in Aussicht gestellt hatte. Sie hatte sich sogar darauf vorbereitet und ihren Eltern erzählt, sie würde die Spätschicht für ein anderes Mädchen übernehmen, das kürzlich geheiratet hatte und damit rechnete, bald zu einer Überraschungsparty ihr zu Ehren eingeladen zu werden.

»Das kann praktisch jeden Abend passieren«, hatte Patricia ihren Eltern gesagt. »Wenn ich also mal nicht pünktlich nach

Hause komme, dann wißt ihr jedenfalls, wo ich bin.« Es war ihre erste Lüge im Zusammenhang mit Frank DeLuca.

»Mußt du jetzt sofort nach Hause?« fragte DeLuca, als Patricia an seinem Wagen stehen blieb.

Sie schüttelte den Kopf. »Nein.«

»Hast du Lust, ein bißchen spazierenzufahren?«

»In Ordnung.« Kein Zögern, keinerlei Vorbehalt. Er tat genau das, was sie von ihm erwartet hatte.

Patricia stieg zu ihm in seinen Wagen, und DeLuca fuhr auf den Boulevard hinaus. Als er einen Bogen fuhr, um Richtung Nordosten weiterzufahren, kam sie sich vor wie damals: Genauso war es gewesen, als Jack Formanski sie vor dem Kino abgeholt hatte, das man von der Stelle aus, wo DeLuca geparkt hatte, gut hatte sehen können. Und sie vermutete, Frank werde jetzt mit ihr zu derselben Stelle fahren wie seinerzeit Jack: einem Parkplatz im Wald. Sie mußte zugeben, daß sie ein ganz klein wenig enttäuscht war; irgendwie schien es nicht richtig, daß Frank dasselbe tun sollte wie Jack. Als DeLuca schließlich wirklich in die Straße einbog, die den Wald wie eine Schneise teilte, mußte sie sich selbst einreden, sie sei dumm. Vielleicht nahmen *alle* jungen Männer *alle* Mädchen hierhin für das erste Mal mit.

»Sollen wir irgendwo ein bißchen anhalten?« fragte DeLuca und nahm bereits den Fuß vom Gaspedal.

»Okay.« Sie spürte, wie sie nervös wurde und sogar ein wenig ängstlich. Sie war hier nicht mit einem Teenager unterwegs; es war nicht anzunehmen, daß sie Frank DeLucas Leidenschaft gewachsen sein würde, seinen körperlichen Bedürfnissen, so wie sie Jack und seinen Wünschen gewachsen gewesen war. Hier würde sie nichts mehr unter Kontrolle halten können, und dieses Wissen ließ ihr ihre Verwundbarkeit bewußt werden, obwohl sie doch genau das ersehnte.

»Das hier sieht gut aus«, sagte DeLuca und fuhr von der Hauptstraße herunter in einen kleinen Feldweg hinein, der vor einem grasbewachsenen Hügel endete. Sobald er Motor und Scheinwerfer ausgemacht hatte, wandte DeLuca sich in seinem Sitz Patricia zu und zog sie näher an sich heran. Sie öffnete ihm die Lippen, er lehnte sich weit zu ihr hinüber und dann küßten sie sich zum erstenmal. Es war ein langer, warmer Kuß, sanft und trocken trotz der geöffneten Münder. Eine Hand lag bald auf ihrer Schulter, die andere an ihrer Hüfte. Da gab es kein Grabschen, kein Umklammern, kein Drängen. Wie sie es vorausgesehen hatte – er hatte die Situation voll und ganz unter Kontrolle.

Sie küßten sich ein zweites Mal, ein drittes, und dann gingen die einzelnen Küsse ineinander über und wurden zu einer langen Reihe, in der sich immer ein Kuß an den anderen anschloß und dieser wiederum an den nächsten. Nach und nach spürte Patricia, wie sich in ihm langsam das Verlangen steigerte, und sie spürte es weniger an der Art, wie er sie küßte, sondern daran, wie seine Hände immer mehr ihren Körper umfingen, als wolle er sichergehen, daß sie sich ihm nicht mehr würde entziehen können.

Schließlich trennten sich ihre Lippen einige wenige Zentimeter voneinander, und DeLuca sagte: »Komm, laß uns auf die Rücksitze wechseln.«

Dort ließ er sie sich lang auf die Polster legen und öffnete ihr zielbewußt, erfahren die Bluse, löste die Träger ihres Büstenhalters, um ihn ihr dann bis auf die Taille hinunterzuschieben. Dann fing er an, abwechselnd an ihren Brustwarzen zu saugen, und immer, wenn sich seine Lippen mit der einen Brust beschäftigten, knetete und massierte seine Hand die andere. Patricia legte den Kopf zurück, schloß die Augen und öffnete ein klein wenig die Lippen. Sie stöhnte nicht, aber ihr langsames, hörbares Atmen ließ die Empfindlichkeit ihrer Brustwarzen deutlich ahnen; Franks Gegenwart, der Klang seiner Stimme hatte sie so unendlich viele Male unter dem Stoff des BH hart werden lassen; jetzt, da seine Lippen sie umschmeichelten, seine Zunge sie reizte, fühlten ihre Brüste sich so prall an, daß sie schon dachte, gleich müßten sie platzen.

»Ist das schön?« fragte DeLuca im Flüsterton.

»J . . . ja . . .«

»Ich weiß noch viele andere wunderschöne Dinge«, sagte er. »Komm mal ein wenig hoch . . .«

Unterstützt von seinen Händen hob Patricia die Hüften an und spürte, wie DeLuca den Reißverschluß ihres Rocks öffnete und ihn samt dem Unterhöschen bis zu den Knöcheln hinunterschob und sie endgültig davon befreite. Dann legte er alles auf die Rücklehne des Beifahrersitzes und hob zärtlich ihr rechtes Bein, um es sich über die Schulter zu legen. Sein Kopf ging nach vorn und hinunter, und dann spürte sie seine Lippen in ihrem dichten Schamhaar. Ihr Atmen wurde zum Keuchen, als sich ihr Verlangen immer mehr steigerte. Irgendwann gingen die intimsten Küsse über in ein zartes Lecken ihrer Vulva bis hinauf zum höchsten Punkt, ihr Schamhaar wurde feuchter und feuchter, seine Zunge drängte es auseinander, erreichte die zarte Haut ihrer Schamlippen und arbeitete sich langsam bis zu ihrer tropfenförmigen Klitoris vor. Als seine Zunge sie gefunden hatte, blieb ihm kaum mehr als eine Sekunde, sich ihr intensiver zu widmen, bevor Patricias Körper sich versteifte und sie einen spitzen Schrei höchster Lust ausstieß.

»Oh – mein – Gott – !«

Mit beiden Händen schob sie seinen Kopf beiseite. Das Gefühl war einfach zu stark, die Klitoris viel zu überreizt, um eine weitere Berührung ertragen zu können.

»Hat dir das gefallen?« fragte DeLuca. Seine Stimme schien in der Dunkelheit und im Nachglühen ihrer höchsten Lust von weit, weit her zu kommen.

»Himmel – ja«, erwiderte sie.

Sie merkte, daß seine Hände in der Dunkelheit nicht untätig waren, und wußte, daß er sich womöglich auszog. Plötzlich kniete er auf den Polstern zwischen ihren Beinen, und sie konnte die Spitze seines erigierten Gliedes spüren, wie sie den feuchten Weg nachzeichnete, den seine Zunge vorhin gegangen war. Dann hörte das Streicheln auf, und sie spürte, wie die Spitze zwischen die engen Schamlippen eindrang. Ganz unwillkürlich begann sie zu keuchen, und das Vordringen hörte auf.

»Hat das weh getan?«

»Ja.«

»Du bist so eng«, sagte er. Es klang nicht vorwurfsvoll. Nach einem Augenblick des Schweigens und der totalen Stille fragte er: »Bist du etwa noch *Jungfrau?«* Seine Stimme klang, selbst noch im Flüsterton, ungläubig.

»Ja.«

»Großer Gott«, murmelte er mehr für sich selbst. »Es wird vielleicht weh tun«, sagte er zu ihr.

»Dann tu mir weh«, erwiderte Patricia.

»Es könnte sogar bluten.«

»Laß mich bluten.«

»Wenn ich erst begonnen habe, werde ich ihn auch ganz hineindrücken«, warnte er sie.

Sicher, dachte sie. Er wird auch ›das Letzte‹ noch tun. Sie faßte unter seinem Hemd, das er noch immer trug, nach seinen Schultern und klammerte sich an ihn.

»Tu es«, sagte sie.

Der Schmerz war schier unerträglich.

Juni 1976

Ray Roses Ermittler befragten jeden einzelnen Angestellten der Drugstore-Kette *Walgreen's* in der Filiale von Elk Grove Village, der je mit Patricia Columbo in Berührung gekommen war. Die Fragen, die sie stellten, drehten sich überwiegend um Patricia – aber wegen Roses Verdachts auch um ihren Liebhaber Frank DeLuca, den Manager der Zweigstelle. DeLuca, der nach Patricias Unterzeichnung ihrer Erklärung freigelassen worden war, war in eine andere Filiale versetzt worden, und so konnten die übrigen Angestellten in Elk Grove Village frei reden. Eine von ihnen, Grace Mason, berichtete von einem Zwischenfall, als er im Verlauf einer Unterhaltung, in der es ganz offensichtlich um eine Schußwaffe gegangen war, offenbar sehr wütend auf sie geworden war. Die Geschichte erschien Rose so interessant, daß er Grace Mason bat, zu einer eingehenderen Befragung ins Headquarter zu kommen. Dort erschien sie dann auch in Begleitung ihres Ehemannes Lloyd.

»Ich weiß nicht mehr genau, wann sich das zugetragen hat«, berichtete Mrs. Mason bei diesem Gespräch. »Ich bin mir nur sicher, daß es vor der Ermordung der Familie von Patty Columbo war. Damals gab es in der Kosmetik-Abteilung eine

Frau namens Joy Heysek. Sie arbeitete schon mehrere Jahre bei *Walgreen's* und hatte vorher schon mit Frank DeLuca zusammen in einer anderen Zweigstelle gearbeitet. Ganz offenbar waren sie sehr gute Freunde gewesen. Joy war eine ausgesprochen gut gebaute Blondine, die praktisch auf alle Männer wirkte.

Offenbar hat Joy DeLuca erzählt, sie sei wegen irgendwas besorgt – wegen irgendwelcher Telefonanrufe oder weil ihr ständig ein Mann nachstellte oder so was, so genau weiß ich das gar nicht –, aber jedenfalls wollte Joy eine Pistole haben, um sich besser schützen zu können. DeLuca sagte, er werde ihr eine besorgen. Ja, also, Joy hat mir davon erzählt, und ich habe dann, naiv, wie ich war, DeLuca gegenüber mal erwähnt, ich fände es sehr nett von ihm, daß er ihr helfen wolle. Mein Gott, ich habe doch nicht gedacht, daß das ein Geheimnis bleiben sollte; Joy hatte mir jedenfalls ganz offen von der Geschichte erzählt. Na ja, DeLuca war jedenfalls ganz schön aus dem Häuschen. Er erklärte mir mit kaum mißzuverstehenden Ausdrücken, daß ich das verdammt noch mal nie jemand anderem gegenüber erwähnen sollte. Er sagte – ich erinnere mich noch genau an seine Worte –: ›Da ist was Großes im Gange.‹ Er wollte nicht, daß die Polizei ihn mit einem Revolver in Verbindung bringen könne. Genau das hat er gesagt: ›Mit einem Revolver in Verbindung bringen.‹«

»War das alles?« fragte Ray Rose. »Wurde sonst nichts über einen Revolver gesagt? Und Sie haben auch nie wirklich einen gesehen?«

»Nicht *diesen* Revolver«, sagte Grace Mason. »Ich meine, nicht den Revolver, den DeLuca für Joy beschaffen sollte. Aber eines Abends, als ich zusammen mit DeLuca und Patty essen gegangen war, machte Patty irgendwann die Handtasche auf, und ich konnte einen kleinen Revolver darin sehen. So einen, den man in einer Hand verstecken kann.«

Der Derringer, dachte Rose sofort. Er wußte davon. Aber ihn interessierte mehr die Existenz eines anderen Revolvers, der möglicherweise aus DeLucas Besitz in den dieser Joy Heysek gewechselt war – denn der Revolver, der Frank, Mary und Michael Columbo getötet hatte, war noch nicht gefunden worden.

Mehr konnte Grace Mason Rose nicht erzählen, und Joy Heysek leugnete später, als sie von einem anderen ermittelnden Beamten dazu befragt wurde, jemals einen Revolver von DeLuca erhalten zu haben, obwohl sie nicht leugnete, das Gespräch geführt zu haben, in dessen Verlauf sie DeLuca gebeten hatte, ihr eine Waffe zu besorgen.

»Nach den Morden«, fragte Rose Mrs. Mason, »hatten Sie da je den Verdacht, Patty könne irgendwie in dieses Verbrechen verwickelt sein? Sie oder Frank DeLucca?«

»Nein«, erwiderte Grace Mason. »Einige Leute im Geschäft glaubten das schon, aber zu denen habe ich nie gehört. Ich war keineswegs davon überzeugt, Patty oder DeLuca könnten das getan haben.« Sie unterbrach sich und blickte Rose an. »Dann«, setzte sie hinzu, »hat Bert Green meinem Mann und mir erzählt, DeLuca habe ihm gegenüber die Morde zugegeben.«

Ray Rose schaffte es irgendwie, eine undurchdringliche Miene zur Schau zu tragen, obwohl diese Worte wie eine gewaltige Dosis Adrenalin wirkten, die man ihm direkt in die Blutbahn injiziert hatte. *Dann hatte Bert Green meinem Mann und mir erzählt, DeLuca habe ihm gegenüber die Morde zugegeben.*

Lautlos trommelte Rose mit den Fingerspitzen auf der Schreibtischplatte, während er an Bert Green dachte. Es handelte sich um einen jungen Assistenten DeLucas in der Zweigstelle von Elk Grove Village, und er arbeitete noch immer dort. Die beiden galten als enge Freunde, die öfter zusammen ausgingen, gemeinsam ein Bier tranken, und etwa einen Monat vor den Morden hatte DeLuca ihn zum Leiter der umfangreichen Spirituosen-Abteilung der Zweigstelle gemacht. Green gehörte zu den wenigen Angestellten bei *Walgreen's*, die sich der Polizei gegenüber nicht gerade sehr kooperativ gezeigt hatten. Er hatte ausgesagt, er wisse gar nichts über die Morde und kenne DeLuca und Patty praktisch gar nicht. Seine ganze Haltung war verschlossen bis feindselig gewesen. Jetzt aber schien es Rose, als wisse der junge Mann wohl doch das eine oder andere.

Ray Rose spürte, daß er mit dieser Unterhaltung mit Grace Mason den Sprung über den Zaun schaffte, den Sprung hinein in das Feld des Hörensagens, das vor Gericht allerdings kaum zu verwenden war: DeLuca hat angeblich Bert Green irgendwas erzählt, und der wiederum hat es Grace Mason gesteckt, und die hat's dann der Polizei weitergesagt. Aber andererseits zählte jeder Tropfen Information in einem Fall wie diesem, einem Fall ohne Augenzeugen, ohne Mordwaffe, einem Fall voller Lügen und Lügner, voller Verdächtigungen und Vermutungen und notorischen Gesetzesbrechern. Daher hakte Ray Rose nach.

»Wann hat denn diese Unterhaltung stattgefunden?« fragte er Mrs. Mason. »Wann also hat Bert Green Ihnen und Ihrem Mann das erzählt?«

»Irgendwann nach den Morden, aber ich weiß nicht mehr, wie lange danach«, sagte Grace Mason. »Bert war bei uns in der Wohnung. Wir hatten zu dritt Fernsehen geguckt. Ich weiß auch nicht, wie wir auf das Thema kamen, aber soweit Lloyd und ich das noch in Erinnerung haben, erzählte Bert uns, daß an dem Morgen, nachdem, wie die Polizei sagte, die Columbos ermordet wurden, aber noch ein paar Tage, bevor die Leichen entdeckt wurden, DeLuca ihm erzählt habe, er hätte sie alle umgebracht. Bert sagte, DeLuca habe ihm genau erzählt, wie er es gemacht hatte, und alles andere. Da fing ich zum erstenmal an zu glauben, daß Patty und DeLuca es wirklich getan haben könnten. Und das glaube ich noch immer.« Grace Masons Augen wurden hart. »Ich hoffe nur, sie bekommen genau das, was sie für so etwas verdient haben.«

Grace Mason, dachte Rose, war gerade in einen ständig wachsenden Club eingetreten.

Eine andere Person, mit der Ray Rose sich über einen Revolver unterhielt, der vermutlich bei den Morden eine Rolle gespielt hatte, war Lanny Mitchells guter alter Kumpel Roman Sobczynski. Anders als die freundliche Unterhaltung mit Grace Mason war dies kein rein informatives Gespräch, sondern ein Verhör. Sobczynski war ein Ex-Cop, ein Gewohnheitsdieb, ein Familienvater, der hinter kleinen Mädchen her war, und jemand, der vielleicht für die Morde nicht verantwortlich war, aber einer, der sich nicht gescheut hatte, eines anderen Idee, jemanden zu ermorden, zu fördern, und schließlich und endlich jemand, der die Tat selbst unterstützt hatte. Rose verschwendete keinerlei Höflichkeitsfloskeln an ihn.

»Haben Sie Patricia Columbo einen Revolver gegeben?« fragte er rundheraus.

»Ja, das habe ich«, gab Sobczynski zu.

»Wann und wo?«

»Ich habe ihr den Revolver letzten Februar gegeben, etwa drei Monate, bevor ihre Familie ermordet wurde. Damals waren wir alle im Apartment einer Freundin draußen in Wheaton.«

Rose kannte den Namen dieser Frau bereits, deren Apartment Sobczynski und Patty für ihre sexuellen Eskapaden benutzt hatten. Sie war bei einem Freund Sobczynskis angestellt und machte von ihrem Apartment recht großzügigen Gebrauch, hatte aber andererseits nichts mit dem Fall Columbo zu tun.

»Was war das für ein Revolver, den Sie Patricia Columbo da gegeben haben?« fragte Rose.

»Es war ein .32er. Das Fabrikat weiß ich nicht mehr, aber es war einer mit einem großen Magazin. Ein Siebenschüssiger.«

Die Columbos waren durch Kugeln vom Kaliber .32 ums Leben gekommen.

»Haben Sie ihr auch Patronen dafür gegeben?«

»Ja.«

»Wie viele?«

»Sechs. Eine Kammer habe ich leer gelassen, Sie verstehen – wegen der Unfallgefahr.«

»Dann haben Sie ihr also einen Revolver und sechs Patronen gegeben?«

»Ja.«

Rose hielt die Augen unverwandt auf Sobczynski gerichtet. Sechs Kugeln. Eine für Mary, eine für Michael, vier für Frank. Alle vorhanden und aufgelistet.

»Warum sind Sie nicht von sich aus gekommen, sobald Sie von den Morden erfahren haben?« fragte Rose.

Roman Sobczynski ließ den Kopf hängen. »Ich konnte mich nicht mit der Vorstellung abfinden, daß der Revolver, den ich ihr gegeben hatte, derselbe sein sollte, mit dem die Morde verübt wurden.«

»Glauben Sie denn, daß die Morde mit diesem Revolver verübt wurden?«

Roman Sobczynski hob kaum merklich die Schultern.

Oktober 1972 bis Mai 1973

Für Patricia war der Wechsel von *Corky's* zu *Walgreen's* wie der Umzug aus einem Zeltlager ins Hilton. Der Drugstore war ein heller, leuchtender, wundervoller Ort. Sie hatte ihn viele Male als Kundin erlebt oder wenn sie überall umhergestromert war auf der Suche nach DeLuca, aber erst jetzt, als sie hier zu arbeiten begonnen hatte, fing sie an, alles wirklich zu überblicken. Was sie sah, stimmte sie heiter.

Es war ein großer Laden, eines jener Geschäfte mit einem breit gefächerten Angebot, wie sie erstmals in den späten dreißiger Jahren in Kalifornien anzutreffen waren. Ihre Entwicklung wurde von der Zeit des Mangels nach dem Zweiten Weltkrieg vorübergehend gebremst, doch in den Fünfzigern erfuhr die Idee dann wieder großen Auftrieb. Basierend auf dem Prinzip der Selbstbedienung, wonach die Leute mehr kaufen, wenn sie in der Lage sind, die angebotenen Waren in die Hand zu nehmen, teilten alle diese Handelsketten die Aussicht auf grenzenlos scheinende Wachstumschancen mit *Walgreen's.* In dieser Filiale hier gab es achtzehn lange Regale parallel zu den Wänden mit einer langen Verkaufstheke quer zu ihnen, die den ganzen Laden wiederum in zwei Sektoren teilte. Zwischen diesen Regal-Zeilen wurden je nach Bedarf immer mal wieder wechselnde Verkaufstheken eingerichtet. Mehrere einzelne Verkaufseinrichtungen gleicher Art wurden dann jeweils zu einem ›Center‹ zusammengefaßt mit einem großen entsprechenden Schild darüber: Das Gesundheits-Center für rezeptfreie Medikamente, das Schönheits-Center, im Grunde nur die Kosmetik-Abteilung mit ihren ungezählten Schönheitsprodukten für Frauen, und sogar ein Verschreibungs-Center, wie die Apotheken-Abteilung hieß.

Patricia arbeitete im Schönheits-Center zunächst für eine Frau namens Constance, eine großgewachsene, gertenschlanke, elegante Frau, die schon seit Jahren den Frauen Kosmetika aller Art verkaufte. Patricia mochte sie auf Anhieb, und Constance – oder Connie, wie sie lieber gerufen wurde – mochte Patricia. Es gab noch eine zweite Frau, Abigail, die sich eine Zwölf-Stunden-Schicht mit Connie teilte, aber in der Regel war es Connie, mit der Patricia es zu tun hatte, wenn sie nach Schulschluß zur Arbeit kam; samstags überlappte Patricias Arbeitszeit beider Schicht. Abigail war nicht weniger nett als Connie, aber Connie schien mehr Interesse daran zu haben, Patricia alles für ihre Arbeit Notwendige beizubringen.

»Nun«, sagte Connie, als sie sich zum erstenmal sahen, »Mr. DeLuca hat mir gesagt, du wolltest ganz in der Kosmetik arbeiten, sobald du nächstes Frühjahr die High-School hinter dir hast. Er sagte mir, ich sollte dir alles Wissenswerte beibringen.«

»Ich hoffe nur, ich kann auch alles lernen«, erwiderte Patricia selbstbewußt und blickte sich um.

»Es ist nicht so schwer, wie es zunächst scheint«, sagte Connie beruhigend. »Wenn du erst mal die Grundlagen kennst, kommt der Rest von ganz allein. Wenn neue Produkte eingeführt werden, weißt du ja gleich von Anfang an alles Wissenswerte darüber und so wächst du ohnehin nach und nach von selbst hinein. Das ganze Geheimnis ist nur, sich nicht von der Unzahl von Produkten nervös machen zu lassen. Ich bin sicher, damit bekommst du keine Probleme. Und Mr. DeLuca scheint ohnehin zu denken, daß in dir eine ganze Menge steckt.«

Es klang Patricia seltsam in den Ohren, die beiden älteren Frauen – Connie wie Abigail waren beide Mitte Dreißig – von Frank als von ›Mr. DeLuca‹ reden zu hören, während sie selbst sich daran gewöhnt hatte, ihn Frank zu nennen. Doch sie folgte ihrem Beispiel und benutzte ihrerseits die formelle Anrede und legte während der Geschäftsstunden mehr und mehr ein eher sachliches Gebaren an den Tag, das sich deutlich von dem burschikosen Umgangston drüben bei *Corky's* unterschied. DeLuca sah es mit einigem Amusement.

Patricia nahm ihre neue Karriere sehr ernst. Sie befürchtete, der Tag werde kommen, wo sie für ihre Lüge hinsichtlich ihres Alters würde geradestehen müssen – aber bis dahin hoffte sie, sich so viele Kenntnisse angeeignet zu haben und so kompetent geworden zu sein, daß Frank darüber hinwegsehen würde.

Frank war dabei, aus ihr eine Frau zu machen – in jeder nur denkbaren Hinsicht. Und sie war fest entschlossen, in jeder Hinsicht Erfolg zu haben – in wirklich jeder.

Die ersten Male fuhren sie in den Wald, wenn sie Sex zusammen hatten, doch dann gefiel DeLuca dieses Szenarium einfach nicht mehr.

»Ich möchte dich in einem Zimmer haben, in einem Bett«, sagte er. »Ich möchte dich ganz nackt sehen können. Ich möchte so vieles mit dir vor dem Spiegel machen, wo wir uns beide nackt sehen können.« Er versprach, er werde ein ruhiges, abgelegenes Motel für sie beide ausfindig machen.

»Warum nimmst du mich nicht einfach mit zu dir nach Hause, Frank?« fragte sie. Sie lechzte danach, endlich zu sehen, wo ihr Traummann wohnte.

»Ich fürchte, meine Schwester könnte etwas dagegen haben«, sagte er. »Sie ist ein bißchen altmodisch.«

»Oh – ich wußte ja nicht, daß du mit deiner Schwester zusammen wohnst.«

»Ja. Wir teilen uns die Wohnung.«

Er fand schließlich ein kleines Motel irgendwo draußen in der Nähe eines der Vororte mit Namen *Br'er Rabbit*. Die Zimmer waren zwar klein, aber sauber und für ihre Zwecke immer noch groß genug und nicht allzu teuer. Nicht, daß sie etwa bei den ersten Malen viel von dem Zimmer um sie herum mitbekam. Sie sahen nur einander, nackt und lasziv. Sie schwelgten in der gegenseitig bereiteten Lust. DeLuca war schier außer sich über Patricias jungen, wollüstigen Körper.

»Grundgütiger Himmel«, sagte er ein ums andere Mal, wenn er sie betrachtete.

Er streichelte, er drückte, er leckte und küßte und benutzte Lippen, Finger und seine pochende Erektion. Nie konnte er sich endgültig für eine Position entscheiden; er schob sie vom Bauch auf die Knie, vom Bett auf den Boden, um von dort mit ihr in das kleine Badezimmer zu rollen. Er war wie ein kleiner Junge, der gefangen war und sich nun endlich frei bewegen darf. In der Intimität des Zimmers konnte er es auf jede Weise bekommen, die er sich nur wünschte – aber er wollte es immer sofort und auf der Stelle, was wohl niemandem gelingt, und nie dachte er über eine Alternative nach.

Für Patricia waren diese Orgien nicht in gleichem Maße ekstatisch; sie litt noch immer unter dem Verlust ihrer Jungfräulichkeit, und ihr gerissenes Hymen hinterließ noch immer leichte Blutspuren auf seinem Glied. Aber Patricia verstand es instinktiv, ihre Schmerzen zu unterdrücken und dieselbe lustvolle Leidenschaft zu zeigen, die DeLuca stets an den Tag legte. Sie behandelte seinen Körper mit derselben Hingabe wie er den ihren. Die Dialoge in den Augenblicken der höchsten Stufe waren derb und rüde.

»Saug ihn – lutsch ihn – o Baby ...«

»Leck alles auf ...«

»Knie dich hin wie eine Hündin ...«

»Reib ihn mir durchs Gesicht ...«

»Mach es dir selbst, während ich es mir selbst mache ...«

»Iß es – koste es – schluck es ...«

Es dauerte nicht lange, und Patricia wurde nicht mehr wund.

Nach kurzer Zeit schon war sie genauso leidenschaftlich und hemmungslos wie er. Sie wurden eins in allem, was sie wollten und was sie taten.

»Mein Gott, wir sind uns ja so ähnlich«, wunderte DeLuca sich einmal, als sie das Abklingen der Leidenschaft gemeinsam genossen.

Zu Hause stieß Patricias Wechsel in die Kosmetik-Abteilung bei *Walgreen's* auf ein geteiltes Echo. Michael war natürlich außer sich vor Wut – keine kostenlosen Fritten und Hamburger mehr und dergleichen. Zwei Wochen lang redete er kein einziges Wort mehr mit seiner Schwester.

Ihr Vater war sehr stolz auf sie, obwohl seine Begeisterung

verständlicherweise arg unter seiner grundsätzlichen Abneigung dagegen litt, daß sie überhaupt arbeiten ging. Aber davon einmal abgesehen respektierte es Frank Columbo, wenn jemand hart arbeitete – und er schätzte es sehr, daß sich seine Tochter diese Stellung selbst verschafft hatte.

Die meisten Schwierigkeiten hatte Patricia mit Mary Columbo. Vor ihrem Mann und ihrem Sohn sagte sie nie auch nur ein einziges Wort gegen den neuen Job, und sie hatte auch an sich nichts gegen diesen Job einzuwenden. Ihr gefiel nur die Art nicht, wie Patricia sich für ihre neue Arbeit anzuziehen begann – die Röcke wurden kürzer und enger, die Blusen tiefer ausgeschnitten –, und genau dagegen hatte Mary einiges einzuwenden. Patricia erläuterte ihr geduldig, daß die Arbeit in der Kosmetik-Abteilung auch erforderte, daß sie sich mehr wie eine erwachsene Frau kleidete und nicht wie ein Schulmädchen. Mary wunderte sich, daß Patricias Lehrer noch nichts zu der Art und Weise gesagt hatten, wie sie sich neuerdings anzog. In der Tat hatten schon etliche Lehrer Patricia mit sehr langen Blicken bedacht, aber sonst war weiter nichts geschehen. Probleme hatte sie hauptsächlich mit den männlichen Mitschülern; sie folgten ihr auf ihrem Weg von einem Schulgebäude ins andere wie Rüden einer läufigen Hündin. Sie hatte ihrerseits nie auch nur einen Blick für sie; sie fühlte sich ihnen haushoch überlegen.

Alles in allem ließ Patricia sich vom Verhalten ihrer Mutter nicht groß die Laune verderben. Ihr machte nichts mehr Sorgen.

Sie hatte ja Frank DeLuca.

Mehr als einmal versuchte Patricia, wenn sie in dem Motel völlig ausgepumpt und nackt in Frank DeLucas Armen lag, den Mut aufzubringen, ihm von der Nacht zu erzählen, als ihr Vater nach dem Alptraum auf ihrem Bett gelegen hatte. Inzwischen waren alle Erinnerungen an Gus Latini und seinen Süßwarenlaster irgendwo tief in ihrem Unterbewußtsein begraben, und es sollten noch viele Jahre vergehen und eine große Tragödie erforderlich werden, bis eine als Psychologin ausgebildete und tätige Nonne dieses Verlies für sie öffnete. Selbst die Dinge, die sie mit Jack Formanski getrieben hatte, waren jetzt nichts als eine unerfreuliche Erinnerung. Sie war damals noch zu unreif, um auch nur andeutungsweise etwas ahnen zu können von den Folgen psychischer Wunden, einer Verletzung der Persönlichkeit, der Vernichtung des eigenen Ego, unbewußter Traumata und all der vielen sonstigen seelischen Schäden, die ein Psychiater zu diesem Zeitpunkt bei ihr hätte diagnostizieren können. Patricia wußte nur, daß ihre Gefühle für ihren Geliebten so stark waren, so überwältigend, daß sie jeden bedeutsamen Augenblick ihres Lebens mit ihm teilen wollte, den sie je erlebt hatte – böse wie gute. Die Erinnerung an ihren Vater, wie er da an ihr nacktes Bein gelehnt gelegen hatte, war einer dieser Augenblicke, und schließlich fand sie auch wirklich den Mut, DeLuca davon zu erzählen.

Frank gab sich überaus verständnisvoll und erfahren. Er ließ sich über sexuelle Verirrungen und deren denkbare Ursachen aus, über sexuelle Genugtuung, sexuelle Befriedigung und das weite Feld sexueller Wünsche, die in einem Menschen entstehen können. Ihr Vater, spekulierte er, könnte in jener bewußten Nacht in aller Unschuld in ihr Zimmer gekommen sein und dann beim Anblick des hochgeschobenen Nachthemdes Erregung verspürt haben. Er könnte unbewußt den Wunsch nach sexueller Betätigung mit seiner Tochter verspürt, eine solche aber nicht unbedingt geplant haben. Wenn sie nicht aufgewacht wäre, belehrte DeLuca sie, hätte ihr Vater sich wohl in irgendeiner Form bis fast zu einem echten Geschlechtsakt sexuell mit ihr beschäftigt haben können und sie hätte es nie erfahren.

Patricia war entsetzt. Sie mochte es gar nicht glauben, daß so etwas möglich sein sollte – aber wenn Frank das sagte, dann mußte es auf jeden Fall stimmen. Sie war, wie er sie oft genug erinnerte, noch sehr jung und unerfahren. Es gab so vieles, das sie vom Sex noch nicht wußte, so viele verschlungene Wege, auf denen sie einander Lust bereiten konnten. Jedes neue Szenarium, das Frank entwarf, war eine Herausforderung für sie; ihr gefiel es, sich mit Frank schmutzig zu gebärden, schmutzig und gemein. Analverkehr war die letzte Erfahrung, die sie mit ihm noch machte, und dann schien ihr, als müsse ihre sexuelle Erziehung wohl endlich abgeschlossen sein.

Sie konnte sich nicht vorstellen, was zwei Menschen wohl sonst noch alles miteinander treiben könnten.

Einige Monate nach Beginn der Affäre beobachtete Patricia einen Kosmetik-Lieferanten, einen gutaussehenden jungen Schwarzen mit Namen Andre, wie er die Auslagen hinter dem Tresen für Lippenstifte auffüllte, als Frank aus der Apotheke kam und mit ihm redete.

»Andre, kommst du bitte noch bei mir vorbei, bevor du den Laden wieder verläßt?«

»Gern, Frank«, erwiderte der junge Mann lächelnd.

»Paß auf, jetzt gibt's 'ne Zigarre«, neckte Patricia ihn, als DeLuca wieder gegangen war. »Das ist nämlich der Boß hier.«

»Ich weiß«, erwiderte Andre. »Frank und ich sind alte Freunde.« Auf seinem Gesicht lag ein breites Lächeln, als er Patricia ansah. Er sah wirklich gut aus mit seinen blendend weißen, ebenmäßigen Zähnen und den schmalen, sensiblen Lippen. Andre hatte eine relativ helle Haut, sauber gepflegtes Haar und stets manikürte Fingernägel, die wie Perlmutt schimmerten. Patricia fand ihn ausgesprochen attraktiv.

Als Andre mit dem Auffüllen der Regale fertig war, ging er nach hinten in die Apotheke, und Patricia konnte sehen, daß Frank ihn in einen kleinen Nebenraum führte, der den Angestellten als Aufenthaltsraum für ihre Pausen diente, wenn sie keine Lust hatten, hinüber zu *Corky's* zu gehen. Sie blieben ungefähr fünfzehn Minuten dort drinnen, und als sie wieder herauskamen, verließ Andre das Geschäft. Als später am Nachmittag Connie zu ihrer Schicht erschien, kam Frank in die Kosmetik-Abteilung.

»Was hältst du von Andre?« fragte er.

»Scheint 'n netter Bursche zu sein«, erwiderte Patricia.

»Findest du, daß er gut aussieht?«

»Ja, ich denke schon«, sagte Patricia ausweichend. Was sollte das? fragte sich. War ihr Freund etwa eifersüchtig? Großer Gott, das wäre ja phantastisch!

»Ich bin froh, daß er dir gefällt«, sagte DeLuca. »Er kommt heute abend zu uns ins Motel:«

»Was meinst du damit? Wozu?«

»Wir werden einen flotten Dreier mit ihm zusammen machen«, erwiderte DeLuca ohne Umschweife und in einem Tonfall, als rede er vom Wetter. Patricia mochte es kaum glauben.

»Ein flotter Dreier?« fragte sie. »Du meinst, du und ich – und er . . .«

»Ja, genau«, erwiderte Frank. »Du erinnerst dich? Ich habe doch gesagt, ich bereite eine Überraschung vor. Nun, das ist sie. Was hältst du davon?«

»Das ist in der Tat eine Überraschung«, mußte Patricia zugeben.

»Es wird dir gefallen, glaub mir.«

DeLuca hatte in der Regel ein kleines Fläschchen *Canadien Club* im Wagen, und in den Wochen mit Patricia in dem Motel hatte er sie nach und nach daran gewöhnt, gemeinsam einen Schluck Whisky zu genießen. An dem Abend, als Andre sich zu ihnen gesellte, hatte er statt des üblichen Flachmanns eine ganze Flasche besorgt und dazu Gläser und Eis. Der Abend begann damit, daß sie sich zusammen hinsetzten und gemeinsam Whisky tranken, sich unterhielten und es sich gemütlich machten. DeLuca war überhaupt nicht aufgeregt, er kam Patricia ausgesprochen entspannt vor, war ein blendender Unterhalter, seine ganze Art gelassen und selbstbewußt – wie eigentlich immer. Andre und Patricia allerdings spürten Beklemmung, aber die wurde innerhalb einer Stunde vom Whisky völlig weggeschwemmt. Als sie alle schließlich völlig gelöst waren, kam DeLuca zum eigentlichen Anliegen des Abends.

»Patrish hat noch nie einen Schwarzen gehabt, Andre«, sagte er.

»Stimmt das?« Andre bedachte sie mit einem hinreißenden Lächeln.

»Niemals.« Patricia schüttelte den Kopf. Sie merkte, wie Andre eine Hand über die große Beule legte, die sich in seiner eng anliegenden Hose auszubilden begonnen hatte.

»Ich habe ihr schon auf dem Weg hierhin erzählt, daß sie es heute mal versuchen kann«, sagte DeLuca. Er stand auf und fing an, sich das Hemd aufzuknöpfen. »Machen wir es uns doch zuerst einmal ein bißchen bequemer.«

Patricia sah kaum richtig hin, während DeLuca und Andre sich bis auf die Unterhosen auszogen. Beide hatten Erektionen, die nach Entspannung förmlich schrien.

»Nun komm schon, Baby, willst du es dir nicht auch ein bißchen bequemer machen?« fragte DeLuca. Es war eher eine Aufforderung als eine Frage.

Ein Blick in den Spiegel zeigte Patricia, daß auf ihrem Gesicht ein träger, fast schon dümmlicher Ausdruck lag. »Aber ja doch, Frank«, sagte sie. »Ich würde es mir auch gern ein bißchen bequemer machen . . .«

Als Patricia sich bis auf Strumpfhose und Büstenhalter ausgezogen hatte, fing Andre an, ungeniert zu onanieren, während DeLuca die Laken auf dem Bett zurückzog. Dann dirigierte er Patricia auf das Bett und streifte ihr die Strumpfhosen ab.

»Ich mach' sie dir schön heiß und feucht«, sagte DeLuca zu Andre und senkte sein Gesicht zwischen ihre Schenkel hinunter.

Als Patricia sich den Gefühlen überließ, die die Zunge ihres Geliebten in ihr auslösten, hakte sie sich selbst den Büstenhalter auf und warf ihn weg.

»O ja«, sagte Andre, als er ihre schwellenden Brüste schaudernd mit den erigierten Warzen darauf völlig nackt sah.

DeLuca reizte Patricia, bis diese spürte, wie sich ihr Körper zu versteifen begann, und ihr Leib sich ihm entgegenhob, um die Vulva mit ganzer Kraft gegen seinen Mund zu drängen, bis sie den ersten Höhepunkt erreichte. Als sie entkräftet zurücksank, sah sie, wie DeLuca sich von ihr zurückzog und Andre verstohlen winkte. Der dunkelhäutige Mann, dessen Lächeln mittlerweile völlig verflogen war, erhob sich und brachte sich über ihr in Position.

Patricia konnte noch sehen, wie Frank DeLuca an der Kommode stand, die mitgebrachte Kamera zur Hand nahm und ein Blitzlichtgerät darauf anbrachte.

Als DeLuca sie in dieser Nacht wie gewöhnlich einige Blocks von ihrem Zuhause entfernt absetzte, wartete sie, bis er weggefahren war und setzte sich dann auf den Bordstein. Sie war alles andere als deprimiert angesichts der *ménage à trois*, an der sie gerade teilgenommen hatte; um die Wahrheit zu sagen, sie hatte sie sogar großenteils genossen – sie war ein außerordentlich sinnlich veranlagtes junges Mädchen, dessen Wege zur körperlichen Erfüllung inzwischen allein von Frank DeLuca bestimmt wurden.

Was ihr an diesem Abend Sorge machte, das war nicht so sehr das eigene Vergnügen, sondern das ihres Geliebten. Er war angesichts dessen, was sie heute abend getrieben hatten, förmlich aufgeblüht. Als Patricia ihn angesehen hatte, während sie es mit Andre trieb, hatte auf seinem Gesicht derselbe Ausdruck gelegen, den er auch immer dann zur Schau trug, wenn er selbst über ihr lag. Als er abwechselnd Bilder von ihr und Andre machte und dazwischen onanierte, während er sie weiter beobachtete, wieder Bilder schoß und abermals onanierte, war es ihr in ihrem alkoholumnebelten Kopf so vorgekommen, als finde er Geschmack an dem, was sie taten. Daß es ihr gefiel und daß DeLuca gleichfalls Gefallen daran fand, sollte eigentlich, so fand sie, irgendwo einen Sinn ergeben. Aber das war nicht der Fall. DeLuca genoß es, sie mit einem anderen Mann zu sehen, aber wenn sie DeLuca mit einer anderen Frau sähe, würde sie das auf die Palme bringen. Sie mochte es ja noch nicht einmal, wenn er sich mit einer anderen Frau auch nur unterhielt. Sie konnte keine Verbindung zwischen lustvollen Gefühlen und dem Widerwillen herstellen, den die Eifersucht bei ihr stets auslöste.

»Ich kann nicht verstehen, wie du so viel Lust daraus gewinnen kannst, einfach nur zuzusehen«, sagte sie, als er sie nach Hause fuhr. Es war mehr eine Frage als eine Feststellung.

»Es ist so, wie ich dir schon gesagt habe«, erläuterte DeLuca. »Du bist noch jung, und das alles ist neu für dich. Ich bin ein Mann von Welt; ich habe einiges erlebt, ich weiß, wie das alles zusammenhängt, okay? Wenn du erst einmal ein wenig mehr Erfahrung hast, wirst du schon verstehen, was ich meine. Du hast es doch genossen, oder etwa nicht? Ich meine, du bist doch mit Andre gekommen, stimmt's?«

»Ja«, sagte Patricia ein wenig widerwillig. Sie wandte sich von ihm ab und starrte in die Nacht hinaus.

»Na, dann ist ja alles in Ordnung«, sagte DeLuca. »Du bist gekommen, Andre ist gekommen, und dann hast du es mir mit dem Mund gemacht. Jeder ist gekommen. Und darum allein geht's doch, richtig?«

»Richtig«, erwiderte sie. Ihre Stimme war ruhig, ihr Tonfall ergeben.

Als DeLuca sich herüberlehnte, um sie hinauszulassen, zögerte sie einen Moment und sagte dann: »Aber die meiste Zeit sind doch wir beide allein, nur du und ich, ja, Frank?«

»Natürlich, Liebchen«, versicherte DeLuca ihr. »Aber ab und zu brauchen wir einfach mal ein bißchen Abwechslung. Eine kleine Anregung, wie man so sagt. Jetzt mach dir mal keine Gedanken. Ich weiß, daß es so schon in Ordnung ist. Zum Teufel, das machen wir doch alle. Deine Eltern könnten es ebenfalls tun, ohne daß du etwas davon weißt. Ich meine, du weißt doch gar nicht, was sie wirklich tun, wenn sie abends ausgehen, oder? Wenn du mal ein bißchen älter und erfahrener bist, wirst du das schon verstehen. Und bis dahin – vertrau mir einfach. Okay?«

Patricia hätte von seinen Worten eigentlich beruhigt sein sollen, fand sie, aber sie war es keineswegs. Sie führte ihren Mangel an Vertrauen in seine Worte auf die eigene Unreife zurück, ihren Mangel an Erfahrungen – genau wie DeLuca das behauptet hatte. Vielleicht, so dachte sie, war sie nur deshalb noch im Zweifel, weil sie einfach zu *jung* war, um das alles zu begreifen; vielleicht wäre sie eher in der Lage gewesen, alles zu verstehen, wenn sie wirklich schon achtzehn gewesen wäre. Womöglich war es wirklich am besten, sich Frank ganz anzuvertrauen, bis sie alt genug geworden war, um das alles selbst herauszufinden. Mein Gott, dachte sie wieder, sie haßte es aus tiefster Seele, daß sie noch so gottverdammt jung war!

Mit einem tiefen Seufzer erhob sich das Mädchen vom Bordstein und machte sich auf den stillen, einsamen Weg nach Hause.

C. H.

März 1991

Nach einer Reihe von Telefongesprächen lud Patricia mich ein, sie noch einmal in Dwight zu besuchen, ohne daß diesmal ihre Anwältin dabei war.

»Ich bin in einem Sondertrakt untergebracht, wo ich viele Freiheiten habe«, erzählte sie mir. »Sie können also auch samstags oder sonntags kommen, und wir treffen uns dann im Gemeinschaftsraum. Wenn Sie wollen, können Sie den ganzen Tag über bleiben, von zehn Uhr morgens bis sieben Uhr abends.« Sie lachte leise glucksend. »Ich werde sogar für Sie kochen, wenn Sie wollen.«

Wir verabredeten uns auf einen Samstag, und ich machte mich wieder einmal auf den Weg nach Chicago.

Die meisten der langen Telefongespräche, die Patricia und ich bis zu diesem Zeitpunkt schon geführt hatten – nie waren sie kürzer gewesen als zwei Stunden, manchmal länger –, hatten sich mit Patricias früherem Leben auf der Ohio Street befaßt. Sie rief mich üblicherweise um Mitternacht ihrer Zeit an, wenn man damit rechnen durfte, daß niemand sonst in ihrem Sonderblock das Telefon würde benutzen wollen und sie sich ungestört auch auf eine lange zurückliegende Zeit konzentrieren konnte. Es fiel ihr leichter, mit mir über Gus Latini zu sprechen als damals mit Schwester Burke, denn durch die Nonne hatte sie gelernt, das alles richtig einzuordnen.

»Mein Verstand war wirklich völlig aus den Latschen, als ich die Therapie mit Schwester Burke angefangen habe«, sagte sie. »Ich will damit nicht sagen, ich sei verrückt gewesen oder etwas in dieser Richtung; ich hatte nur zu vieles auf zu viele Ebenen meines Verstandes verdrängt, und alle diese Ebenen standen in keinerlei Verbindung mehr zueinander. Oder – wenn sie in Ver-

bindung gestanden hätten, dann hätten sie jedenfalls keinerlei Kommunikation mehr zueinander gehabt. Schwester Burke hat mir geholfen, so gewissermaßen die Drähte wieder zu entwirren, so daß alles einen Sinn ergab. Heute kann ich Ihnen in exakter chronologischer Abfolge alles erzählen, was sich damals zugetragen hat. Vor zwei Jahren hätte ich damit nicht einmal anfangen können.«

»Das klingt, als sei Schwester Burke eine fabelhafte Person gewesen«, sagte ich.

»Sie war ein Gottesgeschenk«, erwiderte Patricia ruhig.

Bei meinem zweiten Besuch in Dwight hatte ich ein Sporthemd getragen und eine Windjacke, um nicht als allzu seriös mißverstanden zu werden. Patricia erwartete mich bereits mit einer langen Liste in der Hand im Besucherraum.

»Hi«, sagte sie. »Haben Sie vielleicht fünfundzwanzig Dollar bei sich?«

»Hi. Ja, habe ich.«

»Würden Sie sie opfern, um mir zu helfen, Osterhase zu spielen?«

»Aber gern.«

Wir stellten uns in der Kantine an, und Patricia kaufte für dreiundzwanzig Dollar und ein paar Cents Süßigkeiten. »Ich mache Osterkörbchen für meine ›Ganoven‹,« erläuterte sie, während ihr Einkauf in einem Plastikkarton verstaut wurde. »Ich habe seit zwei Wochen in meiner Freizeit Packpapier zurechtgeschnitten und dann Körbchen daraus zusammengeklebt, auf die ich überall kleine Hasen gemalt habe. Die werde ich jetzt mit den Süßigkeiten und dem anderen Krimskram füllen und sie ihnen am Ostersamstag morgens geben. Da werden die Mädels sich freuen.«

Richter Pinchams Beschreibung Patricias ging mir wieder durch den Kopf: »Sie war eine gewalttätige, durchtriebene, kokette, boshafte, zerstörerische Person . . .«

Und Schwester Traxlers Erwiderung: »Gott ändert uns alle zu gegebener Zeit.«

Beladen mit dem Kantinen-Einkauf mußten wir am anderen

Ende durch die gleichen Sicherungseinrichtungen, wie sie auch am Eingang zum Besucherraum angebracht waren, hindurch, und von dort gelangten wir dann in den inneren Bereich des Gefängnisses von Dwight. So übel sah es hier gar nicht einmal aus.

Ein langer, gewundener Weg schlängelte sich durch das Gelände, auf dem nach dem langen Winter noch immer kein Gras wuchs, vorbei an knorrigen alten Bäumen, hin zu einer Anzahl verstreut liegender flacher Gebäude, von denen einige vergitterte Fenster hatten. Patricia beobachtete mich, während ich mich umsah.

»Sieht ein bißchen aus wie ein College-Campus, nicht wahr?« fragte sie.

»Irgendwie schon«, mußte ich zugeben. Wenn man den Gefängniszaun mit dem scharfen Stacheldraht oben auf der Spitze ignorierte.

»Tja, so sieht es aus, wenn man den Status A erreicht hat«, sagte sie. »Wenn man sich erst einmal in einem dieser Vorzugshäuser befindet, genießt man doch einige Freiheiten. Man kann vor allem ziemlich frei über seine Zeit verfügen.« Sie deutete auf ein älteres, aber gut erhaltenes zweistöckiges Gebäude, dem wir uns gerade näherten. »Die Vorzugshäuser sind wie kleine Pensionen für Frauen. Jede von uns hat ihr eigenes Zimmer oder wir teilen uns auf der zweiten Etage einen Raum. Unten haben wir noch einen Fitneßraum, eine Küche und einen Gemeinschaftsraum mit einem Fernseher. Wenn es das Wetter zuläßt, können wir auch draußen unter den Bäumen sitzen. Ich habe einen Lieblingsbaum, zu dem ich immer gehe, um dort zu studieren oder zu lesen oder einfach nur, um einmal ein bißchen allein zu sein.«

»Es muß schwierig sein, hier allein sein zu können«, vermutete ich. Patricia schüttelte den Kopf.

»Nein, uns allen ist der Wert unserer Intimsphäre bewußt, und wir respektieren sie gegenseitig. Für einige von uns ist es sehr wichtig, und das wissen die anderen. Nehmen Sie mich als Beispiel. Ich brauche jeden Tag eine Stunde für mich allein, um meine Gedanken zu ordnen. Ich brauche Zeit, um mich daran zu erinnern, wo ich hier bin und was ich jeden Tag Positives tun

kann. Das hat Schwester Burke mich gelehrt. Sie nannte das ›das Leben in den Griff‹ bekommen.«

Am Eingang des Hauses, in dem sie lebte, klopfte Patricia an das Fenster der Eingangstür, und eine Aufseherin ließ uns ein und führte uns weiter in das Innere des Gebäudes. Das Zimmer, von dem Patricia mir berichtet hatte, nahm plötzlich konkrete Gestalt an. Im Fitneßraum zur Rechten strichen gerade zwei Insassinnen in Shorts und Sweatshirts die Wände mit Farbrollern. Eine Treppe vor der Zimmerflucht führte zu den Schlafzimmern auf dem zweiten Stock. Ein Stück den Flur hinunter befand sich auf der linken Seite das Dienstzimmer des Wachpersonals, auf der rechten die Küche. Am Ende des Flurs lag der Gemeinschaftsraum mit ein paar Tischen für vier Personen, ein paar übermäßig dekorierten Couches, zusätzlichen Stühlen und einem älteren Fernseher. An dem ganzen Raum gab es nichts Attraktives; alles war alt, abgenutzt, verschlissen; die Beleuchtung war spärlich, die Wände kahl – und durch jedes Fenster war Stacheldraht zu sehen.

Als wir ankamen, befanden sich keine anderen Besucher im Gemeinschaftsraum. Patricia führte mich an einen Tisch in der abgelegensten Ecke, weit weg von der Tür, und steckte sich die erste einer ganzen Menge von Zigaretten an, die wir an diesem Tag noch rauchen sollten.

»Das einzige Laster, das mir noch geblieben ist«, sagte sie ironisch. »Machen Sie es sich schon einmal bequem; ich besorge uns einen Kaffee. Wie trinken Sie ihn?«

»Schwarz«, erwiderte ich, »ohne Milch und Zucker.«

Während sie fort war, kamen verschiedene andere Insassinnen an die Tür und blickten herein. Ihre Augen suchten jedesmal den ganzen Raum ab, als suchten sie nach irgend jemandem, und blieben immer neugierig ein wenig länger an mir hängen. Als Patricia mit dem Kaffee zurück kam, bedachten ein paar von ihnen sie mit wissendem Blick.

»Sie sind es nicht gewöhnt, daß ich männlichen Besuch bekomme«, sagte sie. »Niemand hier außer ein paar engen Freundinnen weiß, wer Sie sind. Bisher weiß ich noch nicht so recht, wie ich es anstellen soll, ihnen zu sagen, daß über mich ein Buch geschrieben werden soll. Dann wäre es mit meiner

Unauffälligkeit, um die ich mich jahrelang bemüht habe, auf einen Schlag vorbei. Für den Augenblick wollte ich es eigentlich so halten, daß alle glauben sollen, Sie seien ein Onkel. Sie haben doch hoffentlich nichts dagegen?«

»Solange Sie meinen Namen nicht mit Gus Latini angeben, nein«, erwiderte ich. In den vielen Stunden am Telefon hatte sie mir bereits alles über ihn und den Lieferwagen für die Süßigkeiten erzählt.

Sie lächelte und nahm einen Zug aus der Zigarette. »Was also wollen Sie wissen?« fragte sie. »Worüber sollen wir zuerst reden?«

»Frank DeLuca«, sagte ich.

»Warum nicht?«

An diesem Tag unterhielten wir uns neun Stunden lang und machten nur einmal für ein mitternächtliches Mahl eine Pause. Patricia machte Spaghetti.

Einer der ungewöhnlichen Leute, die ich auf dieser Reise nach Chicago kennenlernte, war Andre. Ich hatte ihn in einem Apartment im Norden der Stadt ausfindig gemacht, und er war einverstanden, sich mit mir in einer Bar auf der State Street *zu treffen. Er war, wie Patricia schon gesagt hatte, ein wirklich gutaussehender Farbiger mit perfekten Zähnen und polierten Fingernägeln.*

»Wie haben Sie mich eigentlich gefunden, Mann?« fragte er, als wir uns gesetzt hatten.

»Es ist nicht schwer, jemanden zu finden, der sich nicht versteckt«, erwiderte ich. »Sie sind ins Wählerregister eingetragen, und das kann von jedem eingesehen werden.«

»Nein, ich meine, wer hat Ihnen von mir erzählt?«

»Ich will Ihnen mal einen Tip geben: Frank war es nicht.«

»Mist, verdammter«, sagte er angewidert. Er bestellte sich einen Wodka-Martini. Ich trank meinen Martini mit Gin. »Geht jetzt mein ganzes Leben durch dieses Buch vor die Hunde?« wollte er wissen.

Ich schüttelte den Kopf.

»Ich werde nicht einmal Ihren richtigen Namen erwähnen, wenn Sie das wünschen. Ich will nur Informationen.«

»Was für welche?«

»Über DeLuca.«

Andres Gesichtsausdruck verhärtete sich. »Dieses Dreckschwein. Der hätte uns beide in den Knast bringen können mit seiner Fickerei mit einem sechzehnjährigen Mädchen.« Andre lehnte sich ein wenig vor und fuhr eindringlicher fort: »Eines sollten Sie gleich von Anfang an wissen, Mann: Ich hab' nicht gewußt, daß Patrish noch minderjährig war, sonst hätte ich sie noch nicht mal mit dem Schwanz von 'nem anderen gevögelt.«

»Das glaube ich Ihnen.« Es gab ja auch für mich keinen Grund, an seinen Worten zu zweifeln; zum damaligen Zeitpunkt hatte ja selbst DeLuca Patricias wahres Alter nicht gekannt. Damals hatte sie ja noch die Volljährige gespielt. »Wie lange kannten Sie DeLuca eigentlich schon, als der Patricia kennenlernte?« fragte ich.

»Ungefähr drei Jahre, glaube ich. Sehen Sie, ich habe alle Filialen von Walgreen's in den westlichen Vororten beliefert. Und Frank hat in einigen davon gearbeitet. Und dabei habe ich ihn natürlich immer mal wieder getroffen.«

»Dann haben Sie also schon Sexpartys mit ihm zusammen veranstaltet, noch bevor er Patricia kennengelernt hatte?«

»O ja. Frank hat immer irgendwas organisiert. Der hatte einen Wahnsinns-Sexualtrieb – wie nennt man solche männlichen Nymphomanen?«

»Satyrn«, sagte ich.

»Ja, genau das war Frank – ein Satyr. Der hatte fast immer einen stehen – und er mochte es nicht, auch nur einmal nicht zum Schuß zu kommen.« Andres Drink kam, und er nahm sofort einen großen Schluck. »Sagen Sie«, sagte er und runzelte sorgenvoll die Stirn. »Deswegen kann man mich doch nicht drankriegen, oder?«

»Nein, keine Sorge«, beruhigte ich ihn. »Noch nicht einmal Patricia selbst könnte da noch eine Anklage wegen Verführung einer Minderjährigen erheben. Seither sind viel zu viele Jahre vergangen.«

Andre nahm noch einen Schluck aus seinem Glas. »Was wollen Sie also von mir?«

»Ich wollte Sie bitten, mir alles zu erzählen, was Sie über

Patricia und Frank wissen. Und alles über Frank, bevor *er Patricia kennenlernte.«*

»Und Sie werden meinen wirklichen Namen nicht in Ihrem Buch verwenden?«

»So ist die Abmachung. Ich habe eine solche Abmachung bisher noch nie gebrochen.«

»Okay«, sagte Andre. »Okay, Mann, ich tu's.«

Andre hatte eine Menge zu erzählen.

Juni bis September 1973

Irgendwie erreichte Patricia ihren siebzehnten Geburtstag, ohne einen Nervenzusammenbruch zu erleiden.

Sie befand sich inzwischen in einem Zustand dauernder nervlicher Anspannung. Nichts war mehr einfach: Ihre ganze Existenz war zu einem Alptraum aus Lügen geworden. Ihre Eltern belog sie hinsichtlich ihrer Arbeitszeit, damit sie mit Frank zusammen sein konnte. Bei Frank log sie, sie finde Gefallen an den Dreier-Zusammenkünften, die er immer wieder mit Andre arrangierte. Dazu belastete sie die Lüge bezüglich ihres Alters weiter. Sie log, wenn sie erzählte, wohin sie ging, woher sie kam, mit wem sie zusammen war, was sie tat, wie sie sich fühlte. Ständig mußte sie auf der Hut sein, sich nicht etwa zu verplappern und in irgendeinem Zusammenhang die Wahrheit zu sagen.

Seltsam genug, war es gleichfalls eine Periode in ihrem Leben, in der sie kaum Konflikte mit den Menschen in ihrer Umgebung zu bestehen hatte. Ihr Vater schien mit so vielen anderen Dingen beschäftigt zu sein, daß er die Tatsache, daß sie arbeiten ging, nicht mehr so wichtig nahm und es kaum noch erwähnte. Außerdem war er im Dienst von einem Ladekran gefallen – das behauptete er jedenfalls – und hatte sich den Arm gebrochen. Mary argwöhnte, er sei in eine Schlägerei verwickelt gewesen; Patricia konnte mithören, wie sie ihn wegen Problemen zur Rede stellte, die sich aus seinen gleichzeitigen Engagements im Schiffs- und im Straßentransport ergeben haben könnten. Frank sagte ihr wie immer, sie solle sich keine Gedanken machen, das sei seine Sache und er wisse schon, wie er damit umzugehen habe.

Natürlich machte Mary sich Gedanken; Mary machte sich um alles Gedanken, was mit ihrer Familie zu tun hatte. Der Umstand, daß sich ihre Fürsorglichkeit vorübergehend voll und ganz auf Frank richtete, verschaffte Patricia und Michael eine kleine Verschnaufpause. Ihre Mutter war eine Kämpferin, aber eine, die sich nie auf mehr als ein Ziel zur selben Zeit konzentrierte.

Nachdem Michael das anfängliche Trauma, von *Corky's* inoffizieller Liste der unentgeltlichen Kostgänger gestrichen zu sein, überwunden hatte, wandte er sich mit der alten Unverwüstlichkeit neuen Herausforderungen zu, bei denen es nicht so sehr um das Fassungsvermögen seines Magens ging. Sein Anteil an seines Vaters Hobby mit dem CB-Funk blühte und gedieh; und noch immer weigerte er sich, jemandem mitzuteilen, was sein Codename ›Blue Mule‹ zu bedeuten habe – und das sollte auch, wie sich zeigte, nie jemand erfahren. Dazu entwickelte Mike mehr und mehr Interesse an Motocross-Veranstaltungen und anderen Motorradsportarten, worüber seine Mutter sich bestimmt bald Sorgen machen würde.

In der Schule hörte Patricia erste Kommentare zu ihrem neuen Kleiderstil. Etliche ihrer Lehrer sprachen sie, allerdings nicht offiziell, auf die Länge ihrer Röcke an; die Jungen folgten weiter ihrer Fährte wie indianische Spurensucher; und einige der Mädchen machten sich hinter ihrem Rücken über sie lustig oder kritisierten sie. Aber nach einer Weile schienen sich alle an die Idee gewöhnt zu haben, daß sie eben anders war als die anderen, ihre Neugier ließ nach.

Mit DeLuca allerdings gab es niemals auch nur die geringste Spannung, solange sie nur genau das tat, was er von ihr verlangte. Er war charmant, liebenswürdig, und verständnisvoll – solange er seinen Willen bekam. Nur wenn er das Gefühl hatte, als setze Patricia ihm Widerstand entgegen, wurde er mürrisch und ungehalten. Und was er als Widerstand ansah, das war im allgemeinen nichts anderes als Patricias gelegentlicher Versuch, das, was sie taten, mit dem Verstand zu ergründen, oder wenn sie eine Vorliebe für etwas Bestimmtes oder etwas anderes äußerte als für das, was ihm am Herzen lag. Ihre Beschwerden waren, wenn sie überhaupt einmal den Mut fand, sie in Worte zu kleiden, alle gleich gelagert: Sie wollte, daß ihre Beziehung nur aus ihnen beiden bestand – Frank und Patrish – und daß kein anderer an ihr teilhaben sollte.

Frank war ganz ungewöhnlich geduldig mit ihr. »Es wird am Ende nur dich und mich geben«, versprach er ihr. »Aber zuerst möchte ich, daß du die verschiedensten Aspekte des Sex kennenlernst; ich will, daß du alles kennst und ausprobiert hast, was es in Sachen Sex gibt, damit ich weiß, daß dir wirklich bewußt ist, wovon du redest, wenn du mir sagst, du wärest am liebsten nur mit mir allein. Dann werde ich wissen, daß du mich wirklich liebst.«

Patricia schüttelte bei Belehrungen dieser Art zumeist den Kopf. »Tut mir leid, aber das verstehe ich nicht. Ich liebe dich. Du *weißt* doch, daß ich dich liebe.«

»Sicher, ich weiß, daß du mich liebst«, versuchte er dann zu erklären, »aber du liebst mich auf der Basis dessen, was du *jetzt* weißt und kennst. Sieh mal, ich will dir ein Beispiel geben, okay? Du hast mich geliebt, bevor wir uns mit Andre getroffen haben, stimmt's? Dann haben wir's mit ihm gemeinsam getrieben und du hast mich immer noch geliebt, als es vorbei war – klar. Aber jetzt laß dir einmal etwas erklären, was du womöglich noch nicht weißt: Weiße Frauen fragen sich alle irgendwann im Laufe ihres Lebens, wie das wohl wäre, von einem Schwarzen gebumst zu werden. Alle Frauen denken darüber nach; deine Mutter hat sich das womöglich auch schon gefragt. Der Grund ist, daß die Schwarzen alle in dem Ruf stehen, riesige Schwänze zu haben, du verstehst? Und man nimmt von ihnen an, daß sie rammeln können wie die Karnickel, weiter und immer weiter, bis die Frau völlig ausgelaugt ist. Nun sind weiße Frauen alle von Natur aus neugierig. Sie sagen, sie liebten einen bestimmten Burschen, aber gleichzeitig denken sie darüber nach, wie das wohl mit einem Schwarzen wäre. Aber siehst du, genau davor habe ich dich bewahrt. *Du* weißt, wie das ist. Und *ich* weiß, daß du mich noch immer liebst, nachdem du es erfahren hast. In deiner Liebe gibt es keine Vorbehalte. Verstehst du?«

»Ich glaube, ja.« Eine neuerliche Lüge. Aber wenn sie die eine oder andere seiner verqueren Theorien und seiner kranken Philosophien nicht verstand und ihm das auch sagte, ging er mit schöner Regelmäßigkeit mit derselben Verteidigungsstrategie in die Offensive: »Du verstehst das deshalb nicht, weil du es nicht verstehen *willst.*«

Das war schlimm genug. Wenn er dann aber gelegentlich noch hinzusetzte ›werd erst mal erwachsen, einverstanden?‹, dann war das wie eine Ohrfeige für sie.

Daher wurde sie vorsichtig mit der Äußerung, sie verstünde dieses oder jenes nicht.

Als der Sommer nahte, beendete Patricia ihr erstes Jahr auf der High-School, feierte in aller Stille ihren siebzehnten Geburtstag und verlor ihre beste Freundin im Drugstore.

»Ich werde dich jetzt verlassen, Liebchen«, sagte Connie ihr eines Tages. »Ich bin endlich in eine andere Filiale versetzt worden, die ein bißchen näher an meiner Wohnung liegt.«

Im ersten Moment war Patricia wie versteinert. Connie lebte in Tinley Park, einen der südlichen Vororte. Sie hatte oft über ihren weiten Weg zur Arbeit geklagt, vor allem, wenn die Straßen vereist und zugeschneit gewesen waren. Und das hatte dann jedesmal damit geendet, daß sie gedroht hatte, sie werde *Walgreen's* verlassen, wenn die Personalabteilung sie nicht endlich in eine näher gelegene Filiale versetzen würde. Patricia hatte sich an Tiraden dieser Art längst gewöhnt und sie nicht mehr so recht ernst genommen. Und dann verließ Connie diese Filiale von heute auf morgen, ohne jede Vorwarnung.

An Connies letztem Arbeitstag kam eine gutaussehende Blondine in den Laden und ging gleich nach hinten in die Apotheken-Abteilung. Alle männlichen Angestellten vom Laufburschen bis zum Abteilungsleiter folgten ihr mit den Augen. Sie war um die Dreißig, hatte große, schöne Augen, eine atemberaubende Figur und legte zudem ein selbstbewußtes, ja hochmütiges Gehabe an den Tag. DeLuca kam, wie Patricia mißvergnügt beobachtete, aus seinem Büro und begleitete sie in den Pausenraum für die Angestellten.

Patricia wartete zehn Minuten, dann hielt sie es einfach nicht mehr aus, ging quer durch den ganzen Laden und betrat gleichfalls den Pausenraum unter dem Vorwand, sie wolle eine Tasse Kaffee trinken. DeLuca saß mit der Blonden an einem der Tische. Beide hatten je eine dampfende Tasse Kaffee vor sich stehen. DeLuca sah Patricia an, als sie hereinkam, sagte aber kein Wort. Auf seinem Gesicht lag der mürrische Ausdruck, den sie inzwischen so gut kannte; irgend etwas lief nicht so, wie er es haben wollte. Er und die Frau hörten auf zu reden, als sie sich ihre eigene Tasse Kaffee holte und wieder verschwand. Dabei hätte sie sich zu gern an einen der anderen Tische gesetzt, aber sie hatte Angst, Frank könnte dann böse mit ihr werden. An seinem Gesichtsausdruck hatte sie schon ablesen können, daß er bereits reichlich ungehalten war.

Patricia schüttete ihren Kaffee auf der Damentoilette fort, bevor sie zurück in die Kosmetik-Abteilung ging. Während sie dann das Regal mit den Lippenstiften neu ordnete, behielt sie die Tür mit der Aufschrift ›Nur Personal‹ unentwegt im Auge. Ein paar Minuten später erschienen DeLuca und die Frau wieder. Ohne große Verabschiedung eilte die Frau in Richtung Ausgang, und DeLuca ging in seine Pharma-Abteilung zurück. Sein Gesicht wirkte finster, die Stirn hatte er in Falten gelegt, und das sagte Patricia deutlicher als alle Worte, daß irgend etwas nicht stimmte. Sie wartete, bis sich eine Gelegenheit ergab, mit ihm allein zu reden, und ging dann zu ihm.

»Was ist los?« fragte sie. »Wer war diese Blondine?«

»Joy Heysek, Connies Nachfolgerin«, sagte DeLuca bitter. »Sie fängt morgen an.«

Patricia war pikiert. Warum hatte er ihr nie von dieser Blondine erzählt. »Wann hast du sie eingestellt?«

»Das habe ich gar nicht. Sie wurde vom regionalen Personalbüro nach hier versetzt.«

»Oh.« Patricias Ärger verflog. »Worüber bist du denn dann so wütend?«

»Ach weißt du, sie ist eine frühere Freundin von mir. Mir

gefällt einfach nur die Vorstellung nicht, daß sie hier arbeiten wird. Das ist alles.«

Patricia sah ihn erstaunt an. »Ich werde demnächst mit einer früheren Freundin von dir zusammen arbeiten müssen? Kannst du sie nichts woanders hinstecken? Ich denke, du bist hier der Filialleiter, und . . .«

»Nein, das kann ich eben nicht«, fiel er ihr ins Wort. »Die ist schon jahrelang bei *Walgreen's,* und deshalb hat sie schon ein gewisses Recht darauf, an den Platz versetzt zu werden, den sie möchte, wenn sie dafür einigermaßen vernünftige Gründe anzuführen hat. Sie wohnt in *Hoffman Estates,* und diese Filiale liegt nun mal näher an ihrem Zuhause. Die Firma legt Wert darauf, ihren langjährigen Angestellten in dieser Weise entgegenzukommen.«

»Hat sie sich diese Zweigstelle vielleicht deshalb ausgesucht, weil sie wußte, daß du hier arbeitest?« fragte Patricia eisig.

»Sie sagt nein, aber das glaube ich ihr nicht.« DeLuca spürte die ständig steigende Verärgerung in Patricias Stimme. »Schau, das ist doch nicht meine Schuld«, beharrte er. »Ich habe eben versucht, genau darüber mit ihr zu reden; ich habe ihr gesagt, ich hielte es nicht gerade für eine gute Idee, wenn wir beide wieder im selben Geschäft arbeiten. Aber . . .« er hob in einer hilflosen Geste die Schultern ». . . sie ist irgendwie fest entschlossen.«

»Hast du ihr von uns erzählt?«

»Nein, natürlich nicht. Das muß weiter unser Geheimnis bleiben, Patrish.«

Patricia spürte, wie es ihr eiskalt den Rücken hinunterlief. »Es ist erklärte Firmenpolitik, daß sich die Angestellten untereinander möglichst nicht allzu nahe kommen sollten«, fuhr er unbeirrt fort.

»Es scheint dir jedenfalls keine großen Sorgen zu machen«, fiel Patricia ein.

»Jetzt hör mir doch mal zu! Ich weiß schon, was ich tue. Ich möchte, daß du mit Joy Heysek überhaupt nicht redest außer über rein berufliche Angelegenheiten. Ich will nicht, daß du dich mit ihr persönlich anfreundest. Sie ist noch immer stinksauer auf mich, weil ich damals mit ihr Schluß gemacht habe.

Vielleicht hat sie vor, sich zu rächen, ich weiß es nicht. Auf jeden Fall will ich ihr keinerlei Munition in die Hand geben, du verstehst? Ich möchte ihr nicht die Gelegenheit verschaffen, zur Geschäftsleitung gehen zu können und da zu sagen, ich wäre zu vertraut im Umgang mit den Untergebenen. Verstehst du, was ich meine?«

»Ja, natürlich verstehe ich das«, versicherte sie ihm. Ihr kurz aufgeflammter Unwille war schon wieder verflogen. Sie berührte DeLuca kurz am Arm. »Mach dir mal keine Sorgen. Ich paß schon auf, daß sie nichts merkt. Sie wird dir nichts tun können.«

DeLuca tätschelte ihr die Hand. »Ich wußte, daß ich mich auf dich verlassen kann, Liebchen. Weißt du was – du bist der einzige Mensch auf der Welt, dem ich vollkommen vertraue, hundertprozentig.«

»Wirklich?« Sie spürte, wie sie vor Liebe erglühte.

»Wirklich«, sagte DeLuca.

Patricia ging wie auf Wolken in die Kosmetik-Abteilung zurück.

»Seit ich bei *Walgreen's* arbeite, war ich immer in den Kosmetik-Abteilungen«, erzählte Joy Heysek Patricia, »abgesehen vom ersten Jahr. Als ich in der Firma anfing, habe ich halbtags als Kassiererin gearbeitet. Meine Kinder waren noch klein, und deshalb konnte ich nur bis halb drei nachmittags arbeiten; dann mußte ich sie von der Schule abholen.«

»Wie viele Kinder haben Sie denn?« fragte Patricia und hätte sich am liebsten gleich auf die Zunge gebissen. Hatte Frank nicht vor jeder Form persönlichen Umgangs gewarnt?

»Zwei«, sagte Joy. »Einen Jungen und ein Mädchen.«

»Und wie alt sind sie?« Sie mußte diese Frage einfach stellen, weil sie herausfinden wollte, wie alt Joy etwa sein mochte.

»Neun und dreizehn«, sagte Joy.

Wenn das ältere Kind dreizehn war, überlegte Patricia, und Joy mit achtzehn geheiratet hatte, und das war der früheste Zeitpunkt, den man vernünftigerweise annehmen durfte, und wenn man weiter annahm, daß sie dann das erste Baby mit neunzehn Jahren bekommen hatte, dann mußte sie jetzt zweiunddreißig sein. *Mindestens.* Wahrscheinlicher war wohl, daß sie um einiges älter war – vielleicht vierunddreißig oder so. Doppelt so alt wie ich, dachte Patricia – und das keineswegs voller Genugtuung, denn wenn es etwas gab, das Patricia gern gewesen wäre, dann älter.

Zu Beginn ihrer Zusammenarbeit mit Joy Heysek passierte es Patricia öfter, daß sie die ältere Kollegin verstohlen musterte. Zunächst einmal wollte sie wissen, was es an ihr Besonderes gab, das auf Frank DeLuca anziehend gewirkt haben könnte. Soweit es ihr Gesicht anging, war Joy sicherlich sehr attraktiv; sie hatte große Augen, die sie auch noch besonders betonte, um so verschiedene Unzulänglichkeiten in ihren Zügen nicht allzu auffallend werden zu lassen. In keinem Fall aber konnte sie sich mit Patricias ungewöhnlicher Schönheit messen.

Was die Figur anbetraf, brauchte sie erst recht keinen Vergleich zu scheuen. Joy hatte, wie Patricia es sah, einen sehr schönen Körper, aber ihre Brüste fand sie zu groß und zu schwer – obwohl Patricia sich eingestand, daß hier viele Männer vielleicht anderer Ansicht waren. Aber Patricia war jetzt mit ihren siebzehn Jahren groß und schlank. Ihre Figur, fand sie, war bei weitem die bessere.

Aber Joy Heysek hatte etwas an sich, ein Fluidum von Selbstbewußtsein, das klar und deutlich ausdrückte, daß sie trotz Patricias körperlichen Vorzügen die reife Frau und Patricia das Mädchen war. Das entging Patricia keineswegs, und es wurmte sie. Sie spürte, daß sie für Joy weiter nichts als ein halbes Kind war, ein Lehrling, niemand von Bedeutung. Patricia wünschte sich nichts sehnlicher, als Joy erzählen zu können, sie und Frank seien ein Paar. Daß sie Franks Geliebte war und daß sie und Frank eines Tages heiraten, in ein eigenes Haus ziehen und Kinder haben würden, mit denen sie dann glücklich und zufrieden für alle Zukunft leben würden. Und daß sie, Patricia, nie und nimmer auch nur im Traum daran dächte, Frank je untreu zu werden, so wie sie ihrem Ehemann untreu gewesen war.

Aber das war undenkbar. Ihre Affäre mit Frank mußte geheim bleiben.

Patricia und Joy richteten gerade einen neuen Schaukasten für Augen-Make-up ein, als dieselbe dunkelhaarige Frau den Laden betrat, die Patricia schon einmal vor ein paar Monaten hier gesehen hatte, wie sie sich mit Küßchen von Frank verabschiedet hatte. Joy blickte ihr nach, als sie in Richtung der Pharma-Abteilung ging, und murmelte: »Na, da macht ja auch unsere Einsiedlerin Mrs. DeLuca endlich ihre Aufwartung.«

Patricia blieb stocksteif stehen. »Ich dachte, das sei seine Schwester«, sagte sie und gab sich alle erdenkliche Mühe, ihre Stimme möglichst unbeteiligt klingen zu lassen.

Joy wandte sich ihr mit einem halb wissenden, halb neugierigen Blick zu. »Oh? Wie kommst du denn darauf?«

»Ich habe so was gehört, als sie das letztemal hier war.«

»Also, wer das auch immer gesagt hat, er hat sich jedenfalls geirrt«, behauptete Joy mit Nachdruck. »Das, meine Liebe, ist Mrs. Marilyn DeLuca, seit vielen Jahren die Ehefrau unseres verehrten Herrn Filialleiters. Und ich sollte noch hinzufügen – die Mutter seiner fünf Kinder.«

Ein plötzlich und überraschend eingetretener Todesfall hätte Patricia nicht tiefer treffen können. Ja, er wäre vielleicht eher zu ertragen gewesen. Sie hatte Angst, auch nur noch ein einziges weiteres Wort zu sagen oder Joy einen Blick in ihr Gesicht zu ermöglichen, denn dann hätte sie den erlittenen Schock nicht verbergen können. Sie wandte sich von dem Schaukasten ab, brachte irgendwie die Worte ›ich bin gleich zurück‹ über die Lippen und ging spornstreichs zur Damentoilette.

In ihrem Kopf herrschte ein einziges Chaos. *Mrs. Marilyn DeLuca? Fünf Kinder?* War das möglich? Oder versuchte Joy, ihr eins auszuwischen? War es nicht vorstellbar, daß Joy irgendwie alles über sie und Frank herausgefunden hatte und jetzt versuchte, alles kaputtzumachen? Wollte Joy sie beide etwa auseinanderbringen, indem sie Patricia derart wütend machte, daß sie nicht einmal Frank zuhören würde, wenn er versuchte, ihr zu erklären, daß das eine Lüge war? Diese Hexe –

Im Waschraum beruhigte Patricia sich langsam wieder und bemühte sich, klar zu denken, um die Wahrheit herauszufinden. Zunächst einmal, sagte sie sich selbst, wäre es dumm von

Joy, irgend etwas zu erzählen, das nicht stimmte. Wäre es nämlich gelogen, mußte sie doch davon ausgehen, daß es Frank hintertragen und daß dieser vor Wut schäumen würde. Also könnte Joy damit gar nichts gewinnen. Es ergab keinen Sinn. Das einzige, das einen Sinn ergäbe, wäre –

Mrs. Marilyn DeLuca.

Und fünf Kinder.

Himmel, dachte Patricia, Himmel, nein – das kann nicht wahr sein – das kann einfach nicht wahr sein.

Sie feuchtete ein Papierhandtuch an und betupfte sich damit Wangen und Nacken. Ein Blick in den Spiegel zeigte ihr, daß sie weiß wie ein Laken geworden war; sogar ihre Lippen hatten unter dem künstlichen Glanz fast alle Farbe verloren. Sie verließ die Damentoilette wieder und ging in den Pausenraum. Dort hielten sich um diese Zeit nur ein paar Lagerarbeiter auf. Patricia nahm sich ein Glas eiskaltes Wasser, trank es zur Hälfte aus und kühlte mit dem Rest ihre Handgelenke.

Als sie das Gefühl hatte, sich wieder einigermaßen unter Kontrolle zu haben, kehrte Patricia in die Kosmetik-Abteilung zurück. Joy war noch immer mit dem Schaukasten beschäftigt.

»Fehlt dir was, Patty?« fragte Joy neugierig.

»Nein danke. Es geht schon. Ich glaube, ich habe mal wieder so eine kleine Darmgrippe. Jedenfalls mußte ich ganz plötzlich mal raus, du verstehst?«

»Dann geh doch in die Pharma-Abteilung und sprich mal mit Frank, sobald seine Frau wieder weg ist«, schlug Joy vor. »Vielleicht kann er dir was dagegen geben.«

»Ich glaube, das werde ich auch tun.«

Als Patricia Joy dann wieder bei der Gestaltung des Schaukastens half, stellte sie sich so, daß sie Frank und die dunkelhaarige Frau durch die Trennscheibe zur Pharma-Abteilung sehen konnte. Die beiden schienen sich normal zu unterhalten; ihre Gesichter wirkten ernst, aber wie Streit oder Konfrontation wirkte es jedenfalls nicht. Ganz bestimmt nicht wie das, was Patricia mit ihm vorhatte.

Kurz danach bekam die dunkelhaarige Frau ihr Küßchen auf die Wange und ging durch den Laden zum Ausgang. Als Patricia ihr mit den Augen folgte, merkte sie, daß auch Joy sie beobachtete. Patricia entschloß sich zu versuchen, noch ein paar Informationen von Joy zu bekommen, ohne diese mißtrauisch zu machen.

»Sie sieht aber gar nicht so alt aus, als könnte sie schon fünf Kinder haben«, sagte Patricia ganz obenhin, während sie beide zusahen, wie die Frau das Geschäft verließ. »Und er eigentlich auch nicht. Ich habe mal jemanden hier sagen hören, er sei achtundzwanzig oder neunundzwanzig.«

Joy schüttelte energisch den Kopf. »Fünfunddreißig«, sagte sie.

»Wirklich?« Patricia hob die Brauen. »Bist du sicher?«

»Absolut. Ich weiß sogar, wann er Geburtstag hat: am 28. Juni. Er ist jetzt fünfunddreißig.« Joy legte den Kopf ein ganz klein wenig schief. »Du scheinst überrascht zu sein.«

»Das bin ich allerdings«, gestand Patricia. »Ich glaube, ich kann das Alter anderer Leute wohl nicht besonders gut einschätzen.« Sie legte eine Hand auf ihren Magen. »Du, ich glaube, ich sollte ihn wirklich nach ein paar Tabletten fragen. Bin gleich zurück.«

Als Patricia in die Pharma-Abteilung kam, war gerade ein anderer Angestellter bei Frank. Daher tat sie weiter so, als habe sie Probleme mit dem Magen. »Aber natürlich«, sagte DeLuca, als Patricia ihn nach einem entsprechenden Mittel fragte. »Komm mit mir nach hinten. Ich suche dir was heraus.«

Er führte sie in den Lagerraum der Pharma-Abteilung, wo sie sofort in betont ruhigem Tonfall sagte: »Ich brauche keine Medikamente; ich habe kein Bauchweh.«

»Was ist denn los?« fragte DeLuca.

»Ich wollte dich nur fragen, wie das mit deiner Schwester ist«, sagte Patricia. »Das war doch deine Schwester, oder?«

Auf DeLucas Gesicht erschien sofort ein wissender Ausdruck. Den Bruchteil einer Sekunde verengten sich seine dunklen, stechenden Augen. »Was hat Joy dir erzählt?« fragte er.

»Was meinst du denn, was sie mir erzählt haben könnte?« fragte Patricia angriffslustig zurück.

»Habe ich dir nicht gesagt, du solltest keinerlei persönlichen Umgang mit ihr pflegen?«

»Das hast du allerdings, und jetzt weiß ich auch, warum.«

Patricias Augen, nicht weniger dunkel als seine und in diesem Augenblick auch nicht weniger stechend, hielten den seinen ohne jedes Blinzeln oder Zwinkern stand. »Ist sie deine Frau? Bist du verheiratet, Frank?«

DeLuca seufzte. »Ja.«

»Und du hast *fünf* Kinder?« Bitte, lieber Gott, wenigstens das durfte nicht wahr sein.

Aber es war die Wahrheit. »Ja.«

Sie wollte weinen, sie wollte schreien, sie wollte nach ihm schlagen, ihn treten und kratzen. Aber ganz plötzlich und unerwartet war sie angesichts seines Eingeständnisses so schwach, daß ihr für das alles einfach die Kraft fehlte – und sie wußte, daß sie es ohnehin nicht getan hätte. Frank DeLuca war nicht der Mann, den man so einfach ohrfeigte; sie fürchtete, er würde ihr seinerseits die Faust ins Gesicht schlagen, wenn sie es auch nur versuchte.

»Ich kann dir alles erklären, Patrish«, sagte er.

Alles erklären? Meinte er das etwa ernst? Fünf Kinder erklären – fünf, um Gottes willen! Die sieben Jahre erklären, die er ihr an seinem Alter unterschlagen hatte?

»Laß uns heute abend ausgehen«, sagte er. »Wir gehen irgendwohin, wo wir allein sind und ungestört reden können. Ich kann dir das alles erklären.«

»Werden wir beide dann ganz allein sein, Frank?« fragte sie mit leicht süffisantem Unterton. »Oder brauchen wir wieder einen Dritten, um klarzumachen, daß wir alle erwachsen sind?«

DeLuca ging auf ihre Ironie nicht weiter ein. »Ich warte dann nach Dienstschluß auf dich«, sagte er.

Als sie an diesem Abend in das bekannte Zimmer im Motel gingen, schäumte Patricia vor Wut. Es hatte schon im Wagen auf der Fahrt dahin angefangen.

»Du mußt ja eine verdammt schlechte Meinung von mir haben«, beschuldigte sie ihn. »Wahrscheinlich hältst du mich für eine ausgesprochen doofe, stupide Fotze.«

»So denke ich auch nicht im entferntesten, Patrish«, verteidigte er sich. »So könnte ich nie von dir denken. Ich liebe dich . . .«

»Scheiße. Du liebst es, mich zu vögeln, das ist alles, was du liebst. Und zuzugucken, wenn mich andere Kerle bumsen. Das ist alles, was du liebst, Frank.«

»Das ist nicht wahr, Patrish. Jetzt beruhige dich doch erst mal, bis wir im Zimmer sind. Dann nehmen wir einen Drink und entspannen uns. Danach diskutieren wir das Ganze wie zwei erwachsene Leute. Das ist doch nicht der Weltuntergang, Patrish.«

»Für mich ist es der Weltuntergang, der Untergang meiner Welt.« Sie begann zu weinen. »Ich hatte gedacht, wir würden eines Tages heiraten, Frank . . .«

»Ich habe dir nie gesagt, daß wir heiraten würden«, widersprach er.

»Das brauchtest du mir auch gar nicht mit Worten zu sagen!« schnappte sie. »Ich dachte, unsere Beziehung würde zwangsläufig darauf hinauslaufen. Du hast mich alles mögliche gelehrt, mir geholfen, eine Frau zu werden, hast mir gezeigt, wie das Leben in der Welt der Erwachsenen ist. Warum, zum Teufel, hast du das denn alles getan, wenn du mich nicht heiraten wolltest, Frank?«

»Patrish, ich liebe dich . . .«

»Und warum, verdammt noch mal, willst du mich dann nicht heiraten? Läuft es denn in der Welt der Erwachsenen nicht immer genau so ab? Zwei Menschen begegnen sich, sie verlieben sich ineinander, heiraten und bekommen Kinder. So funktioniert das doch, oder? Das solltest gerade du am besten wissen, schließlich hast du genau das getan!«

Als sie endlich in dem Zimmer im Motel waren, gab ihr Frank die Hälfte einer blauen Tablette und bat sie, sie zu schlucken.

»Was ist das?« wollte sie wissen.

»Fünf Milligramm Valium. Es wird dir helfen, dich wieder zu beruhigen.«

»Bestimmt. Oder auch nicht. Vielleicht haut sie mich nur einfach um, und dann kannst du ein ganzes Football-Team hereinholen, damit die Jungs mich reihum vögeln, während du deine Fotos schießt.«

»Ich mag nicht, wenn du so redest, Patrish«, sagte er scheinheilig.

»Ist ja schon gut, entschuldige. Ich wollte dich nicht beleidigen. Schließlich bist du ja ein Familienvater.« Sie nahm das Valium und spülte es mit einem kräftigen Schluck aus dem Whisky-Glas hinunter.

Dann streifte sie die Schuhe ab, schob sich zwei Kissen zurecht und setzte sich auf das Bett, wobei sie die Knie bis unters Kinn zog. DeLuca rückte einen Stuhl heran und setzte sich ihr gegenüber, so daß er ihr ins Gesicht sehen konnte. In der Hand hielt er ein halb gefülltes Whisky-Glas.

»Sieh mal«, fing er an, »ich weiß, daß ich nicht ganz ehrlich zu dir war . . .«

»Mann, was für eine Untertreibung!«

»Ich habe nicht vor, mich mit dir auszusprechen, wenn du nicht zuhörst«, drohte er. Seine Augen versenkten sich in ihre. »Wenn du willst, daß wir jetzt und hier Schluß machen, brauchst du es nur zu sagen.«

Das war der Fehdehandschuh. Seine Art, ihr zu sagen, daß er nicht vorhatte, für seinen Betrug in der Weise zu zahlen, daß er sich ihre Bosheiten anhörte. Entweder sie hörte zu und akzeptierte seine Erklärungen – oder sie machten Schluß.

»Hörst du mir also zu?« fragte er.

»Mach schon.« Sie sagte es widerwillig, aber sie sagte es. Und das wiederum sagte DeLuca, daß sie darüber nicht auseinandergehen würden.

Seine Rechtfertigung für seine ganze Doppelzüngigkeit ihr gegenüber war eine einzige Litanei von Allgemeinplätzen, Platitüden und Banalitäten, wie sie nur ein Betrüger ersonnen haben konnte. Er habe mit seiner Frau zu viele Kinder gehabt – zu viele und zu schnell hintereinander. Ihr Zusammenleben sei auf das Nötigste zusammengeschrumpft; es habe nichts Aufregendes mehr gegeben, keinen gemeinsam erlebten Spaß mehr. So etwas wie ein Sexualleben mit seiner Frau habe es schon seit Jahren nicht mehr gegeben – und er habe keinen – um es zu wiederholen *keinerlei* – Sex mehr mit seiner Frau oder mit sonst irgend jemandem gehabt, seit er Patricia zum erstenmal gesehen habe. Er habe sich praktisch vom ersten Augenblick an, als er Patricia zum allerersten Mal drüben bei *Corky's* gesehen habe, unsterblich in sie verliebt. Aber sie sei ja so jung gewesen und er sei sicher gewesen, daß sie gar nichts mit ihm hätte zu tun haben wollen, wenn sie von seiner Familie gewußt hätte. Er habe es gehaßt, wirklich *gehaßt*, sie zu belügen, sie zu betrügen, aber er habe keinen anderen Ausweg gewußt; nachdem er sich endgültig in sie verliebt habe, habe es für ihn kein Halten mehr gegeben, er habe sie haben wollen, koste es was es wolle. Jedesmal habe es ihn tief geschmerzt, wenn er sie habe verlassen und nach Hause gehen müssen; er *habe* sie heiraten wollen, er habe immer und allezeit mit ihr zusammen sein wollen, aber da habe es Hindernisse gegeben; es hätte bei der Geschäftsleitung von *Walgreen's* keinen sehr guten Eindruck gemacht, wenn er seine Familie verlassen und die Scheidung eingereicht hätte, das hätte seine Karriere nachteilig beeinflussen können. Außerdem habe *Walgreen's* seine College-Ausbildung finanziell unterstützt, nachdem er den Unfall gehabt und darüber seine Lizenz als Football-Trainer verloren hatte; sie hätten eine Menge in ihn investiert und er umgekehrt in diese Firma, und das hätte er nicht alles verlieren wollen. Und er sei ein Mann von Ehre, er müsse für seine Kinder sorgen und es habe einfach nicht genug Geld gegeben, um zwei Haushalte gleichzeitig zu finanzieren, wie er das gemußt hätte, wenn er seine Frau verlassen hätte. Es gebe so vieles, so *schrecklich* vieles, das in einer Situation wie dieser habe bedacht werden müssen. Er würde sich ja selbst nicht mehr als Mann ansehen, wenn er nur noch an ihrer beider Liebe gedacht hätte, wie er das doch so unendlich gern getan hätte – und so weiter, und so fort.

In Ordnung, in Ordnung! schrie es in Patricia. Genug! Ich vergebe dir ja, um Gottes willen! Nur – bitte – hör – endlich auf!

Natürlich wußte sie, daß sie nichts tun konnte, um ihn zum Schweigen zu bringen; er würde immer so weitermachen. Wenn er erst einmal mit etwas angefangen hatte, hörte er nie auf, bis er sein Gegenüber hoffnungslos an die Wand geredet hatte. Patricia schloß die Augen und versuchte, den Klang seiner Stimme mit den eigenen Gedanken zu übertönen. Machte es denn wirklich etwas aus, so fragte sie sich selbst, daß er verheiratet war und das Haus voller Bälger hatte? Machte es irgendeinen Unterschied, daß er sie konstant belogen hatte seit dem Augenblick, wo sie zum erstenmal miteinander gesprochen hatten? War es denn überhaupt von Bedeutung, daß es ihm gefiel, sie mit anderen Männern zu teilen, diese Akte auch noch zu fotografieren, so daß er sie sich wieder und immer wieder ansehen konnte? Waren diese Dinge wirklich von Bedeutung, wenn sie nicht dazu führen konnten, die Glut zu lindern, die sie für diesen Mann empfand?

Sie liebte Frank DeLuca. Es war *ihr* Frank – egal, wer sonst noch eine Rolle in seinem Leben spielte. Naturgemäß haßte sie den Umstand, daß er eine Ehefrau hatte, verabscheute die Tatsache, daß er Kinder hatte, fand es abscheulich, daß Joy Heysek mit so knappen Worten ihren Schulmädchen-Traum vom Rosengarten mit dem weißen Zaun drumherum zerstört hatte. Sie haßte das alles – und sie litt; aber das alles änderte gar nichts daran, daß sie ihn liebte.

»Ich weiß nicht, was ich dir sonst noch sagen könnte«, sagte DeLuca endlich. »Ich liebe dich, Patrish. Ich will dich nicht verlieren. In diesem Moment kann ich dir bezüglich der Zukunft keinerlei Versprechungen machen; alles, was ich sagen kann, ist, daß ich über einen Weg nachdenken werde, wie wir beide doch zusammen leben können. Wenn du mir vertrauen willst, dann laß mir ein wenig Zeit, ein paar Dinge zu klären. Ich verspreche dir, ich werde dich nicht mehr anlügen. Ich werde von nun an in allen Dingen absolut ehrlich mit dir sein.«

Als Patricia die Augen öffnete, lehnte DeLuca sich vor, die Finger ineinander verschränkt, die Ellenbogen auf den Knien, und seine Augen, sein ganzer Gesichtsausdruck erinnerten an einen geprügelten kleinen Hund. Und wenn er auch kein einziges Wort gesagt, nur diesen Ausdruck zur Schau getragen hätte, sie hätte ihm vermutlich nicht weniger schnell vergeben.

Patricia berührte seine gefalteten Hände und sagte: »Frank, ich könnte gar nicht aufhören, dich zu lieben, egal was passiert. Ich muß dir einfach vergeben, weil ich sonst gar nichts tun kann. Aber das soll nicht heißen daß du mir nicht weh getan hättest, denn das hast du getan . . .«

»Ich weiß, ich weiß, daß ich dir weh getan habe.« Er faßte

nach ihrer Hand und drückte sie wie im Fieber. »Ich mach' es wieder gut, das verspreche ich dir. Du wirst schon sehen. Es soll dir nie leid tun, mir vergeben zu haben. Ich liebe dich, Patrish, ich liebe dich, ich liebe dich . . .«

Plötzlich lagen sie einander in den Armen, drückten und küßten sich und fingen an, sich gegenseitig auszuziehen. Mehr als zwei Stunden liebten sie sich dann in dieser Nacht ohne Unterbrechung, um dann völlig ausgelaugt und befriedigt nebeneinander auf das Bett zu sinken. Aber Patricia hatte sich das Beste für zuletzt aufgehoben. Nach all der Qual, die ihr an diesem Tag zugefügt worden war, war sie entschlossen, Frank doch zumindest ein klein wenig davon heimzuzahlen.

»Liebster«, sagte sie, »du weißt, daß du mich hinsichtlich deines Alters belogen hast. Na schön, ich habe dich hinsichtlich meines eigenen ebenfalls belogen. Ich bin erst siebzehn, Frank.«

»*Was?*« Er hob sich auf die Ellenbogen und sah sie an, als sei er vom Blitz getroffen worden.

»Das stimmt.« Sie lächelte. »Ich bin noch minderjährig, Frank. Als wir uns kennenlernten, war ich fünfzehn, und als wir zum erstenmal Sex hatten, sechzehn. Du könntest für das, was wir beide getan haben, ins Gefängnis kommen. Und nicht nur das«, setzte sie noch hinzu und kniff ihn sanft in die Wange, »wenn mein Vater je dahinterkommen sollte, bringt er dich um. Aber du hast Glück, daß ich dich liebe – deshalb werde ich ihm das nie erzählen.«

DeLuca ließ sich wieder auf den Rücken fallen und starrte zur Decke. Eine lange Zeit war er still.

Juni 1976

Ray Roses Kopf fühlte sich an, als hämmerten lauter kleine Wichtelmänner von beiden Seiten her einen Tunnel direkt durch sein Gehirn. Alle Beweise gegen Patricia Columbo für das Büro des Staatsanwalts in einen logischen Zusammenhang zu bringen, war keine Kleinigkeit. Vergeblich suchte er auf seinem Schreibtisch nach einem Aspirin. Er ging zum Erste-Hilfe-Schränkchen, aber dort fand er zwar alles, um eine Schußwunde fachgerecht zu verbinden, aber nichts gegen Kopfschmerzen. Was soll's, sagte er sich schließlich, er brauchte einfach nur mal ein bißchen frische Luft. Also nahm er seinen Mantel vom Haken und verließ das Büro.

Walgreen's lag nur einen Block entfernt – jene Filiale von *Walgreen's,* wo der Columbo-Alptraum an dem Tag, an dem Patty Columbo und Frank DeLuca sich kennenlernten, seinen Anfang genommen hatte. Ein Zusammentreffen, vom blinden Schicksal gefügt und dann vom Teufel selbst für seine Zwecke mißbraucht. Was Rose weiterhin erstaunte, war die schier unübersehbare Anzahl von Menschen, die das Verhängnis hatten kommen sehen; Menschen, die – hätten sie auch nur einen Augenblick lang nachgedacht – die Morde hätten verhindern können. All die Menschen, die, kaum daß sie von dem Verbrechen hörten, sofort gedacht hatten: *Das war Patty.*

In dem großen Drugstore kaufte Rose sich ein Röhrchen Aspirin und ging hinüber zu *Corky's,* um etwas zum Runterspülen zu bekommen. Das junge Mädchen, das ihn bediente, war hübsch, lächelte und wirkte frisch und sauber, vielleicht genauso, wie Patty vor vier Jahren ausgesehen haben mochte. *Bitte, junge Dame,* dachte er, *geh nach der Arbeit nach Hause zu deiner Familie.* Doch dann fragte er sich, ob das wirklich gut für Patty gewesen wäre. Er schob sich zwei Aspirin in den Mund und spülte sie mit einem Schluck Kaffee hinunter.

Während Rose noch dort saß, betrat eine Blondine mit einem Namensschildchen von *Walgreen's* an der Bluse das Lokal. Rose starrte sie an; ihn interessierte nicht ihre exquisite Figur, wie das wohl bei den meisten Männern der Fall gewesen wäre, sondern ihr Gesicht – denn Rose sah sie nicht nur als Mann, sondern als *Polizist.* Seine Lippen öffneten sich in maßlosem Erstaunen. Sollte das wirklich möglich sein?

Unter den Beweisstücken im Fall Columbo, die Rose bisher zusammengetragen hatte, befand sich neben einer Sammlung höchst eindeutiger Sexfotos von Patricia auch ein Amateurvideo, das Frank DeLuca zeigte, wie er gerade Sex mit einer phantastisch gebauten Blondine hatte. Rose hatte sich den Film angesehen, aber ein Großteil seiner Leute nicht. Und die Mitglieder seines Teams hatten, genau wie Rose auch, sämtliche Angestellten von *Walgreen's* befragt – aber diese bestimmte Angestellte hatte Rose nicht selbst gesprochen, und ganz offensichtlich hatte der, der sie befragt hattc, dieses Video nicht gesehen.

Denn die Blondine am Ausgabeschalter war die Blonde aus dem Video.

Rose ließ Kaffee Kaffee sein und ging zu ihr hinüber. Auf dem Namensschildchen stand JOY HEYSEK. In Roses Kopf fügten sich diverse Splitter aus einzelnen Informationen zu einem Ganzen.

Er hielt ihr seinen Dienstausweis entgegen und sagte: »Entschuldigen Sie, Miss Heysek, ich möchte Sie bitten, mich zum Police Headquaters zu einer Vernehmung zu begleiten.«

»Und warum?« fragte Joy Heysek.

»Ich habe da ein Amateurvideo von und mit Frank DeLuca, über das ich mich gern ein wenig näher mit Ihnen unterhalten möchte.«

Joy Heysek wurde weiß wie ein Laken.

Im Vernehmungszimmer des Headquarters brach Joy Heysek dann völlig zusammen. Sie gestand, seit drei Jahren sexuelle Beziehungen zu Frank DeLuca unterhalten zu haben, seit sie zusammen in anderen Niederlassungen der Drugstore-Kette *Walgreen's* gearbeitet hatten. Ihre Beziehung hatte überwiegend auf bizarren sexuellen Praktiken beruht, wobei auch andere Männer, andere Frauen und ein Hund eine Rolle gespielt hatten. Sie hatten vornehmlich praktiziert, was Frank DeLuca hatte haben wollen – und Joy Heysek hatte sich, wie nach ihr Patricia Columbo, nicht etwa deshalb darauf eingelassen, weil ihr das besonderen Spaß gemacht hätte, sondern weil sie Frank DeLuca geliebt hatte und einfach seine Wünsche hatte erfüllen wollen. Sie war verheiratet, hatte zwei Kinder, ein hübsches Zuhause in den Vororten und führte nach außen hin ein geordnetes Leben; sie konnte nicht erklären, wo sie ihren Verstand gelassen hatte – außer, daß es geschehen war, weil Frank DeLuca es so *wollte*.

»Ich habe es einfach nur so getan, einfach so«, sagte sie wieder und wieder. »Frank wollte, daß ich es mache, und da habe ich es eben getan.«

Ray Rose war an ihrem Sexualleben nur insoweit interessiert, als es zum Katalysator für die Erforschung ganz anderer Wahrheiten dienen konnte. »Erzählen Sie mir, was Sie über die Morde an den Columbos wissen«, sagte er ruhig. Es war kein barscher Befehl – aber es war ein Befehl.

»Er hat versucht, mich da mit hineinzuziehen«, sagte Joy Heysek. »Er wollte, daß ich ihm sein Alibi beschaffe.«

»Wie?«

»Er wollte, daß ich mir einen Film mit dem Titel *Einer flog über das Kuckucksnest* ansehe und ihm am nächsten Tag den Inhalt erzähle, damit er notfalls behaupten könne, er habe ihn sich mit mir angesehen.«

»Wann?« Kurze, präzise Fragen, gestellt nur zu dem einzigen Zweck, den Informationsfluß nicht abreißen zu lassen.

»An diesem – diesem Dienstagabend«, sagte Joy Heysek, »der Abend, an dem sie...« Sie brachte die Worte einfach nicht über die Lippen.

»Was sonst noch?« fragte Rose. Nun laß dir doch die Würmer nicht einzeln aus der Nase ziehen!

»Am – am nächsten Morgen – im Aufenthaltsraum für das Personal – da – hat er – gesagt – ›ich habe sie letzte Nacht alle aus dem Verkehr gezogen‹. Er sagte – er hätte – Pattys Vater ersch... schossen – in den Rücken und in den Kopf – und daß die Kugel ihm – aus dem Mund wieder rausgekommen sei – und daß – daß jetzt mit seinen – seinen Zähnen dasselbe sei wie damals mit seinen eigenen – nach dem, was da auf dem Parkplatz passiert war.«

»Sonst noch was?«

»Er – er war – in echter Hochstimmung. Er hatte Kratzer und Schnittwunden – an beiden Händen. Er sagte – er hätte den – alten Mann – mit den Händen – Händen... allemachen müssen.«

»Und was war mit Mrs. Columbo?«

»Er – sagte, sie sei um die Ecke aus – dem Flur – gekommen – und da hätte er sie – genau zwischen die – die Augen geschossen.«

»Und Michael?«

»Er sagte, dann hätte er Michael erschossen.«

Okay, dachte Ray Rose. Das hier war kein Hörensagen mehr; dies war ein unmittelbarer Beweis, der vor Gericht verwendet werden konnte.

Jetzt hatte er auch Frank DeLuca.

Oktober 1973 bis April 1974

Ohne zusätzliche Lügen und ohne weitere Betrügereien, die ihre Beziehung hätten belasten können – jedenfalls ohne solche, die Patricia bewußt gewesen wären –, empfand sie doch eine gewisse Erleichterung von dem Druck, der so schwer auf ihr gelastet hatte. Das Alter war kein Problem mehr: Frank war fünfunddreißig, sie siebzehn – und damit basta. Im nächsten Juni würde sie ohnehin achtzehn werden und damit volljährig, und Frank eben sechsunddreißig, doppelt so alt wie sie. Fast genau doppelt so alt sogar, denn beide feierten sie ihren Geburtstag im selben Monat, im Juni, was schon für sich allein in gewisser Weise romantisch war. Aber der auffallend große Altersunterschied bedrückte Patricia jetzt, da sie ihn kannte, doch mehr, als sie Frank gegenüber zugeben mochte. Frank war ja fast genauso alt wie ihr Vater; nur drei oder vier Jahre trennten die beiden. Und er hatte eine Tochter im Alter wie Michael. Er war schon verheiratet gewesen und hatte Kinder gezeugt, als sie drüben in der Ohio Street noch die Grundschule besucht hatte.

Ihrer beider Leben in dieser Weise in Beziehung zueinander zu setzen – Franks Frau Marilyn gebar ihm bereits Kinder, als Patricia selbst noch ein Kind gewesen war –, löste höchst verwirrende Gedanken in ihr aus. Es war, als ginge in ihrem Kopf ein Neonlicht an und aus: ERWACHSENER MANN – KLEI-

NES MÄDCHEN. Natürlich war sie kein kleines Mädchen mehr, sie galt nur noch in den strengen Augen des Gesetzes als solches, und sie weigerte sich schlicht, das anzuerkennen. Wie die meisten Siebzehnjährigen hielt sie sich selbst für klüger als die meisten Erwachsenen – auf jeden Fall aber für klüger als Eltern und Lehrer. Sie ›verstanden‹ einfach nicht; außerdem waren sie zu ›altmodisch‹, und sie selbst beabsichtigte, ›ihr eigenes Leben‹ zu leben, unabhängig von ihren Ratschlägen, Bevormundungen oder Einschränkungen. Niemand konnte ›ihr Leben leben‹. Siebzehn Jahre – das ist bestenfalls ein schwieriges Alter. In Verbindung mit Patricias Erfahrungen war es eine Verschwendung von Emotionen.

Von einem Tag auf den anderen hörte Patricia aus reinem Selbsterhaltungstrieb auf, ihre Situation rational zu analysieren. Sie hörte auf, darüber nachzusinnen, wie alt Frank DeLuca war und was er und seine Frau getan haben mochten, als sie noch vor der ganzen Klasse in der *Talcott Elementary School* zugegeben hatte, gelogen zu haben, als sie behauptet hatte, sie habe ein kleines Schwesterchen bekommen. Aber, was zum Teufel, machte das schon für einen Unterschied? Das war damals – mein Gott, das lag doch schon ein ganzes Zeitalter zurück – und heute war heute. Sie und Frank liebten einander, waren miteinander verbunden, ihrer beider Leben miteinander verknotet wie die Enden eines Stricks. Und dieser Knoten konnte nicht mehr entwirrt werden, nur noch zerschnitten – und sie war nicht bereit, das geschehen zu lassen.

Weil sie noch minderjährig war und sicher auch wegen ihrer Bemerkung, Frank könne wegen ihrer sexuellen Eskapaden ins Gefängnis kommen, hielt DeLuca sich etwas zurück, bevor er Patricia in die völlige sexuelle Hörigkeit zu ihm brachte. Als er ihr erklärt hatte, wie er sich ihren Weg durch alle sexuellen Disziplinen vorstellte, damit er sicher sein könne, daß sie ihn auch wirklich und unwiderruflich liebe, hatte er ihr gesagt, der Dreier mit Andre sei erst der Anfang gewesen.

»Als nächstes«, meinte er damals, »werden wir etwas anderes ausprobieren. Mit einer anderen Frau.«

DeLuca hatte Patricias Abneigung sofort gespürt, sie aber schließlich doch davon überzeugt, daß es ihr gefallen werde.

Erst sehr viel später sollte sich erweisen, daß diese andere Frau, mit der er das ganze Projekt schon des längeren und breiteren erörtert hatte, Joy Heysek war. Doch für den Augenblick sagte er wieder einmal weiter nichts zu Patricia als ›vertrau mir‹. Und sie sagte sich, sie habe schließlich gar keine andere Wahl.

Nach Patricias Geständnis, daß sie noch minderjährig war, erwähnte DeLuca das Projekt nicht mehr und beschränkte seine Gier auf sie beide allein. Das war natürlich genau das, was Patricia wollte; im Grunde genommen wollte sie sogar *nur* das. Nach ein paar Wochen keimte in ihr sogar die Hoffnung, DeLuca könne die ganze Geschichte mit einer zweiten Frau längst vergessen haben und daß ihre Liebe ihnen endlich ganz allein gehörte.

Nicht lange nach der Entdeckung, daß Frank eine Frau und fünf Kinder hatte, traf Patricia der zweite Schock: der Krebs ihrer Mutter.

Und während dieser Zeit ereignete sich das Vater-Tochter-Trauma Nummer zwei, als Frank Columbo am Abend vor der Operation seiner Frau, offenbar verwirrt und vor Sorge wie von Sinnen die Kontrolle über sich verlor und seine Tochter mit einer Leidenschaft küßte, die eigentlich dem Liebhaber vorbehalten sein sollte.

Man mag es drehen und wenden, wie man will: Es war ein schlechtes Jahr für Patricia. Und sie war noch immer keine achtzehn. Sie hatte das Gefühl, bei dem Tempo, mit dem sich ihr Leben vollzog, würde sie zur alten Frau werden, noch bevor sie überhaupt richtig erwachsen geworden war.

So schnell die Schicksalsschläge aufeinander folgten, so schnell schienen sie auch wieder ihre Schrecken zu verlieren. Das Kapitel ›Marilyn und die fünf Kinder‹ wurde schnell geschlossen, obwohl Patricia die trüben Nachwirkungen dieser Entdeckung noch monatelang durch den Kopf gingen.

Die Situation um Marys Krebs wandelte sich unmittelbar nach dem Eingriff zum Besseren. Dr. Laseman kam noch im Operations-Kittel ins Wartezimmer, um Patricia und ihrem Vater die Nachricht selbst zu überbringen. »Gute Neuigkeiten«, sagte er, »keine Komplikationen, und der Krebs hatte sich noch nicht sehr weit ausgebreitet. Sobald die Operationsnarben verheilt sind, bekommt sie rein vorsorglich noch ein paar Bestrahlungen, um etwa noch angegriffene Zellen zu zerstören, die wir vielleicht übersehen haben. Alles in allem aber sieht es einfach glänzend aus. Im Augenblick ist sie auf der Intensivstation.«

Als der Arzt gegangen war, ließ Frank Columbo sich in den nächstgelegenen Sessel sinken und seufzte voller Erleichterung tief auf. Patricia ging zum Fenster und starrte auf den *John F. Kennedy Boulevard* hinunter. Um ihre Augen lagen dunkle Ringe, auf ihrem Gesicht ein Ausdruck tiefster Müdigkeit, dann wurde doch die Andeutung eines Lächelns sichtbar.

Michael, dachte sie. Wie glücklich würde er sein, wenn er erfuhr, daß es seiner Mom gut ging.

Ihr Vater trat plötzlich neben sie.

»Sie wird wieder gesund, Patty«, sagte Frank Columbo.

Patricia nickte wortlos.

»Wir haben Glück«, sagte Frank, »das Glück meint es sehr, sehr gut mit uns.«

Wieder nickte Patricia, aber diesmal antwortete sie. »Ja, wir haben Glück.«

Frank legte seiner Tochter einen Arm um die Schultern. »Jetzt wird alles wieder gut«, sagte er, und in seiner Stimme kehrte einiges von der alten Zuversicht zurück. Es war, als habe es die vergangene Nacht, als er seine Tochter so heiß geküßt hatte, nie gegeben.

Aber für Patricia *hatte* es sie gegeben.

Sie entwand sich seinem Arm.

»Ich muß zur Arbeit«, sagte sie leichthin.

Sie verließ das Wartezimmer, ohne sich noch einmal umzudrehen.

Zu dieser Zeit entschloß Patricia sich, von zu Hause auszuziehen. In weniger als vier Monaten würde sie achtzehn Jahre alt sein, vor dem Gesetz alt genug, von zu Hause wegzugehen und ein eigenes Leben zu leben. Alles, was sie dazu noch brauchte, war genug Geld.

»Ich gehe von der Schule ab«, erzählte sie DeLuca, als sie später in den Drugstore kam. »Ich möchte gern von jetzt an ganztags in der Kosmetik-Abteilung arbeiten.«

»Und warum?« fragte er und legte ein Rezept beiseite, das er gerade ausfüllte. »Wieso auf einmal die Eile? Ich denke, du wolltest noch bis zum Ende dieses Sommers warten, bevor du anfängst, ganztags zu arbeiten.«

»Ich habe es mir anders überlegt. Ich will ab sofort ganztags arbeiten«, beharrte sie. Ohne sich überhaupt bewußt zu sein, was sie tat, konfrontierte sie ihn jetzt zum erstenmal ernsthaft mit einer Forderung. »Wenn du mich hier nicht als Vollzeit-Angestellte nehmen kannst, suche ich mir eben woanders was.«

DeLuca musterte sie sehr eingehend, so durchdringend, daß sie das Bedürfnis verspürte, sich von ihm abzuwenden, um seinen Augen auszuweichen. Abrupt drehte sie sich um, ging zum Getränkeautomaten und holte sich einen Becher kaltes Wasser. Sie trank ihn mit ihm zugewandtem Rücken aus.

»In Ordnung«, sagte DeLuca ruhig, »du kannst hier ganztags arbeiten. Ich kläre das mit Joy.«

Wieder Joy! Patricia war es leid, daß Joy Heysek Teil von allem und jedem geworden war, was er tat oder sagte. Es war fast, als benötige er Joys Einverständnis für alles und jedes, das er Patricia tun ließ. War er nun der gottverdammte Manager dieser Filiale oder Joy?

»Warum, verdammt noch mal, muß eigentlich alles mit Joy abgeklärt werden?« fragte sie wütend.

»Weil sie die Abteilungsleiterin der Kosmetikabteilung ist«, erwiderte DeLuca gelassen. »Ich führe hier ein Geschäft, Patrish; ich muß mich an bestimmte Regeln halten.« Seine Augen waren hart. »Wenn du vorhast, dich wie ein kleines Kind aufzuführen, solltest du besser weiter zur Schule gehen.«

Patricia ging tödlich beleidigt davon. Wie konnte er es wagen, so mit ihr zu reden? Was dachte dieser Hundesohn überhaupt, wer er war?

Als sie den Laden verließ, wußte sie, daß ihr Gesicht purpurrot war.

Zu Hause war das Klima nicht besser. Ihre Mutter war aus

Frank und Mary Columbo
(Foto Chicago Tribune)

Michael Columbo.
Dieses Foto für das
Schuljahrbuch von
Elk Grove Village wurde
einen Monat vor seiner
Ermordung aufgenommen

Deputy Chief William Kohnke von der Polizei in Chicago wird nach der Untersuchung des Tatorts in Elk Grove Village von der Presse interviewt (Daily Herald)

Patricia Columbo und Frank DeLuca auf dem Weg zur Totenwache von Patricias Eltern und ihrem Bruder

Dieses Phantombild zeichnete Ronald Coakley für die Polizei nach Beschreibungen eines Nachbarn, der in der Mordnacht eine verdächtige Gestalt im Auto vor dem Haus der Columbos gesehen hatte

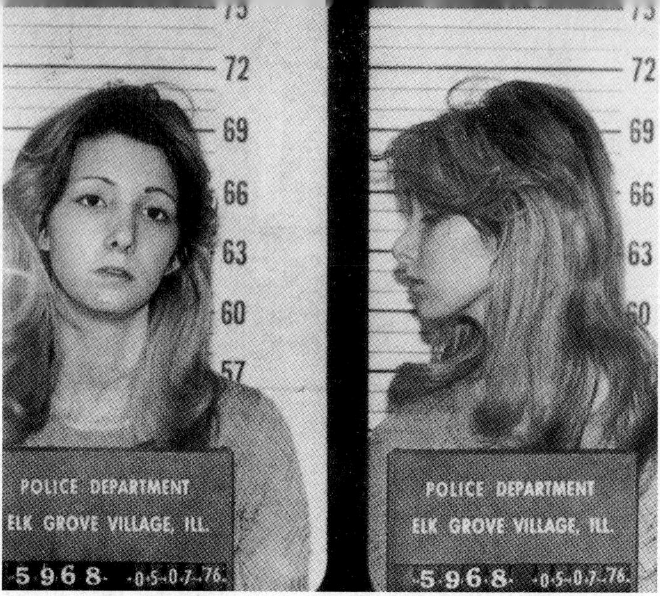

Die Fotos für die Verbrecherkartei: Patricia Columbo und Frank DeLuca

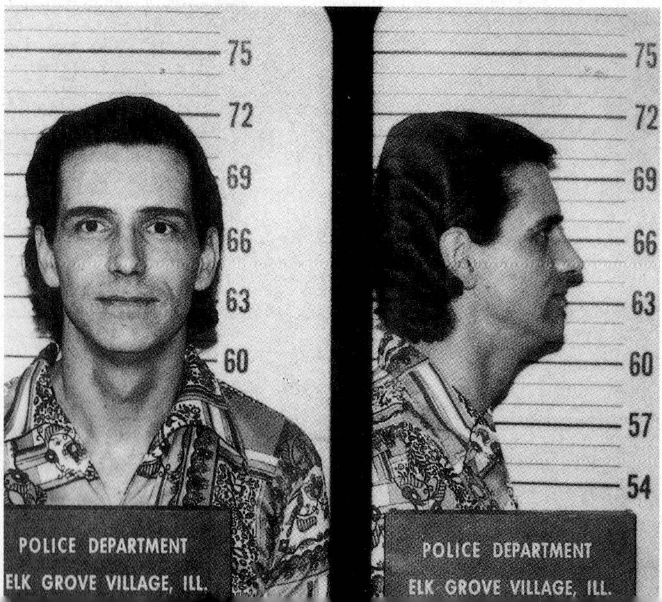

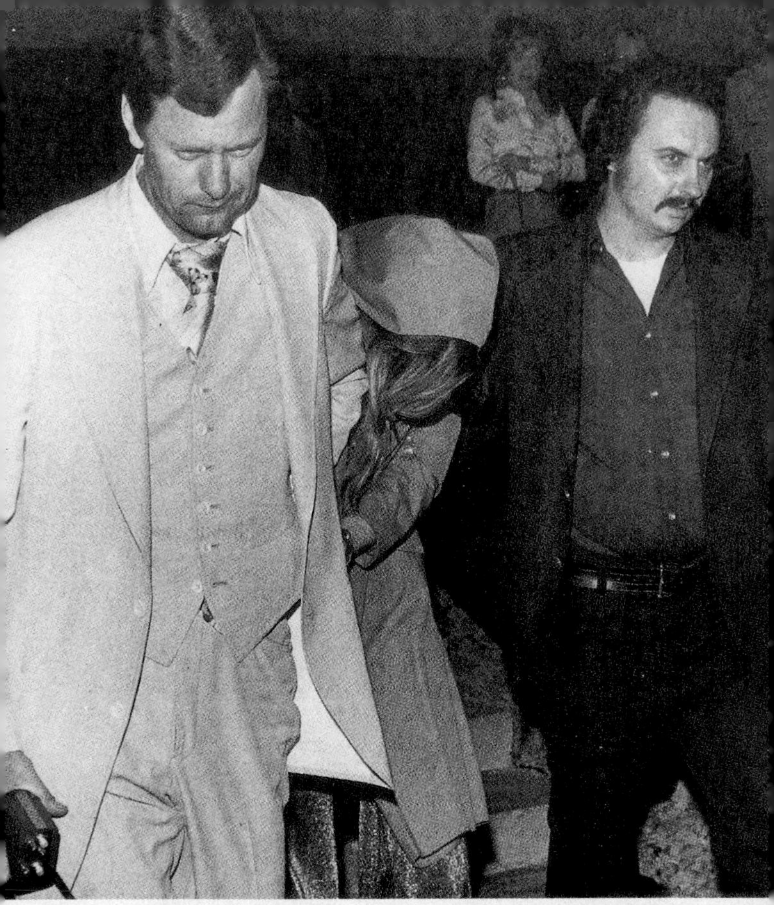

Police Deputy William Kohnke und Untersuchungsleiter Raymond Rose (rechts) führen Patricia Columbo ab (Foto Daily Herald)

Patricia Columbo, nachdem sie 48 Stunden in polizeilichem Verwahrsam und zur Anklage vernommen worden war (Foto Daily Herald)

Patricia Columbo auf dem Weg zum Gefängnis. Zu diesem Zeitpunkt war sie 19 Jahre alt (Foto Chicago Tribune)

Ein verzweifelter Frank DeLuca (rechts) wird von dem Police Sergeant Bill Reed zum Gericht gebracht

Gerichtszeichnung
von Marilyn DeLuca,
die im Prozeß ihres
Ex-Gatten Frank
DeLuca aussagte
(Daily Herald)

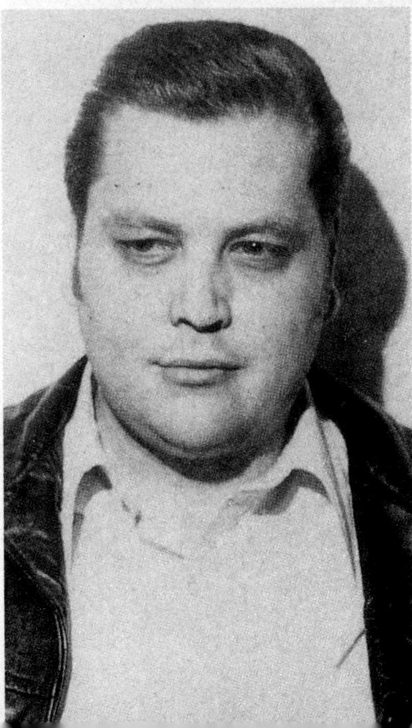

Roman Sobczynski, der
für die Anklage aussagte,
und daher Straferlaß
bekam

Richter R. Eugene Pincham (Foto Daily Herald)

Patricia Columbo im Juni 1977 - auch nach einem Jahr Gefängnis achtete sie sehr auf ihr Äußeres, trug Ohrringe, Sonnenbrille und pflegte ihre Fingernägel (Foto Chicago Tribune) ▶

Chefankläger Al Baliunas
(Foto Daily Herald)

Mit ernster Miene
nimmt William Murphy
die Verurteilung seiner
Klientin Patricia
Columbo entgegen
(Foto Daily Herald)

Patricia Columbo am 9. August 1977, kurz nachdem sie ihr Strafmaß erfahren hat

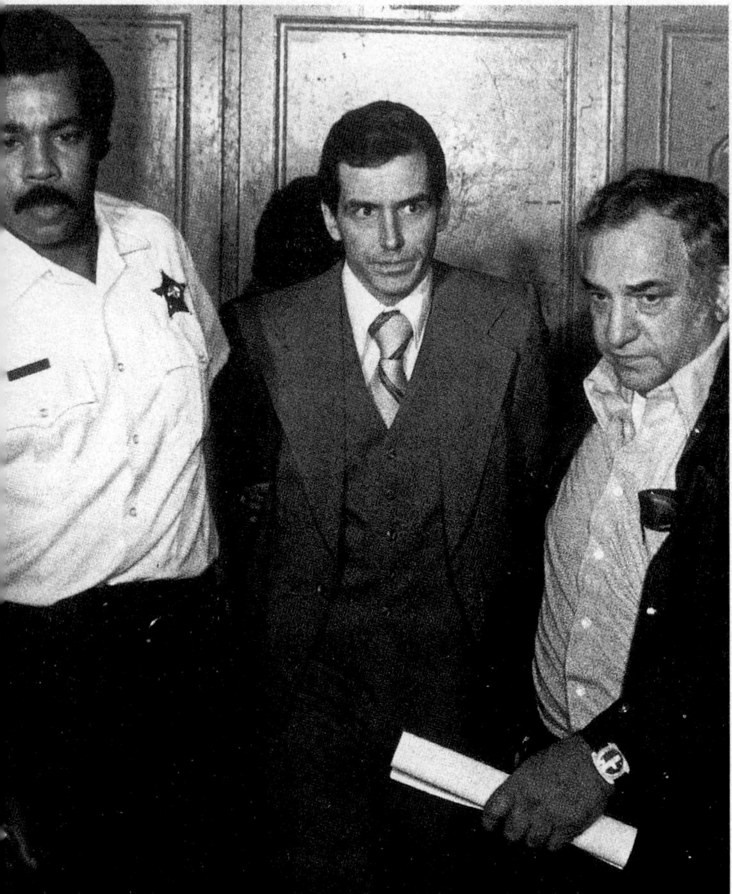

Frank DeLuca nach der Urteilsverkündung. Bis heute beteuert er seine Unschuld

Schwester Margaret Burke, Nonne und Psychologin, gelang es, fünfzehn Jahre nach der Tat die tiefsten Geheimnisse in Patricias Seele zu ergründen (Foto Barat College, Lake Forest)

Schwester Margaret Ellen Traxler, Gründerin des Instituts Women of today, hat Patricia Columbo lange betreut (Foto Maria Shelter Convent, Chicago)

Ray Rose, der die Untersuchung leitete, die zur Festnahme der Mörder der Columbos führte, ist heute Deputy Chief der Polizei von Elk Grove (Foto aus dem Privatbesitz des Autors)

Patricia Columbo im Mai 1991, in der Nacht da sie ihren akademischen Grad als Bakkalaureus erhielt (Foto aus dem Privatbesitz des Autors)

dem Krankenhaus entlassen worden, allerdings mit der Auflage, noch einige Wochen lang das Bett zu hüten. Patricias Aufgaben vervielfachten sich. Nicht nur mußte sie die Mahlzeiten für alle zubereiten und daneben auch das Haus in Ordnung halten und sich um die Wäsche der ganzen Familie kümmern, sondern sie mußte auch den künstlichen Darmausgang versorgen, den die Ärzte ihrer Mutter gelegt hatten. Das war noch das Schwierigste bei der ganzen Sache, denn Mary Columbo wäre wohl kaum für den Preis der ›Patientin des Jahres‹ in Frage gekommen. Sie war unruhig, zappelig und wehleidig. Sie richtig zu pflegen wurde für Patricia ein täglicher Kampf.

»Sieh mal, Mom«, sagte sie schließlich völlig verzweifelt, »wenn dir die Art nicht gefällt, wie ich dich versorge, warum fragst du dann Dad nicht, ob er es nicht tun will?«

»Ich kann doch deinen Vater nicht bitten, so was zu tun«, erwiderte sie fast angewidert mit einem Blick auf den Beutel für die Exkremente. »Er ist nicht der Mann, der so was könnte.«

»Und warum stellt er dann keine Krankenpflegerin an?« wollte Patricia wissen. »Er könnte es ja nun weiß Gott.«

»Weil er nicht will, daß sich eine Fremde um mich kümmert.«

Snob, dachte Patricia verächtlich.

Michael wurde zu einer Plage ganz anderer Art. Statt Patricias Tüchtigkeit zu würdigen und ihr ein wenig zur Hand zu gehen, hatte er sich entschlossen, sich von vorn bis hinten bedienen zu lassen. Er hatte inzwischen begriffen, wozu eine ältere Schwester alles gut war. Eine Zeitlang kam er damit auch durch. Patricia war so sehr mit anderen Problemen beschäftigt, daß sie sich allen Wünschen Michaels fügte, ohne auch nur darüber nachzudenken.

»Patty, kann ich zum Frühstück Waffeln statt Haferflocken haben?«

»Ja, Michael, setz dich.«

Michael bekam seine Waffeln.

»Patty, kannst du mir jeden Abend dieses Hemd hier waschen und bügeln, damit ich es jeden Tag anziehen kann? Es ist mein Lieblingshemd.«

»Wie? Ah – sicher, Michael. Leg es nur obenauf auf den Wäschestoß.«

Michael trug tagtäglich sein Lieblingshemd.

»Patty, kann ich meine Freunde mitbringen und mit ihnen Eis essen und Fernsehen gucken?«

»Ja, aber nur, wenn ihr leise seid, so daß Mom nicht gestört wird.«

Michael brachte seine Freunde mit, und Patricia servierte ihnen Eisbecher, jedem nach seinem Geschmack.

Michael ging, wie eigentlich immer, einen Schritt zu weit. Eines Abends, als Patricia endlich mit allem fertig war und völlig erschöpft ins Bett fallen wollte, schlenderte Michael mit einem Comicbuch in der Hand zur Tür herein und sagte völlig geistesabwesend: »Patty, bring mir ein Glas Milch.« Dann machte er sich auf den Weg in sein eigenes Zimmer. Patricia setzte sich kerzengerade auf. »Michael, komm sofort hierher!«

Michael eilte zurück, ein Bild unschuldigsten Erstaunens.

»Seit wann bist du ein Krüppel, Michael Columbo?« tobte sie. »Geh und hol dir dein Glas Milch gefälligst selbst, du Faulpelz!« Michael prallte verwirrt zurück. »Und morgen ziehst du dir gefälligst ein neues Hemd an – ich habe es satt, jeden Abend dieses blöde Evel-Knievel-Hemd zu waschen und zu bügeln!« fauchte seine Schwester ihn an. Als Michael schon ganz kleinlaut davonschleichen wollte, schrie sie ihm noch nach: »Und morgen früh gibt's Corn-flakes, Michael!« Michael ließ die Schultern nach vorn fallen. Er hatte sich schon bis zu heißem Gebäck mit Erdbeeren und Schlagsahne hochgearbeitet – und jetzt das!

Ein paar Minuten später, als Patricia schon voller Schuldgefühle auf ihrem Bett lag, kam er leise mit einem Glas Milch in der Hand wieder zu ihr herein und stellte es auf den Nachttisch. »Hier, falls du auch noch ein Glas möchtest«, sagte er und ging mit hängendem Kopf hinaus.

Danach fühlte Patricia sich erst recht schuldbewußt. Als sie die Milch trank, entschloß sie sich, ihm morgen den Basketball mit dem Autogramm von Jerry West zu kaufen, hinter dem er schon so lange her war.

Eines Tages sah Patricia, wie Andre in die Kosmetik-Abteilung kam und sofort zu einem Verkaufsstand ging, an dem Joy Heysek gerade beschäftigt war. Patricia unterbrach ihre Arbeit und ging hinüber, um die beiden einander vorzustellen. Aber sie stellte schnell fest, daß das gar nicht mehr nötig war.

»Hey, Joy!« grüßte Andre sie erfreut. »Lange nicht gesehen! Hab' ja gar nicht gewußt, daß du jetzt hier arbeitest.«

Die beiden umarmten sich wie alte Freunde und zogen sofort ab, um gemeinsam eine Tasse Kaffee zu trinken.

Patricia spürte, wie sich ihr ganzes Inneres versteifte, aber sofort rief sie sich selbst zur Ordnung. *Keine voreiligen Schlüsse ziehen,* nahm sie sich ganz fest vor. *Vielleicht ist das alles ja auch ganz und gar unschuldig. Einfach nur zwei Freunde in der wundervollen Welt der Kosmetik.*

Lieber Gott, laß nicht zu, daß die Lügen wieder anfangen, betete sie inständig. Das Verhältnis mit DeLuca hatte sich seit der Nacht, als sie sich mit der Wahrheit konfrontiert gesehen hatten, erfreulich unkompliziert entwickelt. Die Verkrampftheit war einer wohltuenden Vertrautheit zwischen ihnen gewichen, so daß wegen der Situation zu Hause das kleine Zimmer im *Br'er Rabbit-Motel* zu einer Zufluchtsstätte für Patricia geworden war, wo sie die ganze Welt ringsum vergessen konnte. So bizarr ihre Liebesstunden auch waren – mittlerweile nicht öfter als ein- oder zweimal in der Woche und dann höchstens ein paar Stunden –, für sie waren es nach wie vor köstliche Stunden.

Frank erwies sich als sehr erfinderisch in seinen Bemühungen, Patricia zu beruhigen, wann immer diese wieder einmal ein komisches Gefühl im Zusammenhang mit Joy Heysek überfiel. Jedesmal tröstete er sie – Patricia sei etwas Besonderes, sie sei anders, einzigartig, unübertrefflich und unübertroffen –, er fand immer die richtigen Worte. Er hätte nie auch nur im Traum daran gedacht, auch mit anderen all das zu tun, was er mit ihr machte! Trotz der intimen Art, wie Andre und Joy sich begrüßt hatten, hätte es ihr da doch eigentlich undenkbar erscheinen müssen, daß sie weitere Lügen entdecken würde – aber so war es nicht. Auch wenn sie noch so sehr gegen den

Verdacht ankämpfte, tief in ihrem Innern wußte sie, daß sie schon bald abermals tief verletzt werden würde.

Patricia mußte es einfach herausfinden. So wartete sie geduldig, bis Andre Joy wieder an die Vitrine zurückbegleitete, an der sie gearbeitet hatte, und winkte ihm dann, um auf sich aufmerksam zu machen. Er kam auch gleich zu ihr herüber.

»Hi, Patrish.« Er schenkte ihr sein charmantestes Lächeln.

»Hi, Andre. Ich sehe, du hast eine alte Freundin getroffen.«

»Joy? O ja.« Er zwinkerte Patricia zu. »Wir wandeln gelegentlich gemeinsam auf Abwegen, Joy und ich.«

»Joy und du und Frank, wolltest du wohl sagen«, erwiderte Patricia und zwinkerte ihm ihrerseits zu.

»Oh, das weißt du schon? Ich war nicht sicher, ob Frank dir davon erzählt hatte.«

»Frank erzählt mir alles, mein Schatz.«

Früher oder später jedenfalls. Wenn man ihn ohnehin erwischt hatte.

Als Andre schon unterwegs in die Pharma-Abteilung war, um DeLuca zu begrüßen, warf Patricia das Tuch weg, mit dem sie gerade eine Vitrine gereinigt hatte, ging in den Raum für das Personal, holte ihre Handtasche aus dem Spind und verließ das Geschäft.

Den Rest des Nachmittags verbrachte Patricia auf einer Bank im *Morton Park* und dachte darüber nach, was, zur Hölle, sie mit ihrem Leben beginnen sollte. Wo immer sie sich hinwandte, wohin sie auch blickte, was sie auch tat, überall nur Kummer und Probleme. Lag es vielleicht an ihr? fragte sie sich. Gab es etwas an ihr, das all dieses Unglück magisch anzog? Hatten all diese Konflikte, diese Disharmonien, diese Meinungsverschiedenheiten ihren Ursprung vielleicht in einer Schwäche ihres Charakters, in ihrer Persönlichkeit? In ihrem Leben schien es keinerlei Harmonie zu geben. Sie schien in keinem Punkt anderen menschlichen Wesen vergleichbar.

»Was stimmt nicht mit mir?« fragte sie sich selbst und versuchte, so ruhig wie nur möglich zu bleiben und einen klaren Kopf zu behalten. Aber sie spürte schnell, daß Ruhe und Gelassenheit nicht länger die Antwort sein konnten, und so ließ sie ihrem Temperament freien Lauf und schrie innerlich: *Was – verdammte – Scheiße – stimmt – mit – mir – nicht?* Ohne es zu merken, hämmerte sie dazu mit den Knöcheln gegen ihre Schläfen, als könne das alte Sprichwort in der Realität funktionieren, wonach man irgendwelches Wissen oder irgendwelche Einsichten auch in jemanden hineinprügeln kann. Als sie sich plötzlich bewußt wurde, was sie da tat, hörte sie so abrupt damit auf, wie sie begonnen hatte und blickte sich verstohlen um, um zu sehen, ob jemand ihren kurzen Ausbruch beobachtet hatte.

Die Ruhe des Augenblicks tat ihr wohl. In der Einsamkeit gab es diesen verzweifelten Wunsch nicht, all die unbeantwortbaren Fragen zu beantworten. Die Probleme waren wohl noch alle da – aber in dieser Abgeschiedenheit gab es nicht diese Notwendigkeit, sie hier und jetzt auch zu lösen. Vielleicht brauchte sie weiter nichts, als sich eine Weile von allen und allem zurückzuziehen.

Diese Vorstellung wurde immer drängender. Weg von Frank DeLuca und seiner Frau Marilyn samt ihren fünf Bälgern; und seiner Freundin Joy Heysek; und seinem Kumpel Andre. Weg von ihrem Zuhause, ihrem Vater und seiner – *Merkwürdigkeit;* weg von ihrer Mutter und diesem gottverdammten Exkrementen-Beutel; weg von dem kleinen Quälgeist Michael, der von Tag zu Tag selbstsüchtiger zu werden schien. Weg von –

Allem. Jedem.

Aber wie? Wohin könnte sie sich schon wenden? Sie hatte bisher ja noch nicht einmal genug Geld gespart, um in eine eigene Wohnung zu ziehen, ganz zu schweigen davon, einfach irgendwohin zu laufen – und wo hätte sie schon hinlaufen wollen, selbst wenn sie Geld gehabt hätte? Sie wußte nicht einmal, *wie* sie es anstellen sollte, einfach davonzurennen; sie wußte ja nicht, wie man überhaupt irgend etwas anstellte. Sie war weiter nichts als ein dummes siebzehnjähriges Mädchen, das sich mitunter genauso alt fühlte wie die Menschen rings um sie herum: fünfunddreißig, vierzig, fünfundvierzig. Außer, daß sie alle zu wissen schienen, was sie taten, während sie selbst wie ein blinder, betrunkener Krüppel durchs Leben stolperte.

Am liebsten würde ich ein Jahr lang ins Gefängnis gehen, dachte sie in ihrer Unschlüssigkeit.

Und dieser Gedanke ließ sie nicht mehr los.

In der Kosmetik-Abteilung gab es zwei Aushilfs-Verkäuferinnen, Helen Makin und Norma Ringel, die nur an bestimmten Abenden drei oder vier Stunden lang arbeiteten, wenn Patricia, Joy oder eine der anderen Vollzeitkräfte einmal nicht für die Abendstunden eingeteilt waren. Helen und Norma nahmen jede Arbeitszeit an, die sie bekommen konnten, soweit sich das mit ihrem Privatleben in Einklang bringen ließ.

Patricia wartete, bis es sich einmal ergab, daß beide Aushilfskräfte gleichzeitig im Dienst waren und sie selbst frei hatte. DeLuca hatte gleichfalls Dienst und saß in seinem kleinen Glaskasten, wo er die Rezepte des Tages noch einmal mit einem der Kassierer durchging. Als er von seiner Arbeit aufsah, war er überrascht, Patricia vor sich zu sehen.

»Hi. Was machst du denn an deinem freien Tag hier?«

»Ich hab' was in meinem Spind vergessen«, sagte sie. »Und jetzt hab' ich auch noch meinen Schlüssel vergessen. Kann ich vielleicht mal kurz den Hauptschlüssel haben?«

»Natürlich.« De Luca schloß eine Schreibtischschublade auf und wühlte in einem Haufen Schlüssel mit Anhängern herum, bis er den richtigen gefunden hatte. SPINDE – HAUPTSCHLÜSSEL stand auf dem Anhänger.

»Danke«, sagte Patricia, als er ihn ihr reichte. »Ich bringe ihn sofort zurück.«

Möglichst unauffällig ging sie in den Umkleideraum für das Personal, wo die Spinde standen, wobei sie es vermied, durch die Kosmetik-Abteilung zu gehen, wo Helen und Norma gerade je eine Kundin bedienten. Mit dem Hauptschlüssel öffnete Patricia zunächst Helens Spind, holte die Brieftasche aus ihrer Handtasche und schloß ihn wieder ab. Ein Stück weiter weg stand Normas Schrank. Patricia öffnete ihn ebenfalls und nahm aus ihrer Brieftasche zwei Kreditkarten heraus. Die gestohlenen Dinge steckte sie dann in die eigene Handtasche und verließ den

Umkleideraum wieder. Anschließend brachte sie DeLuca den Hauptschlüssel wieder. DeLuca war inzwischen allein.

»Danke schön.«

Als DeLuca den Schlüssel wieder weglegte, sagte er ruhig: »Vergiß nicht, wir halten morgen abend unsere Party ab, du weißt schon.«

»Wie könnte ich das wohl vergessen, Frank«, sagte sie voll spöttischer Ehrfurcht. »Es geht mir in jeder wachen Minute durch meinen Kopf.«

DeLuca sah sie mit einem lauernden Ausdruck auf dem Gesicht an. »Du entwickelst langsam echte Schlagfertigkeit, wie?«

»Findest du, Frank?«

»Ja, das finde ich allerdings. Und anzüglich wirst du außerdem.«

»Das muß daran liegen, daß ich einen so guten Lehrer habe«, sagte sie. Sie wollte schon gehen, als ihr noch etwas einfiel. Joy Heysek hatte doch heute abend auch frei. »Was machst du eigentlich heute abend, Frank?« fragte sie spitz.

»Ich gehe nach Hause«, sagte er. »Ab und zu muß ich mich ja auch mal um meine Kinder kümmern, verstehst du?«

»O ja. Deine Kinder. Ist Nummer sechs schon unterwegs, Frank?«

DeLucas Augen wurden kalt und ausdruckslos. Patricia wandte sich um und ging, bevor er sie wieder einschüchtern konnte. Trotzdem kroch ein wenig Furcht in ihr hoch. *Mach ihn um Gottes willen nicht wütend auf dich,* warnte sie ihr Verstand. *Das ist die Sorte Mann, die dir die Seele aus dem Leib prügelt, ohne auch nur darüber nachzudenken.* Ihre Vermutung war alles andere als unberechtigt, wie sie später noch erfahren sollte; genau das nämlich hatte er schon mit Joy Heysek gemacht.

Draußen, im Wagen ihres Vaters, den sie sich ausgeliehen hatte, untersuchte Patricia die gestohlene Brieftasche. Sie enthielt etwas Bargeld, einen Führerschein, eine Scheckkarte, ein Scheckbuch mit Schecks auf die Namen George und Helen Makin und einen Hausschlüssel. Bei den Kreditkarten, die sie Norma gestohlen hatte, handelte es sich um eine Scheckkarte und eine BankAmericard.

Okay, dachte Patricia entschlossen, dann wollen wir mal einkaufen gehen.

Als sie das komplett überdachte Einkaufszentrum Woodfield betrat, war sie nervöser als bei ihren Diebstählen aus den Spinden. Während sie sich scheu umblickte, war sie jeden Augenblick darauf gefaßt, irgendwo ein bekanntes Gesicht zu sehen. Das riesige Geschäftszentrum lag in Schaumburg, dem nächsten Vorort in nördlicher Richtung, aber hier tätigten auch die meisten Einwohner von Elk Grove Village ihre größten Einkäufe.

Warum, zum Teufel, war sie eigentlich aufgeregt? fragte sie sich. Es war ja nicht so, als wenn sie davonkommen wollte. Ein paar Schritte vom Ausgang entfernt blieb sie im Innern des Einkaufszentrums erst einmal stehen und holte tief Luft. Ganz ruhig, *Patrish*, sagte sie sich, wobei sie voller Sarkasmus für sich selbst den Namen benutzte, mit dem DeLuca sie immer rief, und den sie einst so gern gehört hatte. Versuch, wie eine Erwachsene zu handeln, *Patrish*, äffte sie DeLuca innerlich nach. Du bist doch ein großes Mädchen. Du kannst Andre in einem Motelzimmer vögeln, während der Mann, der von sich behauptet, dich zu lieben, dabeisitzt und währenddessen Fotos von dir macht. Da sollte dir das alles, was du jetzt vorhast, auch nichts mehr ausmachen.

Einige Türen weiter befand sich ein Wäschegeschäft. Die verführerischen, knappen Dessous in den fast leeren Schaufenstern hätten direkt für Patricias Figur gemacht sein können. Eigentlich könnte sie doch etwas kaufen, worin sie für Frank noch niedlicher aussah als sonst schon, dachte sie, während sie die Auslagen betrachtete, zumal es ja ohnehin eine der letzten Male sein würde, wo er seinen kleinen Schützling noch im Bett würde betrachten können. Sie nahm allen Mut zusammen und betrat das Geschäft.

Die Verkäuferin, die Patricia an diesem Tag bediente, war Theresa Gorey. Sie half Patricia, ein offenherziges rotes Nachtgewand auszuwählen, das viele strategisch günstig plazierte Gucklöcher und Ausschnitte und einen Schlitz auf beiden Seiten bis genau zu jenem bewußten Punkt hinauf aufwies. Es kostete inklusive Steuer 56.18 $. Patricia schrieb einen Scheck aus dem Scheckbuch von Helen Makin aus und benutzte Helen Makins Führerschein, der kein Bild enthielt, und ihre Scheckkarte als Identifikation.

Als sie mit ihrem Paket den Laden verließ, hatte sie einen trockenen Mund und feuchte Handflächen.

In den nächsten drei Tagen war Patricia wie im Kaufrausch. Sie kaufte Blusen und Röcke, Sweater und Slacks und bezahlte alles mit Norma Ringels Scheckkarte. Mit Normas BankAmericard kaufte sie lederne Stiefel. Sie kaufte Gürtel, Taschen und Schals; Modeschmuck; Perücken; Unmengen von Kosmetika – von allem etwas. Sie kaufte Dinge, die sie gar nicht brauchte, ja, nicht einmal mochte, einfach nur, um die Rechnungen hochzuschrauben. Wenn sie nicht gerade Norma Ringels Kreditkarten benutzte, bezahlte sie mit einem von Helen Makins Schecks.

Am dritten Tag ihrer Einkaufstour nahm sie sogar Michael mit und beklagte sich lautstark bei dem Verkäufer, welche Nervensäge ihr jüngerer Bruder doch sei – einfach nur, um sicherzugehen, daß man sich später an sie erinnern würde.

Dieser Plan, sagte sie sich immer wieder, *mußte* einfach funktionieren.

Der Sicherheitsdienst von *Walgreen's* leitete sofort eine interne Untersuchung der Diebstähle ein und entließ Patricia fristlos, als die Sache aufgeklärt war. Es gab keine andere Möglichkeit; DeLuca konnte die Tatsache nicht verschleiern, daß er Patricia den Hauptschlüssel an dem Tag ausgehändigt hatte, als die Diebstähle passiert waren; einer der Kassierer hatte gesehen, wie er sie ihr gegeben hatte. Er mußte sogar selbst mit einem Verweis rechnen; er hätte Patricia zu ihrem Spind begleiten und ihn selbst für sie öffnen müssen.

Ihren Eltern erzählte Patricia nicht, daß sie entlassen worden war. Statt dessen schaffte sie es schon am Tag darauf, einen neuen Job als Empfangsdame im Verkaufsbüro einer kleineren Firma für Plastik-Rohrleitungen zu bekommen. Die Arbeit war einfach; die meiste Zeit des Tages war sie allein im Büro und verbrachte sehr viel Zeit am Telefon mit DeLuca.

Daran denken zu müssen, daß sie jederzeit verhaftet werden und ihn dann nicht mehr sehen und sprechen konnte – wie es ja ursprünglich ihre Absicht gewesen war –, ließ sie den Verlust bereits jetzt spüren und immer näher an ihn heranrücken.

»Bist du wahnsinnig?« fragte DeLuca, als sie ihn zum erstenmal anrief. »Was, zum Teufel, ist eigentlich in dich gefahren? Hast du überhaupt nicht darüber nachgedacht, wie ich dabei aussehen würde, wie das meine ganze Zukunft gefährden könnte?«

»Darüber habe ich wirklich nicht nachgedacht, entschuldige bitte«, sagte sie. Sie hatte wirklich nie über die möglichen Konsequenzen ihres Tuns nachgedacht.

»Also, warum, zum Teufel, hast du das gemacht?« verlangte er erneut zu wissen. Er war wohl aufgebracht, klang aber nicht eigentlich wütend.

»Ich weiß es nicht, Frank. Ich weiß nicht, warum ich das getan habe.« Was hätte sie ihm auch sonst schon sagen können? Ich habe es getan, um von dir loszukommen und von allen anderen, und nur nicht den Mut aufgebracht, einfach zu gehen? Er hätte womöglich darauf geantwortet: »Oh, werd endlich mal erwachsen!«

»Gut, ich werde versuchen, dir zu helfen, wenn ich kann«, sagte DeLuca schließlich, »aber ich muß natürlich zuerst meine eigene Haut retten. Anscheinend sind überall im Woodfield-Einkaufszentrum Kreditbetrügereien und faule Schecks festgestellt worden. Wir hatten hier Cops aus Elk Grove Village und Schaumburg, die sich mit Helen und Norma unterhalten haben. Die Cops haben ein Bild von dir, und sie versuchen, dich mit Hilfe der Verkäufer als die Betrügerin zu identifizieren. Wenn ihnen das gelingt, steckst du ganz tief in der Scheiße.«

Gut, dachte Patricia. *Sollen sie ruhig kommen und mich holen.*

Patricia saß an ihrem Empfangstisch im Verkaufsraum der kleinen Fabrik für Plastikrohre, als die Detectives mit ihrem Haftbefehl kamen. Es war kurz nach neun Uhr morgens, und sie war gerade erst an ihrem Arbeitsplatz erschienen. Schon als sie zur Tür hereinkamen, wußte sie, um wen es sich handelte und weshalb sie hier waren. Sie versuchte, sich selbst Mut zu machen, und dachte: *Jetzt brauchst du dir um niemanden mehr Gedanken zu machen. Du kommst jetzt in den Knast.*

Die Detectives wiesen sich aus und legten ihr den Haftbefehl vor. Patricia wurden Handschellen angelegt, und dann wurde sie zum draußen wartenden Streifenwagen geführt.

Auf dem Weg zur Polizeistation überkam sie dann eine Furcht, wie sie sie noch nie in ihrem Leben gekannt hatte. Sie merkte, daß sie einen schrecklichen, verheerenden Fehler gemacht hatte.

Plötzlich war es für sie ohne jede Bedeutung, daß Frank DeLuca sich mit Joy Heysek und Andre zu Sexpartys getroffen hatte, bevor sie ihn kennengelernt hatte. Und es war auf einmal ganz unwichtig, daß DeLuca sie deswegen belogen hatte. Jetzt, auf dem Rücksitz des Polizeifahrzeuges, konnte sie gar nicht mehr begreifen, wieso sie sich darüber so aufgeregt hatte; schließlich – log Frank denn nicht *in allem,* genau wie sie selbst auch? Ihre ganze Beziehung war doch von Anfang an nichts weiter gewesen als ein Haufen Lügen. Was also sollte das alles? War es denn wirklich so schrecklich gewesen?

Und jetzt *das* – das war wirklich entsetzlich. In Handschellen ins Gefängnis gebracht werden – ja, das war schrecklich.

Patricia begann zu heulen wie ein Baby.

»Ich will meinen Dad anrufen!«

C. H.

Mai 1991

Helen Makin erinnerte sich sehr gut an Patricia Columbo.

»Patty war eines der am tiefsten verunsicherten jungen Mädchen, die ich je kennengelernt habe«, sagte die frühere Lehrerin. »Nachdem mein Baby geboren worden war und ich für eine Weile meinen Beruf als Lehrerin aufgegeben hatte, arbeitete ich hin und wieder mit ihr zusammen als Aushilfskraft bei Walgreen's. Ich glaube nicht, daß Patty oder irgendeine andere meiner Kolleginnen zur damaligen Zeit überhaupt gewußt haben, daß ich eigentlich Lehrerin war; ich bin ja nicht herumgelaufen und habe es überall ausposaunt. Aber ich hatte natürlich einige Erfahrungen im Umgang mit jungen Menschen, und ich konnte die Anzeichen sehr wohl deuten, wenn ein junger Mensch in Not ist und stumm um Hilfe schreit. Und Patty schrie – aber niemand hörte ihr zu.«

»Können Sie denn?«, fragte ich, »einige dieser Anzeichen nennen, die Sie an ihr bemerkt hatten?«

»Nun ja, da war einmal die Tatsache, daß sie sehr besorgt darüber war, kaum Freunde zu haben – gar keine Freunde zu haben, wäre wohl der richtige Ausdruck. Einmal, als ich mit ihr allein des Abends gearbeitet hatte, hat sie jedenfalls darüber geklagt. Ich weiß nicht mehr genau, wie wir darauf gekommen sind, aber sie war deswegen wirklich niedergeschlagen. ›Da muß mit mir etwas nicht stimmen‹, hat sie gesagt. ›Niemand will mit mir befreundet sein. In der Schule geht mir jeder aus dem Weg. Ich versteh' das einfach nicht. Früher hatte ich immer so viele Freundinnen.‹ Als sie aufhörte zu jammern, fragte ich sie: ›Patty, hältst du es für möglich, daß das etwas damit zu tun haben könnte, wie du dich kleidest?‹«

»Wie hat sie sich denn gekleidet?« hakte ich nach, obwohl ich es zu diesem Zeitpunkt längst wußte.

»Ausgesprochen aufreizend, ja billig«, sagte Helen Makin. »Manche ihrer Röcke waren so kurz, daß man sie nicht einmal mehr Minis nennen konnte, höchstens Mikros. Und dazu trug sie Stiefel und Schals in den ausgefallensten Farben und entschieden zuviel Make-up; sie bildete sich ein, eine Kosmetikerin zu sein, aber ihre ganze Attitüde sagte ›viel bewirkt viel‹ – sie überlud sich regelmäßig. Für mich war völlig klar, warum ihre Altersgenossinnen in Elk Grove Village nichts von ihr wissen wollten: Es war ihnen peinlich, mit ihr zusammen gesehen zu werden.«

»Frank DeLuca fand sie offenbar sehr attraktiv«, erinnerte ich sie.

»Offensichtlich«, erwiderte sie unwillig. »DeLuca war ein echter Hallodri; er hielt sich selbst für einen großen, freidenkerischen Don Juan. Auf die eine oder andere Weise hatte er immer eine Anspielung auf Sex parat; es war wie eine Besessenheit bei ihm.« Sie seufzte unterdrückt. »Ich glaube, er und Patty müssen eine Menge aneinander gefunden habe, um gemeinsam so weit zu gehen . . .« In ihrer Stimme klang auf einmal eine tiefe Traurigkeit mit; ganz offensichtlich dachte sie an die Morde.

»Gab es sonst noch etwas an und um Patty, das Sie daran denken ließ, sie könne vielleicht Hilfe brauchen?« fragte ich.

»Die Lügen«, sagte Helen Makin. »Die dummen, albernen, sinnlosen Lügen, die sie unentwegt verbreitete. Sie konnte einfach nie die Wahrheit sagen.«

»Worum drehten sich ihre Lügen denn im allgemeinen?«

»Um alles und jedes. Ich erinnere mich an eine Begebenheit etwa einen Monat, nachdem wir die Unterhaltung wegen ihrer Kleidung hatten, als wir gemeinsam Dienst hatten. Ich hatte versucht, mit ihr über die Art und Weise zu reden, wie sie sich kleidete, besonders, nachdem ich erfahren hatte, wie sehr diese ihre Beziehungen zu anderen Mädchen belastete; sie hörte natürlich nie richtig zu. Aber an diesem Nachmittag, von dem ich erzählen will, trug sie einen ausgesprochen süßen Overall. Er stand ihr wirklich großartig. Ich nahm sofort die Gelegenheit wahr, ihr zu sagen, um wie vieles vorteilhafter sie doch aussah, wenn sie sich ein wenig konservativer kleidete.

›Patty, mein Schatz‹, habe ich zu ihr gesagt, ›das ist ja ein

ganz allerliebster Overall, den du da anhast. Ja wirklich, der steht die ausgezeichnet.‹ Was soll ich Ihnen sagen – ich habe noch nie in meinem Leben jemanden gesehen, der ähnlich zufrieden gewesen wäre; man hätte meinen können, ich hätte ihr gerade gesagt, sie sei die neue Miss Amerika. ›Meinst du das im Ernst?‹ hat sie mich noch gefragt. ›Du sagst das nicht nur, um mir was Nettes zu sagen?‹ Ich versicherte ihr, daß ich das sehr ernst gemeint hätte. ›Weißt du was‹, sagte sie, ›ich habe diesen Overall nämlich selbst gemacht.‹ Ich war in der Tat überrascht. Patty sah ja nun wirklich nicht aus wie der Typ von Mädchen, das nähen kann oder auch nur können will. Sie fragte mich sogar, ob ich das Schnittmuster haben wollte, und ich sagte ja, denn ich nähe selbst. Wie auch immer, an diesem Nachmittag hatte Patty vor mir Dienstschluß, und ein paar Stunden später kam ich in den Umkleideraum, und da sah ich, daß sie ihren Overall achtlos auf eine Bank geworfen hatte. Zuerst dachte ich, sie hätte vielleicht nur vergessen, ihn wegzuschließen, und deshalb wollte ich ihn wenigstens ordentlich aufhängen. Dabei sah ich dann das Etikett im Kragen. Es war ein fabrikmäßig hergestelltes Kleidungsstück; sie hatte es also nicht selbst genäht.«

Wieder seufzte Helen Makin still vor sich hin.

»Ich habe immer gedacht, sie hat absichtlich so offenkundig gelogen, weil sie dabei erwischt zu werden und so die Aufmerksamkeit ihrer Umgebung auf sich zu lenken hoffte; auch der Diebstahl der Kreditkarten später deutet in dieselbe Richtung. Sie wollte, daß jemand auf sie aufmerksam wurde und fragte: ›Was ist denn los?‹ Ich glaube, das hat nie jemand getan.«

»Das glaube ich auch nicht«, erwiderte ich.

Bis sie sie dazu zwang.

Norma Ringel war die andere Teilzeitbeschäftigte in der Kosmetikabteilung, deren Kreditkarte Patricia bei ihren ›Einkaufsbummeln‹ benutzt hatte.

»Das habe ich nie verstanden«, sagte Norma. »Ich habe es sogar bis heute nicht verstanden. Patty ist also losgezogen, um irgendwas mit meinen Kreditkarten zu kaufen – wie zum Bei-

spiel diese weißen Stiefel oder den geschmacklosen Schal – und hat die Sachen dann auf der Arbeit getragen, obwohl sie wußte, daß ich sie dort in diesen Sachen sehen würde, und obwohl sie wußte, daß die Abrechnung dieser Sachen binnen kurzem auf meinem Kreditkonto erscheinen würde und daß ich vermutlich zwei und zwei zusammenzählen würde. Ich mein', ich wußte ja, daß Patricia auch nicht gerade die Hellste war, aber für so dämlich hatte ich sie denn doch nicht gehalten. Helen hat später mal gesagt, das sei Pattys Art gewesen, um Hilfe zu rufen, und ich glaube, Helen hat womöglich recht gehabt; ich mein', sie war ja mal Lehrerin gewesen und so. Aber ich bin noch immer nicht sicher, ob das wirklich alles erklärt. Ich bin noch nicht mal sicher, ob jemals irgend jemand herausfinden wird, wodurch Patty derart verdreht geworden ist.«

»Wie war das eigentlich vor den Diebstählen der Kreditkarten?« fragte ich. »Wie war die Zusammenarbeit mit ihr?«

»Oh, soweit in Ordnung, würde ich mal sagen«, erwiderte Norma. »Ich war ja, genau wie Helen, nur stundenweise beschäftigt und hatte deshalb nicht viel mit ihr zu tun. Aber eine Zeitlang ging alles normal mit ihr, sie benahm sich unauffällig und so; aber dann passierte irgendwas, und schon trat sie in Aktion. Wenn beispielsweise ihr Vater ins Geschäft kam. Also, dann zog sie jedesmal eine bühnenreife Show ab: Sie rannte zu ihm, warf ihm die Arme um den Hals und war ganz das liebe kleine Mädchen und immer Papa hier und Papa da – die hat sich richtig vor allen Kunden und Kollegen lächerlich gemacht. Es war fast, als wollte sie allen beweisen, daß es jemanden gibt, der sie liebt.«

»Wie war eigentlich DeLuca im Geschäft gelitten?« fragte ich als nächstes.

Norma schonte ihn keineswegs. »Oh, der hat geglaubt, er wäre Gottes Geschenk an die irdische Weiblichkeit. Wo der einen Spiegel entdeckte, da schaute er auch hinein; eingebildeter Pinsel. Ich glaube, Patty war die einzige, die ihn für voll genommen hat. Patty und, glaube ich, Joy Heysek.«

»Wußten die Leute, die in dem Geschäft arbeiteten, von dem Verhältnis zwischen Patty und ihm?«

»Natürlich. Das war einfach zu offenkundig; die vielen ver-

stohlenen Blicke, heimliche Berührungen, die Art, wie sie miteinander redeten, versteckte Doppeldeutigkeiten, die außer ihnen wohl niemand verstand. Nein, die beiden waren das Gespött des ganzen Geschäfts, so wie die sich benommen haben.«

»Wie reagierten die Leute denn«, fragte ich, »als sie erfuhren, daß Patty und DeLuca beschuldigt wurden, die Morde begangen zu haben?«

»Jeder war natürlich über die Morde schockiert, aber ich glaube, niemand war schockiert zu erfahren, daß Patty und DeLuca darin verwickelt waren. Vielleicht überrascht, aber nicht wirklich schockiert. Ich nehme an, daß Walgreen's *Spitzenmanagement schockiert war. Ich weiß es nicht – es war alles so schrecklich – die ganze Familie – solch eine furchtbare Tragödie . . .«*

Vor allem, so mußte ich denken, da sie sich aus etwas entwickelt hatte, was einst das Gespött der ganzen Firma gewesen war.

Mai 1974

Frank Columbo holte seine Tochter so schnell wieder aus dem Gefängnis, wie das nur menschenmöglich war. Er hetzte umgehend mit einer dicken Rolle Banknoten und einer langen Liste mit Telefonnummern von Anwälten zum Gefängnis. Sein kleines Mädchen würde man nicht – um es zu wiederholen: *nicht* – hinter Gittern einsperren! Alles in allem hatte er zwölftausend Dollar zu zahlen. Er zählte die Summe in bar aus seiner Rolle ab, und Patricia erhielt Weisung, in vier Wochen wieder vor dem Gericht in Schaumburg, genau am 22. Mai 1974, 13 Uhr 30, zu erscheinen. Der Gerichtstermin lag genau vier Wochen vor ihrem achtzehnten Geburtstag.

Frank Columbo war das Verständnis und die Hilfsbereitschaft selbst. »Mach dir nichts daraus, Kindchen«, tröstete er sie. »Ich werd' das schon wieder hinbiegen, ich kümmere mich drum. Die Geschichte bügeln wir schon wieder aus, mach dir darum mal keine Gedanken.«

Mary war ebenfalls hilfsbereit wie schon lange nicht mehr, wenn auch nicht ganz so bedingungslos. »Patty, um Gottes willen, Kosmetika! Du *arbeitest* in der Kosmetik-Branche!«

Michael war natürlich voller Hochachtung. »Wie fühlt man sich denn so als Knast-Lady, Patty?« fragte er aufgeregt, wenn auch nicht direkt vor den Eltern.

»Alles andere als lustig, Michael«, erwiderte seine Schwester bedrückt. Patricia nahm Michael das feierliche Versprechen ab, niemals zu stehlen. »Wenn *du* so was mal machen würdest, das würde Mom und Dad wirklich tief verletzen.«

Irgendwie kam es ihr nie in den Sinn, sie könne sie ebenfalls verletzt haben. In ihren Augen hatte sie sie nur wütend gemacht.

Frank Columbo rief Helen Makin zu Hause an.

»Mrs. Makin, ich bin Frank Columbo, Pattys Vater. Ich versuche gerade, das ganze Durcheinander wieder in Ordnung zu bringen, das meine Tochter da angerichtet hat, und da wollte ich Sie fragen, ob Sie sich nicht vielleicht bereit erklären könnten, die Anzeige wegen des Diebstahls Ihrer Schecks fallenzulassen.«

»Nun, ich – ich weiß nicht recht, Mr. Columbo«, sagte Helen. »Ich bin nämlich überhaupt nicht sicher, ob das der richtige Weg wäre.«

»Sehen Sie mal, Mrs. Makin«, argumentierte er, »Patty ist kein schlechter Mensch, und ich könnte mir denken, daß Sie mir insoweit zustimmen; Sie haben ja mit ihr zusammen gearbeitet und wissen also, daß sie nicht schlecht ist, nicht wirklich kriminell. Ich möchte diesen ganzen Schlamassel aus der Welt schaffen, verstehen Sie? Nun verstehe ich ja, daß Sie dadurch eine ganze Menge Unannehmlichkeiten hatten, und mir ist auch klar, daß sie über die ganze Geschichte böse sind. Wie wäre es denn da, wenn ich Ihnen und Ihrem Mann einen hübschen kleinen Scheck zukommen ließe, um Sie auf diese Weise ein wenig für die erlittenen Unannehmlichkeiten zu entschädigen?«

»Mr. Columbo«, fiel Helen Makin ihm ins Wort, »ich verstehe, was Sie alles für Ihre Tochter zu tun bereit sind, und ich respektiere Ihre väterlichen Gefühle durchaus. Aber wenn Sie Patty einfach nur aus dieser Situation herauskaufen, könnten Sie ihr vielleicht viel mehr schaden als nützen.«

»Wie meinen Sie das?« fragte er zurück. »Ich glaube, ich verstehe Sie nicht ganz.«

»Sehen Sie mal«, erwiderte Helen, »den Job in dem Drugstore mache ich ja nur vorübergehend. Von Beruf bin ich eigentlich Lehrerin, und ich habe einige Erfahrung im Umgang mit jungen Leuten. Und ich kann Ihnen nur sagen, Ihre Patty hat einige gravierende Probleme, Mr. Columbo.«

»Probleme? Was für Probleme?« wollte er wissen.

»Ich weiß nicht, welcher Art diese Probleme sind, nicht genau, jedenfalls«, sagte Helen Makin. »Aber ich bin zutiefst davon überzeugt, daß sie professionelle Hilfe braucht.«

»Welcher Art?« Frank Columbos Tonfall wurde merklich kühler.

»Psychiatrische Hilfe«, sagte Helen rundheraus.

»Einen Nervenarzt? Meinen Sie das? Einen Irrenarzt?«

»Ja.«

»Meine Tochter ist nicht verrückt, Mrs. Makin«, sagte er mit einem Anflug von Schärfe in der Stimme. »Sie irren sich, wenn Sie das glauben.«

»Das glaube ich auch nicht«, versicherte Helen ihm. »Aber ein Mensch muß nicht gleich verrückt sein und kann doch erhebliche psychische Probleme haben.«

»Hören Sie mal, ich habe Sie angerufen, um Ihnen anzubieten, Sie für die Unannehmlichkeiten gebührend zu entschädigen, die Patty Ihnen mit ihrem unüberlegten Zug durch die Kaufhäuser bereitet hat. Sind Sie nun daran interessiert oder nicht?«

»Wollen Sie denn wenigstens einmal darüber nachdenken, ihr vielleicht doch professionelle Hilfe zu verschaffen?«

»Definitiv – nein. Meiner Meinung nach braucht sie so was nicht.«

»Dann bin ich an Ihrem Scheck nicht interessiert, Mr. Columbo.«

Am nächsten Tag versuchte es Mary noch einmal bei Helen Makin.

»Ich glaube, Sie und mein Mann haben sich gestern wohl nicht allzugut verstanden«, sagte sie abwartend.

»Ihr Mann scheint nicht zu begreifen, daß Patty ein paar ernste Probleme mit sich rumschleppt, Mrs. Columbo«, erwiderte Helen offen. »Und wie steht es da mit Ihnen?«

»Natürlich ist mir das klar«, erklärte Mary. »Mein Mann begreift das ja auch. Wir sind halt nur der Meinung, unsere Probleme sollten in der Familie bleiben. Was es auch für Probleme sein mögen, wir werden sie selbst lösen. Ich wünschte mir nur, Sie würden uns helfen, diesen Schlamassel zu meistern, in den Patty da geraten ist ...«

»Mrs. Columbo«, sagte Helen unbeirrt, »Das ist nicht einfach nur ein Schlamassel, in dem Patty da steckt; das ist ein Hilfeschrei. Können Sie das denn nicht sehen?«

»Ich weiß nicht, was Sie meinen.«

»Schön. Dann passen Sie mal auf. Patty stiehlt zwei Leuten, mit denen sie zusammenarbeitet, Kreditkarten und Schecks. Sie benutzt sie in demselben Einkaufszentrum, denselben Läden, wieder und immer wieder. An dem einen Tag benutzt sie meinen Namen im *Ocso's cosmetics Counter*, am nächsten den von Norma und erzählt den Frauen dort sogar, daß sie selbst Kosmetika bei *Walgreen's* in Elk Grove Village verkauft. Mrs. Columbo, Patty wollte erwischt werden.«

»Sie *wollte* erwischt werden?« Es mußte Mary absurd vorgekommen sein. »Warum sollte jemand versuchen, erwischt zu werden?«

»Üblicherweise, um auf sich aufmerksam zu machen; es ist eine Art, den anderen zu sagen: ›Hier, seht mich an, ich brauche Hilfe.‹«

»Hören Sie, wenn Patty Hilfe braucht«, versicherte Mary ihr, »dann braucht sie nur zu fragen ...«

»Manche Menschen können nicht fragen«, sagte Helen ruhig. »Sie wissen nicht, wie sie es anstellen sollen.«

»Sie sind doch einmal Lehrerin gewesen, nicht wahr?«

»Ich bin noch immer Lehrerin; ich übe nur im Moment meinen Beruf nicht aus. Ich habe mich eine Zeitlang aus dem

Berufsleben zurückgezogen, weil ich ein Baby bekommen habe.«

»Oh. Das erste?«

»Das zweite. Ich habe einen Jungen und ein Mädchen, genau wie Sie.«

»Nun, hören Sie« – Mary fühlte sich auf vertrautem Gelände – »von Mutter zu Mutter, sehen Sie denn keine Möglichkeit, uns zu helfen, diese Sache wieder in Ordnung zu bringen?«

»Doch – und ich will Ihnen ja auch helfen«, sagte Helen Makin. »Wenn Sie und Ihr Mann einverstanden sind, professionelle Hilfe für dieses Mädchen zu suchen . . .«

»Ich sehe, ich verschwende meine Zeit«, sagte Mary Columbo.

Sie hängte ein.

Frank Columbo rief auch Norma Ringel an und machte ihr denselben Vorschlag: ein Blankoscheck, wenn sie ihre Anzeige gegen Patty zurückzieht. Norma hatte wohl Verständnis, konnte aber nicht helfen. Anders als bei Helen, deren persönliche Schecks Patricia gefälscht hatte, hatte sie in Normas Fall widerrechtlich Kreditkarten benutzt.

»Tut mir leid, Mr. Columbo«, sagte sie, »aber das liegt nicht in meiner Hand. Die Kreditkarten-Gesellschaft hat Anzeige gegen Patty erstattet, nicht ich.«

»Ich verstehe nicht«, sagte Frank Columbo.

»Alles, was ich getan habe, war, der Gesellschaft mitzuteilen, daß ich für diese Rechnungen nicht geradestehen würde, weil ich sie nicht verursacht hatte. Daraufhin hat die Gesellschaft die Angelegenheit selbst in die Hand genommen. Man hat mir mitgeteilt, ich brauchte noch nicht einmal zum Gerichtstermin zu erscheinen.«

»Aber mal angenommen, Sie würden sagen, Sie hätten sich geirrt?« schlug Pattys Vater vor.

»Tut mir leid, Mr. Columbo, aber das kann ich nicht«, sagte Norma. »Erstens könnte ich dadurch selbst Schwierigkeiten bekommen, wenn ich das versuchen sollte, und außerdem wäre es nicht recht. Ich würde Patty gern helfen, aber ich kann nicht für sie lügen.«

Es bedrückte Frank Columbo sehr, daß er offenbar so erfolglos mit seinen Versuchen war, seine Patty zu ›retten‹. Mary versuchte, ihn zu trösten, indem sie ihm versicherte, er – und natürlich auch sie – hätten alles getan, was sie als Eltern nur tun konnten. Aber hinter seinem Rücken erzählte sie einer Freundin, Patty müsse ›endlich mal die richtige Medizin‹ zu schlucken bekommen. Außerdem erinnerte sie ihren Mann unausgesetzt daran, daß ihrer beider Tochter ja ›schon fast erwachsen‹ war – knapp achtzehn. Aber voll philosophischer Traurigkeit pflegte Frank Columbo zu Freunden zu sagen: »Achtzehn Jahre alt zu werden heißt nicht, erwachsen zu sein.«

Mary hatte dem nichts entgegenzusetzen. Patty *glaubte*, sie sei mit ihrer ausgeflippten Kleidung schon erwachsen – mit Stiefeln und schwarzen Miniröcken, all dem billigen Modeschmuck, dem übertriebenen Make-up; die purpurfarbene Wimperntusche allein reichte schon, um eine Mutter auf die Palme zu bringen – und dann der ganze Rest: die Art, wie sie ging, wie sie stand. Aber ihr Vater sah von alledem nichts. Frank machte Umwege, um bei *Walgreen's* einzukaufen, wenn sie ihre Schicht hatte, wohl wissend, was für ein Spektakel seine Tochter vor allen Kunden mit ihm aufführte, und vielleicht auch nur deswegen, weil Patty ihm nur dann Aufmerksamkeit widmete, wenn sie Publikum dafür hatte. Die Nächte vor der Heizung mit seinem kleinen Mädchen auf den Knien und den Lernkarten muß eine sehr quälende Erinnerung für ihn gewesen sein. Mary erzählte Freunden jedenfalls, er leide sehr, und es sei ihre Sache, etwas dagegen zu tun. Mary schätzte ihre Tochter als genau das ein, was sie zu jener Zeit war: eine Heuchlerin. Sie sah es in den Gesichtern der Leute, die Pattys Getue im Drugstore beobachteten. Sie war eine Schwindlerin, und die Art, wie sie sich anzog, machte sie zur Witzfigur. Und tief drinnen muß Mary gewußt haben, daß ein Teil dessen, was ihre Tochter war, der Fehler der Mutter war.

Die Freundinnen, denen Mary ihre Probleme mit Patricia anvertraute, schienen erkannt zu haben, daß Mary ein nagendes Gefühl wenn schon nicht von Schuld, so doch von nicht wahrgenommener Verantwortlichkeit empfand. Jeder in Pattys Leben, Mary nicht ausgenommen, war stets viel zu sehr damit beschäftigt gewesen, sie zu verwöhnen, statt sich die Zeit zu nehmen, sie etwas zu lehren. Und in späteren Jahren war bei Mary aus dem Verwöhnen pures Nörgeln geworden. Keine Richtung für ihr Leben, kein Hinführen zur Reife, keine Lehren über das Erwachsenwerden. Keinerlei Charakterprägung und daher keine gedankliche Tiefe; die Tochter war oberflächlich geworden – und die Mutter hatte ihren Teil dazu beigetragen.

Mary war genauso erschüttert und unglücklich über Patricias Probleme wie Frank auch. Nur eben auf eine andere Art und Weise.

Der große Frauenheld Frank DeLuca löste schließlich die drängenden Probleme aller auf einen Schlag. Patricia ging zum *Grove Shopping Center*, wo DeLuca sie, wie vorher telefonisch abgesprochen, abholte. Es war ihr erstes Treffen seit ihrer Verhaftung.

»Ich habe eine phantastische Idee!« sagte Frank voller Enthusiasmus.

Seine Idee war, Patricia solle zu ihm ziehen. Aber nicht zu ihm, um mit ihm allein zu leben – nein, zu ihm und Marilyn und den fünf kleinen DeLucas. Frank wollte sie zu einem Teil seiner Familie machen!

Patricia konnte es einfach nicht glauben. Der Plan war aberwitzig – selbst für Franks Verhältnisse.

Aber DeLuca hatte bereits alles vorbereitet. Er hatte Marilyn erzählt, Patrishs Unannehmlichkeiten rührten aus Problemen her, die sie mit ihren überaus ›materialistischen‹ Eltern habe, die einen allzu hohen Standard setzten und erwarteten, daß Patrish ihm gemäß lebte. DeLuca hatte seiner Frau erzählt, Patricia sei fast achtzehn und wolle ohnehin über kurz oder lang von zu Hause fortgehen und sich eine eigene Wohnung suchen; daß er sich im übrigen für sie verantwortlich fühle, weil er sie zu *Walgreen's* geholt hatte; und daß es doch sehr liebenswert wäre, wenn er und Marilyn Patrish einlüden, bei ihnen zu wohnen, bis sie wieder Boden unter den Füßen und den ganzen Ärger hinter sich habe. Platz gab es genug; fünf

Schlafzimmer, das größte davon für Frank und Marilyn, ein Schlafzimmer für die beiden größten Mädchen, eines für die beiden jüngsten, eines für Frank junior und eines für Patrish. Das wäre perfekt, erzählte Frank Patricia. Es würde bedeuten, daß sie immer zusammen sein könnten.

Zusammen – nicht notwendigerweise allein. Wie gewöhnlich.

Patricia hatte gravierende Zweifel. Die ganze Geschichte mit dem Mißbrauch der Kreditkarten und den Scheckbetrügereien war anfangs doch als eine Strategie geplant gewesen, von Frank DeLuca loszukommen – von ihm und von allen anderen in ihrem Leben. Natürlich hatte sie sofort bei ihrer Verhaftung begriffen, wie unsinnig dieser Plan gewesen war. Von der grimmig entschlossenen, betrogenen Frau, als die sie sich selbst gesehen hatte, wurde sie sehr schnell wieder zu der verunsicherten Heranwachsenden, die sie in Wirklichkeit war. Nie hatte sie zuvor gestohlen, und sie sollte auch nie wieder stehlen. Wenn sie eine echte Diebin gewesen wäre, speziell eine solche, die auch noch gefaßt werden wollte, hätte sie in aller Seelenruhe *Walgreen's* ausräumen können. Ihr Motiv war, wie Helen Makin schon vermutet hatte, wahrscheinlich reine Verzweiflung gewesen. Und jetzt bat der Mensch, der der eigentliche Grund dieser Verzweiflung war, sie auch noch, zu ihm und seiner Familie zu ziehen.

»Frank, ich weiß nicht so recht«, sagte sie zögernd. »Ich glaube, ich könnte mich in Gegenwart deiner Frau und deiner Kinder nie wirklich wohl fühlen, verstehst du? Und, ich meine, in deinem eigenen Haus, wo deine ganze Familie lebt, da könnte ich – ich könnte doch da gar nichts mir dir machen –«

DeLuca spielte mal wieder den Verständnisvollen. Er versicherte ihr, er begreife durchaus, daß dies auf den ersten Blick wirklich eine delikate Situation sei. Aber er hatte darüber mit Marilyn gesprochen und ihr sogar versprochen, mehr Abende zu Hause mit ihr und den Kindern zu verbringen, wenn sie sich mit diesem Arrangement einverstanden erkläre. Marilyn war schließlich wirklich einverstanden gewesen, aber nur unter der Bedingung, daß sich zwischen ihm und Patricia im Haus nichts abspielte. Kein Sex.

Jahre später erst fiel es Patricia wieder ein, daß ihr in diesem Augenblick zum erstenmal klar wurde, daß Marilyn DeLuca von ihrer Affäre mit Frank wußte. Diese Erkenntnis war so niederschmetternd gewesen, daß ihr schlecht geworden war. Patricia wußte inzwischen wohl, daß ihr Verhältnis mit Frank DeLuca keineswegs ein so großes Geheimnis war, wie sie es gern gehabt hätte. Vielleicht argwöhnten es bereits mehr als die Hälfte der Leute im Geschäft, und André wußte es auf jeden Fall und Joy Heysek bestimmt auch. Aber der Gedanke, auch Franks *Ehefrau* könne davon wissen, nein, dieser Gedanke war ihr noch nie gekommen.

Sie mußte einfach danach fragen. »Weiß Marilyn denn, daß wir beide eine Affäre haben?«

»Sie vermutet so was«, gab DeLuca zu.

»Wußte sie von dir und Joy Heysek?«

»Ich denke schon.«

»Du *denkst* es? Bist du dir denn nicht sicher?«

»Patrish«, sagte er geduldig, »du bist noch ein richtiger Kindskopf, du hast noch immer nicht begriffen, wie das in Wirklichkeit alles ist. Ein Ehemann weiß nie, wieviel seine Frau von dem weiß, was er tut. Nicht, bis sie es ihm sagt. Und Marilyn ist nicht der Typ, der viel sagt. Du mußt die Dinge mal von ihrem Standpunkt aus sehen, okay? Sie hat ein schönes Zuhause, fünf gesunde Kinder und einen Ehemann, der für sie sorgt. Eine Frau läßt sich einiges gefallen, um das nicht aufs Spiel zu setzen.« Er hob die Schultern. »Ich bin nicht sicher, wieviel sie weiß – und es interessiert mich auch nicht übermäßig.«

Rückschauend konnte Patricia sich später nicht erinnern, ob es irgendeinen speziellen Grund gab, zu Frank DeLuca und seiner Familie zu ziehen. Es gab schon Gründe, sogar mehrere – aber keiner von ihnen schien zur damaligen Zeit schwerer zu wiegen als die anderen. Es war die Summe aller Gründe, als würde man sich ein Kleidungsstück über das andere anziehen, bis es einem endlich warm genug war.

Der wichtigste Grund, warum sie von zu Hause weg wollte,

war nicht mehr länger ihr Vater, sondern ihre Mutter. Frank Columbo hatte wie ein Fels in der Brandung bei den gegen sie erhobenen Anklagen zu ihr gestanden und ihr geholfen. Alle Gedanken an unangebrachte Freiheiten, die er sich in ihrer Phantasie in den zurückliegenden Jahren herausgenommen haben könnte, waren in dem Augenblick in ihren Gedanken zu einem undeutlichen Schatten verblaßt, als sie, wie es nur natürlich gewesen war, nur Minuten, nachdem sich die Handfesseln um ihre Handgelenke geschlossen hatten, bildlich gesprochen, zu ihm gerannt war. Die kleine Patty Ann hatte sich das Kniechen aufgeschlagen und brauchte ihren Daddy, und Frank Columbo eilte ihr zu Hilfe, wie er das immer getan hatte. Niemand vergriff sich an seinem kleinen Mädchen – nicht mal das Gesetz. Im Gefängnis hatte Patricia sich ihm in die Arme geworfen wie ein verängstigtes Hündchen. Alle Angst, die sie vorher verspürt hatte, schwand dahin – jedenfalls aus ihrem unmittelbaren Bewußtsein.

Nicht so die Probleme mit ihrer Mutter. Mary Columbo stand ihr wohl in den ersten Tagen nach ihrer Verhaftung und der sofortigen Freilassung ebenfalls zur Seite, aber aus irgendeinem Grund, den Patricia zu der Zeit überhaupt nicht verstand, stellte sie sich plötzlich *zwischen* Vater und Tochter – nicht, um *sie* zu beschützen, sondern eindeutig zu *seinem* Schutz. Während sie sich ihrem Mann völlig fügte, wenn dieser anwesend war, wurde Mary zu einer gänzlich anderen Person, sobald er den Rücken gewandt hatte. War sie auch nur wenige Minuten mit Patricia allein, wurde Mary Columbo zur Widersacherin ihrer Tochter.

»Patty Ann, du wirst deinen Vater noch mal umbringen, wenn du so weitermachst«, war eine typische Eröffnungsfloskel für ein Gespräch mit ihr.

»Mom, es ist vorbei«, erwiderte Patricia dann. »Es wird nie wieder vorkommen, ich verspreche es.«

Und es *war* vorbei – falls Marys Tiraden sich nur auf die gestohlenen Kreditkarten bezogen. Aber von Zeit zu Zeit deutete Mary an, daß sie noch mehr und anderes im Sinn hatte. Sie machte vage Andeutungen vom Bekannten einer Freundin, der einiges über *Walgreen's* wisse, betonte dann aber immer, so angespannt, wie Frank stets sei, müsse ihn sogar schon ein bloßes Gerücht schrecklich aufregen. Mit anderen Worten – ein Hinweis auf Nachbarschaftstratsch. Vielleicht sogar eine Warnung, was alles passieren könnte, wenn solches Gerede den Hitzkopf von Haushaltungsvorstand erreichen sollte.

Patricia konnte sich nur mit Grausen die Auseinandersetzungen vorstellen, denen sie sich ausgesetzt sehen würde, wenn ihr Vater herausfand, daß Frank DeLuca, fast im gleichen Alter wie er selbst, verheiratet und Vater von fünf Kindern, mit Frank Columbos Teenager-Prinzessin intim gewesen war.

Gewissermaßen als Ausgleich zu den Provokationen zu Hause kam DeLuca schon bald mit einem neuen Vorschlag.

»Weiß du, als was ich dich gern sehen würde?« fragte er sie eines Tages. »Ich sähe es gern, wenn du Model würdest. Mit deinem Aussehen, wette ich, müßtest du mit Leichtigkeit Model beispielsweise für Damenunterwäsche werden können.«

Patricia war fasziniert. Frank erklärte, daß er sich alles schon ganz genau überlegt habe. Als erstes würden sie ein paar professionell gemachte Fotos von ihr brauchen – mit ihrer beider Namen darauf: ihrem als dem des Models und seinem als dem ihres Managers. Sie würden eine Menge Fotos von ihr machen müssen – Nacktfotos, Fotos in Unterwäsche – und diese dann an die einschlägigen Agenturen schicken. Danach brauchten sie dann nur noch abzuwarten, bis das Telefon klingelte. Sie könnten, davon war DeLuca überzeugt, in Null Komma nichts ihre eigene Agentur aufmachen.

»Und wenn du dann bei mir in der Wohnung lebst«, trumpfte er zum Schluß noch auf, »hätten wir jeden Abend für uns und könnten alles genau planen, die Details ausarbeiten und so weiter; das müßte perfekt werden.«

Patricias Faszination wurde zum Enthusiasmus.

Das von DeLuca vorgeschlagene Arrangement bezüglich des Schlafens machte ihr Sorgen. Sie gestand Frank, daß sie sich Gedanken darüber machte, daß er weiterhin das größere Schlafzimmer mit seiner Frau Marilyn teilen würde. Frank wußte sie mal wieder zu beruhigen.

»Patrish«, bestätigte er ihr noch einmal, »Marilyn und ich haben überhaupt nichts mehr miteinander, und das schon seit – ach, ich weiß auch nicht mehr, wie lange das letzte Mal schon zurückliegt. Jedenfalls noch, bevor das letzte Baby geboren wurde. Und das ist jetzt gut zwei Jahre her.«

Das war fast genau so lange, wie die beiden schon ihre Affäre hatten. Der Gedanke ließ plötzlich einen Kloß im Hals bei Patricia entstehen. »Die ganze Zeit hast du außer mit mir mit niemandem Sex gehabt?«

»Nur mit dir«, erklärte er. »Ich habe für niemanden sonst noch etwas übrig. Ich liebe dich, Patrish. Du bist alles, was ich will.«

Dieser Trick funktionierte.

Sie sagte ihren Eltern, sie würde ausziehen und daß Mr. und Mrs. DeLuca ihr angeboten hätten, auf unbestimmte Zeit bei ihnen zu wohnen, bis sie Ordnung in ihr eigenes Leben gebracht habe. Ihre Eltern hätten sie zwingen können, noch ein paar Wochen bis zu ihrem achtzehnten Geburtstag bei ihnen zu wohnen, aber das hätte nur dazu geführt, daß sie im Unfrieden gegangen wäre und sie danach nicht einmal mehr besuchen gekommen wäre. Oder aber sie konnten vernünftig sein, sie sofort gehen lassen und auf freundschaftlichem Fuß miteinander verbleiben. Die Wahl hatten sie.

Frank Columbo barg das Gesicht in den Händen. »Ich weiß nicht, was ich noch alles tun soll«, gestand er hilflos.

»Wir können nur noch eines tun, Frankie«, sagte seine Frau. Sie legte ihm einen Arm um die gebeugten Schultern und schmiegte ihr Gesicht an seinen Kopf. »Wir müssen sie gehen lassen.«

Frank Columbo begann zu weinen.

Frank und Marilyn DeLuca holten Patricia mit ihrem eigenen Kombi ab. Der Triumph DeLucas muß in diesem Moment grenzenlos gewesen sein, vergleichbar nur noch der unglaublichen Komplizenschaft seiner Frau.

Patricia kam mit zwei Koffern aus der Einfahrt, und DeLuca öffnete die hintere Klappe und stellte sie in den Kofferraum. Es gab kein Auf Wiedersehen; ihr Vater arbeitete, und ihre Mutter war in einem der Zimmer auf der unteren Ebene und hatte die Tür hinter sich abgeschlossen. Patricia sah Michael, wie er um die Ecke eines Nachbarhauses spähte, und wollte zu ihm gehen, aber er drehte sich um und lief vor ihr davon. Das machte sie traurig, aber tief in ihrem Herzen wußte sie, daß jedes Zerwürfnis zwischen ihr und Michael nur von kurzer Dauer sein würde.

Nachdem Patricia ins Auto gestiegen war und sie davonfuhren, war ihr, als sehe sie ihre Mutter hinter dem Vorderfenster – aber sie war nicht ganz sicher. Als DeLucas Kombi sie aus Frank Columbos Vorort-Traumhaus 55 Brantwood Avenue entführte, war es Patricia, als ließe sie einen Alptraum zurück.

Dabei hatte ihr wahrer Alptraum noch gar nicht begonnen.

Juni 1974 bis Mai 1975

Marilyn DeLuca war kleiner als Patricia – und schlanker. Ebenfalls italienischer Abstammung – ihr Mädchenname hatte Marilyn Curcio gelautet –, hatte sie dunkle Augen und schwarze, lange Haare wie ihr Mann. Sie und Frank waren ein gutaussehendes Paar, wie Patricia widerwillig zugeben mußte.

Patricia fühlte sich nicht so mies, in dieser ungewöhnlichen Situation zu leben, wie sie es zunächst befürchtet hatte. Ein Grund dafür, daß sie sich so leicht mit allem abfand, war sicher die kunstvolle Vorbereitung dieses Arrangements durch Frank DeLuca.

Sogar die Nachbarn waren kurz informiert worden.

»Solltest du je mit einem unserer Nachbarn ins Gespräch kommen«, erläuterte Marilyn ihr schon früh, »dann mußt du folgendes wissen: Die Leute glauben, Frank und ich seien so etwas wie Ersatzeltern für dich, weil du zu Hause mit deinen Eltern einige gravierende Probleme hast. Frank hat jedem erzählt, daß du für ihn in dem Drugstore gearbeitet hast und daß wir beide, als du mit dem Gesetz in Konflikt gekommen bist, zum Gericht gegangen sind, um dich eine Zeitlang bei uns aufzunehmen. Bist du mit dieser Geschichte einverstanden?«

»Sicher, sehr gut«, stimmte Patricia zu. Sie war wieder einmal baß erstaunt, daß Frank DeLuca immer eine gute Figur abgab, egal, was er den Leuten auch vorlügen mochte. Die Nachbarn hatten ihn bestimmt schon zum Wohltäter des Jahres 1974 abgestempelt.

Marilyn DeLucas Beziehung zu Patricia war distanziert, beinahe schon unpersönlich zu nennen. Weder freundlich noch unfreundlich, schien sie Patricia mit einer Attitüde des Auch-das-wird-Vorübergehens zu tolerieren. Außerdem schien sie auch die Kinder nicht zu beeinflussen, wie sie sich dem neuen Mitglied des Haushalts gegenüber verhalten sollten – wenigstens nicht offen.

Es gab in der Tat, wie Patricia letztendlich, wenn auch mit Bedauern, akzeptiert hatte, fünf kleine DeLucas. Die älteste, etwa in Michaels Alter, war Laurie, ein Mädchen an der Schwelle der Pubertät. Sie behandelte Patricia fast genauso wie Marilyn: mit einer gewissen neutralen Neugierde. Insoweit folgte sie wahrscheinlich dem Beispiel, das ihre Mutter ihr gab.

Im Alter folgte dann DeLucas einziger Sohn. Er hieß gleichfalls Frank und wurde von seinen Eltern und seinen Schwestern ›Frankie‹ gerufen, genau so, wie Patricias Vater oft zärtlich von Mary Columbo genannt wurde. Wie eigentlich nicht anders zu erwarten, fühlte er sich von allem Anfang an stark zu Patricia hingezogen und suchte ihre Nähe, wann und wo immer er sie finden konnte.

Mary Beth, die zweitälteste Tochter, verhielt sich am distanziertesten. Sie schien in Patricia etwas zu wittern, das nicht gut für die Familie sein konnte. Nicht, daß sie jemals etwas in dieser Hinsicht gesagt hätte; es war vielleicht nur ein Gespür, das ihren Geschwistern abging, einfach nur kindliche Intuition oder was auch sonst. Mary Beth mochte Patricia jedenfalls von allen Hausbewohnern am wenigsten.

Julie, die nächste, war noch im Kindergartenalter und hatte ihre eigene kleine Welt, die sich deutlich von der ihrer beiden älteren Schwestern unterschied. Andererseits aber war sie ihrer kleinen Schwester Crissy, dem Nesthäkchen der Familie im

Krabbelalter, weit voraus. Patricias Anwesenheit im Haus schien Julies Leben nicht im geringsten zu berühren, und sie kümmerte sich kaum um ›das Mädchen, das bei Papa gearbeitet hat‹ und das jetzt für einige Zeit bei ihnen wohnen sollte.

Crissy, die Jüngste, war Mamis kleines Mäuschen, und dieser Status wäre nicht einmal durch einen Atomkrieg zu erschüttern gewesen, geschweige denn durch eine Patricia Columbo.

Alles in allem weiter nichts als eine große Familie, in deren Schoß Daddy Frank allabendlich nach einem harten Tag bei *Walgreen's* heimkehrte.

Die Strafanzeigen gegen Patricia wurden nie gerichtlich verfolgt. In den Akten heißt es lediglich, das Verfahren sei am 22. Mai 1974 eingestellt worden. Sie ging davon aus, sie habe ein Jahr Bewährung erhalten. Jedenfalls sagten ihre Eltern ihr das, als sie gemeinsam das Gerichtsgebäude verließen. Bis dahin hatte Frank Columbo natürlich den gesamten Schaden samt aller Nebenkosten reguliert. So war Patricia weiter ein freier Mensch, auch wenn sie selbst immer der Meinung war, sie stehe unter irgendeiner Art von Beobachtung oder Aufsicht durch das Gericht.

DeLuca machte sich an seinen wie er meinte grandiosen Plan, eine raketenhafte Karriere seiner Patrish als Model zu starten. Seine Egozentrik, seine immense Selbstüberschätzung hatten ihn offenbar absolut sicher gemacht, dazu sei weiter nichts erforderlich als ein paar Schnappschüsse von Patricia in – und ohne – Unterwäsche und eine gedruckte Geschäftskarte. So etwas wie Ausbildung kam ihm nie in den Sinn. Posieren, sich bewegen, Präsentation – er vergaß es; Charme, Ausstrahlung, Charisma – wozu? Von Stilempfinden und Lebensphilosophie ganz zu schweigen, genau wie von Umgangsformen oder Geschmack. Fotos seiner nackten, oder fast nackten, Patrish würden über Nacht, davon war er felsenfest überzeugt, die lukrativsten Angebote ins Haus flattern lassen.

Nun war Frank DeLuca alles andere als ein dummer Mensch. Von Marilyn hörte Patricia so einiges über seinen Hintergrund. Die Familie DeLuca kam, genau wie die Columbos, aus dem

Westen Chicagos. Zu der Zeit, als Frank noch die Grundschule besuchte, lebte die Familie in der *South Albany* Nummer 608, nicht mehr als vier Meilen von der alten Wohnung der Columbos in der *West Ohio* entfernt. Sein Vater, der ebenfalls Frank hieß, war Lastwagenfahrer gewesen. Wie viele andere Familien aus der inneren City zogen sie nach Westen, als bestimmte ethnische Gruppen sich ausbreiteten, mit denen sie nicht unbedingt etwas zu tun haben wollten.

Die DeLucas entschlossen sich, nach Nordwesten in die Kilbourne Avenue nahe dem Kelvyn Park zu ziehen. Solange sie dort wohnten, besuchte Frank die Austin High-School, die damals als eine der besten High-Schools der ganzen Stadt galt. Hier waren sie schon praktisch in einem Vorort, nur fünf Blocks vom angrenzenden Oak Park entfernt. DeLuca war ein allenfalls mittelmäßiger Schüler, der sich recht und schlecht durch die Schuljahre schlug und sich mitunter in sportlichen Aktivitäten hervortat. Aber am Ende brachte er es weder zu bemerkenswerten akademischen noch zu sonderlichen sportlichen Ehren.

Das folgende Schuljahr verbrachte DeLuca dann auf dem *Wright Junior College*, wo er sich einen Stundenplan ohne erkennbaren Schwerpunkt zusammenstellte. *Wright* war eine städtische Schule und also nicht sehr teuer. Während des Sommers, in dem er neunzehn Jahre alt wurde, arbeitete er nebenbei als Bauhilfsarbeiter. Damals lag der Stundenlohn etwa bei einem Dollar siebzig. Gegen Ende des Jahres reiste er ins nahe gelegene Lafayette, Indiana, und bewarb sich dort für die Ausbildung zum Football-Trainer an der Purdue University. Seine Bewerbung hatte auf Grund seiner Zeugnisse von der Wright Junior High-School auch Erfolg.

Sein Studium als Sportstudent dauerte zwei Semester, dann brach er es ab. Es gab unterschiedliche Versionen, weswegen sein Studium annulliert wurde, ob DeLuca – wie er behauptete – verletzt oder ob er aus dem Team ausgeschlossen worden war, weil er schlicht nicht gut genug gewesen war und den Anforderungen nicht entsprochen hatte, ist nicht ganz klar. Was aber auch immer der Grund gewesen sein mag, er beendete seine Ausbildung in Purdue jedenfalls ohne einen Abschluß.

Es blieb ihm danach wieder nur die Baustelle. DeLuca unterbrach für ein ganzes Jahr die Schule, um wie in den Sommern zuvor arbeiten zu gehen und zu versuchen, da er noch zu Hause wohnte, genug Geld für ein zweites Jahr in Purdue zu sparen, wohin er dann auch Ende 1959 zurückkehrte. Er hatte inzwischen von einem Stipendium der Drugstore-Kette *Walgreen's* gehört, das an Studenten der Pharmazie vergeben wurde, und er entschloß sich, diese berufliche Laufbahn zu versuchen. Das Förderungsprogramm war ausgesprochen attraktiv, denn wenn ein Stipendiat sich verpflichtete, nach Abschluß des Studiums bei *Walgreen's* zu arbeiten, wurde ihm die Rückzahlung nach einer gewissen Zeit erlassen.

1960 heiratete DeLuca Marilyn Curcio, und im selben Sommer arbeitete er für den Getränkekonzern 7up zu einem Stundenlohn von zwei Dollar zehn in der Abfüllstation. Ende des Jahres kehrte er dann nach Purdue zurück und schrieb sich für Pharmakologie ein. Im darauffolgenden Sommer arbeitete er wieder auf dem Bau, diesmal bei der Baugesellschaft *Wilson Brothers* im nahe gelegenen Cicero. Ende 1961 kehrte er nach Purdue zurück, wo seine Ausbildung zum Apotheker jetzt gute Fortschritte machte; er machte sogar so gute Fortschritte, daß *Walgreen's*, sein Förderer, ihm eine Anstellung als Aushilfskraft in der Filiale von Melrose gab, als er seine Ausbildung abgeschlossen hatte. Er erhielt einen Dollar fünfundsiebzig die Stunde plus fünfzig Cents dafür, daß er einer von ›ihren‹ Studenten war. Noch im selben Sommer wurde er dann in die Filiale von Elmhurst versetzt.

DeLuca mußte noch ein letztes Semester absolvieren, um das Staatsexamen in Pharmakologie abzulegen. Das schaffte er in der zweiten Hälfte des Jahres 1962 und graduierte im Januar 1963. Zwei Tage nach Weihnachten setzte ihn *Walgreen's* dann als Vollkraft in Elmhurst ein. Im folgenden Monat, als er als Pharmakologe – wenngleich im Staate Indiana – registriert worden war, setzte die Gesellschaft ihn als Abteilungsleiter in der Filiale Oak Store auf ihre Gehaltsliste. Neun Monate später erhielt er seine offizielle Zulassung mit der Registriernummer 26155 als Pharmakologe für den Staat Illinois.

Über die Jahre reüssierte DeLuca dann in der Hierarchie von

Walgreen's. Er galt als harter Arbeiter, als zuverlässig und ehrlich. Man schickte ihn von Filiale zu Filiale, von Ort zu Ort, von einem Geschäftsführer zum nächsten, um ihn möglichst viele Erfahrungen machen zu lassen. Er arbeitete in den *Walgreen's*-Niederlassungen von Berwyn, Norridge, Glen Ellyn, Schaumburg, und die Geschäftsleitung ließ ihn auch immer mal wieder nach Oak Park und Elmhurst zurückkehren. Im September 1969, sechseinhalb Jahre nach seiner Graduierung, erhielt er vollen Managerstatus. Zweieinhalb Jahre später setzte *Walgreen's* ihn als Leiter seiner großen Filiale im Einkaufszentrum von Elk Grove Village ein. Sein Einkommen war inzwischen von den ursprünglichen zwei Dollar fünfundzwanzig pro Stunde auf achtzehntausend Dollar pro Jahr gestiegen – und das zu einer Zeit, als das durchschnittliche Einkommen in den USA bei siebentausendfünfhundert Dollar lag.

Frank John DeLuca, Sohn eines LKW-Fahrers, war dabei, sich den amerikanischen Traum zu erfüllen.

Patricias Entlassung bei *Walgreen's* wurde nicht rückgängig gemacht, und sie schämte sich auch viel zu sehr, um wieder dorthin zurückzugehen, wo sie verhaftet und in Handschellen abgeführt worden war. Da sie nun in Addison wohnte, sah sie sich nach Arbeit am Ort um und fand einen Job in der *Robert Hall Village*, einem größeren Kaufhaus. Von DeLuca erhielt sie ein glänzendes Zeugnis. Sie blieb allerdings nur wenige Wochen bei der Firma, weil zufällig Leute aus Elk Grove Village in das Geschäft kamen, die von den Diebstählen bei *Walgreen's* wußten und beim Hinausgehen mit dem Wachmann am Eingang redeten.

»Überprüfen Sie eigentlich die Leute nicht, die Sie einstellen?«

Daraufhin wurde Patricia nochmals überprüft, diesmal unter Einschluß einer Nachfrage bei der Personalabteilung von *Walgreen's*.

Sie wurde gefeuert.

Patricia war bald klar, daß die großspurigen Pläne DeLucas, eine Agentur für Models ins Leben zu rufen, keineswegs über Nacht zum Erfolg führen würden; bisher hatten sie noch nicht eine einzige Anfrage erhalten. Die ganze Sache fing an, einen ausgesprochen schäbigen Charakter anzunehmen – ganz ähnlich wie das billige kleine Zimmer in ›ihrem‹ Motel.

Wieder einmal fing Patricia an, eigene Pläne zu machen – dieselben Pläne übrigens, die sie schon geschmiedet hatte, als sie noch in der Brantwood wohnte: Sie wollte ihr Zuhause verlassen. Der einzige Unterschied war, daß es diesmal DeLucas Zuhause war, das sie zu verlassen gedachte. Und sie war fest entschlossen, nicht wieder ins Haus ihrer Eltern zurückzukehren.

Um die öffentliche Zurschaustellung und eine genauere Überprüfung ihrer Person zu vermeiden, die mit einem Job als Verkäuferin unweigerlich immer verbunden war, suchte sie sich einen weniger anspruchsvollen Job als den, den sie bei der Fabrik für Plastikrohre gehabt hatte. Es dauerte ein paar Tage, aber dann hatte sie die ideale Arbeit gefunden: alleinige Sekretärin und Empfangsdame in dem kleinen Verkaufsbüro einer Fabrik für Klebstoffe. DeLuca hatte sofort etwas dagegen, als sie ihm davon erzählte.

»Mir gefällt die Idee überhaupt nicht, daß du als einzige Frau in einem Büro voller Männer arbeitest«, beschwerte er sich. »Ein Haufen Vertreter, die alle nur das Eine wollen! Da kann man sich an den Fingern einer Hand abzählen, mit was für Typen du da zusammenkommst.«

Da muß ich mich wohl sehr in acht vor dem Einen *nehmen, wie?* dachte sie. »Sieh mal, Frank, es ist ein guter Job«, argumentierte sie. »Die Männer sind doch immer nur eine Stunde oder so am Morgen da und dann noch mal kurz am Abend. Die ganze übrige Zeit arbeite ich allein. Oder mit dem Verkaufsleiter zusammen.«

»Und was machst du, wenn du mit dem Verkaufsleiter allein bist?« fragte er lauernd.

»Dasselbe, was ich tue, wenn ich nicht mit ihm allein bin«, versicherte sie ihm. »Ich schreibe Briefe, gehe ans Telefon, verschicke Broschüren . . .«

»Das gefällt mir alles nicht«, sagte DeLuca. Seine Stimme klang wie das Zischen einer Schlange.

»Dann stell mich wieder bei *Walgreen's* an«, verlangte sie.

Er schwieg.

Mary Columbo brachte es nicht fertig, die Sache auf sich beruhen zu lassen. Sie rief Marilyn DeLuca an.

»Patty versucht, Ihnen den Mann wegzunehmen, wissen Sie das?« fragte sie.

»Ich weiß, daß sie das zu gern täte«, erwiderte Marilyn. »Aber ich glaube nicht, daß sie das auch schafft.«

»Sie scheinen sich Ihrer Sache ja sehr sicher zu sein, wenn Sie sie sogar in Ihrem eigenen Haus wohnen lassen«, sagte Mary.

»Ich kenne meinen Mann, Mrs. Columbo«, sagte Marilyn selbstbewußt. »Er wird ihrer überdrüssig werden. Auf eines kann ich mich bei Frank immer verlassen: früher oder später verliert er immer das Interesse an einer neuen Sache. Und im Fall Patty würde ich eher sagen: früher. Wenn er genug von ihrem Sex hat, läßt er sie fallen – denn mit Patty verbindet ihn über Sex hinaus gar nichts. Ihre Tochter ist ein sehr oberflächlicher Mensch, Mrs. Columbo. Sie haben sie nicht gerade gut erzogen.« Unfähig, DeLuca oder Patricia zu treffen, kam ihr Mary Columbo als Zielscheibe für ihre Wut gerade recht.

»Kümmern Sie sich gefälligst nicht darum, wie ich meine Tochter erzogen habe«, erwiderte Mary Columbo drohend. »Sie sollten sich lieber darum kümmern, nicht etwa bald Ihr schönes glückliches Heim zu verlieren.«

»Was veranlaßt Sie eigentlich zu glauben, mein Heim sei glücklich?«

Es hätte ein glückliches Heim sein können; es hätte ein glückliches Zuhause sein *müssen*. Marilyn DeLuca hatte, wie sie überzeugt war, die besten Kinder auf der ganzen Welt. Wenn nur Frank sie so liebte wie sie, wenn er sich doch nur so an ihnen *freute* wie sie – Gott, welch wundervolle Familie hätten sie sein können. Aber tief in Frank stimmte etwas nicht; irgend etwas trieb ihn vorwärts – aber was? Sie wußte es nicht. Vielleicht wußte nicht einmal er selbst es. Aber er *wurde* getrieben.

Und eines Tages würde er irgendwo auflaufen. Marilyn war entschlossen, dann dazusein und die Trümmer aufzusammeln. Für ihre Kinder. Bis dahin galt es durchzuhalten.

Das Durchhalten war nicht leicht. Frank hatte keinesfalls vor, sein Versprechen einzuhalten, keinen Sex mit Patricia innerhalb des Hauses zu praktizieren. Es war eine Vereinbarung mit Marilyn, die er ohnehin nur getroffen hatte, um Patricia zu überzeugen, hierher zu ziehen. Sie war genauso wertlos wie alles andere, was er sagte, wenn er seinen Willen durchsetzen wollte.

Offenbar versuchte Patricia, ihr Wort zu halten. »Nicht im Haus, Frank, erinnerst du dich«, sagte sie, als er es zum erstenmal versuchte.

Aber Frank war beharrlich. Er modifizierte das Übereinkommen dahingehend, daß er behauptete, es gelte nur dann, wenn sonst noch jemand im Haus war. Wenn die größeren Kinder in der Schule waren, Marilyn mit den kleineren einkaufen ging, Frank Spätschicht hatte und Patricia in der Mittagspause kurz nach Hause rannte – wem schadete es dann wohl?

Patricia wehrte sich auch dann noch und sagte, sie finde es ›nicht richtig‹, gab aber Jahre später zu, daß sie eine wahnsinnige Angst davor hatte, mitten im Akt überrascht zu werden. Trotz all ihrer bisherigen bemerkenswerten Erfahrungen spürte sie doch noch immer die Ängste aller Heranwachsenden, und es gehörte nicht viel dazu, sie in diesen Dingen aus der Fassung zu bringen.

Vergeblich versuchte Patricia, Frank davon zu überzeugen, ein eigenes Zimmer zu mieten; er blaffte sie nur an: »Warum Geld für ein Zimmer in einem Motel ausgeben, wenn wir direkt vor unserer Nase eine erstklassige Couch im Wohnzimmer stehen haben?«

Sie schaffte es nicht, ihm sein Vorhaben auszureden. Seine Argumente hatten etwas von einer Bombe an sich, die gleichzeitig in alle Richtungen hin explodierte. Und – sie liebte ihn.

Tatsächlich hatten sie Sex in jedem einzelnen Zimmer des Hauses.

Spät nachmittags übergab der Verkaufsleiter Patricia einmal ein kleines Päckchen mit Mustern und trug ihr auf, es einem Kunden namens Louis Osborne ins Airport Hotel zu bringen. Sie sollte ihn notfalls ausrufen lassen, falls er nicht auf seinem Zimmer war, um sicherzustellen, daß er das Päckchen auch persönlich erhielt.

Besagter Louis Osborne meldete sich nicht, als der Mann am Empfang in seinem Zimmer anrief, und also tat Patricia, wie ihr geheißen, und ließ ihn ausrufen. Aber auch auf diesen Rundruf meldete er sich ebenfalls nicht.

»Ich bin sicher, er ist hier irgendwo«, sagte der Mann am Empfang. »Er hat gerade eben erst ein paar Nachrichten entgegengenommen. Ich lasse ihn weiter ausrufen, aber Sie können auch gern selbst nach ihm suchen, wenn Sie mögen. Er ist ein gutaussehender junger Mann, Mitte Zwanzig, mit einem Schnurrbart.« Patricia schlenderte durch die Lobby, während sie mit halbem Ohr hinhörte, wie der Liftboy mit seiner Tafel in der Hand leise den Namen Osborne ausrief. Sie wollte schon in die Cocktail-Lounge gehen, als ein wirklich gutaussehender junger Mann mit einem Schnurrbart heraustrat.

»Entschuldigen Sie, sind Sie vielleicht Mr. Osborne?« fragte sie.

»Nein, leider nicht«, erwiderte er. »Aber haben Sie vielleicht zufällig meine Mutter gesehen?«

»Was?«

»Meine Mutter. Sie ist eine schlanke, hübsche Frau mit einem sehr entschlossenen Ausdruck auf dem Gesicht. Haben Sie jemanden gesehen, auf den diese Beschreibung paßt?«

»O nein, das habe ich nicht.« Patricia war leicht verwirrt.

»Wie sieht Ihr Mr. Osborne denn aus?« fragte er.

»Wie Sie, glaube ich«, sagte sie.

Seine Augenbrauen schossen in die Höhe. »Wirklich? So gut sieht er aus? Dann sollte es nicht allzu schwerfallen, ihn zu finden.«

Patricia konnte nicht anders, sie mußte lächeln. Er sah wirklich verdammt gut aus.

»Wie wär's mit einem Drink?« schlug er vor. »Wir könnten

uns zunächst über die Leute unterhalten, nach denen wir suchen, und dann übers Heiraten.«

»Sind Sie wahnsinnig?« fragte sie. Aber die Frage war ernst gemeint gewesen. Sie lächelte nicht mehr.

»Schon möglich«, gestand er. »Ich bin Medizinstudent; die meisten von uns sind wahnsinnig. Worüber also wollen Sie reden, über die Leute, nach denen wir suchen, oder über unsere Hochzeit? Geht es Ihnen um die Erstgenannten, dann bin ich absolut und vollkommen willens, Mutter und Mr. Osborne auf ewig als verlorengegangen umherwandern zu lassen. Nur leider – ich komme nicht nach Hause, es sei denn, Mutter führe mich heim.«

»Sind Sie nicht vielleicht schon ein wenig zu alt, um sich noch von Ihrer Mutter in der Gegend herumfahren zu lassen?« fragte Patricia. Dieser Mann war der seltsamste Mensch, dem sie je begegnet war. Aber irgendwie auch sehr interessant.

»Ich habe keinen Führerschein«, sagte er. Man hatte ihm den Führerschein wegen Fahrens unter Alkoholeinfluß abgenommen. Das war nach den Schlußexamina des letzten Semesters gewesen; eine Gruppe Medizinstudenten war, froh darüber, dem Streß des Studiums entronnen zu sein, gemeinsam feiern gegangen, und ausgerechnet er hatte sich anschließend ans Steuer setzen und die anderen heimfahren müssen. »Es war sehr dumm von mir«, mußte er zugeben. Er legte ihr die Hand auf den Arm. »Bitte nehmen Sie doch einen Drink mit mir.«

Patricia ließ sich von ihm in die Cocktail-Lounge führen.

Sein Name war Andrew Harper. Patricia war fasziniert von ihm. Er lebte mit seiner geschiedenen Mutter zusammen in einem der wohlhabenderen Viertel von Wheaton. Während des Sommers hatte er als Laborant in einer Klinik ein Stück die Straße hinunter gearbeitet. Jetzt hatte er seine Mutter gebeten, ihn hier abzuholen, damit seine Kommilitonen sie nicht sehen sollten; es machte ihn verlegen, zugeben zu müssen, daß man ihm den Führerschein abgenommen hatte. Vor ihm lag noch sein letztes Jahr auf der Universität und danach das Praktikum.

»Ich habe mich noch nicht entschieden, was ich dann tun

werde«, sagte er, als die Drinks gekommen waren. »Mutter meint, ich solle mich als Gynäkologe niederlassen, weil ich als kleiner Junge immer versucht habe, den Frauen unter die Röcke zu gucken.«

Da wären wir also wieder mal beim Thema, dachte Patricia. *Noch so ein Kretin. Trink aus und sieh dich nach Osborne um.*

Aber dann wurde Andrew Harper ernst. »Was mich ernsthaft interessieren würde, das wäre Kinderheilkunde«, sagte er. »Ich mag Kinder sehr. Ich glaube, ich wäre ein guter Kinderarzt. Was treiben Sie denn so, Patricia?«

»Ich bin einfache Büroangestellte«, erwiderte sie, »nichts Besonderes.«

»Keine Ambitionen?«

»Ich wollte eigentlich immer Lehrerin werden«, sagte sie ruhig. *Wieso, zum Teufel, kam ihr das ausgerechnet jetzt in den Sinn?* fragte sie sich selbst. Es war ja schon Jahre her, daß sie zum letztenmal daran gedacht hatte, einmal Lehrerin zu werden.

Andrew war es zufrieden. »Demnach mögen wir also beide Kinder, denke ich mal«, stellte er fest.

»Das denke ich auch.«

Patricia studierte ihn aufmerksam, während er fortfuhr, von seiner in Aussicht genommenen Karriere als Mediziner zu erzählen. Er hatte etwas von einem kleinen Jungen an sich; Patricia konnte ihn sich lebhaft in einer Unterhaltung mit Michael vorstellen, wie sie über Fahrräder oder sonstwas diskutierten. Er hatte ein richtiges Babygesicht; hätte er nicht diesen Schnurrbart getragen, er hätte womöglich auch nicht viel älter ausgesehen als Michael. Er hatte nichts von einem Macho an sich wie all die anderen Männer in ihrem Leben: ihr Vater, Jack Formanski, DeLuca. Trotzdem vermittelte er nicht den Eindruck von Schwäche; seine ganze Haltung drückte im Gegenteil viel Selbstbewußtsein aus. Er war eben ein rundum interessanter Mensch.

»Da kommt Mutter«, sagte er auf einmal und deutete auf eine große Frau, die gerade die Lobby betrat. »Sehen wir uns morgen wieder? Wir könnten zusammen essen gehen, und Sie könnten mich nach Hause fahren.«

Morgen, dachte Patricia, arbeitete DeLuca von eins bis zum Ladenschluß um zehn Uhr. »Wenn Sie möchten«, sagte sie.

Patricia spürte beinahe schon so etwas wie einen Anflug von Schüchternheit, als werde sie zum erstenmal um ein Rendezvous gebeten. Sie konnte irgendwie nicht begreifen, was hier vorging.

Als Patricia eine Woche später Mrs. Harper kennenlernte, kam sie ihr ähnlich unkonventionell und eigenartig vor wie ihr Sohn. Sie machte vor allem von allem Anfang an eines ganz klar: Es interessierte sie nicht im geringsten, mit wem Andrew sich traf oder wieweit er sich mit jemandem einließ, solange er nur seine medizinischen Studien beendete und Arzt wurde. Falls nicht, würde sie ihn unerbittlich enterben. Wenn diese Vorbedingung erfüllt war, schien sie geneigt, auch die Freundin des Sohnes zu akzeptieren.

Patricia begann, sich regelmäßig mit Andrew zu treffen – jedenfalls so regelmäßig, wie das unter den gegebenen Umständen möglich war. Sie konnte ihn nur an den Abenden sehen, an denen DeLuca Spätschicht hatte, aber dafür traf sie sich an den Tagen, an denen sie wußte, daß sie abends nicht würde ausgehen können, mit ihm zum Lunch. Sie verweigerte ihm ihre Telefonnummer mit der Ausrede, ihre Mutter sei erst kürzlich aus dem Krankenhaus zurückgekommen und sie wolle nicht, daß ihre Mutter durch das Klingeln des Telefons gestört werde. Dieselbe Ausrede benutzte sie auch, um ihm zu erklären, warum sie nur so unregelmäßig mit ihm des Abends ausgehen könne. Sie müsse sich eben um ihre Mutter kümmern. Schon wieder Lügen – aber was sollte sie machen?

Patricia und Andrew gingen nicht miteinander ins Bett; es gab weder die Zeit noch eine Gelegenheit hierfür. Aber sie waren eindeutig ineinander vernarrt, sogar so sehr, daß Patricia ihm ohne Umschweife die Wahrheit sagte, als er sie einmal nach ihrem Alter fragte. Sie wurde jetzt bald neunzehn.

»Ich dachte, du seist älter«, gestand er. »Näher an meinem eigenen Alter.« Er war vierundzwanzig.

»Bin ich zu jung für dich, Doktor?« fragte sie ihn. Es machte ihr Spaß, ihn so zu nennen.

Andrew hatte offenkundig ernste Absichten und drängte darauf, ihre Eltern kennenzulernen. Patricia sah die Notwendigkeit, sich ernsthaft über ihre Gefühle für ihn klarzuwerden, und war überrascht festzustellen, daß ihr der Gedanke gefiel, Andrew werde in ihrer Zukunft eine Rolle spielen. So unglaublich es ihr auch schien, sie hatte eine tiefe Zuneigung zu diesem jungen Mann gefaßt, die drauf und dran war, erste Teilchen aus dem festen Block ihrer Liebe zu Frank DeLuca herauszulösen. Voller Verwunderung über sich selbst fing sie an, sich zu fragen, wer von den beiden eigentlich ihre erste Liebe als Erwachsene war – Andrew oder Frank.

Patricia versuchte, einen Weg für sich selbst abzustecken, dem sie mit Leichtigkeit folgen zu können glaubte. Sie wußte, wenn sie Andrew zu einem Bestandteil ihres Lebens machen wollte, würde sie vor allem erst einmal aus dem Haus der DeLucas ausziehen müssen. Sie war jetzt alt genug, um eine Wohnung auf ihren eigenen Namen zu mieten – vorausgesetzt, sie hatte das erforderliche Geld. Von dem, was sie jetzt verdiente, würde das nicht gehen, also brauchte sie Hilfe. Ihr Vater, das wußte sie, würde ihr helfen; er hatte ihr immer geholfen. Vor allem dann, wenn sie einen seriösen jungen Mann mit nach Hause brachte.

Die Sache mit Andrew *konnte* also durchaus funktionieren, sagte sie sich selbst aufgeregt. Sicher, sie war nicht so verrückt nach ihm wie nach Frank DeLuca; er entzündete nicht dasselbe leidenschaftliche Feuer in ihr, das sie in Franks Armen kennengelernt hatte. Aber weder würde er Bilder von ihr haben wollen, wie sie gerade von einem anderen gevögelt wurde, noch würde er sie in demselben Zimmer bumsen wollen, in dem seine kleinen Töchter schliefen. Andrew hatte ein paar kleinere Macken, Frank hatte etliche gravierende Probleme. Wenn es ihr gelänge, sich ganz für Andrew zu entscheiden, wäre sie mit Sicherheit weitaus besser dran als jetzt.

Als sie sich soweit durchgerungen hatte, begann sie, Pläne zu schmieden, wie und wann sie Andrew ihren Eltern vorstellen würde.

Patricias Beziehung zu ihrer Familie war seit ihrem Auszug dort freundlich, aber kühl. Ihr Vater war herzlich, wenn auch ein wenig distanziert; er war tief gekränkt gewesen und seine Wunden noch nicht verheilt. Mary Columbo versuchte, die Situation mit betonter Liebenswürdigkeit in den Griff zu bekommen, während sie aber gleichzeitig ein waches Auge auf das dünne Eis hatte, auf dem sich Vater und Tochter bewegten; sie war entschlossen, ihren Mann nicht noch einmal unter einem neuerlichen emotionalen Trauma leiden zu sehen. Michael zog sich wie gewöhnlich in sich selbst zurück wie in ein Schneckenhaus. Patricia war für ihn nicht mehr der liebste Mensch auf Erden; er konnte nicht verstehen, warum sie das Zuhause verlassen hatte, und nahm ihr persönlich die Wehmut übel, die sie zurückgelassen hatte – besonders aber den Kummer, den er dann und wann in den Augen seines Vaters sehen konnte. Er mußte mitgehört haben, als seine Mutter über diesen Kummer gesprochen hatte; das war etwas, das niemand hatte vorhersehen können.

Patricia hatte keine Zeit, Michaels Gefühle zu beruhigen; er war noch ein Kind und würde, wie sie annahm, seine Animositäten ihr gegenüber bald verlieren. Was ihre Mutter anging, so wußte Patricia, daß Mary grundsätzlich das tun würde, was zu gegebener Zeit am besten für Frank war. Daher war Patricias vornehmstes Anliegen, sich wieder gut mit ihrem Vater zu stellen, sich selbst wieder als gutes Mitglied wenn schon nicht des Haushaltes, so doch der Familie zu etablieren. Zu diesem Zweck mußte sie Frank Columbo davon überzeugen, daß sie zur Einsicht gekommen und bereit war, ihr Leben in Ordnung zu bringen. Zum Beweis dafür wollte sie ihm Andrew Harper präsentieren: einen jungen, gutaussehenden Mann mit tadellosen Umgangsformen, nicht verheiratet, kinderlos und auf dem Weg, Arzt zu werden.

Das perfekte Gegenstück zu Frank DeLuca.

Es klappte geradezu traumhaft.

Mary half, den Weg zu ebnen und das Denken ihres Ehemannes mit ganz gezielten Bemerkungen in die gewünschte Richtung zu lenken. Sie ließ sich darüber aus, welche Anstrengungen es erforderte, heutzutage Arzt zu werden; Frank hatte etwas für harte Arbeit übrig. Andrew erwiderte, daß alles, was es wert sei, besessen zu werden, auch harte Arbeit wert sei. Das war die perfekte Antwort. Patricia hatte Andrew schon gesagt, er solle möglichst viele Spruchweisheiten benutzen.

»Meine Eltern *lieben* Spruchweisheiten. Mein Vater hat praktisch sein ganzes Leben um solche Spruchweisheiten herum aufgebaut. ›Ein Pferd kann man auch zur Tränke *führen*‹ und solche Sachen eben, du verstehst?«

Mary erwähnte ihre Operation und pries die wunderbaren Ärzte, die sie behandelt hatten. Sie fragte, ob Andrew vielleicht daran denke, Chirurg zu werden. Das würde Frank gefallen: ein Schwiegersohn, der täglich mit dem Skalpell in der Hand in der Arena des Operationssaals über Tod und Verderbnis siegte. Aber Andrew erzählte ihnen, er tendiere mehr zur Kinderheilkunde; er wolle mit Kindern arbeiten. Mary lächelte fein; das würde Frank eher noch besser gefallen. Jeder wußte, daß er Kinder mochte. Seit kurzem, so hatte Mary erst neulich noch Freundinnen erzählt, hatte er angefangen, sich mit Kleinkindern im Einkaufszentrum zu beschäftigen. Mary sagte, in ihm erwachten großväterliche Gefühle.

Frank hatte auch ein eigene, eher grundsätzliche Frage. Ihm war aufgefallen, daß Patricia ihn mit dem Wagen fuhr. »Besitzen Sie keine eigenes Auto, Andrew?«

Patricia hatte Andrew schon vorgewarnt. »Riskiere es um Gottes willen nicht, ihm zu erzählen, man hätte dir den Führerschein weggenommen. Mein Vater ist der Meinung, betrunkene Autofahrer gehörten mit den Beinen nach oben aufgehängt.«

»Ich bin ja nicht eigentlich ein betrunkener Autofahrer«, hatte Andrew leicht unwirsch geantwortet. »Ein einziger Zwischenfall brandmarkt mich ja wohl nicht für mein ganzes Leben.«

»In Dads Augen schon. Bitte erwähne es nicht.«

Als Antwort auf Frank Columbos Frage lächelte Andrew und log: »Ich habe meiner Mutter für ein paar Tage meinen Wagen überlassen. Ihrer ist in der Werkstatt.«

Frank Columbo schien sich mit dieser Antwort zufriedenzugeben. Und wenn Andrew sich jetzt noch erinnern würde, dachte Patricia, welches Dads Lieblings-Footballteam ist . . .

Später bekam Patricia ihren Vater allein in der Küche zu fassen und erzählte ihm, sie wolle bei den DeLucas wieder ausziehen und sich eine eigene Wohnung suchen. Das war vielleicht nicht so ganz, was ihr Vater erwartet hatte. Alles, was über Frank Columbo bekannt ist, deutet darauf hin, daß er mit großer Wahrscheinlichkeit intensiv gehofft hatte, seine Tochter werde in sein Haus zurückkehren. Aber der Wunsch, sie dem Einfluß dieses DeLuca zu entziehen, muß in seinen Gedanken wohl eine noch größere Rolle gespielt haben.

Nachdem Patricia von zu Hause weggegangen war, hatte Mary ihrem Mann endlich auch von den Gerüchten über DeLuca und Patty erzählt, die überall im Umlauf waren; sie hatte keine andere Wahl mehr gehabt – es wäre nur eine Frage der Zeit gewesen, bis Frank es auf andere Weise erfahren hätte; er hatte ja auch Freunde, mit denen er redete, genau wie sie ihre Freundinnen hatte. Da war es besser, entschied Mary, er hörte es zum erstenmal von ihr als von jemand anderem. In aller Ruhe und in der Intimität des eigenen Zuhauses davon zu erfahren, würde Frank helfen, sein aufbrausendes Temperament zu zügeln. Danach war Mary dann auf den Gedanken verfallen, Marilyn DeLuca anzurufen und sie so zu provozieren, daß sie Patty hinauswarf und zu den Columbos zurückschickte. Das hatte natürlich nicht geklappt. Aber jetzt sah es ganz danach aus, als würden sich die Dinge doch noch zum Besseren wenden. Frank war sehr vernünftig mit seiner abtrünnigen Tochter.

»Du findest schon eine eigene Wohnung, Liebchen«, sagte er zu ihr. »Zieh bei diesem DeLuca aus. Ich bezahl' dir die Miete, mach dir da mal keine Gedanken.«

In dieser Nacht umarmten sich Vater und Tochter seit langer, langer Zeit wieder einmal so wie früher.

DeLuca kam ins Schlafzimmer, als Patricia packte. Marilyn hatte ihn gerade erst mit den Neuigkeiten bekannt gemacht, als er nach Hause gekommen war.

»Das ist verrückt, Patrish«, sagte er, »du machst einen riesengroßen Fehler.«

»Das glaube ich nicht, Frank«, erwiderte sie. »Ich glaube, es wäre eher ein großer Fehler, wenn ich es nicht täte.«

»Aber du bist hier doch glücklich gewesen«, sagte er, als sei er völlig perplex, daß sie auch nur daran gedacht hatte, sein Haus wieder zu verlassen.

»O Frank, bitte«, erwiderte sie gequält.

Soweit sie das beurteilen konnte, war außer ihm niemand über diese unorthodoxe Lebensweise glücklich – und ihr war, als müsse er dies auch gemerkt haben. Seine Frau war nicht glücklich gewesen, seine Kinder waren nicht glücklich gewesen, und Patricia war nun wahrlich nicht glücklich gewesen. Nur Frank war glücklich gewesen, denn er hatte so gewissermaßen seinen sprichwörtlichen Kuchen gehabt und ihn auch genossen. Patricia schüttelte nachdrücklich den Kopf, so sehr er auch bitten und flehen mochte.

»Ich gehe, Frank. Bis ich ein Apartment gefunden habe, gehe ich in ein Motel.«

DeLuca versuchte alles nur Erdenkliche. Wie wollte sie denn mit dem auskommen, was sie verdiente? Für dieses Argument hatte sie nur ein glucksendes Lachen. Sie berichtete ihm, ihr Dad stehe für die Miete gerade. Und was solle denn nun aus ihren Plänen für die Model-Agentur werden? Nach all der Arbeit, die er sich da für sie gemacht habe, lasse sie ihn jetzt einfach sitzen? Patricia sagte ihm, sobald die erste Anfrage komme, solle er es sie nur wissen lassen. DeLuca muß sich bei dieser Antwort innerlich versteift haben, wie er es immer tat, wenn er das Gefühl bekam, irgend jemand oder irgend etwas marschiere nicht in die von ihm vorgegebene Richtung.

»Du wirst feststellen«, warnte er sie, »daß es draußen in der Welt nicht so einfach ist, wie du dir das vielleicht vorstellst. Du hast lange Zeit immer mich gehabt, wenn du einen Rat brauchtest. Was machst du denn, wenn du jetzt in Schwierigkeiten gerätst und ich nicht da bin, um dir zu helfen?«

»Ich habe nicht vor, in irgendwelche Schwierigkeiten zu geraten, Frank«, erwiderte sie. Sie war es leid, von einer Schwierigkeit in die nächste zu taumeln.

DeLuca setzte sich niedergeschlagen auf das Bett. »Ich kann einfach nicht glauben, daß du mir das antust.«

»Ich tue dir gar nichts an, Frank«, widersprach sie. »Wenn überhaupt, dann tue ich etwas *für* dich. Für uns beide.« Sie schloß den Koffer. »Wir kommen so nicht weiter, Frank. Die ganze letzte Zeit sind wir nicht weitergekommen. So ist es am besten, glaub mir.«

Sie sagte Marilyn und den Kindern Lebewohl und ging.

Etliche Wochen lang wohnte Patricia nun im Addison Motel und verbrachte ihre Abende mit der Wohnungssuche. Ein wenig unheimlich war es schon, so ganz allein zu sein, aber sie war entschlossen, es durchzustehen. Mehr als einmal war sie versucht, ihre Eltern zu bitten, bei der Suche zu helfen, ja auch an die Möglichkeit, Andrew und sogar Michael zu bitten, sie zu beraten, dachte sie dabei. Aber am Ende verwarf sie all diese Gedanken wieder und zwang sich, es selbst zu einem guten Ende zu bringen. Immer wieder hörte sie in Gedanken DeLucas warnende Stimme, wie schwer ihr das Leben ohne ihn vorkommen werde; das spornte sie dann jedesmal aufs neue an, sich selbst ihre Unabhängigkeit zu beweisen. *Du wirst bald neunzehn, Patricia,* ermahnte sie sich dann stets. *Du mußt endlich anfangen, die Kontrolle über dein eigenes Leben zu bekommen.*

Sie fand das Apartment, das sie suchte, schließlich in Lombard, dem nächstgelegenen Vorort weiter südlich. In einem noch nicht einmal ganz fertiggestellten Hochhaus auf der South Finley Road Nummer 2015 mietete sie das Apartment mit der Nummer 911, ein kleines Einzimmerapartment auf dem neunten Stock. Es war für ihre Zwecke geradezu ideal, und sobald es fertig war, zog sie ein.

Endlich, endlich schien es, als bewege Patricia sich in die richtige Richtung. Sie fühlte sich selbst wie neugeboren. Alle ›alten‹ Patty Columbos ließ sie hinter sich. Die verwöhnte, verhätschelte kleine Patty. Die kleine Patty, die immer bekam, was sie haben wollte. Die Patty, die gelernt hatte, so professionell zu lügen. Die Patty, die sich Hals über Kopf in den neuen Geschäftsführer von *Walgreen's* verliebt hatte. Die protegierte

Patty, die das Sexualleben der Erwachsenen in einem billigen Motelzimmer kennengelernt hatte. Die starrköpfige Patty, die boshafte Patty, die Patty, die gestohlen, betrogen und gefälscht hatte. Die Patty, die von ihrer Familie weggezogen war, um in das bizarre Heim des Frank DeLuca zu ziehen.

Alle diese Patty Columbos waren nun Vergangenheit.

Sie saß vor dem Fernseher in ihrem neuen Apartment, als DeLuca an ihrer Tür schellte. Sie hatte ihn erwartet, denn sie hatte ihm ihre neue Adresse schon mitgeteilt, weil sie entschlossen war, sich nicht vor ihm zu verstecken, entschlossen auch, ihren eigenen Weg zu gehen voller Willenskraft und ohne Geheimnisse. Sie hatte sich dazu durchgerungen, keinen Sex mit DeLuca zu haben, wenn er sie besuchen würde; auch das wollte sie zusammen mit ihrem alten Ich hinter sich lassen.

Was aber DeLuca tat, als er an diesem Abend zu ihr kam, das war allzu überraschend. Sie war völlig fassungslos, und all ihre schönen Pläne für die Zukunft waren nur noch ein Scherbenhaufen.

»Ich verlasse meine Familie, Patrish«, sagte er ohne jede Vorrede. »Ich reiche die Scheidung ein. Ich will dich heiraten.«

Patty konnte ihn nur noch entgeistert anstarren.

Juli 1976

Es war zwanzig nach zehn an einem heißen Samstagabend im Juli, als Ray Rose vor der Tür des Apartments A, 502 North Ardmore, in Villa Park, dem dritten Vorort südlich von Elk Grove Village, stand. Der *Chief Investigator* klingelte, und Frank DeLuca öffnete ihm unverzüglich. Die beiden Männer sahen sich einen Augenblick lang wortlos an. Hinter Rose konnte DeLuca die Gesichter etlicher anderer Männer sehen, an die er sich in den letzten zehn Wochen seit der Entdeckung der Leichen der Familie Columbo schon gewöhnt hatte. Der Stellvertretende Chef der Polizei von Elk Grove Village, William Kohnke, war da; ebenfalls anwesend waren Frank Braun, Lieutenant im Stab des Sheriffs des Cook County, dazu die Ermittler Gene Gargano vom Büro des Sheriffs und John Landers von der Polizei in Elk Grove Village.

»Ich bin nicht überrascht«, sagte DeLuca gefaßt, »ich habe es erwartet.« Seine Gespielin, Patty, war jetzt seit sechs Wochen im Gefängnis.

»Frank DeLuca«, sagte Rose, »ich habe hier einen Haftbefehl gegen Sie wegen Mordes, Verabredung zur Begehung eines Mordes und Anstiftung zum Mord. Sie haben das Recht zu schweigen . . .«

Während Rose DeLuca seine verfassungsmäßigen Rechte vorlas, drehte der *Chief Investigator* ihn um und legte ihm Handschellen an.

Im Elk Grove Village Police Department wechselten sich die Beamten beim Verhör ab. Rose und Frank Braun eröffneten den Reigen.

»Möchten Sie uns vielleicht etwas über Ihre Beteiligung an den Columbo-Morden erzählen?« fragte Rose.

DeLuca schüttelte den Kopf. »Ich rechne damit, mit diesem Kapitalverbrechen in Verbindung gebracht zu werden, aber ich weiß nichts darüber.«

Nun schüttelte Rose seinerseits den Kopf. »Nun kommen Sie schon, Frank.« Sein Ton klang beinahe unbeteiligt. Er hatte es nicht nötig, DeLuca groß zu bearbeiten. Rose war sich seiner Sache längst sicher. »Wenn Sie darüber nichts wissen, wieso rechnen Sie dann damit, mit dieser Sache in Verbindung gebracht zu werden?«

»Ich erwarte sogar, dafür verurteilt zu werden, alles klar?« erwiderte er nicht ohne Schärfe. Doch dann wurde seine Stimme eine Nuance verbindlicher. »Ich rechne damit, den Rest meines Lebens im Gefängnis zu verbringen.«

»Unschuldige reden nicht so, Frank«, sagte der *Chief Investigator.* »Unschuldige werden wütend und unverschämt, wenn man sie zu Unrecht beschuldigt.«

»Ich *bin* wütend«, erwiderte DeLuca. »Sehen Sie, Patrish und ich, wir hatten beide schon seit Monaten Angst um unser Leben. Frank Columbo hat uns permanent schikaniert. Sein Sohn Michael kam zu mir ins Geschäft und hat mich angestarrt. Bei drei verschiedenen Gelegenheiten wurde Patrish von einem Auto mit einer Funkantenne auf dem Kofferraumdeckel verfolgt, als sie von der Arbeit nach Hause kam. Wir sind verschiedene Wege zur und von der Arbeit gefahren, soviel Angst hatten wir vor ihm; wir sind jedesmal auf einer anderen Etage des Hauses, in dem unsere Wohnung lag, aus dem Aufzug gestiegen und mußten dann den Rest zu Fuß hinauf- oder hinuntergehen. Wir haben sogar Nacht für Nacht die Tür zu unserem Apartment verbarrikadiert, so verängstigt waren wir.«

»Haben Sie denn je beobachtet, daß Frank Columbo Sie verfolgt hat?« fragte Rose.

DeLuca blickte zur Seite.

»Nein«, gestand er. Er runzelte leicht die Stirn, fast als sei er selbst überrascht.

»Sie haben zweimal mit einem Mann namens Roman telefoniert«, sagte Rose. »Erzählen Sie uns von diesen Telefongesprächen.«

»Das war Patrishs Patenonkel«, sagte DeLuca. »Sein richtiger Name lautete Phil Capone; Roman war nur sein Rufname. Patrish hatte ihn gebeten herauszufinden, ob ihr alter Herr etwa jemanden angeheuert hat, sie oder mich umzubringen. Er bestätigte uns, daß dem tatsächlich so war, aber er hat Kontakt zu dem Killer aufgenommen und ihn ausbezahlt. Aber später hat er uns dann erzählt, der Alte sehe sich nach jemand anderem um. Roman sagte, es gebe wohl nur einen Weg, ihn aufzuhalten, nämlich ihn umzubringen, bevor er uns etwas tun konnte.«

»Und was haben Sie darauf geantwortet?« wollte Rose wissen.

DeLuca hob die Schultern. »Ich sagte, gut, wenn es nicht anders geht, dann meinetwegen.«

»Wieviel hat es Sie denn gekostet, den ersten Killer auszuzahlen?« fragte Frank Braun.

»Das weiß ich nicht. Patrishs Patenonkel hat das bezahlt.

Sehen Sie, sie hat großenteils bei ihm gelebt, als sie noch klein war. Sie sagte mir, er sei wie ein Vater für sie gewesen, mehr noch als ihr leiblicher Vater. Roman wußte, wie Frank Columbo war, er wußte, daß Patrishs Vater ausgesprochen hitzköpfig war; er wollte Patrish und mir helfen.«

»Hat Patty Ihnen je erzählt, daß sie intimen sexuellen Umgang mit diesem Roman gehabt hat?« fragte Rose.

»Was?« DeLuca starrte den *Chief Investigator* an. »Patrish und Sex mit Roman? Nein. Er war ihr Patenonkel.« DeLuca schüttelte den Kopf. »Wenn etwas in dieser Richtung gewesen wäre, dann hätte sie es mir gesagt. Sehen Sie, wir haben ein absolut offenes Verhältnis miteinander, Patrish und ich. Wenn einer mit jemand anderem hätte ausgehen wollen, Mann oder Frau, dann hätte das überhaupt keine Probleme ergeben, solange wir einander das gesagt hätten.«

Gene Gargano und John Landers übernahmen jetzt das Verhör.

»Sie sind davon ausgegangen, Pattys Patenonkel arrangiere den Tod von Frank Columbo. Ist das richtig?« fragte Gargano.

»Ja, schon. Roman sagte mir am Telefon, er werde das ganze Problem aus der Welt schaffen. Er habe da einige Killer an der Hand, die die Sache erledigen könnten.«

»Aber das haben sie nicht getan?«

»Nein. Ein paar Monate gingen so ins Land – aber es passierte nichts. Während dieser Zeit wurden Patrish und ich immer ängstlicher. Die Killer hielten Patrish ständig hin; immer hatten sie eine neue Ausrede parat, warum sie es nicht erledigen konnten. Patrish meinte schließlich, die Burschen würden uns an der Nase herumführen, und daß wir die Sache selbst in d . . .«

DeLuca unterbrach sich abrupt, als ihm klar wurde, was er zu sagen im Begriff stand.

». . . selbst in die Hand nehmen müßten, das wollten Sie doch sagen, oder?« fragte Gargano.

DeLuca schüttelte den Kopf.

»Das haben Sie gesagt, nicht ich.«

»Sehen Sie, Frank«, sagte John Landers, »warum erzählen Sie uns nicht einfach, wie sich die Morde genau im einzelnen abgespielt haben?«

»Ich werde gar nichts sagen, das Trish noch tiefer reinreißen könnte.« DeLucas Ausdruck wurde sehr ernst. »Ich bin der einzige Mensch, der ihr noch geblieben ist«, sagte er feierlich. »Ich kann sie nicht im Stich lassen.«

Gargano und Landers tauschten einen zweifelnden Blick und verließen das Zimmer.

Rose und Braun kehrten zurück. Rose öffnete einen großen Umschlag und holte mehrere Hochglanzfotos heraus, die er auf dem Tisch vor DeLuca ausbreitete.

»Das sind Aufnahmen von Fingerabdrücken, die kürzlich in Frank Columbos Thunderbird abgenommen wurden«, sagte der *Chief Investigator.* »Sehen Sie irgend etwas Ungewöhnliches daran?«

»Die Abdrücke sehen verwischt aus«, fand DeLuca.

»Sehen sie nicht aus, als seien sie von jemandem verursacht worden, dem ein ganzer Finger und von einem anderen ein Teil fehlt?« fragte Rose.

»Mit diesen Fingerabdrücken habe ich nichts zu tun«, erklärte DeLuca.

»Frank«, sagte Rose gelassen, während er die Fotos wieder einsammelte, »ich gebe Ihnen jetzt eine letzte Chance, noch einmal über Ihre Verwicklung in dieses Verbrechen nachzudenken. Eine letzte Chance zur Zusammenarbeit mit der Polizei – Sie verstehen, für die Akten. Eine letzte Chance, sich Ihre Lage zu erleichtern. Entweder sie ergreifen sie, oder Sie sind dran.«

DeLuca legte beide Hände vor das Gesicht und begann zu weinen. »Kann ich – kann ich noch einmal mit Gargano sprechen?« fragte er mit brüchiger Stimme.

Rose und Braun gingen sofort hinaus, und Gene Gargano eilte wieder hinein. Alle hatten das Gefühl, als stehe ein Geständnis unmittelbar bevor.

»Frank, wir wissen genau, wie sich das alles abgespielt hat«, sagte Gargano und reichte dem schniefenden Mann ein paar Papiertaschentücher. »Wir möchten es nur noch einmal von Ihnen selbst und mit Ihren eigenen Worten hören. Am gescheitesten wäre es, die Wahrheit zu sagen.«

»Ich möchte Sie zuerst etwas fragen«, sagte DeLuca und wischte sich die Augen trocken. »Rein hypothetisch gesprochen

– wenn dieser Mann und dieses Mädchen diese Morde gestehen würden, was wäre dann die Strafe? Die Todesstrafe ist doch in Illinois abgeschafft, oder?«

»Das ist richtig«, bestätigte Gargano. »Wenn Sie sagen ›dieser Mann und dieses Mädchen‹, dann meinen Sie doch sich selbst und Patty Columbo?«

»Das möchte ich so nicht sagen«, erwiderte DeLuca. »Ich spreche ja auch nur rein hypothetisch.«

»Ich kann Ihnen nicht sagen, wie die Strafe ausfallen würde«, sagte Gargano. »Das entscheiden die Jury und die Richter.«

»Nun, wenn wir es getan hätten«, erkundigte sich DeLuca, »bestünde dann eine Möglichkeit, daß wir anschließend in dasselbe Gefängnis verbracht würden, wo wir zusammensein könnten?«

Gargano sah ihn ungläubig an, aber er unterbrach DeLuca nicht.

»Alles, was wir im Leben wollten, war, zusammenzusein und in Ruhe gelassen zu werden«, sagte DeLuca und fing wieder an zu weinen. »Ich will ja auch nur wissen, wie groß die Chancen wären, wenn Patrish und ich uns der Morde schuldig bekennen würden, daß wir ins selbe Gefängnis kämen. Oder ob wir vielleicht in eine Klinik statt ins Gefängnis geschickt werden könnten, wo die Voraussetzungen besser wären, uns regelmäßig zu sehen, Sie verstehen . . .«

»Fragen dieser Art kann ich nicht beantworten«, erwiderte Gargano todernst. »Aber eines kann ich Ihnen mit Gewißheit sagen: Mit diesem hypothetischen Gerede kommen wir nicht weiter. Ich möchte, daß Sie mir über *Ihre* Verwicklung in diese Morde berichten.«

DeLuca schüttelte den Kopf. »Ich gebe keinerlei Erklärung ab, ohne zuvor mit Patrish geredet zu haben. Ich kann sie einfach nicht glauben lassen, ich hätte sie verraten.«

Gargano öffnete die Tür, und Ray Rose kam herein.

»Keine Aussage«, sagte Gargano.

»Hören Sie, ich möchte nicht, daß Patty etwas von dieser Unterhaltung erfährt«, sagte DeLuca. »Das ist doch wohl auch nicht nötig, oder?«

»Bevor das alles vorbei ist, wird jeder alles über jeden anderen erfahren«, erwiderte Rose. »Da gibt es drei Tote, Frank, schon vergessen?«

Juli 1975

Alles war so sorgsam geplant gewesen: DeLucas Haus zu verlassen, eine eigene Wohnung zu finden, finanzielle Unterstützung durch ihren Vater, Versöhnung mit der Familie, ein festes Verhältnis mit Andrew – kurz und gut, die Entwirrung des ganzen Dschungels, zu dem ihr Leben geworden war.

Dann platzte Frank DeLuca mitten hinein in diesen Neubeginn mit exakt dem Köder, von dem er gespürt haben mußte, daß er auf keinen Fall seine Wirkung verfehlen würde. Frank DeLuca wußte, daß sie genau davon geträumt hatte, seit sie sich in ihn verliebt und bevor sie von seiner Frau und seinen Kindern erfahren hatte; daß genau dies ihr Traum von ihrem Leben als Erwachsene war, ihre Illusion von der Idylle hinter dem weißen Zaun: Sie und Frank ein Ehepaar mit Kindern und auf ewig glücklich.

Als er verkündet hatte, er werde seine Familie verlassen, um sie zu heiraten, da muß ihr das als sie aufrichtigste Erklärung vollkommener Liebe erschienen sein, die er ihr nur hätte machen können. Wenn er sich das Herz aus der Brust geschnitten und vor sie auf den Tisch gelegt hätte, die Wirkung auf sie hätte nicht größer sein können. Dies war ›ihr‹ Frank, so hatte sie ihn immer haben wollen.

Wo sie nun endlich bekommen würde, was sie sich schon so lange mehr als alles andere in der Welt gewünscht hatte, verwarf sie auf der Stelle wieder den neuen Kurs, den sie sich selbst gesetzt hatte. Zwar gab sie nicht umgehend all ihre jüngsten Pläne auf, aber sie fing an, die beiden Männer, um die sich ihre Zukunftspläne drehten, gegeneinander abzuwägen: Frank DeLuca und Andrew Harper.

Es war der Eintritt Andrews in ihr Leben gewesen, der in ihr den Wunsch nach einem Neubeginn wenn schon nicht ausgelöst, so doch nachdrücklich gefördert hatte. Aber Andrew, so redete sie sich selbst jetzt ein, war nur so lange ein Faktor in ihrem Leben gewesen, wie sie ungute Gefühle hinsichtlich Frank DeLuca gehabt hatte. Jetzt, da Frank so plötzlich wieder da war und auch noch diesen wundervollen Vorschlag gemacht hatte, wurde Andrew sehr schnell zum Problem. Wie würde er zum Beispiel reagieren, wenn er je von ihren Geheimnissen aus der Vergangenheit erfuhr? Wie würde er es wohl verkraften, wenn er hörte, daß sie Andrés schwarzen Schwanz gelutscht hatte und dabei fotografiert worden war, daß sie von Frank vor dem Spiegel in den Hintern gefickt worden war, Kreditkarten gestohlen und benutzt und Schecks gefälscht hatte? Wenn die Rollen vertauscht wären, wenn sie das alles mit Andrew getan hätte und es nun Frank erklären müßte, das wäre kein Problem, da war sie absolut sicher. Frank würde es verstanden haben, hätte es akzeptiert, ohne Kritik, ohne sie zu verurteilen. Wie aber wäre Andrews Reaktion? Ohne Zweifel Entsetzen und Unglaube; völliges Unverständnis; letztlich Verurteilung. Die Andrew Harpers dieser Welt lieben es, wenn alles seine Ordnung hat. Er schämte sich ja sogar schon, weil man ihm den Führerschein weggenommen hatte, Himmel noch mal!

Patricia redete sich ein, sie werde auf Dauer nicht auf der Basis einer Lüge mit Andrew zusammen leben können; es wäre nicht fair ihm gegenüber. Sie würde ihm alles beichten müssen, wenn sie ihre Beziehung zu ihm weiter vertiefen würde. Und sobald sie ihre widerwärtige Vergangenheit vor ihm ausbreitete, würde ihm vermutlich schlecht werden, und er würde sich übergeben.

Frank auf der anderen Seite wußte alles, verstand alles, akzeptierte alles. Und Frank war bereit, *alles* für sie aufzugeben: seine Frau, seine Kinder, sein schönes Zuhause – vielleicht sogar seine glänzende Zukunft bei *Walgreen's*; sie erinnerte sich wieder, daß er einmal gesagt hatte, es werde sich in seiner Personalakte nicht gerade gut machen, wenn er seine Familie wegen einer Mitarbeiterin verlassen würde. *Walgreen's* würde ihn bestimmt entlassen – er riskierte also sogar seinen Job um Patricias willen. Das wäre, als käme Frank nackt und allein auf der Welt zu ihr und nur ihre Arme, ihre Umarmung, ihre Wärme und ihre Liebe könnten ihm die Kraft und die Energie geben, neu zu beginnen.

Frank brauchte sie. Andrew nicht.

Genau das erzählte sie Andrew.

Patricia war einverstanden, daß Frank zu ihr zog. Den Mietvertrag änderten sie von ihrem Namen um auf ›Mr. und Mrs. Frank DeLuca‹.

Wieder einmal mußte sie sich mit ihrer Familie arrangieren – diesmal war es allerdings entschieden schwieriger: Sie mußte sie dazu bringen, Frank zu akzeptieren.

Sie kam zu dem Schluß, der einzig erfolgversprechende Weg zu diesem Ziel war, es direkt und ehrlich zu versuchen. Das wäre eine neue Form des Umgangs mit ihren Eltern – und sie hatte nicht die geringste Vorstellung davon, wie das ausgehen würde.

Als sie sich mit ihnen zusammensetzte, um ihnen zu eröffnen, sie habe etwas Ernstes mit ihnen zu bereden, dachte Mary Columbo sofort, ihre Tochter sei schwanger – denn das war womöglich die schlimmste Neuigkeit, die sie sich vorstellen konnte. Patricia versicherte beiden, das sei nicht der Fall – und dann erklärte sie ihnen offen, sie habe mit Andrew Harper gebrochen und werde sich nun endgültig mit Frank DeLuca verbinden. DeLuca, sagte sie, werde sich scheiden lassen, und dann würden sie beide heiraten.

»Wohnt er bei dir in diesem Apartment?« war das erste, was ihr Vater fragte. Frank Columbo zahlte die Miete.

»Nein, Daddy, das nicht.« In diesem Punkt mußte sie lügen. »Er wohnt vorerst noch zu Hause, während er mit Marilyn die Einzelheiten der Scheidung abklärt.«

Mary Columbo begann sofort wegen der fünf unschuldigen kleinen Kinder, *fünf* an der Zahl, zu lamentieren, aber Patricia hörte gar nicht hin. Was war schlimmer, geschiedene Eltern zu haben oder in einer Familie großzuwerden, wo einer den anderen nicht mehr liebte, fragte sie. Dann kam Mary auf den Altersunterschied zu sprechen. In zehn Jahren wäre Patty erst achtundzwanzig, während DeLuca bereits auf die Fünfzig zugehe.

»Der Altersunterschied bedeutet gar nichts«, erklärte Patricia mit Nachdruck. »Wir lieben uns, und das alleine zählt.«

Frank Columbo barg das Gesicht in den Händen und blickte dann wieder voller Pein zu seiner Tochter auf. Sie hatte vor, einen Mann zu heiraten, der fast genauso alt war wie er selbst. Sie würde fünf Stiefkinder bekommen, von denen ein paar genauso alt waren wie ihr eigener Bruder. Sie würde ihm helfen müssen, diese Familie durchzubringen, bis auch das letzte seiner Kinder auf eigenen Füßen stehen konnte. Nie würde sie etwas Eigenes haben, kein eigenes Haus, keinen eigenen Wagen und vielleicht noch nicht einmal eigene Kinder. Frank Columbo muß sich vorgekommen sein, als würde der schlimmste aller Alpträume Wirklichkeit.

Mary nannte DeLuca angewidert einen ›Kinderschänder‹, aber Patricia vermied es, sich in einen Streit um Worte mit ihr einzulassen. »Ich erwarte nicht, daß einem von euch das gefällt«, sagte sie und hatte Mühe, die Tränen zu unterdrücken. »Ich weiß, daß ich für euch eine große Enttäuschung bin; großer Gott, ich bin mir ja selbst eine Riesenenttäuschung. Ich will niemandem weh tun: keinem von euch, Marilyn nicht und Franks Kindern auch nicht. Ich möchte einfach nur glücklich sein.« Dieser Mann, erklärte sie grimmig entschlossen, sei willens, alles für sie aufzugeben, nur um mit ihr zusammensein und sie lieben zu können. Sie sei entschlossen, diese Chance auf ein solches Glück nicht verstreichen zu lassen.

Als Patricia sich zum Gehen anschickte, versuchten ihre Eltern nicht, sie noch umzustimmen oder sie zu halten; sie saßen nur einfach da und schüttelten die Köpfe. Auf der Treppe hinunter zur Haustür wandte Patricia sich ein letztes Mal um.

»Ich hoffe, ihr werdet es eines Tages verstehen«, sagte sie.

Als sie hinausging, glaubte sie selbst nicht daran, daß dieser Tag je kommen werde.

Als DeLuca zu ihr zog, war Patricia schon nach einem Monat klar, daß dies keinesfalls das glückliche Arrangement war, das sie sich vorgestellt hatte.

In den ersten Wochen war es beinahe wie damals, als sie im Alter von sechzehn Jahren angefangen hatte, mit ihm in dieses Motel zu gehen. Sie schienen nicht genug voneinander bekommen zu können. Allein sein, nackt, soviel sie wollten; miteinander schlafen gehen und nebeneinander aufwachen, sich gegenseitig streicheln, sich küssen und berühren, sagen, was immer ihnen in den Sinn kam, ohne Angst haben zu müssen, jemand könne sie belauschen – es war, als sei der ursprüngliche Traum für Patricia Wahrheit geworden, jener Traum, den sie mit sechzehn gehabt und mit siebzehn wieder verloren hatte und von dem sie geglaubt hatte, er sei auf ewig ausgeträumt.

Frank, so kam es Patricia vor, fühlte genauso, aber aus anderen Gründen. Von seiner Familie befreit zu sein – von den prüfenden Blicken seiner Frau, der ständigen Unruhe durch die Kinder –, schien ihm eine Last von den Schultern zu nehmen und ließ ihn sich entspannter geben, als Patricia ihn je erlebt hatte. »Es ist ja so schön, von der Arbeit hierher in dieses Apartment zu kommen«, erzählte er ihr, »ganz anders als in diesen Zoo daheim. Ich verstehe überhaupt nicht, wie ich das all die Jahre überhaupt durchgehalten habe.« Er verabredete, mit seiner Frau und seinen Kindern mittwochs und sonntags abends essen zu gehen. Patricia ermunterte ihn, seine Kinder so oft zu besuchen, wie er wollte, und versicherte ihm stets, er brauche sich da ihretwegen nicht auf bestimmte Zeiten festzulegen. Aber er verfolgte diese Routine unbeirrt weiter. »Zwei Abende in der Woche – das ist eine Menge Zeit, die ich ihnen da widme.«

Marilyn DeLuca reichte kaum eine Woche, nachdem er die gemeinsame Wohnung verlassen hatte, die Scheidung ein, und Patricia fuhr in der Brantwood vorbei, um ihren Eltern die Neuigkeit zu verkünden. Sie waren indes nicht beeindruckt. Ihr Vater nahm ihre Anwesenheit kaum zur Kenntnis, und ihre Mutter hatte nicht viel mehr als ein Achselzucken für sie übrig. Patricia hatte sich fest vorgenommen, nicht wütend zu werden, ganz gleich, wie heftig sie auch reagieren mochten.

»Ich wollte nur, daß ihr Bescheid wißt«, sagte sie. »Frank und ich wollen nächstes Jahr im Juni oder Juli heiraten.« Das wäre dann um ihren zwanzigsten und Franks achtunddreißigsten Geburtstag herum.

Patricia gewann den Eindruck, als glaubten ihre Eltern nicht daran, daß diese Hochzeit je stattfinden werde und deshalb auch keinen Anlaß sahen, irgendwelchen Enthusiasmus zu heucheln. Patricia zwang sich, nicht zu zeigen, daß es ihr wichtig war, wie sie es aufnahmen.

Sie werden schon sehen, dachte sie zuversichtlich.

Da sie und Frank jetzt häufig Geschlechtsverkehr hatten, ein- oder zweimal pro Tag, fing DeLuca an, sie mit Antibabypillen zu versorgen. Obwohl er Buch über ihre Menstruation führte und sich ständig erkundigte, ob sie auch ihre Pillen regelmäßig nehme, wäre es ihr nie in den Sinn gekommen, darin etwas anderes zu sehen als Fürsorglichkeit. Er war halt nur umsichtig; es wäre ja wohl auch kaum gut für sie beide, wenn ihr erstes Kind geboren würde, noch bevor er geschieden war.

Aber sie merkte dann bald, daß der Umstand, daß sie regelmäßig miteinander verkehrten, nicht der einzige Grund war, warum Frank sicher sein wollte, daß sie die Pille auch konsequent nahm. Seinen anderen Grund entdeckte sie eines Abends, als sie sich nach der Arbeit trafen und in *Oliver's Pub* gingen, eine kleine Kneipe nicht weit von ihrem Apartment. Dort kehrten sie zwei- oder dreimal in der Woche ein und entspannten sich bei ein paar kalten Getränken, bevor sie nach Hause oder zum Essen gingen. An diesem speziellen Abend nun schien Frank es nicht besonders eilig mit dem Essen zu haben, und so blieben sie etwas länger in *Oliver's Pub*, nahmen noch einen Drink und fingen an, mit einem Mann namens Neal, den sie vorher schon ein paarmal hier getroffen hatten, Karten zu spielen. Dann nahmen sie noch einen Drink, und Neal revanchierte sich für einen Drink, den sie ihm einmal bei früherer Gelegenheit spendiert hatten. Nachdem sie eine Weile gespielt hatten, ging Patricia kurz in den Waschraum. Als sie zurückkehrte, war die Rechnung bereits bezahlt und Frank und Neal erwarteten sie am Ausgang.

»Neal kommt mit uns zurück zum Apartment auf einen Drink, bevor wir Feierabend machen«, sagte Frank leichthin.

»Oh?« Patricia brauchte nicht erst lange seinen Gesichtsausdruck zu studieren um zu begreifen, daß Frank etwas im Schilde führte. Seine Augen irrten hin und her und mieden die ihren.

Während Neal ihnen zum Auto folgte, fragte Patricia: »Frank, was ist los?«

»Was soll schon los sein? Wir werden lediglich ein wenig Spaß miteinander haben, das ist alles.« Bevor sie irgendwelche Einwände machen konnte, fuhr er fort: »Nun entspann dich mal, ja? Wir werden noch einen Drink oder zwei nehmen, und vielleicht amüsieren wir uns später dann noch zu dritt, wenn uns danach ist.«

Im Apartment holte DeLuca die Flasche mit dem Canadian Club heraus und schenkte ihnen allen einen Drink ein. Patricia nippte ohne rechte Begeisterung an ihrem Glas; es war schon einige Zeit her, seit etwas wie das hier passiert war, und sie fühlte sich alles andere als gut. Plötzlich verließ sie die Männer und ging ins Bad. Sie schloß die Tür hinter sich und schaute in den Spiegel. *Das ist es, was du willst*, erinnerte sie sich selbst. *Du und Frank zusammen.*

Die Tür des Badezimmers öffnete sich, und Frank kam herein. »Was hast du für Probleme, Patrish?« fragte er.

»Ich weiß nicht«, sagte sie und schüttelte ein wenig hilflos den Kopf. Ihre Augen trafen sich mit denen Franks im Spiegel. »Wer ist dieser Bursche, Frank? Warum ist er hier?«

»Du weißt doch, wer er ist, Patrish. Und er ist hier, weil ich ihn eingeladen habe.« Er öffnete den Medizinschrank und holte eine Flasche Valium heraus. »Hier, nimm ein paar davon. Wenn du dich dann beruhigt hast, kommst du wieder zurück. Neal wird dir gefallen. Er ist sauber, sieht nicht schlecht aus und scheint ganz schön kräftig zu sein. Wir werden alle eine Menge Spaß haben.«

DeLuca vergewisserte sich, daß sie das Valium auch schluckte, dann ließ er sie allein. Als sie jetzt wieder in den

Spiegel schaute, ließ ihre Verwirrung schon wieder nach, und die innere Stimme klang bereits wesentlich ruhiger. Sie sagte einfach nur: Er ist eben, wie er ist.

Noch bevor das Valium seine Wirkung tun konnte, hatte Patricia sich selbst wieder unter Kontrolle. Sie bekam die Verzweiflung in den Griff, die von ihr hatte Besitz ergreifen wollen, und auch die langsam aufsteigende Furcht ließ sich schon besser ertragen. Die kurze Gegenwart Franks allein hatte ausgereicht, sie zu beruhigen. Das Valium wäre vielleicht gar nicht nötig gewesen. Die Gewißheit, daß er da war, der Trost, unter seinem Schutz zu stehen, zu wissen, daß er ›ihr Mann‹ war – jetzt mehr denn je –, das alles wirkte ungleich besser als irgendeine Droge.

So ist er nun mal, sagte sie sich noch einmal, um sich weiter Mut zu machen.

Mit einem Lächeln auf dem Gesicht kehrte sie ins Wohnzimmer zurück.

Nach der Nacht mit Neal wurde es für Patricia mehr oder weniger Routine, fremde Männer in *Oliver's Pub* und anderen Lokalen aufzugabeln. Sie wehrte sich nicht mehr länger. Solange sie ihre Drinks und ihr Valium bekam und was ihr Frank sonst noch so an Pillen verabreichen mochte, erreichte sie immer den Punkt, an dem ihr alles egal war. Zwei Gedanken beherrschten sie voll und ganz: Frank DeLuca war ihr Mann – und er war nun einmal, wie er war. Wenn es ihm gefiel, einfach dazusitzen und sich einen runterzuholen, während er zusah, wie irgendein halb besoffenes Arschloch seinen nicht mal richtig steifen Schwanz in sie hineinschob, was soll's? Wenn er Polaroid-Fotos von ihr machen wollte, wie sie einem anderen den Steifen lutschte – na und? Wenn er sie in den Mund vögeln wollte, Auge in Auge mit einem anderen Burschen, der sie gleichzeitig in den Arsch fickte – was machte das schon?

Doch obwohl sie oft hart mit sich selbst ins Gericht ging, versuchte sie noch immer, es zu *rechtfertigen*. War Frank, wie er war, weil er so viele Jahre durch seine Ehefrau Marilyn und diese fünf Kinder eingeengt worden war? Hatte er dadurch, daß er so lange um eine gute Ausbildung gekämpft und danach so hart gearbeitet hatte, um bei *Walgreen's* Karriere zu machen, in seiner Jugend vielleicht auf so vieles verzichten müssen, daß er jetzt einfach nur versuchte, das Versäumte nachzuholen? Oder suchte er nur verzweifelt nach etwas Besserem auf sexuellem Gebiet? Erst kürzlich hatte er ein Magazin mit dem Namen *Swinger's Life* mit nach Hause gebracht, das Seite für Seite angefüllt war mit privaten Anzeigen und Fotos von Leuten – aller Altersstufen, Größen, Hautfarben und Vorlieben –, die Partner für irgendeine Art von Sex mit der ganzen Welt suchten, wie es schien.

»Sieh dir das mal an«, hatte Frank aufgeregt gesagt und sie zu sich auf die Couch gezogen, um ihr das Magazin zu zeigen. »Das ist es doch, was ich dir die ganze Zeit schon erkläre. Sieh dir nur all diese Leute an – zum Teufel, Patrish, die sind alle genau wie wir.«

Es schadete doch keinem, wenn sie auch ihre eigenen Fotos zusammen mit ihrer eigenen Anzeige einschickten und ein Teil dieser wundervollen Welt voller *Swinger* wurden. Für DeLuca war das die Gelegenheit für seine besten Fotos. Patricia konnte sich nicht erinnern, ihn je kreativer erlebt zu haben.

»Okay, setz dich einfach nur auf die Couch zurück – stell die Füße auf das kleine Beistelltischchen – ja, so ist es gut – okay, und jetzt spreiz die Knie so weit, wie du nur kannst – gut – und jetzt spreiz die Pussy noch ein bißchen mit den Fingern ... halt sie offen – gut, gut – bleib so –«

DeLucas Sexbesessenheit hatte geradezu kosmische Ausmaße, sie war einfach grenzenlos. Wann und wie es begann – niemand wird es je wissen – aber das muß gewesen sein lange bevor Patricia Columbo in sein Leben trat. Offensichtlich wurde er nie müde, über Sex zu reden, ihn zu planen, ja, zu choreographieren, darüber zu reden, sich mit ihm zu identifizieren, ihn zu wollen, ihn zu praktizieren, er verherrlichte ihn wie ein Wanderprediger Gott verehrte – und badete förmlich darin. In Patricia hatte er eine perfekte Partnerin für seine Besessenheit gefunden. Seit nunmehr drei Jahren unter der Führung von Frank DeLuca hatte sie nicht die geringste Vorstellung von einem normalen sexuellen Verhalten. Für sie war das Anomale seit je typisch; es war die Norm – denn außer ihrem pubertären Gefummele mit Jack Formanski hatte sie nie etwas anderes kennengelernt. Jugendliche Schwärmerei, Verwirrung, Verliebtsein – sie wußte nichts von diesen Zuständen. Als sie Andrew Harper und Frank DeLuca verglichen hatte, als sie versucht hatte, sich von DeLuca zu lösen, um sich ganz Andrew Harper zuzuwenden, da war sie noch zu dem Schluß gekommen, der junge Medizinstudent habe ein paar Macken, Frank DeLuca aber habe etliche gravierende Probleme. Jetzt, wo sie DeLucas aktive Partnerin in seiner besonderen, anomalen Lebensweise geworden war, verlor sie am Ende ihre Fähigkeit zu solchen rationalen Rückschlüssen. Normal war für sie jetzt nur noch DeLuca: was immer er wollte, was immer er tat – es war richtig, es war er.

Schwimm mit dem Strom, Patrish, sagte sie sich wieder und immer wieder.

Und dieser Strom war Frank.

Eines Nachmittags kreuzte Patricia mal wieder zu Hause auf, um ihre Mutter zu besuchen. Sie war entschlossen, bei ihren Eltern nicht lockerzulassen, bis sie sich endlich eingestehen würden, daß die Liebe zwischen ihr und Frank Realität und daß eine Heirat praktisch unausweichlich war, auch wenn sie nicht unmittelbar bevorstand. Sie *mußten* Frank DeLuca einfach akzeptieren. Er war jetzt ein Teil ihres Lebens, genau wie sie.

»Ich habe schon mal daran gedacht, Tantchen Janet und Onkel Bill zum Dinner einzuladen«, sagte sie. »Ich möchte, daß die beiden Frank kennenlernen. Du hast doch hoffentlich nichts dagegen, oder?«

»Warum sollte ich?« Mary hob die Schultern. »Du lebst dein eigenes Leben. Aber eines Abends könntest du noch einen anderen Besuch bekommen – einen unerwarteten allerdings.«

»Was meinst du damit? Von wem sprichst du?«

»Von deinem Vater. Er glaubt, du lebst mit ihm zusammen. Er hat mal angedeutet, er würde unangemeldet bei dir vorbeikommen, um sich selbst zu überzeugen.«

»Das kann er sich sparen«, sagte Patricia. »Wir leben wirklich zusammen. Selbst wenn wir es nicht wollten, es würde uns gar nichts anderes übrigbleiben; es ist doch kaum genug Geld da, um zwei getrennte Haushalte zu führen, geschweige denn drei.«

So, dachte sie, das ist erledigt. Jetzt wußten sie es.

Ein paar Tage nach Patricias Besuch bei ihrer Mutter rief ihr Vater Frank DeLuca im Geschäft an. Wie DeLuca später Patricia berichtete, sagte Frank Columbo: »Ich glaube, wir beide sollten uns mal zusammensetzen und uns über Patty unterhalten. Wie wär's, wenn wir uns auf dem Parkplatz treffen, sobald Sie Dienstschluß haben?« DeLuca hatte an diesem Abend nicht vor halb elf frei, aber das störte Frank Columbo ganz offensichtlich nicht. »Wir sehen uns dann gegen halb elf oder so vor dem Geschäft.«

DeLuca rief Patricia umgehend auf der Arbeit an. Er berichtete ihr kurz von dem Gespräch und fragte dann: »Na, was meinst du?«

Patricia wußte nicht, was sie davon halten sollte. Sollte es denn möglich sein, daß ihre Eltern endlich zu der Einsicht gekommen waren, daß sie und Frank in allen Ehren zusammen waren? Hatten sie etwa beschlossen, das Beste aus der Situation zu machen?

»Mich beunruhigt, daß er mich ausgerechnet auf dem Parkplatz treffen will«, gestand DeLuca. »Was bezweckt er damit?«

»Vielleicht will er sich wirklich nur dort mit dir treffen«, vermutete Patricia, »um dann mit dir einen trinken zu gehen oder so was.«

DeLuca machte sich den ganzen Tag über wegen dieses Treffens Sorgen und rief Patricia noch mehrmals an, um ihr seine Besorgnis mitzuteilen. Natürlich hatte er von Patricia dies und das über das hitzige Temperament ihres Vaters gehört und daß ihn sogar etwas, das der Manager eines rivalisierenden Teams über seine geliebten *Chicago Cubs* gesagt hatte, bis zur Gewalttätigkeit gereizt hatte. Und er könnte sich ebenfalls wieder an etwas erinnert haben, das Patricia zu ihm in jener Nacht in dem Motel gesagt hatte, als DeLuca die Wahrheit über seine Familie gestanden hatte und sie sich beide ihr wirkliches Alter genannt hatten. Damals hatte Patricia gesagt: *Wenn mein Vater das je herauskriegt, dann bringt er dich um.*

Schließlich rief er Patricia ein letztes Mal an und sagte: »Ich werde mich nicht mit ihm treffen, wenn du nicht ebenfalls dabei bist, Patrish.«

Patricia konnte Angst aus seiner Stimme heraushören.

»Also gut, ich werde auch kommen. Ich laß dich nicht mit ihm allein.«

An diesem Abend saß Patricia um halb elf in DeLucas Wagen auf dem Parkplatz. Der ganze Platz war in grau-blaues Licht getaucht. Von ihrem Vater oder seinem Wagen war weit und breit nichts zu sehen. Sie sah die Angestellten der Spätschicht das Geschäft verlassen und konnte sehen, wie Frank DeLuca hinter ihnen die Tür abschloß. Dann ging Frank hinein, um die Kassenabrechnungen zu überprüfen. Nach kaum zehn Minuten erschien er wieder an der Eingangstür, schaltete die Alarmanlage ein, trat ins Freie und schloß den Eingang zweimal ab. Patricia stieg aus dem Wagen und ging zu ihm hinüber. Sie war noch nicht ganz bei ihm, als der Thunderbird ihres Vaters vom John-F.-Kennedy-Boulevard her auf den Parkplatz einbog und langsam auf das Geschäft zurollte. Gleich darauf erfaßten die Scheinwerfer die beiden und hielten sie fest. Das Licht wurde ihnen schließlich zu grell, und sie traten aus dem Lichtkegel heraus.

Frank Columbo hielt an und schaltete Scheinwerfer und Motor aus. Als er die Tür öffnete, befand er sich keine zehn Fuß von seiner Tochter und deren Liebhaber entfernt. Noch während er aus dem Wagen stieg, holte er ein Gewehr vom Kaliber .22 vom Fußboden hinter dem Fahrersitz. Patricia und DeLuca waren so überrascht bei diesem Anblick und Columbo war ihnen so nahe, daß ihnen keine Zeit mehr blieb, irgendwie zu reagieren. Columbo, der sich womöglich wieder an seine Ausbildung bei der Army erinnerte, drang wie ein Infanterist im Nahkampf auf die beiden ein, wobei er das Gewehr quer vor der Brust hielt. Mit wenigen schnellen Schritten war er bei ihnen.

Mit dem Kolben voran schlug Columbo DeLuca das Gewehr über den Mund, wobei er ihm die Unterlippe spaltete, etliche Zähne lockerte und die Haut auf dem Kinn zerfetzte. DeLuca sank zu Boden.

»Daddy . . .!« schrie Patricia.

»Du Dreckschwein«, knurrte Frank Columbo den Mann zu seinen Füßen an, »du wirst meine Tochter in Ruhe lassen oder du bist ein toter Mann!«

Patricia versuchte, ihren Vater am Arm zu fassen, aber der schüttelte sie einfach ab. DeLuca hielt sich eine Hand vor den Mund, als könne er so das Blut aufhalten, das unablässig aus seinem Mund strömte. Mit der anderen stützte er sich auf dem Pflaster ab, um wieder auf die Füße zu kommen. Sobald er wieder senkrecht stand, holte Columbo abermals mit dem Gewehr aus, diesmal mit dem Lauf voran, und rammte es DeLuca in den Magen. DeLuca ging wieder zu Boden.

»Hör auf!« kreischte Patricia. Wieder warf sie sich auf ihren Vater, und wieder schüttelte er sie ab, als sei sie eine Feder.

»Ich meine, was ich sage!!« warnte Columbo erregt. »Ich bring' dich um, du Dreckschwein!«

Abrupt wandte er sich dann wieder ab und ging zu seinem Wagen zurück. Ein vorüberfahrendes Auto hatte nahe dem Parkplatz angehalten, und der Fahrer war ausgestiegen, um über das Dach seines Wagens hinweg zu sehen, was dort vorging. Columbos Augen fielen auf seine Tochter, und er hielt einen Moment an, um drohend mit dem Finger auf sie zu zeigen. In seinen Augen stand ungezügelte Wut.

»Und dich bringe ich auch um, Patty Ann!«

Während Frank Columbo zu seinem Thunderbird stapfte, warf sich der Fremde, der die Szene beobachtet hatte, hinter das Steuer seines Wagens und jagte Richtung Elk Grove Village Police Department davon, das nur zwei Blocks weiter lag. Patricia eilte DeLuca zu Hilfe, während Columbo mit kreischenden Reifen den Parkplatz verließ.

Patricia schäumte vor Wut. Da tat sie alles nur Erdenkliche, um die Animositäten zwischen sich und ihren Eltern und ihrem

Verlobten auszuräumen – und ihr Scheiß-Vater kam mit einem *Gewehr* an. Der große Frank Columbo mag den Burschen nicht, den sein kleines Mädchen sich ausgesucht hat, also muß er die Muskeln spielen lassen und den anderen zusammenschlagen. Zur Hölle mit ihm! dachte Patricia in stiller Wut. Das sollte ihm noch leid tun!

Sie fuhr DeLuca ins *Alexian Brothers Medical Center* gleich hinter dem *Police Headquarters* auf der anderen Straßenseite. Während Franks Mund von einem Kieferorthopäden behandelt wurde, suchte sie sich eine Telefonzelle und rief die Polizei von Elk Grove Village an. Als sie anfangen wollte zu erzählen, unterbrach sie der Beamte am anderen Ende der Leitung und erkundigte sich: »Handelt es sich um den Vorfall, der sich vor kurzem vor der Filiale von *Walgreen's* ereignet hat?«

»Ja, genau.«

Die Sache war bereits von dem anderen Autofahrer gemeldet worden, und zwei Streifenwagen waren ausgerückt, aber die Beamten hatten niemanden mehr am Tatort gesehen. Der Beamte, der Patricias Anruf entgegennahm, notierte sich alle Einzelheiten und schickte dann zwei Beamte ins Hospital, die ihre Anzeige aufnehmen sollten. Als die beiden Detectives eintrafen und die Details aufgenommen hatten, fragte einer von ihnen: »Sie wollen also wirklich Anzeige gegen Ihren Vater erstatten, Miss Columbo?«

»Verdammte Scheiße, ja! Das will ich«, sagte sie wütend.

»Ihnen ist klar, daß er verhaftet werden könnte, wenn Sie das tun?«

»Gut! Locht ihn ein! Steckt diesen Arsch in den Bau! Er hat's doch nicht anders verdient!«

Die Beamten fuhren wieder zurück ins Headquarters, wo sie eine offizielle Anzeige verfaßten. Patricia sollte später vorbeikommen und sie unterzeichnen.

Der Kieferorthopäde richtete drei Zähne in DeLucas Mund, die sich durch den Schlag mit dem Gewehrkolben verschoben hatten, und ein Chirurg nähte die Platzwunden im Gesicht. Von dem Schlag in den Leib hatte DeLuca starke Prellungen davongetragen, aber gebrochen oder gerissen war nichts. Der Arzt ließ Patricia hereinkommen, damit sie Frank noch einmal sehen konnte, bevor sie ihn bandagierten, und als sie seine grotesk geschwollene Lippe sah, darunter eine lange, jetzt vernähte Wunde und sein Kinn, das ebenfalls hatte genäht werden müssen, da schwor sie sich wieder, daß ihr Vater nicht so einfach davonkommen sollte.

Auf dem Weg nach Hause, als Frank mit Schmerzmitteln vollgepumpt neben ihr auf dem Beifahrersitz zusammengekauert saß, hielt Patricia am Elk Grove Village Police Department an und unterzeichnete die formelle Anzeige.

Am späten Abend wurde Frank Columbo in seinem Haus verhaftet und ins Gefängnis gebracht.

Als Frank Columbo am nächsten Morgen mit Hilfe eines Freundes die Kaution bezahlt hatte, schwor er seiner Frau: »Das werde ich ihr niemals vergessen.«

Mary und eine Freundin versuchten alles, ihn wieder zu beruhigen. Aber er blieb außer sich.

»Nach allem, was ich für sie getan habe, als *sie* im Gefängnis war«, wütete er, »bringt sie mich wegen so einem Hundesohn in den Knast! Ich hätte ihn umbringen sollen! Ich hätte die Knarre zu Hause lassen und diesen Bastard mit den bloßen Fäusten totschlagen sollen! Das nächstemal mache ich es anders!«

Wenig später erzählte er überall herum, er werde Patty enterben. Alles, was er besitze, schwor er, werde nach seinem Tod an Michael gehen.

»Ihren eigenen Vater«, zeterte er, »läßt sie wie einen Penner verhaften und in den Knast stecken.«

Er konnte es nie mehr verwinden.

DeLuca war entsetzt. Er war fest davon überzeugt, Frank Columbo wolle ihn wirklich umbringen.

»Er kriegt mich, Patrish. Dieser Bastard kriegt mich eines Tages«, preßte der verletzte Mann schmerzerfüllt durch seine lädierten Lippen.

Patricia konnte ihm nicht widersprechen. Was Frank sagte, ergab durchaus einen Sinn. Noch nie in ihrem Leben hatte sie ihren Vater so wütend gesehen; er hatte ausgesehen wie ein wildes Tier: gereizt bis zum äußersten, brutal, blutdurstig und gnadenlos. Sein Gesicht war verzerrt gewesen, die Adern im Nacken hatten ausgesehen wie kleine blaue Schläuche, und in seinen Mundwinkeln hatte sie kleine weiße Flecken gesehen. Schaum vor dem Mund wie ein vor Wut rasender Hund. Vielleicht war der Codename, den er bei seinem Hobby im CB-Funk benutzte, näher an der Wahrheit, als die meisten Leute wußten: *verrückter Italiener.*

Konnte er vielleicht jemanden anheuern, um Frank umzubringen? Möglich, dachte sie. Er hatte es mit einer Reihe harter Männer zu tun: Dockarbeiter, Fernfahrer, alles rauhe Burschen. Und er war Italiener von der Lower West Side von Chicago, wo man erst gar nicht zur Kenntnis genommen wurde, wenn man nicht wenigstens einen aus einem der großen Verbrechersyndikate kannte. Mit größer Wahrscheinlichkeit konnte ihr Vater, und wenn auch nur über Bekannte, jemanden finden, der Frank DeLuca gegen Bezahlung umbrachte. Und er hatte auf jeden Fall genug Geld. Frank DeLuca, da war sie sicher, hatte reichlich Grund zur Besorgnis.

»Er kriegt mich, Patrish«, jammerte ihr Liebhaber tagaus, tagein durch seine geschwollenen Lippen, so daß Patricia dachte, sie werde wahnsinnig. Immer wieder diskutierte sie mit ihm, um ihn von seinen trüben Gedanken abzulenken.

»Frank, selbst wenn er etwas Derartiges planen sollte, dann wäre er doch bestimmt nicht so blöde, das zu tun, solange gegen ihn noch das Verfahren wegen der Sache auf dem Parkplatz anhängig ist. Er wird warten müssen, bis das erledigt ist. Wir haben also genug Zeit, uns etwas auszudenken.«

Aber DeLucas Angst war nicht zu besänftigen. Als er wieder arbeiten ging, wählte er jeden Tag eine andere Route für seinen Weg zum Geschäft um festzustellen, ob er vielleicht verfolgt wurde.

Ein Gutes allerdings hatte der Vorfall auf dem Parkplatz, jedenfalls für Patricia. Ihr Sexualleben wandelte sich von bizarr zu ultrakonventionell. Nicht nur war DeLuca wegen seiner Verletzungen zeitweise an allzu intensiver Akrobatik gehindert, er lebte zudem in der ständigen Furcht, Frank Columbo könnte im Zuge seiner Nachstellungen einiges über ihre sexuellen Praktiken in Erfahrung bringen, was sein Verlangen, ihn umzubringen, eher noch weiter anheizen müßte. DeLuca war derart schockiert von dem, was bereits passiert war, von diesen wenigen Minuten auf dem Parkplatz und der Vorahnung dessen, was vielleicht noch alles kommen *könnte*, daß er sogar das Interesse an der nächsten Ausgabe von *Swinger's Life* verlor. Die Angst hatte, wenigstens für den Augenblick, seinen überdimensionalen Sexhunger gedämpft.

Patricia begann zeitweise, sich richtig zu erholen. Obwohl auch sie die Morddrohungen ihres Vaters durchaus ernst nahm, glaubte sie aber doch gleichzeitig auch, genau wie sie es DeLuca gegenüber gesagt hatte, daß keine *unmittelbare* Gefahr für Leib und Leben bestand, und insgeheim legte sie sich bereits einen neuen Plan zurecht, wie sie die Feindseligkeiten zwischen ihrem Vater und DeLuca beilegen könnte. Daß sie stets mit neuen Plänen in dieser Richtung beschäftigt war, beweist eigentlich, daß sie instinktiv klug genug war, ihre blinde Wut, die sie gegen ihren Vater empfunden hatte, zu überwinden, um eine umfassende Lösung zu suchen.

Patricia kannte ihren Vater, sie wußte, daß er zumeist gesprächsbereit und umgänglich wurde, sobald seine plötzlichen Ausbrüche vorüber waren. Und sie wußte, daß er, was seine einzige Tochter betraf, immer bereit war, schnell zu vergeben – vor allem dann, wenn besagte Tochter irgendein Zugeständnis machte, und sei es noch so bedeutungslos, das es ihm erlaubte, sein Gesicht als Vater zu wahren. Vor dem Zwischenfall auf dem Parkplatz wäre das einzige für ihn akzeptable Zugeständnis ein Rückzug von Frank DeLuca gewesen. Jetzt allerdings hatte er ihr eine neue Karte zugeschoben, die sie ausspielen konnte: die Anzeige wegen Körperverletzung. Mit dieser neuen Karte im Ärmel entwarf Patricia bereits ein neues Bild, in dem sie und DeLuca mit großem Aufsehen die Anzeige zurückzogen und sich dann in die alles verzeihende Umarmung Frank Columbos warfen.

Bei der Ausarbeitung dieser neuesten Strategie gab es einen Faktor, den sie völlig falsch einschätzte: die Tiefe der von Frank Columbo durchlittenen seelischen Pein.

Oktober 1975

Mehrere Wochen nach dem Vorfall auf dem Parkplatz im Juli hatte Patricia ihre frühere Freundschaft mit Nancy Glenn wiederaufgenommen, einer alten Schulfreundin von der Elk Grove High-School. Als Patricia noch bei *Corky's* war, hatte Nancy direkt gegenüber auf der anderen Seite des John-F.-Kennedy-Boulevards in dem großen Juweliergeschäft gearbeitet. Eine Zeitlang waren sie gute Freundinnen gewesen, waren aber dann auseinandergekommen, als Patricia sich in Frank DeLuca verliebt und den ganzen Rest der Welt darüber vergessen hatte. Aber jeden Samstag trafen sie sich im *Grove Shopping Center* und gingen dann zusammen ins *Frontier Restaurant*, um gemeinsam ihren Lunch zu nehmen.

»Was macht die große Liebe?« fragte Nancy. Sie arbeitete jetzt als Hilfsschwester im *Alexian Brothers Hospital*. Patricia war immer das Thema Nummer eins gewesen, als sich an der *Elk Grove High-School* das Gerücht verbreitet hatte, Patricia, die damals Siebzehnjährige, habe etwas mit einem fünfunddreißig Jahre alten, verheirateten Mann. »Siehst du deinen Pharmakologen-Freund noch gelegentlich?«

»Jede Nacht.« Patricia breitete die Neuigkeiten fast fröhlich vor ihr aus. Niemand hatte erwartet, daß das andauern werde. »Wir leben zusammen.«

»Na, so was«, sagte Nancy überrascht und nicht unbeeindruckt. Sie hatte DeLuca bei *Walgreen's* gesehen. Er war wirklich ein toller Hecht. Nancy fragte sofort, was denn ihre Leute zu Hause darüber dächten. Sie kannte die Columbos gut genug, um sich vorstellen zu können, daß die nicht gerade begeistert waren.

»Dad könnte gar nicht glücklicher sein«, erwiderte Patricia

sarkastisch und erzählte Nancy dann alles über den Vorfall auf dem Parkplatz. Nancy lauschte entsetzt und ungläubig, als Patricia ihr von dem chaotischen Leben berichtete, das sie nun führte. Sie erzählte auch von den Diebstählen der Kreditkarten und deren Mißbrauch, von den zehn Monaten im Hause DeLucas und von dem vergeblichen Versuch, ihr Leben mit Hilfe von Andrew Harper wieder in geordnete Bahnen zu lenken. Nancy war hingerissen, das war ja eine unglaubliche Geschichte – selbst für Patty Columbos Verhältnisse.

Nancy war nicht sicher, wieviel davon sie glauben konnte; Patty stand inzwischen in dem zweifelhaften Ruf, es mit der Wahrheit nicht unbedingt genau zu nehmen. Nancy beschloß, in diesem Fall ihrer alten Freundin doch lieber nicht zu mißtrauen; die Geschichte war einfach zu unglaublich, um erfunden zu sein. Sie fragte Patty, was sie hinsichtlich ihrer Anzeige wegen Körperverletzung denn nun zu tun gedenke; bestimmt wollte sie doch nicht, daß ihr Vater ins Gefängnis kam.

»Warum nicht?« fragte Patricia erstaunt. »Er hat gedroht, uns umzubringen, Nancy!«

Ihre Freundin hatte dafür nur Spott übrig. »Patty, du glaubst doch nicht im Ernst, daß er das tun würde!«

»Woher soll ich wissen, was er alles tun würde. Er ist ein Verrückter. Frank ist davon überzeugt, daß er einen Killer auf ihn ansetzen wird. Ich würde das nicht so einfach von der Hand weisen.«

Nancy schüttelte den Kopf. Dieselbe alte Patty, dachte sie.

Bevor sie an diesem Tag auseinandergingen, gab Patricia Nancy ihre Telefonnummer. Sie stand nicht im Telefonbuch.

Wie Nancy Glenn nach den Morden Ray Rose berichtete, war sie im September 1975 auf der Suche nach einem Auto und fand schließlich einen guten '73er Camaro, dunkelblau, im Pontiac-Autohaus in Schaumburg. Und dort lernte sie Lanny Mitchell kennen, den Verkäufer, der sie bediente. Sie traf sich mehrere Wochen lang regelmäßig mit Lanny, besuchte ihn in seiner Wohnung und wurde sehr schnell mit ihm intim.

Nancy, die nur fünf Monate älter war als Patricia, fand

Lanny sehr erwachsen und sehr ›süß‹. Für sie war er nach so vielen Heranwachsenden, mit denen sie sich bisher schon abgegeben hatte, ein ›richtiger Mann‹. Er sah gut aus und war ein fröhlicher Mensch. Sie verstand jetzt besser, warum Patricia Columbo sich mit Frank DeLuca eingelassen hatte. Ältere Männer waren wirklich ›anders‹.

Als Lanny Nancy eines Tages bat, eine Begleiterin für einen Freund für ein gemeinsames Ausgehen zu suchen, dachte Nancy sofort an Patty. Nancy dachte sich, Patty könne angesichts ihrer Probleme mit DeLuca einmal einen Abend außer Haus gebrauchen, einfach nur, um sich ein wenig zu amüsieren, ohne jede weitere Verpflichtung.

Nancy konnte sich nicht erinnern, ob sie Patty Columbo jemals Lanny gegenüber erwähnt hatte oder nicht. Aber als Lanny sie drängte, eine Begleiterin für seinen Freund zu suchen, dessen Name Roman lautete, sagte sie ihm, dafür komme womöglich Patty in Frage, und erzählte auch gleich ein paar Einzelheiten über Pattys Situation – einschließlich Pattys Bemerkung, Frank Columbo habe damit gedroht, sie und ihren Freund umzubringen.

Lanny, den Nancy für einen Polizisten hielt, der nur auf seine Rehabilitierung und erneute Übernahme in den Polizeidienst warte, erzählte ihr, sein Freund sei ein ausgesprochen ›schwerer Junge‹ mit besten Beziehungen sowohl zu Politikern wie zur Unterwelt, der Patty womöglich helfen könne, ihre Probleme in den Griff zu bekommen.

Nancy rief Patty an, und das ›blinde Rendezvous‹ wurde perfekt gemacht.

An dem Abend, als Patricia zu der Verabredung ging, hatte DeLuca Spätschicht. Daher nahm sie sein Auto. Nancy wollte, daß sie in ihrem neuen Camaro mitfuhr, aber damit war Patricia nicht einverstanden.

»Ich möchte gehen können, wann immer ich will«, sagte sie. »Ich muß Frank abholen, wenn er den Laden schließt.«

Patricia holte Nancy zu Hause ab, und gemeinsam fuhren sie in DeLucas Wagen zum Parkplatz der Bowling-Bahn von Elk

Grove Village. Lanny und sein Freund Roman waren schon da und warteten vor ihrem Auto auf die beiden Mädchen. Nancy stellte Patricia und Lanny einander vor, und der machte sie dann mit seinem Freund Roman bekannt. Die Familiennamen wurden gar nicht erst ausgetauscht.

Die beiden Mädchen folgten ihnen ins *Where Else*, ein kleines Lokal auf einem handtuchgroßen Grundstück und mit einer Neonreklame über dem Eingang. Drinnen sah es nicht viel anders aus als in den meisten anderen Bars in den Vorstädten auch. Es gab die unvermeidliche Theke mit ihren Barhockern, deren Sitze mit Vinyl bezogen waren, ein paar Nischen entlang der gegenüberliegenden Wand, eine Minitanzfläche, auf der allenfalls vier Pärchen gleichzeitig tanzen konnten, und eine große Jukebox, um Musik machen zu können. Ein Barkeeper und eine Bedienung hätten den Laden selbst am Silvesterabend allein schmeißen können, so klein war er.

Die vier setzten sich in eine der Nischen, Nancy neben Lanny und Patricia neben Roman. Sie bestellten Drinks, und Lanny steckte ein paar Münzen in die Jukebox, damit sie tanzen konnten. Sie tranken ein bißchen, redeten ein bißchen, tanzten ein bißchen und wechselten von einem Tanz zum nächsten die Partner. Beide Männer waren leger gekleidet, und Patricia konnte einmal, als sie mit Lanny tanzte und dessen Jacke offenstand, sehen, daß er einen Revolver am Gürtel trug.

»Warum trägst du denn einen Revolver?« fragte sie neugierig.

»Ich trage immer einen Revolver, wenn ich mit Roman zusammen bin«, erwiderte er leichthin. »Hat Nancy dir denn nicht gesagt, daß Roman ein schwerer Junge ist?«

»Sie hat mal so was erwähnt«, sagte Patricia.

Lanny nickte. »Wenn du dich gut mit Roman stellst, kann er dir so manchen Gefallen tun, wenn du mal in Verlegenheit kommen solltest.«

Als sie wieder alle in ihrer Nische saßen, drehte sich die Unterhaltung auf einmal um Sex. Im Augenblick waren gerade die kleinen Schmuddelkinos im Kommen, und die hochkarätige Filmschauspielerin Linda Lovelace war berühmt für ihre Talente bei Fellatio in dem Film *Deep Throat*. Roman und Lanny diskutierten über den Film – und Lindas Talent – des längeren und breiteren und fragten sich, wie sie es eigentlich zu dieser bemerkenswerten Fähigkeit gebracht haben könnte.

Patricia fühlte sich zunehmend unwohler. Sie mochte Roman nicht im geringsten; er sah ihr zu sehr wie ein Fisch aus mit seinen hängenden Lidern und den dicken Lippen, die sie so sehr an einen Goldfisch erinnerten, den sie einmal gehabt hatte. Zudem trank Nancy für ihren Geschmack zuviel, und Patricia fing an, sich zu fragen, ob sie noch sicher genug bei diesen beiden Männern sei, wenn sie gehen mußte, um DeLuca abzuholen. Die ganze Idee mit der blinden Verabredung erschien ihr im nachhinein alles andere als glänzend.

Es dauerte nicht lange, und die Männer schlugen vor, die Party in einem Motel fortzusetzen, das Roman kannte. Die Fahrt dorthin würden sie genauso machen, wie sie auch hierher in diese Bar gekommen waren: die Männer vorweg in einem Auto, die beiden Mädchen hinterher in einem zweiten.

Das war ihre Chance, dachte Patricia, diese Heinis reinzulegen und Nancy nach Hause zu fahren. Dann brauchte sie sich um sie keine Gedanken mehr zu machen.

Als sie zu ihren Wagen gingen und vom Parkplatz fuhren, blieb Patricia ein wenig zurück, als wolle sie nicht zu nahe auffahren. Sie blieb gerade lange genug hinter ihnen, um sie in Sicherheit zu wiegen; als sie dann meinte, jetzt sei der richtige Zeitpunkt gekommen, wendete sie und preschte über eine Nebenstraße wieder zurück. Die plötzliche Lenkbewegung ließ Nancys Magen rebellieren.

»O Gott, ist mir schlecht«, sagte sie mühsam.

»Kotz mir bloß nicht diesen Wagen voll«, warnte Patricia sie. Wie, zum Teufel, hätte sie Frank das wohl erklären sollen?

Patricia wählte einen Zickzackkurs durch lauter bewohnte Straßen, während Nancy die ganze Zeit schimpfte, denn sie wollte unbedingt in das Motel. Schließlich hielt sie vor dem Haus der Glenns. Einen Augenblick später fuhren Lanny und Roman hinter ihnen auf. Patricia mochte es nicht glauben. Sie dachte schon daran, Nancys Bruder Norman zu rufen, aber im ganzen Haus brannte kein einziges Licht. Hinter ihnen ging eine Wagentür, und dann kam einer der Männer an ihr Auto und auf sie zu. Patricia fühlte Panik in sich aufsteigen.

»Ich will in das Motel«, nuschelte Nancy, als sie ihr Haus erkannte.

Roman trat auf Patricias Seite an das Auto und klopfte gegen die Scheibe.

»Ich will nur mal mit dir reden«, sagte er. Patricia kurbelte das Fenster ein Stück herunter. »Wie kommst du eigentlich dazu zu versuchen, uns hereinzulegen, nachdem Lanny dir Geld gegeben hat?« fragte er.

»Wovon redest du?« schnappte Patricia. »Lanny hat mir kein Geld gegeben.«

»Ihr Mädels habt eine Vereinbarung getroffen, mit in das Motel zu kommen. Warum lauft ihr jetzt weg?«

»Ich fahr' mit Lanny in das Motel«, verkündete Nancy und stieg aus, bevor Patricia sie daran hindern konnte.

»Scheiße«, sagte Patricia und wandte sich wieder an Roman. »Sieh mal, ich muß jetzt meinen Freund von der Arbeit abholen.«

Roman schüttelte den Kopf. »Nicht, bis wir erledigt haben, wofür wir verabredet waren«, sagte er flach. »Ich dachte, du brauchtest einen kleinen Gefallen.«

»Vergiß es, Mann«, erwiderte Patricia. »Ich brauche keine Gefälligkeiten. Und ich laß mich auch nicht von dir vögeln, alles klar?«

»Du hast eine Abmachung getroffen«, sagte Roman, »und die wirst du auch einhalten.«

Patricia hörte eine leise Drohung aus seiner Stimme heraus. Lannys Worte von vorhin kamen ihr wieder in den Sinn: »Roman ist ein ganz schwerer Junge.« *Vorsicht*, sagte sie sich. *Solche Kerle haben schon mal einem Mädchen die Seele aus dem Leib geprügelt wegen so was.*

»Okay«, gab sie schließlich nach, »Ich gehe mit in das Motel. Aber ich werde dich nicht vögeln.«

»Du kannst dich ja auch von Lanny bumsen lassen«, sagte er achselzuckend. »Ich vögele dann deine Freundin. Wo ist da der Unterschied? Ein Fick ist ein Fick. Und versuch nur ja keine Tricks.«

»Verpiß dich«, murmelte Patricia, während er davonging.

Sofort erschien Lanny und stieg neben ihr ins Auto. »Fahr

den beiden einfach nach bis zu dem Motel«, verlangte er, als Roman mit Nancy davonfuhr.

Während Patricia hinter dem anderen Wagen herfuhr, dachte sie darüber nach, wie sie vielleicht doch noch Nutzen aus diesem katastrophalen Abend ziehen könnte. In den Wochen, seit ihr Vater über Frank DeLuca hergefallen war, hatte Frank sie halb wahnsinnig gemacht mit seiner ständigen Angst wegen der Morddrohung ihres Vaters. Patricia hatte noch nicht alle ihre Karten ausgespielt – die Rücknahme der Anzeige wegen Körperverletzung etwa –, und konnte Frank nicht davon überzeugen, daß es gut für sie beide wäre, wenn sie es täte.

»Dein alter Herr macht mich auf jeden Fall alle, Patrish«, lamentierte ihr Liebhaber unentwegt. »Er wird irgend jemanden anheuern, der mich um die Ecke bringt.«

Patricia hatte gehofft, dieser Roman, der angeblich ein so ›schwerer Junge‹ war, könnte, wenn sie nur nett genug zu ihm war, für sie herausfinden, ob die Drohung ihres Vaters nun bloßes Gewäsch war oder nicht; herausfinden, ob es für Frank einen *echten* Grund gab, sich bedroht zu fühlen; herauszufinden, ob *wirklich* ein Kopfgeld auf Frank ausgesetzt worden war.

Aber Roman war so widerwärtig, daß Patricia diesen Gedanken, schon kurz nachdem sie Roman kennengelernt hatte, wieder hatte fallenlassen. Der andere Bursche, dieser Lanny, wirkte nicht halb so abstoßend auf sie, und während sie mit ihm hinter den anderen herfuhr, kam ihr eine neue Idee.

»Sieh mal, wenn ich in dem Motel ganz lieb zu dir bin«, sagte sie zu Lanny, »würdest du mir dann einen Revolver oder so was besorgen? Mein Freund flippt nämlich langsam aus, weil er glaubt, mein Vater hätte einen Preis auf seinen Kopf ausgesetzt. Deswegen kann er nachts schon nicht mehr schlafen; jedesmal fährt er einen anderen Weg zur Arbeit, er hat sogar schon angefangen, für den Fall, daß ihm jemand auflauert, jedesmal auf einer anderen Etage aus dem Aufzug des Hauses zu steigen, in dem wir wohnen. Er hat sich einen von diesen kleinen Derringers besorgt, aber wenn er einen größeren Revolver hätte, um sich zu schützen, würde ihn das doch sehr beruhigen.«

Lanny sagte, sicher, er könne ihr einen Revolver besorgen,

aber das könne vielleicht ein wenig dauern. Patricia fragte, ob er ihr denn in der Zwischenzeit schon mal ein paar Patronen für den Derringer besorgen könne, und er sagte, das wolle er gern tun.

Sie folgten Roman zum *Edgebrook Motel*, wo er Nancy im Auto zurückließ und ausstieg, um sie alle einzutragen. Schließlich kehrte er mit einem Schlüssel zurück und führte sie alle in eines der Zimmer. Nancy ließ sich sofort in einen der Sessel fallen und war im nächsten Augenblick eingeschlafen. Roman verließ das Zimmer wieder, um eine Tasse Kaffee zu besorgen, um sie wieder aufzuwecken. Draußen ließ er die Luft aus den beiden Vorderreifen von Patricias Wagen. Er wollte ganz sicher sein, daß Patricia nicht wieder versuchte, ihnen zu entkommen.

Drinnen im Zimmer hatten Patricia und Lanny angefangen, sich auszuziehen. Patricia befand sich, wie üblich, in einem Dilemma. Sie war noch Jungfrau gewesen, als Frank DeLuca zum erstenmal Verkehr mit ihr gehabt hatte, und seither war sie ihm absolut treu gewesen bis auf die Männer, die *er* für sie ausgesucht hatte – und in seiner Gegenwart. Selbst mit Andrew Harper hatte sie nur leidenschaftliche Küsse getauscht, mehr nicht. Jetzt versuchte sie, was sie tat, vor sich selbst damit zu rechtfertigen, daß sie es schließlich für Frank tue, um ihm einen Revolver zu verschaffen, aber trotzdem fühlte sie sich schuldig, denn das hier geschah nach ihrem eigenen Willen und nicht nach seinem. Auf der Suche nach einen allerletzten Rest von Treue gegenüber ihrem Verlobten sagte sie schließlich zu Lanny: »Ich möchte es aber hinten rein haben, okay, Baby?«

Hinten rein – ja, das war okay für Lanny.

Patricia und Lanny waren schon fertig und wieder angezogen, als Roman mit dem Kaffee zurückkehrte. Nancy war jetzt wieder halb wach. Roman zog einen Stuhl her, setzte sich vor sie hin und drängte sie, den Kaffee zu trinken. Lanny bedeutete er durch Gesten, er solle ein bißchen mit Patricia spazierengehen.

Als Patricia draußen die beiden platten Reifen sah, zog sich ihr Magen in Spasmen reinster Panik zusammen. Sie stöhnte laut auf, weil sie wußte, daß sie jetzt nicht mehr zu dem Drugstore würde zurückfahren können, um Frank abzuholen, wenn er Dienstschluß hatte. Lanny sah, daß sie kurz davor war, in Tränen auszubrechen.

»Nun beruhige dich mal«, sagte er, »die Reifen brauchen vielleicht nur Luft. Wir kümmern uns schon darum, wenn Roman herauskommt.«

Zwanzig Minuten später kam Roman heraus. Er und Lanny fuhren mit Patricia, als diese den Wagen ganz langsam zur nächsten Tankstelle fuhr. Dort wollte man gerade schließen, aber Roman zog einen Revolver und zwang den Tankwart, ihre Reifen wieder aufzupumpen.

»Ich muß jetzt wirklich weg«, sagte Patricia. »Ich bin schon reichlich spät dran, um meinen Mann abzuholen.«

Sie war nicht gerade begeistert bei dem Gedanken, Nancy hierzulassen, aber zuerst kam Frank.

Am nächsten Nachmittag war Lanny draußen auf dem Stellplatz für seine Gebrauchtwagen, als er ans Telefon gerufen wurde. Er ging in sein winziges Büro und nahm den Hörer auf. Es war Patty. Sie wollte wissen, wann sie die Munition bekommen konnte, die er ihr versprochen hatte. Lanny sagte, er könne sie noch am selben Tag besorgen, und fragte, welches Kaliber sie denn benötige. Patricia sagte, ihr Freund habe von .22ern gesprochen. Lanny versprach, in ein paar Stunden vorbeizukommen. Nachdem er aufgehängt hatte, nahm er sich ein paar Minuten frei, ging hinüber in ein Sportartikel-Geschäft und kaufte eine Schachtel Patronen.

Patricia kam ein paar Stunden später wegen der Munition vorbei. »Ich bin dir ja so dankbar«, sagte sie. »Mein Freund wird sich schon sehr viel besser fühlen, wenn er wenigstens ein wenig Schutz hat.«

»Schön, daß ich dir helfen konnte«, sagte Lanny. »Hör mal, wir sollten weiter Kontakt halten. Ich möcht dir gern in jeder Weise helfen. Du verstehst mich?«

»Sicher, ich verstehe«, sagte Patricia.

Sie glaubte es wenigstens.

DeLucas Angst vor Patricias Vater geriet mehr und mehr außer Kontrolle. Er kaufte und installierte ein Zusatzschloß für die Tür des Apartments, dann bestand er darauf, als zusätzliche Sicherheitsmaßnahme einen Stuhl unter die Türklinke zu stellen. Es war, als erwarte er, Frank Columbo – oder wen immer Frank Columbo angeheuert hatte – werde die Tür des Apartments mit einem Rammbock attackieren. Patricia versuchte, vernünftig mit ihm darüber zu reden, aber er hörte ihr nicht einmal zu; wann immer sie zu Hause waren, wurde der Küchenstuhl wie in einem drittklassigen Gangsterfilm unter die Klinke gestellt.

In dem Maße, wie die Wunden an Franks Mund und Kinn heilten, schien sich sein Geist mehr und mehr zu umnachten, weil er sich durch die totale Konzentration auf die wirkliche oder nur vermutete Gefahr beständig selbst unter Druck setzte. Er war ja kaum noch fähig, sich auf etwas anderes zu konzentrieren. Sein Verfolgungswahn wurde von Tag zu Tag größer, bis er überall nur noch sein Verhängnis sah. Jeder Fremde war jetzt ein Spion, jedes unbekannte Gesicht das eines Mörders. Selbst der arme Michael, den er kannte, wurde zum Monstrum.

»Dein kleiner Bruder war heute im Geschäft«, klagte Frank kurze Zeit nach dem Vorfall auf dem Parkplatz. »Er war in der Abteilung Zeitschriften mit einem Magazin in der Hand, aber er hat über den Rand weggeguckt und mich angeschaut, als wenn er mich umbringen wollte.«

Patricia winkte ärgerlich ab. »Michael würde keiner Fliege etwas zuleide tun.«

Aber es gab einfach keine Möglichkeit, DeLuca seine neue Obsession auszureden. Er war von da an überzeugt, Michael sei Teil des Komplotts zu seiner Ermordung.

Patricia hatte vorgehabt, Frank die guten Neuigkeiten mitzuteilen, nachdem sie ihr Trumpf-As aus dem Ärmel ausgespielt und Frieden mit ihrem Vater gemacht hatte. Aber angesichts des Gemütszustandes ihres Liebhabers entschloß sie sich, ihm von ihrer Strategie sofort zu erzählen und ihm so zu helfen, mit seinen Ängsten besser fertig zu werden.

»Ich will die Anzeige gegen Dad zurücknehmen«, erzählte sie ihm. »Ich kenne ihn; ich weiß, er wird uns dankbar sein, daß wir ihn vom Haken lassen. Ich glaube, wir haben eine gute Chance, das ganze böse Blut wieder aus der Welt zu schaffen.«

DeLuca schüttelte den Kopf. »Das klappt nicht, glaub mir. Das kann gar nicht klappen. Dein Alter ist verrückt. Der geht bis zum bitteren Ende.«

Aber Patricia bestand darauf, ihr Vater sei ein Mensch, der zu verzeihen verstehe. Sie war seine einzige Tochter. Wenn sie ihm einen Grund zur Versöhnung bot, dann, da war sie sehr zuversichtlich, würde er die ausgestreckte Hand auch ergreifen.

»Wenn du meinst, dann tu es«, willigte DeLuca ein, »aber das ist reine Zeitverschwendung. Für ihn ist das Ganze eine Vendetta, eine Blutrache. Dein Alter wird nicht eher wieder glücklich sein, bis ich tot bin.« DeLuca unterbrach sich kurz, um dann fortzufahren: »Oder bis er tot ist.«

Die Anzeige gegen Frank Columbo wegen Körperverletzung wurde zurückgenommen, und ihm wurde auf dem Postweg mitgeteilt, daß der Verhandlungstermin gegen ihn aufgehoben worden war. Patricia wartete noch eine Woche, damit ihr Akt der Versöhnung und Liebe richtig verdaut und von ihrem Vater auch gebührend gewürdigt worden war; dann stattete sie Brantwood Nr. 55 einen Besuch ab, um den Effekt ihrer Großherzigkeit auszuloten. Als dann aber ihr Vater hörte, wer an der Tür war, ging er ins Schlafzimmer, schloß die Tür hinter sich ab und weigerte sich, seiner Tochter auch nur die Tageszeit zu entbieten.

Patricia sprach mit ihrer Mutter. Sie hatte die Anklage gegen ihren Vater fallengelassen, weil sie den Feindseligkeiten endlich ein Ende setzen wollte. Patricia war sich durchaus darüber im klaren, so erzählte sie Mary, daß sie wohl niemals eine glückliche Familie sein würden – sie waren natürlich nicht gerade die Waltons* –, aber konnten sie denn nicht wenigstens versuchen, zivilisiert miteinander umzugehen? Sie und Frank würden unwiderruflich im Juni oder Juli heiraten, sobald die Schei-

* Eine zu dieser Zeit auch in Deutschland sehr erfolgreiche TV-Familienserie

dung von Marilyn perfekt war. Sie würden von vorn beginnen, für jeden von ihnen würde es ein neues Leben bedeuten. Frank kannte seine Verantwortung seinen Kindern gegenüber und war entschlossen, ihr nachzukommen – aber sie würden auch gern ein eigenes Baby haben. Könnten nicht bitte alle mit diesen Feindseligkeiten aufhören und leben und leben lassen?

Patricia rang sich schließlich zum für sie Äußersten durch. »Ich bitte dich, mir zu helfen, Mutter«, sagte sie.

Mary Columbo schüttelte den Kopf, vielleicht nicht einmal so sehr aus Ablehnung oder Mißbilligung – sie war dieser Geschichte genauso müde wie jeder andere auch –, sondern wohl eher zum Zeichen ihrer außerordentlichen Zweifel, die sie geplagt haben müssen.

»Dein Vater, Patty Ann, wird nie über die Tatsache hinwegkommen, daß du ihn ins Gefängnis geschickt hast«, sagte sie zu ihrer Tochter. »Sie sind in sein Haus gekommen, die Polizisten, meine ich, und haben deinen Vater verhaftet wie einen gewöhnlichen Kriminellen! Das wird er dir nie verzeihen.«

Aber trotz ihrer tiefgreifenden Bedenken versprach Mary schließlich doch, sich zu bemühen. Von ihrer Mißbilligung des Lebenswandels ihrer Tochter ganz abgesehen – und die dürfte in diesem Fall wohl alle Eltern dieser Erde gehabt haben –, muß sie wohl doch den Wunsch verspürt haben, ihre Tochter glücklich zu sehen. Sie würde, so versprach sie, mit ihrem Vater über das Leben-und-leben-lassen-Prinzip sprechen.

Patricia verließ das Haus, ohne auch nur ein einziges Wort mit ihrem Vater gewechselt zu haben, aber mit der Hoffnung, der Columbo-DeLuca-Konflikt werde sehr bald vorüber sein.

Aber das war einfach nicht der Fall.

Als Patricia eine Woche später voller Optimismus zurückkehrte, um sich endlich mit ihrem Vater zusammenzusetzen und alle Schwierigkeiten ausräumen zu können, zog dieser sich wiederum ins Schlafzimmer zurück, schloß die Tür ab, stellte den kleinen Fernseher drinnen an und lehnte jede direkte Diskussion mit seiner Tochter ab. Sein Versprechen, das einzige, zu dem er sich durchzuringen vermochte, wurde ihr von ihrer Mutter überbracht.

»Dein Vater sagt, er sei absolut willens, ganz neu mit dir anzufangen. Aber *nur* mit dir. Er sagt, wenn du zurückkommen willst, könnten wir alles vergessen und ganz neu anfangen.«

Patricia war erstaunt. Ihr Konflikt hatte nichts mit ihrer etwaigen Rückkehr zu tun. Ihr Zuhause war bei Frank DeLuca. Er war der Mann, den sie liebte und mit dem sie zusammensein wollte. Warum, zum Teufel, wollte ihr Vater das nicht akzeptieren?

Mary, der der Ausdruck auf Patricias Gesicht nicht verborgen blieb, bemühte sich um Neutralität. »Ich sage dir nur, was ich dir von deinem Vater ausrichten soll«, erklärte sie. »Du verläßt DeLuca und kommst wieder nach Hause. Das will er.«

»Niemals«, sagte Patricia und schüttelte nachdrücklich den Kopf. Sie nahm Handtasche, Zigaretten und Feuerzeug wieder an sich. Wie konnte er es wagen, in dieser Weise über ihr Leben entscheiden zu wollen?

Als Patricia wieder zur Haustür ging, warnte Mary sie noch: »Dies könnte deine letzte Chance gewesen sein, dich noch einmal mit deinem Vater auszusöhnen.«

Patricia machte sich nicht einmal die Mühe einer Antwort.

Einige Zeit später rief Patricia Lanny in seinem Ausstellungsraum an.

»Können wir uns zum Lunch sehen?« fragte sie.

Sie fuhr bei ihm vorbei, und gemeinsam fuhren sie in ein in der Nähe liegendes Schnellrestaurant. Sie setzten sich in eine abgelegene Ecke, wo sie mit leiser Stimme zu ihm sagte: »Sieh mal, meine Probleme werden immer drängender. Ich brauche wirklich Hilfe.«

Lanny tätschelte ihr über den Tisch hinweg die Hand. »Ich habe dir gesagt, ich würde dir helfen, wo immer ich kann. Das habe ich auch so gemeint, Patty.«

Patricia erzählte Lanny einiges über die Hintergründe für das tiefe Zerwürfnis zwischen ihrem Vater und Frank DeLuca. Lanny hörte aufmerksam zu und nickte von Zeit zu Zeit zustimmend. Er gehörte zu den Männern, die junge Mädchen mit Problemen mögen; er war einer von denen, die wußten, wie leicht solche Mädchen zu beeindrucken sind und wie leicht es ist, sich in ihr Vertrauen zu schleichen. Lanny Mitchell muß an diesem Tag gedacht haben, Patricia sei das leichteste Opfer, das man sich nur denken konnte. Beim Anblick des Revolvers, den er in jener ersten Nacht getragen hatte, war sie ja förmlich dahingeflossen. Und jetzt, das spürte er genau, wollte sie etwas. Vielleicht wollte sie ihn um einen Gefallen bitten. Aber was es auch sein mochte, Lanny war entschlossen, ja zu sagen.

Als sie zu Ende gegessen hatten, fuhren sie wieder zu dem Autohandel zurück. In Lannys kleinem Büro rückte Patricia hinter verschlossenen Türen dann endlich mit dem heraus, was ihr durch den Kopf ging.

»Meine Eltern machen mir und meinem Freund das Leben schwerer, als wir es beide länger ertragen können. Manchmal wünschte ich mir wirklich, sie wären tot.«

»So was läßt sich unter Umständen arrangieren, das weißt du doch, oder?« sagte Lanny Mitchell ruhig.

Patricia sah dem Autoverkäufer fest in die Augen. »Und wie?«

»Ich mach's«, sagte Lanny.

C. H.

Juni 1991

Ich hörte auf, mir Notizen zu machen, und sah Patricia über den kleinen Tisch hinweg an.

»Hat es da angefangen?« fragte ich.

»Was soll da angefangen haben?«

»Mord.«

Sie schluckte nervös, dann nickte sie. »Das muß es wohl. Ja.«

Der Gemeinschaftsraum war an diesem Sonntag überfüllt mit Besuchern. Deshalb saßen Patricia und ich draußen auf einer abgeschirmten Veranda. Bequem war es nicht gerade, aber wir waren wenigstens ungestört.

»Sie haben Lanny also ernstgenommen?« fragte ich. »Von allem Anfang an?«

»Ich dachte, der Bursche sei ein Cop«, erwiderte sie statt einer Antwort. »Nancy hatte mir jedenfalls gesagt, er sei ein Cop; angeblich hat er ja Autos nur während einer Zeit des Übergangs oder so was verkauft, bis seine Suspendierung wieder aufgehoben werden würde. Und er benahm *sich doch wie ein Cop; er trug eine Waffe und nannte Roman einen ›schweren Jungen‹ mit ›Beziehungen‹.« Sie hob resignierend die Schultern. »Ich war neunzehn, ich bin drauf reingefallen. Ich war doch ganz verzweifelt. Bei einem späteren Besuch zu Hause, als Dad wieder angefangen hatte, wenigstens mit mir zu reden, sagte er mir, er wolle nichts mehr davon hören, daß ich Frank DeLuca heiraten werde. Er sagte, es werde schon deshalb keine Hochzeit geben, weil es keinen Frank DeLuca mehr geben werde. Und er fing an, mich im Apartment anzurufen und mir zu sagen, er werde Frank schon noch in die Finger kriegen.«*

Sie erzählte mir von dem Jungen mit Namen Jeff, an dessen Familiennamen sie sich nicht mehr erinnerte und der im benachbarten Apartment wohnte, und daß sie ihn hereingerufen hatte, damit er einen dieser Drohanrufe ihres Vaters mithören sollte. Ich ließ sie erzählen, ohne ihr zu sagen, daß ich das bereits aus dem Bericht eines Kriminalbeamten wußte, der Jeff vernommen hatte, der übrigens dem Gericht nie vorgelegt wurde.

»Sie glaubten also wirklich, Ihr Vater wolle DeLuca umbringen?« fragte ich.

»Ja, das habe ich wirklich fest geglaubt. Hätten Sie das etwa nicht geglaubt?« fragte sie anklagend. »Er schlägt Frank mit einem Gewehr ins Gesicht; er droht in dieser Nacht, uns beide umzubringen; er sagt, es werde keine Hochzeit geben, weil es keinen DeLuca mehr geben werde; er ruft mich an, um mir am Telefon zu sagen, er werde Frank schon noch erwischen; und nachdem er aus dem Gefängnis entlassen worden war, wohin er auf Grund meiner Anzeige gekommen war, hat er jedem, den

wir kennen, gesagt, er hätte Frank besser umbringen sollen, und das nächste Mal werde er es ›besser‹ machen.« Sie nahm einen tiefen Zug aus der Zigarette. »Ja, ich habe geglaubt, Dad würde wieder etwas Gewalttätiges tun. Ich wäre ja wohl auch eine gottverdammte Närrin gewesen, es nicht zu glauben.«

Sie fing an, wütend zu werden. Ich lenkte die Unterhaltung wieder von ihrem Vater fort.

»Wußte ihre Freundin Nancy eigentlich, daß Sie sich wieder mit ihrem Freund getroffen haben?« fragte ich.

Patricia schüttelte den Kopf.

»Das glaube ich nicht. Wir sind nach diesem Fiasko in dem Motel auch nicht länger befreundet gewesen. Sie rief mich ein paar Tage später an und machte mir die tollsten Vorwürfe. Sie war sauer, weil sie davon ausgegangen war, Lanny sei für diesen Abend als ihr Begleiter vorgesehen gewesen, und statt dessen fand sie sich dann mit diesem fischäugigen Roman im Bett wieder. Ich sagte ihr, ich wüßte nicht, was daran so furchtbar sein sollte; sie war doch so besoffen gewesen, daß sie es noch nicht einmal gemerkt hätte, wenn der Glöckner von Notre Dame auf ihr gelegen hätte. Aber um Ihre Frage zu beantworten, ich glaube schon, daß sie Himmel und Hölle in Bewegung gesetzt hätte, wenn sie erfahren hätte, daß ich mit Lanny telefoniert hatte.«

»Haben Sie nach diesem Telefongespräch je wieder mit Nancy gesprochen oder sich mit ihr getroffen?«

»Nein. Das nächste Mal, daß ich an sie auch nur gedacht habe, war, als ich erfuhr, daß sie mich mit den Morden reingeritten hat.«

Ich machte mir Notizen, wobei ich Patricias Füller und ihr rosafarbenes Briefpapier benutzte, denn ich durfte mein eigenes Schreibzeug nicht mit ins Gefängnis bringen. Anscheinend interessierte es die Wärter aber nicht, was ein Besucher mit hinausnahm. Vor jedem Besuch diktierte ich Patricia telefonisch eine Liste von Themen, über die ich mit ihr reden wollte. Das ersparte es mir, allzu vieles für jeden Besuch im Gedächtnis zu behalten, während es ihr Zeit und Gelegenheit gab, darüber nachzudenken. Unsere Vereinbarung lautete, daß sie nur über das redete, worüber sie selbst sprechen wollte, ohne Druck von meiner Seite. Ich fragte, was ich fragen wollte, und sie beantwortete, was sie beantworten wollte.

Bisher hatte das auch gut funktioniert. Patricia berichtete mir all das, was sie bereits mit Schwester Burke erforscht hatte, von ihrer frühesten Kindheit über die Periode des sexuellen Mißbrauchs durch Gus Latini bis hin zu Frank DeLuca. Manchmal schien sie begierig zu erzählen, wobei sie sich von einer unangenehmen Erinnerung nach der anderen zu befreien schien. Aber als wir uns zeitlich weiter und weiter den Morden näherten und allem, was dazu geführt hatte, spürte ich doch ein zunehmendes Nachlassen ihrer Bereitschaft zu reden, eine subtile, aber deutliche Abwehr von ihrer Seite.

Einmal, als ich einen Rückschluß hinterfragte, den sie aus einer bestimmten Sache gezogen hatte, wurde sie gar feindselig. »Hören Sie mal, ich habe Sie nicht gerufen«, schnappte sie. »Ich habe Sie nicht gebeten, nach fünfzehn Jahren hierher zu kommen und mein Leben mit Ihrem verdammten Buch in den Dreck zu ziehen.«

»Ich ziehe Ihr Leben nicht in den Dreck, Patricia«, sagte ich. »Das haben Sie schon vor langer Zeit selbst getan.«

»Als ich mit Ihnen angefangen habe, da hatte ich nicht vor, so weit zu gehen«, beklagte sie sich. »Ich hatte nicht vor, Ihnen so viel zu erzählen, wie ich es getan habe. Ich brauch' diese ganze Scheiße nicht, hören Sie? Ich brauche weder Sie noch Ihr Buch.«

»Jetzt hören Sie mir mal zu«, sagte ich ganz ruhig, »Sie sind verdammt glücklich, mich zu haben, Sie haben es bisher nur noch nicht gemerkt. Früher oder später mußte sich doch jemand herausgefordert fühlen, ein Buch über Sie zu schreiben. Noch vor ein paar Minuten haben Sie erwähnt, Sie seien verzweifelt. Wie würde es Ihnen denn gefallen, wenn ich irgend so ein geschniegelter Lackaffe aus Princetown wäre, dessen Erfahrungen mit der Verzweiflung sich auf die Augenblicke beschränken, in denen einmal sein Reißverschluß geklemmt hat? Ich kenne die Columbos, und ich kenne die DeLucas. Ich komme aus denselben Straßen Chicagos wie ihr – nur waren diese zu mir um einiges gemeiner; mein Alter hat mich nie von dort weg und in einen der Vororte gebracht. Ich bin lange, lange Zeit auf

diesen Straßen geblieben; ich habe die Verzweiflung kennengelernt, genau wie Sie – auf die harte Tour. Ich weiß, was es bedeutet, so weit in die hinterste Ecke gedrängt zu werden, daß man bereit wird, alles – alles! *– zu tun, um wieder aus dieser Ecke herauszukommen, damit man wieder frei atmen kann. Eine Menge Schriftsteller können nicht auf solche seelischen Belastungen eingehen; viele Autoren würden es nicht einmal versuchen. Sie würden Sie statt dessen als Auswuchs des Bösen ansehen, ein Monstrum. Sie würden sicher sagen, Sie seien bereits schlecht* geboren *worden, und es dabei belassen. Wollen Sie wirklich, daß das letzte Wort, das einst über Sie gesprochen werden wird, lautet: Patty Columbo, das Böse schlechthin?«*

Ihr Schweigen sagte mir, daß sie genau das nicht wollte.

»Okay«, sagte Patricia denn auch und zündete sich die zehnte oder fünfzehnte oder zwanzigste Zigarette während meines Besuchs an. »Worüber wollen Sie jetzt reden?«

»Lassen Sie uns noch ein wenig über Lanny Mitchell reden. Nachdem Lanny Ihnen angeboten hatte, Ihre Eltern umzubringen, was passierte dann in den darauffolgenden Tagen?«

Patricia starrte auf die Tischplatte, und ihre Augen verengten sich sofort, als sie aufs neue in den Alptraum ihrer Erinnerungen eintrat.

November 1975

Das am wenigsten ins Bild passende Element der Verbindung von Patricia Columbo und Lanny Mitchell und das ironischste dazu war der Umstand, daß es sich hier um die erste Erwachsenenbeziehung handelte, die Patricia jemals auf der Basis vollsten Vertrauens eingegangen war. Sie war absolut und vorbehaltlos offen zu ihm, wie sie es in den letzten Jahren zu niemandem sonst gewesen war: nicht zu ihren Eltern, ihren Freundinnen, Lehrerinnen, Kolleginnen, noch nicht einmal zu ihrem Geliebten, der ihr, wie sie gestand, mehr bedeutete als das eigene Leben. Jetzt, in einer Situation auf Leben und Tod, vertraute sie ausgerechnet einem Mann, der weiter nichts war als ein gewohnheitsmäßiger Lügner, wie er selbst später unter Eid gestehen sollte.

Lanny Mitchell hielt nichts von der Wahrheit, wenn er es mit einer Frau zu tun hatte, die er verführen, betrügen oder sonst irgendwie übervorteilen wollte. Es ist zweifelhaft, ob er jemals aufrichtig zu Patricia gewesen ist. Als sie ihn fragte, was er denn für Roman ›tue‹, sagte er: »Nun, ich war mal Deputy Sheriff im Cook County, wurde aber gefeuert. Roman hat gewisse Verbindungen, und jetzt warte ich darauf, daß er sie spielen läßt, um mich in den Job zurückzubringen.« Da wurde Patricia überhaupt zum erstenmal bewußt, daß er gar kein aktiver Polizist war.

Als sie ihn fragte, wieviel denn ein Anschlag auf das Leben eines anderen normalerweise koste, hatte er sofort eine Antwort parat. »Der übliche Preis liegt bei zehntausend Dollar pro Person«, sagte er. Lanny wußte einfach auf jede Frage eine Antwort.

Ihr erstes Gespräch über Mord in Lannys Büro nach einem gemeinsamen Lunch bei McDonald's wurde vom Eintreffen eines Kunden beendet, auf den Lanny gewartet hatte.

»Das wird einige Zeit dauern«, sagte er zu ihr. »Laß uns morgen weiter darüber reden. Du kannst mich ja anrufen.«

Patricia verließ den Ausstellungsraum des Gebrauchtwagenhandels an diesem Tag in der festen Überzeugung, einen Killer gefunden zu haben, der ihren Vater erledigte, bevor der Frank DeLuca etwas tun konnte.

Patricia rief Lanny wieder an, und sie verabredeten sich in einem kleinen Café zu einer Zeit, zu der es dort nicht allzu voll sein würde. Sie waren beide pünktlich und zogen sich mit ihrem Kaffee und Kuchen in eine Nische an der Rückseite des Cafés zurück.

»Hast du das ernst gemeint, was du da neulich gesagt hast?« frage sie.

»Sicher habe ich das ernst gemeint. Ich habe gesagt, daß ich dir helfen will. Habe ich oder habe ich nicht?«

»Na schön, ich möchte, daß du es machst«, sagte Patricia.

»Bist du sicher?«

»Ich bin sicher.«

»Okay.« Lanny muß seinen hinterlistigen Verstand in kürzester Zeit auf Hochtouren gebracht haben. »Als erstes brauche ich einen Plan des Hauses, in dem sie wohnen, Grundrisse der einzelnen Etagen, Art der Schlösser, wer wo schläft, Tagesablauf und Gewohnheiten der Bewohner, Beschreibung jedes einzelnen.« Das alles sagte er betont sachlich. Lanny, der Killer.

»Ich besorge dir, was immer du brauchst«, versicherte Patricia ihm.

»Und was ist mit dem Geld?« fragte er. Außer auf Sex stand Lanny durchaus auch auf Dollars.

Patricia versicherte ihm, es werde reichlich Geld dasein, wenn erst alles vorüber sei. Sie und ihr Bruder würden die einzigen Erben sein. Patricia hatte von beiden Elternteilen gehört, daß sie im Testament nicht berücksichtigt sei. Aber wenn sie nicht mehr da waren, würde sie ohnehin zu Michaels Vormund bestimmt werden, wodurch sie in jedem Fall die Kontrolle über das Vermögen bekäme. Sollte doch ihr Vater mit seinem Scheißtestament machen, was er wollte, dachte sie. Er war schließlich an dem ganzen Schlamassel schuld.

Lanny war einverstanden, mit der Bezahlung bis nach dem Mord zu warten.

»Dann ist es also abgemacht?« fragte Patricia. »Du machst es?«

»Definitiv«, versicherte Lanny. »Nachdem du mir die Unterlagen beschafft hast, von denen ich gesprochen habe.«

Als sie sich auf dem Parkplatz verabschiedet hatten und Lanny weggefahren war, saß Patricia minutenlang in ihrem Wagen und starrte ins Leere. Sie mochte es kaum glauben, daß es so einfach gewesen war. Sie fragte sich, warum das nicht mehr Leute so machten.

Im Prozeß kam dann später ans Tageslicht, daß Lanny nach jedem Treff mit Patricia seinen Freund Roman anrief.

Bei seinem ersten Anruf nach dem ersten Zusammentreffen

bei McDonald's wollte Roman alle Einzelheiten wissen. Er war mindestens genauso gerissen und verschlagen wie Lanny. Roman war nur ein billiger Dieb. Sein Vorstrafenregister reichte bis mindestens 1960 zurück, und er war in nicht weniger als fünf Chicagoer Vororten wegen Ladendiebstahls festgenommen worden. Daß er jemals als Deputy Sheriff bestallt worden war, spricht Bände über die Personalpolitik des Cook County; ebenso, daß das County ihn jahrelang als Werber für zivile Hilfsdienste beschäftigte.

Zu der Zeit, als Roman Sobczynski Patricia Columbo kennenlernte, war er noch immer als Werber beschäftigt, aber das County schien im Zuge seiner Beurteilungen über seine Zivilangestellten langsam zu begreifen, was mit ihm los war. Seine Benotung für Kriterien wie Arbeitshaltung, Umfang und Qualität der Arbeit und so weiter fiel von August 1973 bis September 1975 erheblich ab. Roman war auf dem Weg nach unten, langsam zwar, aber konstant.

Doch als trickreicher Opportunist kam er immer noch damit durch.

Roman war von dem, was Lanny ihm erzählte, fasziniert. Er sah ungeahnte Möglichkeiten mit diesem naiven, im Grunde unbedarften neunzehnjährigen Mädchen. Nicht auszudenken, was man von der noch alles bekommen konnte. Eine gute Pussy natürlich – und wer weiß, was sonst noch alles.

»Hast du nicht gesagt, ihr Freund managt eine von den großen *Walgreen's*-Filialen?« fragte er Lanny.

Roman könnte sich dabei durchaus die Lippen geleckt haben, ein hungriger Wolf, der frisches Fleisch wittert. Und Lanny war nur zu begierig, ihm diesen Duft in die Nase zu fächeln. Lanny hoffte, Roman werde schon verstehen, daß er selbst sich einiges mehr von der Geschichte erhoffte als nur eine Teenager-Pussy. Anders als Roman bekam er von Frauen, was er suchte. Er fand jeden Tag und sonntags auch schon mal zweimal nur dank seines Charmes was zum Bumsen. Aber bei Roman, das muß er gespürt haben, war das ganz anders. Roman wirkte hölzern, setzte schon ein wenig Fett an und hatte einen leichten Hang zur Fischäugigkeit. Um eine schnelle Nummer zu finden, brauchte er in der Regel einen Köder an der Angel. Lanny hatte diesen

Typ zweifelsohne schon früher gesehen: genau die Sorte Mann, mit der eine Frau nur um irgendeines Vorteils willen ins Bett gehen würde – für einen Job, einen Gefallen, Geld. Mit Lanny Mitchell gingen die Frauen, weil es ihnen Spaß machte.

Lanny wollte einen ruhigen Job in der Verwaltung des Cook County herausschlagen. Er war es leid, Gebrauchtwagenverkäufer zu sein. Er wollte respektiert werden.

Wie sein Freund Roman.

In der Zwischenzeit verlor Frank DeLuca langsam, aber sicher jedes Maß.

Nachdem er zuvor sein und Patricias Sexualleben weitgehend aus Angst vor ihrem Vater gezügelt hatte, machte er jetzt gewissermaßen eine totale Kehrtwende. Er kaufte einen ausgewachsenen Deutschen Schäferhund mit Namen Duke und brachte ihn heim ins Apartment.

»Wir werden ein paar Fotos der Extraklasse machen«, kündigte er an.

»Was – für Fotos?« fragte Patricia.

»Von dir und dem Hund.«

»Frank, bist du wahnsinnig?« fragte sie. »Du willst, daß ich Sex mit einem – *Hund* mache?«

»Du brauchst ja keinen direkten Sex mit ihm zu machen, wenn dir das nicht gefällt«, sagte er.

Patricia starrte ihn an. Ob ihr das *gefiel*?

»Nein«, erklärte er ihr, »alles, was du zu tun hast, ist, so zu posieren, als seist du bereit. Du weißt schon – so tun als ob.« Er fing an, die Kamera aufzubauen. »Nun komm schon, zieh dich aus.«

»Das werde ich nicht tun, Frank«, sagte sie mit Nachdruck und schüttelte den Kopf. »Das ist doch nicht – normal.«

DeLuca sah sie ruhig an. »Normal? Was, verdammte Scheiße, ist denn normal?« fragte er. »Bist du normal, Patrish? Bin ich es? Wäre ich normal, hätte ich dann wohl meine Frau und meine Kinder wegen dir verlassen? Wäre bei dir alles normal, hättest du dann einen Vater, der versucht, mich umbringen zu lassen? Normal, Patrish, normal nennen die Leute sich selbst, wenn sie nie etwas anderes tun als das Gewohnte. Wären wir normal, mein Schatz, dann wären wir nicht zusammen. Und wenn du sonst schon nichts im Leben verstehst, dann versuch wenigstens, das zu verstehen. Und jetzt zieh dich aus.«

Als sie noch immer zögerte, legte DeLuca die Kamera beiseite und ging zu ihr hinüber. Es war keine drohende Annäherung, aber sie war gleichwohl in ihrer Wirkung berechnet. Frank DeLuca wußte immer, was er tat, wenn es darum ging, Patricia sexuell einzuschüchtern.

»Joy hat das für mich getan«, sagte er ruhig.

Patricia reagierte nicht.

»Joy Heysek hat mir nie etwas abgeschlagen, Patrish. Sie machte es mit schwarzen Männern, mit Frauen, Hunden – was immer ich wollte. Vielleicht hat sie mich mehr geliebt als du, Patrish.«

»Niemand hat dich je mehr geliebt als ich, Frank«, sagte Patricia. Sie hätte am liebsten noch hinzugesetzt: *Ich arrangiere für dich sogar die Ermordung meiner Eltern. Kann es einen größeren Liebesbeweis geben?*

»Die Frau, die mich am meisten liebt, ist die Frau, die am meisten für mich tut«, erwiderte DeLuca ruhig. »Das ist mein Maß für die Liebe, die mir eine Frau entgegenbringt.«

Ganz gleich, wie sehr sie sich auch dagegen wehren mochte, Patricias Gefühle und ihr Herz besiegten den Verstand. Frank war nicht mehr der Mann, den sie einst kennengelernt hatte. Fast wahnsinnig vor Angst, war er keinerlei vernünftigen Argumenten mehr zugängig. Das einzige, was ihn noch aufrechtzuhalten schien, war seine Besessenheit für perversen Sex.

Patricia hatte das Gefühl, als habe sie gar keine andere Wahl, als ihm zu helfen. Ihr Verhältnis hatte begonnen als die Verbindung eines Mannes mit einem jungen Mädchen, der dieses die Dinge des Lebens lehrte, und war nun zu einer Beziehung geworden, in der eine Frau einen hilflosen kleinen Jungen beschützte. So weit war DeLuca in Patricias Augen bereits gesunken.

»Ist gut, Frank«, sagte sie und fing an, sich auszuziehen.

Patricia bereitete das Material, um das Lanny Mitchell gebeten hatte, so rasch vor, wie sie nur konnte. Sie hielt es nachgerade für ihre Pflicht, so schnell wie nur möglich den Druck von Frank DeLuca zu nehmen, bevor er vollends durchdrehte. Irgendwie hatte sie sich vorgestellt, ein Mann, der einst Football in Purdue gespielt hatte, ein Mann, der Fallschirmspringen als Sport betrieben hatte, würde gegenüber einem Gegner mehr Courage aufbringen, als DeLuca sie jetzt zeigte. Er hatte ihren Vater vom allerersten Augenblick an gefürchtet, seit er seine Stimme am Telefon gehört hatte, als dieser das Treffen auf dem Parkplatz vorgeschlagen hatte. Die Gewalt im Verlauf dieses Zusammentreffens am eigenen Leib erfahren zu müssen, hatte seine Angst zu wahrem Grauen gesteigert, das ihn regelrecht auffraß.

Patricia mußte ihn unbedingt retten.

Sie rief Lanny in dem Gebrauchtwagenhandel an, und sie verabredeten sich auf dem Parkplatz des Bowling-Centers von Elk Grove Village. Als sie ankam, war Lanny schon da. Er stieg zu ihr ins Auto, wobei er bemerkte, daß ein großer Deutscher Schäferhund auf dem Rücksitz saß.

»Großer Hund«, bemerkte er. »Hoffentlich friedlich.«

»Du würdest gar nicht glauben, *wie* friedlich«, erwiderte sie. »Ich habe die Sachen bei mir, die du haben wolltest.«

Lanny nahm die Papiere an sich. Obenauf lag eine Grundrißzeichnung des Hauses 55 Brantwood. Patricia lehnte sich zu ihm hinüber, um auf bestimmte Punkte hinzuweisen, wie die nach oben führende Treppe und die nach unten zu den Schlafräumen und dem Badezimmer; das Schlafzimmer ihres Bruders; das Schlafzimmer ihrer Eltern, das seit Patricias Auszug von zu Hause wieder oben lag; die verschiedenen Türen, die vom Haus auf die Veranda führten; die Garage; den Hinterhof.

Lanny ließ Patricia ihre Führung durch das Haus beenden und fing dann an, Fragen zu stellen, von denen er annahm, auch ein professioneller Killer hätte sie gestellt.

»Funktioniert das Garagentor elektrisch?«

»Ja.«

»Vielleicht kann ich herausfinden, auf welche Frequenz es

eingestellt ist, und auf diese Weise ins Haus gelangen«, sagte er scheinbar nachdenklich.

»Falls nicht«, bot Patricia an, »könnte ich auch kurz vorher vorbeifahren unter dem Vorwand, irgendein Geschenk für Michael bringen zu wollen, und bei der Gelegenheit eine der gläsernen Schiebetüren für dich aufschließen. Sie würden es womöglich nicht einmal merken.«

Patricia reichte ihm ein anderes Blatt, auf dem sie den normalen Tagesablauf ihrer Eltern notiert hatte. Sie schlug vor, Lanny solle kurz vor Morgengrauen eindringen und sich irgendwo im Haus verstecken, bis Michael zur Schule ging.

»Ich kann deinen Bruder auch gleich mit erledigen, wenn du willst«, sagte Lanny.

»Nein!« Einen Augenblick lang war Patricia geradezu entsetzt. »Nein, Michael nicht. Er darf in keiner Weise zu Schaden kommen.«

Das Treffen endete an diesem Nachmittag damit, daß Lanny Patricia sagte, er werde mit ihr in Kontakt treten, wenn er sonst noch etwas benötigte.

Als Patricia zu ihrem Apartment zurückfuhr, war sie noch immer leicht entgeistert darüber, daß Lanny angeboten hatte, auch Michael umzubringen. Verdammtes Arschloch, dachte sie. Ihren eigenen Bruder umbringen!?

Was glaubte er eigentlich, was sie für ein Mensch war?

Während der nächsten Wochen tat Patricia, was sie konnte, Franks Verfolgungswahn einigermaßen unter Kontrolle zu halten, während sie auf die Nachricht von Lanny Mitchell wartete, wann der Mordanschlag ausgeführt werden würde. Es wäre ihr sicher leichter gefallen, wäre Frank nicht zweimal schäumend vor Wut heimgekommen, weil Michael wieder einmal im Drugstore gewesen war und ihn angestarrt hatte.

»Ich schwöre bei Gott«, drohte DeLuca, »eines Tages komme ich aus dem Geschäft heraus, schnappe mir den Bengel und drehe ihm den Hals um, wenn er nicht damit aufhört! Dein Alter hat ihn auf mich angesetzt, ich weiß es!«

Patricia flehte ihn an, sich wieder zu beruhigen. Michael sei doch noch ein Kind. Er habe womöglich gehört, wie sein Vater DeLuca schlechtgemacht hatte, und versuchte jetzt vielleicht, sich als harter Bursche aufzuspielen. Schließlich gelang es ihr, DeLuca das Versprechen abzuringen, er werde Michael nichts tun.

Als Patricia auch in den nächsten zehn Tagen nichts von Lanny hörte, rief sie ihn an. Er speiste sie mit einer lahmen Entschuldigung ab.

»Die Leute, die mit dieser Art von Abmachung außer mir noch einverstanden sein müssen, denken noch darüber nach.«

Eine weitere Woche ging ins Land. Wieder rief sie Lanny an. Er schien es nicht sonderlich eilig zu haben, ihr ihren Seelenfrieden zurückzugeben.

»So was braucht seine Zeit, Patty«, sagte er lässig.

Wunderbar, dachte sie. Sie war gefangen zwischen einem gewehrschwingenden hitzköpfigen Vater, einem halb wahnsinnigen Freund und einem gerissenen kleinen Aas von Bruder, der seine kleinen teuflischen Augen ständig für einen seiner Meinung nach guten Zweck einsetzte – und dieses Arschloch von einem scheißverdammten Killer mit Namen Lanny erzählte ihr, das brauche alles seine Zeit. Das, was ihr am meisten fehlte, war Zeit. Und bald, davon war sie überzeugt, würde ihr der Verstand auch noch abhanden kommen.

Aber sie hatte keine andere Wahl, als abzuwarten.

Weitere zehn Tage vergingen. Es war November, und es wurde kälter. Die Sommerzeit hatte geendet, und kurz nach vier Uhr nachmittags wurde es schon dunkel. Das bedeutete, daß Frank im Dunkeln nach Hause kommen mußte außer an den Tagen, an denen er Frühschicht hatte. Nun fing er an, sich vor jedem Fremden, ja jedem Schatten zu fürchten. Einmal im Apartment, schob er sofort den Stuhl unter die Klinke, und nicht einmal ein Erdbeben hätte ihn veranlassen können, die sicheren vier Wände seines Zuhauses wieder zu verlassen. So blieb es naturgemäß Patricia überlassen, den Schäferhund Abend für Abend auszuführen.

Als sie schließlich einfach nicht mehr anders konnte und

Lanny ein drittes Mal anrief, da war es wie eine Beschwörung.

»Ich muß unbedingt mit dir reden, die Sache muß jetzt schleunigst erledigt werden. Können wir uns nicht irgendwo treffen?«

Lanny war einverstanden, sich mit ihr im *Where Else* zu treffen. Als Patricia sich für die Verabredung umzog, war sie entschlossen, Lanny den Ernst der Lage auseinanderzusetzen. Sie mußte ihn dazu bringen einzusehen, daß jeder weitere Tag für sie und den Mann, den sie liebte, eine einzige Tortur bedeutete. Irgendwie mußte sie Lanny Mitchell zum Handeln *zwingen*.

Als Patricia ins *Where Else* kam, staunte sie nicht schlecht, Roman Sobczynski in Lannys Begleitung zu sehen. Aber sie behielt die Nerven.

»Hi, Jungs. Wie geht's, wie steht's?«

Lanny begrüßte sie ähnlich salopp, aber Roman nickte kaum und blickte undurchdringlich drein. Es war das erste Mal seit jener Nacht, als Patricia eigentlich mit ihm verabredet gewesen war, es aber dann abgelehnt hatte, mit ihm Sex zu machen, daß er und Patricia sich sahen. Damals hatte er ihr die Luft bestimmt nicht nur zu dem Zweck aus den Reifen gelassen, damit sie nicht wieder davonlaufen konnte, sondern auch aus lauter Bosheit, um sich für die Verletzung seines männlichen Ego zu rächen.

Patricia wußte, daß sie sich bei Roman Sobczynski auf unsicherem Grund bewegte. Sie hatte es abgelehnt, sich von ihm bumsen zu lassen und ihn beschimpft – *nachdem* Lanny sie darauf hingewiesen hatte, was für ein ›schwerer Junge‹ Roman war und daß er die Möglichkeit hatte, ihr ›gefällig‹ sein zu können. Sie entschloß sich, diesmal ganz anders an die Sache heranzugehen, und begann mit Lanny.

»Sieh mal, es tut mir leid, daß ich dich dauernd mit meinen Anrufen belästigt habe. Aber das kommt daher, daß ich fix und fertig bin, verstehst du. Frank, mein Freund, dreht langsam durch bei dem Gedanken, daß mein Vater ihn zuerst erwischt. Es muß einfach so schnell wie möglich etwas geschehen.«

Lanny sagte gar nichts, sondern schaute nur über den Tisch hinüber zu Roman. Patricia folgte seinem Blick und sah, daß

Roman sie mit geschürzten Lippen intensiv anstarrte. Die Botschaft war für Patricia laut und deutlich. Hurensohn.

»Ich denke, Lanny hat dir gesagt, was ich möchte.« Sie wandte sich direkt an Roman.

»Allerdings«, sagte Roman gedehnt. »Du willst deine Eltern umbringen lassen.«

Patricia nahm an, von nun an werde Roman die Unterhaltung weiterführen, aber der saß nur einfach da und trommelte mit den unförmigen Fingerspitzen auf die Tischplatte. Gelegentlich blickte er zu Lanny hinüber, als hielten die beiden stumme Zwiesprache über ihren Kopf hinweg. Auf sie wirkte das ausgesprochen enervierend, aber vielleicht wollten die beiden Gauner ja genau das.

»Laß uns bei einem guten Essen darüber reden«, sagte Roman schließlich.

Gemeinsam gingen sie ins zwei Blocks entfernt gelegene *Ala Moana*-Restaurant. Das Schild am Eingang verkündete in orientalisch verschnörkelten Buchstaben *chinesische, amerikanische, polynesische Küche*. Eingerahmt war der Schriftzug von zwei Palmen. Es war ein Restaurant wie aus einem schlechten Film. Drinnen war es nicht viel besser. Staubige Fischernetze und Kokosnüsse aus Plastik – Südsee-Ersatz à la Chicagoer Vorort.

Nachdem sie sich an einem Tisch in einer Ecke niedergelassen und ihr Essen bestellt hatten, kam Patricia sofort wieder auf den Mordanschlag zu sprechen. »Wird es nun passieren oder nicht?«

»Es kann auf jeden Fall durchgeführt werden«, räumte Roman ein.

Aber es dauerte noch bis nach dem Essen, bis Roman sich endlich bequemte, die Sache des längeren und breiteren zu erörtern.

»Patty«, sagte er ruhig, »ich muß dich da zuerst einmal an alltägliche Dinge erinnern. Erstens und vor allem haben wir bisher noch nicht einen Pfennig von dir als Vorauszahlung auf unseren Vertrag gesehen.«

Patricia antwortete ihm, daß sie keinerlei Geld habe, wiederholte aber, was sie schon Lanny gesagt hatte, daß sie über genug davon verfügen werde, wenn es erst vorüber sei. Michael und sie seien die einzigen Erben. Sie wußte, daß ihr Vater an die fünfzigtausend Dollar auf der Bank und Lebensversicherungen über mehr als hunderttausend Dollar abgeschlossen hatte. Sie würde also in der Lage sein zu zahlen, was immer sie wollten, wenn es erst vorbei war.

Roman schien über diese Möglichkeit ernstlich nachzudenken. Ein paarmal sah er Lanny an, dann meinte er, die Anzahlung könne vielleicht unterbleiben. Nachdem der Auftrag erledigt sei, schlug er vor, könnten sie gemeinsam eine Scheinfirma gründen, in die Patricia das Geld einzahlen könnte, als tätige sie eine Investition. Patricia sagte, das fände sie gut, und es solle alles so laufen, wie die beiden es wollten.

Aber Roman zögerte noch immer. Lanny verhielt sich nicht anders. Roman spielte mit einem Streichholzheftchen, während Lanny an einem Drink nippte. Sie blickten einander an, dann sie, dann wieder sich gegenseitig. Patricia hatte keine Ahnung, was als nächstes kommen würde.

»Es wäre kein gutes Geschäft, eine Vereinbarung wie diese hier zu treffen ohne wenigstens eine gewisse Vorausleistung«, sagte Roman schließlich.

»Als Zeichen guten Willens«, fügte Lanny hinzu.

Patricia schüttelte den Kopf. Sie hatte ihnen schon gesagt, daß sie über keinerlei finanzielle Mittel verfügte und sich auch keine verschaffen konnte. Was also erwarteten sie von ihr?

»Du könntest deinen Hintern als Pfand hinterlegen«, schlug Roman völlig leidenschaftslos vor.

Die beiden Männer fixierten sie mit den Augen, Lanny von der Seite her, Roman von jenseits des Tisches. Patricia setzte sich zurück und nickte verstehend. So war das also. Die alte Geschichte. Wenn eine Frau nicht mit Geld bezahlen konnte, erwartete man von ihr, daß sie mit ihrem Körper bezahlte. Und die Männer schienen immer genau zu wissen, wann sie einen solchen Vorschlag machen konnten; immer schienen sie zu ahnen, wann eine Frau am Ende ihrer Beherrschung angekommen war, wann sie in einer Ecke stand, aus der sie nicht mehr herauskonnte und pure Verzweiflung ihr Tun bestimmte. Dann kam unweigerlich: »Na schön, vielleicht können wir ja irgendwas machen«, stets mit einem eindeutigen Hintergedanken.

Diese beiden sagten es sogar ganz offen. *Du könntest deinen Hintern als Pfand hinterlegen.*

Du bist jetzt erwachsen, Patty Ann, sagte sie sich selbst. Das ist die Welt der Erwachsenen.

»Okay«, sagte sie nach langem Schweigen, »wenn es nicht ohne dem geht, mein Hintern liegt auf dem Tisch.«

Patricia sollte sie noch am selben Abend in einem kleinen Haus in Glendale Heights treffen, einem der Vororte südlich von Elk Grove Village. Das Haus gehörte einem gewissen Ron Tross, einem Kollegen von Lanny aus dem Gebrauchtwagenhandel. Lanny hatte Roman erzählt, daß Tross das Haus öfter mal an andere Autoverkäufer zu diesem Zweck vermietete.

Als sie an diesem Abend das *Ala Moana* verließen, hatte Lanny Patricia ein wenig aufgeheitert, als er sie gebeten hatte, Fotos von jedem einzelnen Bewohner des Hauses 55 Brantwood mitzubringen. Diese Bitte war in ihren Augen so gut, als hätte er gesagt: »Jetzt ist alles geregelt, ich werde es jetzt wirklich passieren lassen.«

Doch dann wurde ihr bewußt, worauf sie sich diesmal eingelassen hatte. In ein fremdes Haus zu gehen, um dort Sex mit zwei Burschen zu praktizieren, die sie kaum kannte – und einer von ihnen schon erbost, weil sie sich ihm beim ersten Zusammentreffen verweigert hatte. *Du bist so scheißverdammt dämlich, Patty Ann,* beschimpfte sie sich innerlich selbst, wobei sie sogar ihren ›alten‹ Namen benutzte, den sie jetzt verabscheute. *Es könnte dir passieren, daß du in dieses Haus hineingehst und niemals wieder herauskommst.* Das Ganze könnte sich sogar als Arrangement einer durchorganisierten Bande erweisen, bestehend aus sämtlichen Gebrauchtwagenverkäufern in den größeren Vororten von Chicago, die alle nur darauf warteten, auch ein Stückchen von ihr zu erhaschen. Vielleicht, dachte sie, sollte sie Frank anrufen, damit er mit der Kamera dabeisein konnte.

Aber wie wußte, niemand zwang sie, es zu tun. Es war ihre

eigene Idee gewesen, ihre ganz persönliche Lösung eines Problems, das sie und Frank allein nicht in den Griff bekamen.

Als sie zu dem Haus von Ron Tross kam, waren Roman und Lanny bereits da – zum Glück allein. Patricia setzte sich mit ihnen ins Wohnzimmer, und auf einmal spürte sie das Verlangen, sich ausgerechnet vor ihnen für das zu rechtfertigen, was sie tat.

»Ich möchte, daß ihr Kerle begreift, daß ich nur wegen meinem Mann hierhingekommen bin. Ich liebe ihn mehr als alles andere auf der Welt, und es gibt nichts, das ich nicht für ihn täte.«

Roman und Lanny versicherten ihr, daß sie ihre Beweggründe nicht nur verständen, sondern daß sie sie wegen ihrer Haltung auch respektierten.

Patricia gab Lanny die Fotos, die sie mitgebracht hatte, eines von ihrem Vater, eines von ihrer Mutter und eines von Michael, der gerade den Hund der Familie auf dem Arm trug. »Und jetzt«, sagte sie, während Lanny die Fotos betrachtete, »hast du doch alles, was du brauchst, um meine Familie umzubringen, stimmt's?«

»Ja, in Ordnung«, erwiderte Lanny locker.

Patricia fragte, wie bald es denn nun passieren könne, und Roman erwiderte, vor dem ersten Januar sei das keinesfalls möglich. Patricias Mut sank. Thanksgiving* war ja noch nicht einmal vorbei. Sie fürchtete sich vor den Feiertagen, wenn diese ganze Geschichte bis dahin nicht erledigt wäre. Und sie hatte keine Ahnung, wie lange es noch dauern könnte, bis ihr Vater etwas unternahm. Sie hatte Angst, die Spannung und den Druck nicht noch weitere sechs Wochen oder gar länger ertragen zu können.

»Und es gibt keine Möglichkeit, es noch vor – sagen wir – Thanksgiving zu tun, so gewissermaßen als kleines Geschenk zu den Feiertagen für mich?« fragte sie und versuchte, kokett zu wirken.

* Amerikanisches Erntedankfest – letzter Donnerstag im November

Roman schüttelte den Kopf. Nein, keine Möglichkeit. Überhaupt gar keine.

»Können wir dann jetzt zum Geschäft kommen?« fragte er Patricia schließlich. Patricia und Roman gingen ins Schlafzimmer und zogen sich aus. Angezogen wirkte Roman groß, ja imposant, ohne seine Kleidung dagegen schwammig und wabbelig. Er hatte zuviel getrunken und jetzt Schwierigkeiten, seine Erektion aufrechtzuerhalten; Patricia mußte ihm helfen, sein Glied hart genug zu machen, damit er überhaupt in sie eindringen konnte, und sich dann gewaltig anstrengen, damit er überhaupt den Höhepunkt erreichte.

Als er fertig war, öffnete Roman die Tür und rief laut nach Lanny. »He, du bist dran!«

Patricia fühlte sich wie ein Stück Fleisch. Sie erhob sich und schob sich nackt an ihm vorbei. »Zuerst brauche ich mal eine Zigarette«, sagte sie.

Im Wohnzimmer setzte sie sich hin, schlug die Beine übereinander und zündete sich eine von den braunen Zigaretten Marke *More* an, die sie seit neuestem rauchte. Lanny saß ihr gegenüber und betrachtete das Foto ihrer Mutter.

»Deine Mutter ist sehr attraktiv«, sagte er.

Patricia spürte, wie sich ihre Augen verengten, und sie hatte Mühe, Lanny nicht förmlich mit ihren Blicken zu durchbohren. »Du würdest sie nicht mögen, Lanny«, sagte sie mühsam beherrscht. »Ein Bursche, der so gut im Bett ist wie du, würde möglicherweise denken, er vögelt ein Stück Holz.«

»Du meinst also auch, ich sei gut im Bett?« fragte Lanny und grinste dümmlich.

»Besser als so einige Kerle, die ich kenne«, erwiderte Patricia und rollte die Augen in Richtung des Schlafzimmers, wo sich Roman noch immer aufhielt.

»Okay, Baby, dann komm mal.« Lanny erhob sich aus seinem Sessel. »Ich will ja nicht, daß du unbefriedigt wieder nach Hause mußt.«

Patricia drückte die Zigarette aus und folgte ihm. Gott sei Dank, dachte sie dumpf, war Frank, ihr Mann, kein solches Tier wie diese beiden hier.

Als Patricia zum erstenmal das Tross-Haus verließ, sagte Roman: »Lanny, du fährst mit Pattys Auto hinter uns her. Ich will, daß sie mit mir fährt.«

Auf der Fahrt zum Parkplatz des Bowling Center von Elk Grove Village, wo Patricia aussteigen sollte, stellte Roman ihr eine Menge Fragen, warum sie denn solchen Wert darauf lege, ihre Eltern ermorden zu lassen. Aus seinen Fragen entnahm Patricia, daß Lanny die ganze Angelegenheit bereits in allen Einzelheiten mit ihm erörtert hatte. Sie fragte sich, ob Roman sie vielleicht in irgendeiner Weise auf die Probe stellen wolle, oder ob es ihm nur darauf ankam, aus ihrem Mund bestätigt zu bekommen, was er bereits von Lanny wußte. Daß sie von Anfang an absolut ehrlich zu Lanny gewesen war und ihm geschworen hatte, ihn nie zu belügen, hielt sie sich jetzt Roman gegenüber auch daran.

Patricia erzählte ihm ihre Geschichte, genau wie sie diese Lanny Mitchell zuvor schon erzählt hatte, ohne irgend etwas zu beschönigen, aber auch ohne die Angst zu verschweigen, in der sie lebte. Sie wollte, daß Lanny *und* Roman die Dringlichkeit ihres Anliegens begriffen. Und obwohl Roman bereits unmißverständlich erklärt hatte, die Tat könne nicht vor dem ersten Januar begangen werden, hegte Patricia noch immer die leise Hoffnung, es ließe sich vielleicht doch früher machen. Bevor sie in dieser Nacht aus seinem Auto ausstieg, fragte sie noch mal eindringlich:

»Glaubst du nicht, daß es vielleicht doch noch *irgendeine* Möglichkeit gibt, es schon vor dem ersten Januar zu tun?«

Patricia bettelte beinahe. Roman sagte, er werde sehen, was sich tun lasse, und trug ihr auf, Lanny in ein paar Tagen anzurufen. Es war nur eine vage Hoffnung, aber immerhin mehr als nichts. Wenn sie die ganzen Feiertage – Thanksgiving, Weihnachten, Silvester – mit Frank in seiner augenblicklichen Gemütsverfassung verleben mußte, dann würde sie, davon war sie felsenfest überzeugt, selbst den Verstand verlieren.

Sie beschloß, fünf Tage lang abzuwarten und Lanny dann anzurufen. Wenn sie den beiden lästig wurde, so kalkulierte sie, würden sie ihrer überdrüssig werden und ihren Job möglichst schnell hinter sich bringen, um endlich wieder Ruhe vor ihr zu haben.

Einen Mord zu arrangieren, war, das begriff sie langsam, keineswegs so einfach, wie es zu Anfang noch geschienen hatte.

Dezember 1975

Patricia wartete die fünf Tage, die sie sich selbst als Frist gesetzt hatte, dann rief sie Lanny an.

»Hi. Was ist los?«

»Nicht allzuviel«, erwiderte Lanny. »Und was tut sich so bei dir?«

Patricia bat ihn, sich nach der Arbeit zu treffen; sie sagte, sie habe da eine Idee, über die sie mit ihm reden wolle. Lanny war einverstanden. Patricia parkte am bewußten Ort, und Lanny erschien kurz nach 6 Uhr und stieg zu ihr ins Auto. Patricia legte allen Charme an den Tag, über den sie verfügte.

»Ich dachte, wir fahren mal hinüber und werfen gemeinsam einen Blick auf das Haus. Einfach nur mal so vorbeifahren, damit du weißt, um welches Haus es sich handelt.«

Lanny blickte sie an, als sei sie geistig zurückgeblieben. »Wir haben noch nicht genug Vorausleistung erhalten, Patty.«

Patricia seufzte fast unhörbar. Es war klar, was er meinte. Noch mehr Sex.

»Na, komm schon«, schlug Lanny vor. »Laß uns losfahren und uns mit Roman im *Where Else* treffen.«

Patricia folgte Lanny die *Higgins Road* hinunter. Lanny mußte Roman angerufen haben, nachdem Patricia Lanny angerufen hatte, vermutete Patricia. Sie fragte sich, wie lange sie das wohl würde mitmachen müssen, bis die beiden endlich genug ›Vorausleistung‹ bekommen hatten. Als sie vor dem *Where Else* parkte, schüttelte sie den Kopf. *Du gerätst immer tiefer hinein. Was du auch tust oder zu tun versuchst, es wird am Ende zu Scheiße.*

In der Kneipe angekommen, stellte sie fest, daß Roman ihnen bereits einige Drinks voraus hatte; sie setzten sich in eine Ecke und genehmigten sich noch ein paar mehr. Eine Weile später, als Roman genug getrunken hatte, fand er, jetzt sei es Zeit zu gehen.

»Komm, Lanny, ich will hier raus. Bist du soweit, Patty?«

»Sicher.« Patricia versuchte ein Lächeln.

Wären da nicht ihre beständigen Ängste gewesen, Patricia hätte sich eigentlich ausgesprochen lächerlich vorkommen müssen. *Los, Jungs, laßt uns irgendwo hingehen, wo ich euch das Gefühl geben kann, ihr wäret die größten Machos auf Erden, und dann werdet ihr vielleicht auch weitermachen mit der Ermordung von Dad und Mom, nach der ich dann auf immer glücklich mit Frank zusammen leben kann – und mit Männern, die er in Bars aufreißt – und anderen Frauen – und dem verdammten Deutschen Schäferhund ...*

Zum erstenmal hatte Patricia allen Ernstes das Gefühl, wahnsinnig zu werden.

Anfang Dezember brachte Patricia Lanny Mitchell endlich dazu, sich das Haus 55 Brantwood wenigstens einmal anzusehen.

»Ich habe noch immer einen Hausschlüssel«, erzählte sie ihm. »Meine Eltern werden beim Bowling sein und mein Bruder bei einem Freund. Ich kann dich mit hineinnehmen, und du kannst dir das ganze Haus mal ansehen.«

Lanny hatte sich entschlossen, nachzugeben, um es endlich hinter sich zu bringen. Die Idee gefiel ihm zwar überhaupt nicht, aber Roman hatte gedrängt, Patricia weiter hinzuhalten, so daß sie immer eine Pussy zur freien Verfügung hatten; wenn Lanny die Freundschaft mit Roman weiter pflegen wollte, blieb ihm gar nichts weiter übrig, als einverstanden zu sein. Er hatte sich das schon früher alles genau überlegt und war immer davon ausgegangen, sich dabei auf einigermaßen sicherem Grund zu bewegen. Es war ja nicht so, daß er in das Haus einbrach; Patty hatte einen Schlüssel, und er folgte schließlich nur ihrer Einladung.

Patricia holte ihn auf dem Parkplatz des Bowling Center von Elk Grove Village ab, und gemeinsam fuhren sie die *Arlington Heights Road* in Richtung Süden entlang. Lanny bemerkte etwas Weißes zwischen den Vordersitzen. Er holte es hervor und sah, daß es sich um ein zwölf Inches langes Jagdmesser mit einem perlenbesetzten Griff handelte.

»Was, zum Teufel, ist denn das?« fragte er.

»Um mich gegen meinen Vater zu schützen«, erzählte sie ihm. »Frank trägt den Derringer in der Tasche. Im Auto haben wir das Messer.«

Lanny, immer bereit, sich in Szene zu setzen, wenn eine Frau in der Nähe war, zog einen Revolver aus einem Schulterhalfter. Er ließ die Trommel aufschnappen und zeigte Patricia die schimmernden Patronen darin.

»Wäre das nicht vielleicht ein besserer Schutz, Patty?« fragte er.

»Allerdings«, sagte sie und starrte mit weit aufgerissenen Augen auf die Waffe. »Kannst du mir einen besorgen?«

»Ich will es versuchen«, versprach Lanny und ließ die Trommel einschnappen, um den Revolver anschließend wieder im Schulterhalfter verschwinden zu lassen.

Als sie den John-F.-Kennedy-Boulevard kreuzten, deutete Patricia zu der großen *Walgreen's*-Filiale und sagte: »Da arbeitet mein Mann, Frank.«

Patricia parkte auf der Straße vor dem Haus. Lanny blickte sich nervös um. Auf einmal kam ihm das alles keineswegs mehr wie eine großartige Idee vor. Halt sie hin, hatte Roman gesagt, aber wo, verdammte Scheiße, steckte er selbst?

Patricia ging zur Haustür hinauf. Sie kramte schon in ihrer Handtasche nach dem kleinen Hausschlüssel, als sich die Tür zu ihrer grenzenlosen Verwunderung öffnete und ihre Mutter plötzlich im Türrahmen stand.

»Mom – ?« Patricia wußte nicht, was sie sagen sollte.

Mary Columbo steckte den Kopf aus der Tür und blickte an ihrer Tochter vorbei auf den geparkten Wagen. Lanny merkte, wie die Frau ihn ansah, und wandte schnell den Kopf.

Patricia verschwand im Inneren des Hauses, und Lanny blieb allein im Wagen zurück. Sie hatte sogar die verdammten Scheiß-Autoschlüssel mitgenommen, sonst hätte er womöglich den Motor gestartet und wäre von hier verschwunden, als wäre der Teufel hinter ihm her. Die Frau da in dem Haus – Patricias Mutter womöglich – mußte ihn genau erkannt haben. Er bekam es mit der Angst.

Als Patricia zum Wagen zurückkehrte, war Lanny fuchsteufelswild. »Was hast du denn so lange da drinnen gemacht, verdammte Scheiße?«

Patricia war selbst auch nicht in der besten Stimmung; sie hatte gerade eine neue Auseinandersetzung mit Mary hinter sich gebracht. »Ich hatte Krach mit meiner Scheiß-Mutter!« schnappte sie, startete den Motor und schoß mit durchdrehenden Reifen davon.

»Du hast gesagt, es würde niemand zu Hause sein«, sagte Lanny anklagend.

»He! Ich hab' ja auch gedacht, es ist niemand da!« keifte Patricia zurück. »Ich hatte gehofft, wir könnten uns drinnen verstecken und sie uns schnappen, wenn sie nach Hause kommen!«

»*Was?*« Lanny starrte sie ungläubig an. »Du wolltest, daß ich sie *heute nacht* kaltmache?!«

»Ja.«

»Und du wolltest dabeisein?« In seiner Stimme klang Widerwillen mit. Als wenn Lanny Mitchell endlich etwas gefunden hätte, das ihm mißfiel.

»Ja, das wollte ich!« tobte Patricia. »Ich wollte sehen, wie sie kriegen, was sie für all den Kummer verdienen, den sie mir gemacht haben. Ich wollte der ganzen Scheiße endlich ein Ende machen!«

Nur Augenblicke später waren sie wieder in dem belebten Viertel, in dem auch die Filiale von *Walgreen's* lag. Lanny fielen Patricias Worte von vorhin ein. *Da arbeitet mein Mann, Frank.*

Lanny riß den Revolver wieder aus seinem Schulterhalfter und deutete in Richtung des Drugstores. »Wenn du noch einmal versuchst, mich auf so eine miese Tour zu leimen, du kleine, miese Fotze, dann kannst du deinem Freund Frank den endgültigen Abschiedskuß geben, verstanden?«

Seine Drohung traf sie wie ein Blitz. In der ganzen Zeit, die sie jetzt mit Lanny und Roman zusammen war, seit jener ersten Nacht im *Edgebrook Motel* mit Nancy, war Patricia sich der Möglichkeit bewußt gewesen, sie könne in irgendeiner Gefahr stecken. Das akzeptierte sie auch und sagte sich stets, dies sei Teil des Preises, den sie für die Freiheit zahlen müsse. Risiken für die eigene Person hatten sie nie sonderlich beeindrucken können, aber jetzt ging es um Frank.

Es war Patricia nie in den Sinn gekommen, ihr Handeln könne für Frank eine Gefahr bedeuten. Sie hatte sorgsam darauf geachtet, ihn aus ihren Geschäften mit Roman und Lanny herauszuhalten – aber sie war einfach nicht argwöhnisch genug gewesen, um zu verbergen, wer er war oder wo er arbeitete. Weil sie so naiv war, in Lanny und Roman Menschen zu sehen, die ihr helfen, ihr zur Seite stehen wollten, hatte sie nie bedacht, daß die beiden alles, was sie ihnen erzählte, eines Tages irgendwie auch *gegen* sie verwenden konnten. Die Erkenntnis, wie unbegreiflich vertrauensselig sie gewesen war, ließ ihr einen Schauder den Rücken hinunterlaufen.

»Lanny, bitte, tu Frank niemals etwas«, flehte sie ihn an. »Er ist alles, wofür ich lebe, alles, um das ich mich sorge. Ohne ihn habe ich niemanden mehr. Bitte, tu ihm nichts.«

»Dann versuch ganz einfach nicht mehr, mich irgendwie reinzulegen«, warnte Lanny sie.

In Zukunft muß ich vorsichtiger sein, dachte Patricia.

Es war kurz vor Weihnachten, als Patricia Lanny wieder in dem Gebrauchtwagenhandel anrief. Ihre Stimme klang ungeduldig.

»Hör mal, das ist ein Notfall. Ich muß dich auf der Stelle sehen. Da zeichnet sich etwas sehr Ernstes ab.«

Was, zum Henker, war denn jetzt schon wieder los? muß sich Lanny verwirrt gefragt haben. Er muß gespürt haben, daß dieser ganze verdammte Zirkus langsam außer Kontrolle geriet. Falls man da überhaupt noch von ›Zirkus‹ sprechen konnte. Er persönlich hätte die ganze Show am liebsten wieder abgebrochen; das alles war einfach zuviel Ärger für ein bißchen Sex, und mehr bekamen sie schließlich nicht. Aber Roman wollte mit der ganzen Sache nicht so einfach aufhören. Für Lanny war es schwer zu begreifen, daß Roman Patty noch immer hinhielt, nur um ab und zu mal was zum Ficken zu haben. Lanny muß sich wohl schon zu diesem Zeitpunkt gefragt haben, ob Roman überhaupt über ihren kleinen Betrug an Patty hinaus dachte.

Lanny hatte im Moment jedenfalls keine Alternative, als das Spiel mit Patty Columbo weiter so zu spielen, wie Roman es verlangt hatte. Nach ihrem dringenden Anruf traf er sich nach der Arbeit mit ihr auf dem üblichen Parkplatz. Es war ihr neuntes Zusammentreffen. Patricia war genauso nervös, wie sie am Telefon geklungen hatte. Als Lanny bei ihr im Wagen saß, mußte er ihr helfen, sich eine Zigarette anzuzünden, so sehr zitterten ihre Hände.

»Was, zum Teufel, ist denn schon wieder?« fragte er und spürte, wie er selbst langsam nervös wurde.

»Gestern abend hat mich mein Patenonkel angerufen«, sagte sie mit unsicherer Stimme. »Er hat mir gesagt, wenn wir meinen Vater nicht bald erledigen, ist Frank ein toter Mann.« Es war eine frei erfundene Geschichte. Sie sollte helfen, Lanny zum Handeln zu bewegen.

»Dein Patenonkel?« fragte Lanny stirnrunzelnd. »Wie heißt denn dein Patenonkel?«

Patricia sagte, sein Name sei Phil Capone, und er sei in der Restaurant-Ausrüstung tätig. Angeblich kannte er eine Menge kleiner und großer Ganoven, die an Restaurants beteiligt seien, mit denen er Geschäfte mache. Und einer von ihnen habe etwas läuten hören, es sei ein Kopfgeld auf Frank DeLuca ausgesetzt worden.

»Und das hat er dir erzählt?« fragte Lanny. Er mochte es fast nicht glauben.

»Ja.« Patricia erläuterte, ihr Patenonkel, den sie ›Onkel Phil‹ nannte, und ihr Vater hätten sich schon vor Jahren überworfen und redeten schon längst nicht mehr miteinander. Aber ihr Onkel Phil, sagte sie, habe sie immer geliebt, als sei sie seine eigene Tochter. Er wollte nur, daß sie glücklich war.

»Warum tut denn dein Patenonkel nicht irgendwas, um dir zu helfen?« fragte Lanny. »Wenn er so viele Ganoven kennt, wieso verhindert er dann nicht, daß sich einer das auf deinen Freund ausgesetzte Kopfgeld verdienen will?«

Patricia schüttelte den Kopf. Onkel Phil kannte diese Leute ja nur als Kunden. Er selbst war absolut redlich und hatte mit ihnen und ihren dubiosen Geschäften nichts zu schaffen. Und er war viel zu anständig, sich weiter mit ihnen einzulassen. Er habe sie halt nur im Interesse ihrer eigenen Sicherheit warnen wollen.

»Wir müssen ihnen zuvorkommen«, sagte Patricia gelassen.

Ihre Nervosität schien grimmiger Entschlossenheit Platz gemacht zu haben.

»Ich will sehen, was ich arrangieren kann«, erwiderte Lanny vage.

»Kannst du nicht einfach hingehen und es endlich machen?« drängte sie.

»Ohne Romans Zustimmung kann ich gar nichts machen«, erinnerte er sie.

»Dann mußt du eben mit ihm reden«, beharrte Patricia. »Es *muß* noch vor Weihnachten passieren.« Sie war inzwischen völlig verzweifelt. »Es soll ein Geschenk von mir für sie sein«, setzte sie noch hinzu.

Lanny müssen ihre Worte so kalt wie der Dezemberwind vorgekommen sein.

»Ich rede mit Roman und bringe die Dinge ins Rollen«, versprach Lanny.

Ohne ein weiteres Wort stieg Lanny aus dem Wagen. Als sie sich verabschiedeten, wünschte keiner dem anderen fröhliche Weihnachten.

Die Feiertage waren die schlimmsten in Patricias bisherigem Leben.

Trotz ihrer dringenden Bitte an Lanny Mitchell, trotz ihrer kunstvoll konstruierten Geschichte, ihr Patenonkel habe sie vor einem Mordauftrag gegen ihren Liebhaber gewarnt, und trotz Lannys Versprechen, er werde ›mit Roman reden und die Dinge dann ins Rollen bringen‹ – es passierte nichts.

Roman Sobczynski verbrachte glückliche Feiertage mit seiner Frau und seinen drei Kindern in ihrem gemeinsamen Heim am *Glenbrook Drive* im Stadtteil *Mount Prospect*, wo sie alle die Freuden eines mit Geschenken überladenen Weihnachtsbaums und die fröhliche Gesellschaft von Freunden und Familienmitgliedern genossen.

Zwei Tage nach Weihnachten heiratete Lanny Mitchell eine zauberhafte junge Frau, die von ihrem Bräutigam glaubte, er sei ein ehrbarer Autohändler mit Zukunftsaussichten und guten Chancen auf einen soliden, respektablen Job in der Verwaltung des Cook County. Die Frischvermählten arbeiteten darauf hin, in ein neues Haus zu ziehen, das sie in der aufstrebenden Vorstadt *Lake Villa* zu kaufen gedachten.

Frank, Mary und Michael Columbo verbrachten den Heiligen Abend bei Franks Schwester Gloria in Elk Grove Village und besuchten am ersten Weihnachtstag Marys Schwester Carolyn in Cary, Illinois. Es war, wie sie im nachhinein gestehen mußten, alles in allem ein schrecklich bedrückendes Weihnachtsfest. Das erste Weihnachten, seit Patricia geboren worden war, zu dem sie ihre Familie nicht wenigstens besucht hatte. Im Jahr davor hatte sie bei der Familie DeLuca gelebt, aber sie war doch wenigstens zu Besuch zum Brantwood-Haus gekommen, um Geschenke auszutauschen. Dieses Jahr ließ sie sich nicht ein einziges Mal sehen.

Es war schwer zu sagen, wer von ihnen am meisten unter ihrer Abwesenheit litt, Frank oder Michael. Der Vater brütete natürlich über mehr als ihrem bloßen Nichterscheinen vor sich hin; das Wissen, *wo* sie war und mit wem sie zusammen war, hatte einen ungleich größeren Anteil an seiner Verzweiflung. Michael blies Trübsal, weil er *nicht* wußte, wo seine Schwester war. Er wußte, daß der Bursche, der die *Walgreen's*-Filiale leitete, Frank DeLuca, irgendwas damit zu tun hatte, daß sie nicht mehr bei ihnen war, aber er konnte kaum gewußt haben, wie die einzelnen Teile dieses Gefühls-Puzzles zueinander paßten.

Die Familie DeLuca verbrachte ein ähnlich trübes Fest. Für die vier älteren DeLuca-Kinder war die Tatsache, daß ihr Vater nicht bei ihnen war, weniger verwirrend als der Grund seiner Abwesenheit: Er hatte sie verlassen, um mit Patty Columbo zu leben. Er liebte Patty Columbo offenbar mehr als sie und mehr als ihre Mutter, ihre kleine Schwester, ihr Heim und das Zusammenleben mit ihnen. Noch immer kam er mittwochs und sonntags, um mit ihnen zu Abend zu essen, aber Weihnachten fiel in diesem Jahr auf einen Donnerstag, und den Kindern, die noch an Santa Claus glaubten, kam es sonderbar vor, ins Bett zu gehen und zu wissen, daß heute die wundersame Nacht war, in der Santa Claus zu ihnen kam – aber daß Daddy nicht bei ihnen sein würde, wenn sie aufwachten.

Für sie sollte es der erste von vielen, vielen trüben Feiertagen sein.

Frank und Patty. Endlich zusammen, endlich allein mit all der Intimität, die sie sich immer gewünscht hatten, frei, sich in ihrer Liebe zu aalen und sich in ihrer Lust zu suhlen. Aber die elysischen Gefilde waren es nicht, was sie gefunden hatten, und auch wenn sie blinzelten, konnten sie das Paradies nicht entdecken.

Was war schiefgegangen? fragten sie sich. Warum war ihr Leben zu einer solchen Hölle geworden?

Die beiden Liebenden hängten überall in ihrem Apartment ein paar farbige Lichter und Girlanden auf, aber größtenteils stammte ihre Festtagslaune aus den Flaschen mit dem Canadian Club und dem Valium oder was immer sonst Frank auf die krumme Tour aus der Pharmazie-Abteilung abzweigen konnte, indem er eine Pille hier, eine Pille da aus den Verschreibungen unterschlug, die er täglich zu bearbeiten hatte. Patricia hatte keine Ahnung, was er nach Hause mitbrachte. Mit Franks Fachausdrücken wußte sie nichts anzufangen. Sie nahm, was er ihr gab, und meistens fühlte sie sich danach besser – oder doch wenigstens weniger mies.

Wenn Patricia betrunken genug war, lief sie im Apartment herum und sang ›Love Will Keep Us Together‹ (die Liebe wird uns zusammenhalten), ein schmalziges Lied, das damals fast während des ganzen Jahres hoch in den Charts stand. Patricia liebte den Song; er hätte für sie und Frank geschrieben worden sein können. Die Liebe müsse stark sein, hieß es in dem Song. Die Liebe wird uns zusammenhalten.

»Wird sie es wirklich, Frank?« fragte sie. »Wird die Liebe uns zusammenhalten, uns verbinden, Baby?«

»Woher, verdammte Scheiße, soll ich das wissen?« erwiderte DeLuca. Er goß sich noch ein Glas Whisky ein. Das war das einzige, das ihn nie im Stich ließ. »Weißt du, was ich am liebsten tun würde?«

»Ich könnte es nicht einmal raten, Baby.« *Du willst, daß ich mich von einem Esel rammeln lasse, wie?*

»Ich würde gern ein Segelboot kaufen. Eines von diesen großen hochseetüchtigen Dingern, mit denen man eine richtige Segeltour machen kann. Aber auch nicht so groß, daß es nicht von einem Mann und einer Handvoll Mädels bedient werden könnte.«

Patricia lächelte wissend. Jawohl, genau das. Ein Mann und *eine Handvoll* Mädels.

Entweder merkte Frank gar nicht, was er sagte, oder es interessierte ihn einfach nicht. »Ja, ich würde am liebsten auf so einem Boot *leben*, verstehst du? Immer dahin segeln, wo die warmen Wasser sind, und von einem Ort zum anderen reisen, aber die meiste Zeit draußen auf dem Meer verbringen, wo Friede und Einsamkeit herrschen. Mein Gott, ich wollte, ich hätte das Geld dafür!«

»Das wünsche ich dir auch, Frank!« Patricia meinte es ernst. Sie liebte ihn so sehr, daß sie sich wünschte, er könne alles haben, was ihn nur irgend glücklich machen konnte. Sie erinnerte sich an ein altes Kinderspiel: Wenn du einen Wunsch frei hättest, was würdest du dir wünschen? Die Antwort war, daß man sich wünschte, zwei Wünsche frei zu haben, und mit dem einen wünschte man sich dann immer weiter, wiederum zwei Wünsche freizuhaben. Auf diese Weise würden einem nie die freien Wünsche ausgehen. Wenn Patricia alle freien Wünsche dieser Welt zu ihrer Verfügung gehabt hätte, sie hätte sie alle Frank überlassen.

Irgendwie schafften sie es, durch die trübsinnigen, bedrückenden Feiertage zu kommen, wobei ihnen Alkohol, Pillen und ein wenig halbherziger Sex halfen. Patricia sagte sich selbst unentwegt, 1976 werde ein besseres Jahr werden. Schlechter konnte es jedenfalls nach ihrer Einschätzung nicht mehr werden.

Sie irrte sich – wie gewöhnlich.

Im Januar blieb zum erstenmal ihre Periode aus.

C. H.

August 1991

Fünfzehn Jahre nach den Morden traf ich mich mit Nancy Glenn an einem Ort, der so weit von Chicago entfernt ist, wie man nur gehen kann, ohne durch einen Ozean waten zu müssen, und an dem es im Winter niemals schneit. Ich traf sie an einer Straßenkreuzung, und gemeinsam gingen wir zwei Blocks weiter in ein Fischrestaurant, das sie vorgeschlagen hatte.

»Wie sieht Patty aus?« fragte sie neugierig, als wir uns einen handtuchgroßen Tisch an der rückwärtigen Wand gesetzt gesetzt hatten.

»Sie sieht recht gut aus«, erwiderte ich, »wenn man einmal bedenkt, wie lange sie schon eingesperrt ist.«

»Was meinen Sie damit?«

»Ein Gefängnis«, erläuterte ich, »ist nicht gerade der geeignetste Ort auf dieser Welt, um zu einem anmutigen Menschen heranzureifen. Ihre Diät dort besteht wahlweise aus anstaltseigenen Mehlspeisen oder ungenießbarem Kantinenfraß. Sie bekommen nicht genügend Bewegung und frische Luft. Sie rauchen zuviel; Patricia raucht etliche Schachteln pro Tag. Ihr Sexualleben spielt sich heimlich ab oder ist homosexuell oder beides. Man lebt unter einer ständige Bedrohung durch körperliche Gewalt, die aus den trivialsten Gründen ausbrechen kann: ein zufälliger Rempler; ein Augenkontakt, der vielleicht zwei Sekunden zu lange gedauert hat; wenn man vergißt, eine geschuldete Dose Cola zurückzuerstatten. Und das Schlimmste von allem: zu wissen, daß man hier Jahre um Jahre bleiben wird – vielleicht sogar bis zum Tod. Bedenkt man all das, ja, dann sieht Patricia sogar hervorragend aus.«

»Weiß sie, daß Sie mit mir sprechen?« fragte Nancy.

»Sie weiß, daß ich versucht habe, Sie zu finden. Sobald ich sie wieder sehe, werde ich ihr von unserem Gespräch berichten.«

»Sie haben versprochen, meinen richtigen Namen zu verschweigen«, erinnerte sie mich an ein Versprechen, das ich ihr am Telefon gegeben hatte.

»Ihr richtiger Name wird nicht verwendet werden«, versicherte ich ihr.

»Wußte Patty, daß Sie mir das versprechen würden?«

»Ja.«

»Wie fand sie das?«

»Als ich ihr sagte, ich wolle Ihnen als Gegenleistung für ein Interview anbieten, Ihre Identität geheimzuhalten, sagte sie, das sollte ich in jedem Fall tun, auch dann, wenn Sie mir kein Interview gewähren würden. Sie sagte, wenn Sie Ihr Leben in den Griff bekommen hätten, dann sollte ich es nicht wieder dadurch aus der Bahn werfen, daß ich Ihren richtigen Namen publik mache. Sie sagte, was sie getan habe, habe über Jahre hinweg genug Leuten weh getan, und sie hoffe nur, es werde nie wieder jemand dadurch Schaden nehmen.«

»Ich bin überrascht, daß sie so denkt«, sagte Nancy. »Schließlich bin im Grunde ich diejenige, die sie in alles hineingerissen hat. Mein Bruder und ich haben die Belohnung bekommen, die die Western Autozubehör ausgesetzt hatte. Ich dachte, Patty würde mich hassen.«

»Mein Eindruck ist«, erzählte ich ihr, »daß Patricia Columbo niemanden mehr haßt – außer vielleicht von Zeit zu Zeit sich selbst.«

»Nun, ich hasse sie«, sagte Nancy. »Nicht unbedingt deshalb, weil sie ihre Eltern umgebracht hat, sondern weil sie den armen kleinen Michael ermordet hat.« Sie schüttelte traurig den Kopf. »Er war ein so großartiges Kind. Ich glaube, ich werde Patty wegen Michael auf ewig hassen.«

In Nancy Glenns Stimme klang alles andere als feste Überzeugung mit. Ich hatte eher das Gefühl, als versuche sie, Patricia zu hassen, oder als versuche sie, mich davon zu überzeugen, daß sie sie haßte; wer weiß, vielleicht hatte sie sogar Mühe, sich selbst davon zu überzeugen.

Nancy ging jetzt auf die Sechsunddreißig zu. Sie war ein halbes Jahr älter als Patricia, die kürzlich fünfunddreißig geworden war. Sie war kleiner als Patricia, modisch frisiert und trug *einen Hosenanzug mit blauer Bluse, dazu eine geschmackvolle Halskette und ebensolche Ohrringe. Sie war inzwischen verheiratet und hatte eine neunjährige Tochter. Später sollte sie mir einmal erzählen, sie und ihr Mann wünschten sich noch ein Kind, aber sie betrieben ein kleines Geschäft, in dem sie beide arbeiteten, und das werfe einfach nicht genug ab, um im Augenblick über eine Vergrößerung der Familie nachzudenken.*

Wir unterhielten uns den ganzen Nachmittag an jenem kleinen Tischchen über Nichtigkeiten und über Dinge von Bedeutung. Nancy erinnerte sich noch an die Patty Columbo, mit der sie einst bestens befreundet gewesen war – bevor Frank DeLuca in ihr Leben getreten war; sie erinnerte sich an die Columbo-Familie und vor allem an Michael, wie Patty sich verändert hatte, seit sie bei Walgreen's zu arbeiten angefangen hatte, wie nichts mehr für sie Bedeutung zu haben schien außer dem Mann, in den sie sich verliebt hatte; wie sie selbst Lanny Mitchell kennengelernt hatte und ihm zwar nicht so verfallen war wie Patty Frank DeLuca, daß sie sich aber auch sehr stark von diesem älteren Mann angezogen gefühlt hatte, dem Autoverkäufer und Beinahe-Polizisten, der immer einen Revolver bei sich trug und damit prahlte, eine Menge ›schwerer Jungs‹ zu kennen.

»Ich erinnere mich nicht, je mit Lanny über die Probleme gesprochen zu haben, die Patty mit ihrem Vater hatte, daß dieser DeLuca auf dem Parkplatz zusammengeschlagen hatte und das alles«, erzählte Nancy mir, »aber wenn ich so zurückdenke, wüßte ich auch nicht, wie er es hätte in Erfahrung bringen können, wenn ich es ihm nicht gesagt hätte. Wir beide hatten uns schon sechs Wochen lang gekannt und ziemlich regelmäßig gesehen, als ich Patty anrief, um ein Treffen mit uns und Lannys Freund Roman zu arrangieren. Ich ließ Lanny mit Patty sprechen. Er sagte später, Patty habe ihn um hundert Dollar für eine Verabredung mit seinem Freund gebeten – mit anderen Worten, für Sex mit dem Burschen – und daß er einverstanden gewesen war, ihr das Geld zu geben.«

»Haben Sie ihm geglaubt?« fragte ich.

»Ich war mir nicht sicher«, gestand Nancy.

Ich nickte – denn ich war es genausowenig. Jahre später dann sollte Patricia leugnen, daß jemals die Rede von Geld gewesen war; sie habe sich strikt nur zu dem Zweck auf die ganze Sache eingelassen, um ihn sich gefällig zu machen. Und Lanny Mitchell hatte später unter Eid ausgesagt, er habe ihr niemals Geld gegeben, auch nicht, nachdem er in jener Nacht Sex mit ihr gehabt hatte.

»Roman glaubte aber scheinbar, Lanny habe Patty Geld gegeben«, vermutete ich.

»Ja schon«, mußte Nancy zugeben. »Ich meine, Lanny muß Roman gesagt haben, daß er Patty etwas gezahlt hat, denn einer der Gründe, warum Roman in dieser ersten Nacht so wütend geworden war, war ja, daß er gedacht hatte, sie habe sich zuerst bezahlen lassen und dann versucht, sich vor der Gegenleistung zu drücken.«

»Also hat Patricia doch versucht, Sie in dieser Nacht von Lanny und Roman fernzuhalten?«

»Ja, allerdings. Sie hatte mich schon den ganzen Weg bis zu mir nach Hause gebracht, bevor sie uns eingeholt hatten.«

»Haben sie Sie gezwungen, mit ihnen in das Motel zu gehen?«

»Sie haben mich nicht gezwungen«, erwiderte Nancy ehrlich. »Ich wollte mit ihnen gehen, wollte bei Lanny sein. Aber wie das bei Patty war – ich weiß nicht; sie war in dem anderen Wagen, deswegen bin ich nicht sicher. Ich glaube nicht, daß sie mitgehen wollte; sie hatte es eilig, DeLuca vom Dienst abzuholen.«

Nach dieser Nacht hatte Nancy Patricia nicht mehr wiedergesehen, und auch Lanny Mitchell hatte sie monatelang nicht mehr gesehen, genau bis Anfang 1976 nicht mehr, als Lanny schon verheiratet war. Nancy wußte bis einen Monat vor den Morden nicht, daß Lanny und Roman sich noch immer mit Patricia trafen. Damals hatte Lanny sie angerufen und zum Essen eingeladen. Er hatte sie mit nach Chicago hinein genommen, wo sie sich mit Roman trafen. Bei dieser Gelegenheit erzählten Lanny und Roman ihr dann, daß Patricia versuchte, sie für einen Mord an ihren Eltern anzuheuern. Nancy wußte im ersten Moment nicht, ob sie das überhaupt ernst meinten. Nun kannte sie ja auch Patricia schon lange, und sie kannte sie gut, und trotzdem war sie nicht sicher, ob sie das ernst meinte. Das klang alles so an den Haaren herbeigezogen.

Doch an jenem schrecklichen Freitagabend einen Monat oder so später, wurde das alles dann zur entsetzlichen Realität. Die Nachricht von den Morden hatte die Runde durch die ganze Nachbarschaft gemacht; Nancy war wie alle anderen zum Haus der Columbos geeilt und mochte es nicht glauben, bis sie die Polizeiwagen gesehen hatte, die Beamten, die Fernsehkameras, das gelbe Band mit der Aufschrift POLIZEILICH ABGESPERRT – DURCHGANG VERBOTEN, *das rund um das ganze Haus gespannt war. Erschüttert hatte Nancy Glenn sich abgewandt und sich auf den Heimweg gemacht, und ein einziger Gedanke zermarterte ihr das Gehirn.*

Das hat Patty getan.

»Es war das erste, das mir dazu einfiel«, sagte sie. »Ich habe auch nicht eine Minute daran gezweifelt.«

»Waren Sie so sicher wegen dem, was Lanny und Roman Ihnen erst kurz zuvor erzählt hatten, oder auf Grund Ihrer eigenen Gespräche mit Patricia?«

»Auf Grund welcher Gespräche mit Patricia?«

Ich spürte, wie sich meine Augenbrauen ganz unwillkürlich zusammenzogen. »Der Durchsuchungsbeschluß gegen Patricia und DeLuca, bei dessen Vollzug die beiden in ihrem Apartment verhaftet worden waren, war erlassen worden auf Grund eines Antrages, in dem es hieß, Sie hätten Unterhaltungen – Mehrzahl! – mit ihr geführt, in denen Patricia Ihnen wiederholt – wiederholt – gesagt habe, sie würde ihre Eltern am liebsten ermordet sehen.«

Nancy Glenn schüttelte den Kopf. »Das stimmt nicht. Patty hat nur einmal etwas in dieser Richtung zu mir gesagt. Ich erinnere mich genau daran. Wir waren bei mir zu Hause in meinem Schlafzimmer. Sie war wegen irgendwas sehr erbost über ihre Eltern und sagte: ›Ich würde mir am liebsten jemand suchen, der sie umbringt, und dann würden nur noch Michael und ich dasein, und ich könnte Michael allein großziehen.‹ Das war die einzige Gelegenheit, zu der Patricia mir gegenüber jemals einen Mord an ihren Eltern erwähnt hat.«

»Das kann aber nicht zu der Zeit gewesen sein, als die Morde

geschahen«, sagte ich, »denn Sie hatten sie ja seit jener Nacht in dem Motel gar nicht mehr gesehen, und das lag ja schon sechs Monate zurück.«

»O nein, das war lange vorher, damals, als wir noch die denkbar besten Freundinnen waren. Sonst wäre sie wohl auch kaum in meinem Schlafzimmer gewesen. Das war womöglich schon, bevor sie DeLuca kennenlernte.«

Aus den Protokollen wußte ich, daß es vor dem Verfahren eine Anhörung gegeben hatte, bei der Richter Pincham erwogen hatte, eine Anordnung zu erlassen, wonach keinerlei Beweisstücke zugelassen werden sollten, die im Zusammenhang mit dem Durchsuchungsbeschluß aus dem Apartment Nummer Neunhundertelf entfernt worden waren. Zu diesen Beweisstücken gehörten auch die pornographischen Fotos, die DeLuca von Patricia gemacht hatte. Doch dann ließ der Richter diese Beweisstücke auf einmal doch wieder zu, und so kamen sie der Jury unter die Augen. Zu vermuten, diese Fotos hätten etwas anderes bewirkt, als die Abneigung der Jury gegen Patricia noch zu verstärken, wäre blanker Unsinn.

Nancy Glenns Geschichte fünfzehn Jahre später führt zu einer hochinteressanten Frage: War der Antrag auf Erlaß eines Durchsuchungsbeschlusses überhaupt gerechtfertigt angesichts eines möglichen Irrtums anläßlich ihrer ersten Aussage? Falls nicht, hätten die ausschweifenden Fotos der Jury vorenthalten werden müssen; für die Bewertung der Anklage wegen Mordes waren sie ohnehin ohne Belang.

Es war eine fragwürdige Entscheidung. Aber selbst Patricia hätte ja gesagt, daß sie hatte verurteilt werden müssen.

Natürlich macht es sich immer besser, wenn das Beweisstück auch zum Verbrechen paßt und nicht nur zum Angeklagten.

Januar 1976

Für Patricia fiel der Januar in zwei deutlich voneinander geschiedene Hälften. Der Wendepunkt war der fünfzehnte, der Tag, an dem ihre Periode hätte einsetzen müssen.

Zu Beginn des Monats hatte Patricia sich auf eine Konfrontation mit Lanny Mitchell und Roman Sobczynski eingestellt. Sie hatte endlich zu argwöhnen begonnen, diese beiden Männer könnten womöglich doch nicht die hartgesottenen Ganoven sein, die sie bisher in ihnen gesehen hatte. Außer großen Worten hatte sie jedenfalls in der Zeit, seit sie mit ihnen zusammen war, von ihnen nichts bekommen. Sie war entschlossen, jetzt endlich festzustellen, ob und was sie überhaupt in die Wege geleitet hatten.

Kurz nach Neujahr rief sie Lanny an. »Hi. Was tut sich so?«

»Hallo, Patty« sagte er ausgesprochen herzlich. »Nicht viel. Und bei dir?« Er hätte sich genausogut mit einem Kunden unterhalten können. Wie läuft denn der Wagen, Mrs. Jones? Sein Ton, seine ganze Haltung empfand Patricia als Beleidigung.

Mit ihr, sagte sie, sei alles beim alten. Sie stecke noch immer in genau denselben Problemen wie bei ihrem letzten Treffen, in demselben Schlamassel, aus dem ihr herauszuhelfen er und Roman versprochen hätten.

Nach ein bißchen einleitendem Hickhack erklärte Lanny sich schließlich einverstanden, sich mit Roman in Verbindung zu setzen und ein gemeinsames Treffen aller drei zum Dinner im *Ala Moana* zu arrangieren.

Als Patricia dort ankam, war sie in Hochform wie ein Boxer am letzten Tag seines Trainingscamps, wie eine gespannte Feder. Sobald die Drinks auf dem Tisch standen, warf sie ihnen den Fehdehandschuh hin.

»Ich will wissen, was hier eigentlich los ist«, sagte sie bestimmt. »Ich habe mit euch beiden Sex gemacht, aber keiner von euch tut auch nur das geringste für mich. Und das soll ein Geschäft sein?«

Der redegewandte Lanny sprang sofort in die Bresche; Doppelzüngigkeit und Charme, das waren die Gebiete, auf denen er sich stark fühlte. Wieder einmal fing er an zu erklären, daß derlei Dinge eben ihre Zeit in Anspruch nahmen, daß da bestimmte Arrangements zu treffen seien . . .

Patricia ließ ihn nicht einmal ausreden. »Du redest lauter Scheiße, Lanny«, sagte sie.

Lanny blickte sie ungläubig an; sie hätte ihn nicht mehr überraschen können, wenn sie ihm ihren Drink ins Gesicht geschüttet hätte.

»Hör mal, du hast die ganze Geschichte ja erst ins Rollen gebracht, weil du mir gesagt hast, du würdest es tun«, erinnerte Patricia ihn. »Aber alles, was ich seither von euch gekriegt habe, war ein großer Haufen Scheiße!«

Zitternd vor Wut holte Patricia sich eine Zigarette aus der Packung. Auf der anderen Seite des Tisches zeigte Lannys Gesichtsausdruck echte Betroffenheit; zweifellos passierte es ihm nicht oft, in dieser Weise angeschnauzt zu werden.

»Ich glaube, du hattest sogar niemals vor, es zu tun, Lanny«, fuhr Patricia anklagend fort. »Ich glaube, du hast überhaupt nicht den Schneid, so was zu machen. Du bist ein feiges Huhn. Du hast keinen Mumm in den Knochen, Lanny . . .«

Patricia hatte sich gerade eine Zigarette zwischen die Lippen gesteckt, um sie anzuzünden, als sie Lannys Hand über den Tisch direkt auf sie zufliegen sah. Sie war schneller als er, aber nicht viel. Als sie den Kopf zurückriß, konnte sie noch den Luftzug seiner Hand spüren. Die Zigarette aber erwischte Lanny doch noch. Sie flog irgendwohin.

»Du verkommene kleine Nutte . . .« Er war schon halb aus seinem Stuhl hoch und holte zum zweiten Schlag aus, als Roman seinen Arm packte und ihn festhielt.

Roman blickte sich um. Einige Gäste an den anderen Tischen hatten die Köpfe gewandt, kümmerten sich aber sofort wieder um ihre eigenen Angelegenheiten. Roman erhob sich und riß Lanny auf die Füße.

»Geh an die Bar und nimm einen Drink«, sagte er zu dem kleinen Autoverkäufer. Lanny erhob sich mit hochrotem Kopf und stakste davon.

Als sie allein waren, machte Roman Patricia Vorwürfe wegen ihres Tons im Umgang mit Lanny. Aber sie seien alle ein wenig nervös wegen der Pläne, die sie unentwegt in ihren Köpfen wälzten. Er bat Patricia, am Tisch zu bleiben und sich erst einmal wieder zu beruhigen, während er an die Bar ging, um Lanny abzukühlen.

Ein paar Minuten später kehrten die beiden Männer an den Tisch zurück. Lanny und Patricia sahen einander unsicher an, eher besorgt als wütend über das, was da passiert war.

»Okay, keine Kämpfe mehr um die Hackordnung«, sagte Roman, der Friedensstifter. »In dieser Sache sitzen wir alle in einem Boot, also laßt uns versuchen, Freundschaft zu halten.« Er lehnte sich zu Patricia hinüber. »Eines der Probleme, die wir haben, Patricia«, sagte er, »ist, daß es in dem Haus drei Leute gibt, aber du nur zwei davon umgebracht haben willst. Das ist eine Bedingung, die uns schwer zu schaffen macht.«

»Ihr redet von meinem Bruder«, sagte Patricia. Ihr Augen wanderten unruhig von einem zum anderen. Das würde ganz offensichtlich ihre Ausrede werden, der Ausweg, auf dem sie Patricia allein lassen würden in der Grauzone zwischen einem verrückten Vater und einem Freund, der vor Angst praktisch die Wände rauf und runter lief. Patricia würde nicht bekommen, was sie haben wollte. Aber diese Sache war schon viel zu weit gediehen, um so enden zu können. »Okay«, sagte sie beherrscht, »dann macht meinen Bruder eben auch alle.«

»Deinen Bruder ebenfalls umbringen?« fragte Roman überrascht.

»Wenn das alles ist, was euch zurückhält, ja.«

»Weißt du eigentlich, was du da sagst?« fragte Lanny ungläubig.

Patricia wußte, daß sie sie überzeugen mußte. »Seht mal, es ist womöglich auf jeden Fall der bessere Weg. Ich meine, wenn er mal älter wird, wird er zwei und zwei zusammenzählen, und dann hat er mich am Wickel, klar?«

»Dann willst du also jetzt einen Vertrag für drei Morde statt für zwei?« fragte Roman.

»Richtig.«

Alle verfielen in Schweigen. Patricia war entschlossen, sie

nicht mehr vom Haken zu lassen. Wenn es soweit war, daß die Sache endlich losging, würde sie schon dafür sorgen, daß Michael nicht da war. Bis dahin sollten Roman und Lanny keine weitere Ausrede mehr für ihre Hinhaltetaktik haben.

Die beiden Männer stimmten an diesem Abend schließlich beim Essen zu, es sei wesentlich leichter, die Sache zu erledigen, wenn auf Michael keine Rücksicht genommen zu werden brauchte.

Alles war wieder im Gang.

Das war Anfang Januar.

Dann blieb Patricias Periode zum erstenmal aus.

Sie verlor fast den Verstand darüber. Seit jeher war sie absolut pünktlich gewesen. Wenn Klassenkameradinnen früher gesagt hatten, sie seien ›zu spät‹, hatte Patricia lange gedacht, sie meinten, sie hätten sich im Unterricht verspätet; sie nahm einfach an, alle anderen seien genauso pünktlich wie sie selbst.

»Meine Periode ist heute nicht gekommen«, sagte sie zu DeLuca.

»Dann wird sie vielleicht morgen kommen«, erwiderte er ohne sonderliches Interesse.

Das war am Donnerstag. Am Freitag kam die Periode ebenfalls nicht. Auch nicht am Samstag.

»Frank, bist du sicher, daß das wirklich Antibabypillen waren, die du mir da gegeben hast?« fragte sie. Die kleinen Pillen lagen lose in einem Röhrchen ohne Beschriftung.

Er sei absolut sicher, erwiderte er gereizt. Schließlich sei er Apotheker, oder etwa nicht? War sie denn absolut sicher, sie auch regelmäßig genommen zu haben?

Um sicherzugehen, ging Patricia ins Badezimmer und zählte die verbliebenen Pillen nach. Es war noch genau die für zwei weitere Zyklen benötigte Anzahl vorhanden. Sie bekam fast augenblicklich einen leichten Anfall von Panik. DeLuca versuchte, sie wieder zu beruhigen.

»Sieh mal, das heißt nicht unbedingt, daß du schwanger bist. Dafür kann es viele Gründe geben: Streß, hormonelle Umstellungen, eine Nebenwirkung anderer Pillen, die du in letzter Zeit geschluckt hast. Es gibt überhaupt keinen Grund, sich vor Ablauf von zwei Wochen irgendwelche Gedanken zu machen.«

Patricia bekam sich wieder unter Kontrolle – aber sie hatte weiterhin Angst.

Während Patricia die zwei Wochen zitterte, die DeLuca ihr als Frist gesetzt hatte, rief Roman an und wollte sich mit ihr zum Lunch verabreden. Es geschah zum erstenmal, daß er anrief; zum erstenmal wurde ein Treffen von ihm initiiert, nicht von Lanny. Das ließ in Patricia sofort das Gefühl hochkommen, irgend etwas sei im Gange.

Roman holte sie auf dem Parkplatz der Bowling-Bahn ab, und gemeinsam fuhren sie nach Chicago hinein ins *Coach and Six*, ein Restaurant, ganz in dunklen Holzpaneelen gehalten, um ihm einen altenglischen Anstrich zu geben.

»Heute sind wir mit einem Freund von mir zum Lunch verabredet«, sagte Roman, als sie hineingingen.

Der Freund war Nick Carbucci. Er war ein kleiner, nett aussehender Mann, gut gekleidet, mit angenehmer Stimme; ein Lanny Mitchell mit ein klein wenig Klasse. Patricia war sicher, hier handle es sich um den Killer.

Trotzdem erwies sich das Essen als beunruhigend. Patricia hatte sich selbst mit Erfolg eingeredet, dies sei ein Treffen, um abschließende Pläne für den Anschlag zu besprechen, und nun wartete sie darauf, daß eine Diskussion in dieser Hinsicht in Gang kam. Aber zu ihrem größten Bedauern wurde das Thema nie angeschnitten.

Nach dem Lunch verließen Roman und Nick den Tisch für ein kurzes Gespräch unter vier Augen an der Bar. Dann kehrte Roman an den Tisch zurück.

»Komm, wir machen eine kleine Party«, sagte er.

Was, zum Teufel, ging denn hier vor? fragte sie sich. Sollte sie sich jetzt etwa auch noch mit diesem Burschen einlassen? Diese Kerle *erzählten* ihr niemals etwas – und sie hatte nie das Gefühl, als könnte sie einfach danach fragen. Immer mußte sie sie irgendwie zwingen, sich den Kopf zu zermartern und sich selbst als lästiger darstellen, als die beiden sie ohnehin schon empfanden, und so gefährden, was immer sie vielleicht bei ihnen schon ansatzweise erreicht hatte.

Patricia verließ das Restaurant mit Roman, und er fuhr hinaus nach Wheeling, dem letzten Vorort von Chicago, der noch zum Cook County gehörte. Während Patricia im Auto wartete, trug Roman sie im *Flamingo Motel* ein. Die ganze Zeit hielt sie Ausschau nach diesem Nick Carbucci, aber wie sich noch zeigen sollte, tauchte er gar nicht mehr auf. Es endete damit, daß sie ein paar Stunden auf der Matratze mit Roman verbrachte. Es war das dritte Mal mit ihm; langsam hatte sie sich daran gewöhnt, daß er nach ein paar Drinks, wie er sie auch jetzt wieder zum Lunch gehabt hatte, Schwierigkeiten mit der Potenz bekam. Sie mußte an diesem Nachmittag alle Tricks anwenden, die sie kannte, damit er tun konnte, weshalb sie hier waren, oder sie wären noch bis zum Frühstück hier geblieben.

Als Roman sie schließlich wieder an der Bowling-Bahn absetzte, war der Mordanschlag noch immer mit keinem einzigen Wort erwähnt worden.

»In ein paar Tagen rufe ich dich an«, sagte Roman zum Abschied.

Eine Woche später rief Roman zum zweitenmal an. Er war im *Where Else*, wo er gerade einen Drink mit einem Freund nahm, und bat sie, sich zu ihnen zu gesellen. Sie sagte, sie könne nicht, sie habe keinen Wagen. Roman sagte, er werde vorbeikommen und sie abholen. Er kam dann auch in einem riesigen, teuren Cadillac und fuhr sie wieder ins *Where Else*. Dort stellte er sie einem Mann namens Jim Leary vor. Vielleicht, dachte Patricia, ist *das* nun der Mann, der alles erledigt. Vielleicht startete das große Ding jetzt endlich.

Sie hatten eine Reihe Drinks miteinander und fuhren dann ins *Navarone Restaurant* zum Essen. Danach fuhren sie in die *Spinnaker's Lounge*, um noch mehr zu trinken. Es dauerte nicht lange, dann war Roman nicht einmal mehr in der Lage, sich den Reißverschluß herunterzuziehen. Patricia half Jim Leary, ihn auf dem Rücksitz seines Cadillac zu verstauen, bevor er sie heimfuhr.

Das nächste Mal rief Lanny sie an. Es ging gegen Ende Januar.

»Treffen wir uns zum Lunch?« fragte er.

DeLuca war zu Hause. Patricia mochte Lanny nicht absagen; sie hatte das Gefühl, sie müsse in dieser Angelegenheit einfach alles unternehmen, um die ganze Sache nicht zu gefährden. Gleichzeitig aber brauchte sie auch eine plausible Erklärung für DeLuca.

Nachdem sie Lanny zugesagt hatte, sich mit ihm zu treffen, wandte sie sich an DeLuca und sagte: »Das war mein Patenonkel, Liebster. Er will, daß ich mich zum Lunch mit ihm treffe.«

»Ich komme mit dir«, sagte DeLuca. »Vielleicht kann ich ihn überreden, bei der Bereinigung dieses ganzen Theaters mit deinem Alten zu helfen.«

»Frank, mein Patenonkel versucht schon, uns zu helfen. Ich hab's dir bisher nur nicht erzählt, weil ich nicht wollte, daß du dich noch mehr aufregst. Aber mein Patenonkel hat sich schon mal ein bißchen umgehört und dabei herausgefunden, daß mein Vater wirklich einen Preis auf deinen Kopf ausgesetzt hat.«

DeLuca wurde weiß wie eine Wand. Seine schlimmsten Befürchtungen bewahrheiteten sich.

»Frank, mein Patenonkel kümmert sich um die Sache«, versicherte Patricia ihm. »Er wird nicht zulassen, daß dir etwas geschieht. Falls nötig, wird er dafür sorgen, daß Dad noch vor dir an der Reihe ist. Darüber will er ja heute mit mir reden. Wir wollen die ganze Angelegenheit durchsprechen.«

DeLuca kam nicht ganz mit. Er hatte immer gedacht, Patricias Patenonkel und ihr Vater seien gute Freunde. Das seien sie auch einmal gewesen, bestätigte Patricia, aber sie hätten sich überworfen. Trotzdem war sie für ihren Patenonkel noch immer wie eine Tochter, und er war entschlossen, ihnen zu helfen.

»Sollte ich ihn dann nicht gerade kennenlernen?« fragte DeLuca verwirrt.

Nein, widersprach Patricia mit Nachdruck. Noch war er ihm ein Fremder; ihr Patenonkel würde die Sache nicht vor ihm besprechen wollen. Patricia konnte sehen, daß DeLuca kurz davor war, ihre Worte als das abzutun, was sie waren – Lügen.

»Schau mal«, versprach sie ihm, »ich werde dafür sorgen, daß er dich nach unserer Unterhaltung anruft, in Ordnung? Ich glaube nicht, daß er sich weigern wird, mit dir am Telefon zu reden. Willst du hier warten und mit ihm am Telefon sprechen?«

»Na schön, ja, ich denke schon«, stimmte DeLuca zögernd zu. »Dein Patenonkel heißt doch Phil Capone, stimmt's?«

»Schon, schon«, erwiderte Patricia schnell, »aber er nennt sich immer Roman. So rufen ihn auch alle anderen.«

Patricia traf sich mit Lanny, und gemeinsam fuhren sie ins *Navarone Restaurant*. Dort waren bereits Roman und ein anderer Mann. Der Mann wurde als Chuck Novak vorgestellt. *Was kommt denn jetzt?* wunderte sich Patricia. Jedes Zusammentreffen brachte ein neues Gesicht, aber niemals wurde irgend etwas gesagt oder getan.

Jeder hatte seinen Drink und bestellte sich dann seinen Lunch. Während sie aßen und die Unterhaltung für Patricia wie immer zu nichts führte, entschloß sie sich, wieder einmal ein wenig Druck auf Roman und Lanny auszuüben. Das mußte sie wohl auch: sie mußte lästig fallen, nachdem sie DeLuca eine beschönigte Version der Vorgänge vorgeflunkert hatte. Wenn er jetzt keinen Anruf von ihrem ›Patenonkel‹ bekam, wie sie versprochen hatte, würde sie am besten gar nicht erst in das Apartment zurückkehren, weil er bis dahin so verrückt vor Angst sein würde, daß man einfach nicht vorhersehen konnte, was er tun würde.

Sobald Roman den letzten Bissen von seinem Lunch gegessen hatte, lehnte sich Patricia ganz nahe zu ihm herüber und flüsterte ihm ins Ohr: »Ich muß dich ganz dringend mal eine Minute unter vier Augen sprechen.«

Roman bedeutet Lanny durch Gesten, er solle mit ihnen kommen, und sie gingen hinaus ins Foyer des Restaurants. Patricia, die inzwischen begriffen hatte, in welche Situation sie sich da selbst gebracht hatte, stand kurz vor ihrem ersten Nervenzusammenbruch.

»Seht mal, ich habe ein ernstes Problem mit Frank, meinem

Mann«, erzählte sie ihnen. »Mir ist klar geworden, daß ihr ein wenig Zeit braucht, alles richtig vorzubereiten, wie ihr mir erzählt habt, und ich verstehe das ja auch. Aber könntest du« – sie wandte sich jetzt nur an Roman – »nicht mal eine Sekunde am Telefon mit ihm reden und ihm etwas erzählen in der Richtung, das auf ihn ausgesetzte Kopfgeld meines Vaters wird sich niemand verdienen, bevor nicht ihr beiden, du weißt schon, mit eurer Sache fertig seid? Einfach nur, um den Druck ein bißchen zu verringern, unter dem er steht?«

Lanny zeigte sich zurückhaltend, aber zu seiner Überraschung erklärte sich Roman sofort dazu bereit. »Dann hol ihn mal an die Muschel«, sagte Roman und ging vor ihr her zu einer Telefonzelle an der rückwärtigen Wand.

Patricia wählte die Nummer des Apartments. Frank nahm schon beim ersten Klingeln ab; sie konnte sich gut vorstellen, daß er die ganze Zeit vor dem Telefon gesessen und darauf gewartet hatte, daß es endlich klingelte.

»Hi, Liebster«, sagte Patricia. »Paß auf, ich bin hier mit Roman, und der wird jetzt kurz mit dir sprechen.« Sie hielt Roman den Hörer hin. »Hallo, Frank«, sagte er in die Muschel.

»Hallo, Roman.«

»Patty erzählt mir da, die ganze Geschichte gehe Ihnen ein bißchen an die Nerven.«

»Ja, ich glaube, das kann man so sagen. Ich bin so was einfach nicht gewöhnt ...«

»An so was gewöhnt sich wohl nie jemand«, sagte Roman im Tonfall des großen Experten, der es Tag für Tag mit Mordaufträgen zu tun hat. »Aber ich wollte Sie nur wissen lassen, daß ich mich schon um den Mordauftrag gegen Sie gekümmert habe. Ich habe ihn zurückgekauft.«

»Zurückgekauft?«

»Ja, ich hab' dem Mann, der Sie umbringen sollte, die Summe ausgezahlt, die er ansonsten für den Mord an Ihnen bekommen hätte. Sie brauchen sich also keine Sorgen zu machen, wenigstens nicht im Augenblick.«

»Großer Gott, danke, Roman ...«

»Nicht der Rede wert. Ich werde in der ganzen Sache weiter

Kontakt mit Patty halten, und wenn sich etwas Neues ergeben sollte, lasse ich es sie wissen.«

»Großer Gott, danke, Roman.«

»Okay. Ich gebe Ihnen Patty.«

Patty nahm den Hörer wieder in die Hand. »Siehst du, ich habe dir doch gesagt, es kommt alles in Ordnung, Liebster«, schnurrte sie. »Paß auf, ich bin bald wieder zurück. Dann reden wir weiter. Okay?«

»Okay.«

Patricia hängte ein, und sie gingen wieder zum Tisch zurück, wo Chuck Novak noch immer auf sie wartete. Patricia rechnete damit, daß sie sowohl mit Lanny als auch mit Roman noch Sex machen mußte und vielleicht auch noch mit Chuck, bevor der Nachmittag zu Ende war; auf irgendeine Weise würde sie für Romans Großmütigkeit am Telefon bezahlen müssen.

Aber zur Abwechslung wurde sie einmal angenehm überrascht. Nach dem Lunch fingen die drei Männer an zu trinken, und etwa eine Stunde später entschuldigte sich Chuck mit irgendwelchen Verabredungen und verließ das Lokal. Eine weitere Stunde verstrich, und die beiden verbliebenen Männer wurden immer betrunkener. Als Patricia meinte, die Zeit sei jetzt günstig, stand sie vom Tisch auf und sagte: »Also denn, Jungs, ich muß mich beeilen. Ich ruf' euch bald mal an.«

Sie konnte gar nicht glauben, daß alles so glücklich abgelaufen sein sollte, bis sie endlich im Taxi saß, das sie dorthin zurückbringen sollte, wo sie ihr Auto hatte stehen lassen.

Anfang Februar rief Roman sie eines Abends gegen 7 Uhr an. Er war in der *Spinnaker's Lounge*, wo er mal wieder mit seinem Freund Jim Leary beim Bier saß.

»Jim will rüber in das Haus seiner Sekretärin zu einer kleinen Party«, sagte Roman. »Ich geh' mit ihm und hätte es ganz gern, wenn du auch mitkämst.«

Wieder war DeLuca zu Hause. Patricia wandte ihm den Rücken zu und sagte leise in den Hörer: »Das paßt mir aber im Augenblick überhaupt nicht, Roman.«

»Ich will, daß du mit uns kommst«, sagte Roman gelassen. Das war eindeutig keine Bitte.

Als sie eingehängt hatte, fragte DeLuca: »War das dein Patenonkel?«

»Ja. Er will mit mir reden. Ich treffe mich gleich mit ihm.«

»Soll ich vielleicht mitkommen?«

»Nein, er wollte mit mir allein reden. Es dauert bestimmt nicht lange.«

Als Patricia fertig zum Ausgehen war, merkte sie, daß DeLuca sie mißtrauisch beobachtete. Das hatte ihr gerade noch gefehlt, daß Frank ihr nicht mehr traute. Womöglich hatte er es sich sogar noch in den Kopf gesetzt, sie helfe jetzt ihrem Vater, *ihn* umzubringen.

Als sie schon an der Tür stand, sagte DeLuca: »Bitte Roman doch, daß er mich wieder anruft, Patrish.«

Wie bei Roman handelte es sich keineswegs um eine Bitte. *Großer Gott!* dachte sie und fing schon wieder an zu schwitzen.

Bei *Spinnaker's* angekommen, setzte Patricia sich an einen Tisch und nahm einen Drink mit Roman und Jim Leary. Sie machten hier nur Station auf ihrem Weg zum Apartment von Jims Sekretärin, erzählte Roman ihr. Ihr Name war Barb Abbott.

Sie verließen die Kneipe schon nach nur einem gemeinsamen Drink und fuhren zu einem Apartmentkomplex in Wheaton. Barb Abbott begrüßte sie an der Tür ihres Apartments, und Jim Leary stellte ihr Patricia vor. Drinnen setzten sie sich alle gemeinsam hin, und Barb machte jedem von ihnen einen Drink. Roman und Jim Leary schienen sich in dem Apartment gut genug auszukennen, um in Patricia keine Zweifel darüber aufkommen zu lassen, daß sie hier schon früher verkehrt hatten.

Patricia beobachtete die beiden, und sobald Roman den letzten Schluck aus seinem Glas getrunken hatte, sagte sie: »Roman, kann ich dich eine Minute unter vier Augen sprechen?«

Roman führte Patricia ins Schlafzimmer und machte die Tür hinten ihnen zu.

»Würde es dir etwas ausmachen, noch einmal mit Frank zu

sprechen?« fragte Patricia. »Er braucht es einfach, daß ihm noch einmal jemand sagt, daß alles in Ordnung und er in Sicherheit sei.«

»Kein Problem«, erwiderte Roman großzügig.

Patricia benutzte Barb Abbotts Schlafzimmer-Anschluß, um DeLuca anzurufen. »Hi«, sagte sie, als dieser sich wieder wie beim erstenmal schon beim ersten Klingelzeichen meldete. »Ich geb' dir mal Roman«, sagte sie und reichte den Hörer weiter.

»Hallo, Frank«, sagte Roman, als er den Hörer ans Ohr gehoben hatte.

»Hallo, Roman. Haben Sie irgend etwas Neues gehört?«

»Allerdings, das habe ich. Unser Freund ist auf der Suche nach einem neuen Auftragnehmer.«

Patricia fiel der Unterkiefer herunter. Warum, zum Henker, erzählte er Frank ausgerechnet *so was*?

»Jesus«, sagte DeLuca zu Roman. »Was sollen wir denn jetzt tun?«

»Da gibt es nur eines, was wir tun können«, erwiderte Roman. »Wir müssen ihn abservieren, bevor er Ihnen etwas tun kann.«

»Wollen Sie mir denn helfen?« fragte DeLuca.

»Ich werde etwas mit Patty ausknobeln«, versicherte Roman ihm.

»Okay.« DeLuca unterbrach sich einen Augenblick und sagte dann: »Hören Sie, der Kleine muß ebenfalls dran glauben.«

»Was, wer?« Roman runzelte die Stirn.

»Michael. Er muß ebenfalls verschwinden, Roman. Er kommt immer noch zu mir in den Laden und starrt mich an. Ich glaube, er weiß genau, was vorgeht. Er könnte sogar mit dem Alten in dieser Geschichte gemeinsame Sache machen. Deshalb muß der Kleine unter allen Umständen mit aus dem Weg geräumt werden. Nur eines: Ich möchte nicht, daß Patricia das schon vorher erfährt, okay?«

»Verstehe«, sagte Roman. Patty hatte also ihrem Freund anscheinend noch nicht gesagt, daß sie bereits damit einverstanden war, ihren Bruder gleich mit umzubringen.

»Patricia hat mir gesagt, sie hätte Ihnen schon einige Pläne, Bilder und sonstige Unterlagen für die Killer ausgehändigt«, sagte DeLuca. »Reicht Ihnen das, oder brauchen Sie noch mehr?«

»Nein, das ist so in Ordnung«, sagte Roman. »Wir haben alles, was wir brauchen.«

»Okay, dann ist also alles geregelt, Roman?«

Roman versicherte ihm, es sei alles geregelt.

In der nächsten Woche rief Roman sie wieder an und bat sie, sich mit ihm und Jim Leary später am Nachmittag bei *Spinnaker's* zu treffen.

»Ich habe nicht die allergeringste Lust, dich irgendwo zu treffen«, erwiderte Patricia kurz angebunden. »Du hast mich wieder ganz schön in die Scheiße reingeritten.«

DeLuca zu erzählen, ihr Vater suche nach einem weiteren Mann, der DeLuca umbringen würde, hatte Frank endgültig um den Verstand gebracht, erzählte sie Roman schäumend vor Wut. DeLuca erwartete jetzt stündlich einen Mafioso mit einer Maschinenpistole im Arm im Drugstore und jammerte unentwegt, alles, was er dann zu seiner Verteidigung habe, sei der armselige Derringer. Lanny, so beklagte sie sich bitterlich, hatte ihr schon vor Wochen versprochen, ihr einen Revolver für Frank zu besorgen, aber passiert sei gar nichts. Keiner von ihnen habe je irgend etwas Positives zuwege gebracht.

»Okay, okay, reg dich ab«, beruhigte Roman sie. »Bist du etwa deswegen so sauer, weil Lanny dir kein Schießeisen besorgt hat? Warum hast du dann keinen Ton davon zu mir gesagt? Du willst eine Kanone für Frank – okay, ich besorg' dir eine.«

Patricia war skeptisch. Sie hatte inzwischen genug leere Versprechungen von den beiden gehört. Aber Roman hatte eine Überraschung für sie parat.

»Ich besorge dir noch heute eine«, sagte er. »Wir treffen uns um vier im *Spinnaker's*. Dann gebe ich sie dir.«

Als sie bei *Spinnaker's* ankam, kam Roman ihr schon an der Tür entgegen.

»Hast du sie?« fragte Patricia ohne große Vorreden.

»Ja, ich hab' sie. Ich habe doch gesagt, ich würde eine mitbringen, oder etwa nicht? Ich gebe sie dir bei Barb; wir fahren gleich rüber.«

Gemeinsam mit Jim Leary fuhren sie zu Barb Abbotts Apartment, wo sie eine Weile tranken und sich unterhielten. Später machten sie und Roman dann in Barbs Schlafzimmer Sex wie schon beim letzten Mal. Als es vorbei war, sagte Patricia: »Okay, kann ich jetzt die Kanone haben?«

Roman holte einen Revolver vom Kaliber .32 aus der Innentasche seines Jacketts. Er ließ die Trommel aufschnappen, entfernte eine der sieben Patronen und brachte die leere Kammer direkt vor den Hammer. So konnte die Waffe nicht unbeabsichtigt losgehen, falls Patricia der Revolver einmal aus der Hand fiel.

»Siehst du, genau wie ich dir gesagt habe«, brüstete sich Roman, als er ihr den Revolver reichte. »Jetzt hat dein Freund Frank etwas, womit er sich verteidigen kann, bis wir die Sache bereinigt haben.«

»Und was meinst du, wann das sein könnte?« fragte Patricia.

»Bald«, versicherte Roman ihr.

Als Patricia an diesem Abend nach Hause fuhr, hoffte sie inständig, wenn sie Frank den Revolver gab, werde er sich um einiges erleichterter fühlen – und sie selbst auch. Sie wußte nicht, wie lange sie diesen Streß durch die Feindschaft zwischen ihrem Vater und DeLuca noch würde ertragen können. Vor allem jetzt, da ihr noch ein weiteres Problem zu schaffen machte.

Ihre Periode war jetzt schon mehr als drei Wochen überfällig, und die nächste müßte schon bald kommen. Sie war krank vor Angst.

Bitte, lieber Gott, dachte sie, nein.

Nein, nein, nein.

Februar und März 1976

Mehrere Tage, nachdem er Patricia den Revolver gegeben hatte, rief Roman sie im Apartment an. In seiner Stimme lag etwas, das sie nie vorher bei ihm gehört hatte: Angst, Furcht – sie war nicht ganz sicher.

»Hör zu, Puppe«, sagte er. »Ich hab' da ein Problem mit dem Ding, das ich dir gegeben habe. Ich habe rausgekriegt, daß das Ding heiß ist. Ich will, daß du es auf der Stelle wegschmeißt. Schmeiß es in den See oder sonstwohin. Ich besorge dir später eine andere.«

»Okay, kein Problem«, sagte Patricia.

Sie besaß den Revolver nicht einmal mehr; Frank hatte ihn sofort an sich genommen, als sie ihn mit nach Hause gebracht hatte, und seither hatte sie ihn nicht mehr gesehen. Frank hatte ihr dafür den Derringer gegeben, da er den ja jetzt nicht mehr benötigte.

Ein paar Tage später rief Roman wieder an, um sich zu vergewissern, daß Patricia den Revolver auch wirklich beseitigt hatte.

»Der liegt auf dem Grund des Sees«, log sie.

Etwas später, aber noch in derselben Woche, rief Roman sie vom *Ala Moana* aus an. »Lanny und ich nehmen gerade einen zur Brust. Komm rüber und leiste uns Gesellschaft.«

DeLuca war zu Hause, aber zu dem Zeitpunkt, als das Ausbleiben auch der zweiten Regel unmittelbar bevorstand, interessierte Patricia das nicht im geringsten. »Das war einer der Killer«, sagte sie zu DeLuca, nachdem sie aufgehängt hatte. »Er und sein Partner wollen sich mit mir in einem Restaurant treffen.«

»Ich fahre dich hin«, sagte DeLuca.

Patricia brachte nicht mehr die Energie auf, sich dagegen zu wehren.

DeLuca fuhr sie ins *Ala Moana*. Als sie vor dem Lokal vorfuhren, sah DeLuca zwei Männer an einem der Vorderfenster stehen und nach draußen blicken. Als sie sahen, daß noch jemand mit Patricia im Wagen war, blickten sie sich kurz an und schienen dann DeLuca neugierig zu mustern. Patricia lehnte sich vor und gab DeLuca einen Abschiedskuß; dann stieg sie aus und winkte ihm noch einmal zu, bevor er davonfuhr.

Beide, Roman wie Lanny, konnten dem Gesichtsausdruck Patricias unschwer entnehmen, daß Patricia inzwischen eine ganze Menge mitgemacht haben mußte; sie sah sehr verwirrt aus, geradezu verstört.

»Hi, Puppe«, sagte Roman lächelnd und führte sie an den Tisch.

»Was ist denn los, Patty?« fragte Lanny in seiner gewohnt freundlichen Art, als sie sich setzten.

»Nichts ist los«, erwiderte Patricia beherrscht, »ab-so-lut gar nichts.« Und dabei betonte sie jede einzelne Silbe, während ihre Augen von einem zum anderen gingen. Schließlich blieben sie kalt und glitzernd an Roman hängen und schienen ihn durchbohren zu wollen. »Ich will jetzt ein für allemal wissen, ob ihr diese Sache nun macht oder nicht.«

»Natürlich machen wir's, Patty . . .«

»Ihr vertröstet mich von einem Mal zum anderen«, sagte sie und tippte mit dem langen, roten Fingernagel auf die Tischplatte. »Ich glaube nicht, daß ihr es je macht.«

Beide versicherten ihr auf der Stelle erneut, wie ernst sie es meinten, und zählten dieselben Gründe auf, die sie schon vor Monaten dafür genannt hatten, warum es noch nicht geschehen sei. Solche Dinge brauchten eben Zeit, da seien gewisse Vorbereitungen zu treffen; man müsse sich bei einer nie genannten, stets im Schatten verbleibenden Autorität rückversichern. Und dann wieder die alte Leier, sie habe noch nicht genug ›Vorleistung‹ erbracht.

»Scheiße«, spie sie als Antwort auf die letzte Ausrede. »Ich habe euch die Seele aus dem Leib gevögelt, wann immer ihr es wolltet. Das kann nicht ewig so weitergehen.«

»Das wird es auch nicht«, versprachen sie. »Es ist fast alles vorbereitet«, schworen sie. »Es dauert nicht mehr lange«, versicherten sie. »Es wird auf jeden Fall passieren«, garantierten sie.

»Na, komm schon«, sagte Roman. »Lanny hat einen Schlüssel zu Rons Haus. Laß und hinfahren und uns da weiter über die Sache unterhalten.«

Da sie sich immer noch an einen letzten Rest von Hoffnung klammerte, daß sie am Ende vielleicht doch noch Wort halten würden, erklärte Patricia sich schließlich einverstanden, mit ihnen zu fahren. Wenn es auch nur die allergeringste Chance gab, daß es doch noch getan werden konnte...

Sie fuhren zu Ron Tross' Haus. Im Wohnzimmer setzten sie sich zuerst einmal hin, um sich ein wenig nach der bitteren Kälte draußen aufzuwärmen. Patricia suchte in ihrer Handtasche nach Zigaretten, und dabei kam ihr der kleine Derringer in die Finger, den sie jetzt ständig bei sich trug. Sie hatte keine Ahnung, ob er geladen war oder nicht; alles, was sie mit der kleinen Waffe bisher gemacht hatte, war, sie so, wie Frank sie ihr gegeben hatte, in die Handtasche zu stecken. Jetzt, als sie an dem kleinen Tisch Lanny Mitchell gegenüber saß, überkam sie auf einmal eine Versuchung, der sie einfach nicht widerstehen konnte. Sie holte die Pistole aus der Handtasche und richtete sie direkt auf Lanny.

»Siehst du, wie einfach das ist, Lanny«, sagte sie. »Alles, was jetzt noch zu tun bleibt, ist, den Abzug durchzuziehen.«

Lanny Mitchell wurde weiß im Gesicht. »Patty, das ist kein Spaß...«

»Nun komm schon«, sagte Roman, »tu das Ding weg. Wir sind hier unter Freunden. Laß uns rübergehen ins Schlafzimmer und da ein bißchen weiterreden. Na, nun komm schon.«

Patricia ging vor ihm her ins Schlafzimmer und nahm Handtasche und Pistole mit.

Patricia hatte rein mechanisch Sex mit Roman; sie war die ganze Zeit mit den Gedanken weit weg und ständig damit beschäftigt, die düsteren Bilder zu verscheuchen, die ihr durch den Kopf gingen. Roman spürte, daß er praktisch allein agierte, und versuchte nicht, den Akt unnötig zu verlängern. Er kam für seine Verhältnisse sehr schnell und drehte sich dann auf die Seite.

»Komm schon, was ist jetzt noch mit Lanny?« fragte er. »Wir müssen ihn uns warm halten. Wir brauchen ihn.«

Patricia blickte ihn kalt an und zündete sich eine weitere Zigarette an.

»Ich möchte nicht, daß wir heute mit irgendwelchen unguten Gefühlen auseinandergehen«, drängte Roman. »Wir stecken allesamt mit drin. Nun komm schon.«

Schließlich nickte sie mit einem leichten Seufzen. Roman ging zur Tür.

»Komm schon rein, Kumpel«, rief er Lanny lächelnd zu. »Nimm sie dir, solange sie noch warm ist.«

Als Roman das nächstemal anrief, schickte Patricia DeLuca ans Telefon. Sie saß daneben und hörte zu, wie DeLuca Roman eine lange Litanei von Ängsten und Sorgen vorbetete, die er durchlitt.

»Sie wissen nicht, wie das ist, Roman«, lamentierte der verängstigte Mann. »Ich meine, wenn man immer Angst hat, ständig in Furcht lebt; ich habe Angst, morgens aufzustehen, ich habe Angst vor dem Weg zur Arbeit, Angst vor dem Nachhauseweg. Großer Gott, dieses Apartment sieht aus wie eine Festung; wir haben riesige Sicherheitsschlösser mit Vorlegestangen an den Türen, und ich habe einen Deutschen Schäferhund gekauft, damit er uns weckt, wenn jemand versuchen sollte, ins Apartment zu gelangen, nachdem wir zu Bett gegangen sind, und immer haben wir eine geladene Waffe griff bereit . . .«

Das Gejammer ging noch eine Zeitlang so weiter. Roman kam überhaupt nicht dazu, auch nur eine einziges Wort zu äußern, er kam nicht einmal dazu, DeLuca nach der Waffe zu fragen, die er da erwähnt hatte. Vielleicht hoffte er, es möge sich nicht um diejenige handeln, die er Patricia gegeben hatte; sie hatte ihm immerhin versichert, *diese* Waffe liege längst auf dem Grund des Sees.

»Sehen Sie, Frank, es tut mir sehr leid wegen all Ihrer Probleme«, konnte Roman schließlich einwerfen. »Alles, was ich Ihnen dazu sagen kann, ist, daß wie diese Geschichte so bald bereinigen werden, wie es nur irgend möglich ist. Diese Dinge brauchen nun einmal ihre Zeit. Versuchen Sie einfach nur,

Ruhe zu bewahren. Kann ich denn jetzt mal mit Patty reden, ja?«

DeLuca hielt ihr den Hörer entgegen, aber sie weigerte sich, ihn entgegenzunehmen. Die Lippen fest aufeinandergepreßt, schüttelte sie nachdrücklich den Kopf. Diesmal nicht. Sie hatte es mit beiden getrieben, mit Roman *und* Lanny.

DeLuca nahm den Hörer wieder selbst ans Ohr. »Oh, Roman, sie muß gerade mal weggegangen sein, vielleicht zu einer Nachbarin.«

Nachdem er eingehängt hatte, sagte er zu Patricia: »Warum, zum Teufel, wolltest du denn nicht mit ihm reden?«

»Ich bin es leid, mich mit dem Hurensohn zu unterhalten!« schnappte sie. »Verhandele du statt meiner weiter mit ihm.«

»Scheiße! Er ist dein Patenonkel, Patrish!«

Einen Augenblick lang hatte sie vergessen, wer Roman für DeLuca ja angeblich war – und das ganze riesige Lügengebäude, das sie errichtet hatte und in dem sie jetzt gefangen saß, hatte sie gleichfalls den Bruchteil eines Augenblicks vergessen. DeLuca blickte sie mit deutlichem Mißtrauen an. Sie holte tief Luft und nickte bedächtig.

»Okay, ist schon in Ordnung. Wenn er das nächste Mal anruft, rede ich wieder mit ihm. Tut mir leid, okay? Es tut mir leid, leid, leid.«

Sie stakste ins Badezimmer und griff nach der Flasche mit dem Valium.

Als sich auch die zweite Periode nicht einstellte, bestand Patricia DeLuca gegenüber darauf, daß sie darüber sprachen.

»Ich bin schwanger, Frank. Es kann gar nicht anders sein.

»Ja, möglich wäre es schon«, mußte er zugeben.

»Da muß sofort eine Abtreibung vorgenommen werden.«

»Du wirst mein Kind nicht abtreiben«, sagte er. »Das könnte das letzte Kind sein, das ich noch haben kann.«

Patricia starrte ihn nachdenklich an. Zum erstenmal seit Wochen war sein Gesichtsausdruck frei von Sorgen und Ängsten oder gar Verzweiflung. Er sah entspannt aus und auch ein wenig ernst. Er hatte den Blick eines Mannes, der über sein ungeborenes Kind spricht. Frank DeLuca hatte so manche seltsame und abwegige Gewohnheiten und Ansichten, aber Abtreibung kam für ihn nicht in Frage.

»Frank, sei vernünftig«, sagte Patricia. »Ich rauche, ich trinke, ich nehme Pillen . . .«

»Das alles kannst du ab sofort einstellen«, sagte er, »und das Kind wird keinen Schaden nehmen.« Er langte hinüber, nahm ihr die Zigarette aus der Hand und drückte sie im Aschenbecher aus. Patricia zwang sich zur Ruhe. Frank meinte es *ernst*. Sie versuchte es mit einem Appell an seinen gesunden Menschenverstand.

»Frank, wir können uns kein Kind mehr leisten. Du mußt schon für fünf andere aufkommen . . .«

»Wenn dein Alter erst mal aus dem Weg geschafft ist, haben wir reichlich Geld.«

»Ich denke, du wolltest dir einmal ein Boot kaufen«, erinnerte sie ihn. »Hinsegeln, wo es immer warm ist . . .«

»Jetzt hör mal zu . . .« Er schnipste mit den Fingern, weil ihm da plötzlich eine Idee gekommen war. »Wer weiß, vielleicht brauchen wir deinen Alten gar nicht umlegen zu lassen!! Vielleicht läßt er Vergangenes vergangen sein, wenn wir ihm von dem Baby erzählen und ihm sagen, daß wir heiraten, sobald ich von Marilyn geschieden bin.«

»Das ist reines Wunschdenken, Frank. Du hast doch selbst mal gesagt, das hier ist für ihn ein Fall von Blutrache.«

»Schon, aber das war, als nur wir drei betroffen waren: du, er und ich. Aber jetzt kommt noch ein ungeborenes Kind ins Spiel. Sein erster Enkel, Patrish. Das wird ihm doch wohl einiges bedeuten . . .«

»Salz in seine Wunden – das bedeutet ihm ein Enkel.«

»Nein, du irrst dich.« DeLuca schüttelte nachdenklich den Kopf. »Ich werde der Vater seines ersten Enkels sein, Patrish. Er wird seinen Mordauftrag widerrufen. Wir werden alle einen Weg finden müssen, uns wieder miteinander zu versöhnen, um des Babys willen. Er wird uns möglicherweise sogar finanziell helfen, und vielleicht sogar helfen, ein eigenes Haus zu kaufen, in dem wir das Kind großziehen. Um Himmels willen, es ist sein *Enkelkind*, über das wir hier reden!«

Schon gut, dachte Patricia. *Aber was ist, wenn das Kind nachher aussieht wie Lanny Mitchell? Oder gar wie Roman Sobczynski? Was dann?*

Patricia unterdrückte das Verlangen, nach der Zigarettenpackung zu greifen, und dachte angestrengt nach. Sie hatte insgesamt viermal mit Lanny geschlafen und sechsmal mit Roman. Das erste Mal mit Lanny zählte nicht, es war ja nur Analverkehr gewesen. Das zweite und dritte Mal war im November gewesen, und im Dezember hatte sie ihre Periode noch gehabt. Das letzte Mal mit Lanny war Anfang Februar gewesen, nachdem ihre Periode im Januar schon ausgeblieben war.

Patricias Hoffnung wuchs. Das Baby konnte jedenfalls nicht von Lanny Mitchell sein.

Ermutigt rekapitulierte sie ihre Begegnungen mit Roman in der gleichen Weise. Das erste und das zweite Mal hatte im November stattgefunden, und im Dezember hatte sie ja ihre Periode gehabt. Aber das dritte Mal mit Roman war im Januar gewesen; das war der Tag gewesen, an dem er sie angerufen und ins *Coach and Six* bestellt hatte, wo sie mit diesem Nick Carbucci zu Abend gegessen hatten. Danach hatte Roman sie mit ins *Flamingo Motel* in Wheaton genommen. Wie gewöhnlich hatte er dort zuerst ein paar Drinks genommen, und sie hatte viel Arbeit gehabt, ihn überhaupt zum Höhepunkt zu bringen. Und ein spektakulärer Orgasmus war das auch nicht gewesen.

Die drei nächsten Male hatten alle im Februar stattgefunden, als ihre Periode bereits zum erstenmal ausgeblieben war.

Die einzige denkbare Gelegenheit von zehn war jener Tag mit Roman im *Flamingo Motel* im Januar gewesen. War das nun gewesen, bevor ihre Periode zum erstenmal ausgeblieben war, oder erst danach? Sie konnte sich nicht mit letzter Sicherheit erinnern. Hatte sie da eigentlich schon mit Frank darüber geredet, daß sie zu spät war? Auch daran konnte sie sich nicht mehr erinnern. Sie meinte nicht, sich damals schon Gedanken gemacht zu haben, sie könnte vielleicht schwanger sein, so daß das Zusammensein mit Roman an jenem Nachmittag im *Flamingo* gewesen sein könnte, kurz nachdem ihre Periode zum erstenmal nicht pünktlich gekommen war.

Oder kurz davor.

Hundesohn. Angesichts dieser Ironie schüttelte sie den Kopf. Das wäre perfekt, genau die richtige Strafe für alles, was sie je Böses im Leben getan hatte, für jede einzelne Sünde, die sie je begangen hatte, für jede unaussprechliche Tat: ein Kind von Roman Sobczynski zu bekommen.

Bei genauerer Überlegung kam sie doch zu dem Schluß, es sei nicht Romans Baby. Ein einziger Augenblick mit ihm, ein paar alkoholgeschwängerte Tröpfchen aus seinem kaum richtig aufrecht stehenden Organ konnten die unzähligen Male mit Frank nicht aufwiegen. So kaputt er auch immer vor Sorgen und Angst gewesen sein mochte, *das* hatte Frank DeLuca immer gekonnt.

Es war DeLucas Baby, da war sie sicher.

Aber war das jetzt wirklich noch wichtig?

Ende März rief Lanny an.

»Hi, Patty, wie geht's denn so?« fragte er, als sie sich gemeldet hatte.

»So wie immer, Lanny«, sagte sie. »Schlecht.«

»Deswegen rufe ich dich ja an«, sagte er. »Ich möchte unser kleines Arrangement wiederaufleben lassen. Ich würde dir noch immer gern helfen, Patty.«

Du feiger kleiner Schwanzlutscher, dachte sie. *Außer beim Ausziehen willst du mir doch bei gar nichts helfen.*

Als Patricia nicht antwortete, sagte Lanny: »Ich denke, ich kann es wieder in Gang bringen, wenn du wenigstens einen kleinen Vorschuß zahlen könntest. Meinst du, du könntest etwas Geld auftreiben?«

»Nein«, sagte sie flach und ohne zu zögern. Doch dann durchzuckte sie ein Gedanke. »Du bist nicht zufällig gerade arbeitslos geworden, wie, Lanny?«

Er brauchte eine Sekunde, um sich zu fassen, doch dann antwortete er so liebenswürdig wie eigentlich immer. »Ja«, sagte er mit leichtem Zittern in der Stimme, »das bin ich tatsächlich. Und deswegen könnte ich mich jetzt praktisch ausschließlich um die Lösung deines Problems kümmern . . .«

»Kein Geld, Lanny. Ich habe keins.«

»Na ja – und was ist mit deinem Freund?« schlug Lanny vor. »Er hat doch einen guten Job bei *Walgreen's*; er könnte doch vielleicht ein bißchen Geld aufnehmen und es dann nach und nach wieder zurückzahlen ...«

»Nein, ich will nicht, daß Frank irgendwelchen Ärger bei *Walgreen's* bekommt.« Franks Job war so ziemlich das einzige, was ihnen noch geblieben war.

»Hör mal«, versuchte Lanny es weiter, »alles was du tun müßtest, wäre, ein bißchen Vertrauen zu haben.«

»Nein.«

Patricia hängte ein.

DeLuca wurde giftig, als sie fortfuhr, über eine Abtreibung zu reden.

»Das ist *mein* Kind!« schnauzte er sie an. »Ich bringe doch meine eigenen Kinder nicht um! Wir werden dieses Kind bekommen, egal, was passiert. Und jetzt will ich kein Wort mehr von einer verdammten Abtreibung hören!«

Wenn er so reagierte, konnte Patricia sich nur noch fügen. Es war einfach unmöglich, mit einem Macho zu diskutieren, der sich vor Stolz über seine Vaterschaft auf die Brust trommelte. Sie wagte ja nicht einmal mehr, sich in seiner Gegenwart eine Zigarette anzuzünden, wenn er seine Männlichkeit und Virilität so unbeugsam zur Schau stellte. Wenn er sich dann beruhigte, war er zumeist wieder zu einer sachlichen Diskussion bereit – aber er hielt weiterhin unbeirrt an seiner Entscheidung fest.

»Sieh mal, Patrish«, sagte er fast demütig, »das ist etwas, was ich einfach nicht tun kann. Dieses Baby könnte das letzte Kind sein, das ich zeuge. Und das einfach so in irgendeiner Abtreibungsklinik durchs Klo wegspülen lassen – nein, ich glaube, ich könnte nicht mehr weiterleben, wenn ich das täte. Es ist – gegen die Kirche, gegen die Unantastbarkeit menschlichen Lebens. Es ist gegen alles, woran ich glaube.«

Alles, woran er *glaubte*? Soweit Patricia sich erinnern konnte, hatte Frank DeLuca ihres Wissens an nichts geglaubt außer an das, was er haben wollte. Die eigenen Wünsche und Bedürfnisse zu befriedigen hatte für ihn absolute Priorität seit dem Tag, an dem sie ihn kennengelernt hatte. Und jetzt auf einmal glaubte er an etwas? Patricia akzeptierte, daß es ihm ernst war mit seiner Ablehnung einer Abtreibung; mißtrauisch war sie nur hinsichtlich des Grundes, *warum* er sie nicht wollte – und sie glaubte auch nicht einen Augenblick lang, daß seine Weigerung auch nur das geringste mit der Unantastbarkeit menschlichen Lebens zu tun hatte. Wenn Frank auch nur eine Sekunde lang hätte denken müssen, das Baby könne vielleicht nicht von ihm sein, würde die Unantastbarkeit des menschlichen Lebens sich in Luft auflösen. Er hätte eigenhändig zur Stricknadel gegriffen.

Patricia ging in die Frauenklinik in Lombard, wo man ihr ihre Schwangerschaft ärztlich bescheinigte. Sie fragte nach einer Schwangerschaftsunterbrechung und wurde an die *Albany Clinic* auf der *Irving Park Road* in Chicago verwiesen.

Am 6. März fuhr Patricia in die *Albany Clinic*. Im Wartezimmer füllte sie den Patienten-Fragebogen aus. Hier vermerkte sie ihr korrektes Alter, neunzehn Jahre, verwies darauf, daß es in der Familie einen Fall von Darmkrebs gegeben hatte und daß sie während der Zeit, in der die Empfängnis stattgefunden haben mußte, die Pille genommen hatte, und erklärte, daß sie zur Zeit keine Medikamente nehme. Eine Schwester stellte ihre Größe mit fünf Fuß und siebeneinhalb Inches und ihr Gewicht mit einhundertzweiunddreißig Pfund fest.

In einem kleinen Untersuchungsraum wurde Patricia von einem Dr. John Taparia in einem zerknitterten weißen Kittel, der hinten offen stand und seinen Rücken fast ganz entblößte, untersucht. Er stellte fest, daß sie eine Abtreibung ohne bleibende Schäden würde überstehen können. Dann bat man sie, eine Erklärung zu unterschreiben, daß die Abtreibung auf ihren ausdrücklichen Wunsch vorgenommen werde. Nachdem sie das Formblatt unterschrieben hatte, verabreichte Dr. Taparia ihr eine Spritze und entfernte dann dreißig Kubikzentimeter blutiger Masse aus ihrem Uterus.

Die ganze Geschichte dauerte keine zwei Stunden. Bei allem, was in den vergangen sechs Monaten auf dieses gestörte und unreife Gemüt eingedrungen war, erscheint es geradezu unglaublich, daß Patricia die medizinische Prozedur durchgestanden hat und auch noch den ganzen Weg bis zu ihrem Auto zurückgegangen ist, bevor sie anfing zu weinen.

August 1976

Ray Rose hatte einen imaginären Hammer in der einen Hand und imaginäre Nägel in der anderen. Er war jetzt soweit, einen Deckel auf die Kiste mit dem Fall Columbo nageln zu können.

Ihm gegenüber saß Hubert Francis Green Jr., besser bekannt als Bert. Abteilungsleiter bei *Walgreen's* war er und bekannt als bester Freund von Frank DeLuca; derselbe Bert Green, der sich geweigert hatte, mit den Polizisten zu reden, die den Fall Columbo untersuchten; derselbe, der behauptet hatte, ›nichts, absolut gar nichts‹ zu wissen; der immer dann bemerkenswert mundfaul geworden war, wenn ein Polizeibeamter aus Elk Grove Village ins Geschäft gekommen war, der wochenlang alle Beamten belogen hatte, die je mit dem Fall zu tun gehabt hatten, bis hin zu den Mitarbeitern der Staatsanwaltschaft, die den Fall aufzuklären und zur Anklage zu bringen hatte. Derselbe Bert Green, der seinerzeit Grace Mason und ihrem Ehemann Lloyd ungeniert erzählt hatte, DeLuca habe ihm das Verbrechen bereits gestanden, noch bevor die Leichen überhaupt entdeckt worden waren.

Schließlich hatte Ray Rose genug von Bert Greens Abschottmanövern und seinem Mangel an Kooperationsbereitschaft. Das hier war schließlich kein Scheidungsverfahren, es ging um *Mord*. Und wenn Ray Rose sich etwas in den Kopf gesetzt hatte, dann hielt *niemand* mit irgendwelchen Informationen hinter dem Berg, die der Aufklärung dienen konnten.

Rose lud Bert Green auf das Elk Grove Village Police Department zur Vernehmung. Das war Greens letzte Chance. Entweder er erzählte jetzt, was er über die Morde wußte, oder Ray

Rose würde ihn wegen Behinderung der Justiz und was sonst noch auf ein solches Verhalten passen mochte, einsperren.

»Okay, Mr. Green, wie haben wir's denn jetzt?« sagte Ray Rose nun. »Sind Sie endlich bereit, eine formelle Aussage zu machen und zu unterschreiben?«

Vielleicht spürte Bert Green den tiefen Groll des *Chief Investigator*, denn er nickte und sagte stockend: »J – ja.«

Rose winkte durch die Tür einen Zeugen und einen Stenographen herein.

Es wurde die schockierendste Aussage des ganzen Falles.

Bert Green war achtundzwanzig, Sohn eines Arztes aus *Sioux Falls*, Süddakota. Er war ein intellektuell wirkender junger Mann mit korrekt gescheiteltem Haar und einer altmodischen Brille mit Drahtgestell. Mit seiner Frau Peggy hatte er ein Kind, eine einjährige Tochter. Sie wohnten 122 Boardwalk in einem Apartment, nur einen Block von der *Walgreen's*-Filiale in Elk Grove Village entfernt. Bert war dort im Februar 1975 als Auszubildender für eine Laufbahn im Management eingestellt worden. Schon bald schloß er enge Freundschaft mit seinem Boß, Frank DeLuca; nach Dienstschluß gingen sie oft noch auf einen gemeinsamen Drink weg und hockten auf Partys bei irgendwelchen Leuten stets zusammen. Bert kannte DeLucas Freundin, Patty Columbo, eine frühere Angestellte, und er hatte die beiden auch gelegentlich in ihrem gemeinsamen Apartment besucht. Joy Heysek, die Leiterin der Kosmetik-Abteilung, kannte er ebenfalls, und ihm war auch bekannt, daß sie eine frühere Freundin von DeLuca war.

DeLuca hatte Bert Green erzählt, daß Patty Columbos verrückter Vater versuchte, ihn umzubringen. Bert fühlte mit seinem Boß und hatte stets ein aufmerksames Ohr für ihn. DeLuca gefiel das; er förderte Bert und machte ihn schon bald zum Leiter der Spirituosen-Abteilung.

Anfang April 1976 rief DeLuca Bert ins Lager und fragte ihn: »Bert, kann ich dir trauen? *Wirklich* vertrauen?«

»Du weißt, daß du das kannst, Frank«, versicherte der jüngere Mann seinem Boß.

Da gab ihm DeLuca ein in braunes Packpapier gewickeltes Paket und sagte: »Ich möchte dich bitten, das hier eine Weile für mich aufzubewahren. Versteck es irgendwo bei dir im Haus. Erzähl niemand etwas davon, nicht einmal deiner Frau.«

Bert Green nahm das Paket mit zu sich nach Hause und versteckte es im Wandschrank hinter ein paar Winterstiefeln. Etwa eine Woche später bat DeLuca ihn, ihm das Paket wiederzubringen. Als Bert es ihm übergeben hatte, öffnete DeLuca es vor seinen Augen, und Green sah, daß es einen Revolver vom Kaliber .32 enthielt.

Am Nachmittag des 29. April, einen Montag, kam DeLuca in die Spirituosen-Abteilung und sagte: »Du mußt mir einen Gefallen tun, Bert. Ich habe heute Spätschicht, und Patrish muß am Abend irgendwohin. Könntest du nicht für mich zu unserem Apartment fahren und sie nach Elk Grove bringen?«

Green sagte, es tue ihm leid, aber das ginge nicht. »Heute hat meine Kleine ihren ersten Geburtstag, Frank; wir haben Gäste.«

DeLuca blieb hartnäckig. »Es ist wirklich wichtig, weißt du. Also, wenn du mir diesen Gefallen tust, gebe ich dir morgen den ganzen Tag frei.« Schließlich stimmte Green zu. Als seine Schicht zu Ende war, ging er nach Hause, um mit Frau und Tochter zu Abend zu essen, dann fuhr er zum Drugstore zurück, um DeLuca wissen zu lassen, daß er auf dem Weg war, Patty abzuholen, damit er sie anrufen und ihr Bescheid sagen konnte.

An dem Apartmenthaus, in dem DeLuca und Patricia wohnten, fuhr er zum rückwärtigen Eingang, wie DeLuca es ihm gesagt hatte, und Patricia ließ sich schnell auf den Beifahrersitz neben ihn gleiten. Green fiel sofort auf, daß Patricia nicht, wie üblich, sorgfältig hergerichtet war; jetzt trug sie Jeans, eine lange, dunkelbraune Jacke, und ihre blonde Mähne war unter einem dunklen Kopftuch verborgen.

»Wohin soll ich dich fahren?« fragte Green sie.

»Fahr einfach nur zurück nach Elk Grove«, sagte Patricia. »Ich sag' dir dann schon, wohin genau.«

Patricia dirigierte Bert Green schließlich auf den Parkplatz einer lutherischen Kirche an der *Arlington Heights Road,* nicht weit von dem Abschnitt des *John-F.-Kennedy-Boulevard* entfernt, an dem die *Walgreen's*-Filiale lag.

Als Patricia auf dem dunklen, verlassenen Parkplatz ausstieg, fragte Green sie: »Soll ich hier auf dich warten?«

»Nein«, erwiderte sie wortkarg und ging in die Dunkelheit davon.

Bert fuhr ins Geschäft und sagte Frank Bescheid. DeLuca bedankte sich. Den nächsten Tag nahm Bert sich frei, und DeLuca fälschte seine Stechkarte, damit es so aussah, als sei er pünktlich zur Arbeit erschienen.

Als Bert Green am Mittwoch wieder zur Arbeit erschien, rief ihn sein Boß ins Lager, wo sie sich ungestört unterhalten konnten.

»Ich hab' da ein größeres Problem, Bert«, begann Frank, »und ich erzähle dir auch nur deshalb davon, weil ich weiß, daß ich dir trauen kann. Patrishs Alter und ihre Mutter haben ein Kopfgeld auf mich ausgesetzt, verstehst du? Sie wollen mich tot sehen. Aber ich habe selbst zwei Männer angeheuert, um sie vorher umlegen zu lassen, du verstehst? Darum ging es nämlich am Montagabend; die Killer sollten sich mit Patrish auf dem Parkplatz hinter dieser Kirche treffen – aber sie sind nicht gekommen. Aber egal, ich könnte deine Hilfe nächsten Montag wieder brauchen, okay?«

Am folgenden Montag, dem 26. April, bat DeLuca, ihm wieder denselben Gefallen zu tun und Patricia am Apartment abzuholen und sie zu dem Parkplatz hinter der lutherischen Kirche zu fahren, die, wie Bert inzwischen erfahren hatte, nicht weit vom Haus der Columbos entfernt lag. Da er DeLuca nicht verärgern und seine demnächst anstehende Beförderung nicht gefährden wollte, stimmte Green zu. In dieser Nacht holte er Patricia wieder an der Rückseite des Apartmenthauses ab und fuhr sie zu demselben Ort. Wieder war sie bekleidet mit Jeans, langer Jacke und Kopftuch. Diesmal sprach sie selbst auch auf dem Weg zum Zielort über das, was da vorgehen sollte.

»Der Überfall wird heute nacht stattfinden«, soll Patricia laut Green gesagt haben.

Nachdem er Patricia abgesetzt hatte, fuhr er sofort wieder nach Hause, ohne zuvor bei DeLuca haltgemacht und ihm Bescheid gesagt zu haben.

Am Dienstagmorgen sagte DeLuca einem angsterfüllten Bert Green zum zweitenmal: »Die Killer sind nicht gekommen.«

DeLuca erzählte weiter, Patricia sei im Haus ihrer Eltern gewesen, offensichtlich, um die Mörder einzulassen, als das Telefon klingelte und sie den Hörer aufgenommen habe. Dafür gab er keine Erklärung – ob sie etwa gedacht hatte, es seien die Mörder, die sich hatten vergewissern wollen, ob sie auch wirklich anwesend war, oder ob sie aus reiner Gewohnheit zum klingelnden Telefon gegriffen hatte –, aber jedenfalls nahm sie den Hörer auf. Der Anrufer war ein Verwandter gewesen. DeLuca erzählte Green, der Anschlag habe abgesagt werden müssen, weil Patricia im Haus gewesen sei. Die Frage, was mit den Attentätern geschehen war, wurde nicht erörtert.

Nicht lange nach dieser Unterhaltung, vielleicht einen oder zwei Tage später, als sie diesen Plan wieder einmal diskutierten, sagte DeLuca: »Wenn die Anschläge beim nächsten Mal wieder nicht klappen, werde ich es selbst tun müssen.«

Als wieder ein Montag heranrückte, diesmal der 3. Mai, und DeLuca Bert Green wieder bat, Patricia zu chauffieren, lehnte der neue Leiter der Spirituosen-Abteilung lautstark ab.

»Frank, das kann ich nicht machen, auf keinen Fall. Meine Frau ist schon völlig aufgebracht wegen der ganzen Sache.«

»Das mußt du einfach für mich tun, Bert«, drängte DeLuca. »Für heute nacht ist alles absolut pannensicher vorbereitet.«

»Ich kann es nicht«, flehte Green. »Ich kann einfach nicht aus dem Haus. Meine Frau . . .«

»Sieh mal, du mußt einfach aus dem Haus, egal, wie«, erwiderte DeLuca, und das klang fast schon wie ein Befehl. »Schieb die Verantwortung auf mich, egal mit welcher Ausrede, hast du gehört? Aber du *mußt* das einfach für mich tun, Bert.«

Wie schon früher kapitulierte Bert auch an dem Tag und erklärte sich einverstanden.

Doch als Bert diesmal wieder hinter dem Apartmenthaus auf Patricia wartete, wurde er nervös. Ihm sei, sagte er, eine Menge durch den Kopf gegangen: der Revolver, den er für DeLuca aufbewahrt hatte; hinter jedem war anscheinend wenigstens ein Killer her; es fanden heimliche Zusammenkünfte mit Leuten statt, die nie aufzutauchen schienen. Und er, Bert Green, spürte langsam, daß er bis zum Hals mit drin steckte.

Als Patricia endlich aus dem Haus kam, hatte Bert Green

sich selbst so verrückt gemacht und bereits soviel Angst davor, in die ganze Sache hineingezogen zu werden, daß er alle Geschwindigkeitsbeschränkungen mißachtete, um seinen ›Fahrgast‹ so schnell wie möglich an dem Parkplatz hinter der Kirche absetzen zu können. Patty Columbo, sagte er, mußte ihn ermahnen, langsamer zu fahren. Als Bert Green an diesem Abend wieder zu Hause war, stand er kurz vor einem Kollaps.

Green war für den nächsten Tag, den 4. Mai, nicht zur Arbeit eingeteilt. Trotzdem fuhr er ins Geschäft, weil DeLuca ihn gebeten hatte, doch kurz vorbeizukommen, um verschiedenes zu besprechen. Green erinnerte sich, daß DeLuca ›sehr aufgeregt‹ gewesen sei, als er ihm erzählte, daß der Mordanschlag zum dritten Mal nicht stattgefunden hatte. Aber dieses Mal hatte DeLuca eine neue Erklärung dafür, daß es nicht geklappt hatte. Angeblich würde der Anschlag gar nicht mehr stattfinden, weil Frank Columbo die Killer DeLucas ›ausgezahlt‹ habe. Und wieder soll DeLuca laut Bert Green gesagt haben: »Ich werde es selbst tun müssen.«

Bert Green verließ das Geschäft und hat Frank DeLuca an diesem Tag nicht mehr gesehen.

Dem Tag, an dem die Morde stattfanden.

Der kritischste Teil von Bert Greens Aussage begann, als er von seiner Ankunft am nächsten Morgen, Mittwoch, dem 5. Mai, im Geschäft berichtete. Er kam gegen halb neun Uhr an, bereit, seinen Dienst anzutreten, der damit begann, in den Raum mit den Sicherungskästen zu gehen, die Lichter im Geschäft anzumachen und den Safe zu öffnen, um das Wechselgeld für die Registrierkassen herauszuholen. Er behauptete, er sei bereits auf halbem Weg zu den Schaltereinrichtungen für die Elektrik gewesen, als ihm auffiel, daß die Lichter schon brannten. Auch die leise Hintergrundmusik, die immer während der Geschäftsstunden lief, war zugeschaltet.

Da er im ganzen Geschäft niemanden sehen konnte, trat Bert durch die Tür mit der Aufschrift DURCHGANG NUR

FÜR PERSONAL und eilte den Flur entlang zum Aufenthaltsraum für die Angestellten. Auch hier drinnen brannten die Lichter, die eigentlich hätten gelöscht sein müssen. In diesem Augenblick hörte Green das vertraute leise rauschende Geräusch des firmeneigenen Müllverbrennungsofens. Und dann bemerkte er Frank DeLuca, der gerade aus dem entsprechenden Raum tat. Hinter DeLuca sah er das rote Glühen des Ofens. Die beiden Männer starrten sich an. Dann sprach DeLuca.

»Letzte Nacht ist es passiert. Ich hab' die ganze Familie ausgelöscht; jetzt verbrenne ich meine Kleider. Es war eine verdammt blutige Sache. Ich war über und über voll mit diesem scheißverdammten Blut.« DeLuca schüttelte den Kopf. »Ich hab' kein Auge zugemacht; ich war ja erst gegen vier Uhr zu Hause.« Er holte tief Luft. »Komm erst mal mit in den Erfrischungsraum und setz dich ein bißchen zu mir. Aber schalte erst die Sicherungen ein.«

Als Bert die Kantine betrat, sah er, daß der Kaffee, für dessen Zubereitung immer ein paar Minuten erforderlich waren, bereits gemacht war. DeLuca, so erinnerte er sich, war sehr nervös und aufgewühlt gewesen und hatte ausgesprochen schnell geredet. Er zeigte Bert Green seine Hände, die viele kleine Schnittwunden aufwiesen.

»Die hab' ich mir geholt, als ich dem Alten eine Lampe über den Kopf gehauen hab'. Ich hab' zweimal auf ihn geschossen. Der erste Schuß ging in den Hinterkopf und hat ihm die Zähne aus dem Gesicht gepustet. Dann hab' ich noch mal auf ihn geschossen. Anschließend bin ich raufgegangen und hab' die Alte erschossen. Michael war am einfachsten. Den brauchte ich nur zu zwingen aufzustehen, und dann konnte ich ihn erschießen ...«

Bert Green hörte wie hypnotisiert zu, als Frank DeLuca mit seinem Bericht von den kaltblütigen Morden fortfuhr.

»Der Alte war ein zäher Vogel – ich mußte eine Lampe nehmen und sie ihm über den Kopf hauen. Er sagte zu mir: ›Wer sind Sie? Warum tun Sie mir das an?‹ Ich erwiderte: ›Halt die Schnauze.‹ Dann hab' ich geschossen. Im ganzen Haus ging kein Licht – ich bin überall rumgerannt und hab' nach einer

Taschenlampe gesucht, um das Glas wegzufegen – konnte keine finden – mußte schließlich eine Kerze anmachen, um das Durcheinander zu beseitigen. Ich hatte eine Strumpfmaske, und die hab' ich in eine Tüte gesteckt; sie verbrennt jetzt mit den restlichen blutigen Kleidern.«

Bert Green erinnerte sich, etwas dahingehend zu DeLuca gesagte zu haben, daß man ihn wegen des Verbrechens ›drankriegen‹ werde, worauf DeLuca erwiderte: »Nein. Nein, das glaub' ich nicht. Ich hab' ein paar kluge Sachen gemacht, um meine Spuren zu verwischen.«

DeLuca sagte, er habe die Glasscherben von der Lampe, die er angefaßt habe, beseitigt und sie zusammen mit der Mordwaffe in eine große Tüte gesteckt, die er anschließend im Fluß versenkt haben wollte.

Zum Glück für Bert Green war er an diesem Tag nur bis zum Mittag zur Arbeit eingeteilt. Er war, sagte er, sehr erleichtert, aus dem Geschäft heraus und von Frank DeLuca weg zu kommen.

Am Donnerstag, dem 6. Mai, dem zweiten Tag nach den Morden, hatte Bert Green, wie er aussagte, im Lager zu tun, als DeLuca zu ihm kam, um mit ihm zu reden. DeLuca wirkte konsterniert.

»Ich kann es nicht glauben, Bert. Noch hat niemand die Leichen gefunden. Seit Dienstagnacht, und heute ist Donnerstag, und noch hat keiner die verdammten Leichen gefunden.«

Bert Green fand auch, daß das seltsam sei.

Am Freitag, dem 7. Mai, war DeLuca nervös und sichtbar aufgeregt. »Großer Gott, ich kann das einfach nicht glauben, verdammte Scheiße noch mal! Diese scheißverdammten Leute liegen da seit drei Tagen tot rum, und niemand hat sie bisher gefunden!«

Es schien unmöglich. Darin stimmte Bert seinem Boß zu. »Michael fehlt seit drei Tagen in der Schule; Mr. Columbo geht seit drei Tagen nicht mehr zur Arbeit. Das ergibt doch keinen Sinn, Frank.«

Später am Nachmittag allerdings wurden DeLuca von seinen nagenden Zweifeln erlöst. Die Leichen der ermordeten Familie Columbo waren gefunden worden.

TEIL ZWEI

DER PROZESS

April und Mai 1977

Am Montag, dem 4. April 1977, auf den Tag genau elf Monate nach dem Tag, an dem Frank, Mary und Michael Columbo ermordet worden waren, begann in dem Fall ›das Volk des Staates Illinois gegen Patricia Ann Columbo und Frank John DeLuca‹ das formelle gesetzliche Prozedere. Die erste Anhörung der Belastungszeugen begann dann erst am 18. Mai, sieben Wochen und zwei Tage später. In der Zwischenzeit nahm der mit der Durchführung des Falles beauftragte Richter, R. Eugene Pincham, zahllose Anträge sowohl der Anklage wie der Verteidigung entgegen, überwachte die Auswahl der Geschworenen und führte ein Vorverfahren über die Frage durch, ob bestimmte Beweisstücke, die sich im Besitz von Lanny Mitchell befanden, und andere, die die Polizei anläßlich der Hausdurchsuchung bei Patricia und DeLuca an dem Tag, an dem beide verhaftet worden waren, sichergestellt hatte, für die Hauptverhandlung zugelassen werden sollten. Streitig war auch die Frage, ob die Aussage, die Patricia vor der Polizei gemacht hatte, bevor sie mit einem Anwalt hatte sprechen können, vor Gericht verwendet werden durfte.

Während dieser Zeit und auch danach bis zum Ende des Verfahrens wurde die Staatsanwaltschaft durch Algis Baliunas – kurz Al gerufen – vertreten. Hier handelte es sich um einen der fähigsten Anklagevertreter der Staatsanwaltschaft, der einige der Prozeßbeteiligten im nachhinein an einen älteren, runderen Michael J. Fox in seiner Rolle als Alex Keaton in der TV-Serie ›Familienbande‹ erinnerte. Andere wieder sagten von ihm, er hätte ein Bruder von Jack, Bobby und Ted Kennedy sein können.

Baliunas wurde assistiert von zwei weiteren Stellvertretenden Staatsanwälten: Terry Sullivan, einem Iren, der ein bißchen an einen Cherub mit dem Flammenschwert erinnerte, der sich aufmacht, den Serienmörder John Wayne Gacy seiner gerechten Strafe zuzuführen, und einer anderen Patricia, Patricia Bobb –

die die Kurzform ihres Namen am Ende mit einem ›i‹ geschrieben sehen wollte, also *Patti* –, einer großen Blondine, einer Frau, die auf äußerste Genauigkeit Wert legte.

Ihnen gegenüber saßen als Patricias Verteidiger William Swano und William Murphy, zwei junge, entschlossene Offizialverteidiger, und als Frank DeLucas Anwalt Michael Toomin, ein privater Strafverteidiger, der vom Gericht wahrscheinlich nur deshalb zu dem Verfahren zugelassen worden war, um den Anschein zu vermeiden, als würden beide Angeklagten, deren Interessenlage sich unter Umständen ganz unterschiedlich darstellen konnte, von denselben Offizialverteidigern vertreten, wodurch sich möglicherweise ein Interessenkonflikt ergeben könnte.

Die gerichtliche Voruntersuchung begann mit dem Antrag der Verteidigung, bestimmte Beweise nicht zuzulassen, auf deren Einbringung in das Verfahren die Strafverfolgung indes bestand.

Bill Murphy, einer von Patricias Verteidigern, begann mit der direkten Befragung des *Chief Investigator* Ray Rose aus Elk Grove Village. Nachdem festgestellt worden war, daß Rose seit neun Jahren dem Elk Grove Village Police Department angehörte – fünf als uniformierter Polizeibeamter, vier als Kriminalbeamter –, fragte Murphy Rose, ob er zu dem Zeitpunkt, als er den Hausdurchsuchungsbeschluß ausgeführt und Patricia verhaftet hatte, auch schon einen Haftbefehl gehabt habe. Rose gab zu, einen solchen Haftbefehl nicht in den Händen gehabt zu haben.

Al Baliunas, der Rose für die Staatsanwaltschaft vernahm und den die Beweisstücke, die Lanny Mitchell in Händen hielt, ungleich mehr interessierten als die Frage, ob es einen Haftbefehl gegeben habe oder nicht, wollte wissen, ob Rose zugegen gewesen war, als Lanny Mitchell seine Aussage gemacht hatte, in der er Patricia beschuldigt hatte, sie habe versucht, ihn und Roman Sobczynski für einen Mord an ihren Eltern anzuheuern. Das bestätigte Rose. Er war persönlich anwesend gewesen. Hatte Lanny Mitchell zu diesem Zeitpunkt bereits bestimmte

Dinge in der Hand, die diese Anschuldigung stützen konnten? Ja: Fotos der Familie Columbo, einen Zeitplan über den üblichen Tagesablauf und eine Grundrißzeichnung des Hauses der Columbos, 55 Brantwood. Im Apartment 911 – Patricias und Franks Apartment – hatte Rose auf dem Tisch ein Notizbuch gesehen mit demselben Papier, auf das der Grundriß gezeichnet worden war; er hatte es als Beweisstück an sich genommen. Mit dieser Antwort hochzufrieden, wandte Baliunas sich nun der Frage des Haftbefehls zu; war denn überhaupt einer ausgestellt worden? Ja, um 23 Uhr, als Patricia bereits seit sechzehn Stunden in Haft war.

Lieutenant Frank Braun sagte aus, er sei seit fünfzehn Jahren Deputy Sheriff im Cook County, davon neun Jahre im jetzigen Rang. Im Apartment neunhundertelf habe er Zigarettenstummel eingesammelt, die identisch gewesen seien mit denen, die später in Mary Columbos sichergestelltem Oldsmobile gefunden worden waren; desgleichen habe er Sexfotos von Patricia an sich genommen, die er, wie er sagte, auf der Anrichte in der Küche gefunden hatte.

Frank DeLuca betrat den Zeugenstand und widersprach Rose und Braun mit allem Nachdruck. Er versuchte, die Beamten unglaubwürdig erscheinen zu lassen. Das Notizbuch habe in einem verschlossenen Wandschrank gelegen, die Fotos auf dem obersten Brett im Küchenschrank. Keines dieser Beweisstücke sei in dem Durchsuchungsbeschluß ausdrücklich benannt worden; wenn sie nicht offen sichtbar herumgelegen hätten, machte der Verteidiger geltend, hätten sie auch nicht entfernt und als Beweisstücke verwendet werden dürfen.

Ray Rose kehrte in den Zeugenstand zurück. Er sagte aus, daß Patricia Columbo auf ihr Recht, einen Anwalt hinzuzuziehen, verzichtet habe, und sagte weiter aus, Patricia habe zunächst geleugnet, Lanny Mitchell überhaupt zu kennen, und weiter behauptet, die Familienfotos und die Zeichnung nie zuvor gesehen zu haben. Später, als Lanny Mitchell zu der Zellentür im Jugendtrakt geführt worden war, um sie zu identifizieren, hatte sie zugegeben: »Ja, ja ich hab's geschrieben.« Womit sie sich auf den Tagesablauf der Familie bezog. Bezüglich der Gebärde des Halsabschneidens, die Lanny gemacht hatte, erzählte Patricia Rose, sie habe gedacht, Mitchell wolle ihr drohen.

Glenn Gable und Roy Fiske, beide Deputy Sheriffs mit je sechs Dienstjahren, verneinten, während der Verbringung Patricias ins Elk Grove Village Police Department irgendwelche Kommentare abgegeben zu haben, wie diese ihren Anwälten gegenüber behauptet hatte. Sie sollen bei diesem Transport laut Patricia angeblich gesagt haben, sie werde für den ›Mord an Ihrer Familie‹ auf dem elektrischen Stuhl ›braten‹. Zu jener Zeit gab es in Illinois keine Todesstrafe, aber dessen war Patricia sich nicht bewußt gewesen.

John Landers, der inzwischen die Polizei von Elk Grove verlassen hatte, um eine Stellung als Verwaltungsassistent des Direktors im Landesjustizministerium anzutreten, bezeugte, daß er zugegen gewesen sei, als Patricia eine neun Seiten lange Erklärung verfaßt habe, die sich mit ihrem Verhältnis zu Lanny Mitchell und Roman Sobczynski befaßte. Er sagte ebenfalls aus, daß Patricia ihm ihre ›Vision‹ bezüglich der Mordnacht vorgetragen hatte. Dieses Gespräch habe, so sagte er, im Büro von Mrs. Claudia McCormick, der Leiterin des Frauengefängnisses, stattgefunden, die Patricias Erscheinen angeordnet hatte.

Danach betrat Claudia McCormick den Zeugenstand. Sie bezeugte, ein solches Zusammentreffen, wie John Landers es beschrieben hatte, habe niemals stattgefunden. Ihre Sekretärin, Thelma Hawkins, stützte die Aussage der Gefängnisleiterin; es hätte kein Zusammentreffen Patricia Columbos mit John Landers im Büro der Gefängnisleiterin gegeben.

Dr. Paul Cherian, der Gefängnispsychologe des Cook County, betrat den Zeugenstand und berichtete über sein vierzigminütiges Einführungsgespräch mit Patricia Columbo, bei dem er feststellte, sie sei in extremen Maße von Hilflosigkeit und der Hoffnungslosigkeit beherrscht gewesen. Er beschrieb dies als unmittelbare Reaktion auf die Situation, als Depression, die aus starker psychomotorischer Verlangsamung herrührten. Oder – laienhaft ausgedrückt – Patricias geistige Reaktionen waren nahezu zum Erliegen gekommen, genau wie ihre körperlichen Reflexe auch.

Patricias Patentante, Janet Morgan, sagte aus, Patricia habe sie vom Elk Grove Village Police Department aus angerufen, um ihr zu sagen, sie werde jetzt eine Erklärung abgeben, damit DeLuca wieder freigelassen werde. Janet fragte sie, ob sie die Wahrheit sagen wolle, worauf Patricia erwiderte: »Nein, aber es geht nur so. Sie haben mir gesagt, sie würden Frank freilassen, wenn ich ihnen diese Erklärung unterschreibe.«

Rita Matsukes, seit zehn Jahren Sekretärin des Polizeichefs von Elk Grove Village, sagte aus, sie habe gehört, wie Patricia zu einem der Beamten, möglicherweise zu John Landers, gesagt habe: »Ich muß mich zuerst einmal um Frank kümmern. Er wußte ja gar nicht, was ich getan hatte.«

Patricia sagte dann als Zeugin in eigener Sache aus, Deputy Chief Kohnke habe sie eingeschüchtert, indem er sie gefragt habe‹ »Wen von Ihnen beiden würden Sie denn lieber auf dem elektrischen Stuhl sehen – sich oder Frank DeLuca?« Das war derselbe Trick, den angeblich auch schon die Officers Gable und Fiske versucht hatten: eine Strafe anzudrohen, die gar nicht würde verhängt werden können. Der elektrische Stuhl, die Gaskammer, der Galgen, das Erschießungskommando – und neuerdings die Injektion eines tödlichen Nervengiftes – können ein starkes Mittel der Einschüchterung für den sein, der nicht weiß, daß diese Dinge gar nicht angewandt werden dürfen. Jedenfalls ist es unwahrscheinlich, daß Patricia sich durch Kohnke persönlich bedroht gefühlt haben könnte; ihre erste Sorge war wie immer ›der arme Frank‹.

Patricia sagte ebenfalls aus, Ray Rose habe in ihrer Gegenwart DeLuca als ›perversen Wichser‹ abqualifiziert, und daß sie, weil Rose die pornographischen Fotos sehr interessiert betrachtet hatte, entgegnet hatte: »Dann sehen Sie sich doch selbst an, dann wissen Sie, wer hier der perverse Wichser ist.« Rose, sagte sie, habe daraufhin die Bilder nach ihr geworfen, sie selbst pervers genannt und wutentbrannt einen Stuhl nach ihr geworfen.

Es war alles vergebens. Richter Pincham erkannte für Recht, alles dürfe als Beweis gegen sie in das Verfahren eingebracht werden.

Das *voir dire* begann am Freitag, dem 29. April. Dabei handelt es sich um die Auswahl der Geschworenen. *Voir dire* ist ein anglo-französischer Begriff und bedeutet soviel wie *die Wahrheit sagen*. Seit mehr als dreihundert Jahren ist dieser Begriff in Juristenkreisen für das Verfahren zur Auswahl von Geschworenen in Gebrauch.

In der Sache *Das Volk gegen Columbo und DeLuca* waren neunzehn Tage erforderlich, um zwölf Geschworene und zwei Ersatz-Geschworene auszuwählen. Die Ausgewählten kamen aus der ganzen Stadt und allen Vorstädten des ganzen Cook County. Die letztendlich benannte Gruppe war genau das, was eine Jury sein sollte: ein bunt zusammengewürfelter Haufen aus allen Bevölkerungsschichten. Das Alter der einzelnen Jury-Mitglieder reichte von zweiundzwanzig bis einundsechzig Jahre, wobei die zuerst genannte eine farbige Assistentin der Universität war, die andere eine weiße Hausfrau. Das Durchschnittsalter lag knapp über dreiundvierzig Jahre. Acht waren Frauen im Alter zwischen zweiundzwanzig und einundsechzig Jahren; sechs waren Männer im Alter zwischen dreißig und achtundfünfzig Jahren. Das Durchschnittsalter der Männer lag knapp über vierundvierzig Jahre, das der Frauen knapp über zweiundvierzig Jahre. Sechs Geschworene waren Farbige, sieben Weiße, eine philippinischer Abstammung. Sie entstammten allen möglichen Berufssparten: Raffineriearbeiter, Angestellter einer Telefongesellschaft, Werkzeugmacher, Teilzeitverkäuferin, Krankenschwester, ein Inspektor der Einwanderungsbehörde, Großhändler, Piano-Händler, Rundfunktechniker, Student. Acht kamen aus der Stadt, sechs wohnten in den verschiedensten Vorstädten. Die meisten von ihnen waren zwischen fünf und siebenundzwanzig Jahren verheiratet. Ihre Hobbys waren die üblichen: Golf, Bowling, Fischen, Tanzen, Radfahren; nur einer von ihnen hatte ein etwas ausgefallenes Hobby: Der Einwanderungs-Inspektor sammelte und spielte verschiedene Holzblasinstrumente.

Sie alle, diese ›durchschnittlichen‹ Leute, fühlten sich durchaus in der Lage, vorurteilsfrei und gerecht zu beurteilen, ob Patricia Columbo und/oder Frank DeLuca schuldig der ihnen zur Last gelegten Morde waren.

Recht und Gerechtigkeit – für Frank, Mary und Michael Columbo nicht weniger als für die Gesellschaft – lagen in ihren Händen.

Am Mittwochnachmittag, dem 18. Mai, begrüßte Richter Eugene R. Pincham die Geschworenen offiziell in seinem Gerichtssaal und rief jeden einzelnen mit Namen auf. Dann konnte das Verfahren des Volkes mit der Nummer 76-4046 seinen Anfang nehmen. Nach den einleitenden Stellungnahmen aller am Verfahren beteiligten Anwälte und Staatsanwälte begann die Beweisaufnahme. Zuvor aber bat der Verteidiger Michael Toomin noch darum, daß ihm angesichts der Komplexität des ganzen Falles von seiten des Gerichts ein weiterer Anwalt für die Verteidigung Frank DeLucas zugeteilt werde, um ihm zu assistieren. Er bat um einen Anwalt namens Stanton Bloom. Richter Pincham gab dem Antrag statt.

Der erste Zeuge, der aufgerufen wurde, war Officer Joseph Giuliano von der Chicagoer Verkehrspolizei, der mit seinem Partner zusammen den ersten Bericht über die Auffindung von Franks Thunderbird in der Lower West Side von Chicago verfaßt hatte. Giuliano stellte zwei wichtige Punkte klar: Erstens hatte er an diesem Nachmittag und am folgenden Freitag ›mehrmals‹ versucht, Frank Columbo zu Hause anzurufen, aber keine Antwort erhalten, und zweitens hatte er keinerlei Markierungen oder sonst etwas am Kofferraumdeckel entdecken können, mit anderen Worten also nichts, das auf Finger- oder Handabdrücke hingedeutet hätte. Frank DeLucas Anwalt fragte ihn, ob er sich noch daran erinnere, daß es in den beiden vorangegangenen Tagen in Chicago heftig geregnet hatte, aber der Officer erinnerte sich nicht mehr an die damaligen Witterungsverhältnisse.

Als nächster betrat Officer Kenneth Kvidera den Zeugenstand und berichtete vom Auffinden der Leichen, als er zum Haus 55 Brantwood geschickt worden war, um routinemäßig eine Nachricht zu überbringen. Die Anklagevertretung legte zu Beweiszwecken elf Fotos vom Haus und den Leichen vor.

Nun wurde Chief Investigator Ray Rose als Zeuge aufgerufen. Es war sein dritter Gang in den Zeugenstand; zweimal hatte er schon in der Voruntersuchung Rede und Antwort gestanden. Jetzt wurde er unmittelbar dazu befragt, wie er und John Landers das Haus betreten hatten und was sie dort vorgefunden hatten. Während seiner Zeugenaussage wurde deutlich, warum womöglich Mary Columbos Strumpfhose bis zu den Knien heruntergezogen war: In der Toilette im Badezimmer, vor dem ihre Leiche gelegen hatte, befanden sich menschliche Exkremente, was darauf schließen ließ, daß Mary Columbo gerade die Toilette aufgesucht hatte, als ihrem Ehemann zweimal in den Kopf geschossen wurde. Man nahm inzwischen an, sie habe die Schüsse gehört, sei aufgesprungen und aus dem Badezimmer gestürzt – um dort selbst mit einem Schuß genau zwischen die Augen ermordet zu werden.

Während Roses Vernehmung wurden sechzehn weitere Fotos vom Inneren des Hauses 55 Brantwood als Beweisstücke vorgelegt und Rose gezeigt, damit er jeweils erklären konnte, von welcher Region des Hauses er gerade sprach.

Ray Roses Zeugenaussage nahm den ganzen Tag in Anspruch und wurde am Freitag, dem 20. Mai, fortgesetzt. Patricias Anwalt fragte ihn, ob er auf den Eingangsstufen des Hauses 55 Brantwood auch etliche Bierdosen gesehen habe; Rose erinnerte sich an keine einzige. Waren in der Nähe des Badezimmers und rings um die Leiche von Mary Columbo Zigarettenstummel entdeckt worden? Ja, Marke Pall Mall. Die Detectives hatten am Tatort auch ein ledernes Schlüsseletui mit einem Zündschlüssel für den Thunderbird gefunden – aber keinen Zündschlüssel für den Oldsmobile.

Christopher Markussen vom Erkennungsdienst der Polizei in Elk Grove Village berichtete vom Auffinden der Bowling-Trophäe, die als Schlagwerkzeug verwendet worden war. Markussen erläuterte den Unterschied zwischen sichtbaren und nicht sichtbaren Finger- und sonstigen Abdrücken. Aus dem Mordhaus waren zwanzig nicht gleich sichtbare Fingerabdrücke gesichert worden. Die Anzahl der rein gegenständlichen Beweisstücke, die im Haus sichergestellt und später inventarisiert worden waren, belief sich auf annähernd einhundert.

Robert Salvatore, Markussens Partner, wurde zu der Schere

mit den goldenen Griffstücken gehört, die ganz offensichtlich verwendet worden war, um Michael die zahllosen Stich- und Schnittwunden beizubringen. Die Schere sei, sagte er, ›deformiert‹ gewesen: die Griffringe hätten durch ›zu großen Druck‹ übereinander gestanden, wodurch die beiden Spitzen sich überlappt und etwa einen Viertelinch auseinander gestanden hätten. Salvatore sagte ebenfalls aus, er habe das einzelne Haar, das vom getrockneten Blut auf Michaels Brust umschlossen gewesen war, gesichert. Die braune Papiertasche, in die Salvatore das Haar später in der Leichenhalle gelegt hatte, wurde vorgelegt und als Beweisstück markiert.

Bill Murphy fragte Salvatore beim Kreuzverhör, ob er der Autopsie beigewohnt habe. Salvatore antwortete mit ja. Ob er während der *gesamten* Prozedur anwesend gewesen sei? Ja. Ob den Toten Blutproben entnommen wurden? Ja. Abstriche? Ja. Haarproben? Ja.

Man muß sich fragen, ob es Robert Salvatore zu diesem Zeitpunkt, dreizehn Monate nach Auffinden der Leichen, wirklich nicht mehr bewußt war, daß Haarproben von Michaels Körper weder verlangt noch entnommen worden waren. Es scheint kaum möglich, daß die drei Staatsanwälte dieses unglaubliche Versäumnis nicht bemerkt haben sollten – aber wenn sie es schon bemerkt hatten, warum war dann ihr Zeuge nicht kurz informiert und auf entsprechende Nachfragen der Verteidigung vorbereitet worden? Es sollte noch an die drei Wochen lang dauern, bis der Gerichtsmediziner Dr. Robert Stein vernommen wurde; vielleicht hofften die Ankläger, dieser Lapsus beim Aufbau des Beweisgebäudes werde Richter, Geschworenen, Verteidigern, Angeklagten, der Presse, der ganzen Welt verborgen bleiben – aber das ist unwahrscheinlich. Was auch immer jeder einzelne gedacht haben mag, es wurde in diesem frühen Zeitpunkt der Beweiserhebung nicht gerügt.

Der nächste Zeuge war Patricias Onkel, Frank Columbos Bruder Mario Columbo. Bei der Befragung zur Person durch Patti Bobb sagte er, er sei der jüngere Bruder von Frank Columbo und lebe mit der gemeinsamen Schwester, Gloria Rezzuto, in

Elk Grove Village nicht weit vom Haus seines Bruders entfernt. Bis zu der Totenwache für die Columbos am Montag nach jenem Freitag, an dem die Leichen gefunden worden waren, habe er seine Nichte Patricia seit März 1974, drei Monate vor ihrem achtzehnten Geburtstag und kurz bevor sie von zu Hause aus- und in den Haushalt der DeLucas gezogen war, nicht gesehen. Den Rest der Familie sah er regelmäßig, und mit Frank habe er zweimal wöchentlich Tennisstunden genommen.

Am Sonntag, dem 9. Mai, zwei Tage, nachdem die Leichen entdeckt worden waren, war Mario Columbo ins Leichenschauhaus gegangen, um die Leichen offiziell zu identifizieren. »Am selben Tag rief Patty Ann mich am frühen Abend an. Sie sagte: ›Onkel Mario, ich habe alles in die Wege geleitet. Die Leichen werden im *Galewood Funeral Home* aufgebahrt, und die Totenfeier ist am Montag. Am Dienstag werden sie dann eingeäschert.‹ Ich sagte: ›Aber eine Verbrennung ist gegen alle unsere Glaubensgrundsätze, Patty.‹ Sie sagte: ›Das ist schon in Ordnung. Mom, Dad und Michael werden zusammen sein.‹ Ich sagte: ›Das kannst du nicht tun, Patty. Wir sind Katholiken. Eine Verbrennung verstößt gegen unseren Glauben.‹ Daraufhin sagte sie: ›Jetzt hör mal zu, du altes Arschloch, wer, zum Teufel, glaubst du eigentlich, daß du bist? Ich bin die Erbin. Und ich mach' das, wie's mir paßt, klar?‹«

Nach dieser Unterhaltung hatte Mario Columbo nacheinander das Bestattungsunternehmen, den Gerichtsarzt und seinen Anwalt angerufen, um die Verbrennung zu verhindern – aber er hatte nichts tun können. Patricia war in der Tat die einzige Erbin und als solche befugt, allein darüber zu befinden, in welcher Weise die Bestattung ihrer toten Familienmitglieder zu erfolgen habe.

Patricia kam mit Frank DeLuca zu der Trauerfeiern. »Haben Sie Mr. DeLuca bei dieser Gelegenheit zum erstenmal gesehen?« fragte Patti Bobb.

»Ja, zum erstenmal«, bestätigte Mario Columbo.

»Haben Sie, solange Sie der Trauerfeier beigewohnt haben, gesehen, ob Miss Columbo geweint oder sonst irgendein Anzeichen von Trauer oder Betroffenheit gezeigt hat?«

»Einspruch!« Swano und Murphy sprangen beide gleichzeitig auf.

»Er soll die Frage beantworten«, sagte Richter Pincham.

»Nein, habe ich nicht«, sagte Mario Columbo.

Beim Kreuzverhör fragte Swano: »Haben Sie jemals, früher oder später, Ihre Nichte vulgäre Ausdrücke dieser Art benutzen hören?«

»Nein, niemals«, erwiderte der Zeuge.

»Mrs. Mary Columbo war doch keine Katholikin, nicht wahr? Um es genauer zu sagen, sie war Baptistin, richtig?«

»Das ist richtig.«

»Ging Frank Columbo regelmäßig zur Kirche?«

»Meines Wissens nicht«, mußte Mario Columbo zugeben.

Toomin übernahm für DeLuca das Kreuzverhör. »Werden Sie im Augenblick anwaltlich in einer Angelegenheit vertreten, die mit dem Erbe in Zusammenhang steht?«

»Richtig«, erwiderte Patricias Onkel.

»Wird die Schwester von Mary Columbo, Carolyn Tygret, ebenfalls in dieser Sache anwaltlich vertreten?«

»Auch das ist richtig.«

»Sie sind einer der potentiellen Erben des Columbo-Vermögens. Das stimmt doch, oder?«

»Einspruch!« rief Patti Bobb.

Richter Pincham rief Staatsanwälte und Verteidiger an die seitliche Schranke zu einer kurzen Diskussion, die zwar von den Geschworenen nicht mitgehört werden konnte, die aber für das Protokoll stenographisch festgehalten wurde. »Was hat denn das mit dem Fall zu tun?« fragte der Richter Toomin.

»Ich versuche, zu belegen, daß dieser Mann gute Gründe für Animositäten gegenüber Patty Columbo hatte.«

Pinscham schüttelte den Kopf. »So weit können Sie nicht gehen; Sie vertreten nicht Patty Columbo.« Er wandte sich an die Jury. »Einspruch stattgegeben. Die Geschworenen werden diese Frage als nicht gestellt bewerten.«

Bill Swano war nicht schnell genug an der Schranke gewesen, um Toomins Worte verstanden zu haben. »Richter, ich habe den Beginn der Diskussion nicht mitbekommen«, beschwerte er sich.

»Dann lernen Sie, sich schneller zu bewegen, mein Sohn«, erwiderte Pincham väterlich.

Mario Columbo wurde entlassen.

Geraldine Strainis war Frank Columbos Erste Sekretärin bei der *Western Auto* gewesen und hatte dort schon zwanzig Jahre gearbeitet. Sie bezeugte, daß Columbo weder am Mittwoch noch am Donnerstag noch am Freitag, dem 5., 6. und 7. Mai vorigen Jahres, 1976, zur Arbeit erschienen war. Dies war nicht ungewöhnlich, da Columbo das gesamte Lagerwesen der Firma unterstand und er weitgehend kam und ging, wie es ihm beliebte.

Im Kreuzverhör fragte Stanton Bloom Mrs. Strainis, ob sie je von einer Gesellschaft namens *Dock Help* gehört habe. Das hatte sie. Diese Gesellschaft vermittelte Stunden- und Tagelöhner für das Lager. Handelte es dabei um eine eigene Gesellschaft? Ja. Arbeitete Frank Columbo für *Dock Help*? Nein. Hatte er Kontakt zu *Dock Help*, indem er sich dort bei Bedarf Lagerarbeiter besorgte? Ja. Wußte sie, ob Frank Columbo an einer Gesellschaft beteiligt war, die sich *Chicago Cartage Company* nannte? Antwort: Ich weiß es nicht. Wußte sie, wieviel Frank Columbo verdiente? Nein.

An diesem Punkt der Befragung lachten Al Baliunas und Patti Bobb leise miteinander über diese Art, ein Verhör zu führen, und Bloom, der unter großer Anspannung stand, hörte sie. Er bedachte sie mit einem vernichtenden Blick, wandte sich dem Richtertisch zu und beschwerte sich lautstark. Richter Pincham seufzte ergeben und sagte: »Kommen Sie doch bitte mal alle in mein Zimmer.«

Im Richterzimmer sagte Bloom, er fühle sich von der Anklagevertretung verhöhnt; zudem habe er den Eindruck, als wenn durch das Gekicher seine Strategie und Taktik vor den Geschworenen in unzulässiger Weise behindert werde. Richter Pincham erwiderte, daß er von seiner Position auf dem Richterstuhl aus kein Kichern vernommen habe, womit er die Wahrheit von Blooms Worten aber wohl nicht in Zweifel ziehen wollte. Weil aber jedenfalls ein Richter mitunter auch die Rolle eines Schiedsrichters übernehmen muß, wenn sich die Anwälte streiten, und weil er ein grundgescheiter Mensch war, nutzte Pincham die Gelegenheit zu einer dezenten Belehrung. Persönliche Animositäten zwischen Anwälten seien ungebührlich, erinnerte er sie, und sicher wüßten sie, daß eine Szene wie die gerade erlebte eines Vertreters der Rechtspflege nicht würdig sei. Mit wohlgesetzten Worten wies der Richter darauf hin, ein solches Verhalten sei unter der Würde eines Anwalts. Wir sollten uns dort draußen rein professionell geben, sagte er, wenn auch verklausuliert. Pincham liebte es nicht, einem Anwalt in den Arm zu fallen, aber er scheute sich auch nicht, es zu tun, wenn es sich als unumgänglich erweisen sollte. Dies hier war eine erste Warnung in dieser Richtung.

Zurück im Gerichtssaal, schien Bloom den Faden verloren zu haben. Durch die Befragung von Geraldine Strainis konnte er aber wenigstens noch offenbar machen, daß Frank Columbo geschäftliche Beziehungen zu einer Firma mit Namen *Mulvihill Motor Service* hatte, aber sie konnte nicht sagen, ob er persönlich an dieser Firma beteiligt gewesen war.

Frank Columbos langjährige Mitarbeiterin wurde danach entlassen, und das Gericht vertagte sich auf den nächsten Tag.

Am Freitag, dem 27. Mai, betrat ein dreizehnjähriger Junge namens Glenn Miller den Zeugenstand. Er wohnte in 53 Brantwood, dem Haus, das dem der Columbos unmittelbar benachbart war. Er war Michael Columbos bester Freund gewesen.

An einem der beiden Verteidigertische verlief die Schminke auf Patricias Gesicht, als sie den Jungen anstarrte. Ihre Hände begannen zu zittern. Einmal wandte sie kurz den Kopf, um zu Frank DeLuca hinüber zu blicken, der mit seinem Anwalt am anderen Verteidigertisch saß. DeLuca erwiderte ihren Blick nicht. Aber auch den jugendlichen Zeugen sah er nicht an.

Patti zeigte mit Hilfe des nervösen Jungen auf, daß er und Michael Columbo am Nachmittag des Dienstag, des 4. Mai, gegen 16 Uhr 30 vor der Garage der Columbos mit ihren Skateboards gespielt hatten. Es war das letzte Mal gewesen, daß er und Michael zusammen gespielt hatten.

Die nächste Zeugin war Judy DiMartino, eine Kellnerin aus dem *Around the Clock*-Restaurant in Arlington Heights. Die Columbos, sagte sie, seien Stammgäste gewesen, und sie habe sie gut gekannt. Sie hatten dort am Abend des 4. Mai, donnerstags, von halb acht bis neun Uhr zu Abend gegessen. Alle hatten Hamburger mit Paprika gegessen, Frank und Michael dazu gebratene Kartoffeln. Mary hatte keine Kartoffeln gegessen. Wie die Autopsie des Leichenbeschauers später ergab, war es ihr letzte Mahlzeit gewesen.

Martin McCauley, zwanzig Jahre alt, wohnte bei seinen Eltern den Columbos direkt gegenüber im Haus 57, Brantwood. Er sagte aus, in jener Nacht habe er gegen 23 Uhr 30 in seinem Zimmer auf der ersten Etage gesessen und Fernsehen geguckt. Dabei habe er hin und wieder Bild- und Tonstörungen gehabt. Er wußte, daß die Columbos in ihrem Haus eine CB-Funkanlage betrieben, und rief drüben an, um sich zu beschweren. Die Leitung sei, sagte er, besetzt gewesen, und er habe es danach auch nicht wieder versucht. Er hatte keine ungewöhnlichen Geräusche aus dem Haus der Columbos gehört.

Jetzt sollten die Zeugenaussagen zu den Autos der Columbos kommen. Zuerst wurde *Investigator* Russell Sonneveld aufgerufen, der dem Gericht schilderte, wie er und sein Partner, *Investigator* Richard Cribben, einen Abschleppwagen bestellt hatten, um Frank Columbos Thunderbird vom Fundort 140 South Whipple Street in Chicago abschleppen zu lassen. Der Wagen wurde auf das Sicherstellungsgelände der Polizei von Elk Grove Village gebracht und dort in einem gesondert gesicherten Bereich abgestellt.

Deputy Sheriff Gargano sagte aus, daß der Oldsmobile der Columbos vor dem Haus 121 South Spruce in Wooddale, der nächsten Vorstadt südlich von Elk Grove Village, entdeckt worden war.

Gargano hatte den Wagen zum Haus der Columbos bringen und ihn nach nicht sichtbaren Finger- und sonstigen Abdrücken untersuchen lassen. Weiter habe er veranlaßt, Material von den Bezügen und Bodenbelägen abzunehmen und den gesamten

Wageninhalt einschließlich des Inhalts des Kofferraums zu entnehmen und als Beweisstücke zu katalogisieren. Wie viele Abdrücke er denn gefunden habe? Fünf. Und wo? An der Frontscheibe innen auf der rechten Seite, an der Innenseite des Fensters an der hinteren Tür, an der vorderen Tür auf der Beifahrerseite in der Nähe des Türschlosses und am Fenster der rückwärtigen Tür links.

Patti Bobb führte das Verhör. Es ging um technische Beweise; ihre Fragen waren methodisch, rein an Fakten orientiert; Garganos Antworten schlüssig und ebenfalls rein an Fakten orientiert. Doch dann warf Mrs. Bobb eine Handgranate.

»Wurde der Inhalt des Aschenbechers identifiziert?«

»Ja«, erwiderte Gargano. »Er enthielt Stummel der Zigaretten der Marke *More*.«

»Was unterscheidet Zigaretten dieser Sorte denn von Zigaretten anderer Marken?«

»Es ist die Marke, die Patty Columbo raucht.«

»Gibt es irgend etwas am Aussehen dieser Zigaretten . . .«

Bill Murphy sprang auf. »Einspruch, Richter!«

». . . das sie von anderen unterscheidet?« beendete Patti Bobb ihre Frage.

»Wir legen Einspruch ein!« schrie Murphy.

»Abgelehnt«, sagte Richter Pincham.

»Ja, das gibt es«, beantwortete Gargano die Frage.

»Und was wäre das?« fragte Patti Bobb.

»Richter, ich bitte um Gehör!« beharrte Murphy.

Pincham rief die Anwälte zu sich an die Schranke. Murphy kochte vor Wut. »Das grenzt an Kumpanei! Die Antwort beruhte auf Hörensagen.«

»Sie haben ein wenig zu lange mit Ihrem Einspruch gezögert, nicht wahr?« fragte ihn der Richter.

»Weil die Frage zweideutig gestellt war!« entgegnete Murphy.

»Sie hatten jedenfalls die Möglichkeit, Einspruch zu erheben«, stellte Richter Pincham fest, »und dafür zu sorgen, daß sie klarer gefaßt wurde, was Sie aber nicht getan haben. Sie haben so lange gewartet, bis schon die nächste Frage gestellt und beantwortet worden war.«

»Aber, Richter . . .!« Diesmal protestierte Bill Swano, Murphys Co-Anwalt.

»Augenblick«, sagte Pincham zu Swano. »Ich habe gehört, was vorgegangen ist. Sie« – und dabei zeigte er auf Swano – »haben zu ihm gesagt«, – er deutete auf Murphy – »er solle Einspruch erheben, aber erst während der zweiten Frage reagierte er und legte Einspruch ein. Sie« – zu Swano gewandt – »waren befugt, selbst Einspruch einzulegen – habe ich nicht recht?«

Natürlich hatte er recht. Warum Swano Murphy aufforderte, Einspruch einzulegen, statt es selbst zu tun, ist nie geklärt worden. Nicht, daß es einen großen Unterschied gemacht hätte: die Jury hatte Garganos Antwort jedenfalls noch gehört; sie aus dem Protokoll zu streichen hätte nicht bedeutet, sie auch aus der Erinnerung der Geschworenen zu streichen. Aber Swano und Murphy protestierten so nachdrücklich – es sei Hörensagen gewesen, es sei zu spät geantwortet worden und es sei unerheblich –, daß der Richter sich schließlich bereit erklärte, die Geschworenen anzuweisen, die letzte Antwort nicht zu beachten. Er warf der Verteidigung einen Knochen ohne den geringsten Rest eines Fleischfetzens hin. Als Patti Bobb das Verhör fortsetzte, rekonstruierte sie die Frage fast noch einmal.

»Können Sie denn der Jury den Unterschied zwischen einer Zigarette der Marke *More* und anderen Zigaretten erläutern?«

»Diese Zigarette ist sehr dünn«, erläuterte Gargano, »viel dünner als eine normale Zigarette, und hat braunes Papier. Sie sieht aus wie eine kleine Zigarre.«

Und welchen Zigarettentyp hatte Patricia Columbo nach seiner Beobachtung geraucht? *More*, natürlich.

Trotz der vehementen Proteste grub sich doch eines ganz fest in das Bewußtsein der Jury-Mitglieder ein: Patricias Zigarettenstummel waren im Auto ihrer ermordeten Mutter gefunden worden.

An diesem Punkt des Verfahrens beschwerte sich die Anklägerin Patti Bobb bei Richter Pincham, daß Stanton Bloom an seinem Verteidigertisch lachte. Das leugnete Bloom.

»Ich habe nicht gelacht. Ich glaube, das behauptet sie jetzt nur deshalb, weil ich sie vorhin ertappt habe . . .«

»Dann sind Sie ja jetzt quitt«, sagte Richter Pincham gelassen hinter der Schranke.

»Nein, wir sind keineswegs quitt«, widersprach Bloom mit Nachdruck. »Ich habe nicht gelacht. Das ist eine bloße Behauptung und weiter nichts, weil ich sie erwischt habe und sie mich nicht. Sie will es so aussehen lassen, als seien wir quitt, aber das ist keineswegs der Fall. Ich habe nicht gelacht. Mir ist heute morgen auch keineswegs nach Lachen zumute. Ich habe andere Probleme, gesundheitliche Probleme. Mir ist überhaupt nicht nach Lachen.«

»Wer auch immer gelacht hat, es wird aus dem Protokoll gestrichen, und damit basta«, ordnete Richter Pincham, energischer werdend, an.

Bill Swano nahm Gene Gargano ins Kreuzverhör. Wie viele Zigarettenstummel seien denn in dem Aschenbecher des Oldsmobile gefunden worden? Fünfzehn. Und an einigen davon war Lippenstift? Ja. Aber an anderen nicht? Ja.

Um die Mittagszeit vertagte sich das Gericht für den Lunch. Als das Gericht seine Sitzung am Nachmittag wieder fortsetzte, führte der Strafverteidiger Toomin Klage darüber, sein Mandant Frank DeLuca, habe nichts zu essen bekommen.

»Will er jetzt vielleicht zu Mittag essen?« fragte Richter Pincham geduldig.

»Er ist hungrig«, stellte Toomin fest. DeLuca machte ein beleidigtes Gesicht.

»Wir wollen mal sehen, daß er während der ersten Unterbrechung etwas bekommt«, sagte Pincham. Diesem Gericht, muß er gedacht haben, hätte am besten Hiob vorgesessen, jene biblische Gestalt aus dem Alten Testament, die für ihre grenzenlose Geduld im Angesicht des Feindes bekannt wurde.

Der erste Zeuge des Nachmittags war Robert Gonsowski, der bis vor zwei Wochen als Serologe im öffentlichen Dienst des Staates Illinois gestanden hatte. Ein Serologe, erklärte er, sei ein Spezialist, der Blut und andere Körperflüssigkeiten auf ihre Herkunft hin untersucht. Während seiner Tätigkeit im Staatsdienst hatte er zwischen dreitausend und viertausend solcher Untersuchungen vorgenommen, zuletzt an den toten Mitgliedern der Familie Columbo. Auf die Fragen von Patti Bobb sagte er aus, er habe Haarproben von Frank und Mary Columbo untersucht und dabei festgestellt, daß Blut der Blutgruppe A an ihnen klebte. Der Vaginalabstrich, der bei Mary Columbo vorgenommen worden war, war ergebnislos geblieben. Es hatte sich kein männliches Sperma in der Vagina befunden. Auch Michaels T-Shirt war ihm zur Untersuchung übergeben worden. Es war das T-Shirt, das von dem Beamten der Spurensicherung Robert Salvatore so sorgsam zusammengerollt worden war, nachdem er das einzelne Haar darauf entdeckt hatte. Der Serologe Gonsowski hatte es auf Spuren hin untersucht. Er hatte alles gesichert, das sich von diesem T-Shirt hatte abnehmen lassen. Er fand *zwei* Haare: eines in einem Blutflecken auf der Vorderseite – jenes, das Salvatore schon gesehen hatte – und ein weiteres auf einem Blutfleck auf dem Rücken. Die beiden Haare waren auf Objektträger gebracht und im Labor sicher verschlossen worden. Gonsowski hatte auch die goldene Schere und die Bowling-Trophäe untersucht und an beiden Blut der Blutgruppe A entdeckt.

Als Bill Swano den Zeugen ins Kreuzverhör nehmen konnte, stellte er einige einleitende Fragen über Blut und fragte dann, aus Unkenntnis oder aus Absicht: »Haben Sie die beiden Haare auf Michaels T-Shirt miteinander verglichen?«

»Nein«, sagte der Serologe.

Und in der Tat – *womit* hätten sie denn verglichen werden sollen außer mit sich selbst? Mit Michaels eigenem Haar konnten sie ja nicht verglichen werden, weil ihm keine Probe entnommen worden war. Mit anderen Worten, es gab absolut keine Möglichkeit, unwiderleglich festzustellen, ob die Haare nun von Michaels Kopf stammten oder von dem seines Mörders.

Und zu diesem Zeitpunkt konnte man noch nicht genau sagen, wem dieser Umstand auffiel.

Die Anklage rief als nächsten Bruce Radke in den Zeugenstand, einen Reifenfachmann, der ein Jahr zuvor einen Reifenhandel im Einkaufszentrum von Elk Grove ganz in der Nähe der *Walgreen's*-Filiale von Frank DeLuca geleitet hatte. Radke identifizierte DeLuca als den Mann, der ihm am Montag, dem 3. Mai, einen Tag vor den Morden, einen Buick Skylark, Baujahr 1968, gebracht hatte, um die Kühlerschläuche erneuern zu lassen. Er hatte den Wagen gegen 13 Uhr gebracht und ihn gegen 16 Uhr wieder abgeholt. Die Rechnung hatte er bar bezahlt.

Dieser Buick war ein Leihwagen gewesen, DeLucas eigener Wagen war angeblich in Reparatur. Der wahre Grund, weshalb er den Buick gemietet hatte, war möglicherweise gewesen, daß er ein Fahrzeug brauchte, das in der Nachbarschaft von Elk Grove Village zwischen der *Walgreen's*-Filiale und dem Haus 55 Brantwood niemand kannte. Genausowenig aber konnte er sich eine Panne leisten, und als daher der Motor Tendenzen zeigte, zu heiß zu werden, beschloß er, rein vorsorglich die Kühlerschläuche auswechseln zu lassen.

John Norton, ein Angestellter bei *Walgreen's*, wurde aufgerufen. Patti Bobb befragte ihn über den 4. Mai, den Tag, an dem die Morde passierten, und Norton, Stellvertreter DeLucas als Filialleiter, gab an, daß er von 14 Uhr 15 bis zur Schließung um 21 Uhr 45 gearbeitet hatte. Es war so üblich, sagte er, daß er – oder wer immer sonst von den Stellvertretern DeLucas bis Ladenschluß Dienst tat – Frank DeLuca zu Hause anrief, um ihm Bescheid zu sagen, daß alles in Ordnung sei. In dieser Nacht nun hatte Norton bis 22 Uhr 50 noch nicht angerufen, und da habe DeLuca ihn angerufen. DeLuca hatte gefragt, warum sich Norton mit seinem Bericht so verspätete; Norton hatte ihm erklärt, es habe da ein paar Unstimmigkeiten bei einer Kassenabrechnung gegeben, aber die seien inzwischen ausgeräumt. Daraufhin sagte DeLuca, er gehe jetzt zu Bett.

Susan Summers, vierzehn Jahre alt, trug Zeitungen und Zeitschriften aus. Sie brachte auch den Columbos regelmäßig den *Elk Grove Herald*. Als sie die Zeitung am 5. Mai ausgeliefert hatte, war ihr nichts Ungewöhnliches aufgefallen. Am Donnerstag, dem 6. Mai, bemerkte sie dann, daß die Zeitung vom Vortag noch immer auf der Veranda lag. Am Freitag, dem 7. Mai, sah sie dann, daß jetzt die Ausgaben der beiden letzten Tage noch so auf der Veranda lagen, wie sie sie hingelegt hatte. Sie legte die dritte Ausgabe dazu. Gefragt, ob normalerweise Autos in der Auffahrt zum Haus der Columbos gestanden hätten, sagte sie ja. Gefragt, ob auch an diesen Tagen irgendwelche Wagen in der Einfahrt gestanden hätten, sagte sie nein.

Connie Laroco, eine Arbeitsvermittlerin mit Sitz in Lombard, die Personal für Führungspositionen vermittelte, sagte aus, eine Woche vor den Morden habe sie versucht, Patricia bei der Suche nach einer neuen Stelle zu helfen. Sie hatte Patricia am Tag der Morde um 14 Uhr 30 einen Termin für ein Vorstellungsgespräch gegeben und sie am selben Morgen gegen 10 Uhr 30 angerufen, um sie an diesen Termin zu erinnern. Patricia erschien aber nicht zu diesem Gespräch. Am selben Abend versuchte Mrs. Laroco mehrfach, Patricia in ihrem Apartment zu erreichen, um zu hören, warum sie nicht gekommen war. Um 23 Uhr 35 hatte sie es zum letztenmal versucht. Aber niemand hatte den Hörer abgenommen.

Susan Twardosz, eine Kriminalbeamtin vom *Illinois Bureau of Identification*, tätig im Labor von Maywood, war Expertin für Schußwaffen und durch sie verursachte Spuren. Sie hatte die Geschosse untersucht, die aus den Leichen der Columbos entfernt worden waren, und festgestellt, daß es sich um Patronen vom Kaliber .32 handelte. Ob die Kugeln aus einem Revolver oder aus einer automatischen Pistole abgefeuert worden waren, konnte sie nicht mit letzter Sicherheit sagen.

Henry E. Thomka, ein Sergeant der Polizei von Wooddale, war diensthabender Sergeant in der Funkzentrale gewesen, als ein Streifenpolizist den Oldsmobile von Frank Columbo in seinem Bezirk entdeckt hatte. Thomka hatte angeordnet, das Fahrzeug unter Beobachtung zu halten, bis die Behörden von Elk Grove es abgeschleppt hatten.

Chris Markussen von der Spurensicherung wurde noch einmal aufgerufen. Er sagte jetzt über die Untersuchung des Thunderbird aus, der auf das Sicherstellungsgelände der Polizei in Chicago verbracht worden war. Auf Sitzen und Boden waren viele Glasscherben gefunden worden. Am linken hinteren Kotflügel waren zwei unvollständige Fingerabdrücke gefunden worden, am Lenkrad der Abdruck einer Handfläche.

Al Baliunas fragte Markussen, ob er bei anderer Gelegenheit Handabdrücke von Frank DeLuca genommen habe. Markussen bejahte diese Frage.

»Konnten Sie dabei irgendwelche ungewöhnlichen Charakteristika am Handabdruck von Frank DeLuca feststellen?« fragte der Chefankläger.

»Ja, ihm fehlen an der linken Hand der Zeigefinger ganz und vom Mittelfinger das Endglied.«

Murphy, Patricias Verteidiger, stellte dann eine Frage, die besser DeLucas Verteidiger Toomin hätte stellen sollen. »Als Sie DeLucas Handabdruck nahmen, haben Sie da irgendwelche Kratz- oder sonstigen Spuren, etwa von Schnitten, an seiner Hand feststellen können?« Markussen hatte nichts dergleichen festgestellt. Seit der Nacht, in der die Morde geschahen, und dem Zeitpunkt, zu dem DeLuca die Abdrücke abgenommen worden waren, waren acht Tage vergangen. Wenn er sich bei der Ermordung der Columbos irgendwelche Schnitt- oder sonstigen Wunden zugezogen hätte, wäre es fraglich gewesen, ob sie da schon vollständig wieder abgeheilt gewesen wären. Und warum wurde keine eingehendere Untersuchung vorgenommen, um nach Überbleibseln solcher Verletzungen zu suchen? Mit den Mitteln, die den staatlichen wissenschaftlichen Diensten zur Verfügung stehen, hätte dies doch sicher geschehen können.

Jack Lilly, Besitzer von *Jack's Top and Trim*, einer Firma, die Karosseriearbeiten und sonstige Instandsetzungsarbeiten an Autos durchführte, sagte aus, er habe Patricia einen seiner Mietwagen vermietet, einen Buick Skylark, Baujahr 1968, der in keinem sonderlich guten Zustand und ziemlich dreckig gewesen war, als sie ihn am 30. April übernahm, vier Tag vor den Morden. Als er ihn dann am 7. Mai, drei Tage nach den Morden, zurückerhielt, war er ausgesprochen sauber. Dies war dasselbe Fahrzeug gewesen, in das Frank DeLuca neue Kühlerschläuche hatte einbauen lassen – einen Tag vor den Morden.

Am Donnerstag, dem 2. Juni, erschien der erste Star der Anklage. Lanny Mitchell wurde um 10 Uhr am Vormittag vereidigt und dann von Terry Sullivan verhört. Von einleitenden Fragen über Lannys erstes Zusammentreffen mit Nancy Glenn und sein Verhältnis mit ihr führte die Befragung schließlich zu dem Telefongespräch, das er mit Patricia Columbo geführt hatte, um ein Treffen mit ihr und Lannys Freund Roman Sobczynski zu arrangieren.

»Ich fragte sie, ob sie mit einem meiner Freunde ausgehen wolle, der gute Beziehungen zu einflußreichen Politikern habe – zu – eh, zu einer Party – gegen Geld, für hundert Dollar. Sie sagte ja, denn sie könne das Geld gut gebrauchen.«

Nachdem sie sich zu viert getroffen hatten und während Lanny und Patricia im *Where Else* tanzten, sagte Lanny, habe sich die Jacke seines Freizeitanzugs geöffnet und Patricia habe den .38er Revolver gesehen, den er getragen hatte.

»Patty wirkte beeindruckt. Sie fragte, wozu ich den Revolver bei mir trage. Ich erzählte ihr, den trüge ich immer bei mir, wenn ich mit Roman zusammen ausgehe, weil er ein so wichtiger Mann sei. Ich erzählte ihr, wenn sie sich gut mit Roman stellen würde, könnte der ihr so manchen Gefallen tun.«

»Hat sie darauf irgend etwas erwidert, Sir?« fragte Terry Sullivan formvollendet.

»Sie war beeindruckt«, erwiderte Lanny Mitchell. »Sie sagte, sie würde ihm die Seele aus dem Leib vögeln.«

Lanny beschrieb dann, wie Patricia später versucht hatte, sich selbst und Nancy vor ihm und Roman in Sicherheit zu bringen, daß die Männer sie aber bei der Ankunft vor Nancys Haus wieder eingeholt hatten. Bei dieser Gelegenheit hatte Patricia Roman Sobczynski einen ›Wichser‹ genannt und ihm unmißverständlich erklärt, daß sie unter gar keinen Umständen Sex mit ihm haben werde. Lanny war schließlich zu Patricia ins Auto gestiegen, und sie war mit ihm zu dem Motel gefahren. Lanny gab zu, daß Patricia unterwegs ihre Abneigung gegen Roman Sobczynski bekräftigt habe.

»Sie sagte, sie würde sich nicht von ihm bumsen lassen, weil er ein Wichser sei. Sie sagte, sie würde lieber mit mir vögeln. Ich sagte ihr, sie solle cool bleiben und daß Roman sehr einflußreich sei und vieles für sie tun könne.«

Während der Fahrt hatte Patricia Lanny nach einer ›nicht registrierten‹ Pistole für sie gefragt. Er sagte, er wolle ihr eine beschaffen, aber das erfordere ein bißchen Zeit. In der Zwischenzeit, versprach er ihr, werde er ihr jedenfalls Patronen für den Derringer ihres Freundes beschaffen.

Im *Edgebrook Motel* hatten er und Patricia Sex gehabt, sagte Lanny dann weiter. Terry Sullivan schaltete sich ein. »Bevor Sie Sex mit Patricia Columbo hatten«, wollte er wissen, »haben Sie sich da noch mit ihr in dem Motel unterhalten?«

»Das einzige, worüber wir noch gesprochen hatten, war, daß sie es in den Hintern haben wollte.«

Diese Frage hatte samt der Antwort, genau wie die Behauptung, Patricia habe früher gesagt, sie werde (Roman) ›die Seele aus dem Leib vögeln‹, keinerlei Bedeutung für die Bewertung der Patricia zur Last gelegten Verbrechen, sondern war womöglich nur zu dem Zweck in die Vernehmung dieses nicht angeklagten Mitverschworenen eingeführt worden, um Patricia als Schlampe erscheinen zu lassen. Diese Taktik würde auch weiterhin angewandt, wahrscheinlich deshalb, weil die Anklage davon ausging, es werde der Jury leichterfallen, eine Hure wegen Mordes zu verurteilen.

Lanny sagte anschließend über die Tage, Wochen und Monate aus, die auf jenes erste Kennenlernen folgten. Er gab zu, Patricia angeboten zu haben, ihre Eltern für sie umzubringen, und sie zu diesem Zweck um Zeichnungen des Hauses, einen Zeitplan für den Tagesablauf der Hausbewohner und Fotos der in Frage kommenden Personen gebeten zu haben. Auf weitere Fragen zum Ablauf dieses Abends bis zu dem Zeitpunkt, wo er und Roman Sex mit Patricia als ›Vorleistung‹ auf die Bezahlung der Mordanschläge gehabt hatten, sagte Lanny aus, Patricia habe von sich aus Sex angeboten. »Wollt ihr, daß ich auch noch meinen Hintern auf den Tisch lege?« soll sie angeblich gefragt haben. Roman hatte ja gesagt. »Okay, dann ist er auf dem Tisch«, hatte Patricia daraufhin laut Lanny Mitchell gesagt.

Lannys Freund Roman allerdings sollte später, als er selbst im Zeugenstand war, dieser Aussage widersprechen.

Von dem angeblichen Angebot auf Sex kam Terry Sullivan auf alle Treffen zu sprechen, die er mit Patricia hatte, allein oder in der Gesellschaft von Roman Sobczynski. Insgesamt hatten sich Lanny und Patricia vom ersten Kennenlernen am

17. November 1975 an bis zu ihrem letzten Treffen am 17. Februar 1976, also während einer Periode von drei Monaten oder, um genau zu sein, von zweiundneunzig Tagen, sechsmal allein getroffen und noch weitere sechs Male mit Roman zusammen. Er hatte dabei insgesamt viermal Sex mit ihr, einschließlich des ersten Males, als Nancy Glenn dabeigewesen war.

Nach dem letzten Zusammensein am 17. Februar, gab Lanny zu, hatte er Patricia im März noch einmal von Romans Apartment aus angerufen. Damals war er arbeitslos gewesen und hatte versucht, das Geschäft mit den Morden neu zu beleben, indem er vorschlug, Frank DeLuca solle sich doch über die Firma Geld beschaffen, um eine Anzahlung zu leisten. Patricia hatte kurz und bündig abgelehnt. (Zu dieser Zeit hatte sie keinen Kontakt mehr mit den beiden Männern gehabt, denn sie hatte endlich begriffen, daß sie von ihnen nur ausgenutzt worden war.)

Sullivan fragte, ob er Patricia nach dem 17. Februar und dem Telefongespräch im März je wieder gesehen oder mit ihr gesprochen habe.

Lanny sagte, das sei nicht der Fall gewesen. Das war natürlich nur eine weitere Lüge. Er hatte sie zwei Monate später im Elk Grove Village Police Department gesehen, als Deputy Chief Kohnke ihn zu ihrer Zellentür geführt hatte, um sie zu identifizieren, und wo er, Charmeur, der er nun mal war, die Geste des Halsabschneidens gemacht hatte. Überraschend bemerkte keiner der Verteidiger diese offenkundige Falschaussage – oder falls sie es doch taten, versäumten sie es, dagegen vorzugehen.

Bill Murphy nahm Lanny als erster ins Kreuzverhör. »Alles, was Sie Patricia Columbo während Ihrer Treffen gesagt haben, war also gelogen – richtig?«

»Ja, das stimmt«, gab Lanny zu.

»Sie haben gelogen, um sich sexuellen Umgang mir ihr zu erschleichen?«

»Ja.«

Nancy Glenn hatte er ebenfalls belogen, als er ihr erzählt hatte, er sei Polizeibeamter, daß er in einen bewaffneten Raubüberfall verwickelt gewesen war und was er ihr sonst noch alles vorgelogen hatte.

Doch zurück zu Patricia. »Alles, was Sie ihr erzählt haben, war also Lüge ... um sich einen Vorteil zu erschleichen, nicht wahr?«

»Ja.«

»Es ging um Sex.«

»Ja.« Lanny Stimme klang emotionslos, geschäftsmäßig; ihn schien das alles nicht im geringsten zu berühren.

»Ihnen wurde von der Strafverfolgungsbehörde Straffreiheit zugesichert?«

»Ja.«

»Als Gegenleistung dafür, daß Sie gegen Patricia Columbo aussagen?«

»Ja.«

»Als Gegenleistung für diese Zeugenaussage entgehen Sie dem Gefängnis?«

»Ja.«

In eine längere Reihe von Fragen, die alle mit ja zu beantworten waren, wollte Murphy ganz offensichtlich eine Falle einbauen. »Sind Sie Roman Sobczynskis Zuhälter?«

Aber Lanny war entschieden zu gewitzt für diesen jungen Offizialverteidiger. »Nein, Sir.«

Aber Murphy beschäftigte sich weiter mit diesem Punkt. »Sie wissen, daß er verheiratet ist?«

»Ja.«

»Sie kennen seine Frau?«

»Ja.«

»Aber Sie sagen, Sie hätten einem Mädchen hundert Dollar gegeben, damit es mit ihm ausgeht?«

»Ja.«

»Hat Roman Ihnen das Geld gegeben, um sie zu bezahlen?«

»Nein.«

»Sie waren so großzügig, sie selbst bezahlen zu wollen?«

»Ja.«

»Haben Sie Patty Columbo diese hundert Dollar je gegeben?«

»Nein, Sir.«

Der Sitzungstag ging zu Ende. Lanny Mitchell war den ganzen Tag über im Zeugenstand gewesen. Am nächsten Tag mußte er noch einmal hinein.

Freitag, 3. Juni. Lanny sagte aus, er habe Roman Sobczynski erzählt, Patty wolle ihre Eltern ermordet sehen. Roman hatte darauf gesagt ›O Gott‹.

»Was für Sie beide so viel hieß wie« – Bill Murphy führte noch immer das Kreuzverhör – »daß Sie und Roman sie ausnutzen konnten?«

»Ja.«

»Haben Sie entschieden, wie sie zu benutzen sei?«

»Ja.«

Die Struktur von Murphys Fragen war nicht gerade die beste. Sie waren stets so gestellt, daß Lanny sie einfach mit einem Ja beantworten konnte, anstatt ihn zu zwingen, in freier Rede davon zu berichten, wie er und Roman weiter vorzugehen beabsichtigten. Eine solche Vorgehensweise hätte den Jurymitgliedern zumindest besser vor Augen führen können, wes Geistes Kind dieser Mensch war – dieser Mann, den freizulassen der Staat von Illinois entschieden hatte, um Patricia und DeLuca festnageln zu können.

Murphy setzte das Verhör in seinen undifferenzierten Stil fort.

»Trugen Sie eine Schußwaffe, um Patricia Columbo zu imponieren?«

»Ja.«

»Kamen Ihnen alle die Lügen, die Sie Patricia Columbo gesagt haben, spontan über die Lippen?«

Lanny runzelte die Stirn. »Können Sie mir sagen, was *spontan* heißt?«

Murphy schenkte sich die Mühe.

Nachdem Lanny und Roman zum erstenmal Sex mit Patricia gehabt hatten, was hatte da Roman zu Lanny gesagt, als er ihn nach Hause fuhr? »Er sagte mir, die sollten wir uns warmhalten.«

»Haben Sie Patricia Columbo jemals bedroht, indem Sie

etwa gesagt haben ›du Flittchen, ich jage dir eine Kugel durch den Kopf‹?«

»Nein, Sir.«

Murphy bezog sich auf die beschworene Zeugenaussage, die Lanny Terry Sullivan im Vorverfahren gegeben hatte. Darin war es um den Besuch im Hause Columbo gegangen, bei dem Patricias Absicht fehlgeschlagen war, ihn zu den Morden zu drängen, weil ganz unerwartet Mary Columbo zu Hause gewesen war. Lanny hatte dazu ausgesagt: ». . . nahm ich sie mit zum Haus von Ron Tross und hab' sie durchgezogen. Danach hab' ich sie mir geschnappt und ihr gesagt, wenn sie je wieder versuchen würde, mich auf so eine Tour hereinzulegen, würde ich ihr eine Kugel in den Kopf jagen.«

»Haben Sie diese Antwort gegeben?« fragte Murphy.

»Ja.«

»Sie halten sich wohl für einen überzeugenden Lügner, wie?«

Patti Bobb legte Einspruch ein, dem Richter Pincham stattgab.

»Sie würden für Sex lügen, nicht wahr?« drang Murphy weiter auf ihn ein.

»Ja.«

»Sie würden für Geld lügen?«

»Ja.«

»Sie würden lügen, um einen bestimmten Job zu kriegen?«

»Ja.«

»Sie würden lügen, um sich selbst vor dem Gefängnis zu bewahren?«

Wieder zeigte sich Lanny gerissener als Murphy. »Nein, Sir.«

Das Gericht vertagte sich an diesem Freitag um 13 Uhr auf Samstag 13 Uhr. Lanny hatte anderthalb Tage im Zeugenstand verbracht. Er mußte noch einmal zurückkehren.

Am Samstag befaßte sich Bill Murphy nur noch kurz mit Lanny, um ihn dann DeLucas Verteidiger, Michael Toomin, zu überlassen.

»Hatte Patricia Columbo Angst vor Ihnen?«

»Ja, Sir.«

Toomin begann sofort damit, Lannys Status in diesem Verfahren klarzustellen. »Trotz der Ihnen zugesicherten Straffreiheit wurden Sie in diesem Fall als Mitverschwörer genannt. Ist das richtig?«

»Ja.«

»Warum haben Sie eine Waffe getragen?«

Lanny hob die Schultern. »Um auszusehen wie ein harter Bursche. Um etwas vorzutäuschen, das ich nicht war.«

»Wie alt ist Ihr Freund Roman Sobczynski?«

»Mitte Dreißig.«

»Er ist verheiratet und hat eine Familie?«

»Ja.«

»Sie beide trugen Waffen, um sich bei jungen Mädchen wichtig zu machen, richtig?«

»Ja.«

Lanny hatte am 27. Dezember 1975 geheiratet – während der drei Monate, während derer er und Roman ihr Spiel mit Patricia getrieben hatten. »Als Sie geheiratet haben, da haben Sie doch einen Eid geleistet, nicht wahr?« fragte Toomin.

»Ja.«

»Nachdem Sie den Eid geleistet hatten, haben Sie da Ihre Frau noch weiter betrogen?«

»Ja.«

»Als Sie Ihre Frau betrogen, haben Sie da den Eid gebrochen, den Sie geleistet hatten?«

»Ja.«

»Als Sie in diesen Gerichtssaal kamen um auszusagen, haben Sie ebenfalls einen Eid geleistet, nicht wahr?«

Lanny schluckte. »Ja.«

Toomin schüttelte voller Widerwillen den Kopf und ging wieder an seinen Tisch.

Lanny Mitchell wurde endlich entlassen. Er hatte seine Arbeit für die Staatsanwaltschaft getan und brauchte sich keine Gedanken mehr über eine etwaige Strafverfolgung zu machen.

Montag, 6. Juni. Ray Rose, bereits zuvor vereidigt und schon dreimal im Zeugenstand, wurde noch einmal aufgerufen. Patti

Bobb war daran interessiert, noch mehr Beweise für den liederlichen Lebenswandel von Patricia Columbo zu bekommen.

»Richten Sie Ihre Aufmerksamkeit doch bitte noch einmal auf den 15. Mai 1976. Haben Sie sich da gegen 11 Uhr vormittags im Elk Grove Village Police Department mit Miss Columbo noch einmal über bestimmte Fotos unterhalten, die in ihrem Apartment entdeckt worden waren?«

»Ja, Ma'am, daran erinnere ich mich noch.«

Rose erhielt die Erlaubnis, in freier Rede zu berichten. Als er Patty erstmals nach den Fotos fragte, tat sie, als wisse sie gar nicht, wovon Rose überhaupt sprach. Er wurde präziser und fragte gezielt nach einem Foto, das sie mit ihrem Hund in einer eindeutigen Position zeigte. Daraufhin soll Patricia nach Aussage von Ray Rose gesagt haben, ihre Moral sei womöglich von der seinen verschieden. Rose berichtete, sie habe nicht das Gefühl gehabt, als sei daran etwas Besonderes – womit sie sich auf das Foto bezog. (Aus Roses Zeugenaussage ergab sich nicht eindeutig, ob Patricia Columbo letzteres *gesagt* hatte, oder ob es sich dabei um Roses eigene Schlußfolgerung handelte – und von der Verteidigung wurde das auch nicht gerügt.)

Swano nahm ihn ins Kreuzverhör. Hatte Patty Columbo Rose erzählt, sie habe Angst, von Lanny Mitchell und Roman Sobczynski ermordet zu werden? Ja. Hatte sie das mehr als einmal gesagt? Ja. Hatte sie auch noch Angst um irgend jemand anderen? Ja.

Das alles hatte Rose in den vierzehn Stunden in Erfahrung gebracht, während derer er Patricia unter Bewachung hatte, bevor er sie wegen der Morde anklagte. Es war Teil der neun Seiten umfassenden Erklärung, die sie auf irgend jemandes Veranlassung – vielleicht auf Landers' Initiative – hin gemacht hatte, um DeLuca freizubekommen. Irgendwann einmal, bevor sie gemerkt hatte, was die beiden für Schwindler waren, hatte Patricia möglicherweise wirklich Angst vor Roman und Lanny gehabt, vor allem vor Lanny, dem es scheinbar ein besonderes Vergnügen bereitete, seinen Revolver vor ihren Augen zu ziehen, und der ja auch in der Tat einmal DeLuca bedroht hatte. Jedenfalls war das meiste davon Verfahrensstrategie, um Patricias Handlungsweise in einem weniger schrecklichen Licht erscheinen zu lassen.

Und wenn sie sagte, sie habe Angst um noch jemand anderen gehabt, dann mußte jedem, der es hörte, klar sein, wer dieser Jemand war.

John Landers wurde zum zweitenmal in den Zeugenstand gerufen. Er sagte über eine Unterredung aus, die er mit Patricia an dem Tag gehabt hatte, an dem sie verhaftet worden war. In diesem Gespräch hatte Patricia Landers an die Probleme erinnert, die sie mit ihrem Vater gehabt hatte. Landers war mit dem Nachspiel zu dem Vorfall auf dem Parkplatz befaßt gewesen, als Frank Columbo DeLuca überfallen hatte. Patty hatte im Verlauf dieses Gespräches darauf hingewiesen, daß die Mißhelligkeiten mit ihrem Vater nie wieder ausgeräumt worden seien; keiner ihrer Eltern, sagte sie, sei in der Lage gewesen, ihren Freund zu akzeptieren, und so seien die Probleme immer größer geworden. Landers sagte, Patricia habe den Verdacht geäußert, die Probleme seien von ihrer *Mutter* verursacht worden, die die Abneigung ihres Ehemannes gegen Frank DeLuca ständig neu belebt habe. (Später sollte ein anderer Zeuge bestätigen, daß dies wenigstens teilweise der Wahrheit entsprach.)

Kurz nach diesem Gespräch hatte Patricia eingewilligt, eine formelle Aussage zu machen – und nach diesem Gespräch, aber noch vor der Unterzeichnung der Erklärung hatte Patricia ihre Patentante angerufen und ihr gesagt, sie werde diese Erklärung abgeben, weil dies die einzige Möglichkeit sei, Frank, der ebenfalls inhaftiert worden sei, wieder freizubekommen. Ganz offensichtlich *hatte* jemand eine solche Vereinbarung mit Patricia getroffen. Es hätte John Landers gewesen sein können; er war neben Gene Gargano der einzige Polizeioffizier gewesen, in dessen Gegenwart Patricia sich wenigstens einigermaßen wohl gefühlt hatte, und Gargano war zu diesem Zeitpunkt schon nicht mehr anwesend gewesen. Ganz sicher hätte Patricia sich nicht auf einen Handel mit William Kohnke eingelassen, der ihr, wie sie gesagt hatte, mit dem elektrischen Stuhl gedroht hatte; oder mit Ray Rose, gegen den sie von Anfang an eine sich ständig steigernde Abneigung verspürt hatte. Aber ganz gleich welche Form sanfter Erpressung auch immer angewandt wurde, die Verteidigung drängte John Landers jedenfalls nicht, genau zu erklären, wie er es geschafft hatte, Patricia zu dieser Erklärung zu nötigen. Ganz offensichtlich war irgendein Lockmittel angewandt worden; das Versprechen, Frank wieder auf freien Fuß zu setzen, hätte sich dafür sehr gut geeignet.

Da Richter Pincham nun bereits im Vorverfahren entschieden hatte, daß diese Erklärung als Beweismittel gegen Patricia Columbo verwendet werden durfte, las Patti Bobb es nunmehr den Geschworenen vor. Landers, der sich noch immer im Zeugenstand befand, hatte die meisten Fragen gestellt – aber es war auch ein Vertreter der Staatsanwaltschaft zugegen gewesen, und der hatte sich gegen Ende des Gespräches mehrfach eingeschaltet. Dieser Vertreter der Staatsanwaltschaft war kein anderer gewesen als Terry Sullivan.

Patricia Columbos Erklärung begann damit, daß sie noch einmal auf den Überfall ihres Vaters auf Frank DeLuca Bezug nahm und darauf, daß sie dafür gesorgt hatte, daß ihr Vater deswegen verhaftet und ins Gefängnis gesteckt worden war, daß sie aber dann im weiteren Verlauf die Anklage gegen ihn hatte fallenlassen. (Ihre Absicht dabei sei gewesen, führte sie weiter aus, sich auf diese Weise der Dankbarkeit Frank Columbos zu versichern und auf diesem Wege ihre Meinungsverschiedenheiten beizulegen. Das habe aber nicht geklappt.) Mehrere Monate später hatte sie zugestimmt, mit ihrer Freundin Nancy Glenn zu einer doppelten Verabredung zu gehen, die sich dann zu einem solchen Desaster entwickelt und die augenscheinlich letztendlich zu den Morden geführt hatte. Patricias Geschichte lautete dahingehend, sie sei von den beiden Männern, wenn schon nicht gezwungen, so doch unter Drohungen und Einschüchterungen veranlaßt worden, mit in das Motel zu gehen, nachdem sie zuvor vergeblich versucht hatte, ihnen zu entkommen und ihre Freundin ebenfalls ihrem Zugriff zu entziehen. (Dieses zuletzt genannte Faktum war inzwischen nicht mehr umstritten.) Sie sagte, sie habe gewußt, daß sie sich jetzt würde prostituieren müssen, wenn sie heil wieder aus dieser Sache heraus und von Lanny und Roman loskommen wollte. Sie gestand, Lanny Mitchell gebeten zu haben, nur Analverkehr mit ihr zu haben, weil sie meinte, auf diese Weise ihren Freund Frank DeLuca weniger ernsthaft zu betrügen. Sie bestätigte weiter Lanny Mitchells Version, daß Roman Sobczynski ihr die Luft aus den vorderen Reifen gelassen hatte, um sie daran zu hindern, eine zweite Flucht zu versuchen.

Patricia behauptete, nach jenem ersten Abend hätten sowohl Lanny als auch Roman sie unter Drohungen aufgefordert, DeLuca davon zu erzählen, und damit gedroht, DeLuca etwas anzutun, wenn sie sich ihnen nicht weiterhin prostituiere. Gleichzeitig habe ihr Vater vor Wut gerast und gewütet, er werde DeLuca umbringen. Patricia beschwor, Lanny und Roman hätten *sie* gefragt, ob sie sich vielleicht ›um ihren Vater kümmern‹ sollten. Da sie kurz zuvor erst eine bitterböse Auseinandersetzung mit ihrem Vater gehabt hatte, in der er angeblich gesagt hatte ›es wird keine Hochzeit geben, Patty Ann, weil es keinen Frank DeLuca geben wird‹, nahm sie die Gelegenheit wahr und sagte Lanny und Roman, ›sie sollten es ruhig machen‹.

Daraufhin sollte Patricia angeblich Lanny Mitchell helfen, das Haus der Columbos auszukundschaften. Als dies fehlschlug, bestand Lanny Patricia gegenüber darauf, sie solle Roman wahrheitswidrig erklären, sie hätten Erfolg gehabt, oder Lanny ›würde Ärger mit Roman bekommen‹. Verschiedene Kriminalbeamte haben später darüber spekuliert, ob Lanny vielleicht geglaubt hatte, Roman überlege sich allen Ernstes, die Morde zu begehen. Wenn dem so war, könnte Lanny tatsächlich gefürchtet haben, ihm dabei helfen zu müssen. Sobczynski hatte sich seit dem Abend, als Ray Rose ihn festgenommen hatte, auf jeden Fall als ein mehr als hartherziger Ganove erwiesen.

Landers fragte laut Niederschrift, ob Patty während all ihrer Gespräche mit den beiden Männern je vorgeschlagen habe, alle drei Mitglieder der Familie umzubringen. Darauf erwiderte sie heftig: »Nein, ich wollte nur meinen Vater. Sie sagten aber, wenn mein Vater über die Klinge springe, müsse meine Mutter auch dran glauben. Aber nicht mein Bruder.«

Hatte Frank DeLuca irgendwelche Kenntnis von ihren Plänen

zur Ermordung ihrer Eltern? »Nein, ich habe ihm nie davon erzählt. Ich hatte Angst um ihn ...«

Plötzlich erklärte Patricia dann: »Dad hat seine Meinung geändert.« Sie wollte ›den Mordauftrag zurücknehmen‹. Sie hatte das Gefühl, Lanny Mitchell sei ›krank im Kopf‹ und werde ihre Mutter vergewaltigen. Sie sagte, sie habe die Männer verschiedentlich angerufen, um den Auftrag zu widerrufen. (Spätere Zeugenaussagen belegten dann, daß sich ihr Vater wirklich nach und nach beruhigt hatte, Mary Columbo jedoch nicht.)

John Landers bezeugte, daß Patricia die Erklärung unterzeichnet habe, nachdem sie fertig abgetippt worden war.

Patti Bobb befragte Landers dann über das Treffen, das er, wie er ausgesagt hatte, mit Patricia in der Frauenabteilung des Gefängnisses gehabt hatte; es handelte sich dabei um das Gespräch über die ›Vision‹, die Patricia gehabt haben wollte, und das angeblich im Büro der Gefängnisleiterin Claudia McCormick stattgefunden hatte, was allerdings sie selbst und ihre Sekretärin – schon in der Voruntersuchung, nicht erst vor den Geschworenen – nicht bestätigt hatten. Hier beharrte Landers jedoch auch unter Eid auf seiner Darstellung. Nach seiner Erinnerung hatte Patricia ihm berichtet, in ihrer Vision habe sie ihren Vater auf dem Fußboden des Wohnzimmers liegen sehen, ihre Mutter im Flur im Nachthemd, und ihr Bruder habe in seinem Zimmer gelegen, aber es sei dunkel gewesen, und sie habe nicht sagen können, ob er etwas angehabt habe oder nicht. Sie soll laut Landers' Aussage auch gesagt haben, daß sie die Schere mit dem Blut daran gesehen habe.

Geht man einmal davon aus, daß hier niemand gelogen hat, daß Superintendent Claudia McCormick und ihre Sekretärin irgendwie schlicht mißverstanden worden sind und daß die Gefängnisleiterein Patricia Columbo wirklich in ihr Büro gebracht hat und daß Landers dort wirklich diese Unterhaltung mit ihr geführt hat – was könnte man damit überhaupt anfangen? Der Gefängnispsychologe Dr. Cherian hatte ja bereits ausgesagt, in welcher geistig-seelischen Verfassung Patricia Columbo damals war. Wenn nun wirklich durch ihren Zustand Teile der Wahrheit an die Oberfläche ihres Bewußtseins gedrungen waren, was könnte man dann daraus schließen? Daß sie in dem Haus gewesen war? Ja. Daß sie ihren Vater gesehen hatte? Ja. Daß sie ihre Mutter tot gesehen hatte? Ja. Daß sie ihren Bruder tot gesehen hatte? *Nein.*

Wenn es so dunkel in dem Zimmer gewesen war, daß sie nicht sagen konnte, ob Michael angezogen war oder nicht, wie konnte sie dann die goldene Schere am anderen Ende des Zimmers auf dem Tisch liegen sehen? Und wenn es *nicht* zu dunkel gewesen war, um die Schere erkennen zu können, dann hätte sie in der Lage gewesen sein müssen, zu sehen, daß Michael mit einer blauen Hose und einem weißen T-Shirt bekleidet gewesen war. Die andere naheliegende Wahrscheinlichkeit: Patricia hat die blutige Schere irgendwo anders im Haus gesehen.

Glaubt man John Landers und ruft man sich ins Gedächtnis zurück, was sie genau zu ihm gesagt hat, dann muß die Frage erlaubt sein, warum Patricias sogenannte Vision ihren Vater und ihre Mutter wohl exakt beschreiben konnte, aber nicht Michael. Zu der Zeit, als Landers mit ihr sprach, war sie viel zu fertig gewesen, um zu lügen; selbst angesichts ihrer erstaunlichen Fertigkeit in bezug auf Lügen, verfügte sie zum damaligen Zeitpunkt einfach nicht über die geistige und seelische Kraft zu solchem Tun. Wenn die beschworene Zeugenaussage von John Landers schon ohne Abstriche akzeptiert werden muß, dann muß man aber auch akzeptieren, daß zumindest die Möglichkeit bestand, daß Patricia ihren Bruder in jener Nacht gar nicht gesehen hat – ganz im Gegensatz zur weit verbreiteten Meinung aller Prozeßbeobachter.

Während ihrer Unterhaltung über die ›Vision‹ hatte Landers Patricia einige Fragen von grundsätzlicher Bedeutung gestellt.

»Sehen Sie sich selbst in jener Nacht in dem Haus?«

Patricia: »Ja.«

»Sehen Sie sich selbst in die Morde an ihrem Vater, ihrer Mutter und ihrem Bruder verwickelt?«

Patricia: »Ich bin mir nicht sicher . . . ich bin so verwirrt . . .«

Das letzte, was Patricia John Landers nach dessen Aussage offenbar über ihre Vision gesagt hat, war, daß Frank Columbo seiner Tochter sagte, daß ›Jesus ihr vergeben‹ werde.

Als Bill Murphy Landers ins Kreuzverhör nahm, konzentrierte der junge Anwalt sich ganz auf Patricias ›Vision‹, aber seine Fragen bezogen sich ziemlich einseitig nur auf die Lage der Leiche ihrer Mutter, die in dieser Vision anders beschrieben wurde, als sie sich auf den Fotos vom Tatort darstellte. In ihrer ›Vision‹ habe sie, wie Landers ihr vorwarf, gesagt, sie habe die Leiche ihrer Mutter im Flur nahe dem *Schlafzimmer* der Eltern ›gesehen‹. Ray Rose aber hatte ausgesagt, daß Mary erschossen worden und dann in den Flur vor dem *Badezimmer* gefallen war. Vielleicht versuchte Murphy aufzuzeigen, daß Patricias ›Vision‹, selbst wenn sie wahr gewesen wäre, auf jeden Fall ungenau war und daher keinesfalls als Beweis dafür gelten könne, daß Patricia in dem Haus gewesen war. Ein sorgfältiges Studium der Fotos vom Tatort und des Grundrißplans – oder selbst eine persönliche Inaugenscheinnahme des Hauses 55 Brantwood, die der Verteidigung auf Antrag gewiß erlaubt worden wäre – hätte Murphy gezeigt, daß *beide* Beschreibungen der Lage der Leiche korrekt waren. Frank Columbo hatte nämlich schon vor längerer Zeit die Tür zum eigentlichen Schlafzimmer verschlossen, so daß jetzt der einzige Zugang zu ihm über den Flur und durch das Badezimmer und von da aus durch eine zweite Tür ins Schlafzimmer führte.

Es war eine sinnlose Fragerei, die zu gar nichts führte. Die Verteidigung wäre sehr viel besser beraten gewesen, *Superintendent* Claudia McCormick und deren Sekretärin Thelma Hawkins erneut in den Zeugenstand zu rufen, *Auge in Auge mit den Geschworenen*, und abzuklären, ob dieses Gespräch zwischen Patricia und Landers überhaupt je stattgefunden hatte oder nicht. Oder sie hätte auch später den Deputy Sheriff Gene Gargano, als dieser wieder in den Zeugenstand gerufen wurde, über die Geschichte mit der ›Vision‹ befragen können, denn schließlich war er ja angeblich auch dort gewesen. Die Anklage hatte Gargano zwar schon zweimal in den Zeugenstand gerufen, ihn aber nicht aufgefordert, die Zeugenaussage von John Landers zu bestätigen – was an sich schon merkwürdig ist, um es vorsichtig auszudrücken. Dies sind die kleinen Ungenauigkeiten der Anklage, aus denen eine geschickte Verteidigung unter Umständen viel Kapital schlagen kann. Es könnte einfach nur eine Nachlässigkeit der Staatsanwaltschaft gewesen sein. Es könnte aber auch Absicht gewesen sein, daß Gargano nicht zu diesem sehr bedeutsamen Element des Falles gehört worden war, weil man vielleicht fürchtete, daß sich seine Erinnerung nicht mit Landers' Version in Einklang bringen ließ.

Jetzt betrat Star Nummer zwei den Zeugenstand.

Roman Ignatius Sobczynski.

Al Baliunas übernahm die Befragung selbst. Er stellte zunächst fest, daß Roman vierunddreißig Jahre alt war, verheiratet, und vier Kinder hatte und auf dem Glenbrook Drive im Vorort Mount Prospect wohnte. Auch seine Tätigkeit in der Verwaltung des Cook County über elf Jahre hinweg wurde aktenkundig gemacht. Hätte die Jury zu diesem Zeitpunkt nicht schon die Zeugenaussage von Lanny Mitchell gehört, ihre Mitglieder hätten womöglich geglaubt, es hier mit Mr. US-Mittelklasse persönlich zu tun zu haben.

Roman sagte aus, nach seinem Verständnis sei der Grund für die erste Verabredung mit seinem Freund Lanny, Nancy Glenn und Patty Columbo eine Sexparty gewesen. Er leugnete, irgend etwas über eine Bezahlung in Höhe von hundert Dollar gehört zu haben, die Lanny mit Patricia vereinbart haben wollte, aber später gestand er im Laufe seiner Vernehmung, daß er Patricia nach der Verfolgungsjagd bis zu ihrem Haus gefragt hatte: ›*Wie kommst du eigentlich dazu zu versuchen, uns hereinzulegen, nachdem Lanny dir Geld gegeben hat?*‹ (Diese beiden einander widersprechenden Aussagen lagen nur wenige Minuten auseinander; sie wurden von der Verteidigung nie gerügt.)

Roman gab ebenfalls zu, Patricia gesagt zu haben, sie könne – ›nicht, bis wir erledigt haben, wofür wir verabredet waren‹ – wieder gehen. Da sei Patricia wütend geworden, behauptete er, und soll gesagt haben: ›Okay, ich werde mit in das Motel fahren, aber ich werde mich auf keinen Fall von dir vögeln lassen, du alter Wichser.‹ (Das war derselbe Mann, von dem Patricia laut Lanny Mitchells Aussage, die noch kaum eine Stunde zurück lag, gesagt hatte, sie würde ihm ›die Seele aus dem Leib vögeln‹ für irgendwelche Gefälligkeiten, die er ihr vielleicht erweisen könnte.) Roman hatte einfach nur geantwortet: ›*Du kannst dich ja auch von Lanny bumsen lassen.‹* Ihm war es offenbar egal gewesen, mit wem er Sex hatte, Hauptsache, er hatte ihn.

In jener Nacht hatte Roman eine Waffe getragen, um den ›Mädchen zu imponieren‹, und er leugnete auch nicht, die Luft aus Patricias Reifen gelassen zu haben, so daß sie nicht noch einmal versuchen konnte, sie ›hereinlegen‹ zu wollen.

Die Aussagen Sobczynskis, die denen von Lanny Mitchell direkt widersprachen, hatten zu tun mit dem Zusammentreffen der beiden Männer und Patricia im *Ala Moana Restaurant.* Roman hatte Patricia seit dem Fiasko in dem Motel nicht mehr gesehen, also war dies hier erst sein zweites Zusammentreffen mit ihr gewesen, aber Lanny hatte sie in der Zwischenzeit bereits viermal gesehen; dies war Lannys sechstes Zusammentreffen mit ihr. Es war jetzt Mitte November 1975, Lanny Mitchell hatte bereits angeboten, Frank und Mary Columbo zu ermorden, und Roman, der ›einflußreiche‹ Freund, wurde wegen des Anschlags konsultiert.

Roman gab zu, Patricia gesagt zu haben, dieser Anschlag könnte ›definitiv stattfinden‹. Aber da war das Problem einer Vorauszahlung, und Patricia hatte kein Geld. Roman sagte dazu aus: »Wir erwähnten, sie könne auch ihren Hintern auf den Tisch legen.« Lanny allerdings hatte ausgesagt, es sei Patricia gewesen, die Sex als Vorausleistung angeboten habe. (Fünfzehn Jahre später erinnerte Patricia sich dahingehend, es sei Roman gewesen, der diesen Vorschlag gemacht habe. Aber während des Verfahrens sprach Roman von ›wir‹, also von sich selbst und Lanny.)

Auf zusätzliche direkte Befragung gestand Roman weiter, daß er anläßlich weiterer Treffen mit Patricia dieser – allein und auch mit Lanny zusammen – versichert hatte, die Anschläge seien arrangiert und daß sie an deren Durchführung arbeiteten. Roman traf sich insgesamt zehnmal mit Patricia Columbo. Viermal war Lanny Mitchell dabeigewesen. Sechsmal hatte er anläßlich solcher Treffen Sex mit ihr gehabt. (Einige Polizeibeamte vermuteten damals, da Roman Patricia immer dorthin zum Lunch einlud, wo außer Lanny Mitchell auch andere Männer anzutreffen waren, habe er womöglich daran gedacht, aus Patricia ein Callgirl zu machen mit ihm als ihrem Zuhälter. Diese Theorie hatte nicht mehr Substanz als etwa die Annahme, Roman könnte allen Ernstes daran gedacht haben, diese Morde wirklich auszuführen. Diese Vermutung entstand möglicherweise aus der Einschätzung heraus, daß Roman, wie Lanny, für Sex, Geld oder sonst einen Vorteil einfach *alles* zu tun bereit wäre. Das richtete sich mehr gegen Roman als gegen Lanny, vermutlich deshalb, weil Roman die Nerven gehabt hätte, selbst solche Dinge zu tun, bei deren bloßer Erwähnung Lanny bereits ins Badezimmer gerannt wäre.)

Nach dem 1. Januar 1976 wurde Patricia, wie Roman eingestand, immer ungeduldiger mit ihm und Lanny, aber sie gaben ihr nie ›weitergehende Zusicherungen‹, als die, daß sie ihren Plan weiter verfolgten.

Roman gab zu, Patricia einen Revolver vom Kaliber .32 mit sechs Patronen gegeben zu haben. Als er sich später Sorgen machte, dieser Revolver könne eine Spur direkt zu ihm legen, rief er Patricia an und trug ihr auf, sich der Waffe zu entledigen, da sie ›heiß‹ sei. Zwei Tage später rief er sie wieder an, und sie versicherte ihm, der Revolver liege ›auf dem Grund des Sees‹.

Am 17. Februar sahen die drei sich schließlich zum letzten Mal. Dieses Zusammentreffen fand im Haus von Ron Tross statt; beide hatten Sex mit Patricia, zuerst wie gewöhnlich Roman, und dann bekam Lanny den Rest. Es war ein Dienstagabend, genau elf Wochen vor den Morden.

(Patricia hatte offenbar danach mit keinem der beiden Männer mehr etwas zu schaffen, auch wenn Lanny sie einmal, als er arbeitslos geworden war, anrief und anbot, das ›Geschäft‹ mit den Morden neu zu beleben, falls Frank DeLuca sich ein wenig Geld als Vorschuß bei *Walgreen's* besorgte. Patricia hatte abgelehnt. Sie behauptete, während dieser Zeit habe sie wieder angefangen, Kontakt zu ihrer Familie zu suchen und sie auch zu besuchen; anläßlich von Michaels dreizehntem Geburtstag war sie zu Hause gewesen; sie fing auch wieder an, sich von Zeit zu Zeit den Wagen ihrer Mutter auszuleihen; und, so behauptete sie wenigstens, die Einstellung ihres Vaters veränderte sich seiner einzigen Tochter gegenüber mehr und mehr von Wut zu

Vernunft. Dies ist der Zeitraum, in dem Patricia, wie sie bei ihrer ersten polizeilichen Vernehmung gesagt hatte, Roman und Lanny mehrfach anrief, um sich von ihrem Mordauftrag an sie zu distanzieren, weil es jetzt so aussah, als ließen sich ihre Schwierigkeiten mit ihren Eltern doch noch friedlich beilegen.)

Lassen wir Patricia mal kurz beiseite. Es gibt in der Tat Beweise dafür, daß Frank DeLuca Kontakt zu Roman Sobczynski hatte, zumindest telefonisch. Roman gibt zu, einen Anruf DeLucas vom 10. März beantwortet zu haben, nachdem DeLuca einen ›Hilferuf‹ bei ihm hinterlassen hatte. Das war mehr als drei Wochen *nach* Patricias letztem persönlichen Kontakt mit den Männern. Während dieses Gespräches erzählte DeLuca Roman, daß er in ständiger Angst vor Frank Columbo lebe und nicht mehr länger darauf warten könne, daß die Anschläge endlich vonstatten gingen. Roman versicherte nun DeLuca, es werde nicht mehr lange auf sich warten lassen. (Niemand machte sich die Mühe, Roman Sobczynski zu fragen, solange er noch im Zeugenstand war, ob es *danach* noch weitere Unterhaltungen mit Frank DeLuca gegeben habe. Es scheint kaum sinnvoll, daß ein erschrecktes, verwundbares Individuum wie DeLuca mit leichten Zugang nicht nur zur Ladenkasse, sondern auch zu einer Fülle weiterer Annehmlichkeiten – Spirituosen und Drogen zum Beispiel – von zwei Gestalten wie Roman und Lanny so einfach vom Angelhaken gelassen wurde – besonders dann, wenn DeLuca *sie* anrief. Patricias Gutgläubigkeit mag zu diesem Zeitpunkt vorbei gewesen sein, Franks Vertrauensseligkeit dagegen noch kaum angekratzt. Es ist schwer, sich Roman und Lanny vorzustellen, wie sie dieses noch ungeschorene Schäfchen einfach stehenlassen, ohne ihm nicht wenigstens noch ein kleines Löckchen abgenommen zu haben. Zumal Lanny inzwischen arbeitslos war.)

Bevor Al Baliunas Roman zum Kreuzverhör übernahm, brachte er die Verteidigung um das Vergnügen einer ganz bestimmten Frage. »Ihnen ist als Gegenleistung für Ihre Zeugenaussage in dieser Sache Immunität zugesichert worden. Ist das richtig?«

So war es. Baliunas versuchte einen letzten Treffer. »Ach, bitte, sagen Sie dem Gericht doch noch, ob Sie sich hier in ihrem Zeugenstuhl für die Morde an Michael, Mary und Frank Columbo verantwortlich fühlen?

Mit anderen Worten – glauben Sie, daß Patty Columbo und/oder Frank DeLuca sie mit dem Revolver umgebracht haben, den Sie Patty gegeben haben?«

Swano, Bloom und Toomin sprangen auf mit Einsprüchen, denen Richter Pincham stattgab.

Niemand wird herausfinden, ob Roman Sobczynski oder Lanny Mitchell irgendeine moralische Verantwortung für die Tragödie empfanden. Die meisten Menschen glaubten es allerdings nicht.

Bill Swano war der erste Anwalt der Verteidigung, der das Kreuzverhör aufnahm. Seine ganze Strategie bewirkte absolut gar nichts in Patricias Sinn. Sicher, er brachte neue Farben auf das Bild des Roman Sobczynski und führte der Jury eindringlich vor Augen, welch verabscheuungswürdiger, widerlicher Charakter dieser Sobczynski war – aber das war nichts weiter, als wenn man eine Leiche enthauptet hätte: Jeder Teilnehmer an diesem Prozeß wußte zu diesem Zeitpunkt schon, daß beide, Roman so gut wie Lanny, gewissenlose Schurken waren.

Swano befragte Roman, wie er den Tag der Morde verbracht habe – was nichts ergab, außer daß Roman die Morde nicht begangen hatte. Es gab keine lange Beweisführung darüber, wie weit Roman mit seinem Verhalten das Verbrechen ermuntert, es gefördert und unterstützt hatte; er war, wie Lanny, schuldig der Verschwörung zur Ermordung der Familie Columbo – aber ›Verschwörung‹ war ein Wort, das die Mitglieder dieser Jury vielleicht noch nie in den Mund genommen hatten; irgend jemand an diesem Gerichtshof hätte ihnen bewußt machen müssen, ihnen eine Vorstellung davon vermitteln müssen, daß ohne das Öl, das Roman Sobczynski und Lanny Mitchell in das Feuer der Verzweiflung Patricia Columbos gegossen hatten, diese Morde vielleicht nie passiert wären. Es gibt gute Gründe für die Vermutung, daß die Jury das nie begriffen hat.

Stanton Bloom nahm Roman dann für DeLuca ins Kreuzverhör. Er machte auf Romans bemerkenswerte Karriere als

Taschen- und Ladendieb aufmerksam; beklagte wortreich, daß Roman die Luft aus Patricias Reifen gelassen hatte, und das wohl nur aus gekränkter Eitelkeit, weil Patricia mit ihm keinen Sex wollte – so daß der einzige Sex, den er in dieser Nacht bekam, der mit ihrer betrunkenen Freundin war. Er veranlaßte ihn zuzugeben, daß er mindestens schon fünf andere Frauen mit ins *Edgebrook Motel* mitgenommen hatte, um dort Sex mit ihnen zu machen, daß er von Zeit zu Zeit den Namen ›Sobin‹ oder ›Soben‹ als Decknamen benutzte; daß er in seinem Leben schon die verschiedensten Rollen gespielt hatte: Dieb, Angeber, berufsmäßiger Killer, großer Liebhaber – daß er aber in Wirklichkeit nur ein großer Betrüger war, der alle und jeden nur anlog einschließlich der eigenen Frau, nun aber wolle, daß die Jury ihm abnehme, daß er ausgerechnet jetzt die Wahrheit sage.

Wiederum eine gute Attacke gegen Roman Sobczynski, allerdings ohne der Jury bewußt machen zu können, welche Wirkung Roman Sobczynski auf Patricia gehabt hatte. Roman immer schlechter aussehen zu lassen, bewirkte nur, daß auch Patricia immer schlechter aussah, denn sie hatte ja Sex mit ihm gehabt. Herauszuarbeiten, was seine Manipulationen bei ihr bewirkt hatten, wäre sicher eher zu Patricias Vorteil gewesen.

Bloom verbuchte allerdings einen Pluspunkt; er brachte Roman dazu, zu gestehen, daß er genau die Geschichte erzählen *mußte*, die er da im Zeugenstand zum besten gegeben hatte, indem er ihn fragte, ob es nicht der Wahrheit entspräche, daß ihm die Anklagebehörde für den Fall, daß er seine Geschichte abändere – jene Geschichte, die zu erzählen er sich als Gegenleistung für die Immunität verpflichtet hatte –, mit einer Anklage wegen Meineides gedroht hatte.

Romans Antwort: Ja.

Deputy Sheriff Gene Gargano wurde noch einmal in den Zeugenstand gerufen, um über Frank DeLucas Bemerkungen an dem Tag auszusagen, als Patricia verhaftet worden war. Frank DeLuca hatte an diesem Tag keine formelle Aussage gemacht, aber das hätte er genausogut auch tun können. All seine ›hypothetischen‹ Fragen hatten Gargano genau gezeigt, was in DeLucas Kopf vorging. *Rein hypothetisch gesprochen – wenn dieser Mann und dieses Mädchen diese Morde gestehen würden, was wäre dann die Strafe?* Wie groß wären die Chancen dieses hypothetischen Pärchens, in ein Hospital statt ins Gefängnis geschickt zu werden? Auf Fragen dieser Art kommt doch niemand, der unschuldig ist, und dann auch noch vor seiner Verhaftung. DeLuca hätte an diesem Tag womöglich ein umfassendes Geständnis abgelegt, wenn Gargano von der Staatsanwaltschaft ermächtigt gewesen wäre, ihm einen attraktiven Handel vorzuschlagen. Wenn Gargano für Patty und ihn nebeneinander liegende Zellen in einer halbwegs komfortablen psychiatrischen Anstalt hätte anbieten können, hätte sich das Cook County die Kosten des Verfahrens sparen und statt dessen Roman Sobczynski und Lanny Mitchell gleichfalls hinter Gitter bringen können.

Robert A. Cabanne, ein gefragter Prüfer für Dokumente aller Art im staatlichen *Bureau of Identification*, war seit fünfundzwanzig Jahren als Schriftsachverständiger tätig. Er untersuchte das ›Beweisstück des Volkes‹ mit der Nummer einhundertsechsundsechzig, einen von freier Hand gezeichneten Grundrißplan eines Einfamilienhauses mit gegeneinander versetzten Wohnebenen, auf dem das Wort ›unten‹ geschrieben stand; das ›Beweisstück des Volkes‹ mit der Nummer einhundertneunundsechzig, bei dem es sich um eine Liste routinemäßiger täglicher Verrichtungen handelte, angeführt von den Namen ›Frank Peter Columbo‹; und das ›Beweisstück des Volkes‹ mit der Nummer einhundertsechsundsiebzig, handschriftliche Notizen der Angeklagten mit dem Namen Patricia Ann Columbo. Mr. Cabanne identifizierte die Handschrift auf dem ersten Dokument als identisch mit der auf den beiden anderen. Er wies zudem nach, daß das Papier, auf dem die beiden ersten geschrieben standen, von demselben Notizblock stammte, das im Apartment neunhundertundelf sichergestellt worden war.

Michael Podlecki, Kriminalbeamter im staatlichen *Bureau of Identification,* hatte im Verlauf seines Berufslebens mehr als fünftausend Proben von Körperhaaren und anderen Fasern untersucht und wurde nach ein paar einleitenden Fragen zu seiner beruflichen Qualifikation als sachverständiger Zeuge anerkannt. In der direkten Vernehmung fragte Patti Bobb ihn, ob er die Haarstandards von den Columbo-Opfern untersucht habe. Das hatte er in der Tat: Proben von Frank und Mary Columbos Haar und dem Haar der beiden Angeklagten Patricia Columbo und Frank DeLuca.

Die Anklagevertretung schickte sich an, das Versäumnis zu erklären, keine Haarprobe von Michael genommen zu haben.

Podlecki bezeugte, er habe die beiden Haare von Michaels T-Shirt mit der Probe verglichen, die er von DeLucas Kopf genommen hatte, und hatte keine positiven Übereinstimmungen finden können. Beim Vergleich mit Proben, die von Patricias Kopf stammten, hatte er herausgefunden, daß das Haar von der Vorderseite von Michaels T-Shirt dem ihren *ähnlich* war. Da die Staatsanwaltschaft nicht nachweisen konnte, daß das Haar *nicht* von Michaels Kopf stammte, konnte sie allenfalls andeuten, es stamme von Patricia.

Bill Murphy übernahm das Kreuzverhör. »Können Sie bezeugen, daß die Haarproben zu einem mehr als normalen Grad wissenschaftlicher Genauigkeit einander ähnlich sind?« fragte er.

»Sie sind einander ähnlich«, erwiderte der Zeuge der Anklage in ruhigem Ton, »jedenfalls insoweit, als ich keinerlei Abweichungen feststellen konnte.«

Murphy wandte sich dem Richtertisch zu. »Richter, würden Sie bitte den Zeugen anhalten, meine Frage zu beantworten. Ich bitte, die letzte Antwort aus dem Protokoll zu streichen.«

Pincham schüttelte den Kopf. »Einem sachverständigen Zeugen steht es frei, Fragen in seiner eigenen Terminologie zu beantworten.«

Dies war womöglich Pinchams Art, Murphy zu sagen, daß er ohnehin auf der falschen Fährte sei. Die Geschworenen waren keine Wissenschaftler. Ein ›normaler Grad wissenschaftlicher Genauigkeit‹ war dem Begriff der ›Verschwörung‹ vergleichbar, weil beide Begriffe der Illustration bedürfen und es nicht reicht, sie einfach nur auszusprechen. Es wäre also kein Beinbruch gewesen, etwa zu fragen: ›Könnte das Haar auch von jemand anderem stammen als von Patricia Columbo?‹ Die Antwort wäre ja gewesen.

Aber Murphy bohrte unverdrossen weiter. Welche Ausbildung haben Sie in Vererbungslehre oder Genetik absolviert?« Antwort: »Ich habe mit dem ersten Staatsexamen abgeschlossen.« Aber was machte das schon für einen Unterschied? Der Gutachter war doch vom Gericht als sachverständig anerkannt worden. Es war zu spät, jetzt noch Zweifel an seiner Qualifikation geltend zu machen. Jetzt war die Zeit, Zweifel an der Herkunft des Haares geltend zu machen.

»Sind Sie mit dem DNA-Molekül vertraut?« fragte Murphy.

»Bis zu einem gewissen Grad.«

»Es überträgt die Gene von den Eltern auf die Kinder?«

»Ja.«

Als erinnere er sich plötzlich wieder, daß es sich hier um ein einzelnes Haar handelte, fragte Murphy auf einmal: »Sie hatten keine Haarprobe von Michael Columbo zu Vergleichszwecken zur Verfügung?«

»Nein.«

Endlich. Zufällig oder nicht.

»Sie wissen also nicht, ob das Haar nicht vielleicht von Michael Columbo stammte, richtig?«

»Richtig.«

Ein Punkt für die Verteidigung. Endlich.

Blair Schultz war ebenfalls Kriminalbeamter im *Bureau of Identification* des Staates Illinois, angestellt bei der Spurensicherung. Sein Aufgabengebiet, erklärte er, umfasse die Analyse von Glasproben, Farben, Metallen, Resten von Explosionsstoffen und allen anderen Stoffen, deren Anwendung Spuren hinterläßt. Er hatte das Staatsexamen als Chemiker und für forensische Medizin abgelegt.

Al Baliunas zeigte Schultz eine Reihe kleiner Gegenstände, die der Beamte bei früherer Gelegenheit bereits untersucht hatte: *Beweisstück des Volkes* Nummer dreißig, Glas vom Fußboden des Hauses 55 Brantwood; Nummer zweiunddreißig, Fasern vom Teppich des Wohnzimmers; Nummer fünfunddreißig, verschiedene Materialien vom Fußboden der obersten Halbetage; Nummer vierzig, Glas aus dem Flur; Nummer fünfzig, verschiedene Materialien von der Treppe; Nummer siebzig, Inhalt des Handschuhfachs von Mary Columbos Oldsmobile; Nummer vierundsiebzig, Material aus dem Wageninneren des Oldsmobile; Nummer siebenundsiebzig, Fasern von Boden eines Buick Skylark, Baujahr 1968; Nummer achtundsiebzig, Material aus dem Thunderbird von Frank Columbo.

»Haben Sie alle diese Gegenstände miteinander verglichen?« fragte Baliunas.

»Ja.«

»Sind Sie dabei auf Übereinstimmungen gestoßen?«

»Nur eine.«

»Bezeichnen Sie sie unter Nennung der Nummern.«

»Die Nummern dreißig und siebenundsiebzig.«

»Woher stammt Nummer dreißig?«

»Vom Tatort, 55 Brantwood.«

»Woher stammt die Nummer siebenundsiebzig?«

»Das war ein Stückchen Glas, das auf dem Fußboden des Buick Skylark, Baujahr 1968, gefunden worden war.« Dies war das Auto, das Patricia bei Jack Lilly von der Firma *Jack's Top and Trim* angemietet hatte.

Toomin übernahm das Kreuzverhör. Das Material vom Fußboden des Buick enthielt unter anderem fünfundzwanzig verschiedene Stücke Glas. Bis auf zwei waren es alles kleine Splitter. Nur eines glich dem Glas aus dem Haus der Columbos. Es hätte auch von einem anderen, ganz ähnlich aussehenden zerbrochenen Glasgefäß stammen können, man könnte sogar sagen, es hätte von hundert oder tausend anderen zerbrochenen Glasgefäßen irgendwo stammen können.

Die Geschworenen dachten aber wohl kaum über hundert oder tausend andere Orte nach, von denen dieser Splitter stammen könnte. Sie dachten mit an Sicherheit grenzender Wahrscheinlichkeit eher an 55 Brantwood.

Als Mr. Schultz entlassen wurde, vertagte sich das Gericht und beendete die vierte Woche des Verfahrens.

Am Montag, dem 13. Juni, war der erste Zeuge des Morgens Eugene Giles, PhD, Professor der Anthropologie an der Universität von Illinois. Auf Befragen durch Patti Bobb sagte er aus, er habe Kotflügel und Kofferraumdeckel von Frank Columbos Thunderbird untersucht und dabei eine Markierung entdeckt, die er als Abdruck einer behandschuhten Hand identifiziert hatte. Einer linken Hand. An der das zweite Glied des Zeigefingers fehlte. Die Markierung paßte zu DeLucas Handabdruck.

Während der Zeugenaussage von Dr. Giles fingen einige Zuschauer im Saal an zu argwöhnen, daß Patricia Columbo Tag für Tag unter starkem Medikamenteneinfluß stand. Mitunter schien sie völlig uninteressiert an dem, was um sie herum vorging, und sehr oft starrte sie einfach nur ins Leere. Aber sie stand natürlich nicht unter Medikamenteneinfluß, sondern tat in Wirklichkeit etwas, das zu tun ihr Anwalt ihr geraten hatte: Sie starrte den bronzenen Adler an, der über den Geschworenen schwebte und die amerikanische Flagge in seinen Klauen hielt. Der Anwalt hatte ihr diesen Rat gegeben, nachdem Patricia so plötzlich sehr emotional reagiert hatte, als der junge Glenn Miller, Michaels bester Freund, ausgesagt hatte. Patricias Anwälte müssen gewünscht haben, ihre Hände nicht noch einmal zittern zu sehen, und ganz bestimmt müssen sie sich gewünscht haben, daß sie nicht noch einmal solche Blicke mit DeLuca tauschte wie in den Minuten, als Michaels Freund im Zeugenstand war. Daher hielt einer aus dem Anwälteteam Ausschau nach einem Fixpunkt, auf den sie ihre Aufmerksamkeit konzentrieren konnte, und verfiel auf den bronzenen Adler. Wenn Patricia sich dann später nervös fühlte, deprimiert oder einfach nur erschöpft, konzentrierte sie sich auf diesen Adler und schaltete im übrigen völlig ab. Nachdem sie das oft genug getan hatte, verbreitete sich das Gerücht, sie sei ›gedopt‹.

Auf Dr. Giles folgte ein anderer ›Star‹ der Anklage – Hubert Francis Green, bekannt als › Bert‹.

Green identifizierte Frank DeLuca als den Filialleiter, für den er früher gearbeitet hatte, und Patricia Columbo als DeLucas Freundin, die ›etwa dreimal wöchentlich‹ in das Geschäft gekommen war, ›um DeLuca zu besuchen‹. Bert berichtete, wie DeLuca ihm ein Päckchen zur Aufbewahrung übergeben hatte und dieses Päckchen später in Greens Gegenwart geöffnet hatte. Es hatte einen Revolver enthalten. Dann erzählte er, er sei an drei aufeinanderfolgenden Montagabenden von DeLuca gebeten worden, Patty von ihrem gemeinsamen Apartment abzuholen und sie zu einem Parkplatz hinter einer Kirche in der Nähe des Hauses der Columbos zu fahren. Er gab Bemerkungen wieder, die DeLuca dahingehend gemacht hatte, Patty träfe sich mit einem berufsmäßigen Killer, den sie in das Haus der Columbos führen wolle. Patty hätte auf der zweiten Fahrt ebenfalls davon gesprochen, daß ›die Anschläge heute nicht stattfinden‹, sagte Green. Auf den beiden ersten nächtlichen Fahrten, erzählte DeLuca Green später, sei jedesmal irgend etwas falschgegangen, weshalb die ›Anschläge nicht stattgefunden hatten‹. Nach der zweiten nächtlichen Fahrt sagte DeLuca angeblich, wenn sie beim nächsten Mal nicht stattfänden, *würden er und Patty es selber tun.* (In seiner Aussage vor der Polizei hatte Green erklärt, DeLuca habe gesagt: »*Ich werde* es ›selbst‹ tun müssen.«) Nach dem dritten Fehlschlag, so Green, sei DeLuca ›sehr aufgeregt, sehr nervös‹ gewesen und habe Bert gesagt, daß ›die beiden Alten‹ seine und Pattys Killer ausgezahlt hätten.

Das Gericht vertagte sich für diesen Tag. Bert Green war immer noch im Zeugenstand.

Als das Gericht am Dienstag, dem 14. Juni, um 10 Uhr erneut zusammentrat, wurde Richter Pincham, noch bevor die Geschworenen wieder in den Saal geführt worden waren, dahingehend informiert, daß Bert Green krank sei. Er sei gerade aus dem Hospital entlassen worden, teilte die Anklagevertretung mit, stünde noch unter ärztlicher Aufsicht und benötige jede halbe Stunde eine ›Medizin‹. Bei dieser ›Medizin‹ handelte es sich um Maalox, ein gängiges Antacidum, um überschüssige Magensäure zu neutralisieren. Bert Green war ganz offenkundig überängstlich und stand möglicherweise kurz vor einem Nervenzusammenbruch. Hatte vielleicht der kalte Blick

Frank DeLucas vom Tisch seines Verteidigers zu ihm herüber etwas damit zu tun?

Richter Pincham entschied, den Geschworenen mitzuteilen, das Gericht werde etwa alle halbe Stunde eine kurze Pause einlegen. Den Grund hierfür nannte er nicht. Solange Green im Zeugenstand war, reichte ihm ein Gerichtsdiener sein Maalox regelmäßig in einem Pappbecher, so daß es aussah, als gebe er ihm Wasser. Der Grund, warum Greens Zustand den Geschworenen verheimlicht wurde, wurde nie recht klar. Vielleicht wollte Richter Pincham die Geschworenen einfach davor bewahren, irgend etwas in Bert Greens Nervosität hineinzuinterpretieren – etwa Furcht vor DeLuca –, das seinen Status als ›unschuldig bis zum Beweis des Gegenteils‹ hätte gefährden können. Dies war auch im Sinne der Anklagevertretung ein durchaus adäquates Verfahren, denn die Staatsanwaltschaft konnte nun wirklich kein Interesse daran haben, daß die Geschworenen etwa argwöhnten, Bert Green könne selbst ein schlechtes Gewissen haben.

An diesem zweiten Tag von Greens Zeugenaussage befragte Al Baliunas Bert über den Morgen des 5. Mai 1976, als Green das Geschäft öffnete und DeLuca dort bereits vorfand. Hier nun bestätigte Green in vollem Umfang, was er bereits Ray Rose gegenüber ausgesagt hatte: Daß der Müllverbrennungsofen in Tätigkeit war; daß DeLuca erklärte, es sei ›letzte Nacht passiert‹; daß er selbst ganz schrecklich ausgesehen habe, von Kopf bis Fuß mit Blut besudelt; daß er Bert die Schnittwunden an seinen Händen gezeigt und gesagt hatte, die habe er sich zugezogen, als er ›dem Alten die Lampe über den Kopf gehauen‹ habe – die ganze Geschichte, die Frank DeLuca ihm über die Morde an Frank, Mary und Michael Columbo erzählt hatte. Green wiederholte, was er schon Ray Rose gesagt hatte, nämlich daß DeLuca gesagt habe, Frank Columbo habe ihn gefragt: ›Wer sind Sie? Warum tun Sie mir das an?‹ Worauf DeLuca gesagt habe: ›Halt die Schnauze!‹ Danach habe er wieder auf ihn geschossen – vermutlich zum dritten oder vierten Mal. DeLuca sagte, er habe eine ›Strumpfmaske‹ getragen und daß diese sich in einer Tüte befinde, die sich mit dem Rest der blutbeschmierten Kleider jetzt dort drinnen in dem Müllverbrennungsofen in Rauch auflöse.

Dann fragte Al Baliunas Green: »Hat er zu irgendeinem Zeitpunkt darauf hingewiesen, ob er auch die Frau erschossen hat?«

Völlig unglaubwürdig erwiderte Green: »Nein, Sir.«

Nur Augenblicke zuvor hatte Green noch gesagt, DeLuca habe ihm erzählt, nachdem er zweimal auf Frank Columbo geschossen habe, sei er ›hinaufgegangen und habe die alte Dame erschossen‹. Das konnte doch ganz offensichtlich nur heißen, daß er auf der Treppe zweimal auf Frank Columbo geschossen hatte, dann die Treppe weiter hinaufgestiegen war und Mary ebenfalls erschossen hatte, als sie, alarmiert von den Schüssen, aus dem Badezimmer stürzte.

Aber jetzt, nur Sekunden später, widersprach sich Green selbst und sagte, DeLuca habe *nicht* erklärt, er habe auch auf die ›alte Dame‹ geschossen.

Das ist seltsam. Hatte etwa die Anklagevertretung Bert Green dazu veranlaßt zu sagen, DeLuca habe nicht ausdrücklich darauf hingewiesen, daß er auch Mary Columbo erschossen habe, um vielleicht unterschwellig zu unterstellen, daß Patricia das getan haben mußte? Und hatte dann Bert Green zu Beginn seiner Vernehmung schlicht vergessen, diesen Teil wegzulassen? Oder anders gefragt: Hatte er möglicherweise zu Beginn rein versehentlich die Wahrheit gesagt, so daß Baliunas versuchte, diese Version auf jeden Fall, und sei es auf Umwegen, in die Vernehmung einzuführen? In diesem Stadium des Verfahrens des Staates gegen Patricia legte die Staatsanwaltschaft verstärkt Gewicht darauf, die *gemeinschaftliche* Begehung der Morde nachzuweisen, und darauf, klarzustellen, daß sie eine hochkarätige Nutte war. Aber das konnte nicht darüber hinwegtäuschen, daß der einzige klare Hinweis auf den wirklichen Täter nur in Richtung DeLuca ging. Der Staatsanwaltschaft kam es sichtlich darauf an, nachzuweisen, daß Patricia sich im Haus aufgehalten hatte, und zu zeigen, daß auch von ihr Gewalt ausgegangen war.

Noch erstaunlicher als der Umstand, daß Bert Green sich selbst widersprach, ist der Umstand, daß die Verteidigung diesen Widerspruch nie angeführt hat. In der Niederschrift über das Verfahren steht heute, daß Bert Green gesagt hat, DeLuca *habe* und *habe nicht* zugegeben, Mary Columbo erschossen zu haben.

Während Bert Green davon berichtete, wie DeLuca ihm von den *wirklich raffinierten Sachen* erzählte, die er ins Werk gesetzt haben wollte, ›um meine Spuren zu verwischen‹, wurde Bert sichtlich nervös und begann zu zittern. Richter Pincham ließ sofort die Geschworenen hinausführen und erlaubte Green, etwas von seinem Maalox zu nehmen.

Nachdem sich Bert wieder beruhigt hatte, befragte Baliunas ihn während der nächsten Tage: wie DeLuca es einfach nicht habe glauben wollen, daß die Leichen nicht gefunden wurden; daß er dann eine Woche später zusammen mit Patricia Columbo verhaftet und eine Woche später wieder auf freien Fuß gesetzt worden war (nachdem Patricia eine formelle Erklärung unterzeichnet hatte); und wie Bert zum Elk Grove Village Police Department gefahren war, um DeLuca in seine frühere Wohnung in Addison zu bringen, wo noch immer Marilyn DeLuca und die fünf Kinder wohnten.

Bill Swano übernahm als erster das Kreuzverhör. Er stellte zunächst fest, daß Bert seine Stellung bei *Walgreen's* zwei Monate zuvor aufgegeben hatte, fragte ihn aber nicht, warum (ein Versäumnis, das Michael Toomin dann aber korrigieren sollte). Swano brachte Bert dann dahin zuzugeben, daß Green nicht zur Polizei gegangen war, obwohl DeLuca ihm berichtet hatte, daß er die Morde begangen hatte, ja daß er sogar nicht einmal mit den ermittelnden Kriminalbeamten kooperiert hatte und eine solche Kooperation sogar dann noch verweigerte, als ihm in der Voruntersuchung mit Beugehaft gedroht worden war; daß er wirklich und tatsächlich alles, was er über den ganzen Fall wußte, bis zum 28. Juli, *dreizehn Wochen* nachdem DeLuca ihm angeblich alles über die Morde erzählt hatte, verschwiegen hatte. Und Swano fragte rundheraus: »Der Grund, warum Sie nicht mit der Polizei gesprochen haben, warum Sie bis drei Monate nach dem Vorfall nichts von den Informationen, über die Sie verfügten, weitergegeben hatten, war doch wohl darin zu suchen, daß Sie so lange brauchten, sich dieses Lügengebäude zusammenzureimen, oder etwa nicht?«

»Das ist nicht wahr«, behauptete Bert Green.

Swano ließ ihn mit erstaunlich wenigen Blessuren wieder gehen. Michael Toomin sollte danach allerdings nicht so human mit ihm umspringen.

»Kennen Sie Joy Heysek?« fragte Toomin.

»Ja.«

»Sie war eine frühere Freundin von Frank DeLuca?«

»Ja.«

»Hatten Sie danach selbst eine Beziehung mit ihr?«

»Eh – nicht dieselbe Art von Beziehung.«

»Nachdem Mr. DeLuca verhaftet worden war, wechselten Sie in die *Walgreen's*-Filiale nach Oak Brook, und Joy Heysek blieb in der Filiale von Elk Grove Village?«

»Ja.«

»Sie rief Sie im Laden von Oak Brook nahezu täglich an, oder etwa nicht?«

»Ja.«

»Worüber haben Sie gesprochen?«

»Daß sie sich ›extrem viele Sorgen um DeLuca‹ mache.«

»Hat sie Ihnen je von irgendwelchen Fotos erzählt, die DeLuca von ihr gemacht hat?«

»Ja.«

»Hat sie Ihnen erzählt, daß sie auf diesen Fotos in verschiedenen sexuellen Akten mit Männern, Frauen und Hunden abgebildet war?«

»Einspruch!« rief Baliunas.

Stattgegeben.

Auf weiteres Befragen gab Bert Green zu, daß Joy Heysek verzweifelt versucht hatte, diese Fotos zurückzubekommen, daß aber DeLuca es abgelehnt hatte, sie ihr auszuhändigen. Joy hatte ihm gesagt, sie würde alles tun, um diese Fotos zurückzubekommen, wirklich alles, sagte Bert.

Zwischen den Morden und dem Beginn des Verfahrens, also während elf Monaten, hatte Bert Green Joy Heysek da je wiedergesehen? Ja. Wie oft? Fast täglich.

Toomin wechselte abrupt das Thema, ganz offensichtlich in der Hoffnung, in den Geschworenen werde sich der Eindruck verfestigen, Bert Green und Joy Heysek könnten sich gegen

DeLuca zusammengetan haben, um ihn loszuwerden. Er kam noch einmal auf die dritte Fahrt zurück, die Bert mit Patty unternommen hatte, um sie von dem Apartmenthaus zu einem Treffen mit den Killern zu fahren. Hatte Green denn da nicht der Polizei erzählt, er sei am nächsten Morgen, dem 4. Mai, dem Tag der Morde – als DeLuca angeblich gesagt hatte ›ich werde es selbst tun müssen‹ –, zur Arbeit gekommen, obwohl er doch ganz eindeutig an diesem Tag frei gehabt hatte? Und hatte die Polizei das nicht selbst durch Überprüfung der Stechkarten bei *Walgreen's* festgestellt? Und hatte Al Baliunas diese Diskrepanz etwa nicht mit ihm besprochen? Hatte Baliunas ihm etwa nicht gesagt, diese Diskrepanz müsse ausgeräumt werden? Und hatte Green daraufhin seine Geschichte etwa nicht abgeändert und gesagt, DeLuca habe ihm gesagt, er werde es selbst tun, als Bert ›rein zufällig‹ vorbeigekommen sei, um verschiedene Dinge abzuholen?

Ja. Ja auf alle Fragen.

Toomin fragte, ob Bert nicht versucht habe, seinen Freund umzustimmen, als DeLuca gesagt hatte, er werde ›es selbst tun‹ müssen. »Haben Sie da gesagt ›tu es nicht Frank, es ist nicht richtig‹, oder irgend etwas in dieser Hinsicht?«

Bert hob die Schultern. »Nein. Ich ging davon aus, daß er alt genug ist, um zu wissen, was er tut.«

»Und am 5. Mai erzählte er Ihnen von drei Morden, die er in der Nacht zuvor begangen hatte?«

»Das ist richtig.«

»Und Sie wollen mit niemanden sonst darüber geredet haben?« fragte Toomin ungläubig. »Gehörte das etwa zur täglichen Routine bei *Walgreen's?*«

»Selbstverständlich nicht«, erwiderte Green abwehrend.

Bevor Toomin fortfahren konnte, wurde die Sitzung für die Mittagspause unterbrochen.

»War Ihre Beziehung zu Joy Heysek rein platonisch?« fragte Toomin, als das Gericht wieder zusammengetreten war.

»Ja.«

Aber war es denn nicht wahr, daß Joy Heysek ein Liebesgedicht für ihn geschrieben hatte, daß seine Frau es gefunden und ihn daraufhin verlassen hatte?

»Sie hat mich nie verlassen«, sagte Bert. »Sie ist nur in Urlaub gefahren.«

Nun gut, habe es denn Probleme zwischen ihm und seiner Frau wegen Joy Heysek gegeben? Ja.

Wann wechselte er zur Filiale in Oak Brook? Juni 1976, einen Monat nach den Morden. Ob diese Versetzung nicht erfolgt sei, nachdem man ihn in einem Lagerraum mit einer Angestellten namens Barbara Cooper erwischt hatte? »Das war nicht der Grund.« Ob sich dieser Vorfall ereignet habe oder nicht? Ja. Ob seine Beziehung zu Barbara Cooper auch nur rein platonischer Natur gewesen sei? Nein. Ob seine Frau ihn vielleicht *deshalb* verlassen habe? Ja.

Nachdem Bert Green nun einmal verwundbar geworden war, nagelte Toomin ihn fest. »Hat DeLuca gesagt, er habe das Haus der Columbos in der Gesellschaft von irgend jemand anderem betreten?«

»Nein, Sir.«

Das war eine Frage, von der man denken sollte, *Patricias* Anwalt hätte sie gestellt.

»Sie wußten also schon von diesem sogenannten Überfall, als er noch in der Planung war, stimmt das?«

»Das stimmt.«

»Sie wußten es und hätten es verhindern können?«

»Das ist korrekt.«

Toomin wandte sich ab, und die Abscheu stand ihm im Gesicht. »Keine weiteren Fragen.«

Seine beiden letzten Fragen waren in der Tat merkwürdig gewesen. Darauf hinzuweisen, daß Bert Green die Morde hätte *verhindern* können, bedeutete, genau betrachtet, nichts anderes, als daß Toomin selbst zugab, daß sein Klient sie *begangen* hatte.

Baliunas fragte anschließend, warum Green nicht zur Polizei gegangen sei. Bert sagte, er habe gedacht, DeLuca sei ›in der Mafia und könnte Killer anheuern, die dasselbe‹, das den Columbos widerfahren war, ›ihm, seiner Frau und seinem Kind antun‹ könnten.

Und warum nicht nach DeLucas Arrest? Bert hob die Achseln. »Ich hatte Angst, er kommt wieder raus.«

Als Bert Green für diesen Tag entlassen wurde, hatten viele Prozeßbeobachter das Gefühl, als gebe es über seine Verwicklung in diese Angelegenheit noch einiges mehr als das, was sie gehört hatten.

Joy Heysek betrat den Zeugenstand.

Terry Sullivan stellte eingangs fest, daß sie Frank DeLuca seit sieben Jahren kannte und von 1970 bis 1973 auch intime sexuelle Beziehungen mit ihm unterhalten hatte. Im Juli 1975 war sie Leiterin der Kosmetikabteilung bei *Walgreen's* in Elk Grove Village gewesen. Das war zu der Zeit, als Frank Columbo DeLuca auf dem Parkplatz überfallen hatte. DeLuca erzählte Joy Heysek, daß Columbo ›mir die Zähne ausgeschlagen‹ hatte und daß DeLuca ›es ihm heimzahlen‹ wolle.

Im November 1975, sagte Joy, habe DeLuca ihr erzählt, Frank Columbo habe Leute angeheuert, um ihn umzubringen, aber er habe die Durchführung dieses Auftrages verhindert und selbst den Auftrag gegeben, Frank Columbo und seine Familie umzubringen. Während dieser Zeit hatte DeLuca sie gebeten, ihm jedesmal Bescheid zu sagen, wenn sie Michael Columbo ins Geschäft kommen sah.

Zu Beginn des Jahres 1976, sagte Heysek, habe DeLuca ihr erzählt, die von ihm angeheuerten Killer hätten ihn im Stich gelassen und er ›würde es wohl selbst tun‹ müssen – eine Aussage, die absolut identisch war mit der, die Bert Green ursprünglich vor der Polizei gemacht, dann aber im Zeugenstand abgeändert hatte. Joy hatte DeLuca gefragt, *wie* er das tun wolle, und er erzählte ihr, er werde es wie einen Raubüberfall aussehen lassen.

Eine Woche vor den Morden warnte DeLuca sie in einem der Lagerräume der *Walgreen's* Filiale, wenn sie zur Polizei gehe und dort irgend etwas von dem wiederhole, was er ihr gesagt hatte, werde er dafür sorgen, daß ihr Sohn von einem Auto überfahren, ihre Tochter Kim ›verschleppt und vergewaltigt‹ werde und er nicht zuletzt Joy dermaßen zusammenschlagen würde, ›daß dich kein Mensch mehr wiedererkennt‹.

Am 4. Mai, dem Tag der Morde, verließ DeLuca um 4 Uhr nachmittags den Laden. Vorher bat er Joy, sich den Film *Einer flog über das Kuckucksnest* anzusehen und ihm am nächsten Tag den Inhalt zu erzählen. Joy sagte, sie könne nicht ins Kino gehen, weil sie an einem Fortbildungskursus im Harper College teilnehme.

Am Morgen des 5. Mai war Joy zur Arbeit erschienen und hatte DeLuca im Frühstücksraum bei einer Tasse Kaffee angetroffen. Er war ›aufgekratzt, ausgesprochen high‹ und zeigte ihr Schnitte und Kratzer an beiden Händen. »Was ist passiert?« fragte sie.

»Es ist letzte Nacht passiert«, erwiderte er – auch diese Aussage deckte sich mit der von Bert Green. »Ich hab' sie letzte Nacht alle erledigt«, erläuterte er. »Der alte Columbo hat es mir verdammt schwergemacht. Ich mußte zweimal auf ihn schießen und habe ihn dann mit den eigenen Händen endgültig erledigt. Ich hab' ihn in den Hinterkopf geschossen . . . Die Kugel kam durch seinen Mund wieder raus . . . riß seine Zähne weg . . . jetzt sehen seine Zähne genauso aus wie meine. Der Hundesohn wird nie wissen, was mit ihm passiert ist.«

»Und was ist mit Mrs. Columbo?« hatte Joy gefragt.

»Kein Problem. Sie kam um die Ecke, und ich hab' ihr genau zwischen die Augen geschossen. Danach hab' ich Michael erschossen.«

Joy Heysek sagte, obwohl sie ›sehr aufgebracht‹ gewesen sei, sei sie in die Kosmetikabteilung gegangen, um die Arbeit aufzunehmen. Zwanzig Minuten später rief DeLuca sie in die Pharmaabteilung zurück und schärfte ihr ein zweites Mal ein, alles zu vergessen, was er ihr gesagt hatte.

Am Donnerstag, dem 6. Mai, sagte Joy aus, war DeLuca ›ängstlich‹, weil die Leichen noch nicht entdeckt worden waren. Dann, am Freitag, dem 7. Mai, etwa gegen 18 Uhr 30, war sie in den Frühstücksraum gegangen, wo sie ihn weinend vorfand. Einer der stellvertretenden Filialleiter war bei ihm. DeLuca blickte zu ihr auf und sagte: »Man hat Mr. und Mrs. Columbo gefunden, kann aber Michael nicht finden.« Ganz offensichtlich wußte der Angestellte, der angerufen und ihm von der Tragödie erzählt hatte, nur, daß Frank und Mary ermordet worden waren. Als der stellvertretende Filialleiter wieder gegangen war, hörte DeLuca zu weinen auf und begann zu lachen. Joy Heysek sagte: »Für diese schauspielerische Leistung hättest du einen *Emmy* verdient.«

Irgendwann während der zweiten Woche nach den Morden rief DeLuca sie im Geschäft an und bat um ein Treffen. Das lehnte sie ab. DeLuca, der inzwischen in eine andere Filiale versetzt worden war, sagte, er habe gehört, daß die Polizei die Angestellten der Filiale von Elk Grove nach ihm befragte, und warnte sie noch einmal davor, den Beamten irgend etwas zu erzählen.

»Ich meine das verdammt ernst«, sagte er zu ihr.

Stanton Bloom nahm Joy Heysek für DeLuca ins Kreuzverhör. Er stellte fest, daß sie in Hoffman Estate wohne, der Name ihres Ehemannes Ralph laute und sie jetzt für die *J. C. Penney Company* arbeite, nachdem sie *Walgreen's* im vorigen September verlassen hatte, knapp vier Monate nach den Morden. Sie hatte zwei Kinder im Alter von dreizehn und siebzehn Jahren.

Joy hatte 1970 im *Parkway Plaza* in Schaumburg bei *Walgreen's* als Teilzeitkassiererin zu arbeiten begonnen. Sie war vom seinerzeitigen Filialleiter Frank DeLuca eingestellt worden. Ein Jahr später versetzte er sie in die Kosmetikabteilung. Ihre Beziehung mit DeLuca begann, wie sie dem Gericht erzählte, als reine Freundschaft; ihre Ehe ›hatte sich zum Schlechteren gewendet‹, und DeLuca war jemand gewesen, mit dem sie über ihre ›Probleme reden konnte‹. ›Ein paarmal‹ hatte er sie zum Essen eingeladen, aber sie hatte jedesmal abgelehnt; sie wußte, daß er verheiratet war und damals drei Kinder hatte. Bevor sie ihr intimes Verhältnis mit DeLuca begann, hatte sie, wie sie zugab, eine andere ›kurze‹ Affäre.

Als Joy Heysek schließlich einwilligte, sich von Frank DeLuca ausführen zu lassen, da vermutete sie bereits, wie sie zugab, daß dies zu einer intimen Beziehung führen würde, und genau das war dann ja auch geschehen. Zum erstenmal war es in einem Motel in *Villa Park* geschehen und hatte dreieinhalb Stunden gedauert. Joy sagte, sie habe sich ›ein paar Monate‹, nachdem die Affäre begann, ernsthaft in DeLuca verliebt.

Ob Frank DeLuca sie wegen Patty Columbo ›abgeschoben‹ hatte, wollte Stanton Bloom wissen.

»Nein«, erwiderte Joy Heysek ruhig. »Er traf sich noch immer regelmäßig mit mir, als er schon mit ihr liiert war. Er wollte sogar mit uns beiden, mit Patty und mir, gleichzeitig – eh, ausgehen.«

»Haben Sie Ihre Beziehung zu ihm inzwischen beendet?«

»Ja, als er mich aufforderte, bestimmte Dinge zu tun, die ich nicht wollte.«

»Was für Dinge?«

»Sexueller Natur«, erwiderte Joy einfach.

Bloom begann jetzt mit einer gnadenlosen Attacke auf Joy Heyseks Lebenswandel. »Hatten Sie eine Unterredung mit der Staatsanwältin Patti Bobb über bestimmte Bilder?«

»Ja.«

»Wissen Sie, was auf diesen Bildern zu sehen ist?«

»Ja. Sexuelle Akte. Ich wollte sie nie tun.«

»Wurden Sie gezwungen?«

»Gezwungen ist nicht der richtige Ausdruck«, gestand sie.

»Niemand hat Ihnen einen Revolver an den Kopf gesetzt, nicht wahr?« fragte Bloom trocken.

»Nein.«

»Wurden Sie gezwungen, sich auszuziehen?«

»Einmal wurde ich geschlagen, weil ich mich nicht ausziehen wollte.«

»Wie oft wurden Fotos von Ihnen gemacht?«

»Ich weiß es nicht.«

»Zwanzigmal? Dreißig?«

»So oft nicht.«

»Aber Sie haben jedesmal die Kleider abgelegt, wenn Sie fotografiert wurden?«

»Ja.«

»Bei einer solchen Gelegenheit war auch eine andere Frau anwesend?«

»Ja.«

»Haben Sie orale Akte mit ihr praktiziert?«

»Nein, sie mit mir, aber ich nicht bei ihr.«

»Als der Hund ins Spiel gebracht wurde, wurden Sie da auch gezwungen, Ihre Kleider abzulegen?«

»Nein.«

Die Anklagevertretung hielt sich während dieser mehr als peinlichen Befragung mit Einsprüchen erstaunlich zurück. Bloom hatte zum Beispiel nicht klargestellt, wer mit ›man‹ gemeint war – und trotzdem gab es keinen Einspruch. Man muß sich fragen, *wer* den Hund ins Spiel brachte.

»Hatten Sie jemals bei irgendeiner Gelegenheit Verkehr mit einem Hund?« fragte Bloom mit ätzender Stimme.

»Nein.«

Bloom ließ aber nicht locker. »Nun – sind Sie denn je von einem Hund bestiegen worden, wenn Sie nackt waren?«

»Ja«, gestand Joy Heysek.

»Haben Sie jemals einem Hund erlaubt, Oralsex in Ihrer Schamregion zu praktizieren?«

»Ja.«

Im Zuschauerraum begannen zahllose Leute, Widerwillen gegen Stanton Bloom zu entwickeln. Er ging zu weit. Aber er hörte einfach nicht auf – und Richter Pincham unterbrach ihn auch nicht, weil die Anklagevertretung keinen Einspruch erhob.

»Haben Sie jemals einen Akt oraler Kopulation an einem männlichen Hund praktiziert?« verlangte der Verteidiger DeLucas jetzt zu wissen.

»Nein.«

»Sie haben also Ihren Mund niemals an den Penis eines Hundes gebracht?« fragte er skeptisch.

»Nicht, daß ich wüßte«, erwiderte Joy Heysek wenig überzeugen. Sie fühlte sich zusehends unwohler.

»Es sind verschiedene Bilder von Ihnen mit den unterschiedlichsten Männern gemacht worden, in allen möglichen Situationen und Positionen«, sagte Bloom. »Wurden Sie dazu jedesmal gezwungen?«

»Es gibt verschiedene Formen der Nötigung«, sagte Joy gepreßt.

Wie sie denn erklären könne, daß sie auf den Bildern immer lächle. Sie habe ›versucht, es fröhlich aussehen zu lassen‹, als ob es ihr ›Spaß gemacht‹ habe.

Die Zeugenvernehmung erstreckte sich inzwischen bereits bis in die Abendstunden hinein. Schon früher hatte Stanton Bloom darum gebeten, sie wegen einiger nicht näher bezeichneter ›gesundheitlicher Probleme‹, mit denen er zu kämpfen habe, unterbrechen zu dürfen, doch Richter Pincham hatte dies nicht erlaubt.

Bloom hatte für heute erkennbar genug und wollte aufhören – aber er wollte Jey Heysek am nächsten Morgen trotzdem noch einmal im Zeugenstand haben. Am Tisch der Anklagevertretung herrschte deutlich sichtbar das Gefühl vor, daß, wenn das Gericht Joy jetzt entließ, man diese hier nie wiedersehen würde. Jedem hier war eindeutig klar, daß sie angesichts von Blooms Fragen zu ihrem Intimleben geradezu am Boden zerstört war. Ob nun Richter Pincham dies ebenfalls bewußt war oder ob die Anklagevertretung irgendwie ihre Bedenken auf Umwegen vorgetragen hatte, ist nicht bekannt. Jedenfalls dauerte die Sitzung des Gerichts bis gegen 21 Uhr an, und auch da wurde nur eine kurze Pause eingelegt; die Zeugin wurde nicht entlassen, und zu Stanton Blooms größtem Mißvergnügen trat das Gericht wenige Minuten später aufs neue zusammen.

»Wann hat DeLuca Sie zusammengeschlagen?« fragte Bloom, als es schon gegen 22 Uhr ging.

»Einmal, als er wollte, daß ich mich mit einem Schwarzen einließ, ich das aber verweigerte«, sagte Joy Heysek. »Er warf mich auf das Bett und schlug mich zusammen.«

Aber, so gab sie zu, es gab auch Fotos von ihr mit einem Schwarzen, *bevor* DeLuca sie zusammengeschlagen hatte, weshalb Bloom den Verdacht äußerte, DeLuca habe sie zusammengeschlagen, weil sie es nicht *noch einmal* tun wollte. Vielleicht hatte sie den ersten Schwarzen – DeLucas Freund Andrè – gekannt und weigerte sich nur, es auch mit einem völlig Fremden zu treiben.

Ob DeLuca sie mit den Fäusten geschlagen habe? Ja – zwanzig- oder dreißigmal, wobei sie blaue Flecke im Gesicht und an den Brüsten davongetragen habe. Ihrem Ehemann gegenüber habe sie diese damit erklärt, sie sei gefallen.

Ob es ihr gefallen habe, zusammengeschlagen zu werden, wollte Bloom wissen. Nein.

Ob sie zur Polizei gegangen sei und Frank DeLuca angezeigt habe? Nein.

Aber hatte sie ihn denn nicht gehaßt, weil er sie um Patty Columbos willen verlassen hatte?

»Er hat mich nicht verlassen«, beharrte Joy mit Nachdruck. Das schien ihr letzter Strohhalm zu sein, an dem sich ihr Selbstwertgefühl noch aufrichten konnte.

Als Bloom Joy Heysek schließlich entließ, war es 22 Uhr 50. Der unglückliche Anwalt plädierte unverzüglich auf einen Verfahrensfehler. Er erinnerte Richter Pincham daran, daß er früher am Abend angesichts seiner gesundheitlichen Probleme um eine Unterbrechung gebeten habe; der Richter hatte seine Bitte abgelehnt und das Verhör bis in den Abend weitergehen lassen und Bloom solchermaßen gezwungen, seine Befragung Joy Heyseks fortzusetzen. Bloom empfand die Ablehnung seines Vertagungsantrages als ›ungewöhnlich unfair‹ seinem Mandanten DeLuca gegenüber. Außerdem behauptete Bloom, er habe ›genau gesehen, daß einer der Geschworenen geschlafen‹ habe, während er das Kreuzverhör führte.

Al Baliunas erklärte Richter Pincham gegenüber, die Anklage habe nicht bemerkt, daß irgendwelche Geschworenen geschlafen hätten.

Richter Pincham entschied: »Ich habe durchaus nicht das Gefühl, daß Mr. DeLuca in irgendeiner Weise vorverurteilt worden wäre, weil das Gericht bis zu dieser späten Stunde getagt hat. Die Rüge eines Verfahrensfehlers wird daher abgelehnt.«

Der nächste Zeuge war Dr. Robert Stein, Chef der Gesundheitsbehörde des Cook County, der die Autopsien an Frank, Mary und Michael Columbo vorgenommen hatte.

Unter Patti Bobbs unmittelbarer Befragung bezeugte Dr. Stein, daß insgesamt viermal auf Frank Columbo geschossen worden war: einmal in den Hinterkopf, einmal in die rechte Seite seines Gesichtes, einmal in die linke Seite seines Gesichtes und einmal in den Mund. Zusätzlich sei er mit einem stumpfen Gegenstand auf Schädel, Schläfen und Stirn geschlagen worden. Dazu hatte er eine größere Anzahl Schnittwunden an der linken Seite des Nackens.

Mary Columbo war einmal in die Nasenwurzel geschossen worden, genau zwischen den Augen. Auch sie war mit einem stumpfen Gegenstand auf den Kopf geschlagen worden und hatte Schnittwunden am Nacken erlitten, die ihr mit einem scharfen Instrument beigebracht worden sein mußten.

Michael war einmal direkt neben dem linken Auge in den Kopf geschossen worden und hatte darüber hinaus auf der rechten Brustseite achtundvierzig Schnittwunden und sechsunddreißig weitere Schnittwunden auf dem Rücken, von denen insgesamt achtundzwanzig oberflächliche Schnittwunden waren, während acht weitere von tiefen Einschnitten herrührten.

Während der Zeugenaussage, die sich mit Michael beschäftigte, begann Patricia am Tisch der Verteidigung leise zu weinen.

Alle drei Opfer, fuhr Dr. Stein fort, hatten in den Mägen Fleischpartikel und Partikel von grünem Gemüse, die von dem Mahl herrühren mußten, das ihnen von der Kellnerin Judy DiMartino am Abend des 4. Mai 1976 serviert worden war.

Dr. Stein hatte als Todeszeit eine Zeit zwischen 23 Uhr am Dienstag, dem 4. Mai, und 1 Uhr früh am Morgen des 5. Mai festgestellt.

Patti Bobb legte nun das *Beweisstück des Volkes* mit der Nummer einhundertunddreizehn vor, die Schere, die in Michaels Schlafzimmer gefunden worden war, und fragte, ob diese Schere die Stichwunden auf Michaels *Brust* verursacht haben konnte. Ja. Ob die Jury bei dieser Antwort verwirrt war oder sie einfach nur passieren ließ, ist nicht bekannt. Michaels Stichwunden befanden sich natürlich im *Rücken*. Im Sprachgebrauch der Anatomen ist aber der Rücken die hintere Begrenzung der Brust, so daß also Frage und Antwort in einem rein technischen Sinn einwandfrei waren. Aber es mag als weiteres

Beispiel für die Versäumnisse beider Anwälte dienen, daß diese die Jury nicht vorher darauf aufmerksam gemacht hatten, was einander widersprechende Zeugenaussagen bedeuten. Wie viele Leute mögen wohl in jemandes Rücken die Rückseite seiner Brust sehen? Wer klagt schon über Schmerzen an der rückwärtigen Wand der Brust statt einfach über Rückenschmerzen? Von Bedeutung war jedenfalls, daß die Schere die Stichwunden verursacht haben *konnte*, ganz gleich wo sie sich auch immer befunden haben mochten. Und zu diesem Zeitpunkt hatte die Jury womöglich vergessen, daß der staatliche Serologe Robert Gonsowski *achtzehn Tage zuvor* in seiner Aussage erklärt hatte, an dieser Schere sei nicht einmal genügend Blut gewesen, um feststellen zu können, ob es sich hier um Blut der Gruppe A-positiv oder um Blut der Gruppe A-negativ gehandelt hatte. Da hier der Eindruck erweckt wurde, als seien die acht tiefen Stichwunden von dieser Schere verursacht worden, mutet es seltsam an, daß nicht wenigstens einer der vier Verteidiger sich gewundert hat, warum dann nicht eine *große* Menge Blut an ihr geklebt hatte. Wenn ein Gegenstand tief in einen menschlichen Körper hineingestoßen wird, dann kommt er auf jeden Fall mit mehr als bloßen Blut*spuren* wieder heraus.

Im Kreuzverhör brachte Bill Murphy Dr. Stein dazu zuzugeben, daß von Michael Columbo keinerlei Haarproben genommen worden waren, weil vom Elk Grove Village Police Department keine solchen Proben angefordert worden waren.

Toomin, der Dr. Stein für DeLuca ins Kreuzverhör nahm, fragte den Gerichtsmediziner nach dem Schußkanal der Kugel, die Frank Columbos Tod verursacht haben dürfte. Der Pathologe erwiderte, daß die Kugel an der Vorderseite des Kopfes – oder des Gesichtes – eingedrungen und auf ihrem Weg nach unten Gehirngewebe zerstört habe.

Ob sie von einem Mann abgefeuert worden sei, der größer, kleiner oder von gleicher Größe wie das Opfer gewesen sei? »Dazu habe ich keine Meinung«, erwiderte Dr. Stein.

Ob das Opfer gestanden oder gesessen habe, als es erschossen wurde? »Das kann ich nicht beantworten«, sagte der Mediziner.

Ob die Person, die geschossen hatte, den Revolver in der

rechten oder in der linken Hand gehalten habe? »Davon habe ich nicht die geringste Vorstellung.«

Dr. Stein räumte dann ein, daß er sich in der Bestimmung des Todeszeitpunktes auch geirrt haben könnte und daß der Tod durchaus ein wenig früher, vielleicht zwischen 22 Uhr 30 und 0 Uhr 30 eingetreten sein könnte. Es wäre sogar vorstellbar, gestand er weiter zu, daß der Tod bereits um 22 Uhr 15 eingetreten war, daß aber auch 1 Uhr 15 als Todeszeitpunkt nicht mit Sicherheit auszuschließen war.

Murphy fragte ihn in seinem Kreuzverhör, ob die Kugel, die Michael getötet hatte, dessen Kopf ›mit großer Wucht‹ getroffen habe. Ja. Ob sie einen Schock ausgelöst habe? Ja. Hatten sich Haare in der Einschußwunde befunden? Nein. An der Austrittsstelle? Ja.

Patti Bobb intervenierte, weil sie eine sofortige Gegenfrage stellen wollte. Sie wollte noch einmal wissen, wie viele Wunden Michael an seinem Körper hatte. An die neunzig. (Genau waren es vierundachtzig.)

Hätten diese Wunden große Schmerzen verursacht? Antwort: »Sehr große Schmerzen.« (Von der Verteidigung kam kein Einspruch, obwohl doch als Todesursache unwidersprochen eine Schußwunde festgestellt worden war und die Anklage keinerlei Begründung für ihre Frage anzubieten gehabt hätte, außer daß sie von diesem Zeugen etwa hätte wissen wollen, ob nach seiner *sachverständigen* Meinung Michael nach dem Schuß und nachdem die Kugel durch sein Gehirn gedrungen war, noch am Leben und bei Bewußtsein gewesen sein könnte, und ob Michael, wiederum nach Dr. Steins sachverständiger Ansicht, die zahllosen Wunden beigebracht worden waren, bevor auf ihn geschossen wurde, oder danach. Hier versuchte Patti Bobb ganz eindeutig, in der Jury die Vorstellung zu wecken, daß Michael noch immer soweit bei Bewußtsein gewesen sein könnte, um Schmerzen fühlen zu können.)

Ohne Einspruch von der Verteidigung drängte sie weiter. Hätte eine Person, die noch am Leben war, mit Abwehr reagiert? Antwort: »Ganz bestimmt.«

Wenn Mrs. Bobb an dieser Stelle mit der Befragung aufgehört hätte, hätte sich in den Köpfen der Geschworenen sicher der Eindruck festgesetzt, Michael *könnte* noch gelitten haben. Aber, man mag es kaum glauben, sie fragte: »Gab es irgendwelche Wunden bei Michael Columbo, die auf solche Versuche, sich zu verteidigen, hindeuten könnten?«

Antwort: »Keine.«

Also hatte Michael *nicht* gekämpft, selbst wenn ›sehr starke Schmerzen‹ eine Rolle gespielt hätten. Daraus konnte nur noch der Schluß gezogen werden, daß er bereits tot war, als ihm die Schnitt- und Stichwunden beigebracht worden waren. Aber wie vielen Geschworenen mag das wohl klar gewesen sein?

Dr. Stein wurde entlassen.

Und nun rief der Gerichtsdiener: »Der Anwalt des Staates ruft Clifford Lee Childs in den Zeugenstand!«

An seinem Verteidigertisch blickte Frank DeLuca zu Boden und seufzte abgrundtief.

An ihrem eigenen Tisch blickte Patricia auf und hinüber zu DeLuca und runzelte die Stirn. Sie hatte nicht die geringste Ahnung, wer Clifford Lee Childs war.

Sie stand kurz davor, mit der größten Überraschung ihres jungen Lebens konfrontiert zu werden.

März 1977

Am 1. März 1977, einen Monat bevor das Verfahren gegen Patricia Columbo und Frank DeLuca begann, ging bei der Staatsanwaltschaft von Illinois ein Brief eines Insassen des Cook County Jail namens Walter Bush ein. In dem Brief hieß es, Bush verfüge über Informationen zu einem Mordfall. Sofort wurde *Investigator* Ralph Willer losgeschickt, um den Mann zu befragen.

Bush, der sich zu der Zeit wegen eines Raubüberfalls in Untersuchungshaft befand, berichtete, ein anderer Insasse, Clifford Lee Childs mit Namen, habe gesagt, er sei von Frank

DeLuca angeheuert worden, um einen Zeugen zu ermorden, von dem DeLuca erwartete, dieser werde gegen ihn in seinem bevorstehenden Mordprozeß aussagen. Childs, der seit einundzwanzig Monaten im Gefängnis saß und auf sein Verfahren wegen dreifachen bewaffneten Raubüberfalls wartete, war angeblich einverstanden, diesen Auftrag für fünfzehntausend Dollar zu übernehmen, wenn DeLuca es einrichten konnte, daß er aus dem Gefängnis herauskam. Die Kaution betrug zweiundvierzigtausendfünfhundert Dollar. Gegen Hinterlegung von zehn Prozent dieser Summe konnte er vorläufig aus der Haft entlassen werden.

Da die Information dieses Walter Bush in einem Mordfall relevant war, der demnächst vor Gericht verhandelt werden sollte, wurden sofort Staatsanwalt Al Baliunas, *Chief Investigator* Ray Rose und der *Investigator* Gene Gargano vom Stab des Sheriffs benachrichtigt. Eine kurze Überprüfung der Aufzeichnungen des Gerichts ergab erschreckende Einzelheiten, die genau zu Walter Bushs Geschichte paßten. Clifford Childs war nicht nur in Zelle 16 des Blocks C 1, mit Frank DeLuca als Zellengenosse, sondern er war auch am 24. Februar, drei Tage später, gegen Zahlung der Kaution freigelassen worden.

Sofort wurden die Unterlagen über die Entlassung Childs' beigezogen. Dort war als seine Adresse 1521 Holtz im Vorort Addison, die Wohnung von Frank DeLucas Exehefrau und seiner fünf Kinder, angegeben.

Rose und Gargano setzten sich sofort mit dem Mann in Verbindung, der die Entlassung verfügt hatte. Dieser erinnerte sich, daß Childs, ein Schwarzer, von zwei weißen Personen ausgelöst worden war: einem kleinen Mann um die Vierzig mit leicht angegrautem Haar und einer größeren attraktiven Frau Mitte Dreißig mit dunklen Haaren, die einen hellen Trenchcoat getragen hatte. Nach dieser Beschreibung waren Ray Rose und Gene Gargano in Verbindung mit der Adresse auf der Entlassungsurkunde davon überzeugt, daß es sich bei der Frau um Marilyn DeLuca gehandelt haben mußte.

Eine Besprechung im Büro des Staatsanwaltes endete damit, daß die beiden wichtigsten Zeugen der Anklage gegen Frank

DeLuca – Bert Green und Joy Heysek – vierundzwanzig Stunden am Tag unter Polizeischutz gestellt wurden und daß die beiden Hauptzeuginnen gegen Patricia – Lanny Mitchell und Roman Sobczynski – von der Situation informiert werden sollten. Fotos von Clifford Lee Childs und Abschriften seines Vorstrafenregisters wurden an alle verteilt, die mit der Sache zu tun hatten oder damit zu tun bekommen könnten.

Childs, neunundzwanzig Jahre alt, sechs Fuß und vier Inches groß, zweihundertundzehn Pfund schwer, sollte in fünf Tagen vor Gericht erscheinen. In der Zwischenzeit war sein Aufenthalt unbekannt.

Ray Rose und Gene Gargano befragten Walter Bush und erfuhren, daß er Clifford Lee Childs seit mehreren Jahren flüchtig kannte. Als Bush ins *Cook County Jail* eingeliefert worden war, war er in Zelle 21 im Block C 1 gebracht worden, nur fünf Zellen von Childs und DeLuca entfernt. Er erneuerte seine Bekanntschaft mit Childs, und Childs erzählte ihm, DeLuca werde in Kürze die Kaution für ihn bezahlen. Childs sagte, DeLuca suche jemanden, der einen Zeugen beseitigte, und habe zunächst Kontakt zu einem angeblichen berufsmäßigen Killer namens Bruce aufgenommen, aber Bruce hatte keine Möglichkeit, gegen Kaution freizukommen, und empfahl DeLuca angeblich, sich an Childs zu wenden. DeLuca bat einen der Gefängnisaufseher, ihn in Zelle 16 zu verlegen, in der Childs untergebracht war. Als Grund für seinen Wunsch nach Verlegung gab DeLuca an, sein augenblicklicher Zellengenosse sei ein ›Spinner‹, mit dem er nichts wie Ärger habe. Die Verlegung wurde, wie es durchaus nicht unüblich war, genehmigt.

Nachdem DeLuca zu Clifford Lee Childs in die Zelle verlegt worden war, hatte Bush anläßlich eines Besuches seiner Frau DeLuca beobachtet, wie dieser Besuch von einer dunkelhaarigen attraktiven Frau hatte. DeLuca hatte dabei Childs aus einem anderen Teil des Besuchsraumes herübergerufen und sich mit ihm und der Frau angeregt unterhalten.

Childs war nach Bushs Worten mit den Gepflogenheiten im Gefängnis bestens vertraut und regelte den Austausch von Kassibern zwischen DeLuca und Patricia, die drüben in der Frauenabteilung des Gefängnisses einsaß.

Am 8. Mai 1977 erschien Clifford Lee Childs von sich aus in Begleitung des Anwalts Clinton O. Sims wie angeordnet im Verhandlungssaal des Richters Joseph Machala. Er wurde sofort von den Beamten des Sheriffs übernommen und das Verfahren gegen ihn wegen dreifachen Raubüberfalls auf ein späteres Datum vertagt. Childs wurde von dort ins Büro des Staatsanwaltes geführt, um dort von Ray Rose und Gene Gargano vernommen zu werden.

Bei seinen Vernehmungen durch Ray Rose, Gargano und später auch Al Baliunas gab Clifford Childs zu, er sei von Frank DeLuca nicht nur gedrängt worden, Bert Green, sondern auch Joy Heysek umzubringen. Er sollte zehntausend Dollar ›Anzahlung‹ erhalten und weitere zehntausend Dollar, wenn die Morde erfolgt seien, dazu ein weiteres Erfolgshonorar von zwanzigtausend Dollar ›zu einem späteren Zeitpunkt‹. Childs war von Marilyn DeLuca und Franks Bruder William DeLuca aus der Haft freigekauft worden. Um Frank DeLuca abzusichern, falls etwas mit der Durchführung dieses Plans nicht klappte – etwa wenn Childs gefaßt wurde –, hatte DeLuca einen ›Darlehensvertrag‹ mit Childs über das Geld für die Kaution abgeschlossen. Das wäre dann DeLucas Vorwand gewesen, Childs das Geld gegeben zu haben: nicht um einen Mordauftrag zu finanzieren, sondern lediglich als Darlehen, um die Kaution aufzubringen. Childs hatte das Dokument auch unterschrieben, und DeLuca hatte es, wie er sagte, unter der Matratze in seinem Gefängnisbett versteckt.

Aber es gab auch einen anderen sichtbaren Beweis. Rose und Gargano erfuhren, daß nicht nur Patricia Columbo so naiv gewesen war, Grundrißzeichnungen anzufertigen und Beschreibungen von potentiellen Mordopfern zu verfassen; DeLuca hatte genau dasselbe getan. Er hatte handschriftliche Beschreibungen von Bert Green und Joy Heysek an Childs weitergegeben, eine Zeichnung des *Grove Shopping Center* angefertigt und dazu auch noch eine Karte der ganzen Gegend gezeichnet, die Childs zeigen sollte, wie er in Joy Heyseks Haus gelangen konnte. Er hatte Childs sogar eine Liste von Dingen übergeben, die er nach seiner Entlassung tun solle – darunter unter anderem, kleine Fläschchen flüssigen Chloroforms zu kaufen und einen Lieferwagen anzumieten, mit dem er die bewußtlos gemachten Opfer würde transportieren können. Der Gipfel aber war, daß DeLuca Childs sogar noch detaillierter als zuvor schon Bert Green und Joy Heysek geschildert hatte, wie er die Columbos umgebracht hatte.

In diesem Augenblick müssen Rose und Gargano Frank DeLuca für den stupidesten, dämlichsten und inkompetentesten Mörder der Weltgeschichte gehalten haben. Die Fehler, die er gemacht hatte, waren geradezu monumental.

Nur der Gedanke an Frank, Mary und Michael hielt die beiden davon ab, sich über soviel Dummheit königlich zu amüsieren.

Am 9. März erschien Gene Gargano bei Richter James M. Bailey und bewirkte dort einen Durchsuchungsbefehl für die Zelle 16 im Block C 1 des *Cook County Jail*, um dort den Darlehensvertrag, den Childs angeblich mit DeLuca abgeschlossen hatte, zu beschlagnahmen, falls er noch da war. Childs hatte Ray Rose und Gargano außerdem erzählt, DeLuca habe ihm gestattet, eine Menge Briefe zu lesen, die Frank von Patricia Columbo erhalten hatte und von denen viele illegal durch nicht autorisierte Kanäle geleitet worden waren. In einem dieser Briefe oder Nachrichten, so erinnerte sich Childs, hatte Patricia ihm geschrieben, daß er jetzt nicht in dieser Situation wäre, wenn sie sich anders verhalten hätte. Childs nahm dies als Zugeständnis ihrer Verwicklung in die Morde. Der Durchsuchungsbeschluß, den Gene Gargano erwirkte, gestattete auch die Beschlagnahme sämtlicher Korrespondenz DeLucas, um all das sichten zu können, was vielleicht auf die Planung weiterer Straftaten hinweisen konnte. Zusätzlich listete der Durchsuchungsbeschluß noch etwas anderes auf: vier Rasierklingen – persönliche Waffen, die DeLuca, wenn er sie nicht bei sich trug, sorgfältig unter dem Boden einer kleinen Schachtel aufbewahrte.

Ausgestattet mit diesem Durchsuchungsbeschluß setzte sich Gargano mit dem Sicherheitsdienst des Gefängnisses in Verbindung und bat darum, DeLuca und seinen neuen Zellengenossen aus Zelle 16 zu entfernen und die Zelle abzuschließen. Kurz danach betrat Gargano in Begleitung einiger Gefängnisbeamter die Zelle und nahm folgende Gegenstände an sich: ein Bündel Briefe; zwei Schachteln voller Briefe; fünf Fotografien; zwei Zeichnungen; vier Notizbücher; einen weiteren Ordner voller Briefe; dazu diverse Papiere.

Die Rasierklingen, die als Kontrabande den Gefängnisbeamten ausgehändigt wurden, fand er ebenfalls.

Der Darlehensvertrag wurde nicht gefunden.

Aus der Menge der Briefe, die Gargano gefunden hatte, ließ sich unschwer schließen, daß DeLuca jede noch so kleine Notiz und jeden einzelnen Brief aufbewahrt hatte, die Patricia ihm während der acht Monate geschickte hatte, die sie bis zu diesem Zeitpunkt schon beide inhaftiert waren. Nun wurde das gesamte Material in das Büro des Staatsanwalts gebracht, wo Rose, Gargano und andere Ermittlungsbeamte jedes einzelne Wort unter die Lupe nahmen, das Patricia ihrem Geliebten geschrieben hatte.

Nachdem DeLucas Zelle durchsucht worden war, warteten Ray Rose und Gene Gargano außerhalb des *Cook County Jail*, bis sie Marilyn DeLuca und Franks Bruder William DeLuca nach einem Besuch bei Frank wieder auftauchen sahen. Die beiden Kriminalbeamten näherten sich ihnen und teilten ihnen mit, ein Bevollmächtigter der Staatsanwaltschaft wünsche mit ihnen zu sprechen, und baten sie, ihnen zu folgen, ohne Widerstand zu leisten.

Im Büro des Staatsanwaltes wurden Mrs. DeLuca und ihr Schwager in das Büro von Al Baliunas geführt, der zu dieser Zeit die Anklage gegen Patricia und Frank vorbereitete.

Baliunas fragte Marilyn DeLuca, ob sie jemanden namens Clifford Childs kenne. Sie bejahte diese Frage. Baliunas fragte sie dann, ob sie die Kaution für ihn hinterlegt habe, so daß Childs aus dem Gefängnis hatte entlassen werden können. Diesmal antwortete sie mit nein, das habe sie nicht. Baliunas wies darauf hin, daß ihre Adresse auf dem Entlassungsschein von Clifford Childs stehe. Außerdem existierten Kopien von zwei telegrafischen Geldanweisungen der *Western Union* mit den Nummern 60969 und 60970 über einmal zweitausend Dollar und einmal eintausendvierhundertundzwanzig Dollar, zu senden an Clifford Childs im *Cook County Jail* von Marilyn DeLuca. Und da gab es einen Zeugen, den Gefängnisbeamten, der viertausendzweihundertfünfzig Dollar in bar von einer ›dunkelhaarigen, attraktiven Frau Mitte Dreißig‹ zur Begleichung der Kaution entgegengenommen hatte.

Marilyn DeLuca wurde abermals gefragt, ob sie die Kaution bezahlt habe, um Clifford Childs aus dem Gefängnis freizubekommen. Nunmehr gab sie zu, sie habe dies getan.

Gefragt, ob sie anwesend gewesen sei, als Childs entlassen worden war, gab Marilyn zu, dort gewesen zu sein. Sie hatte Clifford Childs vom Gefängnis in ihre Wohnung in Addison gefahren, wo sie ihm Frank DeLucas Auto, einen Javelin, Baujahr 1973, ausgehändigt habe.

Gefragt, warum sie das alles getan habe, erwiderte Marilyn DeLuca ein wenig lahm, daß sie – nur Instruktionen ihres Exehemannes ›ausgeführt‹ habe.

Nun fragte Marilyn DeLuca, warum man ihr ›alle diese Fragen‹ stelle. Baliunas erwiderte, sie untersuchten eine Anschuldigung gegen Frank DeLuca, er habe Clifford Childs angeworben, um zwei Zeugen der Staatsanwaltschaft in seiner Mordsache umzubringen.

Marilyn DeLuca sagte, sie glaube nicht, daß diese Anschuldigung zu Recht erhoben werde. Al Baliunas erzählte ihr, Clifford Childs befinde sich im Büro gleich nebenan, und fragte sie, ob sie diese Beschuldigung vielleicht von ihm selbst hören wolle. Marilyn sagte ja.

Clifford Childs wurde hereingeführt. In Marilyn DeLucas Gegenwart sagte er aus, Frank habe ihn angeheuert, um Bert Green und Joy Heysek gegen ein Honorar von jeweils zehntausend Dollar umzubringen. Childs hatte keinerlei persönliche

Kenntnisse darüber, ob Marilyn DeLuca von dieser Verschwörung zum Mord wußte oder nicht. Seiner Meinung nach, führte er aus, hatte sie davon nichts gewußt.

Nachdem Childs wieder fortgeführt worden war, fragte Al Baliunas Marilyn, ob sie eine vernünftige Erklärung für den Versuch anzubieten habe, Clifford Childs aus dem Gefängnis freizubekommen, ihn mit zu sich nach Hause zu nehmen und ihn mit einem Auto zu versehen. Marilyn sagte aus, sie habe dafür sehr wohl einen Grund gehabt, wolle aber nicht darüber reden. Dann fragte sie Baliunas, ob sie unter Arrest stehe. Baliunas erwiderte: »Zum gegenwärtigen Zeitpunkt nicht.«

Marilyn sagte nun, daß sie keine weiteren Fragen beantworten werde, bis sie nicht mit dem Offizialverteidiger Bill Murphy gesprochen habe. (Zum damaligen Zeitpunkt der Prozeßvorbereitungen vertrat Murphy noch sowohl Patricia als auch DeLuca. Erst nach diesem Vorfall bat Murphy, aus der Vertretung Frank DeLucas entlassen zu werden, und das Gericht stimmte dem auch zu und ließ gleichzeitig einen frei praktizierenden Anwalt für DeLuca zu, um einen Interessenkonflikt mit dem öffentlich bestellten Verteidiger zu vermeiden. Zu dieser Zeit gab es ebenfalls Berichte über eine wachsende Animosität zwischen Bill Murphy und Frank DeLuca, und DeLuca kritisierte auch Patricia bitter dafür, ›zu freundlich‹ mit Murphy zu sein.) Als Bill Murphy im Büro des Staatsanwaltes erschien, informierte Al Baliunas ihn mit knappen Worten über den augenblicklichen Stand der Dinge. Murphy fragte Baliunas dann dasselbe, was ihn auch Marilyn schon gefragt hatte: Stand sie unter Arrest? Und er erhielt dieselbe Antwort: »Zum gegenwärtigen Zeitpunkt nicht.«

Murphy verließ mit Marilyn DeLuca und ihrem Schwager William zusammen das Büro des Staatsanwalts. Es liegen keinerlei Berichte darüber vor, ob William DeLuca ebenfalls in irgendeiner Weise befragt worden ist.

Nachdem die Gruppe um Murphy gegangen war, blieb Clifford Childs allein zurück. Zweifellos wartete er geduldig im Nachbarbüro darauf, welchen Handel man ihm wohl jetzt als Gegenleistung für seine Zeugenaussage anbieten werde.

Juni 1977

Clifford Lee Childs war groß, gut gebaut und hatte ein längliches, schmales Gesicht und naturgelocktes Haar, das auch ohne sonderliche Pflege immer ordentlich gekämmt wirkte. Er sah gut aus und trug einen sauber gestutzten Schnurrbart. Im Verlauf seiner Zeugenaussage wurde er zu einer der schillerndsten Persönlichkeiten dieses ganzen verwirrenden Verfahrens.

Terry Sullivan begann mit der Frage, wo Clifford Childs wohne. »Zweitausendsechshundert, South California«, erwiderte Childs, »*Cook County Jail*, Abteilung für Zeugen.«

»Laufen gegen Sie irgendwelche Anklagen?«

»Ja. Drei Anklagen wegen bewaffneten Raubüberfalls.«

»Sind Sie der Ihnen zur Last gelegten Verbrechen schuldig?«

»Ja.«

Diese Antwort reichte jedem, um sofort zu wissen, daß hier ein Handel abgeschlossen worden war. Childs bekannte sich nur deshalb schuldig, weil er bereits wußte, wie seine Strafe ausfallen würde. Damit, daß er jetzt hier im Zeugenstand erschien, erfüllte er seinen Teil der Abmachung.

Sullivan eruierte sorgfältig Childs Freundschaft mit Frank DeLuca aus der Zeit, als sie gemeinsam in Zelle 16 gelegen hatten. Er kam zurück zu der Zeit, als DeLuca zum ersten Mal mit seinem Anliegen herausrückte, Bert Green und Joy Heysek ermorden zu lassen. DeLuca frage Clifford ob er ›sich um zwei Morde kümmern‹ könne und wieviel das kosten werde. Childs sagte ihm, das werde ungefähr zehntausend Dollar pro Person kosten. DeLuca sagte dann, er wolle zwei Leute ermorden lassen, die ›ihn für eine lange Zeit‹ hinter Gitter bringen könnten. Ob Childs das erledigen könne. Sicher, das könne er. Lanny Mitchell und Roman Sobczynski lassen grüßen!

Childs bezeugte, DeLuca habe für ihn einen Mordplan ausgearbeitet. Childs sollte DeLucas Javelin Baujahr 1973 von Marilyn erhalten, nachdem diese ihn aus dem Gefängnis freigekauft hatte. Dann sollte er den Wagen schwarz lackieren lassen. Weiterhin sollte er fremde Nummernschilder stehlen und sie am Fahrzeug anbringen. Danach sollte er den Wagen dazu benutzen, die Bewegungen sowohl von Joy Heysek als auch von Bert Green zu beobachten, bis er sich Gewißheit über deren Tagesroutine verschafft habe. Sobald das erledigt war, sollte er einen Lieferwagen mieten, sich Chloroform beschaffen, um die Opfer zu betäuben, sie über die Staatsgrenze nach Indiana fahren, irgendwo ein großes Loch graben, sie hineinwerfen, mit Lehm zudecken und sie auf diese Weise vergraben.

Sullivan fragte Childs, ob DeLuca jemals über Frank Columbo gesprochen habe. Das hatte er. »Frank erzählte mir, er habe die ganze Familie erschossen.«

DeLuca hatte Childs erzählt, er (DeLuca) habe am Morgen des Tages, als die Morde passierten, Frank Columbo angerufen und gefragt, ob er abends gegen 8 Uhr vorbeikommen könne, um über eine Aussöhnung zu reden. Columbo hatte zugestimmt, aber DeLuca sagte, er habe nie vorgehabt, diese Verabredung einzuhalten; ganz offensichtlich wollte er nur sicher sein, daß die Columbos an diesem Abend zu Hause waren.

Später am Abend, so erzählte DeLuca Childs angeblich, hatte er Kleider zum Wechseln in das ›geliehene‹ Auto gebracht, sei aber selbst mit dem ›anderen‹ Wagen gefahren. (Das muß außerordentlich verwirrend für die armen Geschworenen gewesen sein. Es gab an diesem Tag zwei ›geliehene‹ Autos; den Buick Baujahr 1968, den Patricia bei *Jack's Top and Trim* angemietet hatte, und den Oldsmobile der Columbos, den Patricia sich von ihrer Mutter zwei Tage vorher ausgeliehen und noch immer in Besitz hatte.)

Ohne daß DeLuca es gewußt hatte, hatte Patricia ihre Familie schon seit mehr als einem Monat regelmäßig besucht, zum erstenmal ganz spontan aus Anlaß von Michaels Geburtstag am 10. April. Es war, wie sie sagte, ein Versuch gewesen, den Weg zu ebnen, um DeLuca zu verlassen und nach Hause zurückzukehren. Sie hatte sich Mary Columbos Oldsmobile ausgeliehen, um sich nach einer Arbeit umzusehen. DeLuca war wütend, als er es herausfand, aber Patricia beruhigte ihn, indem sie ihm versicherte, daß sie nur ihre Mutter besuche, nicht aber ihren Vater oder Michael.

Jetzt im Verfahren war die Frage, von *welchem* ›geliehenen‹ Auto DeLuca hier sprach, und welches Auto er ›das andere‹ nannte. Keine der beiden Seiten dieses Prozesses machte sich die Mühe, danach zu fragen oder, wenn einer von ihnen es bereits gewußt hatte, es der Jury zu erzählen. Wie mit so vielen anderen Dingen in diesem Verfahren, wurden die Geschworenen auch in dieser Frage mit halben und unvollständigen Informationen alleingelassen und waren gezwungen, sich den Rest zusammenzureimen.

DeLuca erzählte Childs, er habe den ›anderen‹ Wagen einen Block weiter weg geparkt und sei in den ›geliehenen‹ Wagen gestiegen, in dem er seine Kleider zum Wechseln abgelegt hatte. Dann ging er zum Haus 55 Brantwood und parkte hinter dem ›anderen‹ Wagen (womöglich ein zweiter ›anderer‹ Wagen, vielleicht Frank Columbos Thunderbird) in der Auffahrt. Von draußen waren keine Lichter zu sehen.

Dann wurde die Türglocke betätigt. Frank Columbo kam und ließ ihn herein. Columbo wandte sich um und ging die wenigen Stufen vom Eingangsflur bis hinauf ins Wohnzimmer voraus. DeLuca sagte, er habe ihn in den Hinterkopf geschossen, als er oben auf der letzten Treppenstufe angekommen war.

DeLuca fuhr fort, Clifford Childs zu erzählen, nachdem er alle Mitglieder der Familie Columbo erschossen hatte, habe er im ganzen Haus ein fürchterliches Durcheinander angerichtet, um es wie einen Einbruch aussehen zu lassen. DeLuca sagte, er habe einhundertfünfzig Dollar in bar entwendet, verschiedenen Schmuck und andere Gegenstände und sie in den ›ersten Wagen, der am nächsten an der Garage stand‹, gebracht (vermutlich den Thunderbird). Dann stieg DeLuca in den Wagen ›an der Straße‹ (dies war einer der ›geliehenen‹ Wagen, entweder der Buick oder der Oldsmobile der Columbos).

DeLuca sagte, er sei dann auf ein freies Feld gefahren, um dort die Kleider zu wechseln. Dann wurde der ›andere‹ Wagen (hier muß er von dem Thunderbird gesprochen haben) nach Chicago hineingefahren, in die Lower West Side, und in einem Schwarzen-Viertel in der Hoffnung abgestellt, irgendwelche ›blöden Nigger‹ würden ihn aufbrechen, die Sachen stehlen, die er aus dem Haus entwendet hatte, sich einen schönen Tag machen und dann ›geschnappt und beschuldigt werden, den Einbruch begangen zu haben‹.

Dann, so sagte DeLuca, *fuhr* er zurück, nahm seinen eigenen Wagen, ›stellte den Oldsmobile ab‹ und kehrte in seine eigenes Apartment zurück.

Die Mordwaffe, so hatte DeLuca Childs versichert, würde nie gefunden werden.

Nachdem DeLuca Beschreibungen von Joy Heysek und Bert Green für Childs verfaßt, einen möglichen Tagesablauf für beide niedergeschrieben und auch eine Lageskizze für Childs angefertigt hatte, wie er in Joy Heyseks Haus kommen könne, dazu noch eine Zeichnung des Grove Shopping Center und der *Walgreen's*-Filiale erstellt hatte, steckte er alles in ein versiegeltes Kuvert mit der Aufschrift ›Nicht öffnen‹, dieses wiederum in ein größeres Kuvert und schickte alles an Clifford Childs mit der Adresse seiner Mutter in New Jersey.

Damit waren ganz offensichtlich alle Voraussetzungen für die nächsten beiden Morde geschaffen. Alles, was jetzt noch zu tun war, war Clifford Childs auszulösen.

Während Terry Sullivan fortfuhr, Childs zu befragen, ebnete er gleichzeitig seinem Zeugen den Weg, einer Anklage wegen Verschwörung zum Mord zu entgehen.

»Hatten Sie je vor, diese Morde auch zu begehen?«

»Nein.«

Was war denn dann die Absicht dahinter, sich in einen solchen Plan verwickeln zu lassen? Er habe darin, so Childs, einen Weg aus dem *Cook County Jail* gesehen, in dem er seit nunmehr einundzwanzig Monaten einsaß und auf seinen Prozeß wartete.

Jetzt ließ Terry Sullivan Childs die handschriftlichen Beschreibungen und Zeichnungen identifizieren, die DeLuca für ihn angefertigt und die Childs von seiner Mutter in New Jersey bekommen hatte. Dann fragte Sullivan: »Hatte Frank DeLuca zu jener Zeit Kontakt mit Marilyn DeLuca?«

»Ja, er hat sie von Pontius zu Pilatus geschickt, um von irgendwoher einen Kredit zu bekommen.«

Am 18. November 1976 besuchte Marilyn DeLuca in Begleitung ihres Bruders Bill ihren Exehemann Frank. Nach diesem

Besuch erzählte DeLuca Childs, das Geld sei beschafft worden und der Plan könne nun durchgeführt werden.

Eine Woche später, am 25. November, erhielt Childs zwei Baranweisungen der Western Union, eine über zweitausend Dollar und eine weitere über eintausendvierhundertundzwanzig Dollar. Mit diesem Geld auf seinem Gefängniskonto bemühte Childs sich um eine Reduzierung seiner Kaution. (Seine Kaution belief sich damals auf zweiundvierzigtausend fünfhundert Dollar. Davon hätten zehn Prozent hinterlegt werden müssen, um vorläufig auf freien Fuß gesetzt zu werden. Es fehlten ihm also noch immer achthundertdreißig Dollar.) Als die Reduzierung seiner Kaution abgelehnt wurde, sagte Childs DeLuca, daß ›er den Rest des Geldes auch noch beschaffen‹ müsse. Zu jener Zeit war DeLuca ›völlig fertig, paranoid‹. Er wollte Clifford Childs unbedingt draußen sehen, damit ›das Geschäft erledigt‹ werden könne. Irgendwie brachten Marilyn DeLuca und ihr Bruder Bill dann den Restbetrag auch noch auf, und Childs wurde entlassen.

Marilyn DeLuca erwartete Childs bereits vor den Toren des Gefängnisses, als er herauskam. Sie fuhr ihn mit ihrem Wagen zu ihrem Haus in Addison, und dort, in der Küche, übergab sie ihm die Schlüssel zu DeLucas Javelin und ein Kuvert mit eintausenddreihundert Dollar.

Childs fuhr mit DeLucas Wagen zum O'Hare Airport, parkte ihn dort und flog nach Osten, um seine Eltern und seinen Sohn zu besuchen, den er seit drei Jahren nicht mehr gesehen hatte. Zehn Tage später kehrte er nach Chicago zurück, mietete sich in einem Hotel ein und erschien in Begleitung eines Anwalts am 8. März bei der Polizei. Dort wurde er wieder festgenommen und handelte schließlich ein Übereinkommen mit der Staatsanwaltschaft aus, gegen DeLuca auszusagen und als Gegenleistung mit einer minder schweren Anklage konfrontiert zu werden, die dann nicht mehr auf bewaffneten Raubüberfall, sondern nur noch auf einfachen Raub lauten sollte. Wenn er sich in diesem Sinne schuldig bekannte, dann hätte er nach dieser Übereinkunft eine Strafe von einem bis zu zwanzig Jahren zu gewärtigen. (Eine Anklage wegen bewaffneten Raubüberfalls wäre mit einer weitaus höheren Mindeststrafe bedroht gewesen.)

Als Michael Toomin ihn ins Kreuzverhör nahm, griff er zunächst vehement den persönlichen Hintergrund dieses Zeugen an. Childs war 1967 wegen Vergewaltigung im Gefängnis gewesen; war 1970 angeklagt gewesen, Drogen besessen und mit ihnen gehandelt zu haben; war 1971 angeklagt, gestohlenes Gut in Besitz zu haben; war im selben Jahr wegen unerlaubten Waffenbesitzes aufgefallen; war 1974 beim Handel mit Heroin erwischt worden; schwerer Diebstahl 1975; und 1976 abermals Besitz von und Handel mit Heroin.

Stanton Bloom übernahm das Kreuzverhör von Toomin. »Hat Frank DeLuca gesagt, er habe eines der Autos der Familie Columbo gehabt?« fragte er.

»Er sagte, er habe es *gefahren«*, erwiderte Childs. Um welches Auto es sich dabei gehandelt habe, den Oldsmobile oder den Thunderbird? »Das hat er nicht gesagt.«

»Hat DeLuca gesagt, ob er am Haus der Columbos geklingelt hat oder nicht?«

»Er hat nicht gesagt, *er* habe geklingelt.«

»Hat DeLuca Ihnen gesagt, wie lange er sich im Haus der Columbos aufgehalten hat?«

»Zwanzig Minuten, nicht länger.«

»Hat er gesagt, daß er Handschuhe getragen habe?«

»Ja.«

Childs wies noch einmal darauf hin, daß DeLucas linker Zeigefinger und das Endglied des benachbarten Fingers fehlten, und sagte, DeLuca habe ihm erzählt, er habe die Finger der Handschuhe, die er getragen hatte, ausgestopft, aber Childs wußte nicht, womit. Childs fuhr fort zu berichten, DeLuca habe ihm erzählt, er habe die blutigen Kleider im Verbrennungsofen von *Walgreen's* beseitigt. Und DeLuca hatte gesagt, die Kleider seien *nicht* sehr blutig gewesen.

»Hat DeLuca die Schnittwunden und Kratzer erwähnt?«

»Er hat mir erzählt, er hätte ihnen die Kehlen durchgeschnitten.«

»Wessen Kehlen?«

»Die von dem alten Mann und die von der alten Lady.«

»Und was war mit dem Kind?«

»Nein, davon hat er nichts erzählt.«

»Hat er Ihnen denn erzählt, ob dem Kind die Kehle überhaupt durchgeschnitten worden ist?«

»Er hat es erwähnt.«

»Sie würden doch lügen, um aus dem Gefängnis zu kommen, oder etwa nicht?« fragte Bloom anklagend.

»Ja.«

»Würden Sie auch lügen, um aus der Anklage wegen bewaffneten Raubüberfalls herauszukommen?«

»Nein.«

»Sie haben dreieinhalb Jahre auf dem College verbracht, nicht wahr?«

»Ja.«

»Haben Sie je Unterricht in Schauspielerei genommen?«

»Nein.«

»Sie würden lügen, um Ihre Freiheit wiederzuerlangen, nicht wahr?«

»Ich würde lügen, um meine Freiheit zurückzubekommen«, gab Clifford Childs zu.

Mit direkter Gegenfrage stellte Terry Sullivan klar, daß Childs in der Tat Frank DeLuca einen Schuldschein über das Geld ausgestellt hatte, das Marilyn DeLuca ihm geschickt hatte, aber nur als ›Franks Alibi für den Fall, daß die Staatsanwaltschaft ihn nach den Mordanschlägen drankriegen würde‹.

Mehr konnte die Verteidigung hinsichtlich Clifford Childs nicht tun, jedenfalls nicht, soweit es seine unmittelbare Aussage betraf. Er hielt an seiner Geschichte fest – und er wußte viel zuviel, um nicht glaubwürdig zu sein.

Die Staatsanwaltschaft versuchte nunmehr, das zu untermauern, was Clifford Childs gesagt hatte. Sie rief Julia Jallits, eine Angestellte der Western Union, in den Zeugenstand. Diese bezeugte, daß Marilyn DeLuca die beiden Auszahlungsaufträge für Childs erteilt hatte und diese mit einem Barscheck, gezogen auf die *Elmhurst National Bank*, bezahlt hatte. Gertrude Charavot, eine Angestellte der Bank, bezeugte, daß Marilyn

DeLuca diesen Barscheck persönlich bezahlt hatte und das Geld an die Western Union transferiert worden war. Mary Little von der zentralen Gefängnisverwaltung des Cook County bestätigte, daß die Anweisungen eingegangen und dem Konto des Insassen Childs gutgeschrieben worden waren.

Joseph Mortimer, ein Experte für nicht sichtbare Fingerabdrücke im Dienst des Staates Illinois, ein Mann mit dreißig Jahren Berufserfahrung, bezeugte, daß das weiße Kuvert und das größere Kuvert, die an die Mutter von Clifford Childs geschickt worden waren, die Fingerabdrücke sowohl von Clifford Childs als auch die von Frank DeLuca trugen; gleiches galt für das gelbe Papier, auf dem die Beschreibungen von Joy Heysek und Bert Green niedergelegt worden waren.

Es gab keinen Zweifel, daß alles, was Clifford Childs erzählt hatte, auch wirklich so passiert war, *passiert.* Das einzige Heil der Verteidigung konnte nur darin liegen nachzuweisen, daß dies alles aus einem anderen Grund denn zur Finanzierung eines Mordplans geschehen war.

Dienstag, 21. Juni, war der Tag der geheimen Anhörung vor Richter Pincham. Ein Anwalt namens Charles Whalen wurde von der Staatsanwaltschaft in den Zeugenstand gerufen, um über den Inhalt des Testaments der Columbos auszusagen, möglicherweise, um ein Motiv für Patricias Beteiligung an dem Verbrechen glaubhaft zu machen. Nachdem Richter Pincham alle Fürs und Widers gehört hatte, entscheid er im Sinne der Verteidigung, Whalens Zeugenaussage zum Prozeß nicht zuzulassen, da es keinen Beweis dafür gab, daß Patricia den Inhalt dieses Testaments *gekannt* hatte.

Als nächstes stritten die Anwälte über ein Tatortfoto, das Mary Columbo mit offenstehendem Morgenmantel, hochgeschobenem Nachthemd und heruntergezogenem Schlüpfer zeigte. Die Verteidigung wollte nicht, daß dieses Foto der Jury gezeigt wurde, weil dieses Foto den Eindruck erwecken konnte, als handele es sich bei Mary Columbo um einen Sexualmord, was ja nun effektiv nicht der Fall war, aber die Jury wegen ihres augenscheinlich offensiven Charakters negativ beeinflussen konnte. Wieder entschied Pincham zugunsten der Verteidigung, indem er dieses eine Foto als Beweisstück nicht zuließ.

Dagegen wurden andere Beweisstücke der Staatsanwaltschaft zugelassen: Der *Beweis des Volkes* mit der Nummer einhundertunddreizehn, die goldene Schere; der *Beweis des Volkes* Nummer einhundertundsechzehn, Michaels blutiges T-Shirt; die *Beweise des Volkes* mit den Nummern einhunderteinunddreißig, einhundertzweiunddreißig und einhundertdreiunddreißig, die Fotos von Patricias Familie, die sie Lanny Mitchell ausgehändigt hatte; einhundertneunundsechzig – der Tagesablauf ihrer Eltern, den Patricia niedergeschrieben hatte; einhundertachtundvierzig – den Kofferraumdeckel mit DeLucas Handabdruck; die Nummern einhundertundsiebzehn bis einhundertunddreißig – Fotos vom Tatort; Nummer einhundertdreiundvierzig – die Kugeln, die aus Frank Columbos Leiche entfernt worden waren; Nummer einhundertvierundvierzig – die Kugel, die aus der Leiche von Mary Columbo entfernt worden war; und Dutzende anderer Beweisstücke als Tatsachenbeweise: Fingerabdrücke, Blutproben, Aufstellungen, Berichte, Dokumente. Alles in allem wurden zweihundertneunzehn Beweisstücke der Staatsanwaltschaft zum Verfahren zugelassen.

Am Morgen des 22. Juni begann die Verteidigung, ihre Version vorzutragen.

Toomin rief Clifford Jackson-Bey in den Zeugenstand. Er war einunddreißig Jahre alt, verheiratet, hatte zwei Kinder und war Insasse des *Cook County Jail* im Block C 1. Zu dieser Zeit verbüßte er in Illinois eine Strafe von fünfzehn bis achtzehn Jahren wegen bewaffneten Raubüberfalls und unter Bundesrecht eine Strafe von fünfzehn Jahren wegen Banküberfalls.

Jackson-Bey hatte Clifford Childs seit Mitte 1975 gekannt. Er sagte aus, Childs habe ihm im *Cook County Jail* gesagt: »Ich hab' jetzt ein paar Eisen im Feuer. Ich bastele mir einen Superplan zusammen ... und rechne damit, nicht mehr lange im Knast zu sitzen.«

Childs habe, so sagte Jackson-Bey, DeLuca ›gefilzt‹. Er habe

DeLucas Papiere durchwühlt, als DeLuca einmal nicht in der Zelle war. DeLuca sei, habe Jackson-Bey erzählt, »bescheuert. Ich glaube, er hält sich auch noch für smart.« Aber Childs habe »Frank unter meine Fittiche genommen«. Childs war ›ausgesprochen dicke mit Frank‹ gewesen. DeLuca mochte ihn und vertraute ihm. Die Weißen, hatte Childs gesagt, haben uns ein Leben lang über den Tisch gezogen, ›aber jetzt sei seine Stunde gekommen‹. Als er aus dem Knast gekommen war, hatte Childs vor, sofort zum Staatsanwalt zu gehen, um mit ihm einen Handel abzuschließen.

Im Kreuzverhör versuchte Baliunas, Jackson-Bey unglaubwürdig zu machen, indem er ihm das Geständnis abrang, er habe einen Gefängnisbeamten mit Namen Hamilton tätlich angegriffen und gleichzeitig versucht, Zeugen gegen ihn in seinem Verfahren wegen Bankraubes einzuschüchtern, indem er ihnen Todesdrohungen per Post geschickt hatte.

In der direkten Gegenbefragung wollte Toomin von Jackson-Bey wissen, ob ihm als Gegenleistung für seine Zeugenaussage irgendwelche Zugeständnisse gemacht worden seien. Nein. Ob er irgend etwas von dem Angeklagten DeLuca zu erwarten habe? »Überhaupt gar nichts.«

Auf Jackson-Bey folgte eine Reihe von Zeugen, die ganz offensichtlich nur benannt worden waren, um die Geschworenen weiter zu verwirren.

Robert Rezzuto, aufgerufen von der Verteidigung, war der Sohn von Frank Columbos Schwester Gloria. Er hatte sich die Autos seines Onkels Frank dann und wann ausgeliehen, und bei einer dieser Gelegenheiten hatte er einen Revolver im Handschuhfach des Thunderbird gesehen.

Leroy Symanik war freiberuflich tätiger Makler. Er hatte eine Renovierung des Hauses der Columbos organisiert und dafür ein Honorar in Höhe von eintausendachthundertundfünfzehn Dollar in bar erhalten.

Michael G. Doyle war ein Briefträger, in dessen Zustellbereich auch das Haus 55 Brantwood fiel und der zu Beginn der Woche des 3. Mai 1976 zwei Männer auf dem Grundstück des

Columbo-Hauses gesehen hatte, die er nie zuvor gesehen hatte. Der eine war weiß, der andere schwarz. Beide seien von mittlerer Größe gewesen und hätten Arbeitskleidung getragen; der Schwarze hatte zudem eine Brille getragen.

Georgia Brooks lebte drei Häuser weiter. In der Nacht des Dienstag, des 4. Mai, hatte sie gegen 22 Uhr 15 oder 22 Uhr 30 laute Geräusche wie von Fehlzündungen bei einem Auto gehört. Sie war ans Fenster gegangen und hatte gesehen, wie ein Auto am Haus der Columbos vorbeifuhr. Als sie am nächsten Morgen gegen 7 Uhr 35 zur Arbeit ging, hatte sie bemerkt, daß auf der Veranda der Columbos Licht brannte, was durchaus nicht die Regel war. (Man fragt sich, ob sie das Licht auf der Veranda auch am Donnerstag und am Freitag morgen bemerkt hatte, und wenn das so ungewöhnlich war, warum sie dann nicht einmal bei ihren Nachbarn vorbeischaute.) Am Morgen des Mittwoch, des 5. Mai, hatte sie zwischen 7 Uhr 30 und 8 Uhr 30 auch einen Wagen in der Auffahrt zum Haus der Columbos gesehen.

Clyde Brooks, Georgias Ehemann, sagte aus, er sei am 4. Mai zwischen 23 Uhr und 23 Uhr 30 von einer Versammlung seiner Kirchengemeinde nach Hause zurückgekehrt, und ihm sei nichts Ungewöhnliches aufgefallen.

Wozu führte das alles? Zu nichts, natürlich. Frank Columbo führte zeitweise einen Revolver im Handschuhfach mit sich und bezahlte große Reparaturrechnungen in bar. Ein Briefträger hatte auf seiner Route zwei Fremde gesehen. Eine Nachbarin hatte ein lautes Geräusch gehört und ein Auto auf der Straße gesehen, und außerdem hatte sie gesehen, daß das Licht auf der Veranda brannte. Ihr Ehemann hatte absolut nichts Ungewöhnliches feststellen können. Solange diese Zeugenaussagen nicht zu einem Ganzen zusammengefügt und der Jury *erläutert* worden waren, solange waren sie absolut bedeutungslos. Toomin sollte zwar später einiges davon in seinem Schlußplädoyer verwenden, aber im Grunde war es für den Prozeß wertlos.

Der erste bedeutendere Zeuge für die Verteidigung war John Norton, einer von DeLucas Stellvertretern. Am 4. Mai hatte er die letzte Schicht. Um 22 Uhr 50 erreichte ihn ein Anruf DeLucas. In einer zweiminütigen Unterhaltung vergewisserte DeLuca sich, daß im Laden alles in Ordnung war, und sagte Norton, er gehe jetzt zu Bett. Nachforschungen bei der Telefongesellschaft ergaben, daß dieser Anruf aus dem Apartment gekommen war, das DeLuca und Patricia teilten.

Als die Leichen drei Tage später entdeckt wurden, habe DeLuca, wie Norton bestätigte, im Aufenthaltsraum für das Ladenpersonal ›lamentiert‹. Er lag ›in den Stuhl gekauert ... die Hände vor dem Gesicht ...‹, aber er habe *nicht* geweint und laut Nortons Aussage hatte er *keine* Schnitte, Kratzer oder sonstigen Verletzungen oder gar Blut an den Händen.

Der nächste Zeuge der Verteidigung war Michael J. Dunkle, zweiundzwanzig Jahre alt, aus Omaha, Nebraska, der Sohn von Mary Columbos Schwester und Patricias erster Cousin. Dunkle war Berufsfahrer, der Autos an einem Ort abholte und an einem anderen Ort wieder ablieferte, vor allem Lkw und Busse für die *Superior Bus Company of Omaha.* Am Morgen des 5. Mai hatte Dunkle gegen sechs Uhr am Morgen – zu einer Zeit also, als die Familie Columbo laut Aussage von Dr. Stein schon seit mindestens fünf Stunden tot gewesen war – zwei Busse in der Altstadt von Chicago auf seinem Weg nach Lima, Ohio, ausgetauscht. Er hatte dazwischen eine Stunde Leerzeit, während derer er gefrühstückt und seine Tante Mary unter der Nummer 439-6949, dem Anschluß der Columbos, angerufen hatte. Das Telefon hatte viermal geklingelt, *Mary Columbo hatte den Hörer abgenommen,* und Dunkle hatte sich etwa fünf Minuten lang mit ihr unterhalten. Sie klang ›nervös, zerfahren‹, aber für Dunkle hatte es keinen Zweifel daran gegeben, daß es sich *wirklich* um Mary Columbo handelte; er hatte sie schon mindestens zwanzigmal bei anderen Gelegenheiten angerufen, wenn er irgendwelche Busse in Chicago ausgetauscht hatte.

Bill Swano hatte die Vorlage aller Papiere verlangt, aus denen sich ergab, daß Dunkle Omaha um 17 Uhr 30 am 4. Mai verlassen hatte, in Chicago um 6 Uhr morgens am 5. Mai angekommen war und Chicago um 7 Uhr morgens verlassen hatte, um in Lima um 15 Uhr anzukommen.

Dunkle bestätigte noch einmal, daß er irgendwann zwischen

6 Uhr 15 und 7 Uhr morgens mit seiner Tante telefoniert hatte.

John Leto, wohnhaft 121 Spruce Street in Wooddale, hatte den Parkplatz direkt neben dem Parkplatz, auf dem Mary Columbos Oldsmobile fünf Tage nach den Morden entdeckt wurde. Leto sagte aus, daß er um 5 Uhr 10 morgens am Dienstag, den 5. Mai, als er zur Arbeit gegangen war, den Oldsmobile noch nicht dort gesehen habe. Als er zwischen 17 Uhr 30 und 18 Uhr am Abend zurückgekommen sei, habe er dann dort gestanden. Der logische Rückschluß lautete natürlich, daß der Wagen dort am Mittwoch, den 5. Mai, beträchtliche Zeit gestanden haben mußte, und für diese Zeit hatten beide ein hieb- und stichfestes Alibi.

Barbara Lefsky bezeugte, daß sie am Dienstag, dem 4. Mai, von 13 Uhr 30 bis nach 15 Uhr mit Patricia Columbo über einen Job gesprochen habe und an ihrem Benehmen nichts Ungewöhnliches habe entdecken können. John Malone, Michaeleen Straziota und Bruce Trozak hatten ebenfalls am Nachmittag kurz mit ihr gesprochen, und niemand erinnerte sich, irgend etwas Auffälliges an der Angeklagten entdeckt zu haben, das etwa darauf hätte schließen lassen, sie trage sich mit der Absicht, innerhalb der nächsten Stunden ihre ganze Familie umzubringen.

Danielle McDonald, eine Angestellte aus der Personalabteilung der *Meyercord Company*, erinnerte sich, von 8 Uhr 40 bis 9 Uhr 45 am Vormittag des Mittwoch, 5. Mai, mit Patricia Columbo gesprochen zu haben, die einen Job als Sekretärin suchte. Dies müßte dann etliche Stunden *nach* dem Blutbad im Hause Columbo gewesen sein – falls die angenommene Todeszeit wirklich stimmte. Während dieses Gespräches war Patricia besonders ›ruhig, entspannt, selbstbeherrscht gewesen und hatte auch auf alle Fragen ausgesprochen intelligent geantwortet‹ und wirkte ›ausgeglichen und zufrieden‹.

Roberta Walker aus 140 South Whipple in Chicago, wo Frank Columbos Thunderbird entdeckt worden war, sagte aus, daß der Wagen am Dienstag, dem 4. Mai, Mittwoch, dem 5. Mai oder Donnerstag, dem 6. Mai, *nicht* vor ihrem Haus gestanden habe. Sie habe ihn zum erstenmal gegen 11 Uhr vormittags am *Freitag, den 7. Mai,* gesehen, etwa fünf Stunden, bevor die Leichen entdeckt worden waren. Delilah English, die gleich nebenan im Haus Nummer 142 wohnte, bestätigte diese Zeugenaussage; der Thunderbird war nicht dagewesen, als sie an diesem Morgen zur Schule gegangen sei, aber er habe dort gestanden, als sie um 14 Uhr 30 von der Schule zurückgekommen sei.

Edward Burnett trat in den Zeugenstand und wiederholte die Geschichte, die er Ray Rose schon über den Ankauf von einem von Columbos CB-Funkgeräten in der Maxwell Street auf dem Trödelmark erzählt hatte. Der Verkäufer war ein Schwarzer gewesen, sechs Fuß groß und an die zweihundert Pfund schwer, und er habe einen kleinen blauen Hut mit einem Knopf auf der Spitze getragen.

Ronald R. Tross, der Autoverkäufer, der Lanny Mitchell seine Wohnung für Sex-Partys vermietet hatte, erschien mit seinem Anwalt John H. Bickley jun. vor Gericht und berief sich insgesamt siebzehnmal auf den Fünften Zusatz zur Verfassung, um keine Fragen beantworten zu müssen wie: Haben Sie gehört, wie Lanny Mitchell der Polizei gesagt hat, Sie seien bei Sex-Orgien in Ihrem Apartment zugegen gewesen, an denen Patricia Columbo, Roman Sobczynski, Lanny Mitchell und Sie selbst teilgenommen hatten?«

Tross wurde aus dem Zeugenstand entlassen.

Deputy Chief William Kohnke war ein ausgesprochen feindselig eingestellter Zeuge der Verteidigung, der nur auf Grund einer Vorladung aussagte. Er war früher bei der Air Force als Militärpolizist und seit dreizehn Jahren im Polizeihauptquartier von Elk Grove Village tätig. Seit einem Jahr war er stellvertretender Leiter der insgesamt achtundneunzig Personen umfassenden Polizeitruppe.

Die Absicht der Verteidigung, Kohnke in den Zeugenstand zu zwingen, konnte auch nur darin liegen, noch mehr Verwirrung bei den Geschworenen zu stiften. Kohnke hatte in den ersten Stunden und Tagen nach der Entdeckung der Morde eine Reihe nicht gerade kluger Bemerkungen der Presse gegenüber gemacht, bevor ihm sein Vorgesetzter, Chief Harry Jenkins, einen Maulkorb verpaßt hatte. Jetzt mußte Kohnke öffentlich für seine unvorsichtigen Bemerkungen geradestehen.

Zuerst befaßte Toomin sich mit Kohnke. Zu Beginn seiner Befragung entlockte er ihm das Eingeständnis, daß er Namen aus Columbos persönlichem Telefonbuch mit Namen von bekannten Mitgliedern der Mafia in Verbindung gebracht hatte und daß er einen anonymen Brief bekommen habe, in dem die Mafia für die Morde verantwortlich gemacht worden sei. Dann sorgte Murphy dafür, daß Kohnke zugab, gewußt zu haben, daß ein CB-Funkgerät, das aus dem Haus der Columbos entwendet worden war (ein Hinweis auf einen möglichen Raubüberfall), schon in einem frühen Stadium der Ermittlungen entdeckt worden war.

Dann war wieder Toomin an der Reihe, aber vor seiner zweiten Attacke auf Kohnke ließ Richter Pincham die Geschworenen aus dem Saal führen, um die Zeugenaussage zunächst einmal zu prüfen. Toomin zwang Kohnke jetzt zuzugeben, er habe damals gesagt, seiner Meinung nach seien die Columbos im Drogenrausch massakriert worden; daß Frank Columbo vielleicht auch in dem Versuch gequält worden war, ihn dazu zu zwingen, seinen Safe zu öffnen; daß Frank Columbo ebenfalls anfangs verdächtigt wurde, stiller Teilhaber an Transport- und Arbeitsvermittlungsfirmen gewesen zu sein und daß sein Tod etwas *damit* zu tun haben könnte; und daß der Lebensstil der Familie Columbo weit höher gewesen war, als das Einkommen bei der *Western Auto* zugelassen hätte.

Nachdem er sich all diese Zugeständnisse angehört hatte, entschied Richter Pincham, daß es sich dabei ausschließlich um persönliche Meinungen gehandelt habe, und lehnte es ab, die Geschworenen dies alles hören zu lassen. Kohnke wurde entlassen, und seine Aussage war der ganzen Welt bekannt mit Ausnahme der Geschworenen.

In den Diensträumen von Richter Pincham bat ein Anwalt, der die Brüder Thomas und Edward Machek und deren Buchhalterin Virginia Stutz vertrat, daß seine Klienten vom Zwang zur Aussage, Frank Columbo habe Verbindungen zu der Firma

Dock Help Inc. gehabt, freigestellt würden, weil dies für den Mordfall nicht von Bedeutung sei.

Michael Toomin stellte sich auf den Standpunkt, daß Frank Columbo als einer von fünf Geschäftsführern der Gesellschaft eingetragen war, einer Gesellschaft, die ausdrücklich zu dem Zweck gegründet worden war, Arbeiter für die Western Auto zu rekrutieren. Columbo hatte zweihundertfünfzig Dollar pro Woche aus den Gewinnen dieser Firma erhalten. Weiterhin, behauptete Toomin, hätten Aufzeichnungen aus Columbos Safe gezeigt, daß er in einem einzigen Jahr ebenfalls achtzehntausend Dollar Gehalt von der *Mulvihill Cartage Company* bezogen habe, einer Transportfirma, die im Auftrag der Western Auto fuhr und ebenfalls den Brüdern Machek gehörte. Toomin stellte sich nun auf den Standpunkt, daß Frank Columbo Rückschläge in finanzieller Hinsicht erlitten hatte, die bei seiner Ermordung vielleicht eine Rolle gespielt haben könnten (also genau die Behauptung, für die Toomin Bill Kohnke zuvor noch kritisiert hatte).

Richter Pincham vernahm beide Brüder Machek in seinem Zimmer und entschied dann, daß deren Zeugnis nicht zugelassen werde (was ohnehin sehr bald an die Grenzen gestoßen wäre, die der Fünfte Zusatz zur Verfassung setzte, wie deren Anwälte bereits andeuteten). Weiter entschied er, daß der Finanzstatus der beiden Firmen der Jury nicht unterbreitet werden dürfe. Das war möglicherweise zum allseitigen Besten. Eine Jury, die bereits mit der Definition des Begriffes ›Verschwörung‹ überfordert schien und die auch mit dem komplexen Problem konfrontiert wurde, was das DNA-Molekül mit einem einzelnen Haar auf der Brust von Michaels T-Shirt zu tun hatte, sollte nicht auch noch mit der Bewertung von Bilanzen belastet werden.

Joseph Nicol, ein Professor der Universität von Illinois und tätig für das *Department for Criminal Justice,* der als Experte für die Analyse von Haarproben galt, sagte aus, daß ein einzelnes Haar, das man auf dem Körper eines toten Jungen finde, abnehme und auf einen Objektträger bringe, um es dann elf

Monate später mit Haarproben einer sechs Jahre älteren Schwester zu vergleichen, ohne eine vergleichende Haarprobe von dem toten Jungen selbst zu haben, ein Test von nur geringer Aussagekraft sei. Er war nicht der Meinung, daß man daraus irgendwelche Rückschlüsse ziehen könne.

Im Kreuzverhör brachte Patti Bobb Professor Nicol dahin zuzugeben, daß er das Haar niemals zu Gesicht bekommen hatte, das von Michaels T-Shirt abgenommen worden war, noch irgendwelche Proben von Patricias Kopf.

Es war ein Schlag ins Leere.

Dolores De Bartoli, eine enge Freundin von Mary Columbo, und ihr Ehemann Art, die seinerzeit auch sehr eng mit Frank Columbo befreundet gewesen waren, waren mit den Columbos zusammen im selben Bowling-Club und besuchten auch oft gemeinsam Tanzveranstaltungen. Sie machten eine etwas merkwürdige Zeugenaussage. Clifford Childs hatte gesagt, Frank DeLuca habe ihm erzählt, um Zugang zum Haus der Columbos zu bekommen, sei die Türglocke betätigt worden und habe auch angeschlagen, daß aber DeLuca nicht gesagt habe, *er* habe geklingelt. Dolores De Bartoli sagte jetzt aus, *es habe gar keine Klingel* am Haus der Columbos gegeben. Im April 1976, einen Monat vor den Morden, hatte Frank Columbo demnach alle Schlösser ausgetauscht und die Türklingel abmontiert. Er hatte sie auch nicht wieder neu installiert.

Interessant.

Inzwischen war es Freitag, der 24. Juni, und wie es Richter Pinchams Gewohnheit während des ganzen Verfahrens war, sollte sich das Gericht am Samstag wieder versammeln, aber Bill Swano bat darum, am darauffolgenden Tag ›nicht arbeiten‹ zu müssen. Patricia hatte Schmerzen, die durch einen eingeklemmten Nerv im Rücken verursacht wurden, und seit Beginn des Prozesses bereits zehn Pfund verloren, und – hier warf Swano der Anklage einen verlockenden Appetithappen hin – wenn sie aussagen würde, erwartete er ein sehr langes Kreuzverhör.

Pincham gab allen Prozeßbeteiligten über das Wochenende frei.

Am Montag, dem 27. Juni, sagte Bill Swano Richter Pincham, noch bevor die Jury hereingeführt worden war, er wolle folgende Zeugen aufrufen:

Mr. und Mrs. Richard Nyquist, die im *Around the Clock Restaurant* am Sonntag, dem 2. Mai, zwei Tage vor den Morden, mit den Columbos gefrühstückt hatten. Bei dieser Gelegenheit hatten sowohl Frank als auch Mary erzählt, Patty und Frank DeLuca würden im Juni heiraten.

Jack McCarthy, einer der leitenden Angestellten bei der Western Auto, hatte ebenfalls von einer ›bevorstehenden Hochzeit‹ von Frank DeLuca gehört.

Auch Thomas Lidwicki, ein Freund von Frank Columbo, hatte von diesem dasselbe gehört.

Und Carolyn Tygrett, eine andere Schwester von Mary Columbo, sagte aus, daß sie Hochzeitspläne mit Mary Columbo diskutiert hatte, daß die Familie schließlich ihr Einverständnis gegeben hatte und daß die Hochzeit am 5. Juli stattfinden sollte. (Dies war möglicherweise ein rein zufälliger Irrtum, denn der 5. Juli war ein Montag, und Hochzeiten finden üblicherweise an Samstagen statt. Der 5. *Juni* aber *war* ein Samstag, und jeder, der von den Hochzeitsplänen wußte, war davon ausgegangen, diese Hochzeit werde im Juni stattfinden.)

Aber es war alles vergeblich, weil Richter Pincham es ablehnte, Swano auch nur einen dieser Zeugen aufrufen zu lassen. Deren Aussage, entschied er, wäre nur irrelevantes Hörensagen. Swano reklamierte auf der Stelle einen Verfahrensfehler. Die Reklamation wurde abgewiesen.

Ron Tross wurde erneut in den Zeugenstand geführt, und sein Anwalt John H. Bickley jun. begleitete ihn wieder. Zunächst waren die Geschworenen nicht anwesend; Pincham wollte wieder einmal die angebotene Zeugenaussage auf ihre Verwertbarkeit hin überprüfen.

Plötzlich fragte Stanton Bloom: »Hatten Sie jemals sexuellen Verkehr mit Patricia Columbo?«

»Nein«, erwiderte Tross.

»Wie lange hat denn Ihr Apartment für diese sexuellen Zusammenkünfte gedient?« fragte Bloom.

Al Baliunas legte Einspruch ein.

»Sexuelle – was bitte?« fragte der Richter.

»Zusammenkünfte«, wiederholte Bloom.

Pincham wies den Einspruch zurück und fügte hinzu: »Der Zeuge mag wissen, was damit gemeint ist, aber ich kann mir unter einer sexuellen Zusammenkunft nicht viel vorstellen.« Wieder etwas für die Jury, worüber sie sich Gedanken machen konnte, als das Thema wieder akut wurde.

Ron Tross berief sich bei den meisten an ihn gestellten Fragen auf den Fünften Zusatz zur Verfassung, bezeugte aber schließlich in Gegenwart der Jury doch, daß er gesehen hatte, wie Lanny Mitchell einen Revolver trug, daß er Lanny den Schlüssel zu seinem Apartment gegeben hatte, daß er aber niemals anwesend gewesen war, wenn das Apartment von irgend jemandem benutzt worden war.

Father J. Ward Morrison, Pastor der Kirche von der Rosenkranzkönigin in Elk Grove Village, sagte aus, Patricia Columbo habe ihn am Morgen des Samstag, des 8. Mai, angerufen, um ihn ›wegen einer Feuerbestattung zu konsultieren‹. Father Morrison hatte ihr erklärt, unter außerordentlichen Umständen erlaube die römisch-katholische Kirche eine Feuerbestattung. Patricia hatte dann gesagt, die Opfer hätten ›zusammen gelebt und seien zusammen gestorben‹, und sie wünsche, sie ›auf dieselbe Art zu begraben‹.

Zwei Tage später hatte Father Morrison Patricia bei der Trauerfeier für die Columbos gesehen. Er sagte, er habe sie hereinkommen und sie von einem der drei verschlossenen Särge zum nächsten gehen sehen; er sagte weiter aus, sie habe ›geweint‹. Er hatte sie über eine Stunde lang beobachtet und die halbe Nacht lang, während sie ununterbrochen geweint habe und sehr aufgeregt gewesen sei.

Seit ihrer Inhaftierung hatte Father Morrison Patricia zwischen fünfzehn- und zwanzigmal im Gefängnis besucht.

Als Patti Bobb ihn ins Kreuzverhör nahm, entlockte sie dem Priester das überraschende Zugeständnis, daß dieser die Columbos vor ihrer Ermordung nie persönlich kennengelernt hatte. Er hatte allerdings deren ›Verwandte und Freunde‹ gekannt.

Patti Bobb fragte nun, ob er die Erlaubnis zur Verbrennung der Opfer gegeben habe. Father Morrison sagte aus, er habe den Fall dem Generalvikariat der Erzdiözese Chicago vorgelegt und von dort das Einverständnis erhalten.

»Wer hat die Genehmigung erteilt?« fragte Bobb.

»Ich weigere mich, diese Frage zu beantworten«, erwiderte Father Morrison.

Das Gericht bestand nicht auf einer Antwort; sie wäre zur Beurteilung des Falles auch nicht relevant gewesen. Father Morrison wurde entlassen.

Als nächste kam die vielleicht verwirrendste, bösartigste und erstaunlichste Zeugin des ganzen Verfahrens: Marilyn DeLuca.

Sie war eine schöne Frau mit langen dunklen Haaren, die sie geflochten trug. Bis zu ihrer Scheidung war sie mehr als fünfzehn Jahre mit Frank DeLuca verheiratet gewesen. Die Scheidung war im selben Monat ausgesprochen worden, als die Familie Columbo ermordet wurde. Sie war auch die Mutter von DeLucas fünf Kindern. Man fragte sich unwillkürlich, nachdem man Joy Heyseks Zeugenaussage gehört hatte und mit oder ohne Kenntnis davon, wie DeLucas Affäre mit Patricia Columbo verlaufen war, welch ein Leben diese Frau mit ihrem langjährigen Ehemann wohl geführt haben mußte; wieviel sie wußte; was sie verheimlichte; was sie mit diesem Mann alles *mitgemacht* haben mochte, der, das zeigen die Beweise eindeutig, ein sexueller Psychopath war, eine im tiefsten Sinne asoziale Persönlichkeit und ein kaltblütiger Mörder. Als sie auf eine der ersten Fragen von Michael Toomin antwortete, die sich auf ihr augenblickliches Verhältnis zu DeLuca bezog, sagte sie:

»Im Augenblick sind wir geschieden.« Es klang, als sei dies lediglich ein zeitlich begrenzter Zustand.

Marilyn sagte aus, in der Zeit zwischen ihrer Trennung und der Scheidung habe sie DeLuca zweimal wöchentlich gesehen, üblicherweise dienstags und sonntags. Auch am Mittwoch, dem 5. Mai, dem Abend nach den Morden, hatte er mit ihr und den Kindern zu Abend gegessen, und während dieses gemeinsamen Abendessens hatte sie keinerlei Schnittverletzungen oder sonstige ungewöhnliche Markierungen an seinen Händen sehen können.

Dann die Frage: Kannte sie Clifford Childs? Ja. Sie hatte Childs im Besuchsraum des Gefängnisses kennengelernt. Hatte sie ihn aus dem Gefängnis freigekauft? Ja. Childs, so sagte sie, hatte einen Schuldschein unterschrieben und sich verpflichtet, fünftausend Dollar für ein Darlehen in Höhe von dreitausendfünfhundert Dollar zurückzuzahlen. Marilyn gab zu, Childs im Gefängnis abgeholt, ihn zu sich nach Hause gefahren, ihm ein Mittagessen gekocht und ihm die Schlüssel zu Frank DeLucas Wagen ausgehändigt zu haben. (Sie wurde von keiner Seite nach dem Briefumschlag mit den eintausenddreihundert Dollar gefragt, die sie ihm laut Childs gegeben haben sollte.)

Wußte sie, daß Childs angeheuert worden war, um zwei Menschen umzubringen? Nein.

Al Baliunas war erstaunlich gemäßigt in seinem Kreuzverhör.

»Haben Sie Clifford Childs Ihr letztes Geld gegeben?« Ja.

Ob sie sich dann gezwungen gesehen habe, das staatliche Hilfsprogramm für Kinder in Not in Anspruch zu nehmen? Ja.

Hatte sie DeLuca ins Gefängnis einen Brief geschrieben, in dem sie ausführte, sie könne ihre Rechnungen nicht mehr bezahlen und wisse nicht mehr ein noch aus?

Bevor Marilyn antworten konnte, entschied Richter Pincham, diese Frage dürfe nicht beantwortet werden. Er wies die Jury an, die Frage unbeachtet zu lassen. Baliunas entließ sie ohne weitere Fragen aus dem Kreuzverhör. Er hatte sein Ziel erreicht: die Jury hatte zur Kenntnis genommen, daß Frank DeLuca seinen fünf Kindern dringend benötigtes Geld weggenommen und es Clifford Childs gegeben hatte. Und da sollte irgend jemand, der seine fünf Sinne beieinander hatte, noch an ein Darlehen glauben?

Michael Toomin versuchte, die Jury genau das glauben zu machen. In direkter Gegenfrage wollte er wissen: »Warum waren Sie dann mit diesem Darlehen einverstanden?«

Marilyn hob in einer hilflos wirkenden Geste die Schultern und sagte: »Wegen der eintausendfünfhundert Dollar Profit.«

»Haben Sie nach Ihrer eigenen Meinung irgend etwas Gesetzloses getan?« fragte Toomin.

»Nein.«

Ein weiterer Name auf der Liste jener Leute in diesem Fall, die eines Vergehens schuldig gewesen sein könnten oder nicht, die aber, wenn sie schuldig *waren*, straflos davonkommen sollten.

Am Dienstag, dem 28. Juni, versuchte die Verteidigung, Jim Leary in den Zeugenstand zu rufen, den Mann, den Roman Sobczynski Patricia Columbo vorgestellt hatte und der Roman und Patricia zweimal das Apartment seiner Sekretärin für Sexspiele zur Verfügung gestellt hatte.

Leary erschien in Begleitung seines Anwalts, und dieser erklärte, wenn sein Klient den Zeugenstand betrete, bestehe die Gefahr, daß er sich selbst ganz anderer Straftaten bezichtigen müsse, und deshalb verweigere er unter Hinweis auf den Fünften Zusatz zur Verfassung die Beantwortung jeglicher Fragen.

Toomin, Murphy und Swano verzichteten unter diesen Umständen einvernehmlich darauf, ihn in den Zeugenstand zu rufen.

Während der Mittagspause bemerkten Beobachter große Aufregung bei beiden Angeklagten. Zuerst sah man Patricia Columbo, wie sie vehement den Kopf schüttelte, und hörte jemanden aus dem Verteidiger-Team sagen: »Wir können den Richter bitten, sie aus dem Saal zu entlassen, während er aussagt.«

Sofort verbreitete sich das Gerücht, jetzt werde Frank

DeLuca in den Zeugenstand gerufen und daß Patricia nicht anwesend sein wollte, wenn er aussagte.

Die Erwartung, daß DeLucas Zeugeneinvernahme unmittelbar bevorstand, wurde verstärkt, als das Gericht sich nicht rechtzeitig aufs neue versammelte und eine kurze Unterbrechung eintrat, weil DeLuca plötzlich nervliche Probleme bekam. Es kursierten Gerüchte, er sei vor Angst beinahe ohnmächtig geworden und habe sich übergeben.

Kurz bevor dann die Nachmittagssitzung begann, sagte irgend jemand, Patricia Columbo weine und habe ihre Meinung geändert. Sie bitte jetzt darum, im Gerichtssaal bleiben zu dürfen, während ihr Geliebter aussagte. Es war alles sehr dramatisch; jeder hatte eine andere Version über das, was vorging – und seine eigenen Informationen. Aber was auch immer gemutmaßt worden war, um 14 Uhr 15 kehrte so etwas wie Normalität zurück, als Richter Pincham das Verfahren wieder eröffnete und Patricia an ihrem Verteidigertisch saß, während Frank DeLuca vereidigt wurde.

Bevor die Befragung DeLucas begann, wandte sich Richter Pincham an die Geschworenen und sagte: »Sie sind darauf hingewiesen worden, daß die Zeugenaussage von Mr. DeLuca von ihnen nicht als Beweis gegen die Angeklagte Patricia Columbo gewertet werden darf.«

Theoretisch sagte DeLuca nur für sich selbst aus – theoretisch.

Stanton Bloom übernahm die direkte Befragung.

»Wie lautet Ihr voller Name?«

»Frank John DeLuca.«

»Wie alt sind Sie?«

»Neununddreißig.«

»Geburtsdatum?«

»28. Juni 1938.«

»Dann ist also heute ihr Geburtstag, nicht wahr?«

»Ja.«

Bloom entwarf zunächst DeLucas Biographie: seine Erziehung, seine Ehe, Kinder, seine Ausbildung zum Fußballtrainer und die Geschichte seiner Karriere bei *Walgreen's;* dazu noch die Tatsache, daß er nie zuvor angeklagt und bis zum heutigen Tage nicht vorbestraft war.

Dann befragte Bloom DeLuca über seine Auseinandersetzung mit Frank Columbo auf dem Parkplatz. »Er rief mich im Laden an«, berichtete der Zeuge, »und sagte, er wolle mit mir reden. Ich wartete auf ihn auf dem Parkplatz. Um 22 Uhr 45 kam er. Er parkte direkte neben mir und stieg mit dem Gewehr in der Hand aus. Er sagte: ›Ich bring dich um!‹ Ich sagte: ›Warten Sie mal –.‹ Er holte mit dem Gewehr aus und schlug mir den Kolben ins Gesicht. Ich fiel zu Boden. Als ich versuchte, wieder auf die Füße zu kommen, stieß er mir den Gewehrkolben in den Magen, und ich stürzte wieder zu Boden. Dann sagte er: ›Du bist schon tot, du Dreckschwein, du bist schon tot.‹ Und damit fuhr er weg. Irgend jemand, der vorbeigefahren kam, rief die Polizei.«

War eine Anzeige erstattet worden? Ja. War diese später zurückgezogen worden? Ja.

DeLuca sagte weiter aus, er habe von jenem Zwischenfall im Juni 1975 bis zum April des nachfolgenden Jahres 1976 keinen weiteren Kontakt mehr mit Frank Columbo gehabt. Dann rief Frank Columbo Patricia eines Abends an, und während dieses Anrufes hatte er auch mit DeLuca gesprochen. Columbo habe, so sagte der Zeuge, schließlich in die Heirat zwischen ihm und Patricia eingewilligt und gesagt: »Von da an wird sie dann dein Problem sein, nicht mehr meines.«

Columbo soll angeblich sogar angeboten haben, ihnen eine Waschmaschine und einen Wäschetrockner als Hochzeitsgeschenk zu kaufen. Als Datum für die Hochzeit wurde der 5. Juni festgesetzt, weil DeLucas Scheidung erst Ende Mai ausgesprochen werden würde.

Bloom wandte sich nun Bert Green zu. DeLuca sagte aus, Green sei einer seiner Angestellten in dem Drugstore gewesen und er habe Green vom Leiter der Spirituosen-Abteilung zum stellvertretenden Filialleiter befördert. Mit großem Nachdruck leugnete er, jemals einen Revolver mit in das Geschäft gebracht oder gar Bert Green gebeten zu haben, diesen für ihn aufzubewahren. Er leugnete weiter, Green je aufgefordert zu haben,

Patricia in ihrem gemeinsamen Apartment abzuholen, um sie irgendwohin zu fahren, und er leugnete weiter, jemals ›Mordanschläge‹ oder ›Überfälle‹ mit Green besprochen zu haben.

Dann kam Bloom auf die Nacht zu sprechen, in der die Morde stattfanden. DeLuca sagte, er habe das Geschäft um 17 Uhr verlassen, und auf seinem Weg nach Hause habe er unterwegs angehalten, um ein Brathähnchen zu kaufen. Nachdem er in seinem Apartment zu Abend gegessen habe, sei er gegen 19 Uhr oder 19 Uhr 30 wieder hinausgegangen und zur *Yorktown Mall* gefahren. Eine Zeitlang habe er sich Schaufenster angesehen, sich dann eine Coke gekauft und Leute beobachtet, die vorbeigingen. Zwischen 21 Uhr 30 und 22 Uhr habe er das Einkaufszentrum verlassen und auf dem Weg heim noch einmal angehalten, um zwei Tüten Milch zu kaufen. Die eine habe er einem Nachbarn gegeben, der ihm früher mit einer Tüte Milch ausgeholfen hatte. Gegen 22 Uhr 15 hatte er eine Tasse Kaffee getrunken und Fernsehen geguckt. Gegen 22 Uhr 45 habe er im Laden angerufen und mit seinem Stellvertreter John Norton gesprochen, um sich zu vergewissern, daß alles in Ordnung sei. Um 23 Uhr 15 sei er zu Bett gegangen. Er habe bis etwa 5 Uhr 30 am nächsten Morgen, Mittwoch, den 5. Mai, geschlafen, sei dann aufgestanden und um 7 Uhr 30 zur Arbeit gefahren.

»Haben Sie irgendwelche persönlichen Kenntnisse bezüglich dieser Morde?« fragte Bloom.

»Nein«, erwiderte DeLuca.

Bloom kam jetzt auf Freitag, den 7. Mai, zu sprechen. DeLuca sagte aus, er habe gerade ein Schaufenster neu dekoriert, als er ans Telefon gerufen worden sei. Ein Angestellter, der drei Häuser vom Haus 55 Brantwood entfernt lebte, hatte angerufen, um ihm zu sagen, daß Frank und Mary Columbo ganz offensichtlich ermordet worden seien. DeLuca sagte, er habe umgehend das Elk Grove Village Police Department angerufen, aber dort habe man ihm keinerlei Auskünfte gegeben.

»Waren Sie aufgeregt?« fragte Bloom ausgesprochen freundlich.

»Ja«, erwiderte DeLuca ruhig.

Bis zu diesem Punkt war DeLucas Zeugenaussage sehr gut. Sein ganzer persönlicher Hintergrund war seriös und solide.

Selbst sein Aufenthalt in der Nacht der Morde war glaubwürdig. Erst an jenem Punkt, als es um den Telefonanruf ging, der ihm von den Morden berichtete, erst da begannen seine Antworten leichtes Stirnrunzeln und ein wenig Verwunderung auszulösen, einen kleinen Anflug von Unglauben. *Waren Sie aufgeregt? Ja.*

Das war nicht genug. Die beiden Leute, die ihn schließlich als Verlobten ihrer einzigen Tochter akzeptiert hatten, die Hochzeitsvorbereitungen mit ihm besprachen, die er als ›Mom‹ und ›Dad‹ ansprach, die ihm eine Waschmaschine und einen Wäschetrockner kaufen wollten, waren *ermordet* worden, und er war nur ›aufgeregt‹ gewesen. Er hätte entsetzt sein müssen, völlig aus dem Häuschen. Er hätte in zwei Minuten zum Haus 55 Brantwood fahren können, um sich selbst über dieses schreckliche Ereignis zu informieren. Aber das hatte er nicht getan. Und er hatte auch das Geschäft nicht verlassen, um an Patricias Seite zu eilen, damit er seine Verlobte trösten konnte, wenn diese die tragischen Neuigkeiten erfuhr. Er hatte nichts getan, was ein normaler Mensch in dieser Situation getan hätte. Und jeder im Gerichtssaal fragte sich natürlich, warum.

Bloom fuhr in seiner mechanischen Art der Befragung fort, um DeLuca möglichst viele Gelegenheiten zu bieten, die gegen ihn erhobenen Vorwürfe zurückzuweisen.

»Hatten Sie jemals eine Unterhaltung mit Hubert Green über ihre angebliche Verwicklung in dieses Verbrechen?«

»Nein.«

»Hatten Sie jemals eine Unterhaltung mit Clifford Childs betreffend ihre angebliche Verwicklung in dieses Verbrechen?«

»Nein.«

Wenn diese Art ständiger Wiederholung des ›Neins‹ einen positiven Eindruck auf die Jury machen sollte, so wurde dieser Effekt jedenfalls völlig verfehlt. Ein einfaches Nein Frank DeLucas auf all die Beweise, die gegen ihn vorgetragen worden waren, konnten diese nicht aus der Welt schaffen.

DeLuca sagte aus, daß er aus eigenem Antrieb ins Elk Grove Village Police Department gegangen sei, um ›auf jede ihm nur mögliche Weise zu helfen‹. Man hatte ihm Fotos vom Tatort mit den entsetzlich zugerichteten Leichen gezeigt. (Vielleicht hätte er sich da übergeben sollen – aber das hatte er offensichtlich nicht getan.)

An dem Tag, an dem der Durchsuchungsbeschluß ausgestellt, das Apartment durchsucht und Patricia verhaftet worden war, war DeLuca, wie er sagte, in ›Schutzhaft‹ genommen worden. Während dieser Zeit hatte ihn die Polizei ›unentwegt gefragt, wo er um 22 Uhr 30 in der Nacht der Morde‹ gewesen sei, weil ›Nachbarn zu dieser Zeit Schüsse gehört‹ hatten. Er hatte Bert Green, als er seinen Freund und Angestellten gebeten hatte, ihn abzuholen, ebenfalls erzählt, daß Deputy Chief William Kohnke gesagt hatte: Sie haben das getan. Sie werden dafür büßen müssen. Ihre Fingerabdrücke sind überall auf dem Wagen. Wir wissen, daß Sie es getan haben.« Als Bert DeLuca nach Addison in das Haus gefahren hatte, in dem noch immer Marilyn und die Kinder wohnten, hatten sie über die Morde gesprochen. Der allgegenwärtige Bert Green, der immer in der Nähe war, wenn irgend etwas über die Morde erzählt worden war. Er sprach darüber ja fast, als sei er aktiver Partner gewesen.

Bloom wandte sich jetzt DeLucas Zeit im Gefängnis zu. Er hatte sich dort mit Clifford Childs angefreundet, sagte DeLuca. Als Childs gebeten hatte, DeLucas ›Papiere‹ bezüglich des Verbrechens und des bevorstehenen Verfahrens zu lesen, hatte DeLuca ihm das erlaubt. Die Aussagen von Bert Green und Joy Heysek hatten zu dieser Zeit bereits der Verteidigung vorgelegen mit der Auflage, daß beide Seiten einander offenbarten, über welche ergänzenden Beweise sie verfügten und wie sie sie vorzutragen gedachten. Mit anderen Worten: die direkte Zeugenaussage von Joy Heysek und Bert Green, oder doch wenigstens das meiste davon, war DeLuca bereits bekannt. Clifford Childs sei, so DeLuca, darüber sehr erstaunt gewesen.

»Du machst doch Witze«, soll Childs zu DeLuca gesagt haben. »Nach dieser ganzen sorgfältigen Planung sollst du dann diesen beiden Leuten alles erzählt haben? Das wird doch gar nicht durchzuhalten sein, das glaubt doch einfach niemand.«

Das war eine seltsame Richtung in der Befragung. Was hoffte Stanton Bloom damit zu beweisen? Daß Frank DeLuca ›die ganze sorgfältige Planung‹ in der Tat *gemacht* hatte, aber ›diesen beiden Leuten‹ nichts davon *gesagt* hatte? So sah es jedenfalls aus. Was, um alles in der Welt, sollte das wohl für DeLuca Positives bewirken?

Bezüglich der Handzeichnung, die einen Weg in Joy Heyseks Haus wies, des Diagramms des *Grove Shopping Center* und der handgeschriebenen Beschreibung von Bert Green und Joy Heysek sagte DeLuca, er habe diese für seinen anderen Anwalt, Michael Toomin, angefertigt, damit Toomin sie sofort erkennen konnte, wenn er sie aufsuchte. Er führte nicht aus, ob er damit rechnete, daß Toomin Joy Heysek zu Hause oder woanders besuchen werde. Clifford Childs, sagte er, müsse diese ›kopiert‹ haben.

Das war eine merkwürdige Aussage. Wenn Childs sie ›kopiert‹ hatte, wieso waren sie dann immer noch in DeLucas Handschrift verfertigt? Wenn DeLuca mit ›kopieren‹ die Anfertigung einer Fotokopie oder irgend eine andere Form mechanischer Reproduktion gemeint haben sollte, wie kamen dann DeLucas Fingerabdrücke darauf? Seine Zeugenaussage ergab überhaupt keinen Sinn, aber er machte sie trotzdem und hoffte, man werde ihm glauben.

Es gibt keine wissenschaftliche Definition des Begriffes ›Soziopath‹ – es ist ein Wort, das 1944 von der psychiatrischen Gesellschaft geschaffen wurde als eine Ableitung des Wortes ›Psychopath‹. Aber dieser Begriff wird generell akzeptiert, wenn man von jemandem spricht, dessen Benehmen sich durch asoziale oder antisoziale Gewohnheiten auszeichnet. Es bezeichnet ganz allgemein einen Menschen, der Recht und Unrecht durchaus unterscheiden kann, sich um nichts kümmert, davon überzeugt ist, einfach *alles* zu dürfen, was ihm einfällt, und daß alles, was er tut, unwidersprochen akzeptiert wird; weiterhin, daß alles, was er sagt, ohne Wenn und Aber geglaubt werden muß.

Gegen Ende seines ersten Auftritts im Zeugenstand begann Frank DeLuca, erste Anzeichen seiner wahren Persönlichkeit zu offenbaren. Zu denken, die Jury würde ihm glauben, er habe diese Aufzeichnungen, Diagramme und Beschreibungen für seinen Anwalt angefertigt, ergab doch überhaupt keinen Sinn.

Und wenn es wahr gewesen wäre, wäre es einfach genug zu beweisen gewesen; Bloom hätte Toomin einfach in den Zeugenstand rufen können, und Toomin hätte beschwören können, daß es sich wirklich so verhalten hatte. Aber das geschah nicht.

Kurz bevor das Gericht sich für heute vertagte, führte Stanton Bloom DeLuca durch eine weitere Litanei von Verneinungen.

»Wenn Sie sich noch einmal an den 4. oder 5. Mai oder an sonst einen Zeitpunkt erinnern würden, haben Sie auf Frank Columbo geschossen oder ihn geschlagen in der Absicht, ihn umzubringen?«

»Nein, das habe ich nicht.«

»Wenn Sie sich noch einmal an den 4. oder 5. Mai oder an sonst einen Zeitpunkt erinnern würden, haben Sie da auf Mary Columbo geschossen oder sie geschlagen in der Absicht, sie zu töten?«

»Nein.«

»Wenn Sie sich noch einmal an den 4. oder 5. Mai oder an sonst einen Zeitpunkt erinnern würden, haben Sie da auf Michael Columbo geschossen oder ihn geschlagen in der Absicht, ihn zu töten?«

»Nein.«

Es war eine gute Strategie von Bloom, den Tag mit einer ganzen Reihe von Verneinungen zu beenden, die die Geschworenen dann mit aus dem Gerichtssaal nehmen konnten. Aber diese Strategie paßte nicht zu seinen Zeugen.

Mittwoch, 29. Juni. Al Baliunas nahm Frank DeLuca ins Kreuzverhör.

»Wann haben Sie Patricia Columbo kennengelernt?«

DeLuca war nervös und hatte Probleme mit den Daten. Kennengelernt habe er sie, sagte er, im Juni 1967, was einfach nicht stimmen konnte, weil Patricia damals erst elf Jahre alt gewesen war. Dann sammelte er seine Gedanken und korrigierte das Datum auf Juni 1972. Er war, sagte er, damals vierunddreißig Jahre alt; und Patricia war sechzehn, aber sie habe gesagt, sie sei älter. (Dies war nahe genug an der Wahrheit, um unwidersprochen zu bleiben. Das genaue Datum war der 26. Mai 1972, sechsundzwanzig Tage vor Patricias sechzehnten Geburtstag. Sie war noch ein leicht zu beeindruckendes fünfzehnjähriges Mädchen, als sie sich Hals über Kopf und unwiderruflich in DeLuca verliebte und ihre ersten zögernden Schritte in ihr Verderben tat.)

Sie lernten sich kennen, sagte DeLuca, als er Leiter der *Walgreen's*-Filiale von Elk Grove Village geworden war und »Patrish dort bereits bei *Corky's* arbeitete und Sandwiches machte«.

Wann hatten sie angefangen, sich regelmäßig zu treffen? »September oder Oktober 1967«. (Wieder war das Jahr falsch, aber niemand machte sich die Mühe, diese Angabe zu korrigieren.) DeLuca gab zu, daß er zu der Zeit, als er sein intimes Verhältnis mit Patricia begann, noch bei seiner Frau und seinen fünf Kindern wohnte.

Im Sommer 1974, sagte er, als sie nun *wirklich* achtzehn Jahre alt war und die entsprechende Erlaubnis von Frank Columbo bekommen hatte, verließ sie ihr Zuhause und zog zu DeLuca und seiner Familie. (Auch hier stimmt das Alter nicht ganz; Patricia war noch siebzehn, als sie das Haus der Columbos verließ, und ihre Eltern hatten keineswegs ihr Einverständnis gegeben, sie hatten einfach nur nicht versucht, sie von ihrem Vorhaben abzubringen, weil ihr achtzehnter Geburtstag ohnehin so nahe bevorstand.)

›Patrish‹ lebte ein ganzes Jahr bei seiner Familie, sagte DeLuca, und während dieser Zeit habe sie als Modell und Büroangestellte gearbeitet. Es waren Geschäftskarten gedruckt worden mit der Bezeichnung ›Trish Columbo - Model‹ und mit DeLucas Namen als dem ihres ›Agenten‹. (Es gibt keinerlei Beweis dafür, daß Patricia jemals für irgend jemanden Modell gestanden hätte – außer für DeLuca natürlich und für irgendwelche Leute, die er als ihre Sexualpartner ausgewählt hatte.)

Hatte er während der ganzen Zeit, als sie bei seiner Familie lebte, sexuellen Umgang mit Patricia? wollte Baliunas wissen. Ja, gab DeLuca zu, aber sie ›hatten nichts miteinander im Haus‹. (Fünfzehn Jahre später sollte Patricia dann mit dem Autor dieses Buches darüber reden, was wirklich in diesem

Haus vorgegangen war; wie wir schon gesehen haben, passierte dort einiges mehr als ›nichts‹.)

Baliunas fragte, wann Patricia wieder ausgezogen sei, und DeLuca erwiderte: ›Juli 1976.‹ Wieder falsch. Im Juli 1976 waren die Columbos schon zwei Monate tot. Er meinte Juli 1975. Er selbst, sagte er aus, sei ›zwei Wochen später‹ ausgezogen. (Patricia hatte sich schon mehrere Monate lang mit Andrew Harper getroffen, bevor sie ausgezogen war, aber das wußte DeLuca nicht. Er könnte geargwöhnt haben, ihr Grund, sein Haus zu verlassen, sei vielleicht ein anderer Mann, aber es war offenkundig, daß *sein* Grund, ihr zwei Wochen später zu folgen, darin lag, daß er Angst hatte, sie zu verlieren, diese Kindfrau, die er drei Jahre lang für seine eigenen Bedürfnisse geformt hatte. Er stellte Patricia über seine Frau und seine fünf Kinder, weil er sie auf eine perverse Art liebte.)

Seine Frau, sagte DeLuca, reichte zwei Monate, nachdem er ausgezogen war, die Scheidung ein. Sie machte keine eheliche Untreue geltend, sondern nur unüberbrückbare Differenzen.

Hatte die Konfrontation DeLucas mit Frank Columbo auf dem Parkplatz deshalb stattgefunden, weil Patricia ihrem Vater erzählt hatte, daß DeLuca von zu Hause ausziehen und er und sie heiraten wollten? Das sei der Fall gewesen. Ob Patricia mit DeLuca zusammen auf dem Parkplatz gewesen sei? Ja. Nachdem Columbo DeLuca zum zweiten Mal geschlagen hatte, sagte DeLuca, habe sich der vor Wut schäumende Vater an seine Tochter gewandt und gesagt: »Dich werde ich auch noch umbringen!«

Ob der Angriff Frank Columbos DeLuca wütend gemacht hatte? »Nein, ich war nur verletzt und hatte Angst. Ich hatte sehr, sehr große Angst.«

Baliunas versuchte, den Faktor Angst auszuklammern. »Zu der Zeit, als Sie noch Football spielten, waren Sie wohl nicht sehr ängstlich, oder?«

»Nein.«

»Oder als Sie Fallschirmspringen als Sport betrieben?«

»Nein.«

»Aber vor Frank Columbo hatten Sie Angst?«

»Ja, er hat mit einem Gewehr auf meinen Kopf gezielt.«

Dies war eine der wichtigen Gelegenheiten, zu der eine bestimmte Abfolge von Fragen sich gegen Baliunas zu richten schien. Die Jury glaubte, daß Frank DeLuca Angst vor Frank Columbo gehabt hatte. Doch das machte natürlich keinen oder nur einen geringen Unterschied; Wut *und* Angst sind ausreichend starke Emotionen, um bis zu reiner Verzweiflung zu führen, so daß der Wunsch nach Mord nicht mehr weit ist. Und vielleicht wußte Al Baliunas das auch. Vielleicht war ihm bewußt, was seine Fragen bewirkten, ganz gleich, was die Jury auch glauben mochte. Trotzdem schüttete er noch ein wenig Öl in das Feuer seiner Theorie von der Wut.

»Die Narben rund um Ihren Mund sind das Ergebnis dieser Auseinandersetzung, nicht wahr?« Ja. Und er hatte sich einer Kieferoperation unterziehen müssen, um seine Zähne zu richten, und einer seiner Zähne hatte ersetzt werden müssen? Ja.

Baliunas kam jetzt zum Oktober 1975. Ob er gewußt habe, daß Patricia sich zu jener Zeit mit Lanny Mitchell und Roman Sobczynski traf? Nein. Hatte Patricia später jemals mit ihm darüber gesprochen, daß sie sich mit ihnen getroffen habe? Nein.

Baliunas zeigte dem Zeugen die *Beweisstücke des Volkes* mit den Nummern einhundertfünfundsechzig, einhundertsechsundsechzig und einhundertsiebenundsechzig – die vier Zeichnungen und Beschreibungen, die Patricia Lanny Mitchell gegeben hatte. Ob DeLuca diese je zuvor gesehen hatte? »Erst hier vor Gericht«, erwiderte er.

Baliunas lenkte seine Aufmerksamkeit auf die Telefongespräche, die Roman Sobczynski eigenem Bekunden zufolge mit DeLuca geführt hatte. Der erste Anruf, sagte DeLuca aus, sei von ›Patrish‹ gekommen, die gesagt habe, sie wollte, daß er mit jemandem rede, der ›ihr sehr nahe‹ stehe. Dann hatte eine männliche Stimme gesagt: ›Hi, ich bin Roman.‹ Dieser Mensch, so sagte DeLuca jetzt aus, habe ihm erzählt, Frank Columbo habe einen berufsmäßigen Killer auf ihn, DeLuca, angesetzt, aber Roman habe diesen Killer ›ausgezahlt‹. Als Patricia später an diesem Tag nach Hause kam, will DeLuca sie des längeren und breiteren über den Anrufer befragt haben, von dem er angenommen hatte, er sei Patricias Patenonkel, Phil Capone, der ›Roman‹ als ›Rufnamen‹ benutzte.

Der zweite Anruf von Roman war ebenfalls von Patricia ausgegangen, die auch diesmal wieder Roman ans Telefon rief. Dieses Mal, sagte DeLuca aus, hörte er, Frank Columbo sei ›auf der Suche nach einem anderen Killer‹, und es sehe aus, als gebe ›es nur eine Möglichkeit, ihn aufzuhalten‹.

Auf Befragen von Baliunas gab DeLuca zu, er habe ›schließlich eingewilligt‹, den Mord zu begehen – aber ›nur an Frank Columbo‹. Mary und Michael Columbo, so erklärte er, seien ›niemals‹ erwähnt worden. (Dies widerspricht nun in der Tat Roman Sobczynskis Zeugenaussage vollkommen, nach der DeLuca, entnervt von Michael Columbos Besuchen im Drugstore, gesagt hatte: »Der Junior muß auch mit dran glauben.«)

Als Patricia nach diesem zweiten Anruf nach Hause gekommen sei, sagte DeLuca, hätten sie die Angelegenheit ›diskutiert‹ und dem Mord zugestimmt, ›wenn es denn keine andere Möglichkeit gab‹.

Ob DeLuca gewußt habe, daß Patricia mit Lanny Mitchell und Roman Sobczynski Sex hatte? Nein. Aber ob er denn nicht der Polizei gesagt habe, es interessiere ihn nicht, wenn dem so gewesen sein sollte, und daß sie eine ›offene‹ Beziehung hätten? DeLuca leugnete, eine solche Aussage gemacht zu haben. »Nein, das hätte mir sehr wohl etwas ausgemacht.«

Ob Patricia am Abend des 4. Mai bei ihm gewesen sei, als er das Brathähnchen gekauft und später durch die Yorktown Mall geschlendert sei? Ja.

Jetzt fragte Baliunas DeLuca über seine Aussagen gegenüber der Polizei, daß ›Dad und Mom‹ Columbo ihn schließlich als zukünftigen Schwiegersohn akzeptiert hätten. Dieser Durchbruch, sagte er, sei an einem Montagabend im April gewesen, einen Monat vor den Morden also. Patricia hatte ihr Auto (denselben Javelin, den Marilyn DeLuca später Clifford Childs gegeben hatte) auf dem Parkplatz von *Walgreen's* abgestellt und den Schlüssel unter der Fußraummatte versteckt. Sie war die drei Blocks bis zum Haus 55 Brantwood zu Fuß gegangen und hatte eine lange Unterredung mit ihren Eltern gehabt. Angeblich fragten sie sie, ob sie denn ganz sicher sei, daß DeLuca wirklich der richtige Mann für sie sei, und Patricia habe ihnen gesagt, da sei sie ganz sicher. Dann rief sie DeLuca im Drugstore an und bat ihn, sie im Haus der Columbos abzuholen. Als DeLuca ankam, ging Frank Columbo zur Tür und sagte: »Okay, kommen Sie rein.« Danach hätten sie sich zu viert ›fast die ganze Nacht‹ unterhalten.

Baliunas hörte schweigend zu, bis DeLuca mit seiner Geschichte zu Ende war, und fragte ihn dann: »Dies passierte im April, einen Monat vor den Morden?«

»Ja.«

»An einem Montagabend?«

»Ja«, erwiderte DeLuca mit Nachdruck.

»Ist Ihnen eigentlich bekannt«, fragte Baliunas obenhin, »daß die Columbos jeden Montagabend zum Bowling gegangen sind?«

DeLuca sperrte Mund und Nase auf. »Nein«, sagte er überrascht.

Baliunas kehrte wieder zu der Nacht der Morde zurück, nachdem nun feststand, daß Patricia den ganzen Abend bei ihm gewesen war. Was sie beide dann getan hätten, nachdem DeLuca John Norton angerufen hatte, um sich nach dem Geschäft zu erkundigen? Sie hatten ihren Kaffee ausgetrunken, sagte DeLuca, liebten sich und schliefen ein.

Baliunas fragte dann nach den Zugeständnissen, die er am folgenden Morgen Bert Green und Joy Heysek gegenüber gemacht hatte; DeLuca leugnete sie alle. Er gab seine sexuellen Beziehungen mit Joy Heysek von 1967 bis 1972 zu (vielleicht liegt hier die Bedeutung der Jahreszahl 1967 für DeLuca, auf die dieser sich irrtümlicherweise zuvor schon zweimal in seiner Zeugenaussage berufen hatte). Er gab ebenfalls zu, er habe ›außergewöhnliche Sexfotos von und mit Joy Heysek‹ gemacht.

Baliunas befragte den Zeugen jetzt zu Donnerstag, dem 7. Mai, annähernd zwei Tage und zwei Nächte nach den Morden, als das Verbrechen noch nicht entdeckt worden war. DeLuca sagte aus, er und Patricia hätte beide um 17 Uhr Dienstschluß gehabt, hätten gemeinsam in ihrem Apartment zu Abend gegessen und seien dann nach Chicago hineingefahren. Sie waren angeblich nach Damen und in jene Chicagoer Straßen gefahren, ›in denen Patrish als Kind gelebt hatte.‹ Um 22 Uhr 30 langten sie wieder zu Hause an.

Ob denn nicht der wahre Grund für diese Fahrt gewesen sei, fragte Baliunas, nachzuschauen, ob Frank Columbos Thunderbird bereits entdeckt worden war?

»Nein«, erwiderte DeLuca.

Nach der Mittagspause setzte Baliunas sein Kreuzverhör fort. Für DeLuca war es der zweite Nachmittag im Zeugenstand.

Nach seiner Arbeit befragt, sagte er aus, daß er als Filialleiter bei *Walgreen's* verantwortlich gewesen sei für den Verkauf, die Lagerhaltung und die Buchhaltung. Seine Filiale hatte etwa zweieinhalb Millionen Dollar Jahresumsatz. Er war außerdem approbierter Pharmakologe, aber jetzt sei seine Lizenz eingezogen worden wegen des Prozesses gegen ihn.

Baliunas fragte ihn nach Clifford Childs. »Er hat mich geleimt«, sagte DeLuca bitter. »Er schien zunächst ein Bursche zu sein, der einem Halt geben konnte, und ich habe ihm vertraut.«

»Sie haben ihm zugetraut, Hubert Green und Joy Heysek umzubringen?« fragte Baliunas schnell.

Aber *so* stupide war DeLuca denn doch nicht. »Nein, ich habe ihm insoweit vertraut, als ich damit rechnete, er werde mir das Geld zurückzahlen«, sagte er.

Ob DeLuca Jackson-Bey kenne? Ja, ich sah ihn heute morgen beim Frühstück. Ich liege in Zelle sechs und er liegt weiter unten in Zelle vierunddreißig oder fünfunddreißig in meinem Block (Jackson-Bey lag in Zelle sechsunddreißig). Nach Jackson-Beys Zeugenaussage, so sagte DeLuca, habe er ihm ›dafür gedankt, daß er die Wahrheit gesagt‹ habe.

Ob DeLuca Jackson-Bey jemals ein Darlehn gewährt habe? Nein.

Toomin übergab den Zeugen an Stanton Bloom, der sich jetzt offensichtlich auf die Wiederaussöhnung zwischen seinem Klienten und den Columbos stürzen wollte. Wie es dazu gekommen sei, wollte er wissen.

»Patrish kam in den Laden, um mich abzuholen. ›Ich habe

eine Überraschung für dich‹ hat sie gesagt. ›Ich bin ganz überraschend bei Mom und Dad gewesen, und die wollen jetzt Frieden schließen. Mom ist nicht gerade begeistert, aber Dad ist bereit, sich mit allem abzufinden.‹ Ich habe ihr dann gesagt: ›Dann rufst du jetzt am besten Roman an und läßt ihn wissen, daß wir seinen Schutz nicht mehr benötigen.‹«

Ob Frank Columbo anläßlich dieses Versöhnungsgesprächs irgendwelche Bemerkungen über DeLucas Alter gemacht habe, fragte Bloom als nächstes. Ja, zweimal. »Einmal sagte er: ›Wenn Patty unbedingt einen alten Mann heiraten will, dann ist das ihr Problem, nicht meines.‹ Bei einer anderen Gelegenheit sagte er: ›Du sollst mich besser nicht ständig Dad nennen!‹«

Warum er dann am Morgen nach den Morden so früh schon zur Arbeit gegangen sei, wenn er doch gar keine Frühschicht hatte? ›Weil Patrish an diesem Morgen um 8 Uhr 30 ein Vorstellungsgespräch hatte‹, und er ›sie hinfahren mußte‹.

Zum Thema Bert Green sagte DeLuca, Green habe ihn immer nach rezeptpflichtigen Drogen gefragt: Barbituraten, Tranquilizern und anderem. DeLuca hatte ihm einmal gesagt, die einzige Möglichkeit, die strikten Kontrollen dieser Drogen zu umgehen, sei, von ›jeder‹ Verschreibung heimlich eine oder zwei Tabletten abzuzweigen und sich auf diese Weise einen kleinen Vorrat zu schaffen.

DeLuca hatte angefangen zu argwöhnen, so sagte er, daß Bert ›Drogen stahl. Er lief immer mit Joy Heysek herum‹, aber er war noch feucht hinter den Ohren, während sie sehr erfahren war. ›Greens Frau‹ erfuhr einiges über ihn und Joy und ›verließ ihn‹.

Green war außerdem im Spirituosenlager in einer verfänglichen Situation mit einer Mrs. Cooper erwischt worden und daraufhin nach Oak Brook versetzt worden (dies war ganz klar und eindeutig bloßes Hörensagen, denn Green hatte Elk Grove erst verlassen, als DeLuca schon im Gefängnis war).

Befragt zu Joy Heysek sagte DeLuca aus, sie habe zu ihm gesagt: ›Niemand verläßt mich.‹ Joy habe ›Patricia und mich gehaßt‹.

Hatte sie ihn je gebeten, ihr die speziellen Fotos zurückzugeben, die es von ihnen beiden gab? Ja, das hatte sie, und er hatte ihr gesagt: ›Kein Problem, ich habe sie mir seit zwei Jahren sowieso nicht mehr angesehen.‹ Joy, sagte er ›wurde sehr wütend‹ darüber.

Bloom beendete sein Kreuzverhör mit einer einfachen, aber dramatischen Frage. »Haben Sie diese Morde begangen, diese widerwärtigen Morde?«

»Nein«, sagte DeLuca, »das habe ich nicht.«

Das war das Ende der Beweisführung von seiten der Verteidigung.

Die Staatsanwaltschaft bot noch einen Zeugen auf, Frank Hamilton, einen Gefängnisbeamten des Cook County, um einen der Zeugen der Verteidigung zu widerlegen. Hamilton hatte Clifford Jackson-Bey ins *Cook County Hospital* zu einer Untersuchung begleitet. Jackson-Bey war dabei an einen Rollstuhl gefesselt gewesen. Während sie darauf warteten, mit dem Arzt zu sprechen, wollte Jackson-Bey von einem der Telefone im Hospital aus telefonieren, was Hamilton aber unter Hinweis auf die einschlägigen Bestimmungen nicht gestattete. Jackson-Bey habe ihn daraufhin, führte Hamilton aus, ein ›dämliches Arschloch‹ genannt und von seinem Rollstuhl aus nach ihm geschlagen. Hamilton und ein anderer Beamter mußten den Gefangenen ruhigstellen, indem sie auch noch seine Hände an den Stuhl fesselten. Jackson-Bey hatte Hamilton dann weiter beschimpft und ihn bedroht, indem er sagte, er werde Hamilton ›bei der ersten sich bietenden Gelegenheit‹ umbringen.

Toomin nahm den Zeugen ins Kreuzverhör. Warum war Jackson-Bey denn ins Hospital gebracht worden? Er hatte sich einen Bruch des Handgelenks zugezogen. Hatte Officer Hamilton Anzeige gegen ihn erstattet? Nein.

Damit war es dann vorbei. Die letzte Frage und die letzte Antwort des letzten Zeugen. Die Jury hatte insgesamt siebenunddreißig Tage lang die verschiedensten Zeugenaussagen gehört.

Einschließlich der Aussagen im Vorverfahren hatten insgesamt achtundfünfzig Leute ausgesagt, einige davon sogar mehrmals. Den Rekord hielt Ray Rose: er war viermal im Zeugenstand gewesen – was auch angemessen erscheinen mußte, denn er hatte härter als jeder andere an diesem Fall gearbeitet, die meisten Stunden damit verbracht und war vielleicht mehr als jeder andere emotional von diesem entsetzlichen Verbrechen betroffen. Für Rose war dies nicht einfach nur ein Fall gewesen, in dem er die Ermittlungen geführt hatte; denn es passierte in *seiner Gemeinde,* wo *seine* Familie lebte und arbeitete und spielte und zur Kirche und zur Schule ging. Die Arbeit an diesem Fall war von einer einfachen Aufdeckung eines Verbrechens zu einem wahren Kreuzzug geworden. Wenn Rose die Mörder der Columbos nicht gefunden hätte, er hätte womöglich seine gesamte Polizeilaufbahn als einen Fehlschlag angesehen.

Ray Rose, Gene Gargano und die anderen Ermittler, die den Fall bearbeitet hatten, hatten gute Arbeit geleistet. Jetzt blieb nur noch abzuwarten, wie gut Anklage und Verteidigung die ihre getan hatten.

Juli 1977

Schlußplädoyers.

Patti Bobb begann für die Staatsanwaltschaft. Sie dankte zunächst der Jury für deren Aufmerksamkeit. Dann sagte sie, was die Geschworenen während dieses Verfahrens gehört hätten, sei ›bizarr, grausam und tragisch‹ gewesen. Patty Columbo und ihr Liebhaber Frank DeLuca hätten Lanny Mitchell und Roman Sobczynski angeheuert, um ihre Familie umzubringen. Sie ›konspirierten miteinander‹. Doch als Lanny und Roman ihnen nicht bis zum Ende folgten, hatten Patty und DeLuca ›das Haus betreten‹ und ›die ganze Familie massakriert‹.

Ihre Motive? ›Haß, Wut, Abneigung.‹

Für Lanny und Roman war es ›ein schlechter Scherz, der zu einem Alptraum geworden war‹. (Dies war eine erstaunliche Feststellung von Patti Bobb. Lanny und Roman hatten keinen »Scherz« gemacht. Sie hatten ihr Opfer aus purer Berechnung und um ihres persönlichen Vorteils willen hereingelegt. Nimmt man sie aus dem ganzen Bild heraus, nimmt man die Ermutigung, die von ihnen ausging, die Lügen, die sie erzählten, den Revolver, den sie beschafften, nimmt man all das aus diesem Bild heraus, vielleicht könnten Frank, Mary und Michael noch immer am Leben sein. Nichts daran war ein ›Scherz‹.)

Als Bobb sich den Beweisen zuwandte, erinnerte sie die Jury daran, daß, nachdem DeLuca seinen Stellvertreter am Abend der Morde um 22 Uhr 50 angerufen und gesagt hatte, er wollte jetzt zu Bett gehen, Connie Larocco, die Arbeitsvermittlerin, um 23 Uhr in dem Apartment angerufen hatte, um Patty wegen eines nicht eingehaltenen Vorstellungstermins zu befragen, und keine Antwort bekommen hatte.

Und in das Haus der Columbos war nicht mit Gewalt eingebrochen worden. Die Mörder wurden freiwillig hereingelassen. »Glauben Sie wirklich«, fragte Bobb die Jury, »daß Frank Columbo Frank DeLuca selbst in dieses Haus eingelassen hätte?«

Was wirklich geschehen ist, sagte sie, sei dies: Patty und DeLuca betraten das Haus. Frank Columbo drehte sich um und ging die Treppen hinauf. Er wurde in den Hinterkopf geschossen. Er drehte sich um, und es wurde abermals auf ihn geschossen. Mary Columbo war auf der Toilette. Sie hörte die Schüsse, sprang auf, eilte in den Flur und wurde genau zwischen die Augen geschossen. Michael, der schon schlief, wurde aus dem Bett geholt und einmal in den Kopf geschossen.

»Wenn Sie jetzt über die Frage nachdenken, ob Patty Columbo in jener Nacht auch im Haus gewesen ist«, sagte die Staatsanwältin, »dann denken Sie bitte auch an die siebenundneunzig Wunden an Michael Columbos Körper.« (Die Anzahl war schon wieder nach oben korrigiert worden; die Autopsie hatte lediglich vierundachtzig Wunden ergeben.) Acht dieser Wunden waren tief, aber die anderen waren dem Opfer mit nur geringer Kraft beigebracht worden. (Dahinter stand die unterschwellige Behauptung, daß diese Wunden nicht von einem Exfootballspieler verursacht worden waren, sondern von jemandem mit erheblich weniger Kraft.)

Patty Columbo und Frank DeLuca wollten die Familie ermordet sehen. Sie hatten einen ›perfekten Plan‹. Aber sie hatten ›nicht die effektiven Beweise bedacht – das Glas, das Blut, die Handabdrücke, das Haar‹. (Die Strafverfolgungsbehörde konnte ganz offensichtlich die Tatsache nicht akzeptieren, daß es eben *keinen* Beweis durch irgendwelche Haare gab. Aber vielleicht glaubte die Jury ja, es gebe einen solchen Beweis doch.)

»Frank DeLuca«, sagte Bobb mit schneidender Stimme, »mußte sich unbedingt damit brüsten. Es war ja solch ein *perfekter* Plan.« Und »Patty Columbo war in jener Nacht dort, alle Beweise sprechen dafür«. (Nicht ganz, Mrs. Bobb. Sie war im Haus – gut und schön, wie wir noch sehen werden –, aber das war keinesfalls mit Sicherheit *bewiesen*.)

Aber, fuhr Patti Bobb fort, »ob sie nun geholfen hat, diese Wunden beizubringen oder ob sie nur einfach danebengestanden hat, oder was immer sie in jener Nacht in diesem Haus getan haben mag, sie ist schuldig, diese Morde begangen zu haben!«

Mit dieser Feststellung kam Patti Bobb wohl noch am ehesten der reinen Wahrheit nahe.

Patty, sagte Mrs. Bobb, »wollte dort sein, wollte sehen, wie sie bekamen, was sie verdienten. Das hat sie gesagt.« (Aber nur gemäß Lanny Mitchells Aussage. Und man muß doch dabei bedenken, wie Lanny mit der Wahrheit umgehen konnte, und man sollte auch nicht vergessen, wie reich ihn die Staatsanwaltschaft für seine Zeugenaussage entlohnt hatte.)

»Frank DeLuca ist schuldig des Mordes«, versicherte Bobb. »Er hat es zugegeben. Hubert Green und Joy Heysek und Clifford Childs gegenüber.«

Bobb begann jetzt, dramatisch die Stimme zu senken. »Drei unschuldige Menschen, drei Mitglieder ein und derselben Familie, sind tot! Warum? Weil sie Patty Columbo und Frank DeLuca im Weg waren! Aus keinem anderen Grund. Sie standen ihnen einfach nur im Weg.«

Sie wandte sich der Jury zu – ernst, entschlossen, über jeden Zweifel erhaben überzeugt, daß sie recht hatte, daß sie für die Gerechtigkeit stand, daß sie auf der Seite der Guten war.

»Erkennen Sie die Beweise«, bat sie die Jury. »Sprechen Sie die beiden schuldig.«

Michael Toomin hielt zuerst sein Schlußplädoyer für DeLuca:

Nach einer ziemlich trockenen und akademischen Rückschau auf die Geschichte des Gerichtswesens erinnerte Toomin die Geschworenen daran, daß wir – die Verteidigung – »Ihnen über den Briefträger berichtet hatten, der zwei verdächtige Personen auf seiner Route gesehen hatte; über den Nachbarn, der am 4. Mai um 22 Uhr 30, in jener Nacht, in der die Morde geschahen, Fehlzündungen von einem Auto hörte und sah, wie es mit hoher Geschwindigkeit davonfuhr; über die Frau, die sagte, daß der Thunderbird nach dem Morgen des 7. Mai verlassen in einem Armenviertel aufgefunden worden war; über den Mann, der von der Entdeckung des Oldsmobile am 9. Mai berichtete; über die Tatsache, daß man ursprünglich davon ausgegangen war, die Morde seien um 22 Uhr 30 verübt worden, aber weil es der Polizei nicht gelang, DeLuca um diese Zeit an den Tatort zu bugsieren, die Todeszeit kurzerhand geändert worden war.«

»Die Staatsanwaltschaft«, sagte Toomin anklagend, »hat geflissentlich verschiedene Beweise übersehen.« (Damit meinte er natürlich solche Beweise, die seines Klienten Unschuld hätten beweisen können.)

Die Jury hatte ebenfalls den Nachbarn gehört, der am Morgen nach den Morden um 9 Uhr einen Wagen in der Einfahrt zum Anwesen der Columbos gesehen hatte; den Kriminalisten, der zugegeben hatte, daß *nur eines* von fünfundzwanzig Glasfragmenten, die in dem geliehenen Buick entdeckt worden waren, aus dem Haus gestammt haben *könnte*.

Und was war mit Michael Dunkle? Er hatte unter Eid ausgesagt, daß er am Morgen von der Busstation aus mit seiner Tante zu einem Zeitpunkt telefoniert hatte, der nach dem Zeitpunkt lag, von dem die Staatsanwaltschaft behauptete, daß die Verbrechen geschehen seien – und die Staatsanwaltschaft habe es noch nicht einmal für nötig befunden, ihn ins Kreuzverhör zu nehmen!

Lanny Mitchell? Er war ›ein Mann, der, wie er selbst zugab, für Sex lügen würde, und um einen Job zu bekommen – *aber nicht, um sich selbst vor dem Gefängnis zu bewahren*‹?

Roman Sobczynski? ›Roman der Dieb, Roman der Zuhälter, Roman der Angeber, Roman der selbsternannte Killer – Roman, *der in dieser Sache noch nicht einmal unter Arrest gestellt worden war*‹!

Toomin wurde ruhig und verständnisvoll, eine Stimme der Vernunft im Getöse und in der Unordnung dieses ganzen Falles. »Jetzt stellen Sie sich doch einmal das Dilemma vor, in dem sich Staatsanwaltschaft und Polizei befinden«, schlug er in ruhigem Ton vor. »Patty Columbo ist verhaftet, angeklagt *nicht* der Anstiftung und *nicht* der Verschwörung, sondern der *tatsächlich begangenen* Morde an ihrer Familie. Aber sie hat ein Alibi. Frank DeLuca. Er ist zu Hause in seinem Apartment in Lombard *fünfundzwanzig Minuten* nachdem (die Polizei) glaubt, daß die Morde passiert sind. Was tun sie? *Zwei Monate später* verhaften sie DeLuca! Warum? Nicht wegen Hubert Green! Sie haben ihn nicht einmal *gefunden* bis elf Tage nach dem Tag, an dem DeLuca verhaftet wurde!« (Toomin hatte recht mit der Feststellung, daß Bert Green seine formelle Aussage elf Tage nach DeLucas Verhaftung gemacht hatte, aber es stimmt nicht, daß die Polizei ihn bis zu diesem Zeitpunkt nicht hätte ›finden‹ können. Ray Rose argwöhnte Greens Verwicklung in der Sache schon von dem Augenblick an, als sich der stellvertretende Abteilungsleiter zum ersten Mal geweigert hatte, mit den Kriminalbeamten zusammenzuarbeiten, ein Argwohn, der durch Grace Masons Aussage, Green habe mit ihr und ihrem Ehemann über DeLucas Eingeständnis ihm gegenüber am Morgen nach den Morden gesprochen, neue Nahrung erhielt. Rose wußte indes, daß er es hier mit einem vor Gericht nicht zu verwertenden Beweis nach Hörensagen zu tun hatte, so daß Bert Green nicht zu einer Aussage gezwungen werden konnte, bis Rose *wußte*, daß er von ihm eine würde bekommen können.)

Toomin verlegte sich auf die Tatsache, daß Green an dem bewußten Morgen gar nicht gearbeitet hatte, an dem DeLuca angeblich zum dritten Mal gesagt haben soll, die Morde hätten nicht stattgefunden. Das wiesen die Stechkarten eindeutig aus. Also habe Green um der Bequemlichkeit willen seine Aussage abgeändert und nun behauptet, er sei zufällig im Laden vorbeigekommen, um ein paar persönliche Erledigungen zu tätigen. (Ganz offensichtlich bedachte niemand die Möglichkeit, daß Green in den ganzen Plan *verwickelt* gewesen sein könnte, sich in der ganzen Intrige verfangen haben könnte, vielleicht stimuliert durch das aufregende Gefühl, eine Mordwaffe für seinen Freund zu verstecken, eingefangen von dem außerehelichen Sex, der in der *Walgreen's*-Filiale so leicht zu haben war; und so könnte er ja rein zufällig wirklich an seinem freien Tag vorbeigekommen sein, weil er es einfach nicht *abwarten konnte*, zu erfahren, was in der letzten Nacht passiert war.)

»Green«, sagte Toomin, »hat ausgesagt, DeLuca habe ihm erzählt, daß er zweimal auf Frank Columbo geschossen hat. Auf Frank Columbo wurde aber insgesamt viermal geschossen. Hätte DeLuca das nicht wissen müssen?« (Natürlich hätte er das wissen müssen. Aber das muß ja nicht unbedingt heißen, daß er alle vier Schüsse abgegeben hatte.)

Toomin wandte sich nun der Aussage von Dr. Stein zu. Der Pathologe hatte gesagt, daß eine der Kugeln, wahrscheinlich die erste, die abgefeuert wurde, links in den Hinterkopf von Frank Columbo eingedrungen war. Wenn Frank DeLuca diesen Schuß abgegeben haben sollte, dann hätte er den Revolver in der linken Hand halten müssen, denn die Treppe war so eng, daß DeLuca nicht nach links hätte hinübertreten können, um Columbo mit der rechten Hand in die linke Seite des Hinterkopfes zu schießen. Und DeLuca hätte den Revolver natürlich nicht mit seiner linken Hand abschießen können, denn das war ja die Hand, an welcher der Zeigefinger und das Endglied des Mittelfingers fehlten. (Dies war ein leichtgewichtiges Argument. Alles, was DeLuca zu tun gehabt hätte – wäre gewesen, sich ein wenig nach links zu drehen, um sich den Raum zu verschaffen, den Revolver anzuheben. Der Killer hatte schräg hinter seinem Opfer gestanden, als er den ersten Schuß abgegeben hatte, weshalb wahrscheinlich die Kugel in Frank Columbos Ohrläppchen eindrang und ihn gar nicht tötete. Diese Kugel, die erste, die abgefeuert worden war, aber die letzte, die während der

Autopsie entfernt worden war, hatte den Effekt eines sehr schweren Schlages gegen den Kopf gehabt.)

Aber Michael Toomin folgerte aus allem: »Die unglaubliche Geschichte von Hubert Green war ein Lüge.«

Dann beschäftigte er sich mit Joy Heysek. Mit ihr machte er nicht viel Federlesens. Für ihn war sie ›eine Frau, die *alles* getan hätte, um mit Frank DeLuca quitt zu werden‹.

»Die Beweise der Staatsanwaltschaft«, sagte Michael Toomin, »sind samt und sonders zweifelhaft.«

Aber in jedem Fall seien diese Beweise, so sagte er den Geschworenen weiter, »Grund genug für Sie, in diesen Gerichtssaal zurückzukehren und zu sagen, daß sie Frank DeLuca für nicht schuldig befunden haben.«

Ein jeder aus der Jury oder wie er sonst auch in diesen Fall verwickelt sein mochte – Richter, Anwälte, Gerichtspersonal, Polizeioffiziere, Presse oder einfach nur die Zuschauer –, die etwa erwartet hätten, Michael Toomin werde sagen, Frank DeLuca habe diese Diagramme angefertigt und die Beschreibung von Joy Heysek und Bert Green für *ihn* angefertigt, mußte lange warten. Toomin hatte offensichtlich nicht vor, sich zu diesen Geschichten zu äußern.

Nun traf Stanton Bloom *seine* Feststellungen hinsichtlich DeLuca. Er eröffnete sein Plädoyer damit, daß er der Jury versicherte, er werde ›nur halb so viel Zeit brauchen wie die anderen‹. Dann aber verlor er sich in einer Aufstellung, die fünfundneunzig Seiten der Niederschrift des Prozesses ausfüllte, *mehr* als alle Plädoyers der beiden Anwälte vor ihm. Das überraschte niemanden; Stanton Bloom hörte sich gern reden. Und er beeindruckte viele, brachte die besten oder zumindest die zweitbesten Schlußargumente zu diesem Verfahren vor und wies auf die rechtlich am stärksten relevanten Punkte hin – immer in der Hoffnung, daß die Jury das auch verstand.

Zunächst beschäftigte sich Bloom mit Lanny Mitchell und Roman Sobczynski und stellte dazu fest: Entweder waren sie bereit, die Morde für Patricia Columbo auszuführen oder nicht. Die Staatsanwaltschaft konnte nicht gut beide Möglichkeiten für sich in Anspruch nehmen. Sie hatten behauptet, sie hätten die Anschläge nicht ausführen wollen. Wenn das stimmte, dann gab es auch *keine Verschwörung*. Es gibt zwei ganz wichtige Elemente, die den Tatbestand eines Verbrechens ausmachen: die Tat selbst und die *Absicht* dahinter. Wenn nun also Lanny und Roman niemals wirklich die *Absicht* gehabt hatten, ihren Teil der Mordabsprache mit Patricia (persönlich) und DeLuca (am Telefon) zu erfüllen, dann gab es auch keine Verschwörung. Ein starkes Argument – aber wenn man bedenkt, daß der Jury nie genau erklärt worden ist, was im Sinne des Gesetzes wirklich *Verschwörung* ist, wie viele Geschworene mögen es dann wohl verstanden haben? (Richter Pincham erklärte diesen Begriff und andere spezifische Termini technici in seinen Schlußinstruktionen für seine Geschworenen, aber auch diese Belehrungen waren in die Sprache der Juristen gekleidet und für die Geschworenen nicht so einfach in ihr alltägliches Vokabular umzusetzen. Wenn es einem Richter wie R. Eugene Pincham erlaubt wäre, sich zu einem rein informativen Gespräch mit seiner Jury zusammenzusetzen und Dinge wie den Begriff der ›Verschwörung‹ mit seinen eigenen Worten zu erklären, dann hätten es die Jurys sicherlich um vieles leichter. Aber das Gesetz erlaubt dies nun mal nicht – vielleicht deshalb nicht, weil nicht viele Richter ähnlich kompetent sind wie Pincham. Die Instruktionen für die Jury sind vorformuliert, durchnumeriert, registriert und gleichlautend. Alles, was ein Richter tun kann, ist, diese Instruktionen seiner Jury vorzulesen und bei Gott zu hoffen, daß sie das alles auch versteht.)

Bloom betonte noch einmal, daß er jetzt auf die Theorie von der Verschwörung nicht eingehe, und sagte, daß Lanny und Roman ›bar jeglicher Moral‹ seien. Glauben Sie bitte nicht für eine einzige Minute, drängte er die Geschworenen, daß diese ›die ganze Geschichte nur wegen Sex mitgemacht hätten‹. Beide seien ›fähig und willens, auch einen Mord zu begehen‹. (Viele im Gerichtssaal glaubten, daß Stanton Bloom mit dieser Theorie zumindest zur Hälfte recht hatte.)

DeLuca, sagte Bloom, hatte weder von dem Sex noch von dem Mordplan gewußt. Patricia hatte nicht gewollt, daß

DeLuca darin verwickelt würde, weil ›sie ihn liebte‹. Aber ›sie‹ erzählten DeLuca am Telefon, es gabe ›keine andere Möglichkeit‹. DeLuca ›hat sie nicht gebeten, es zu tun, hatte sie nicht angestiftet, ja, sie nicht einmal dazu ermuntert. Er hatte nur zugestimmt‹, indem er sagte, ›wenn das die einzige Möglichkeit ist‹.

Alle bedeutenden Zeugen in diesem Verfahren – Lanny Mitchell, Roman Sobczynski, Hubert Green, Joy Heysek, Clifford Childs – ›alle haben zugegeben, Lügner zu sein‹. Nur Frank DeLuca war ›nicht einer einzigen Lüge überführt‹ worden.

Lanny und Roman hatten behauptet, sie hätten nach dem März nichts mehr mit Patricia zu tun gehabt. ›Zu welchem Treffen mit wem eigentlich hat während des ganzen Monats April‹ Bert Green Patricia dann gefahren? ›Wenn Lanny und Roman nicht mehr im Spiel waren, wer war dann hineingekommen? Ich behaupte schlicht, daß diese Fahrten niemals stattgefunden haben!!‹

Bloom bat die Geschworenen dann, sich zu erinnern, was sie über Frank DeLuca wußten. Er sei ein Mann, der seit siebzehn Jahren für *Walgreen's* gearbeitet hatte, aus eigener Kraft die College-Ausbildung durchlaufen hatte, einen akademischen Grad in Pharmazie erworben hatte, neununddreißig Jahre alt war und in seinem ganzen Leben nicht ein einziges Verbrechen begangen hatte. »Ist das der Typ, um ein solch schreckliches, entsetzliches Verbrechen zu begehen?« (Ein trauriger Gedanke. Genau betrachtet, nein. Und das war eines jener tragischen Dinge um dieses ganze Verbrechen, das nach dem Tod der Opfer nächst tragische: *Es hätte niemals passieren dürfen.* Es gab keinen *Grund* für dieses Verbrechen.)

»Und Hubert Green? Ein Mann, der nur an Drogen interessiert war, der ›eine Affäre mit der einen Angestellten hatte und gleichzeitig beim Sex mit einer anderen erwischt wurde‹. Hubert Green, ›ein Lügner‹.«

»Und was war mit Joy Heysek? Sie hatte zugegeben, sie habe sich einst um DeLuca gesorgt. Sie war ›betroffen, beleidigt‹. Sie war auf ›ekelerregenden Bildern‹ zu sehen und hatte Bert Green gesagt, sie werde ›alles tun, um sie zurückzubekommen‹. Joy Heysek, ›eine Lügnerin‹.

Und beide hatten zwischen zwei und drei Monaten gewartet, ›bis sie erzählten, was sie wußten‹!

Ja, und was war nun mit ›Frank und Patty‹? Er war neununddreißig, sie einundzwanzig. Was ist daran falsch, wenn ein neununddreißigjähriger Mann sich verliebt und eine einundzwanzigjährige Frau heiraten will?«

Bloom begann nun, die Darstellung der Anklagevertretung auseinanderzunehmen. »Zunächst einmal sagte die Staatsanwaltschaft, DeLuca habe dieses ›perfekte Verbrechen‹ geplant. Dann soll er herumgelaufen sein und das Leuten wie Hubert Green und Joy Heysek erzählt haben. Ausgerechnet solchen Leuten soll er gesagt haben: ›Seht mich an, ich habe die Morde begangen und werde nicht für sie zur Verantwortung gezogen!‹ Macht das einen Sinn?« (Nur dann, wenn die entsprechende Person Soziopath ist.)

Der Strafverteidiger befaßte sich schließlich und endlich mit Clifford Childs. »Er hatte immer die richtige Antwort. Aber er war ein ›pathologischer Lügner‹. Er hatte zugegeben, daß er der Jury glatt ins Gesicht lügen würde, nur um aus dem Gefängnis zu kommen. Childs, erinnerte Bloom die Geschworenen, »war seit mehr als dreiundzwanzig Monaten in diesem Gefängnis«, angeklagt wegen dreifachen bewaffneten Raubüberfalls, und ihm ›bietet man einen Handel an‹, nur ›ein Jahr und einen Tag‹ absitzen zu müssen! Er war ›der Typ des Tagediebes, ein Rauschgifthändler‹; er war ›verabscheuungswürdig‹! Und die Staatsanwaltschaft ›präsentiert dieses Individuum hier in diesem Gerichtssaal und sagt; es sei *glaubwürdig*‹ und nehme auch noch an, daß ›Sie ihr glauben werden!‹

Clifford Childs ›sagt, DeLuca habe ihm erzählt, er habe sich Zutritt zum Haus der Columbos verschafft, indem er die Türklingel betätigt habe. Es gab aber keine Türklingel!‹ Childs sagt, die blutigen Kleider seien auf freiem Feld verbrannt worden, und Hubert Green sagt, sie seien im Müllverbrennungsofen (bei *Walgreen's*) verbrannt worden.

Und mit wem – mit *wem* – hat Michael Dunkle gesprochen (von der Busstation um 6 Uhr morgens)? »Glauben Sie etwa,

DeLuca und Patty hätten sechs Stunden lang am Haus herumgelungert?«

Frank DeLuca habe sich einem fünfstündigen Kreuzverhör unterzogen und sei ›nicht einer einzigen Lüge überführt worden‹!

Bloom schloß sein Plädoyer mit den Worten: »Frank DeLuca hat diese Morde nicht begangen, noch ist der der Verschwörung schuldig, er war nicht in sie verwickelt, hätte sich zurückgezogen, wenn er jemals in irgend etwas verwickelt gewesen wäre, und die Staatsanwaltschaft hat ihre Anklage gegen ihn keinesfalls über jeden begründeten Zweifel erhaben bewiesen. Ich bitte Sie, in freizusprechen.«

Das war das Plädoyer für Frank DeLuca. Zu seiner Verteidigung wäre auch nichts mehr vorzutragen gewesen.

Es gab seltsamerweise nur ein einziges wirklich schlüssiges Argument zugunsten Patricias.

Bill Murphy begann, indem er sagte: »Ich beschränke mich in meinen Anmerkungen und Argumenten auf die Beweise, die die Staatsanwaltschaft gegen meine Klientin, Patricia Columbo, vorgebracht hat.«

Es gibt, wie Murphy sagte, ›zwei Möglichkeiten für die Polizei und die Strafverfolgungsbehörde, eine Anklage vorzutragen‹. Der rechte Weg sei, das Verbrechen anzuschauen, alle Beweise zu sichern, zu prüfen, wieweit diese Beweise reichten, und dann einen Arrest auszusprechen. Der falsche Weg sei es, ›die Theorie aufzustellen, zwei Menschen hätten gemeinsam ein Verbrechen begangen, sie zu arrestieren und erst dann Beweise zu sammeln, um diese Theorie zu untermauern‹.

Die ›Gefahr‹ bei diesem falschen Weg, eine Anklage aufzubauen, sei, daß Polizei und Staatsanwaltschaft alle Beweise ignorierten, die für die ›Unschuld‹ des Beschuldigten sprechen.

Der Staat wußte, sagte Murphy, daß Michael Dunkle ›am Morgen des 5. Mai mit Mary Columbo gesprochen hatte‹. Er wußte, daß Marys Oldsmobile am Morgen des 5. Mai noch nicht auf dem Parkplatz direkt neben John Letos Auto in Wooddale gestanden hatte. Sie wußte, daß Patty Columbo am Morgen des 5. Mai bei einem Vorstellungsgespräch gewesen war. Und die Staatsanwaltschaft wußte, daß eines der CB-Funkgeräte der Columbos auf der Maxwell Street auf einem Trödelmarkt (von einem Schwarzen) verkauft worden war. All diese Tatsachen, behauptete Murphy, deuteten auf Patricias Unschuld hin.

Und die Angeklagte *behauptete*, sie habe keine Haarprobe von Michael Columbo entnommen (die Absicht hinter dieser Feststellung war, daß sie nicht wollte, daß ein positiver Vergleich angestellt wurde). Murphy fand es unvorstellbar, daß derselbe Mann (der technische Beamte Robert Salvatore), der das Haar auf Michaels T-Shirt gefunden, der alle Fingerabdrücke der Opfer genommen und der Haarproben von Frank und Mary genommen hatte, nicht auch eine Haarprobe von Michael genommen haben sollte. (Dies war eine neue und höchst interessante Theorie: der Staat hatte womöglich eine Haarprobe von Michael, aber er *machte keinen Gebrauch von ihr*, weil man unterstellen wollte, das Haar auf dem T-Shirt stamme von Patricia, und genau das hatte die Staatsanwaltschaft ja auch durch die Vernehmung des Kriminalisten Michael Podlecki nachzuweisen versucht. Wenn diese Theorie stimmte, dann hätte das auf jeden Fall bedeutet, daß Dr. Robert Stein, der keinerlei juristisches Interesse an diesem Fall hatte, im Zeugenstand gelogen hätte, und das wird man wohl als absurd abtun dürfen.)

Die Staatsanwaltschaft, erklärte Murphy, ›werfe Nebelkerzen‹, weil sie ›ihre Anklage nicht über jeden begründeten Zweifel erhaben beweisen könne‹.

Martin McCauley, der direkt nebenan wohnte, erinnerte Murphy die Jury, ›hatte Bildstörungen bis ein Uhr nachts, weil in der Nähe ein CB-Funkgerät eingeschaltet war‹ (im Haus der Columbos).

Lanny Mitchell und Roman Sobczynski, erklärte der Anwalt, waren ›beide geständige Lügner, beide überführte Diebe, beide erklärte Ganoven‹. (Dies war eine leichte Übertreibung; es gab keinerlei Beweis dafür, daß Lanny Mitchell ein Dieb war. Er war gewiß alles andere, was der Verteidiger sonst über ihn gesagt hatte.) Beide seien ›verabscheuungswürdige, überhebliche‹ Männer, die ›Revolver trugen, um Teenagern zu imponieren‹. Und selbst die Teenager (zumindest Patricia) versuchten, sie ›zu leimen‹. Wenn Patricia nicht gezwungen worden wäre, mit ihnen in dieses Motel zu gehen, warum hatte Roman denn dann die Luft aus ihren Reifen gelassen, so daß (die Mädchen) nicht mehr weg konnten?

Und warum hatte die Staatsanwaltschaft nicht Nancy Glenn in den Zeugenstand gerufen? *Weil sie nicht ein einziges Wort der Lanny-Mitchell-Roman-Sobczynski-Geschichte bestätigt hätte.* (Man muß sich wundern, warum die *Verteidigung* sie ebenfalls nicht aufgerufen hatte. Sie hätte in Beugehaft genommen werden können, wenn sie die Aussage verweigert hätte, genau, wie es Bill Kohnke angedroht worden war.)

Lanny und Roman, sagte Murphy, ›erzählen so viele Lügen unter Eid, daß sie am Ende sogar vergessen, was sie erzählt haben‹.

Die Staatsanwaltschaft wollte, daß die Jury glaubte, weil Patricia Columbo »weltlich gehandelt hatte, als sie die Leichen ihrer Eltern und ihres Bruders hatte einäschern lassen, obwohl sie die Einwilligung ›ihrer‹ Kirche erhalten hatte, mit einem älteren Mann gelebt und verschiedene sexuelle Beziehungen mit anderen gehabt habe« (Promiskuität, in der Umgangssprache), müsse sie ›auch schuldig sein, ihre Eltern ermordet zu haben‹. Die Wahrheit war, daß Lanny und Roman sich Patty mit der Geschichte genähert hatten, auf Frank DeLuca sei ein Kopfgeld ausgesetzt worden. Patty lebte in ›beständiger Angst‹ – vor ihrem Vater, vor Lanny und Roman, ›davor, daß dem Mann, den sie liebte, etwas geschehen könne‹. Sie fühlte sich ›in die Enge getrieben‹, bis sie damit einverstanden war, auch ein Kopfgeld auf ihren Vater auszusetzen. Dann aber, als ›sie und ihr Vater sich aussöhnten, versuchte sie, aus der Sache wieder herauszukommen‹.

»Stellen Sie sich«, plädierte Murphy, »den Seelenzustand dieses Mädchens vor.« (War sie ein Mädchen? Man konnte schon behaupten, daß sie in der Tat niemals wirklich erwachsen geworden war – selbst heute noch nicht, nach sechzehn Jahren Gefängnis.)

Was also sei nun mit Patricias sogenannter Vision? Weiter

nichts, behauptete Murphy, ›als die Zwangsvorstellungen eines von Trauer ergriffenen und hysterischen Mädchens‹. (Daraus hätte man so viel mehr machen können; bedauerlich, daß die Verteidigung diesem Punkt so wenig Aufmerksamkeit schenkte. Die beiden Beamten, die dort gewesen waren – von denen sogar einer noch nicht einmal zu diesem speziellen Punkt ausgesagt hatte –, hätten hinsichtlich Patricias damaligem Erscheinungsbild und ihrer gesamten Konstitution zu diesem Zeitpunkt erbarmungslos ins Kreuzverhör genommen werden müssen. Man hätte der Jury vor Augen führen müssen, in welch absolut abnormem Zustand diese Person gewesen war, wie es ja auch Dr. Cherian schon ausgeführt hatte. Dann hätte die Jury diese sogenannte Erklärung sicher auch entsprechend gewürdigt.)

Hinsichtlich Michael Dunkle äußerte Murphy die Vermutung, seine Zeugenaussage, die so allein dastand, zeige, daß ›Mary Columbo und die ganze Familie Columbo um 6 Uhr morgens (am 5. Mai) noch am Leben waren‹.

Mehr noch, Danielle McDonald hatte Patricia am 5. Mai morgens um 8 Uhr noch gesprochen und sie ›ausgeglichen, gut zurechtgemacht, energiegeladen und karrierebewußt‹ gefunden. Konnte denn eine Neunzehnjährige, nachdem sie ›gerade gemordet hatte oder an den Morden an ihren Eltern und ihrem Bruder, die ihr die liebsten Menschen gewesen waren, die sie auf Erden hatte, teilgenommen hatte, nachdem sie diese Menschen niedergestochen und zerfleischt hatte, zu diesem Gespräch gegangen sein und sich so verhalten haben‹?

Die Anklage der Staatsanwaltschaft sei, so erklärte Murphy, ›voller Mysterien. Voller begründeter Zweifel.‹ Und, so erinnerte er die Jury, begründeter Zweifel ›bedeutet nicht zwei oder drei oder fünf oder zwanzig‹ Zweifel, sondern ›schlicht und einfach nur einen einzigen begründeten Zweifel‹.

Und falls es da ›auch nur einen einzigen begründeten Zweifel gibt, dann ist die Zeit, diesen zu haben, die Zeit Ihrer Beratung. Nächste Woche, nächsten Monat, nächstes Jahr wird es dafür zu spät sein‹.

Bill Murphy wandte sich Richter Pinchams Jury voller Ernst zu. Die Vertretung von Patricia Columbo war für ihn möglicherweise schwieriger gewesen als für irgend jemanden sonst in diesem doppelten Verteidigerteam, und das war seinem Gesicht deutlich anzusehen.

»Falls es auch nur einen einzigen begründeten Zweifel gibt«, flehte er die Geschworenen an, »dann erklären Sie Patricia Columbo für unschuldig. Weil sie es ist. Ich danke Ihnen.«

Das war eine seltsame Schlußbemerkung: *Falls es* da einen begründeten Zweifel gibt.

Genau wie für ihren Liebhaber gab es nichts weiter mehr zu sagen, das Patricia Ann Columbo hätte entlasten können.

Algis ›Al‹ Baliunas sollte, wie es die Regel ist, das letzte Wort haben, denn er repräsentierte ›das Volk‹, und die Gesellschaft muß immer das letzte Wort gegenüber dem Individuum haben. So ist es nun einmal Gesetz in diesem Land.

Baliunas sagte, er wolle zunächst auf Stanton Bloom antworten, dessen Verteidigung DeLucas, wie der Ankläger mit säuerlicher Miene sagte, ›eine Schande gewesen war‹. Er begann mit Joy Heysek. Würde sie wirklich ›in diesen Gerichtssaal kommen und eine derartige Geschichte erfinden‹, wie sie sie erzählt hatte? Das wäre doch ›über alle Maßen sonderbar‹. Sie hatte ihre Geschichte ›aus Angst erst so spät erzählt. Vor wem? Vor dem Mann, der dort grinsend zu Ihrer Rechten sitzt. Sehen Sie ihn sich nur an‹!

Frank DeLuca lächelte in der Tat, als Al Baliunas das Plädoyer für die Staatsanwaltschaft begann. Worüber er gelächelt haben könnte, Gott allein wird es wissen. Oder der Teufel.

Dann nahm Baliunas Bert Green in Schutz. »Warum sollte er in diesen Gerichtssaal kommen und lügen? Er hatte doch gleichfalls panische Angst vor Mr. DeLuca. Würde Ihnen da nicht auch ein Schauder den Rücken hinunterlaufen, wenn Sie einen DeLuca in Ihrer Nähe wüßten?« DeLuca sei einmal in Haft gewesen, und man habe ihn ›wieder laufenlassen. Das hätte doch wieder passieren können.‹ Das, so führte Baliunas aus, war es, was sowohl Bert Green als auch Joy Heysek auf den Tod gefürchtet hatten. (Vielleicht geht es ihnen noch immer so. Beide sind von der Bildfläche verschwunden.)

Weiter zu Lanny Mitchell und Roman Sobczynski. »Zugegeben, sie sind nicht gerade Glanzlichter der Gesellschaft.« (»Das«, so hörte man einen Reporter im Gerichtssaal flüstern, »ist das tollste Understatement des zwanzigsten Jahrhunderts.«) Beide waren sie ›absolut minderwertige Individuen‹. Aber »hätten Personen irgendeines anderen Zuschnitts sich wohl auch mit einem Tramp wie Patty Columbo abgegeben? Sie ist doch nicht besser. Mr. Murphy würde es am liebsten sehen, wenn Sie in ihr ein armes, unschuldiges, unbeflecktes Blümchen sähen, das durch den Teufel, der Mr. DeLuca heißt, verführt wurde. Dabei ist sie genauso verdorben wie er! Und es waren nicht Frank DeLucas Vater, nicht seine Mutter und nicht sein Bruder!«

Für jemanden, von dem man erwartete, daß er auf Stanton Bloom schießen werde, verteilte Baliunas die Splitter seiner Geschosse bemerkenswert zielgerichtet auch an Bill Murphy. Aber er kam schnell wieder auf Blooms Verteidigung DeLucas zurück.

Mit Bezug auf DeLucas Geschichte, er habe die Karte, den Grundriß und die handschriftlichen Beschreibungen von Joy Heysek und Bert Green ›für seinen Anwalt, Martin Toomin‹, angefertigt, sagte der Vertreter der Anlage selbstsicher: »Sie waren für Clifford Childs bestimmt. Mr. DeLuca hat in seinem verqueren Geist wirklich geglaubt, er könne diesen Hohlkopf losschicken, damit dieser für ihn die Drecksarbeit erledigte. Dieser Mann gab seine letzten Pennies aus, um Clifford Childs zu bezahlen, und hat zu diesem Zweck seinen Kindern das Essen aus dem Mund genommen! Und das nur aus einem einzigen Grund: die Anklage gegen sich zu Fall zu bringen!«

Jetzt befaßte sich Baliunas mit Bill Murphy, den er vorher schon heftig getroffen hatte. Er antwortete auf Murphys Analogie vom rechten und vom falschen Weg, eine Anklage vorzubereiten und zu präsentieren. »Mordfälle«, sagte er, »hatten schon immer eine Tendenz, Beweise zu vernichten.« Aber es blieben immer noch einige übrig. Warum zum Beispiel war der Inhalt von Mary Columbos Handtasche in der ganzen Gegend verstreut worden? »Um die Schlüssel zu dem Thunderbird zu finden. Den Oldsmobile hatten sie ja schon.« (Aber warum dann in Marys Handtasche nachschauen, wenn doch der Thunderbird Frank gehörte? Jack McCarthy, Frank Columbos Assistent bei der Western Auto, hatte vor Ray Rose ausgesagt, daß er sich an nur zwei Gelegenheiten erinnern könne, zu denen sein Chef *nicht* mit dem Thunderbird zur Arbeit gekommen sei. Auf jeden Fall hatte Baliunas recht. Frank Columbos Lederetui war vom Küchentisch genommen worden, wo er es üblicherweise deponierte, wenn er das Haus betrat. Es war wieder dort abgelegt worden und konnte in der herrschenden Dunkelheit so schnell nicht gefunden werden. Der Grund, warum Marys Handtasche entleert worden war, war, *ihren* Schlüsselbund zu finden, an dem die Schlüssel zu beiden Wagen hingen. Der zweite Satz Schlüssel für den Oldsmobile hatte Patricia in Gebrauch, um den Wagen zu fahren, den sie sich bereits von ihrer Mutter ausgeliehen hatte. Auf diese Weise haben von zwei Schlüsselsätzen pro Fahrzeug insgesamt drei das Haus nach den Morden verlassen, und nur Frank Columbos Schlüssel vom Thunderbird waren noch da – *und wurden rein zufällig von demjenigen verloren, der Michaels toten Körper umgedreht hatte, um ihm die acht tiefen Stichwunden beizubringen.*)

Der Thunderbird, führte Baliunas aus, war von der Stelle weg gestohlen worden, an der DeLuca ihn abgestellt hatte, genau wie DeLuca das zuvor geplant hatte. Da er der schnellere und sportlichere der beiden Columbo-Wagen war, war er von DeLuca wahrscheinlich irgendwo in Pattys ›alter Nachbarschaft‹ abgestellt worden. Wer immer ihn dann gestohlen hatte, wer immer die Zündanlage kurzgeschlossen und später zerstört und den Wagen verwüstet hatte (und vermutlich das CB-Funkgerät und die anderen Gegenstände gestohlen hatte, die DeLuca hineingelegt hatte), der hatte ihn dann am Morgen des 7. Mai vor dem Haus von Roberta Walker in 140 South Whipple in einem der Chicagoer Armenviertel abgestellt, wo er dann entdeckt worden war.

Baliunas wandte sich nun der Szenerie des Mordhauses zu. »Was war im Klosett gefunden worden?« fragte er, wobei er ein altes Wort für das benutzte, was man heute gemeinhin eine ›Toilette‹ nennt. Menschliche Exkremente, hatte Ray Rose ausgesagt. Das bewies, daß Mary Columbo gerade ihre Notdurft verrichtet hatte. Und das Bett der Columbos war ›zurückgeschlagen‹, aber niemand ›hatte bis dahin darin geschlafen‹. Zieht man in Betracht, daß Michael Dunkle womöglich wirklich am nächsten Morgen mit seiner Tante gesprochen hatte, dann mußte sie die ganze Nacht wach gewesen sein, genau wie ihr Ehemann auch.) Außerdem brannte die Beleuchtung auf der Veranda. Warum? Weil sie tot waren.

Dann die Schere. »*Mr. Purdue Football Player* hat nicht siebenundneunzigmal auf Michael eingestochen. Exfootballspieler verursachen keine solchen Wunden!« (Aber das tun schwache Frauen auch nicht, weil sie es einfach nicht können.) »Nur ein Mensch in diesem Gerichtssaal verspürte einen derartigen Haß. Und das ist Patty Columbo.«

Wer holte die Bowling-Trophäe, um Mutter und Bruder damit zu erschlagen? »DeLuca hat nie davon gesprochen, irgend jemand anderen als ›den alten Mann‹ geschlagen zu haben.« Auf Baliunas Gesicht erschien der grimmigste Ausdruck, den er während des ganzen Verfahrens zur Schau getragen hatte. »Weit über das, was (DeLuca) seinen eigenen Worten nach getan hat«, knurrte der Staatsanwalt, »ging das hinaus, was *sie* getan hat!«

Mit Bezug auf Michael Dunkle wollte Baliunas nicht sagen, »daß er gelogen hat. Aber ziehen Sie doch nur einmal die Möglichkeit in Betracht, daß er sich auch geirrt haben könnte, wie das allen anderen Beweisen ja auch unterstellt wird. Er *muß* sich einfach geirrt haben. Er hat schon zigmal vorher angerufen. Aber auch da ist er sich alles andere als sicher.«

Es habe, führte Baliunas weiter aus, »viel Trara um die fehlende Haarprobe gegeben«, die man eigentlich von Michaels Kopf hätte nehmen sollen. Auch das war »ein Fehler. Schlicht vergessen. Es gibt dafür keine Entschuldigung. Gar keine. Aber – dieser Fehler konnte nicht dadurch korrigiert werden, daß man den unglücklichen Jungen exhumiert hätte«, weil die Leichen »praktischerweise verbrannt wurden«.

Die Verteidigung, so behauptete Baliunas, wollte die Jury glauben machen, Patty Columbo sei ›ein kleiner Engel. Eine kleine Neunzehnjährige‹. Aber Baliunas bat die Geschworenen, ihnen und DeLucas ›Lebensstil‹ zu bedenken. Man brauchte kein ›Genie zu sein‹, um sich vorzustellen, was Patty in Wirklichkeit war. Baliunas wiederholte einige der Obszönitäten, die Patricia bei ihrer Zeugenaussage von sich gegeben hatte: »›Leck mich Arsch, Arschloch! Leck mich, du Wichser!‹ Das ist Patricia Columbo«, sagte der Staatsanwalt zur Jury.

Er erinnerte noch einmal an die Zigaretten der Marke More. »Wo immer Patty hingeht«, bleiben Zigaretten der Marke More zurück. »In dem Mietwagen, dem Oldsmobile, dem Aschenbecher.« (Welche Bedeutung sollte *das* wohl haben? Patricia hatte sich einen Leihwagen gemietet oder geliehen, sich den Oldsmobile ihrer Mutter ausgeliehen und in dem Apartment gelebt, in dem der erwähnte Aschenbecher stand; warum sollten dann nicht auch an all diesen Orten ihre Zigarettenkippen gefunden werden?)

Falls »Sie sich selbst sagen, nun, vielleicht war sie gar nicht dort«, hypothetisierte Baliunas, »wie wurden dann wohl all diese Autos durch die Gegend bewegt?« (Es gab überhaupt keinen Zweifel, wie die Antwort auf *diese* Frage lauten mußte. Es mußte noch einen weiteren Fahrer gegeben haben. *Oder gar mehr.*)

Aber »nehmen Sie mal an, sie war *nicht* dort. Nehmen wir mal an, DeLuca hat dies alles selbst getan. Wollte sie, daß es getan wurde? Hat sie ihn gebeten, es zu tun? Hat sie mit ihm konspiriert? Falls ja, machte es rechtlich keinen Unterschied. Wenn sie an der Planung teilgenommen hatte, wenn sie geholfen, ermutigt, unterstützt hatte, dann war sie genauso schuldig.« (Das war richtig. Dasselbe könnte man dann aber natürlich auf von Lanny Mitchell oder Roman Sobczynski sagen – aber die Staatsanwaltschaft hatte sich entschieden, in deren Fall eine Ausnahme zu machen.)

Baliunas untersuchte jetzt ›ihr Verhalten danach‹. Was sonst, fragte er, hätte sie denn tun können? Wenn Patty ihr Vorstellungsgespräch abgesagt und DeLuca nicht zu Arbeit gegangen wäre, ›wo waren sie dann‹?

Der Briefträger, der zwei Fremde auf seiner Route gesehen hatte – was hatte sein Zeugnis zu bedeuten? »Nichts.«

Lanny und Roman – hatte Patty Columbo sie benutzt? »*Sie hat sie benutzt* – oder es jedenfalls versucht! Aber sie war ›von diesen Idioten hereingelegt worden‹, die ›Revolver trugen, den dicken Mann markierten und dumm daherschwätzten.‹«

DeLuca, befand der Staatsanwalt, hatte ebenfalls versucht, andere zu mißbrauchen. »Er benutzte Joy Heysek. Benutzte Bert Green. Benutzte Clifford Childs. Aber er ›wurde übers Ohr gehauen, weil der gute Clifford DeLucas Geld nahm und danach abhaute‹. DeLuca hatte sogar ›seine eigene Frau und seine Kinder mißbraucht‹.« (Baliunas ließ nur eine einzige Person aus – Patricia, die DeLuca drei Monate nach ihrem sechzehnten Geburtstag zu mißbrauchen begonnen hatte. Nahezu jeder, der Patricia Columbo nicht mag, vergißt diese Tatsache gern.)

Die Fahrten an den Montagabenden, von denen Bert Green gesagt hatte, er habe sie an drei aufeinanderfolgenden Wochen mit Patty zusammen unternommen? »Patty Columbo hat diese dreimaligen Absagen nur *vorgetäuscht*! Es waren niemals irgendwelche Killer erwartet worden.« Diese angeblich ergebnislosen Fahrten waren nur inszeniert worden, um DeLuca ›zunehmend nervöser‹ zu machen, bis er schließlich sagte: »Wir werden es selbst tun müssen.« (An dieser Stelle widerspricht Baliunas dem Zeugnis seines eigenen Zeugen. DeLuca hatte nicht ›schließlich gesagt‹, sie würden es selbst tun müssen; folgt man den Aussagen sowohl von Joy Heysek als auch der von Bert Green, dann hatte er dies schon seit Wochen gesagt, vielleicht sogar schon seit mehreren Monaten – fast als hätte er sich an dieser Idee berauscht. Jedesmal, wenn er in den Spiegel blickte und die Narben an Lippen und Kinn sah, muß er Frank Columbo ein bißchen mehr gehaßt haben.)

Die Anklage, gestand Baliunas, hatte »viele interessante kleine Schrammen und Winkelzüge, Kleinigkeiten, die sich aber irgendwann doch summierten.«

Abschließend sagte er: »Lassen Sie nicht zu, daß diese beiden auch *Sie*, meine Damen und Herren, benutzen. Lassen Sie nicht zu, daß sie aus diesem Gerichtssaal hinausfliegen über die verkohlten und verbrannten Überreste von Frank Columbo – Mary Columbo – Michael Columbo hinweg. Lassen Sie das nicht zu, meine Damen und meine Herren. Ich danke Ihnen.«

Auf Seite 11915 der Niederschrift über das Verfahren endete der Bericht über die Anhörung der Zeugen, die Vorlage von Beweisen und all die vielen kleinen Streitigkeiten unter den Anwälten und die Schlußplädoyers beider Seiten.

Die Schlußplädoyers hatten um neun Uhr an jenem Morgen begonnen, und es war jetzt schon nach Mittag. Der Kalender zeigte das Datum des 1. Juli 1977.

Frank, Mary, und Michael waren seit einem Jahr, einem Monat, drei Wochen und sechs Tagen tot.

Juli bis September 1977

PATRICIA COLUMBO UND IHR LIEBHABER SCHULDIG GESPROCHEN.

Die Jury brauchte nur zwei Stunden für ihre Entscheidung.

Alles passierte an einem einzigen, langen, manchmal nie enden wollenden Tag – dem gleichen Tag, an dem die Schlußplädoyers der Anwälte auf beiden Seiten gehalten worden waren. Danach hatte Richter Pincham die vorgeschriebenen Belehrungen für die Jury verlesen. In einer formalen, präzisen Sprache gab er noch einmal eine Definition solcher Worte und Begriffe wie Schuld, Unschuld, Unschuldsvermutung, Beweis, Bestimmung von Tatsachen, Mord, Verschwörung und begründeten Zweifeln. Er ermahnte die Geschworenen, ›jeden der beiden Angeklagten gesondert zu beurteilen‹. Er erinnerte sie noch einmal daran, daß sie die einzigen Richter über die Glaubwürdigkeit der Zeugen seien, die sie gehört hatten. Und er erläuterte ihnen noch die möglichen Strafen, zu denen ihr Spruch nach geltendem Recht führen konnte. Dann, kurz vor 21 Uhr, schickte er sie in das Geschworenenzimmer. Der Gerichtshof ging von einer Beratungszeit von etwa drei Stunden aus, solange ihnen die Plädoyers noch in frischer Erinnerung waren, und wenn sie bis Mitternacht noch nicht zu einem Urteil gekommen sein sollten, sollten sie zu

Bett gehen und ihre Betrachtungen gut ausgeruht am Samstagmorgen fortsetzen.

Doch schon gegen 22 Uhr 55 sagte der Sprecher der Jury dem Gerichtsdiener an der Tür des Geschworenenzimmers, daß sie zu einem Urteil gelangt seien. Der überraschte Gerichtsdiener eilte zu Richter Pincham, um ihm Bescheid zu sagen.

»Das Urteil kam mit überraschender Schnelligkeit«, berichtete die *Sun-Times* am nächsten Morgen, »als das Gerichtspersonal und die Anwälte noch gar nicht im Gebäude waren. Es dauerte noch weitere fünfundvierzig Minuten, bis die Entscheidung verlesen werden konnte.«

Als Patricia und DeLuca wieder in den Gerichtssaal zurückgebracht wurden, legte DeLuca den Arm beruhigend um sie. Einige sagten, er habe fast so etwas wie Selbstbewußtsein ausgestrahlt, als ob das schnelle Urteil einen Freispruch bedeuten könnte. Einer der Reporter schüttelte erstaunt den Kopf und sagte: »Nun sieh dir diesen Burschen an. Der glaubt doch wirklich, die Jury habe ihm *geglaubt*!«

Als schließlich alle wieder ihre Plätze eingenommen hatten – es war zwanzig Minuten vor Mitternacht –, fragte Richter Pincham: »Herr Vorsitzender, ist die Jury zu einem Urteil gelangt?«

»Ja«, kam die Antwort.

Das Urteil wurde an den Richter weitergereicht, von diesem gelesen und dann an den Gerichtsschreiber weitergereicht, damit dieser es laut vorlese. Es lautete auf schuldig.

Schuldig in allen Anklagepunkten. Schuldig an allem. Schuldig, schuldig, schuldig – das Wort wurde wieder und wieder so vorgelesen. Schuldig des Mordes in drei Fällen sie, in drei Fällen er. Schuldig der Anstiftung zum Mord, dreimal sie, dreimal er.

Patricia schien angesichts der Urteile zu Stein zu erstarren. Mühsam kämpfte sie die Tränen zurück, dann fiel sie in ihrem Stuhl nach vorn, und Bill Swano langte schnell hinüber, um sie zu stützten. Wie der *Daily News* am nächsten Tag berichtete, »trug DeLuca dasselbe feine Lächeln zur Schau, das er fast während des ganzen Verfahrens gezeigt hatte«.

Bernard Carey, der Generalstaatsanwalt des Cook County, in

dessen Auftrag die Anklage gearbeitet hatte und der am letzten Sitzungstag des Gerichts mit seinen Kindern anwesend gewesen war, erklärte der Presse gegenüber, er habe ›erwartet, daß die Jury gegen 22 Uhr 30 wieder aus dem Beratungszimmer zurückkehren werde‹. Seine Begründung: Die Anklage sei ›so gut vorbereitet und vorgetragen worden, daß es für die Geschworenen nicht schwer gewesen sei, zu einer Entscheidung zu gelangen‹. Als er gefragt wurde, ob die Columbo-Morde ›brutaler als die Hinschlachtung von acht jungen Nonnen durch Richard Speck‹ (ein anderes infames Verbrechen aus Chicago) gewesen sei, erwiderte Carey: »Das möchte ich fast so sagen.«

Bill Murphy sagte, er werde den Spruch mit der Begründung anfechten, daß Richter Pincham die Vorlage eines schweinischen Fotos von Patricia mit ihrem Hund nicht hätte erlauben dürfen, genausowenig wie die Tatsache, daß Patricias Gebrauch obszöner Worte nicht als Beweis hätte zugelassen werden dürfen, da beides, wie er zu Recht ausführte, die Jury voreingenommen gemacht hatte. Murphy sagte weiter, die Staatsanwaltschaft habe ›Beweise ignoriert und sich geweigert, bestimmte Zeugen zu hören‹, die die Unschuld seiner Klientin hätten beweisen können. (Warum hatte denn dann die *Verteidigung* diese Zeugen nicht aufgerufen? Die öffentlich bestellte Strafverteidigung verfügt ebenfalls über einen Stab von Ermittlern, um bestimmte Leute ausfindig zu machen und Beweise zu beschaffen, genau wie die Staatsanwaltschaft auch.)

Bill Swano sagte, er wolle ›auf jeden Fall Berufung einlegen, weil der Richter den Antrag auf Abtrennung der Verfahren abgelehnt‹ habe.

Hätten denn getrennte Verfahren ihren jeweiligen Mandanten geholfen? Die meisten Mitglieder der Jury und viele andere glaubten das nicht. »Ich glaube kaum, daß das Ergebnis sehr viel anders gewesen wäre«, war eine fast überall zu hörende Meinung. Nur eine der Geschworenen, Arlene Nettgren, die mit ihrem Ehemann zwei Piano-Geschäfte betrieb und direkt neben Elk Grove Village in Schaumburg lebte, stimmte dem nur teilweise zu. »Ich glaube, getrennte Verfahren wären besser gewesen«, sagte sie. »Denn dann hätte herauskommen können, wie es wirklich geschah. Nach Lage der Dinge konnte (der eine

Angeklagte) nicht aussagen, ohne den anderen zu belasten, und so war es teilweise ein wenig verwirrend.« Mrs. Nettgren fügte hinzu, sie sei sicher, die Angeklagten seien schuldig gewesen. Sie habe, sagte sie, bis zum letzten Tag noch keine endgültige Meinung zu der Anklage gehabt, und »die Schlußplädoyers seien hier ein wichtiger Faktor gewesen . . . Sie hatten ein wenig Ordnung in das Durcheinander gebracht und allem seinen richtigen Platz zugewiesen.«

Zu Patricia Columbo meinte die Staatsanwältin Patti Bobb: »Sie verfügt über zwei fast völlig in sich abgeschlossene Persönlichkeiten. Die eine ein liebes, nettes Mädchen, eine Art Schauspielerin. Doch dann wieder kehrt sie ihr hartes Ich hervor. Es ist manchmal bestürzend, sie zu beobachten.« Patti Bobb wurde dann von der *Sun-Times* dahingehend zitiert, daß es keinen zulässigen ›Beweis‹ vor Gericht gegeben habe, weil die beiden Angeklagten ›fest miteinander verbunden‹ waren, aber daß es trotzdem keinen Zweifel daran geben konnte, daß ›Miss Columbo diejenige ist, die auf ihren Bruder eingestochen hat‹. Weiter sagte sie: »Wir wissen mit Sicherheit, daß DeLuca geschossen und den Vater mit der Lampe über den Kopf geschlagen hat, und vielleicht hat er auch mit der Bowling-Trophäe zugeschlagen. Wir wissen weiter, daß sie und DeLuca in der Nacht der Morde im Haus waren.« (Diese letzte Bemerkung schien irgendwie überflüssig im Lichte all der anderen Erklärungen, die sie zuvor schon abgegeben hatte. Alles in allem – es waren seltsame Kommentare. Wenn es wirklich zusätzliche Beweise gab, die in getrennten Verfahren hätten vorgebracht werden können, warum wurden dann die Verfahren nicht getrennt durchgeführt? Die Verteidigung hatte oft genug darum gebeten; die Staatsanwaltschaft hätte diesen Antrag nur zu unterstützen brauchen. Warum wurden also solche ergänzenden Beweise dem Gericht und der Öffentlichkeit vorenthalten?)

Zu DeLuca meinte Patty Bobb: »Er ist beängstigend, er ist absolut furchteinflößend.«

Patricias Onkel Mario Columbo, Franks Bruder, schien alles, was geschehen war, allein DeLuca zur Last legen zu wollen. »Patty war ein normales kleines Mädchen«, sagte er. »Diese Vulgarität, dieser Mann in ihrem Leben ... Nein, bevor sie

DeLuca kennengelernt hatte, hatte es so etwas bei ihr nie gegeben. Ich habe nie gesehen, daß sie sich so benommen hätte, wie man später von ihr sagte. Der Wechsel in ihrer Persönlichkeit kam, als sie zu DeLuca zog.« Mario Columbo sagte, er sei sicher ›nach allem, was er im Gerichtssaal gehört‹ habe, daß das Urteil gerecht sei. Dann hob er in einer hilflosen Geste die Schultern. »Sie hat es selbst so gewollt.«

Eine von Marys Schwestern, Carolyn Tygrett, sagte: »Ich glaube, DeLuca und Pat müssen jeweils beim anderen das Schlechteste im Charakter ans Tageslicht gebracht haben.«

Eine andere Schwester, Myrtis Peterson, sagte: »Ich wünschte, ich könnte glauben, sie seien nicht schuldig. Aber ich glaube, sie sind es. Ich meine, Patricia braucht psychiatrische Hilfe. Vielleicht wird sie dann eines Tages wieder in Ordnung kommen.«

Die Geschworene Linda Ollins, die einundzwanzigjährige wissenschaftliche Hilfskraft vom Roosevelt College, sagte, sie sei von Patricias Schuld überzeugt gewesen, als der Zustand von Michaels Leiche beschrieben wurde. Die Art, wie auf ihn eingestochen worden war, ›muß darauf hindeuten, daß dies im Haß geschah‹. (Patti Bobbs Einschätzung hatte, so scheint es, ins Schwarze getroffen. Aber die übereinstimmende Meinung selbst bei den Leuten, die Patricia am meisten verabscheuten, geht dahin, daß sie Michael *nicht* gehaßt hatte. Aber *DeLuca* könnte ihn gehaßt haben – weil Michael ihn bis aufs Blut gereizt hatte, indem er immer wieder in das Geschäft gekommen war, um ihn anzustarren. »Der Kleine muß mit dran glauben«, hatte er Roman Sobczynski am Telefon gesagt.) Hinsichtlich DeLuca drückte Mrs. Ollins wohl die allgemein herrschende Ansicht am präzisesten aus. »Er ging in den Zeugenstand und versenkte sich dort selbst.«

Soweit es Patricia betraf, waren die Chicagoer Zeitungen, die ihre Leser später nahezu ein Jahrzehnt lang an ihre angebliche Verwicklung in einen ›Sex-Skandal‹ im Gefängnis erinnerten, nicht sonderlich beeindruckt vom Vorgehen der Anklagebehörde. Die *Sun-Times* schrieb: »Der wichtigste Beweis gegen DeLuca richtete sich keineswegs auch unmittelbar gegen Miss Columbo.« Der *Daily News* schrieb: »Es gab kaum einen

Beweis, der sie mit den Morden direkt in Verbindung brachte, außer der Behauptung der Staatsanwaltschaft, nur sie alleine könne genügend Haß in sich verspürt haben, um eine Schere an die hundert Male in die Brust und den Nacken ihres jüngeren Bruders zu stoßen.« (Wie Legenden sich doch stets ausweiten. Aus sechsundsiebzig Schnitt- und acht Stichwunden in den Rücken, verursacht von der Schere, waren ›an die hundert‹ Stiche in Michaels Brust und Nacken geworden.) Die Anklage, fuhr die *Daily News* fort, »versuchte, sie irgendwie mit in das Haus hineinzubekommen, indem sie zeigte, daß ein menschliches Haar von ungefähr drei Zoll Länge auf dem Körper des Jungen dem schulterlanges Haar von Miss Columbo ›ähnlich‹ war, aber die Zeugenaussage ließ einen solchen Rückschluß kaum zu.«

Richter R. Eugene Pincham lobte zunächst seine Jury für ›ihre ausdauernden und guten Dienste‹ und gestand der Presse gegenüber, als früherer Strafverteidiger könne er nicht umhin, sich Gedanken darüber zu machen, wie *er* Patricia Columbo verteidigt hätte, wenn dies seine Aufgabe gewesen wäre. Aber da er nun einmal eine Persönlichkeit mit hohen ethischen und moralischen Prinzipien war, lehnte er es ab, öffentlich darüber nachzusinnen, was er vielleicht anders gemacht hätte.

Die Urteilsverkündung, die ursprünglich auf den 1. August terminiert war, fand dann am 8. August statt. Richter Pinchams Strafmaß von zweihundert bis dreihundert Jahren für jeden der verurteilten Angeklagten plus etwas geringerer Strafen wegen versuchter Anstiftung zum Mord wurde in einem hoffnungslos überfüllten Gerichtssaal verkündet, in dem auch deutlich DeLucas Kommentar zu hören war: »Patty und ich sind unschuldig. Ich beharre auf meiner Zeugenaussage . . . denn sie ist die Wahrheit.« Und die Zuschauer vernahmen auch, wie Patricia unter Tränen sagte, daß ›mein Vater, meine Mutter und mein kleiner Bruder‹ wissen, daß ›nicht wir es waren, die in dieser Nacht bei ihnen im Haus waren‹.

Wenn das Strafmaß überhaupt noch Überraschung auslöste, dann auf jeden Fall keine sehr große. Al Baliunas sagte, wenn er die Möglichkeit dazu gehabt hätte, hätte er die Todesstrafe beantragt. (Im Zeitpunkt der Begehung dieser Morde gab es in Illinois keine Todesstrafe mehr. Die Todesstrafe wurde erst wieder durch Gouverneur Bill Thompson am 22. Juni 1977 eingeführt, während das Columbo-DeLuca-Verfahren noch lief; diese Wiedereinführung der Todesstrafe betraf aber nur solche Verbrechen, die nach diesem Datum begangen wurden. In den fünfzehn seither vergangenen Jahren hat der Staat Illinois einhundertdreiundvierzig Männer und zwei Frauen in die Todeszelle geschickt. Von den verurteilten Personen ist nur eine auch exekutiert worden, Charles Walker, der auf weitere Gnadengesuche verzichtete und selbst um die tödliche Injektion eines Nervengiftes bat.)

Der Strafverteidiger Bill Murphy erzählte der Presse, er empfinde die Strafe für Patricia ›reichlich hoch für jemanden, der gar nichts getan hatte‹.

Richter Pincham wurde gebeten, Patricia zu erlauben, im County-Gefängnis verbleiben zu dürfen, um die Kurse zu beenden, die sie mittlerweile begonnen hatte, um noch einen High-School-Abschluß zu erreichen. Pincham beließ sie für weitere sechzig Tage im Untersuchungsgefängnis.

Der einzige weitere Konflikt, der im Zusammenhang mit diesem Verfahren aufbrach, betraf die Anordnung des Richters, die Honorare für Michael Toomin und Stanton Bloom aus der Staatskasse zu begleichen, weil die beiden Anwälte vom Gericht angefordert worden waren, als DeLuca sich selbst für mittellos erklärt hatte. Die Staatsanwaltschaft widersprach und präsentierte Beweise dafür, daß DeLuca ein Einkommen von mehreren hundert Dollar monatlich aus seiner *Walgreen's*-Pension und aus verschiedenen Geldanlagen bezog. (Während der Zeit, die Patricia im Gefängnis verbrachte, wuchs ihr Insassenkonto lediglich um zehn bis fünfzehn Dollar pro Monat, um den Betrag, den ihre Patentante Janet Morgan für sie aufbringen konnte. Und doch war sie finanziell immer noch besser gestellt als Marilyn DeLuca und die fünf Kinder. Nur Frank gelang es irgendwie, einigermaßen gut bei Kasse zu bleiben.)

Die Frage der Anwaltshonorare wurde schließlich gelöst, und DeLucas Anwälte wurden vom Staat bezahlt.

Das Verfahren kostete die Steuerzahler des Cook County eine Viertelmillion Dollar und dazu weitere einhunderttausend Dollar, die die Gemeinde Elk Grove Village für die Aufklärung des Verbrechens hatte aufbringen müssen. Eine Zeitlang erwog Elk Grove Village ein Zivilverfahren gegen Patricia und DeLuca auf Erstattung dieser Kosten, aber die Sache wurde dann doch nicht weiter verfolgt, nachdem lokale Autoritäten sich auf den Standpunkt gestellt hatten, daß die Ausgaben für eine solche Aktion am Ende höher sein könnten als das, was die Gemeinde wirklich zurückbekommen würde.

An einem nebelverhangenen Morgen im September 1977 verließ eine Karawane von vier Wagen das Gefängnis des Cook County und fuhr aufs offene Land hinaus. Im ersten Wagen saßen einige Deputy Sheriffs. Im zweiten Wagen saßen weitere Deputy Sheriffs und Frank DeLuca, dem man Handschellen angelegt und den man an das Auto gefesselt hatte. Im Wagen Nummer drei saßen wieder einige Deputy Sheriffs, männliche wie weibliche, und Patricia Columbo, ebenfalls in Handschellen, aber nicht an den Wagen gefesselt. Im Wagen Nummer vier saßen noch mehr Deputy Sheriffs.

Vierzig Meilen südlich von Chicago, an der nordöstlichsten Ecke von Joliet, fuhr die Karawane durch das Eingangstor des größten Männergefängnisses von Illinois, der *Statewell Correctional Center.* DeLuca wurde vom Rücksitz des Wagens geholt und unverzüglich durch das Tor geführt. Er blickte nicht einmal mehr zu dem Wagen zurück, in dem Patricia saß.

In der Empfangs- und erkennungsdienstlichen Abteilung von Statewell erhielt DeLuca die Insassen-Nummer C-73216 des Staates Illinois. Er wurde später in das *Pontiac Correctional Center,* ein mittelgroßes Gefängnis weiter im Süden, verlegt, doch innerhalb von zwei Jahren wurde er wegen seiner schlechten Führung nach *Statewell,* das ›härtere Loch‹, zurückverlegt.

Der Wagen, der DeLuca im Gefängnis abgeliefert hatte, fuhr nach Chicago zurück. Die drei anderen Wagen setzten ihre Fahrt noch zweiunddreißig Meilen weiter nach Süden fort, bis sie das Staatsgefängnis von Illinois für Frauen, *Dwight Correc-*

tional Center, erreicht hatten. Dort führte man Patricia Columbo ins Innere und gab ihr die Nummer C-77200.

Sie betete zu Gott, sie werde es nicht mehr erleben, zweiundzwanzig Jahre alt zu werden.

TEIL DREI

DANACH

Mai 1976

Mord an Familienangehörigen ist immer bizarr, immer abstoßend. Er wühlt auf, stößt ab, beleidigt. Außer dem Mord an einem Kind erregt nichts so sehr die Öffentlichkeit. Serienmorde wecken Interesse und Sensationslust, aber letzten Endes sind auch sie nur Statistik; Raubmord wird unverändert mit Drogenverbrechen oder gewohnheitsmäßiger Kriminalität in Verbindung gebracht. Aber der Mord an Familienmitgliedern spricht allem logischen Denken Hohn, er setzt allseits akzeptierte Werte außer Kraft; Mord innerhalb einer Familie ist nicht vorbei, wenn die Tageszeitung nicht mehr darüber schreibt oder die Elfuhrnachrichten ihn nicht mehr erwähnen. Mord im Kreis einer Familie *dauert fort*.

»Wie konnte er (oder sie) dies ihm (oder ihr oder ihnen), dem eigenen Fleisch und Blut, antun?« lautet dann immer die Frage. Ein jeder bekennt, er könne das ›nicht verstehen‹. Und bei einem Familienmord, bei dem so viele Fragen über so viele Jahre hinweg unbeantwortet bleiben, einem Mord, der wirklich unbegreiflich ist, absolut nicht zu verstehen, jeder Vorstellung entzogen, wird die Widerwärtigkeit des Verbrechens um so größer, je länger man darüber diskutiert.

Es dürfte schwer sein, einen Mordfall zu finden, in dem es mehr Widersprüchlichkeiten gegeben hat als in dem Mord an der Familie Columbo. Für jede Frage scheint es eine Fülle von Antworten zu geben, und je gezielter man fragt, um so komplexer müssen naturgemäß die Spekulationen werden. Man stecke nur zwei Leute mit mehr als der gängigen Kenntnis über den Fall Columbo in einen Raum zusammen, und sie werden sich innerhalb von Minuten zumindest über einen Punkt streiten. Es mag sein, daß sie zu neunundneunzig Prozent in ihrer Meinung übereinstimmen, aber *niemals* werden sie in jeder Einzelheit einer Meinung sein. Selbst noch nach fünfzehn Jahren bleiben Geheimnisse, Diskrepanzen und Unwägbarkeiten zurück.

Einige Rätsel sind von geringerem Wert – aber sie sind

nichtsdestoweniger wichtige Punkte. Wieso zum Beispiel versucht der Polizeibeamte Joe Giuliano aus Chicago vergeblich, die Nummer der Columbos anzurufen, obwohl er mehrmals angerufen hat, während der Angestellte Jack McCarthy von der Western Auto schon beim ersten Versuch ein Besetztzeichen hörte? Nicht, daß dies einen großen Unterschied machen würde, aber wieso?

Wohin sind all die Revolver verschwunden? Frank Columbos Neffe Robert Rezzuto hat im Handschuhfach des Thunderbirds einen Revolver gesehen. Frank erzählte seinem Neffen, er besitze einen zweiten Revolver. Ein Verwandter in South Carolina sah einen Revolver in Mary Columbos Handtasche. Frank erzählte einem anderen Verwandten ganz hier in der Nähe, er habe für Mary einen Revolver gekauft, und Michael erzählte derselben Person, sein Vater besitze einen zweiten Revolver. Frank DeLuca besaß einen kleinen Derringer, Roman Sobczynski gab Patricia einen Revolver vom Kaliber .32. *Keiner* dieser Revolver ist je gefunden worden.

Dann bleibt da noch die große Frage, ob DeLuca und/oder Patty wirklich *geglaubt* haben, daß Frank Columbo entweder einem oder beiden von ihnen Gewalt antun werde. Patricia muß natürlich in ihrem tiefsten Inneren gewußt haben, daß ihr Vater ihr niemals ernsthaft weh getan hätte – aber es wäre wohl doch ein bißchen voreilig zu glauben, DeLuca habe angenommen, er besitze dieselbe Immunität. Warum hätte DeLuca geglaubt haben *wollen*, daß diese Drohung real war? Frank Columbo war ohne Zweifel ein temperamentvoller Mensch; Frank Columbo hatte DeLuca mit einem Gewehrkolben schwer am Mund verletzt; Frank Columbo stieß unentwegt Drohungen am Telefon und Patricia gegenüber auch direkt aus, daß er DeLuca ›schnappen‹ werde. Nur ein Idiot hätte ihn nicht ernst genommen.

Warum ging Patricia damals mit Nancy Glenn aus, um sich mit Lanny und Roman zu treffen? Für hundert Dollar, wie Lanny behauptete? Roman ging davon aus, sie sei für diesen Abend bezahlt worden. Patricia erhielt aber niemals Geld, doch könnte es ja sein, daß sie zugestimmt hatte, für Geld mitzugehen. Ihr und DeLuca ging es finanziell sicherlich nicht besonders gut; Patricia hätte das Geld gut gebrauchen können. Lanny bezeugte dagegen, Patricia habe ihm in der Kneipe erklärt, kurz nachdem sie sich alle vier getroffen hatten, falls Roman ihr ›Gefälligkeiten erweisen‹ könne, würde sie ihm ›die Seele aus dem Leib vögeln‹. Und doch bestreitet niemand, daß innerhalb nur einer Stunde Patricia die völlig betrunkene Nancy zu sich ins Auto holte und versuchte, die beiden Männer ›abzuhängen‹. Aber ob sie nun ursprünglich wegen hundert Dollar dort war oder wegen irgendwelcher nicht genannter ›Gefälligkeiten‹, so hat Patricia Columbo ganz offensichtlich weder das eine noch das andere für so bedeutsam gehalten, um freiwillig Sex mit Roman Sobczynski zu praktizieren. Auf jeden Fall nicht in jener Nacht. Erst als sie gezwungen wurde, zu dem Motel zu fahren, versuchte sie, wenigstens eine Gegenleistung zu erhalten, indem sie Lanny bat, ihr ein paar Patronen für DeLucas Derringer zu besorgen. Später allerdings, als Patricia laut Lannys eigenem Eingeständnis ›Angst vor ihm‹ bekommen hatte, als die beiden Männer immer wieder mit ihren Revolvern herumfuchtelten und davon redeten, Mordanschläge zu verüben und sich Kopfgeld zu verdienen, erst da hatte Patricia Sex mit allen beiden. Aber nun zu sagen, sie habe das einzig zu dem Zweck getan, um ihres Vaters Ermordung zu organisieren, und daß sie nicht etwa durch diese beiden Gestalten eingeschüchtert worden sei, ist einfach nicht realistisch – ganz gleich, wie sehr man auch Patricia Columbo verachten mag. Lanny hatte sogar der Polizei gegenüber zugegeben, er habe damit gedroht, Patricia umzubringen, auch wenn die Staatsanwaltschaft ihn später im Zeugenstand aussagen ließ, er hätte gelogen. Aber wer will das schon wissen? Für Lanny war es zum damaligen Zeitpunkt schon beinahe Routine zuzugeben, daß er log.

Wußte Frank DeLuca von Roman und Lanny, oder glaubte er wirklich, wie er das fünfzehn Jahre lang behauptet hatte, daß er dachte, Roman sei Patricias Patenonkel, Phil Capone? Seine Geschichte, von der er sagte, sie stamme von Patricia, war die, daß ihr Patenonkel und Frank Columbo sich miteinander zerstritten hätten, daß ihr Patenonkel sie ›wie eine Tochter liebte‹ und daß er sie ›beschützen‹ wollte, sie und DeLuca. Dieser Patenonkel hatte angeblich die von Frank Columbo auf DeLuca angesetzten Killer ›ausgezahlt‹, DeLuca aber später dann erzählt, Frank Columbo sei auf der Suche nach einem anderen Killer. DeLuca sagte aus, daß er da einverstanden war, Frank Columbo umzubringen, ›wenn dies der einzige Weg‹ war, ihn aufzuhalten. Bis zu diesem Punkt macht auch alles einen Sinn; Patricia war absolut in der Lage, ein Lügengebäude von solcher Größe aufzubauen, und DeLuca konnte dies, verängstigt, wie er war, auch durchaus geglaubt haben. Bis auf die eine Bemerkung, die Frank DeLuca Roman Sobczynski gegenüber am Telefon machte: »Der Junior muß auch dran glauben.« Wenn DeLuca wirklich glaubte, er rede mit Patricias Patenonkel, dann hätte er niemals verlangt, daß auch Michael umgebracht wurde. Das ist unvorstellbar.

Hat Frank DeLuca die Columbos aus reiner Verzweiflung umgebracht, nachdem Patricia und der ›Killer‹ sich zum dritten Mal montags nicht getroffen hatten, oder hatte er das Verbrechen selbst aktiv geplant? Da braucht man nur einfach Joy Heysek zu glauben. DeLucas Drohung, er werde für den Fall, daß sie jemals zur Polizei ginge, ihren Sohn auf dem Fahrrad überfahren, ihre Tochter kidnappen und vergewaltigen und Joy selbst zusammenschlagen, bis man sie nicht mehr wiedererkennen würde – diese Drohung wurde *eine volle Woche* vor den Morden ausgestoßen, eine volle Woche, bevor Patricias drittes Zusammentreffen mit dem ›Killer‹ stattfinden sollte. Frank DeLuca wußte ganz offensichtlich schon zu diesem Zeitpunkt, daß die Columbos von niemandes Hand umgebracht werden würden außer von seiner eigenen. Und wenn *er* das gewußt hatte, wußte Patricia es dann ebenfalls? *Nein.* Denn wenn sie es gewußt hat, warum sollte sie dann diese Schmierenkomödie mit dem ›Killer‹ weiter spielen? Al Baliunas hatte gesagt, Patricia habe diese Zusammentreffen erfunden, um DeLuca in einen genügend großen Gefühlswirrwarr zu stürzen, daß er an ihrer Statt alle Mitglieder ihrer Familie töten werde. Das war sicher möglich. Aber war es nicht ebenso möglich, daß *DeLuca* diese Zusammentreffen erfunden hatte, die niemals stattfanden, oder daß Roman und Lanny sie vorgeschlagen und DeLuca auf diese Weise hereingelegt hatten, wie sie es so viele Male mit Patricia getan hatten? Es war eindeutig bewiesen, daß DeLuca *mit ihnen*

Kontakt hatte, nachdem Patricia längst aufgehört hatte, sich mit ihnen zu treffen oder mit ihnen zu sprechen. Ist es nicht vorstellbar, daß Roman und Lanny sich versucht gesehen hatten, DeLuca ähnlich hereinzulegen, wie Patricia? DeLuca, der so leicht Zugang zu Bargeld, Drogen und großen Mengen Alkohol hatte? DeLuca, den verstörten, verwundbaren Schwächling, der bereit war, einfach alles zu tun, um der Bedrohung durch Frank Columbo zu entgehen? Während des Verfahrens war die Staatsanwaltschaft bereit zu glauben, daß Lanny und Roman letzten Endes bereit waren, die Wahrheit zu sagen, die ganze Wahrheit und nichts als die Wahrheit. Aber Lanny und Roman verfügten über mehr Hinterhältigkeit, mehr Gerissenheit, ein viel höheres Maß an schmutziger Phantasie, als Al Baliunas, Patti Bobb und Terry Sullivan sich auch nur vorzustellen vermochten. Sie dürften gewußt haben, wieviel sie erzählen mußten, um Immunität zu bekommen – und sie hätten auch nicht ein einziges Wort mehr erzählt. Wir müssen daran erinnern, daß beide Männer – außer bei den Telefongesprächen, die Roman mit DeLuca hatte – Zeugen gegen Patricia waren. DeLuca hatte Childs nicht gebeten, *sie* umzubringen. Er wußte aus den Vorermittlungen, daß deren Zeugnis sich vornehmlich gegen Patricia richtete. DeLuca war derjenige, der die großen Pläne ausarbeitete, perfekte Verbrechen ersann; er war es gewohnt, Menschen herumzuschieben wie Figuren auf dem Schachbrett und sie zu kontrollieren und zu manipulieren. Es ist durchaus möglich, daß Patricia in diesem Sinne nur Fehler machte, genau wie sie das fast immer in den vergangenen Jahren getan hatte, als sie einen Fehler nach dem anderen beging und tiefer und tiefer in eine Welt hineinrutschte, die sie für die Welt der Erwachsenen hielt, die aber ganz etwas anderes war und in der sich zu behaupten sie einfach nicht den Intellekt oder den Instinkt besaß. Schließlich und letzten Endes gab es keinerlei Grund für Frank DeLuca, seine Drohung gegen Joy Heysek eine Woche vor den Morden auszustoßen, außer er wäre da schon sicher gewesen, daß sie irgend etwas in der Hand hatte, womit sie zur Polizei hätte gehen können.

Wer führte die Schere, die Michael Columbo zerschnitt und zerstach? Jemand, der so schwach war, daß er nur oberflächliche Wunden auf dem Körper des armen Jungen verursachen konnte? Oder jemand, der stark genug war, die Schere so fest zu fassen, daß ihre Griffe entzweigingen, und stark genug, um die acht tiefen Stichwunden zu verursachen? Oder haben gar *zwei* Leute diese Schere geschwungen? Oder gab es *eine andere Waffe* – etwa das zwölf Zoll lange Messer mit dem perlenbesetzten Handgriff, das Lanny Mitchell in Frank DeLucas Auto gesehen hatte, als er sich mit Patricia auf dem Parkplatz des Elk Grove Village Bowling Center getroffen hatte? Dieses Messer verschwand genauso spurlos wie zumindest vier Handfeuerwaffen. Es ist seltsam, daß die Staatsanwaltschaft DeLuca nie nach diesem Messer gefragt hat, als sie ihn zum Kreuzverhör im Zeugenstand hatte, obwohl er *ihr* Zeuge gewesen war, genau wie Lanny Mitchell, der das Messer in DeLucas Auto gesehen hatte. Hingeschlachtete Leichen am Tatort, ein Messer im Auto des Angeklagten – und keinerlei Interesse daran von seiten der Strafverfolgung: *wieso?*

Im Gegensatz zu Patti Bobbs Schlußplädoyers ist es auf jeden Fall unwahrscheinlich, daß das, was Michael geschah, aus reinem Haß von seiten Patricias geschah. Angst und Verzweiflung – ja. Als Teil eines ›perfekten Verbrechens‹, um den Mord nach einem Raubüberfall aussehen zu lassen – das könnte sein. Haß von seiten *DeLucas* – möglich. Ein totaler Verlust jeglicher Kontrolle aller Rationalität, aller Vernunft – auch möglich. Aber die einzige Möglichkeit für die Strafverfolgung, auch Patricias Anwesenheit in diesem Haus nachzuweisen, war, ihr die Schere in die Hand zu geben, und nichts anderes hätte für die Jury als Motiv Sinn gemacht als Haß. Und es funktionierte.

Warum sollte Frank DeLuca Bert Green und Joy Heysek am nächsten Morgen von dem Verbrechen erzählt haben? Das mußte er wohl; seine ganze Persönlichkeit drängte ihn, es ihnen zu erzählen. Ein Soziopath erwartet niemals, für irgend etwas verantwortlich gemacht zu werden – warum sich also nicht damit brüsten? Vor allem gegenüber zwei Leuten, von denen er fast überzeugt war, er könne sie kontrollieren. DeLuca war daran gewöhnt, mit beiden, sowohl mit Joy wie mit Bert, persönliche Geheimnisse zu teilen. Er glaubte, er sei für Bert ein Idol; schließlich hatte Bert für ihn den Revolver versteckt,

Patricia zu den drei ausgefallenen Treffen mit den Killern gefahren, wußte alles über Frank Columbos angeblich auf seinen Kopf ausgesetztes Kopfgeld und hatte gewußt, daß DeLuca plante, die Morde selbst zu begehen, wenn sich niemand fand, der sie für ihn ausführte; warum also sollte er Bert Green dann nicht auch noch erzählen, *daß* er sie *verübt* hatte. Nebenbei bemerkt, Bert hatte ihn dabei überrascht, wie er die blutigen Kleider verbrannte. (DeLuca hatte jedenfalls behauptet, genau das tue er gerade; Bert Green aber hat nie *gesehen*, was in dem Verbrennungsofen war – und Clifford Childs sagte, die Kleider seien auf einem freien Feld verbrannt worden – aber das alles ist nur ein Teil von einem Tausend-Teile-Puzzle.)

Und Joy Heysek? DeLuca dachte, er besitze Joy noch immer. Er konnte ihr und ihren Kindern drohen; er konnte versuchen, sie als Alibi zu benutzen (›geh und sieh dir *Einer flog über das Kuckucksnest* für mich an‹); er hatte diese ganzen schmutzigen Fotos von ihr – Schwarze, andere Frauen, ein Hund. Konnte es da noch einen Zweifel daran geben, daß DeLuca davon überzeugt war, sie gehöre *ihm*? Da er sich schon Bert gegenüber damit gebrüstet hatte, warum nicht auch vor Joy? Man bedenke, daß er sich beispielsweise vor John Norton nicht damit gebrüstet hat und auch vor keinem anderen, der für ihn arbeitete. Nur vor seinen, wie er glaubte, ihm treu ergebenen Gefolgsleuten. Joy Heysek könnte den Wunsch verspürt haben, jeden in der Umgebung denken zu lassen, daß sie sich nichts mehr aus DeLuca mache, aber sie hatte sich in seine Filiale versetzen lassen, und sie hatte der Polizei *nicht* erzählt, was sie über die Morde wußte, nicht jedenfalls bis zu dem Tag, an dem Ray Rose sie wiedererkannte, als sie in *Corky's Restaurant* kam. Wenn Rose sie an diesem Tag nicht zur Rede gestellt hätte, kann dann irgend jemand noch mit wirklicher Überzeugung behaupten, Joy Heysek hätte *jemals* erzählt, was sie wußte? Selbst wenn DeLuca ein freier Mann geblieben oder wieder geworden wäre? Selbst wenn er auf freiem Fuß gewesen wäre und seine krankhafte Sexualität weiter hätte ausleben können? Selbst wenn es ihn dazu getrieben hätte, wieder zu morden? Niemals. Joy Heysek redete, weil sie reden *mußte*. Wegen seiner gigantischen Egozentrik hatte sie reden *müssen*.

Hatte DeLuca etwa nicht nur sich selbst erwähnt, als er Bert Green und Joy Heysek von den Morden erzählte, oder hatte er Patricia ebenfalls erwähnt, und ist *das* der wundervolle Beweis, den Patti Bobb so mysteriös nach dem Urteilsspruch andeutete? Möglich. Es ist zweifelhaft, daß DeLuca Joy gegenüber Patricia erwähnt hat; über das Verbrechen selbst sprach er nur kurz mit ihr. Er *könnte* Patricia Bert gegenüber erwähnt haben, als er etwas detaillierter über die Sache sprach, weil er Green schon seit so langer Zeit in allen persönlichen Angelegenheiten ins Vertrauen gezogen und ihn auch in seine Pläne verwickelt hatte. Bert war derjenige, den DeLuca angerufen hatte, um ihn abzuholen, als ihn die Polizei beim ersten Mal wieder laufen ließ; er hatte nicht Marilyn oder seinen Bruder Bill angerufen, sondern Bert Green – jemanden also, der der Polizei und der Staatsanwaltschaft nur so viel erzählte, wie er unbedingt mußte. Aber wenn DeLuca Bert erzählt hatte, daß Patricia bei ihm gewesen sei, dann leistete Bert Green in Richter Pinchams Gerichtssaal einen Meineid; und wenn das der ›Beweis‹ war, auf den Patti Bobb sich bezogen hatte, dann wußte die Staatsanwaltschaft, daß er einen Meineid leistete. Denn Michael Toomin fragte Bert Green im Zeugenstand: »Hat DeLuca gesagt, er habe das Haus der Columbos in der Begleitung von irgend jemand anderem betreten?« Green hatte geantwortet: »Nein, Sir.«

Hätte Patricia Columbos Erklärung gegenüber der Polizei von Elk Grove, die sie während der zwölf Stunden machte, die sie festgehalten wurde, ohne einen Anwalt zur Seite zu haben, gegen sie beim Verfahren verwendet werden dürfen? Auf gar keinen Fall. Da war kein Polizeioffizier wie Ray Rose vonnöten oder ein stellvertretender Staatsanwalt wie Terry Sullivan, oder auch wie zwei Tage später der Gefängnispsychiater Dr. Paul Cherian, um zu sehen, daß die Person, mit der sie es zu tun hatten, eine neunzehnjährige Heranwachsende war, deren Geist, vorsichtig ausgedrückt, stark verwirrt war. Jeder hergelaufene Passant von der Straße hätte sehen können, daß Patricia verwirrt war, orientierungslos, haltlos und hilflos. Sie hatten sie von der einzigen Person getrennt, die ihr in ihrem Leben Sicherheit gegeben hatte – von DeLuca. Und sie hatten genügend

Beweise gegen sie, von Lanny Mitchells Aussage bis zu dem Grundriß und den anderen Informationen, die sie ihm gegeben hatte, um sie wegen Anstiftung zum Mord einzusperren. Ihre Erklärung gab ihnen nicht mehr in die Hand, als sie ohnehin schon hatten.

Ray Rose, Gene Gargano, John Landers, Bill Kohnke und Terry Sullivan starteten einen gemeinsamen Angriff gegen Patricia Columbo und holten auch noch Lanny Mitchell zur Hilfe. Polizisten sind Polizisten, und sie hatten es hier mit einem kaltblütigen Mord zu tun, aber Terry Sullivan hätte es trotzdem nicht geschehen lassen dürfen. Terry Sullivan hätte nach einem Offizialverteidiger rufen müssen. Sullivan hat einmal einen Eid geleistet, die Rechte ›der Bürger‹ zu schützen, und in diesem Moment war Patricia Columbo einer dieser ›Bürger‹, ob es ihm nun paßte oder nicht, eine Bürgerin, die dasselbe Recht hatte, als unschuldig zu gelten, bis sie von einer ordentlichen Jury schuldig gesprochen war. Es ist zwar aktenkundig, daß Patricia ihr Recht, zu schweigen und während ihrer Vernehmung einen Anwalt zur Seite zu haben, ›aufgegeben‹ hatte – ›ich brauch' keinen Scheiß-Anwalt‹ hatte sie Janet Morgan noch am Telefon gesagt – aber ihr Grund, sich so zu verhalten, war sehr klar: sie wußte, daß die Polizei Frank DeLuca hatte, und sie wollte, daß sie ihn freiließen. Ray Rose war emotional von der Bestialität dieses Verbrechens überwältigt; er hätte alles getan, um die Killer in die Finger zu bekommen. Bill Kohnke rannte herum und stieß Drohungen über den elektrischen Stuhl aus, John Landers spielte den ›guten Cop‹ als Gegenstück zur Rose als ›schlechtem Cop‹. Terry Sullivan war angeblich nur da, um Patricias Erklärung, die sie Landers gab, zu bezeugen, aber in Wirklichkeit nahm er an der Befragung gegen Ende selbst teil, obwohl die Erklärung darauf hindeutet, daß sie von Landers durchgeführt und von Laura Komar und Sullivan bezeugt wurde, der dann später der Staatsanwaltschaft assistierte, diese Erklärung aber nicht unterzeichnete. Es ist unklar, ob Richter Pincham wußte, daß Sullivan zugegen war, als die Erklärung abgegeben wurde; oder, wenn er es wußte, ob dies irgendeinen Unterschied bei seiner Entscheidung gemacht hätte, diese Erklärung als Beweis zuzulassen. Gene Gargano schien an diesem

Tag der einzige Polizeioffizier gewesen zu sein, der sich strikt an die Regeln gehalten hatte. Er hätte auch ein Geständnis von DeLuca bekommen können, wenn er bereit gewesen wäre, so ein ganz klein wenig über seine Befugnisse hinauszugehen, hat das aber nicht getan.

Aber läßt man all das beiscite, so war es auf jeden Fall nicht *nötig*, Patricia Columbo so zu behandeln, wie es geschehen war, und die kollektive Entschlossenheit, dieses entsetzliche Verbrechen aufzuklären, entschuldigt ein solches Vorgehen nicht. Es ist weniger die Frage, ob Patricia Columbo eine solche Behandlung verdient hatte oder nicht; die Sache ist, daß es unter der Würde der Polizeioffiziere und des stellvertretenden Staatsanwaltes hätte sein müssen, daran teilzunehmen oder es auch nur zu erlauben. Der Staat hätte Gerechtigkeit an Patricia Columbo üben können, ohne sich solcher Taktiken zu bedienen, wie er es tat – und hätte Roman Sobczynski möglicherweise auch bekommen, und sei es mit Lanny Mitchells Hilfe –, aber es ist wirklich schade, daß dies nicht so geschah.

Die schwerwiegendste von allen unbeantworteten Fragen aber ist sicher die: Was passierte im Haus 55 Brantwood in der Nacht des 4. Mai 1976 nun im einzelnen?

Fünfzehn Jahre lang behauptete DeLuca, er sei nicht dort gewesen, und fünfzehn Jahre lang weigerte Patricia sich, darüber zu reden, bis auf die Feststellung, ›Verantwortung zu übernehmen‹ für das Verbrechen. Damit blieb nur ein Szenarium übrig: jenes, das Polizei und Staatsanwaltschaft rein theoretisch entwarfen. Auch wenn es da Unterschiede in bestimmten Einzelheiten gibt (Patti Bobb wurde zum Beispiel so zitiert, als glaube sie, DeLuca habe die Bowling-Trophäe benutzt, um die Schädel von Frank und Mary einzuschlagen, währen Ray Rose dahingehend zitiert wurde, er denke sich, es müsse Patricia gewesen sein), im großen und ganzen ergibt sich jedenfalls folgender Verbrechensverlauf bei den Gesetzeshütern:

Patricia und DeLuca versuchten, ein Alibi dadurch zu konstruieren, daß sie in ihr Apartment zurückkehrten, nachdem sie die *Yorktown Mall* besucht hatten und einem Nachbarn eine

Tüte Milch zurückgaben, die sie sich früher ausgeliehen hatten, und indem DeLuca im Laden anrief, um mit seinem Stellvertreter zu sprechen, der an diesem Abend Dienst hatte und das Geschäft abschließen sollte. Dann verließen sie das Haus wieder, Patricia fuhr den Oldsmobile, den sie sich am vorausgegangenen Freitag von ihrer Mutter geliehen hatte, DeLuca den 1968er Buick, den er sich bei *Jack's Top and Trim* geliehen hatte. DeLuca parkte den Buick auf der Lancaster Avenue, nicht weit vom Haus der Columbos entfernt, direkt vor dem dritten Haus auf der anderen Seite der Brantwood. Auf der westlichen Seite der Lancaster gab es keine Häuser, nur einen schmalen Streifen offenen Landes; auf der Ostseite war die Straßenkreuzung mit dem Haus 50 Brantwood, das John und Ruth Payne gehörte. Dieses Paar besaß ein Sommerhaus am Oberen See und war dorthin gefahren, während sie ihr Haus in Elk Grove unbewohnt zurückließen. DeLuca hätte keinen besseren Ort auswählen können, um den Buick abzustellen.

Patricia holte DeLuca mit dem Oldsmobile ab und fuhr um die Ecke bis vor das Haus ihrer Eltern, wo sie in der Auffahrt hinter dem Thunderbird parkte. (Dafür mußte Patricia sich schräg hinter den Thunderbird stellen, weil die Auffahrt zum Haus 55 Brantwood nicht lang genug war, um zwei Autos in gerader Linie hintereinander zu parken, ohne eines davon wenigstens teilweise in die Garage zu fahren. Tatsächlich parkte Patricia auf der Straße und blockierte die Auffahrt zum Haus ihrer Eltern.)

Sie gingen zur Eingangstür. Patricia öffnete die unverschlossene Außentür und klopfte an die innere Tür des Windfangs. DeLuca, der außer Sichtweite rechts von Patricia hinter der Tür stand, zog sich das über, was er später Bert Green gegenüber eine ›Strumpfmaske‹ nannte, und zog sie sich ganz über das Gesicht; er trug bereits Handschuhe, und den linken Handschuh hatte er mit irgend etwas aufgepolstert, um den Zeigefinger und einen Teil des Mittelfingers im Handschuh auszufüllen.

Frank Columbo öffnete die innere Tür und sah, daß dort draußen seine Tochter stand. Patricia trat einen Schritt vor, und ihr Vater wandte sich um und ging vor ihr her die Stufen zum Wohnzimmer hinauf. Hinter Patricia schlüpfte DeLuca blitzschnell ins Haus. Statt nun ihrem Vater die Stufen hinauf zu folgen, ging Patricia nach unten zu der angrenzenden Treppe, die in das Untergeschoß des Hauses führte. DeLuca schloß die Innentür, ging ein paar Stufen hinter Frank Columbo her, wandte sich leicht nach links, hob den Revolver und schoß Columbo einmal in den Hinterkopf. Columbo wurde nach vorn gegen die Wand geschleudert, die oben die Treppe abschloß; er wandte sich zu der maskierten Figur um, und versuchte, die Wand als Schutz zu verwenden, und sagte: »Wer sind Sie? Warum tun Sie mir das an?« DeLuca sagte: »Halt die Schnauze!« und schoß ein zweites Mal auf ihn, diesmal ins Gesicht, wodurch Frank Columbo nach rechts ins Wohnzimmer hineinrollte. In diesem Augenblick eilte Mary Columbo aus dem Badezimmer in den Flur direkt auf die Wand zu, an der ihr Ehemann gerade zum zweiten Mal angeschossen worden war. Ihr blieb nur der Bruchteil eines Augenblicks, um mit schreckgeweiteten Augen auf DeLuca zu schauen, bevor dieser sie genau zwischen die Augen schoß. Dann ging DeLuca durch das Wohnzimmer an der zu Boden gestürzten Mary vorbei, betrat Michaels Schlafzimmer, riß ihn aus dem Bett (er lag in einem offenen Schlafsack direkt auf seinem Bett), stellte ihn auf die Füße und schoß ihm ins Gesicht.

Unten öffnete Patricia die Nähkiste ihrer Mutter und holte die griffbereit zusammen mit anderen Trophäen auf einem Regal stehende Bowling-Trophäe herunter. Als sie die Stufen wieder emporeilte, war DeLuca wieder in das Wohnzimmer zurückgekehrt und entdeckte dort, daß Frank Columbo noch immer lebte und auf dem Fußboden des Wohnzimmers herumkroch. DeLuca legte den Revolver beiseite, griff sich eine schwere, mit Ornamenten verzierte Lampe und schlug damit auf Columbo ein, bis dieser sich nicht mehr bewegte und die Lampe zerbrochen war und überall im Zimmer verstreut lag. Dann nahm er den Revolver wieder zur Hand und schoß dem jetzt still auf dem Boden liegenden Mann noch zweimal ins Gesicht.

Zu dieser Zeit war schon überall Blut – außer an Patricia. Blut an der Decke von den aufwärts gerichteten Bewegungen mit der Lampe; Blut an der Unterseite eines gläsernen Teetischchens, das aus Frank Columbos Gesicht und Kopf emporgeschossen war; Blut überall an der Wand und im Flur; und Blut der Columbos überall an Frank DeLuca. Seine Handschuhe waren vom Blut so glitschig, daß er sie ausziehen mußte, um sich die Strumpfmaske herunterziehen zu können. Als er dann anfing, die größeren Glasstücke aufzusammeln, um sie dafür zu benutzen, ihnen die Kehlen durchzuschneiden, zerkratzte und zerschnitt er sich die eigenen Hände. Er zerschnitt sich die Finger noch weiter, als er das Glas einsammelte, um es mitzunehmen, weil er nicht mehr sicher war, an welchen Stücken jetzt seine Fingerabdrücke waren und an welchen nicht.

Von diesem Augenblick an werden die Details spekulativ und unübersichtlich. Irgend jemand benutzte die Schere, um achtmal auf Michael einzustechen, und die Schere oder sonst ein scharfes Instrument, um ihm noch einmal sechsundsiebzig Schnittwunden damit zuzufügen. Irgend jemand benutzte die Bowling-Trophäe, um Frank und Mary die Schädel zu zerschmettern, wobei deutlich sichtbare quadratische Abdrücke in den Schädeln zurückblieben, die perfekt zum Fuß der Trophäe paßten. Irgend jemand – DeLuca allein oder beide – benutzte die Glasfragmente, um Frank und Mary die Kehlen durchzuschneiden.

Als alles vorüber war, nahm einer von ihnen eine Reihe von Gegenständen aus dem Haus und trug sie in den Thunderbird. (Es gibt viele Leute, die davon überzeugt sind, daß DeLuca das alles getan hat, oder wenigstens das meiste – angefangen beim Zerfleischen der Leichen –, während Patricia, die gewußt haben dürfte, wo was zu finden war, im Haus herumlief, um das CB-Funkgerät, zwei Pelzmäntel und andere Gegenstände zu holen, um das Verbrechen aussehen zu lassen, als handele es sich hier um die Folgen eines Raubüberfalls respektive eines Einbruchs und daß es die Diebe gewesen waren, die alles das entwendet hatten, was sie in den Thunderbird brachte. Das ist natürlich genauso ein Gedankenspiel wie jede andere Vorstellung von dem, was dort passiert war.)

Fest steht jedenfalls, daß DeLuca den Thunderbird fuhr, Patricia den Oldsmobile und daß sie in die Innenstadt fuhren, wo sie den Thunderbird irgendwo in einem Armenviertel auf der Westside abstellten samt dem CB-Funkgerät und den anderen Gegenständen darin einschließlich vielleicht der Mordwaffe und der anderen Waffen aus dem Haus; vielleicht auch des Messers mit dem perlenbesetzten Handgriff – die dann verführerisch offen im Wagen lagen, so daß der Wagen fast sicher gestohlen werden würde, ausgeraubt, verwüstet oder, wie sich herausstellte, alles auf einmal.

Dann fuhren sie mit dem Oldsmobile zurück nach Elk Grove. Patricia saß noch immer am Steuer. DeLuca holte jetzt den Buick auf der Lancaster Avenue und führte Patricia zu dem Parkplatz eines Apartmenthauses in Wooddale, wo sie den Oldsmobile abstellten. Danach kehrten sie dann vermutlich in ihr Apartment zurück.

Die Hypothese der Polizei und der Staatsanwälte zu den Morden selbst ist sehr gut untermauert. Ihre Theorie gerät erst an dem Punkt ins Wanken, nachdem DeLuca und Patricia das Haus verlassen hatten. Man kann sich unschwer vorstellen, welche Mengen von Blut DeLuca an seinen Kleidern und am Körper gehabt haben muß – und Patricia wahrscheinlich ebenfalls, wenn man Patti Bobbs Sicht von ihrer Arbeit nicht nur mit der Schere, sondern auch mit der Trophäe bedenkt. Unter diesen Umständen war die Bewegung der Wagen ein Punkt, der Ray Rose fünfzehn Jahre lang keine Ruhe lassen sollte. Wie konnten Leute mit soviel Blut an den Kleidern fast eine ganze Stunde lang in der Gegend herumfahren, selbst um Mitternacht, ohne von irgend jemandem bemerkt zu werden? Und warum, wenn DeLuca den Thunderbird gefahren und im Oldsmobile mitgefahren war, gab es da keinerlei Blutspuren in einem der beiden Wagen, als sie entdeckt wurden?

DeLucas Geschichte, die er Clifford Childs erzählt hatte und wonach er die blutigen Kleider auf einem offenen Feld verbrannt hatte, war zweifellos eine Lüge. Er hätte ein Narr sein müssen, draußen im Freien ein Feuer anzuzünden, ein Feuer, das stark genug gewesen wäre, um auch Blut zu verbrennen, feuchte Kleider und so weiter, besonders dann, wenn er wußte, daß er bei *Walgreen's* die Annehmlichkeit eines Müllverbrennungsofens hatte. Da auf dem Fußboden der Küche im Haus der Columbos Abfall verstreut gelegen hatte und der Plastiksack fehlte, in dem dieser Abfall gewesen sein mußte, und da DeLuca schon früher im Oldsmobile Kleider zum Wechseln deponiert hatte, hat er diese möglicherweise schon im Mordhaus gewechselt und die blutigen Kleider samt der Strumpfmaske in den Plastiksack gesteckt. Patricia könnte seinen zweiten Satz Kleider hereingebracht haben, als sie die Gegenstände, die aus dem Haus entwendet worden waren, in den Thunderbird brachte. Wie es auch immer vonstatten gegangen sein mochte, DeLuca muß die Kleider gewechselt haben, bevor er das Haus der Columbos verließ. Es gibt keine andere Erklärung für das Fehlen von Blut in den beiden Wagen der Columbos.

Außer man akzeptiert die Erklärung, die Patricia gibt.

Ihr Geist, so sollte Patricia sich fünfzehn Jahre später erinnern, war am 4. Mai 1976 so ›verdammt durcheinander‹, daß sie sich selbst glücklich schätzte, diesen Tag überhaupt hinter sich zu bringen, ohne verrückt zu werden. Alles um sie her war, wie gewöhnlich, durcheinander. Keines der Stücke ihres Lebens *paßte*. Nichts *arbeitete* für sie.

Einen Monat früher, am 10. April, einem Samstag, war sie unangemeldet im Haus der Columbos erschienen. Es war Michaels dreizehnter Geburtstag gewesen. Angesichts des Vorwandes für ihren Besuch war die Spannung zwischen Patricia und ihren Eltern, wenigstens für den Augenblick, erträglicher. Patricia blieb mehrere Stunden. Die Unterhaltung mit ihren Eltern an diesem Tag, sagte sie, ›war gut‹. Vor allem ihr Vater schien sich in den wenigen Wochen, seit sie ihn zum letzten Mal gesehen hatte, ›sichtlich beruhigt‹ zu haben.

An diesem Tag war ihr bewußt geworden, erinnerte Patricia sich fünfzehn Jahre später, daß der größte Fehler ihres Lebens gewesen war, das Haus ihres Vaters verlassen zu haben. Diese Trotzreaktion nahezu zwei Jahre zuvor, davon war sie jetzt überzeugt, war der Zeitpunkt, an dem sie angefangen hatte, völlig die Kontrolle über sich und ihr Leben zu verlieren. Das elterliche Band zu ihrem Vater zerrissen und sich vollständig unter den Einfluß von Frank DeLuca gestellt zu haben, das war der Punkt gewesen, von dem aus sie langsam, aber unaufhörlich abstieg in die Perversion und den Wahnsinn von Frank DeLucas krankem Gemüt. Die Tiefe, in die sie in diesen beiden Jahren gesunken war, erstaunte sie noch immer: daß sie Sex mit DeLuca im selben Haus gehabt hatte, in dem seine Frau und seine fünf Kinder lebten; daß sie später in ihrem gemeinsamen Apartment Sex mit völlig Fremden praktiziert hatte, die DeLuca für sie irgendwo aufgelesen hatte; daß sie angefangen hatte, Alkohol zu trinken und die Pillen zu nehmen, die er ihr beschaffte; daß sie vor ihm mit dem deutschen Schäferhund posierte; daß sie davon überzeugt war, ihr Vater versuche, ihn umzubringen; daß sie Sex mit Roman und Lanny praktiziert hatte, um ihren Vater vorher umbringen zu lassen; daß sie bei DeLuca geblieben war, als sein Verfolgungswahn immer offenbarer wurde, immer gefährlicher – bis hin zu der aberwitzigen Behauptung, selbst Michael sei Teil eines Mordkomplotts gegen ihn.

Wahnsinn – alles reiner Wahnsinn. Doch jedesmal, wenn sie versucht hatte, ihrem Leben eine andere Richtung zu geben, hatte sie versagt. Sie hatte jeglichen Kontakt mit Lanny und Roman abgebrochen, aber sie argwöhnte, daß DeLuca noch immer mit ihnen in Verbindung stand. Wenn er zu Hause war, wollte er nicht, daß sie ans Telefon ging; mehrmals, wenn er nicht zu Hause war und sie ans Telefon ging, hängte der Anrufer ein. Zuerst hatte Patricia den Verdacht, es könne sich dabei um Joy Heysek handeln; diese Frau war ganz offensichtlich noch immer verrückt nach Frank. Aber irgendwie kam Patricia doch zu der Überzeugung, es müsse sich um Lanny oder Roman handeln; ganz sicher war sie, als der ganze Mist aufkam, sich mit irgendwelchen ›Killern ‹auf dem Parkplatz hinter der Kirche zu treffen und ihnen zu helfen, Zugang zum Haus der Columbos zu erhalten. Zum ersten Mal war das am 19. April geschehen, neun Tage, nachdem sie wieder angefangen hatte, ihre Eltern zu besuchen. Sie hatte mitgemacht, um DeLuca einen Gefallen zu tun; schließlich war er doch so sehr davon überzeugt, alles sei für die Mordanschläge vorbereitet. Patricia hatte es auch nicht einen Augenblick lang geglaubt; sie war diesen Weg zu oft mit Lanny und Roman gegangen, um noch zu glauben, sie könnten etwas anderes wollen als nur *betrügen*. Aber Frank, befürchtete sie, war so nahe an einem Nervenzusammenbruch – und außerdem hatte er ja jetzt auch den Revolver, den sie von Roman bekommen hatte –, daß Patricia Angst hatte, ihm nicht gefällig zu sein. Außerdem hatte sie Franks Bitten schon seit so langer Zeit widerspruchslos erfüllt – ihr ganzes Leben lang, schien es ihr manchmal –, daß es fast wie ein Zwang war.

Patricia hatte DeLuca und Bert Green über Wochen hinweg zusammen in unzähligen privaten geflüsterten Diskussionen erlebt, aber sie hatte keine Idee, wie weit Green in das involviert sein mochte, was immer Frank zu tun beabsichtigte. Sie wußte, daß Bert den Revolver für Frank in Verwahrung genommen hatte, nachdem DeLuca davon überzeugt war, daß ›die Anschläge‹ bald stattfänden, und weil DeLuca, ›nachdem es vorbei war, anders, als er Joy Heysek und Grace Mason erzählt hatte, nicht wollte, daß die Polizei in der Lage war, ›ihn mit einem Revolver zu erwischen‹. Er folgte Frank wie ein Hündchen und versuchte ständig, wie er zu sein‹, weil er sich ebenfalls als ›Swinger‹ fühlte.

Der ursprüngliche Plan war gewesen, daß DeLuca selbst Patricia hinter dem Parkplatz der Kirche absetzen sollte, dann wollte er noch für ein paar Minuten wieder in den Laden gehen; der Wagen sollte draußen geparkt bleiben, damit Patricia zu ihm zurückkommen konnte, nachdem sie sich mit den Killern getroffen und ihnen geholfen hatte, das Haus der Columbos zu betreten. Aber in letzter Minute – am Montagnachmittag – erzählte Frank ihr, er habe ›Den Plan geändert‹, um ›selbst in Deckung zu bleiben‹; er würde an diesem Abend arbeiten – und dafür würde Bert Green sie fahren. Da DeLuca alle Dienstpläne selbst erstellte, konnte er für sich immer die Schichtzeiten reservieren, die ihm am ehesten paßten.

An jenem Montagabend gab es so gut wie keine Unterhaltung zwischen Patricia und Bert Green. Irgendwann fragte er sie – ein wenig verlegen, wie sie fand: ›Macht dir das eigentlich nichts aus?‹ So als habe er Schwierigkeiten zu akzeptieren, daß sie irgendwelchen ›Killern‹ behilflich sein wollte, ihre Eltern umzubringen.

Patricia konnte schlecht erwidern: ›Kein Problem, diese Burschen *handeln* nicht, sie *planen* immer nur.‹ Bert hätte das seinem Mentor mit Sicherheit weitererzählt, und DeLuca wäre angesichts ihrer Illoyalität wütend geworden. So erwiderte sie: ›Was soll mir nichts ausmachen?‹ Als sie sich auf diese Weise geschickt davor drückte, seine Frage zu beantworten, hatte Bert nur mit den Achseln gezuckt. Patricia hatte er irgendwie sogar ein bißchen leid getan; in seinem Wunsch, DeLuca gefällig zu sein, schien er gar nicht zu begreifen, daß er sich selbst in eine ganz ernste Geschichte hinein verwickelt hatte. Aber ihr war auch bewußt, daß Bert im Grunde genommen auch nicht viel anders als sie selbst war, oder als Joy Heysek oder sogar als Marilyn DeLuca; wenn Frank erst einmal jemanden in seinen Fängen hatte, dann schien er mehr und mehr Kontrolle über diesen anderen zu gewinnen, bis dieser ihm in praktisch jeder Weise zu Willen war. Er hatte etwas an sich, das es den meisten Leuten nicht geraten erscheinen ließ, nein zu ihm zu sagen.

Nach den drei gescheiterten Treffen mit den ›Killern‹ war DeLuca gespannt, ›wie eine Bettfeder‹ und schien nur darauf zu warten, ›irgend jemanden oder auch alle‹ zu verletzen. Das ging so weit, daß Patricia sich am Ende selbst bedroht fühlte. Aber genau wie bei ihrem Vater, konnte sie sich nicht wirklich vorstellen, daß DeLuca ihr ernstlich weh tun würde. DeLuca hatte sie, genau wie vor ihm ihr Vater, einmal ins Gesicht geschlagen, nachdem sie ihr gemeinsames Leben in dem Apartment aufgenommen hatten, aber Patricia gestand sich ein, sie habe dies ›selbst verschuldet‹, weil sie ihn während eines Streites über Michael in die Seite geknufft hatte. Patricia hatte wieder einmal versucht, DeLuca davon zu überzeugen, daß Michaels Angewohnheit, ihn anzustarren, weiter nichts als jugendlicher Übermut war und daß Michael gar nicht fähig wäre, sich an einer ›Verschwörung‹ gegen DeLuca zu beteiligen. Der Streit war schließlich bis zu dem leichten Stoß und der Ohrfeige geraten. Patricia war aus dem Apartment gelaufen. Sie ging allein hinüber zu *Oliver's Pub*, freundete sich dort mit einem der Stammgäste an, einem jungen Burschen namens Kirk, ließ sich von ihm im Auto heimfahren und ging schließlich mit zu ihm nach Hause. Das war das einzige Mal, wo sie wirklich das Gefühl hatte, sie habe ›Frank betrogen‹, das einzige Mal, daß sie Sex mit irgend jemandem gemacht hatte – sie war schließlich niemals mit Andrew Harper ins Bett gegangen – außer auf DeLucas ausdrückliche Bitten hin oder in seinem Interesse mit Roman und Lanny. Es war ihre Art, ihm die Ohrfeige heimzuzahlen – aber, dessen war sie sich auch bewußt, das war rein symbolisch dafür, genau wie ihre neu aufgenommene Beziehung zu ihren Eltern, daß sie langsam, aber sicher versuchte, aus Frank DeLucas ›Einflußsphäre‹ herauszukommen.

Dienstag, 4. Mai. DeLuca machte Feierabend und hielt auf seinem Weg nach Hause an, um ein Brathähnchen zu kaufen. Patricia war schon im Apartment, als er dort ankam; da sie inzwischen über den Wagen ihrer Mutter verfügte, hatte sie den vorangegangenen Freitag und den gestrigen Tag, den Montag, und auch den heutigen Dienstag dazu benutzt, sich nach einem Job umzusehen. DeLuca war irgendwie wütend, aber kein bißchen mißtrauisch, weil sie sich den Oldsmobile ausgeliehen hatte; er wollte, daß sie keinerlei Umgang mehr mit ihrer Familie hatte, vor allem nicht mit ihrem Vater. Patricia mußte ihm mehrmals versichern, daß sie nur ihre Mutter besuchen gehe, nicht auch ihren Vater oder Michael, die sich ja ›gegen ihn verschworen‹ hatten.

Nachdem sie das Hähnchen gegessen hatten, sagte DeLuca: »Ich muß mich ein wenig entspannen. Laß uns ausgehen und jemanden suchen, mit dem wir eine kleine Party veranstalten können.« Patricia hatte das deutliche Empfinden, als solle sie getestet werden. »Okay«, stimmte sie widerspruchslos zu. Das, so begriff sie später, war wahrscheinlich ein Fehler gewesen; Frank wußte, daß sie diesen Teil ihrer Beziehung absolut nicht mochte, und er muß deshalb wohl noch besonders mißtrauisch hinsichtlich ihrer Ergebenheit ihm gegenüber gewesen sein. Das geriet dann zu einem Nervenkrieg, in dem keiner von ihnen auch nur einen Millimeter nachgab.

Sie gingen zur *Yorktown Mall*, wo DeLuca rein zufällig einen jungen Mann kennenlernte. DeLuca hatte nie Schwierigkeiten, neue Bekanntschaften zu machen – besonders dann, wenn er ihnen Patricia anbot; in Bars, Einkaufszentren, mit Lieferanten von *Walgreen's*, im Umgang mit all diesen Menschen war er der personifizierte Charme. Und natürlich muß es ihm dabei auch geholfen haben, daß er ein wichtiger Geschäftsmann war.

Auf dem Weg zurück ins Apartment hielt DeLuca an, um einen Viertelliter Whisky zu kaufen, und Patricia kaufte eine Tüte Milch, um sie dem Nachbarn zurückzugeben. Ihr neuer Bekannter, dessen Name Patricia nicht mehr weiß, wartete so lange draußen im Auto auf sie.

Kaum waren sie wieder in ihrem Apartment und DeLuca hatte sich seinen üblichen Canadian Club eingeschenkt, als Patricia wie üblich das Gefühl hatte, wieder in jene ganz bestimmte Ecke gedrängt worden zu sein. Und sie mochte das nicht – wie immer. Bei näherem Hinsehen schien es ihr auch, als sei der Mann, den Frank da aufgelesen hatte, nicht übermäßig sauber. Nicht, daß er irgendwie schmutzig gewesen wäre; aber seine Fingernägel hatten Trauerränder, und Patricia war plötzlich ohne erkennbaren Grund ganz sicher, daß er Mundgeruch haben müsse. Sie spürte, wie ihre Nerven zu flattern begannen, ging ins Badezimmer und nahm verschiedene Beruhigungstabletten – ›mindestens drei, vielleicht auch vier‹ –, deren wahre Wirkung sie gar nicht genau kannte; alles was sie wußte, war, daß inzwischen zwei Tabletten schon keine Wirkung mehr bei ihr hatten. Zurück im Wohnzimmer trank sie die Hälfte des Cocktails, den Frank für sie vorbereitet hatte.

Während sie darauf wartete, daß die Tranquilizer ihre Laune besserten, entschied Patricia sich, es diesmal nicht zu tun. Sie konnte später nicht mehr sagen, ob es irgend etwas Bestimmtes gewesen war, das sie zu dieser Entschlossenheit führte; am wahrscheinlichsten war noch, daß es ›an der Summe aller Dinge‹ lag und vor allem an der Art und Weise, wie DeLuca und der Fremde sich angrinsten wie zwei Jünglinge, die sich gemeinsam ein Porno-Magazin ansehen. Elende Arschlöcher, dachte sie, ihr wartet doch nur darauf, mich zu bespringen. Trotz der Pillen spürte sie, wie der Ärger in ihr langsam wuchs.

»Ich sollte vielleicht einen kleinen Spaziergang mit Duke

machen, Liebster«, sagte sie zu DeLuca. »Dann stört er uns später auch nicht.«

»Gute Idee«, sagte DeLuca.

Im Schlafzimmer steckte Patricia sich die Schlüssel zum Auto ihrer Mutter in die Manteltasche. Ihre Handtasche konnte sie nicht an sich nehmen, denn die lag auf dem Küchenschrank, und wenn sie die geholt hätte, wäre DeLucas Mißtrauen mit Sicherheit hellwach gewesen. Sie holte also die Leine, befestigte sie am Halsband des Schäferhundes und ging hinaus. Draußen vor dem Apartment gab sie dem großen Hund das Kommando, sich hinzulegen und sich ruhig zu verhalten.

Dann eilte Patricia den Flur entlang und drückte den Knopf des Aufzuges. Duke, der daran gewöhnt war, mit ihr im Aufzug zu fahren, rannte hinter ihr her. Patricia mußte ihn den halben Weg den Flur entlang zurückzerren und dann sofort losrennen, als der Aufzug kam. Als die Tür sich schloß, klemmte sie Duke fast die Nase ein; als der Aufzug dann nach unten fuhr, hörte Patricia ihn mehrmals bellen. Wenn Frank sie jetzt schnappte, dachte sie, würde er sie grün und blau schlagen. Sie begann zu zittern.

Ohne sich darum zu kümmern, wer sie sehen konnte, rannte Patricia aus dem Gebäude und zu der Stelle, wo der Wagen ihrer Mutter geparkt war. Sie fühlte sich erst wieder sicher, als sie losgefahren war.

Michael öffnete ihr die Tür. »Hi, Schätzchen«, sagte Patricia. »Wo ist Daddy?«

»Dad, Patty ist hier«, sagte Michael, als sie zusammen die Treppe hinaufstiegen.

Drinnen angekommen, setzte Patricia sich auf die Stufen, die zum Untergeschoß führten. Ihr Vater erschien, die Zeitung noch in der Hand, und blickte vom Erdgeschoß her auf sie herunter. Mary, schon im Nachthemd, erschien neben ihm. Patricia begann zu schluchzen.

»Laß nur, das regele ich«, sagte Frank Columbo und gab seiner Frau die Zeitung. »Und du«, sagte er zu Michael, »gehst jetzt in dein Zimmer und bleibst da.«

Frank Columbo kam in Socken die Stufen herunter und setzte sich auf die unterste Stufe. Patricia weinte jetzt wie ein Baby, fast genauso, wie sie damals in dem Polizeiwagen geweint hatte, nachdem sie wegen ihres Kreditkartenbetruges verhaftet worden war. Ihr Vater nahm eine ihrer Hände und hielt sie, aber er sagte kein Wort, vielleicht deshalb nicht, weil sie so laut weinte, daß sie ihn ›ohnehin nicht gehört‹ hätte. Ihr ganzer Körper, sagte sie, habe sich unter ihren schweren Schluchzern geschüttelt.

Das erste, was ihr Vater Minuten später zu ihr sagte, war: »Großer Gott, Patty Ann, dein Gesicht sieht ja schrecklich aus!«

Ihre Tränen hatten Rouge und Augenbrauenstift die Wangen hinunter laufen lassen und sie überall verschmiert, als sie das Gesicht in den Händen vergraben hatte. Frank Columbo ließ ihre Hand los und stand auf, um die Stufen hinaufzugehen; bevor er oben ankam, erschien Mary Columbo und reichte ihm ein Paket Papiertaschentücher. Patricia sah nur den Arm ihrer Mutter und dachte aber, sie sei drauf und dran gewesen, hinunter ins Foyer zu kommen, weil sie hörte, wie ihr Vater sagte: »Ich sagte, ich kümmere mich darum.« Dann kehrte Frank Columbo zu seiner Tochter zurück, reichte ihr die Taschentücher und setzte sich wieder. Patricia wischte sich Augen, Wangen und Mund ab, so gut sie konnte.

Patricia war jetzt, fünfzehn Jahre später, nicht mehr ganz sicher, wie lange sie sich mit ihrem Vater unterhalten hatte; sehr lange war es wohl nicht – vielleicht, schätzte sie, so um die dreißig Minuten. (Die Morde passierten ganz im Gegensatz zu fast jedermanns Überzeugung nicht zwischen 23 Uhr und Mitternacht, sondern bereits fünf oder zehn Minuten vor 22 Uhr. Der Wagen, dessen Fehlzündungen Georgia Brooks gehört und den sie dann gegen 22 Uhr 30 vor dem Haus der Columbos gesehen hatte, war womöglich der 1968er Buick von Frank, der trotz der neuen Schläuche, die DeLuca am Tag zuvor hatte anbringen lassen, noch immer sehr unregelmäßig lief.)

Obwohl sie sich hinsichtlich der Zeit nicht absolut sicher war, ist Patricia sich über den Inhalt der Unterhaltung, die sie mit ihrem Vater führte, absolut sicher. Sie bat – ›bettelte und flehte‹, wie sie sagte –, wieder nach Hause kommen zu dürfen . . . Und ihr Vater sagte nein.

»Du bist zu verdorben für dieses Haus«, sagte Frank Columbo zu ihr. Ohne groß darüber nachzudenken, wußte Patricia sofort, daß dies nicht seine Worte waren, sondern die ihrer Mutter. »Zu verdorben« war kein Ausdruck, den Frank Columbo benutzt hätte, es sei denn, er hätte ihn von seiner Frau gehört. Und Patricia und ihr Vater wußten beide, daß Mary ganz nah oben auf der Treppe saß und ihrer Unterhaltung zuhörte. Als ihr Vater es ablehnte, seine Einwilligung zu erteilen, daß sie nach Hause zurückkehrte, da tat er das nicht aus eigenem Antrieb, dessen war Patricia gewiß, sondern um seiner Frau zu gefallen. Und nach vielen Jahren intensiven Nachdenkens war sie jetzt zu der Überzeugung gekommen, daß dies nicht sein letztes Wort gewesen war, sondern nur eine vorübergehende Entscheidung, bis ihr Vater sich auf irgendeinen Kompromiß mit ihrer Mutter geeinigt hätte. Sie ist davon überzeugt, daß ihre Eltern ihr nach ein paar Tagen intensiven Nachdenkens erlaubt hätten, wieder nach Hause zurückzukehren und ›mit der Reife ihrer neunzehn Jahre‹ ihr Leben neu zu beginnen.

Aber für den Augenblick lautete die Antwort nein.

Frank Columbos Thunderbird war in der Einfahrt geparkt, direkt an der Eingangstür. Patricia hatte den Oldsmobile direkt daneben abgestellt; die Schlüssel hatte sie im Zündschloß gelassen. Als sie nun hier saßen, hörten sie beide einen dritten Wagen draußen vorfahren, einen Wagen, von dem Frank Columbo geglaubt haben muß, er klinge wie der Wagen seines Bruders. Er blickte auf seine Uhr.

»Was zum Teufel, will Mario denn zu dieser nachtschlafenen Zeit hier?« sagte er mehr zu sich selbst als zu Patricia.

Frank Columbo stand auf und öffnete die innere Haustür. Einen Augenblick später öffnete Frank DeLuca die Tür des Windfangs von draußen.

Patricia saß da wie zu Eis erstarrt. Es geschah zum ersten Mal seit jener Konfrontation auf dem *Walgreen's*-Parkplatz vor zehn Monaten, daß die beiden Männer sich Auge in Auge gegenüberstanden. Sie erwartete einen sofortigen Krach. Aber zu ihrer großen Überraschung kam er nicht.

»Ich bin gekommen, um Patrish nach Hause zu holen«, sagte DeLuca.

Frank Columbo sagte kein Wort zu ihm; statt dessen sagte er zu Patricia: »Geh, wasch dich. Und dann gehst du am besten mit ihm.«

Patricia konnte die beiden Männer nur noch völlig verständnislos anstarren. Was dort vorging, schien wie ein Traum oder ein Fernsehprogramm. Alles ›lief plötzlich wie in Zeitlupe ab‹.

»Nun mach schon«, sagte ihr Vater, »geh und wasch dich. Dann geh mit ihm. Da gehörst du schließlich hin.«

Langsam erhob Patricia sich und ging zu dem Badezimmer, das einst ihres gewesen war. Auf dem Weg nach unten hörte sie ihren Vater wieder sprechen.

»Da du jetzt weißt, wie du nach Hause kommst, laß den Oldsmobile hier. Gib mir die Schlüssel.«

»Die habe ich im Auto gelassen«, sagte Patricia.

»Ich werde sie holen«, hörte sie DeLuca sagen.

Patricia ging ins Badezimmer. Als sie in den Spiegel blickte, sah sie, daß ihr Vater recht gehabt hatte; ihr Gesicht sah schrecklich aus: die Schminke war ihr bis ins Haar gelaufen und hatte sich als breiige Masse bis hinter das eine Ohr ausgebreitet und auf der anderen Seite bis hinunter in den Nacken. Sie zog den Mantel aus, öffnete den Wasserhahn und wusch sich das Gesicht.

Sie hatte sich gerade Gesicht und Hände abgetrocknet und das Handtuch wieder zurückgehängt, sagte sie, als sie kurz hintereinander zwei Schüsse hörte. Sie erinnerte sich, daß sie sich umwandte und in den Spiegel starrte, und ganz deutlich erinnert sie sich daran, daß sie gedacht hat: *O mein Gott, Dad hat ihn erledigt!*

Viele Jahre später meinte Patricia, der Grund für diese Vermutung müsse wohl gewesen sein, daß sie mit DeLuca, genau wie mit Lanny und Roman, so unendlich viele Gespräche geführt hatte, in denen ihr Vater als jemand beschrieben wurde, der versuchte, DeLuca umzubringen; das, zusammen mit der Tatsache, daß er genau damit ja auch schon bei anderer Gelegenheit gedroht hatte, muß wohl der Grund dafür gewesen sein, daß sie glaubte, ihr Vater habe DeLuca umgebracht, nicht umgekehrt. »Ich vermute, daß ich auf genau diesen Fall förmlich programmiert gewesen bin oder mich vielleicht auch selbst in diese Richtung programmiert hatte«, sagte sie. »Es ist der einzige Grund, den ich mir vorstellen kann. Aber was auch immer diesen ersten Gedanken verursacht haben mag, es war nun mal mein erster Gedanke: daß Dad Frank erschossen hatte. Mir wäre es nie in den Sinn gekommen, daß Frank Dad erschossen haben könnte.«

Patricia behauptet, sie habe keine Vorstellung davon, wie lange sie dort gestanden hatte, gelähmt von dem Gedanken, daß ihr Vater Frank DeLuca erschossen habe. Zwei Schüsse, schwört sie, sei alles, woran sie sich noch erinnern könne. Als sie sich schließlich so weit wieder gefaßt hatte, daß sie zu der Treppe zurückrennen konnte, traf sie auf DeLuca, der gerade aus dem Wohnzimmer nach unten ins Foyer kam. Er packte sie energisch am Oberarm und zwang sie, mit ihm die verbleibenden Treppenstufen bis zum Wohnzimmer hinaufzugehen.

»Sieh dir an, was du da angerichtet hast!« rief er und drehte sie so, daß sie zuerst ihren Vater sehen mußte, der auf dem Fußboden des Wohnzimmers lag, dann ihre Mutter, die direkt im Flur lag, der zu den Schlafzimmern führte. »Sieh dir an, was du jetzt schon wieder angerichtet hast!« soll ihr wutentbrannter Liebhaber wieder und wieder gebrüllt haben.

Schließlich zog er sie wieder mit sich hinunter ins Foyer bis in die Ecke, wo die Haustür nach außen führte.

»Ich werde das alles regeln«, sagte DeLuca. »Mach dir keine Gedanken, ich werde dich da raushalten.«

Mehrere Minuten später kam DeLuca wieder nach unten und faßte sie erneut am Arm. Die Hand am Ärmel ihrer Bluse war feucht. »Steig in den Oldsmobile«, sagte er, »und folge mir.« Sie spürte, wie er sie schüttelte. »Verstehst du mich?«

Patricia nickte, und DeLuca führte sie aus dem Haus und hinüber zu dem Oldsmobile. Dort schob er sie hinter das Steuer. Die Schlüssel steckten noch im Zündschloß, genau wie sie sie verlassen hatte. Einen winzigen Moment lang kam es ihr vor, als sei sie gerade erst angekommen und sei noch gar nicht im Haus gewesen. »Jetzt folgst du mir, verstanden?« wiederholte DeLuca.

»Okay«, sagte Patricia und nahm irgendwie undeutlich wahr, daß Frank kein Jackett mehr trug und statt dessen ein sehr enges T-Shirt anhatte, auf dem vorne ein Surf-Motiv zu sehen war.

DeLuca stieg in den Buick. Patricia startete den Oldsmobile und fuhr rückwärts auf die Straße, um ihm zu folgen. Sie erinnert sich an keinerlei Fehlzündungen. Und sie weiß auch nicht, wohin sie den Oldsmobile gefahren hat. Vom Gerichtsverfahren her weiß sie, daß der Wagen in einem der südlichen Vororte entdeckt wurde, auf einem Parkplatz vor einem Apartmenthaus in Wooddale, aber sie kann nicht sagen, ob sie ihn dort geparkt hatte. Alles, woran sie sich erinnert, ist, daß irgendwann wieder DeLuca an der Tür des Oldsmobile erschien, ihr heraushalf, die Autoschlüssel an sich nahm und sie zu dem Buick führte. Sie erinnert sich noch, daß sie anfing, völlig unkontrolliert zu zittern und ›fünf- oder sechsmal‹ vergeblich versucht hatte, sich eine Zigarette anzuzünden. Sie erinnert sich noch, daß DeLuca irgend etwas gesagt hat wie: ›Du nutzt mir heute abend sowieso nichts mehr.‹ Aus irgendeinem völlig widersinnigen Grund dachte sie, er rede über Sex. Ihre Zähne hatten zu klappern begonnen, und sie konnte gar nicht damit aufhören; sie klapperten so hart, sagte sie, daß sogar ihr ›Gesicht geschmerzt‹ habe.

Das nächste, woran sie sich dann erinnerte, war, daß sie hinter ihrem Apartmenthaus parkten und DeLuca sie wieder am Arm faßte und sie über die Feuerleiter bis hinauf auf den neunten Stock führte, und daß sie ›kaum atmen‹ konnte, als sie endlich oben war. Niemand war auf dem Flur der neunten Etage, so daß sie das Apartment betreten konnten, ohne von irgend jemandem beobachtet zu werden.

Drinnen angekommen, setzte DeLuca sie auf die Couch und gab ihr einen Drink. Er ging ins Schlafzimmer, und sie hörte, wie er die Dusche anmachte. Sie erinnert sich noch, daß sie zu ihrer Handtasche gegangen ist, die noch immer auf dem Küchenschrank lag, und mehrere Valium-Tabletten aus ihrer Medikamentenschachtel geholt hatte. Ihr war klar, daß sie ihren Mantel im Badezimmer ihres Elternhauses zurückgelassen hatte. Nachdem sie den Whisky ausgetrunken hatte, den Frank ihr eingeschüttet hatte, goß sie sich noch einmal nach. Der eine Ärmel ihrer Bluse war feucht und klebte ihr am Arm; sie legte die Bluse ab und wischte sich den Arm mit einem Papiertaschentuch ab. Dann kehrte sie auf die Couch zurück. Sie sagte, sie müsse wohl eingenickt sein, denn als sie die Augen wieder öffnete, war DeLuca zurück und redete mit jemandem am Telefon. Wieder schloß sie die Augen. Alles, woran sie sich später noch erinnern konnte, war ein ›ständiges Kommen und Gehen‹ während der ganzen Nacht. Einmal wachte sie lange genug auf, um zu merken, daß sie im Bett lag. Und als sie ein anderes Mal wach wurde, meinte sie, ein Geräusch gehört zu haben, und stand auf um zu lauschen. Sie war nackt. Das Geräusch wiederholte sich nicht, und sie ging zurück ins Bett. Sie weiß nicht mehr, ob DeLuca zu der Zeit, als sie aufwachte, im Bett war.

Am nächsten Morgen erwachte sie ohne Nachwirkungen durch die Pillen und den Whisky und war frisch und munter genug für ein Vorstellungsgespräch. Sie nahm diesen Termin auch um 8 Uhr 30 bei Meyercord wahr. Ihr Mantel war wieder im Apartment.

Eine unglaubliche Geschichte? Gewiß.

Völlig an den Haaren herbeigezogen und zusammengelogen? Vielleicht.

Aber – möglich? *Ja.*

Verschiedene Teile dieser Geschichte passen. In der Geschichte von der ›Vision‹, die sie Investigator John Landers erzählt hatte, hatte Patricia beispielsweise ›gesehen‹, daß Michael ihr die Tür geöffnet hatte. Und, obwohl sie das Aussehen ihrer toten Eltern exakt beschrieben hatte, war sie nicht in der Lage gewesen zu sagen, ob Michael überhaupt irgend etwas anhatte oder nicht. Das paßt nun wieder zu ihrer Version, nach der DeLuca ihr nur die Leichen von Frank und Mary gezeigt hat.

Ihre Geschichte würde auch das völlige Fehlen von Blut in den beiden Wagen der Columbos erklären, denn danach hätte

DeLuca in keinem dieser beiden Autos gesessen, solange er voller Blut gewesen war.

Ihre Geschichte paßt auch zu der Theorie, daß alles, was DeLuca Clifford Childs erzählt hatte, gelogen war. Es hatte keine Türklingel angeschlagen. Es waren keinerlei blutige Kleider auf irgendeinem offenen Gelände verbrannt worden. Was im Mordhaus getan wurde, das war nicht in zwanzig Minuten passiert und, wenn schon alles andere eine Lüge war, dann war das Auswechseln der Kleidung womöglich auch eine Lüge.

Der Wagen, den Georgia Brooks gesehen hatte, war zur rechten Zeit am rechten Ort. Und die Geschichte ihres Ehemannes Clyde, der am Haus der Columbos nichts Ungewöhnliches bemerkt hatte, als er zwischen 23 Uhr und 23 Uhr 30 nach Hause gekommen war, würde ebenfalls passen, denn bis dahin wäre DeLuca nicht *zurück* gewesen.

Das T-Shirt mit dem Surfer-Motiv, mit dem DeLuca das Haus verlassen hatte, war demnach eines von Michaels T-Shirts; DeLuca hatte es sich möglicherweise hastig gegriffen, als er sich die blutige Kleidung ausgezogen hatte. Die blutbeschmierte Kleidung war zurückgelassen worden; DeLuca hatte gewußt, daß er zurückkommen würde. Und das T-Shirt war einer jener fehlenden Gegenstände, die in Ray Roses Antrag auf Erlaß eines Durchsuchungsbeschlusses gestanden hatten, aber nicht gefunden wurden.

Wenn Patricias Schätzungen hinsichtlich der Zeiten akurat sind, könnte der Telefonanruf, der sie weckte, jener gewesen sein, den DeLuca getätigt hatte, um sich bei John Norton darüber zu vergewissern, ob im Geschäft alles in Ordnung war. Oder es konnte ein Anruf sein, um Hilfe zu holen, weil DeLuca den Thunderbird nicht allein wegfahren konnte. Wer hätte diese Person wohl sein können? Marilyn? Sie hätte die Kinder allein lassen müssen, aber die älteste Tochter war damals schon dreizehn, alt genug, um für die kleineren Geschwister als Babysitter zu dienen. Ob Marilyn das wohl für ihren Ehemann getan hätte? (Er *war* immer noch ihr Ehemann, denn ihre Scheidung war noch nicht ausgesprochen.) Im Licht all dessen, was sie nach seiner Inhaftierung getan hatte, kann man eigentlich kaum daran zweifeln, daß sie ihm auch in jener Nacht geholfen hätte – wenn alles, worum er sie gebeten hätte, gewesen wäre ihn zu holen und ihn nach, sagen wir, dem *Walgreen's*-Parkplatz zurückzubringen, drei Blocks vom Haus der Columbos entfernt.

Oder konnte es Bert Green gewesen sein? Er wohnte noch näher an der *Walgreen's*-Filiale als die Columbos. Und wie er selbst zugegeben hatte, war er ja in den Mordplan eingeweiht, kannte die Mordwaffe, wußte von der Verschwörung zum Mord, einfach alles. Unterwürfig, wie er sich Frank DeLuca gegenüber immer verhalten hatte, könnte der dienstbeflissene stellvertretende Filialleiter gedacht haben, es sei womöglich sehr ›cool‹, mitten in der Nacht aus dem Apartment zu schlüpfen und seinen Mentor von irgendeiner mysteriösen Mission zurückzuholen.

Wen immer DeLuca auch um Hilfe gebeten hatte, es gibt keine Zweifel, daß er jemanden hätte finden können.

Wenn Patricias Geschichte stimmt oder auch nur teilweise richtig ist, dann bedeutet sie, daß DeLuca in jener Nacht *zweimal* im Haus der Columbos war: einmal, als die Morde geschahen, was dann etwa gegen 22 Uhr der Fall gewesen sein müßte, und das andere Mal, nachdem er sich in seinem Apartment wieder sauber gemacht, Patricia dort zurückgelassen hatte und allein zurückgekehrt war. Wenn Patricia auch nur teilweise lügt, könnten sie auch gemeinsam zurückgekommen sein, den gemieteten Buick auf dem *Walgreen's*-Parkplatz abgestellt haben, den kurzen Weg zum Haus der Columbos gegangen und *beide* wieder hineingegangen sein.

Ein zweiter Besuch macht ja auch Sinn. Sie konnten die Funkgeräte geholt haben, den Schmuck, die Pelzmäntel, die beiden Revolver der Columbos, und sie konnten die Leichen der Erwachsenen mit der Bowling-Trophäe geschlagen und Michaels Leiche mit der Schere traktiert haben (was zu diesem Zeitpunkt schon nicht mehr viel Blut produziert hätte), und dann hätten sie das Innere des Hauses verwüsten können, um es nach einem Raubüberfall aussehen zu lassen – alles Dinge, von denen DeLuca Clifford Childs gegenüber erklärt hatte, er habe dafür ›maximal zwanzig Minuten‹ gebraucht. DeLuca könnte mit dieser Zeitangabe sehr gut die Zeit gemeint haben, die er bei seinem ersten Besuch in diesem Haus verbracht hatte.

Abgesehen von einzelnen Teilen aus Patricias Geschichte, die sehr gut in das allgemeine Bild passen, gibt es auch noch Elemente eines anderen Beweises dafür, daß DeLuca das meiste, wenn nicht das ganze Gemetzel allein veranstaltet hat, das in jener Nacht dort stattfand. Es ist ein Beweis, der erst gar nicht in das Verfahren eingebracht wurde, weil er möglicherweise nicht zugelassen worden wäre wegen seines Charakters eines Beweises allein nach Hörensagen. Und es ist eine Information, über die das Team der Verteidigung womöglich gar nicht verfügt hatte, denn die Verteidiger hätten es während des Kreuzverhörs von Bert Green mit Sicherheit benutzt – Patricias Anwalt auf jeden Fall.

Dieser Beweis ist eine Erklärung, handgeschrieben, die der Polizei gegenüber von jemandem abgegeben wurde, der ganz offenkundig sehr viel über die Morde an den Columbos wußte. Sie enthält Details, die offensichtlich von Bert Green stammen. Diese Erklärung müßte eigentlich von Greens Frau Peggy abgegeben worden sein, die seltsamerweise *nirgendwo* in den Berichten über die offiziellen Ermittlungen erwähnt wird. Oder es könnte die ursprüngliche, *vollständige* Erklärung von Grace Mason sein – auch wenn sie sehr viele Informationen enthält, die sich in dem maschinengeschriebenen Bericht von Ray Rose, den dieser neun Monate später für den stellvertretenden Staatsanwalt Terry Sullivan verfaßte, nicht mehr finden.

Es ist erwiesen, daß Bert Green am 27. Mai 1976, drei Wochen und zwei Tage nach den Morden, seiner Frau Peggy gegenüber DeLucas Eingeständnisse erwähnt hat, er habe das Verbrechen begangen. Peggy hatte da ganz offensichtlich gewußt, daß Bert einmal einen Revolver für DeLuca in Verwahrung genommen hatte, und sie hatte offensichtlich auch von Patricias drei vergeblichen Fahrten gewußt, die in der Absicht unternommen worden waren, sich mit irgendwelchen ›Killern‹ zu treffen. Unklar ist, ob Peggy überhaupt je eine formelle Aussage bei der Polizei gemacht hat, und wenn sie es tat, ob dies war, bevor sie ihren Mann verließ oder danach. Diese Erklärung *könnte* von ihr gekommen sein; sie ist von Hand auf die Vorder- und Rückseiten von elf Blättern aus einem Notizbuch geschrieben worden, und sie ist nicht datiert. Erst gegen Ende der Erklärung wir ihr Inhalt interessant, beinah schon brisant.

Die Erklärung hatte, mit allen sprachlichen Unzulänglichkeiten, folgenden Wortlaut:

›*Dreimal hat Bert Pat mit dem Auto gefahren und sie hinter der lutherischen Kirche auf der Arlington Heights abgesetzt.*

Zum ersten Mal war das am 19. April. Er hatte den ganzen (Mon)tag gearbeitet & wir wollten abends eigentlich in die Stadt fahren, um seinen Vater zu besuchen, der zwei Wochen vorher einen Herzanfall gehabt hatte. Seine Schwester & seine Nichte waren auch da, & wir machten Pläne für den Abend. Bert hatte seinen freien Tag, und das war heute sein erster Tag als stellvertretender Filialleiter. Frank erzählte Bert dann, wenn du heute abend für anderthalb Stunden noch mal ins Geschäft kommst, gebe ich die den ganzen Dienstag frei. Angeblich sollte er in der Spirituosenabteilung helfen, weil der neue Abteilungsleiter da eine Menge Durcheinander angerichtet hatte.‹ Von hier geht ein Strich zu einer Randbemerkung, die folgenden Wortlaut hat: ›*Aber das hat er gar nicht.*‹

Die Erklärung geht dann wie folgt weiter: ›*Bert wußte nicht, daß er Pat fahren sollte, bis er in der Spirituosenabteilung auftauchte.*‹ Dieser Satz ist durchgestrichen, und darüber wurde mit kleineren Buchstaben ein anderer Satz geschrieben: ›*Er wußte, daß er sie am Nachmittag abholen sollte.*‹ Dann geht es weiter: ›*Frank sagte, er sollte es keinem erzählen, daß er Pat abgeholt hat.*‹ In Klammern ist hinzugefügt: ›*(Er sagte, sie würde wahrscheinlich schlampig angezogen sein. Außerdem sollte er sie an der Hintertür abholen.)*‹

Ein neuer Paragraph liest sich wie folgt: ›*Bevor wir unseren freien Tag hatten, hat Frank Bert ein Paket gegeben (den Revolver). Er sagte, Bert sollte das für ihn aufbewahren. Es ist nichts Ungewöhnliches & wird dich nicht in Schwierigkeiten mit dem Gesetz bringen. Er hatte das Ding eine ganze Woche – außer-*

dem hat er gesagt, er soll weder Peggy noch sonst jemandem etwas davon erzählen.

Ein paar Tage, vielleicht auch eine Woche, später fragte Frank ihn wieder, ob er das Päckchen nicht ein paar Tage verwahren könnte (so um den 22. April herum). Er meint, als er ihn zum zweitenmal im Hinterzimmer zurückgegeben hat. Es war ein .32er Revolver. Frank sagte, den hätte er zu seinem Schutz gegen ›den alten Columbo‹.

(Bert sollte eigentlich zu Harlem & Foster versetzt werden, als er dann aber zum Stellvertreter des Filialleiters ernannt wurde. Frank hat das dann aber so gedeichselt, daß statt Bert Mr. Rivera versetzt wurde).

Beim zweitenmal, als Bert zu der Kirche fuhr (26. April), kann ich mich erinnern, daß Bert gesagt hat, sie wäre nervös gewesen. Am Freitag oder Samstag vorher hatte Frank schon gesagt, Bert sollte sie wieder abholen.‹ Die Worte ›Freitag oder‹ sind durchgestrichen. ›*AM MONTAG NOCH MAL*‹ steht in Versalien zwischen den Reihen geschrieben. Der Absatz wird dann in normalen Buchstaben wie folgt weitergeführt: *»Beim zweitenmal, als Bert sie abholte, kam er ein bißchen spät. Beim erstenmal sagte sie zu Bert, er sollte am Geschäft anhalten, um Anweisungen zu holen.*‹

Ein neuer Absatz beginnt in Klammern ohne besondere Kennzeichnung. ›*(wegen der Sache mit dem Revolver. Er sagte zu Bert, er sollte ihn keinem geben. Dann noch was in der Richtung wie da käme jemand, um ihn abzuholen. Gib ihn aber niemand. Es könnte sein, daß irgendeiner das Päckchen abholen will. Bert sagte daraufhin: ›Woher soll ich das dann wissen.‹ Er sagte, die Person, der er den Revolver geben könnte, würde sagen ›Duke schickt mich‹. Ist aber keiner gekommen.)*

›*Nächsten Mittwoch*‹ ist durchgestrichen, und es geht mit dem nächsten Absatz weiter. Dort heißt es: ›*das erstemal wußte er gar nicht Bescheid, denn er sagte zu Pat, muß ich dich auch wieder nach Hause fahren. Sie sagte nein, ich habe schon eine Möglichkeit, sonst holt Frank mich auch ab oder ich geh' rüber ins Geschäft.*‹

Ein anderer neuer Absatz ohne besondere Kennzeichnung: *»das zweitemal wußte er, worum es ging. Frank erzählte Bert*

›*der alte Columbo*‹ *hätte ein Kopfgeld auf ihn ausgesetzt & ›der alte*‹« – das letzte ›*der alte*‹ ist durchgestrichen – »*und er hätte auch eines ausgesetzt.*« Über dem Wort ›*er*‹ steht der Name ›*Frank*‹ geschrieben. Dann folgt wieder ein neuer Satz ohne nähere Kennzeichnung, der lautet: ›*sagte Mittwoch oder Donnerstag, 21. oder 22.*

Frank sagte, er hätte seine eigenen Leute. Auch daß Columbo Deluca mit irgendeiner Sache wegen Drogen und der Pharma-Abteilung drankriegen will.‹ Es ist seltsam festzustellen, daß derjenige, der auch immer diese Erklärung verfaßt haben mag, nach fast der Hälfte seines Elaborates von Frank DeLuca als Deluca – mit einem kleinen ›l‹ – spricht statt von ›Frank‹, wie dies bis hierhin geschehen ist.

›*Montag, 26. April*‹ ist durchgestrichen, und ein neuer Absatz fährt dann fort: ›*erzählt, wie Pat in das Haus gehen und alles vorbereiten sollte. Pat sollte*‹ – die beiden letzten Worte wurden durchgestrichen, und dann heißt es weiter: ›*ich wußte aber nicht, was sie vorbereiten sollte.*

Montag, 26. April. Pat‹ – der Name ist durchgestrichen. ›*Abgeholt um 20 Uhr 30.*‹ Die ›3‹ in der Zeitangabe ›*20 Uhr 30*‹ ist dunkel übermalt worden, um daraus eine Null zu machen, wodurch der Zeitpunkt jetzt ›*20 Uhr 00*‹ lautete. »*Verließ das Haus um 19 Uhr 30 oder 19 Uhr 45. Unterwegs angehalten am Geschäft. Deluca sagte, beeil dich, du mußt sie abholen. Mußte lange warten, wollte schon wegfahren. Hat sich umgeguckt, ob ihn einer beobachtet. Hat sich schon gefragt, ob jemand anderer unterwegs war, um Pat zu holen. Hat sich gefragt, ob ›der alte Columbo‹ verrückt genug ist, auch auf Pat einen Killer anzusetzen. Sie kommt um 20 Uhr 30, spät und dunkel angezogen. Fahren los. Sie sieht sich um & drückt sich tief in die Polster. Bert will gar nicht wissen, was vorgeht. Vor Haus 53 sagt er, ich kann gar nicht glauben, daß dein Vater Deluca einen Killer auf den Hals hetzt & das mit den Drogen glaube ich auch nicht – Pat bestätigt es aber & sagt, es stimmt alles – setzte sie wieder an der Kirche ab – fuhr zurück zur Arlington H. Wäre verdammt gern wieder weggewesen.*

Warum es beim erstenmal nicht geklappt hätte? Auf einmal hätte das Telefon geklingelt – Pat hatte den Hörer abgenom-

men, und deswegen fiel die Sache ins Wasser, weil sie gar nicht im Haus hatte sein sollen. Ein Verwandter hätte angerufen. Ein anderes Mal kam gerade die Oma zu Besuch. Es mußte ja unbedingt ein Montag sein, weil dann alle bis auf Mr. und Mrs. Columbo aus dem Haus waren.«

Neuer Absatz. ›*Montagmorgen, am 3. Mai, überlegt sich Bert, sie nicht abzuholen. Bert erzählte Deluca irgendwas, daß er nicht zu Hause ist.*‹ Zwischen den Zeilen in wesentlich kleinerer Schrift: ›*nicht möglich*‹ und ›*Deluca sagte geh raus*‹ – Dann geht der Satz weiter: ›*auf jede Weise, & Bert kann Deluca das in die Schuhe schieben. »Du mußt das tun.« Das geht ihm immer durch den Kopf, daß er sich mit Killern eingelassen hat & jetzt bis zum Hals mit drin steckt.*‹

Neuer Absatz. ›*Wieder läßt ihn Pat warten. Es ist dunkel, & er ist echt nervös. Pat sagt zu ihm, er fährt zu schnell. Pat redet davon, von zu Hause wegzugehen – will nach Süden gehen – Vater wird sie suchen – sie schlagen – ist nach Kalifornien (?), er hat sie gefunden & nach Hause geholt. Nicht rund um den Block gefahren. Einfach nur Parkplatz & dann sofort nach Hause.*

Dienstag, 4. Mai. Hätte das Mistding (Revolver) zum drittenmal haben können. Wenn Morde nicht geklappt hätten, hätte Bert das Schießeisen zurückgekriegt. Hätte er es noch ein paarmal gekriegt? An dem Tag, als Copeck zum Gericht gegangen ist, hatte er den Revolver nicht, glaube ich. Er zeigte Bert, wo er ihn in dem Laden versteckt hatte – er war im Lager auf dem zweiten Regal unter einer Schachtel gleich auf der rechten Seite. Er meint, er hätte Dienstag den ganzen Tag frei gehabt. Ist nach Woodfield gefahren, um sich irgendwas anzusehen. Mußte um 15 Uhr 30 zurück sein – mußte für Peggy Baby hüten. Sagt, er wäre am Morgen ins Geschäft gegangen – Joanne Hemmer hat dich gesehen. Glaubt, er hätte ihm gesagt, soll am Dienstag morgens kommen – hätte was mit ihm zu bereden.‹

Neues Kapitel. »*(In der Zwischenzeit ›ist es nicht passiert.‹ Hat gesagt, er muß es vielleicht selbst tun – sehr aufgeregt. Sagte, es würde vielleicht überhaupt nicht passieren, weil Columbo seine Leute gekauft hat. Passiert auch beim dritten-*

mal nicht – ich muß es selbst machen – (Möglichkeit) nur kurz dagewesen – rein & gleich wieder raus.

Dienstag abend bis 22 Uhr 00 bei Lloyd und Grace. Weiß noch, was im Fernsehen lief.

Mittw. Morgen. 8 Uhr 30 zur Arbeit. Deluca war da – (kommt selten so früh am Morgen. Türen öffnen, Türen wieder zu – geht zuerst zum Sicherungskasten, um Sicherungen rein zu machen. Nicht mehr nötig – Musik und Lichter sind an. Geht jetzt zurück ins Büro.

Licht unter der Tür vom Aufenthaltsraum, ist sonst nicht an. – Hört Geräusch vom Verbrennungsofen. Kommt um Ecke & sieht Deluca.« Das Folgende ist alles unterstrichen: *»1) kommt aus dem Waschraum 2) Deluca kommt aus dem Lager«* Dann nicht unterstrichen: *»3) kommt aus dem Raum mit dem Müllofen. Hört, wie er die Tür zumacht. Hat Feuerschein gesehen. Kommt zu Bert und sagt: ›Ich hab letzte Nacht den Alten umgebracht‹ – oder ›ich hab es letzte Nacht gemacht‹ oder ›ich hab den Alten alle gemacht‹.*

Erzählt Bert, er verbrennt die Kleider – ›deshalb brennt das Feuer. Ich war von Kopf bis Fuß voller Blut‹« Am Rand steht als Anmerkung: *»›blutiges Durcheinander.‹«* Dann: *»›Habe überhaupt noch nicht geschlafen. Bin bis 4 Uhr morgens nicht nach Hause gekommen.‹ Dann sagt er, ›ist er in den Aufenthaltsraum gegangen & hat sich mit mir hingesetzt, sagt, hätte ihn eingeladen. Wir also in den Aufenthaltsraum, hingesetzt, und er erzählte, wie er sie umgebracht hat. Der erste Schuß hat ihn nicht getötet – war ein zäher alter Vogel. Dann sagt er hat er die alte Lady umgelegt. der alte Mann hat gesagt – ›warum tun Sie mir das an?‹ Bert meint, er hätte nicht gewußt, daß es Deluca war, weil Columbo das gesagt hat – Deluca machte die Bemerkung – ›dieses Dreckschwein!‹ Bert erinnert sich jetzt an eine Strumpfmaske. Hat nicht gesagt Skimütze, sondern ›Strumpfmaske‹.*

Erster Schuß (?) – sagt, hätte ihn direkt in die Stirn und eine in den Hinterkopf geschossen, kam aus dem Mund wieder raus – dann auf Mrs. C. geschossen.

Bert sagt, warum zum Teufel, hast du das Haus nicht in die Luft gejagt – einfach Gashahn aufgedreht – Bert wurde lang-

sam sauer. Meint, er hätte gesagt, er wäre ins Kinderzimmer rauf & und hat ihn erschossen. Kam mit der Lampe zurück & hat wieder nach ihm geschlagen ›weil der alte Vogel einfach nicht sterben wollte‹.

Donnerstag Morgen – er war nicht da. Irgendwann zwischen 9 und 10 Uhr ruft Deluca an und sagt, sie hätten die Leichen noch nicht gefunden – wird immer aufgeregter. Redet über nichts anderes als davon, daß sie die Leichen noch nicht gefunden haben.

Freit. Echt aufgeregt, weil sie die Leichen immer noch nicht gefunden haben – keiner hat den Alten vermißt, und die Alte auch nicht – und in der Schule haben sie den Kleinen auch nicht vermißt.

Nur telefonischen Kontakt. Wollte, daß Bert zur Trauerfeier geht. Braucht emotionalen Beistand.«

Auf dieser Seite zieht sich über die volle Breite eine lange Linie. Es ist die Rückseite von Blatt acht. Unter der Linie steht folgende Bemerkung: ›*Wir haben dir alles erzählt, weil wir sehen wollten, ob wir dir trauen können.*‹ Darunter dann: ›*Donnerst. fünf Uhr – Pat und Frank verlassen Geschäft –*‹

Oben auf Seite neun: ›*Nach der Trauerfeierlichkeit hat er so getan, als wenn Bert von nichts wüßte.*‹

Dann ein längerer Absatz: ›*Als Deluca von der Polizeistation abgeholt – draußen auf der Straße vor der Polizei gewartet. Fuhr zum Haus seiner Frau, kritisierte Polizei und der ihr Vorgehen –*‹ Das nächste ist: ›*Wenn gefahren*‹ diese Worte sind durchgestrichen, und dann geht es wie folgt weiter: ›*fuhr zum Haus von Frau – keiner zu Hause – fuhr zum Apartment. Tat, als wenn Bert von nichts wüßte – tat, als würde er ihn nur spazieren fahren – relativ ruhig – redeten darüber, daß Pat keine Rechnungen bezahlt – eine ganze Liste von Schecks (auf einmal zeigte er Bert ganze Reihe Schecks von Jewel mit Pats Name drauf – sagte, die Columbos machten alle so was und daß irgendeiner immer Unterschriften fälscht – er hatte Scheckkonto & sie hat es leergeräumt – sie hat die Hälfte der Schecks verloren, und das waren alles Schecks mit Scheckkarte –).*

Kamen zum Apartment – alles eine einzige Unordnung. Fin-

gen an, die Schränke zu durchwühlen – fanden Notizen – nahmen Papiere und Rechnungen mit.

Fuhr zurück zum Haus der Frau – sie war zu Hause – haben Kaffee getrunken – hatten den Eindruck, als wäre Bert der dritte Mann. Frau redete von einem Anwalt. Scheint ein bißchen komisch zu sein – fragt, warum Marilyn fünftausend Dollar genommen hat, um den Kerl aus dem Gefängnis zu holen, wenn sie doch wußte, daß fünfundzwanzigtausend Dollar nötig waren, um Frank rauszuholen.«

Quer über die ganze Breite der Seite verläuft eine Linie. Es ist die Vorderseite von Blatt zehn. Unter der Linie steht: ›*Schnitte an Hand von Lampe.*‹ Eine weitere Linie quer über die Seite, dann: ›*Schießpulver – wie geht das raus.*‹

Die Rückseite von Blatt zehn enthält vier voneinander abgesetzte Bemerkungen:

›*hat ein paar raffinierte Sachen gemacht, um seine Spuren zu verwischen.*‹

›*Versucht, Taschenlampe zu finden – keine da – nahm eine Kerze, um das ganze Glas einzusammeln – auf Händen und Knien – war nicht sicher, ob er auch alles gefunden hat. Könnten Fingerabdrücke drauf gewesen sein.*‹

›*Revolver & Stücke der Lampe & und alles andere in den Fluß.*‹

›*Sagt, er hätte Pat nichts von Michael erzählt.*‹

Blatt elf ist nur auf der Vorderseite beschreiben. ›*Polizisten haben sich leise miteinander unterhalten.*‹ Darunter dann: ›*27. Mai – Peg alles erzählt. 19.Juli – Lloyd und Grace alles erzählt (Tag, nachdem er verhaftet wurde)*‹

Der aufregendste Teil dieser Stellungnahme, wer immer sie abgegeben hat, ist die Bemerkung: ›sagt, er hat Pat nichts von Michael erzählt.‹

Natürlich deutet dies darauf hin, daß DeLuca gewußt hatte, daß Michael tot war, aber *Patricia es nicht wußte.*

Und wieder paßt auch dies perfekt in Patricias Geschichte, derzufolge DeLuca ihr nur die Leichen ihrer Eltern gezeigt hatte, und es paßt auch haargenau zu der Version, die Landers von Patricias ›Vision‹ gegeben hat, in welcher sie Michaels Leiche nicht gesehen hat.

Wo es auf jeden Fall *nicht* paßt, das ist im Schlußplädoyer der Staatsanwälte Patti Bobb und Al Baliunas, die beide Patricia beschuldigt hatten, Michael die zahllosen Schnittverletzungen beigebracht zu haben. Die beunruhigendste Frage, die sich daraus ergibt, aber ist: *Wußte* die Staatsanwaltschaft von dieser Erklärung? Falls ja, wurde sie bis ins kleinste überprüft, wurde sie ignoriert oder wurde sie gar verschwiegen?

Oder war sie vielleicht nur dem Elk Grove Village Police Department bekannt? Hat man diese Erklärung *dort* unterdrückt oder ignoriert, oder ging sie schlicht nur unter in der Fülle von Berichten, die sicher ganze Aktenregale füllen würden?

Was auch immer mit dieser Information geschehen ist, es kann nicht geleugnet werden, daß es sich hier um etwas handelte, das der Jury, die Patricia Columbo eines Mordes ersten Grades schuldig gesprochen hatte, weil sie glaubte, daß sie an dem Verbrechen aktiv beteiligt war, indem sie ihren dreizehn Jahre alten Bruder förmlich schlachtete, hätte zugänglich gemacht werden müssen.

Auch der Rest dieser Erklärung enthält einige interessante Bemerkungen.

Es scheint schon in einem frühen Stadium den Versuch gegeben zu haben, Bert Green dadurch zu schützen, daß man seine Verwicklung in die Geschichte ein wenig modifizierte. ›Bert wußte nicht, daß Pat (zu einem Treffen mit den gekauften Mördern) fahren sollte, bis er in der Spirituosenabteilung auftauchte‹, war sogar durchgestrichen, und dann wird noch hinzugefügt: ›Er wußte, daß er sie am Nachmittag abholen sollte.‹

Green hatte die Mordwaffe zumindest zweimal in Händen, vielleicht sogar dreimal – und er wußte definitiv, was in dem Päckchen war, nachdem er es zum erstenmal für DeLuca aufbewahrt hatte (was Greens Zeugenaussage vor Gericht widerlegt, in welcher er behauptete, er habe den Revolver nur einmal in Verwahrung gehabt und daß DeLuca ihm erst gezeigt habe, was das Päckchen enthielt, als er es schon zurückgegeben hatte).

Daß DeLuca Bert Green gezeigt hatte, wo der Revolver im Drugstore versteckt war, und ihm zu sagen, er solle ihn nur an jemanden herausgeben, der den Satz sagte, ›Duke schickt mich‹, klingt nach einer möglichen Übereinkunft zwischen DeLuca und Roman Sobczynski, wonach Roman den Revolver zurückbekommen sollte, den er Patricia gegeben hatte. ›Duke‹ ist zweifellos DeLucas Deutscher Schäferhund. Aber warum wurde Bert Green denn überhaupt von der Möglichkeit unterrichtet, es könne jemand kommen, um diesen Revolver abzuholen? Falls irgendeine Übereinkunft mit irgend jemandem getroffen werden würde? Patricia argwöhnte (und das ist belegt), daß DeLuca noch immer Kontakt zu Roman Sobczynski hatte, *nachdem* sie selbst bereits alle Verbindungen zu ihm und Lanny abgebrochen hatte. Sollte es möglich sein, daß DeLuca gar zugestimmt hatte, die ›heiße‹ Waffe an Roman zurückzugeben, nachdem Roman (und vielleicht auch Lanny Mitchell) die Morde begangen hatten? Der Revolver erschien jeden Dienstagmorgen im Geschäft; Frank gab ihn Bert Green nur dann zur Aufbewahrung, wenn an dem Montagabend zuvor ›die Mordanschläge nicht passierten‹. Warum also war dieser Revolver dort? Damit DeLuca nach erfolgtem Mordanschlag diesen Code-Satz an jeden weitergeben konnte, der die Sache erledigt hatte, und dieser dann ins Geschäft kommen und sagen konnte, ›Duke schickt mich‹ und von Bert Green den Revolver bekommen konnte – wobei DeLuca völlig aus dem Spiel blieb? Dies hätte als eine sehr konkrete Möglichkeit bedacht werden müssen.

Diese Erklärung scheint einmal mehr die Position zu stützen, daß DeLuca Bert Green erzählt hatte, er müsse es möglicherweise selbst tun, und DeLuca sprach keineswegs davon, ›wir‹ müßten das tun, wie er später vor Gericht aussagt. DeLuca sagte vielmehr zu Bert genau dasselbe wie später auch zu Joy Heysek: ›*Ich* habe den alten Mann letzte Nacht erledigt.‹ Oder mit ganz ähnlichen Worten.

DeLucas Behauptung, daß er bis 4 Uhr morgens nicht nach Hause gekommen sei, macht absolut keinen Sinn, wenn man der Darstellung der Anklagevertreter folgt – aber sie paßt vorzüglich ins Bild, wenn DeLuca in das Haus zurückgegangen ist, vor allem, wenn er damit bis 1 Uhr oder gar noch später gewartet hätte.

Diese Erklärung scheint Bert Green noch tiefer mit hineinzuziehen. Er war nicht schockiert von dem, was DeLuca ihm erzählt hatte; er schien nicht einmal überrascht. Ja, er fragte DeLuca sogar, warum er nicht das ganze Haus in die Luft gejagt hatte, indem er eine Explosion der Gaszufuhr zum Haus organisierte. Am Morgen nach den Morden war Green ganz eindeutig ein gänzlich anderer Mensch als der, der im Zeugenstand wie Espenlaub zitterte, Maalox schluckte und so vieles ausließ, als er aussagte.

Die Erklärung belastet aber auch Patricia. Wenn sie am Donnerstagabend nach den Morden mit DeLuca zusammen war, als DeLuca gegen 5 Uhr das Geschäft verließ und Bert sagte ›wir haben dir alles erzählt, weil wir sehen wollten, ob wir dir trauen können‹, dann mußte Patricia in diesem Augenblick auf jeden Fall gewußt haben, daß ihre Eltern tot waren, und sie hatte nicht das meiste von dem, was passiert war, nachdem sie die beiden Schüsse gehört hatte, verdrängt. In voneinander unabhängigen Erklärungen, die sie über ihre Bewegungen in der Woche der Morde abgegeben hatten, hatten sowohl Patricia als auch DeLuca darauf hingewiesen, Patricia habe DeLuca an diesem Tag im Geschäft abgeholt – aber der eine oder der andere von ihnen könnte auch nicht ganz sicher gewesen sein, um *welchen* Tag es sich dabei gehandelt hatte, denn ihre Aussagen unterscheiden sich hinsichtlich dessen, was sie unmittelbar danach taten: Patricia sagte, sie hätten an einem Schnellimbiß gehalten, um sich ein paar Steaks zu kaufen, und DeLuca sagte, sie hätten auf ihrem Weg nach Hause ein paar Hot dogs gekauft. Patricia erinnert sich auch fünfzehn Jahre später nicht genau.

Eine Bemerkung über das Mordhaus scheint dagegen wieder Patricias Geschichte zu stützen. DeLuca soll gesagt haben: ›Versuchte vergeblich, Taschenlampe zu finden – nahm schließlich eine Kerze, um das ganze Glas einzusammeln –.‹ Das klingt, als handele es sich dabei um DeLucas zweiten Besuch in dem Haus, und diesmal ist er allein. Wenn Patricia bei ihm gewesen wäre, wenn sie ihn beide Male begleitet hätte, dann hätte sie sicher gewußt, wo im Hause Columbo eine Taschenlampe zu finden gewesen wäre. Die meisten Leute verwahren für den Notfall eine solche Taschenlampe an einer ganz bestimmten leicht zugänglichen Stelle im Haus auf. Patricia hatte sieben Jahre lang in diesem Haus gelebt. Sie wäre sicherlich nicht auf eine Kerze angewiesen gewesen.

Diese handgeschriebene Erklärung, die *irgend jemand* abgefaßt hat, macht ganz klar, daß es um die Columbo-Morde noch vieles gibt, das Richter Pincham und seine Jury nie zu hören bekommen haben; vieles, das die Anklagebehörde nicht hätte außen vor lassen dürfen; und vieles, das vor allem den Verteidigern hätte zugänglich gemacht werden müssen.

Mehr noch, es ist noch immer nicht bekannt, fünfzehn Jahre danach.

C. H.

Januar 1992

Als Patricia mir zum erstenmal ihre Version über das erzählte, was sich in der Nacht der Morde ereignet hatte, stellte ich ihr sofort die naheliegende Frage:

»Warum haben Sie das noch nie zuvor erzählt?«

»Wozu?« erwiderte sie. »Wer hätte mir das denn geglaubt?« Dann wurde sie leicht aggressiv. »Glauben Sie es denn?« Beide Hände schossen in die Höhe, die Handflächen nach außen gerichtet. »Aber keine Sorge«, sagte sie noch im selben Atemzug, »ich will es gar nicht wissen.«

Ich hätte ihr sowieso nicht geantwortet. Was ich persönlich glaube, spielt keine Rolle. Meine Aufgabe war es, Objektivität zu wahren und in diesem Buch alles das niederzuschreiben, was meine Recherchen ans Tageslicht gebracht haben. Wenn die Autoren, die wahre Kriminalfälle literarisch aufzuarbeiten ver-

suchen, anfangen wollten, alles Material zu ignorieren, das für sie auf den ersten Blick keinen Sinn ergibt, dann wären ihre Bücher kaum Berichte über wahre Kriminalfälle. In einer Mordsache zu recherchieren erfordert größte Präzision. Da bleibt kein Raum für persönliche Interpretationen.

Einen Mordfall zu untersuchen bedeutet in aller Regel, daß es dort nur einen völlig unwiderlegbaren Fakt gibt: den Mord selbst. Alles andere rund um einen solchen Fall ist Vermutung, Hypothese, Unterstellung. Beweise sind immer interpretationsfähig. Meinungen sind immer subjektiv. Einschätzungen, speziell die Einschätzung der Menschen durch andere Menschen, kann nicht anders sein denn persönlich gefärbt. Und Überzeugungen, die sich einmal bei jemandem gebildet haben, werden fast immer ganz konkret.

Patricia Columbo wird verachtet und gemieden von so vielen Leuten, von solchen, die in die Columbo-Morde hineingezogen wurden, und auch von solchen, die sich aus ihnen hinausstehlen konnten, daß ich nicht einmal versuchen möchte, sie alle aufzuzählen, viel weniger noch, ihre Gründe zu erforschen. Patti Bobb und Al Baliunas, da bin ich sicher, werden mit der Überzeugung ins Grab gehen, daß Patricia Michael zerstückelt hat. Nichts könnte ihre Überzeugung ändern – nicht einmal ein Geständnis DeLucas. Richter Pincham wird mit der Überzeugung ins Grab gehen, daß sie, wie er es der Presse gegenüber ausdrückte, eine verkommene, dreckige, feige, gemeine, verdorbene Person ist, die niemals mehr in Freiheit gesetzt werden sollte, auch dann nicht, wenn sie sich komplett geändert hätte und rehabilitiert würde. Es bleibt seltsam, daß in einem Fall, der durchsetzt ist mit widerwärtigen Gestalten – Lanny Mitchell, Roman Sobczynski, Joy Heysek, Bert Green, Clifford Childs, Frank DeLuca selbst –, daß Pinchams Widerwillen sich über die Jahre hinweg allein auf Patricia konzentrierte. Vielleicht weil es ihn nicht gestört hat, daß Lanny und Roman straffrei blieben, und vielleicht interessierte es ihn auch nicht, ob DeLuca einst begnadigt wird. Vielleicht ist es aber auch ein Glücksfall, daß er nicht mehr auf der Richterbank sitzt; die Gerichtsbarkeit braucht keine Richter, die in einem solch hohem Maße voreingenommen sind, wie Pincham das offenbar *in diesem Prozeß geworden ist. Er scheint vergessen zu haben, daß Patricia ihre Zeit im* Dwight Correctional Center *verbringt.*

Wegen Patricia Columbos Leben in Vergangenheit und ihrer wenig einnehmenden Persönlichkeit gibt es Menschen, die darauf programmiert sind, nicht ein einziges Wort von dem zu glauben, was sie auch immer sagen mag, oder irgendein positives Wort, das andere über sie äußern könnten. Eine Reporterin einer der Vorort-Zeitungen, deren einzige Verbindung zu Patricia Columbo darin bestand, daß sie von Zeit zu Zeit einige Artikel über den Fortgang ihres Prozesses geschrieben hat, die sie nie gesehen, nie mit ihr telefoniert, ja nicht einmal mit ihr korrespondiert hat und die mit Sicherheit niemals die Niederschriften über das Verfahren gelesen hat, interviewte Schwester Burke, bevor diese verstarb, und erfuhr von ihr, daß Schwester Burke Patricias Geschichte glaubte, sie sei als Kind jahrelang sexuell mißbraucht worden. Alles, was diese Reporterin aus ihrem Gespräch, das sie mit Schwester Burke geführt hatte, machte, war, daß sie schrieb, Schwester Burke sei ›voll auf Pattys Story hereingefallen‹. Schwester Margaret Burke, ausgezeichnet durch einen Doktortitel in Psychologie der Universität von Loyola; mehr als zweiundzwanzig Jahre Präsidentin eines Colleges, danach sechzehn Jahre Betreuerin der heimatlosen, mißbrauchten und entrechteten Frauen; Mitglied einiger der angesehensten Menschenrechtsorganisationen der ganzen Nation – und diese Reporterin kommt zu dem Schluß, Schwester Burke sei auf Pattys Geschichte ›hereingefallen‹.

Um fair zu bleiben will ich auch sagen, daß es nicht unmöglich ist, daß sowohl eine Frau wie Schwester Burke mit ihrem ungewöhnlichen Background und ihren Verdiensten und ein Autor mit dreißig Jahren Erfahrung im Schreiben von Büchern über Kriminalogie und Strafvollzug beide auf eine Lüge hereinfallen könnten, die eine Patricia Columbo ausspricht, während eine sehr viel weniger erfahrene Reporterin eines kleinen Vorort-Blattes klug genug wäre, einen solchen Betrug sofort zu ›durchschauen‹. Es ist durchaus möglich – aber die Wahrscheinlichkeit wird man wohl doch als sehr gering ansehen dürfen, und das aus drei Gründen:

Zunächst einmal versuchte Patricia nicht, Schwester Burke in irgendeiner Weise zu ›benutzen‹; sie suchte nur Schwester Burkes Rat im Vertrauen darauf, diese könne ihr helfen, sich selbst zu verstehen. Sie hat ihrer Anwältin, Peggy Burne, nie gestattet, die Geschichte von dem sexuellen Mißbrauch in ihrer Kindheit als Argument bei einer Anhörung vor dem Begnadigungsausschuß als Erklärung für das schreckliche Verbrechen, das begangen wurde, zu verwenden oder um in der einen oder anderen Weise Sympathien zu gewinnen.

Zweitens ein Punkt, der durch ganz allgemeines Studieren dieses Falles gestützt wird, ist, daß Patricia Columbo Erfahrungen in ein geradezu klassisches psychologisches Profil eines Weges passen, der mit einem frühkindlichen sexuellen Mißbrauch beginnt, in der Folgezeit verdrängt wird und irgendwann in der Folgezeit wieder in das Gedächtnis des entsprechenden Menschen zurückkehrt, wenn er oder sie sich den Dreißig nähert. Es gibt Legionen von Frauen wie Patricia Columbo, und das Muster, das all diesen Fällen eigen ist, kann man nicht einfach ignorieren.

Und schließlich ist mein vornehmlichster Grund, den Rückschluß dieser Reporterin zu verwerfen, einfach der, daß ich Patricia jetzt kenne, sie sehr gut kenne, und wenn sie vielleicht den Wunsch verspürt haben könnte, eine Geschichte von einem sexuellen Mißbrauch in solcher Komplexität zu fabrizieren und mit so vielen Details auszustatten, dann bin ich überzeugt, daß ihr einfach die Kreativität fehlt, so etwas zu ersinnen. Schlicht und einfach ausgedrückt, Patricia ist eine der unfähigsten Lügnerinnen, die mir je untergekommen sind.

Um in den Augen eines anderen Menschen glaubwürdig zu sein, ist es in aller Regel hilfreich, wenn man sich liebenswürdig gibt – und Patricia tut absolut gar nichts, sich irgend jemandem anzudienen. Das zieht sich wie ein roter Faden durch ihr ganzes Leben von den Tagen ihrer Verfahrens an, als sie Ray Rose im Flur vor dem Gerichtssaal begegnete, ihn anstarrte und sagte ›du Dreckschwein‹ durch viele Jahre in Dwight, wo sie sich nicht einmal der Mühe unterzog, ihre eigenen Anhörungen wegen einer etwaigen Begnadigung zu besuchen; durch lange Jahre hindurch, in denen sie kaltblütig die Vertreter der Presse ignorierte, es ablehnte, auch nur einen von ihnen zu sprechen, ganz gleich, wen sie repräsentierten oder wie weit sie gereist waren; sie hatte es abgelehnt, eine Richtigstellung der Jahr für Jahr von den Zeitungen völlig unbewiesenen behaupteten Berichte zu verlangen, die ihren Namen mit einem ausgesprochen häßlichen ›Sex-Skandal‹ in Dwight in Verbindung brachten; und sie hat eine generelle Leckt-mich-doch-alle-Attitüde, eine Entschlossenheit, daß sie alles schlucken konnte und wollte, was man ihr auftischen mochte, entwickelt. Und wenn man sie in Dwight festhalten wollte, bis sie starb, dann war es eben so.

Daher war auch ihre rhetorische Antwort ›wer hätte mir das denn geglaubt?‹ auf meine Frage, warum sie ihre Version von den Morden niemals irgend jemandem erzählt hat, durchaus nicht überraschend. Wenn ich zurückdenke an all die Leute, mit denen ich über diesen Fall gesprochen habe, kann ich mich an niemanden erinnern, der vielleicht zugegeben hätte, daß ihre Geschichte zumindest möglich *wäre, viel weniger, daß sie wahrscheinlich wäre.*

»Ich hätte es Schwester Burke erzählt«, sagte Patricia später einmal zu mir. »Sie hätte mir geglaubt. Und sie hätte mir auch geholfen, auch den Rest noch aufzuarbeiten, falls es da noch irgend etwas geben sollte, was ich verdrängt habe. Aber ich habe sie verloren.«

Ob nun jemals jemand Patricias Geschichte glaubt oder nicht, es bleibt die Tatsache, daß sie zumindest das Recht hat, sie zu erzählen, genauso, wie sie das Recht hat, über ihre langen Sitzungen mit Schwester Burke zu berichten und über den sexuellen Mißbrauch, dem sie als Kind ausgesetzt war und den ihr Schwester Burke wieder ins Bewußtsein zurückgerufen hat. Wenn die Geschichte von dem Mißbrauch als Kind eine Erfindung ist, wie so viele glauben, falls Schwester Burke wirklich schlicht ›auf Pattys Geschichte hereingefallen‹ ist, so muß sie trotzdem zusammen mit allem anderen erzählt werden, was sonst noch bei den Recherchen ans Tageslicht kam.

Und schließlich – was sollte es wohl schaden können?

Wer wird es denn überhaupt glauben?

Als eines Nachts mein privates Telefon klingelte und ich ein R-Gespräch von Patricia entgegennahm, sagte sie: »Was treiben Sie denn so gerade, Sie alter Nichtsnutz?«

»Ich habe darauf gewartet, daß Sie wieder einmal anrufen«, erwiderte ich. »Ich habe einige interessante Neuigkeiten für Sie. Frank DeLuca hat die Morde gestanden.«

Am anderen Ende der Leitung trat ein langes Schweigen ein, dann fragte Patricia: »Was haben Sie da gesagt?«

»DeLuca hat zugegeben, Ihre Familie ermordet zu haben«, wiederholte ich.

Sie war ganz offensichtlich genauso fassungslos, wie ich es anfangs auch gewesen war. Patricia und ich waren uns lange Zeit einig gewesen, es sei in höchstem Maße unwahrscheinlich, daß DeLuca jemals irgend etwas zugeben würde. Schon sehr früh hatte ich einmal zu Patricia gesagt: »Er wird seine Unschuld möglicherweise bis zum Tage seines Todes beteuern.«

Und er würde, so war ich überzeugt gewesen, auch im Staatsgefängnis von Illinois sterben. »Kein Begnadigungsausschuß wird ihn jemals wieder herauslassen« hatte ich ihr erzählt, »solange wie er weiter seine Unschuld beteuert. Begnadigungsausschüsse erlassen Reststrafen nur, wenn Besserung erwartet werden kann. Ein Mörder kommt niemals aus dem Gefängnis frei, ohne wenigstens für die Akten zuzugeben, daß er schuldig war.« Fünfzehn Jahre lang hatte DeLuca unbeugsam seine Unschuld beteuert. Bei seiner ersten Anhörung vor dem Bewährungsausschuß war er ganz gezielt gefragt worden: »Hinsichtlich der Morde – gab es da irgend etwas, in das Sie unmittelbar verwickelt waren – oder wollen Sie darüber nicht reden?«

Er hatte geantwortet: »Nein, das will ich nicht, nein das will ich nicht.«

»Sie wollen also nichts dazu sagen?« Die Fragestellerin war Ann Taylor gewesen, ein langjähriges Mitglied des Bewährungsausschusses. »Sie sagen also, daß Sie nicht da gewesen sind, daß Sie nicht in die Morde verwickelt waren?«

»Ich war nicht in sie verwickelt.«

»Sie haben Ihre Schuld am 5. Mai also nicht eingestanden?«

»Nein, nein. Genau das sage ich.«

»Sie haben nicht (von Michael) gesagt, ›ich habe ihn aus dem Bett geholt und erschossen‹?«

»Nein, das habe ich nicht!«

»Wo waren Sie dann?« fragte Ann Taylor. »Und wo war Patty?«

»Wir waren zu Hause. Wir waren zu Hause im Bett.«

Fünfzehn Jahre lang hatte DeLuca an dieser Lüge festgehalten.

»Woher wissen Sie denn, daß er es endlich zugegeben hat?« fragte Patricia. »Es hat weder in den Zeitungen gestanden, noch war etwas davon in den Nachrichten aus Chicago zu hören.«

»Ich habe eine Tonbandaufnahme von der Anhörung, anläßlich derer er es zugegeben hat«, sagte ich. Illinois zeichnet die Sitzungen des Bewährungsausschusses auf Tonband auf statt darüber ein stenografisches Protokoll anzufertigen. Warum dieses Eingeständnis in der Chicagoer Presse keinen Niederschlag gefunden hatte, wußte ich nicht. »Wenn Sie wollen«, bot ich ihr an, »kann ich mit dem Telefon an meine Stereoanlage gehen und Ihnen das Band einmal vorspielen . . .«

»Großer Gott, nein!« schnappte sie. »Das letzte, was ich auf dieser Welt brauchen kann, wäre, die Stimme dieses Mannes noch einmal zu hören. Erzählen Sie mir einfach, was er gesagt hat.«

»Vor allem«, sagte ich, »schien DeLucas Stimme während der routinemäßigen Befragung anläßlich seiner Anhörung vor dem Bewährungsausschuß brüchig zu werden, und er sagte: ›Ich schäme mich, okay? Ich schäme mich für das, was ich getan habe.‹ Nach ein paar weiteren Fragen und Antworten sagte er dann: ›Ich – ich habe die Leute – erschos – sen . . .‹ Der Rest dieses Satzes ist nicht zu verstehen«, erklärte ich Patricia. »Ich habe versucht, nähere Einzelheiten in Erfahrung zu bringen, aber Ann Taylor, die Sprecherin des Bewährungsausschusses, die ihn befragt hatte, hat auf meine Anrufe nicht geantwortet. Und als ich mit Kent Steinkamp, dem juristischen Berater des Gremiums, gesprochen habe, hat dieser mir erklärt, sie brauche nicht mit mir zu reden, wenn sie das nicht wolle.«

»Aber DeLuca hat gesagt, er habe auf sie geschossen?«

»Definitiv. Und der Gerichtsmediziner hat beim Prozeß aus-

gesagt, Todesursache seien die Schußwunden gewesen. Also hat er die Morde gestanden.«

»Hat er sonst noch irgend etwas gestanden?« fragte Patricia.

»Nein.« Ich wartete einen Herzschlag lang und fügte dann hinzu: »Es ist gut möglich, daß er auch das gar nicht eingestehen wollte.«

»Was meinen Sie damit?«

»Sehen Sie mal, DeLuca war jahrelang in einem ausgesprochen strengen Gefängnis«, sagte ich zu ihr. »Er muß einfach langsam ein wenig weiser geworden sein. Er ist ein Knastbruder, der möglicherweise inzwischen jede Türangel dort kennt. Von Ihnen spricht er inzwischen sogar als von seiner kleinen ›Tussi‹. Als Grund dafür, daß er damals auf nicht schuldig plädiert und jahrelang wider besseres Wissen seine Unschuld beteuert hatte, hat er dem Bewährungsausschuß erklärt, er habe seine Tussi schützen wollen. Er tut also so, als seien Sie diejenige gewesen, die ihn auf diesen abschüssigen Weg ins Verderben geführt habe, seit sie sechzehn waren. Er sagte, Sie hätten mit dieser ganzen Beziehung angefangen, weil Sie zu einem seiner Stellvertreter gegangen und diesen gefragt hätten, ab Sie nicht in der Kosmetik-Abteilung arbeiten könnten, damit Sie immer in seiner Nähe sein könnten; und daß es niemals seine Idee gewesen sei, daß er nie mit Ihnen geflirtet habe, Sie nie verführt und nie umworben hätte. Das Bild, das er jetzt dem Ausschuß vermittelt, ist, daß er einst ein glücklich verheirateter Mann gewesen sei, bevor Sie seinen Weg kreuzten. Eines der Mitglieder des Ausschusses hat ihn gefragt, ob er früher irgendwelche häuslichen Probleme oder Beziehungen zu anderen Frauen gehabt habe, und er sagte nein ...«

»Um Gottes willen«, sagte Patricia ungläubig, »haben die denn Joy Heyseks Zeugenaussage komplett vergessen? Wissen sie denn nichts von den Sachen, die er gemacht hat, bevor wir uns kennengelernt hatten?«

»Ganz offensichtlich nicht. DeLuca wurde gefragt, wie lange es denn seit dem ersten Kennenlernen gedauert habe, bis seine intime Beziehung zu Ihnen anfing, und er sagte, so etwa zwei oder drei Jahre. Ich glaube nicht, daß der Ausschuß weiß, daß er mit Ihnen bereits Sex praktizierte, als Sie kaum sechzehn

Jahre alt waren. Sie wissen augenscheinlich überhaupt nichts von seinen sexuellen Ausschweifungen aus der Zeit vor Ihnen. Ann Taylor versteht sich auf die Befragung von Sträflingen; sie fragte, ob er sich mit Ihnen angefreundet habe, weil er gespürt habe, daß Sie in einer schwierigen häuslichen Situation gewesen seien, und er sagte ja. Ein anderes Mitglied des Ausschusses war sehr überrascht zu hören, daß Sie über ein Jahr lang in DeLucas Haus mit Marilyn und den fünf Kindern zusammen gewohnt haben.«

»Ich kann das einfach nicht glauben«, sagte Patricia. »Und das sind nun die Leute, die darüber zu befinden haben, ob man Frank DeLuca wieder auf die Menschheit loslassen kann oder nicht? Die wissen doch absolut gar nichts über den ganzen Fall!«

»Nachdem DeLuca die Schüsse zugegeben hatte«, erzählte ich ihr weiter, »fragte Ann Taylor ihn, ob die Opfer tot gewesen seien, als er gegangen sei. Seine Antwort war wiederum teilweise kaum zu verstehen, so stark hat er genuschelt. Er sagte: ›Nun – sie waren – sie waren – sie haben noch geatmet, als Patty – eh – ‹ die nachfolgenden Worte waren nicht mehr zu verstehen, bis er schließlich sagte: › – eh – eh –der Leichenbeschauer hatte gesagt, die Wunden hätten tödlich gewesen sein können.‹ Jetzt achten Sie einmal darauf«, sagte ich, »wie sorgfältig er jedes Wort auswählt. Der Leichenbeschauer hat keineswegs gesagt, die Schußwunden hätten tödlich sein können; er hat vielmehr gesagt, sie seien die Todesursache gewesen. DeLuca unterstellt, daß die Schüsse sie vielleicht gar nicht getötet haben. Wie ich schon sagte, Frank ist dort im Gefängnis um einiges weiser geworden. Er hat endlich begriffen, daß der einzige Weg aus dem Gefängnis darin liegt, irgend etwas zuzugeben, und daher versucht er jetzt, Zweifel darüber auszusäen, ob die Schüsse überhaupt todesursächlich gewesen sind, denn die Schüsse selbst gibt er ja zu – und nur die Schüsse.«

»Ich denke, das macht mich dann zum Schlächter«, sagte Patricia fast gelassen.

»So könnte es sein, es sei denn, Sie leugnen es.«

»Das kann ich nicht«, sagte sie, und ihre Stimme wurde sehr ruhig. »Ich weiß ja nicht, ob ich es getan habe oder nicht.«

Patricia seufzte fast unhörbar über den Draht. »Ich wußte immer, daß ich die beiden ersten Schüsse nicht abgegeben habe, weil ich sie unten an der Treppe gehört hatte. Und als Frank mir meine Eltern gezeigt hatte, da habe ich, glaube ich, noch je eine Kugel für jeden von ihnen hinzugefügt. Erst später habe ich erfahren, daß noch vier weitere Schüsse abgegeben wurden. Es ist ungeheuer erleichternd zu wissen, daß ich sie nicht abgegeben habe. Ich hatte immer gedacht, ich hätte sie abgegeben – aber ich wußte es nie mit letzter Sicherheit. Und was den ganzen Rest angeht – ich hoffe, ich werde es niemals herausfinden.«

»Hätten Sie Angst davor, es genau zu wissen?«

»Ich spüre Panik in mir aufsteigen«, gab sie zu.

Ich erzählte ihr noch ein bißchen mehr von dem, was auf den Tonbändern festgehalten war. DeLuca hatte seine Exfrau Marilyn in den höchsten Tönen als eine ›gute Frau‹ gepriesen; er hatte sich überschwenglich über die Tatsache geäußert, daß zwei seiner Töchter inzwischen verheiratet waren; daß Frank junior inzwischen Pharmazie studierte, ›genau wie ich‹; daß DeLuca schon bald damit rechnete, Großvater zu werden; daß er im Falle seiner Begnadigung bei seinem Vater oder bei seinem Bruder Bill wohnen werde; und daß er sich in diesem Falle Arbeit in irgendeinem Drugstore suchen werde. Zu dieser letzten Behauptung bemerkte Ann Taylor: »Da sollten Sie eigentlich keine allzu großen Probleme mit bekommen.« Eine unglaubliche Feststellung angesichts all dessen, was vorgefallen war.

»Glauben Sie denn, er wird herauskommen?« fragte Patricia mich schließlich.

»Er bewegt sich auf jeden Fall in die richtige Richtung«, erwiderte ich. »Er schämt sich, er empfindet Reue, er stand unter dem Einfluß und der Fuchtel seiner Tussi. Und außerdem hat er eine große Familie hinter sich, und das lieben Bewährungsausschüsse besonders. Sie dagegen sind eine Waise.«

»Oh, verdammt lustig!« sagte sie eisig.

»Ich wollte durchaus nicht scherzen. Ich meinte ja nur, daß jeder aus ihrer Familie Sie verlassen hat. Die wenigen Freunde, die Sie außer früheren Insassinnen des Dwight-Gefängnisses

noch haben, sind eine ganze Dekade oder mehr älter als Sie. Schwester Burke ist gestorben; Schwester Traxler und Ihre Patentante sind möglicherweise fünfundzwanzig Jahre oder gar mehr älter als Sie. Wenn die Jahre verstreichen, werden Sie bald ohne Freunde dastehen. Der einzige Mensch, der dann möglicherweise immer noch da sein wird, um Ihnen draußen Hilfe anzubieten, wird Peggy sein; aber da sie Ihre Anwältin und Ihre Freundin ist, würde ihre Aussage vor dem Bewährungsausschuß nicht viel zählen.«

»Und was ist mit Ihnen?« fragte Patricia herausfordernd.

»Ich bin nur wegen des Buches in diesem Bild drin«, erinnerte ich sie. »Das haben Sie von allem Anfang an gewußt. Wenn das Buch zu Ende geschrieben ist, wende ich mich einem anderen zu.«

»Ein bißchen wie ein Freier auf dem Strich«, sagte sie. »Man läßt die eine Hure für die nächste fallen.«

»Ja, irgendwie schon.« Es war eine interessante Analogie. Ich hatte kaum etwas dagegen vorzubringen.

»Es interessiert mich sowieso nicht«, erwiderte Patricia. In ihrer Stimme kehrte eine gewisse Härte zurück, die ich schon kannte. »Wenn sie DeLuca wieder auf die Straße setzen, dann will ich nicht hinaus. Ich werde hierbleiben, bis ich sterbe.«

»Dazu könnte es in der Tat kommen«, sagte ich zu ihr.

Beim letztenmal, als ich Patricia besuchte, sagte sie: »Ich glaube, Sie sollten nicht mehr wiederkommen.«

»In Ordnung.« Wir standen im Foyer des Gefängnisses und warteten darauf, daß sich eine elektronisch gesteuerte Tür öffnete, so daß ich wieder durch den großen Besucherraum und hinaus aus dem Gefängnis gehen konnte.

»Diese unsere Gespräche werden langsam zu anstrengend für mich«, sagte sie. »Ich fange an, schlecht zu schlafen. Nehmen Sie's nicht persönlich.«

»Sie brauchen mir nichts zu erklären«, sagte ich zu ihr.

»Ich hatte nie vor, Ihnen so vieles zu erzählen, wie ich das dann doch getan habe«, sagte sie. »Alles, was ich tun wollte, war, Ihnen etwas aus der Zeit zu erzählen, als ich ein kleines

Mädchen war, vielleicht auch noch etwas über den sexuellen Mißbrauch als Kind. Ich hatte das Gefühl, als schulde ich es Schwester Burke, das zu erzählen, damit all ihre Arbeit nicht vergebens gewesen war. Aber der ganze Rest – so weit zu gehen!« Sie schüttelte traurig den Kopf. »Aber Sie haben so eine Art an sich . . . Es fällt leicht, mit Ihnen zu reden.«

»Eines Tages sind Sie froh, daß Sie es getan haben«, sagte ich. Aber ich sagte es wohl nicht sehr überzeugend.

Wir schüttelten uns die Hände. »Passen Sie gut auf sich auf«, sagte ich.

»Aber sicher«, erwiderte sie mit einem Anflug eines Lächelns. »Sie aber auch.«

Patricia ruft mich noch immer von Zeit zu Zeit an, wenn ihr danach ist, meistens spät abends. Aber wir sprechen nicht mehr über die Morde. Einmal, als sie anrief, war sie mehrere Wochen krank gewesen; sie hatte Gewicht verloren, und die medizinische Abteilung des Gefängnisses konnte den Grund dafür nicht finden. Zuerst diagnostizierte sie eine Grippe, dann sollten es die Nerven gewesen sein. Schließlich stellte sich heraus, daß sie eine Innenohrinfektion hatte, und als ich das nächstemal von ihr hörte, war soweit wieder alles in Ordnung.

Ihr Leben in Dwight, das für sie einmal so positiv verlaufen war, hat sich zum größten Teil durch Ereignisse und Umstände für sie verschlechtert, über die sie keinerlei Kontrolle hatte. Der Niedergang begann, als Schwester Burke starb. Dann schloß Patricia ihre Ausbildung ab, und als sie ihr Diplom in Händen hielt und nicht weiter studieren konnte, weil in Illinois keine weiterführenden Programme für Gefängnisinsassen angeboten werden, wurde das Leben dort für sie immer trüber. Einige Monate später erfuhr sie, daß die Lehrerin, der sie acht Jahre lang assistiert hatte, in Pension gehen wollte, und es gab einige Querelen wegen der Frage, ob ›Columbos Ganoven‹ weitergeführt werden konnte wie bisher. Dann, kurz vor Weihnachten 1991, im sechzehnten Jahr ihrer Gefangenschaft, kam die Innenohrinfektion dazu, die sie über die Festtage ans Bett fesselte und auch noch das geringe Einkommen ausfallen ließ, das sie aus ihrer Lehrtätigkeit bezog. Anfang 1992 wurde ihre beste Freundin in ein anderes Gefängnis verlegt, um dort durch ein Wiedereingliederungsprogramm auf ihre bevorstehende Entlassung vorbereitet zu werden. Zum erstenmal seit langer, langer Zeit wurde das Gefängnis für Patricia wieder wirklich zur Strafe.

Der lange, kalte Winter über den weiten Ebenen des südlichen Illinois wird sich bald der Umarmung des Frühlings ergeben. Doch selbst das war nichts, worauf Patricia sich ein wenig hätte freuen können. Der Frühling war sogar die schlimmste aller Jahreszeiten für sie.

In diesem Frühjahr wäre Michael neunundzwanzig Jahre alt geworden.

ENDE

Werbeagenten, bei dem die Schauspielerprominenz ein- und ausgeht. Sie verbringen mit ihm ein Wochenende auf dem Lande. Mitten in der Nacht werden Sie durch unheimliche Geräusche wach. Ihr Verlobter ist ermordet worden. Und der Mörder bedroht Sie. Später will er Ihr Liebhaber werden – und das Schlimmste von allem: Sie müssen sich eingestehen, daß er eine schreckliche Faszination auf Sie ausübt . . .
Ein Alptraum? Nur ein weiterer Kriminalroman? Leider nein. Es ist bittere Realität, was sich da abgespielt hat unter der Sonne Kaliforniens.

Shelley Sessions
Peter Meyer
Dunkle Begierde
Zwölf Millionen Frauen, so schätzt man, wurden allein in Amerika in ihrer Kindheit und Jugend von ihren Vätern sexuell belästigt und mißbraucht. Und auch in Deutschland liegt die Dunkelziffer gerade dieses Verbrechens alarmierend hoch. Denn nur wenige Töchter wagen es, das Schweigen über ihr Leiden zu brechen.

Die wahre Geschichte der Shelley Sessions ist für all diese Fälle ebenso exemplarisch wie ungewöhnlich. Aufgeweckt und allseits beliebt, lebt das texanische Mädchen eine scheinbar sorglose Kindheit. Ihr Stiefvater, ein steinreicher Unternehmer, hat Shelley seit jeher vergöttert. Doch seine Liebe schlägt um in sexuelle Forderungen, die immer gröber werden . . .

Ken Englade
Wo alles Mitleid endet
Werden manche Menschen als Mörder geboren? Darüber werden Sie lange nachdenken, wenn Sie den

eindringlichen Bericht über die Reise dieser beiden jungen Leute ins Böse gelesen haben.
Elizabeth Haysom und Jens Soering, Sohn eines deutschen Diplomaten, sind kein gewöhnliches Pärchen. Beide sind überdurchschnittlich intelligent, beide stammen sie aus bestem Haus, beide, besonders Jens, sind gefühlsmäßig stark gehemmt.
Was kann die beiden bewogen haben, den brutalen Mord an Elizabeths Eltern eiskalt vorzubereiten und durchzuführen? Das Verlangen, an das große Geld der Eltern heranzukommen? Dunkle Triebe? Blutrausch? Drogeneinfluß?

Barry Siegel
Die Stadt, die nicht vergessen konnte
Nach ihrer Heirat hatte Lois Jurgens nur noch einen Wunsch – Kinder in die Welt zu setzen und großzuziehen. Doch dieser Traum wurde ihr nicht erfüllt. Was lag näher, als ein Kind zu adoptieren? Und da Lois Wohlstand und gesicherte Verhältnisse bieten konnte, vertrauten die Sozialarbeiter ihr den kleinen Dennis an. Vier Jahre später war dieses Kind tot: eine schlimme Bauchfellentzündung, sagt der Leichenbeschauer. Aber es finden sich auch Spuren seltsamer Verletzungen an dem Jungen.
Dennoch durfte Lois Jurgens ein zweites Kind adoptieren. Erst fünfzehn Jahre später wird das Verfahren über den mysteriösen Tod des kleinen Dennis neu eröffnet. Und es kommen schreckliche Dinge ans Licht . . . über die neurotische Frau, die um jeden Preis Mutter sein wollte, über ihren teilnahmslos-passiven Ehemann, über leichtgläubige Verwandte, die die vielen dunklen Zeichen nicht sehen wollte . . .

Joe McGinniss
Quälende Zweifel
Bonnie von Stein ist eine Frau, die nie aufgibt. Nach dem Scheitern ihrer ersten Ehe zog sie ihre Kinder allein groß – bis sie in Lieth von Stein den idealen Ehemann fand: vermögend, fürsorglich und verläßlich. Aber ein brutaler Überfall ließ dieses späte Familienglück jäh zerschellen:

Bonnie kam mit schweren Verwundungen davon, ihr Ehemann jedoch erlag seinen Verletzungen. Wer war der Eindringling? Oder stammte der Täter aus dem Haus? Zwei Jahre lang ermittelte die Polizei. Gegen Bonnie selbst, gegen Angela, ihre scheinbar gefühlskalte Tochter, und schließlich gegen Chris, den Sohn, der sich in eine Ersatzwelt geflüchtet hat – eine Ersatzwelt aus abenteuerlichen Horrorspielen und Drogen. Als Bonnie von Stein niemandem mehr vertrauen konnte, weder der Polizei noch ihrer Familie, wandte sie sich an Joe McGinniss, Amerikas berühmtesten True-Crime-Autor *(Die Unschuld des Mörders)*. Und sie bat ihn, Licht in das Dunkel ihrer Familientragödie zu bringen.

Ann Rule
Wenn du mich wirklich liebhast

Detective Fred McLean hatte schon eine ganze Reihe von Mördern verhaftet. Aber dieses junge Mädchen, das seit mehreren Stunden in kalter Dunkelheit in ihrem eigenen Erbrochenen gelegen

hatte, war die bemitleidenswerteste mutmaßliche Täterin, der er jemals begegnet war. McLean entrollte den rosafarbenen Streifen aus Pappkarton, den Cinnamon in ihrer rechten Hand gehalten hatte. In dem schwachen Licht konnte er die Druckbuchstaben auf dem Karton entziffern: ›Lieber Gott, bitte verzeih mir, aber ich wollte sie nicht verletzen‹.

TRUE CRIME
Taschenbücher
gibt es überall
im Buchhandel

Jack Olsen
Wie unter einem stummen Zwang

Mac Smith ist ein Mann, der sich ganz von seinen sexuellen Fantasien beherrschen läßt. Seit seiner Pubertät schon träumt er von einer Frau, die er demütigen kann. Eines Tages liest er in einem Magazin, daß in den USA jede drei Minuten eine Frau vergewaltigt wird. Doch nur jeder zehnte Täter sieht je ein Gefängnis von innen. Mac Smith, der Geborgenheit nie gefunden hat, bereitet sich darauf vor, seine Vergewaltigungsträume auszuleben . . .
Jack Olsen, zweimaliger Preisträger des *Edgar-Award*, stellt mit diesem Buch auf beispielhafte Art die Entwicklungsgeschichte eines Sexualverbrechers dar.

Ken Englade
Schülerliebe

Die hübsche Pam Smart ist eine Frau mit vielen Gesichtern. An der Seite ihres karrierewilligen Mannes führt sie ein geselliges Leben, als ehrgeizige Pädagogin arbeitet sie in sozialen Brennpunkten. Gleichzeitig nennt sie sich stolz eine ›Heavy-Metal-Braut‹ und ertränkt all ihre Sehnsüchte und Jugendträume in schrillen Hard-Rock-Klängen.
Als sie Billy Flynn, den von ihr betreuten fünfzehnjährigen Schüler, mit einem aufregenden Striptease verführt, tobt im Hintergrund die rauhe Musik von Van Halen, und über die Mattscheibe flimmern die erotischen ›9 1/2 Wochen‹. Drei Monate nach dem Erwachen diese verbotenen Leidenschaft, es ist der 1. Mai 1990, wird Pams Ehemann von einer Kugel tödlich verwundet. Aber die Rolle der trauernden Witwe scheint Pam Smart nicht zu liegen.